江戸奇談怪談集

須永朝彦 編訳

筑摩書房

目次

怪談

江戸奇談怪談集

凡例

一、訳文は逐語に拠らず、ときに適宜言葉を補い、また省略も敢えて辞さなかった。特に教訓臭の強い箇所や仏説の披瀝にすぎぬ箇所などは大方これを省いた。

一、一篇の半ばを割愛した場合に限り、その旨を文末に断わっておいたが、部分的な省略に就いては一々断らなかった。

一、各篇の標題は新たに付したものである。原典の標題は文末に（　）で括って明示したが、原題を踏襲したものは略した。

一、会話に相当する部分、また登場人物の思い入れの類は「　」で括り、古風を心がけた。

一、言い換えるに忍びない古辞は残した。現代に通じ難い字句に関しては、該当語に即して（　）内に簡単な注を付した。また人物・事項・誤述などにも注を付した。注においてはメートルは「米」、センチメートルは「糎」、キロメートルは「粁」、トンは「噸」等と表記した。原文にある注は〔　〕で示した。

一、尊敬語・謙譲語・丁寧語は控えめにこれを移した。

一、詩歌に限り原典の仮名遣を残し、引用文の一部もこれに準じた。

一、詩歌を散文にパラフレーズするの愚は避け、必要と思われる箇所に限って地の文に言葉を補った。

奇談

*『義残後覚』——愚軒

果進居士

さして遠き世の事ではない。果進居士《かしんこじ》と申す、幻術を使う者があった。上方を目指して筑紫国《つくしのくに》より上《のぼ》り、日数《ひかず》を経て伏見に到った。折から、日能大夫という者が勧進能を催し、芝居（見物席。当時の興行は露天、身分のある者は桟敷に入ったが、庶民は芝の上に座して見物したので〈芝居〉の称が生れた）は見物の貴賤で溢れかえっていた。果進居士も見物せんと思い、中へ入ってみたが、見物人が立て込んで、立錐の余地も無い。

舞台の間近には到り難いと見た果進居士は、爰《ここ》はひとつ芝居を騒がせ、その隙《ひま》に入らんと思い、見物諸人の後ろに立って、頤《おとがい》をそろりそろりと指で撫で始めた。と、見る見るうちに顔が伸び始め、周りの人を驚かせた。「この人の顔は、何とまあ不思議ではないか。今までは何事も無かったに、見る見るうちに細長うなるぞ」と一人が言えば、皆々、恐ろしいとは思いつつも、その変貌ぶりの可笑《おか》しさに興味を駆られて近寄って来る。果進居士が少し退くと、芝居中の人が入れ代り立ち代り、次々と押し寄せる。顔が二尺ばかり（約六〇糎）に伸びた頃には、人々は「これこそ外法頭《げほうかしら》（幻魔の術によって伸縮する頭）と申すものであろう。これを見ずして何とする。後《のち》の世までの語り種《ぐさ》にせよ」などと口々に言いながら、押し合い圧《へ》し合いして詰め寄り、そのうちに能の役者までが楽屋を空けて見物に来る始末であった。

やがて、居士は、今が頃合と見定めて姿を晦《くら》ましてしまった。見ていた人は、「此《こ》はいかに、稀代不思議の化物よ」と舌を巻いて怪しんだ。さて果進居士は、この騒ぎで人々が座を立ち席を空けた隙を盗んで、舞台前の結構な所に座を占め、編笠にて顔を隠し、思うさまに能を楽しんだ。

また、果進居士は中国筋の広島という所に暫《しばら》く居住していた事がある。その間、或る商人《あきんど》から金銀を借りて活計《くらし》を立てていたが、京へ上るに際して一銭も返弁せず、隠れるようにして出立してしまった。商人は「憎き居士め、何地《いずち》へ逃げ失せおったか」と言って悔やんだものの如何《いかん》ともし難く、そのままに打ち過ぎていたが、或る時、商売のために京へ上り、鳥羽の辺りの四辻にて、ばったりと行き逢った。この時を逃してはならぬと、商人は居士の袖を捉え、「さても久し振りでござるな。それにつけても、それがし、金銀そのほか随分と御身《おんみ》に用立て、種々労《いたわ》り申したが、その甲斐もなく、夜抜けして上り給うとは、酷《ひど》い為《な》されようでござる」と言って辱《はずかし》めた。流石《さすが》に面目なく思うたのであろう、果進居士は、この商人に見咎められるや直ぐさま、頤をそろりそろりと撫で始めたので、顔が横に膨らみ、眼は丸くなり、鼻もたいそう高くなり、前歯が口一杯に迫《せ》り出した。これは如何《いかが》した事かと商人が訝《いぶか》り始めたところを見計らって、居士は「何と仰せらるるや。それがしは御身《おんみ》を存じ上げぬが、なにゆえ近づきのように仰せらるるか、不審にござる」と白《しら》を切った。初めは確かに果進居士と思うていた商人も、よくよく見れば全くの別人ゆえ、さては見誤ったかと思い、「寔《まこと》に卒爾《そつじ》なる事を申しました。われらが存じよりの人かと見誤ってござる。お許し下され」と詫びて立ち去った。後《のち》に、この事を伝え聞いた人々は「これは何よりも習いたき術なり」と言って笑い合った。

また或る時、果進居士は、戸田の出羽と申す、無双の聞え高い兵法者《ひょうほうしゃ》の許《もと》を訪ねて近づきになった。さて、種々様々に話を交しているうちに、居士が「それがしも兵法を少し心がけておりまする。さほど深き事は存じませぬが、世の常の人に負けるとは思いませぬ」と言った。これを承《う》けて戸田が「それは奇特なる事にござるな。左様なれば、ちと御身の太刀筋（剣捌《さば》き）を拝見したく存ずる」と申すと、居士は「されば」と言って、木刀を取って立ち会い、「やっ」と言ったかと思うと、戸田の小鬢《こびん》を打《ちょう》と打った。出羽は、何やら夢のごとく覚えて、一向に太刀筋も見定め得ない。「いま一度」と望むと、「心得たり」と言って居士はまた打ってきたが、同じ事であった。そこで戸田は「全く以て、御辺《ごへん》の太刀は、尋常《よのつね》の兵法とは別義にて、術道（幻術の類）に則るもの、とてもの事に太刀打ちは敵《かな》わぬ」と言って笑った。

その後《のち》の事、戸田が「何と御辺に八方より立ちかかって打つとも、仔細はござらぬか」と問うと、居士は「思いもよらぬ事」と答えた。「されば」と言って、戸田は、十二畳敷の座敷の真央《まなか》に果進居士を据え、四方の戸を立てて、弟子ども七人に己を加え、総勢八人にて打ってかかったが、「やっ」と言ったかと思うと居士の姿は早や見えず、一同が「此《こ》はいかに」と呆れて、「果進居士、果進居士」と呼ばわると、また「やっ」と答える。

「何処《いずこ》に坐《おわ》すや」と問えば、「ここにあり」と答える。座敷には塵《ちり》一つ無いので、「されば、縁の下に屈《かが》みおるやも知れぬ。証拠のために見ようぞ」と言って、畳を上げて精《くわ》しく検分したが、何も見出《みい》だせなかった。然《しか》し、「果進居士」と呼べば、必ず返事をする。全く以て稀代不思議と申す他はない――と、人々が呆れ果てていたところ、その真央に現れ出《い》で、

「何かお尋ねにござるや」と言ったので、皆々唖然として、居士の顔を見つめるばかり。

「この様子にては、たとえ百人千人を以て打ちかからんとも、敵う事はあるまい」と言って、羨《うらや》むこと頻《しき》りであった。

（巻四・果進居士が事）

*『醍醐随筆』——中山三柳

犬神

四国辺りに犬神という事がある。犬神を持つ人が誰かを憎いと思えば、その相手に忽《たちま》ち件《くだん》の犬神が憑《つ》き、憑かれた人は心身脳乱して病に囚われ、中には死ぬ者もあるという。いかなる訣《わけ》であろうと思っていたが、彼《か》の国の医師の語るところでは、「まずこの国の人々は、犬神という事を常々聞き慣れて恐ろしく思うておるゆえ、外《げ》感風邪《かんふうじゃ》(感冒)山嵐瘴気《さんらんしょうき》(伝染性の熱病)の類《たぐい》を患うて発熱《ほつねつ》苦悶に陥る時には、例の犬神に憑かれたものと病人も身内も思い込むのでござる。病人は譫言《うわごと》に犬神の事のみ口走るゆえ、家の者もさればこそと騒ぎ立て、修験《しゅげん》山伏の類を招き祈禱を致さするが、この者どもが在らぬ事のみ言い拵《こしら》うるによって、さしたる事なき病者も死する事が多うござる」とのこと、至極尤《もっと》もなる事と思われる。

中国（山陽・山陰）や西国（九州）の辺りでは、蛇神を持つ者がこれを人に憑《つ》けて悩ますというが、犬神と同じ類のものであろう。狐狸が憑くという事も聞くが、大方は気の違う病であろう。それを狐の仕業と言い慣らしてきたために、病者も身内も、例の事よと思い込んで惑うのである。それをまた、頼られて事に当る巫覡《ふげき》の類が在らぬ事のみ言い繕って病人を狐のごとくに扱うゆえ、病人はいよいよ思い乱れ、自ら狐と信じ込んで狐の真似などするに至る。それをまた、狐を追い出すと称して傷め苦しめるゆえ、死ぬ者も多い。実に嘆かわしい事ではあるまいか。およそ、気が違うという事は、心に思う事が叶わぬ人、物を疑って引きずる人、物に恐れて苦しむ人、恥を被《こうむ》って雪《すす》げぬ人などが陥り易い。何《いず》れも心神が安まらぬために、心地が乱れて行状が変るのである。この他に、酒を飲む人、また外感風邪や瘧《おこり》（マラリアの類）や傷寒（腸チフスの類）など熱気の強い病に罹《かか》った人も気の違う事がある。火は物を潰乱するゆえ、心神が火熱のために乱れるのである。狐狸が憑くという事には別に一理あるとは思うものの、果して十人のうちに一人二人もあるかどうか、真《まこと》の例は極《ご》く稀であろう。

（下・無題）

果心居士

松永弾正久秀（出自不明。戦国の梟雄《きょうゆう》。十六世紀の人。将軍足利義輝《よしてる》を弑殺《しさつ》）が多門城（久秀が奈良の眉間寺《みけんじ》山に築いた本城）に在った時の事、果心居士という幻術師を招き、閑暇の折には、これと語らって慰みとした。或る夜、「この弾正、戦場に於て白刃を交うるに至るとも、終《つい》に恐懼《きょうく》の心を抱きたる事なし。汝、試みに幻術を以て我を恐懼せしめよ」と命じた。果心が応じて、「されば、近習《きんじゅ》の人を遠ざけ、寸刃をも持ち給わず、燈も消し給え」と申したので、弾正は「刀剣の類、置くべからず」と戒めて家臣を立ち退かせ、火を消し、独り箕踞《ききょ》（両足を前に投げ出して坐る）して待った。ときに、果心は忽《つつ》と立ち上がり広縁《ひろえん》を歩んで前栽《せんざい》（庭前に植え込んだ草木）の間へ行くと見えたが、俄《にわか》に月影が暗み、小雨が降り出し、風の音は物寂しい秋の趣と変じた。蓬窓《ほうそう》（粗末な家）の裡《うち》にして瀟湘《しょうしょう》（瀟水湘水。中国洞庭湖南部の景勝の地）に漂い、荻花《てきか》（オギ）の下にして潯陽《じんよう》（潯陽江。揚子江の支流。白楽天の「琵琶行」を踏まえるか）にさまようかと思うばかりに、物悲しい心地が襲ってくる。気が沈み、耐え難いまでに心細くなった。なにゆえ斯様《かよう》な心地になったものかと、弾正が前栽の方を見遣ると、広縁に佇《たたず》む者がある。目を凝らして窺うと、髪を長く振り下げた痩身の女が間近く歩み寄って来て、弾正の正面に坐る気配である。「何人ぞ」と問うと、大息を吐《つ》き苦しげな声で、「今夜は、たいそうつれづれなる御様子にて坐《おわ》しまするな。御前に人も召しませず」と答えたが、その声は、疑いもなく、五年前に病死の折、飽かぬ別れを惜しんだ妻女であった。これには弾正も堪《こら》えきれず、「果心居士、止《や》めい止めい」と呼ばわると、件《くだん》の女が居士の声にて「これに居りまする」と答えたので、その姿を改めて見れば、果心が坐していた。もとより、雨も振らず、月も晴れ渡って雲一つ無かった。「如何《いかが》してこれほどまでに人の心を惑わすらん」と、流石《さすが》の弾正も呆れて感服した。（下・無題）

髪より滴る炎

或る人の召し使っていた下女が、或る晩、閨《ねや》（ここでは寝室ではなく寝床を言うのであろう）に入って髪を梳《と》かしていたところ、燈もなく暗いのに、梳かすたびに、髪の中より火焔がはらはらと露のように落ちてくる。驚いて受け止めんとすると消えてしまう。また梳かすと、また炎が飛ぶ。恰《あたか》も蛍などが数多《あまた》集まって飛び散るようである。驚いた下女は、主《あるじ》の許へ走って、これを訴えた。一家の者は悉《ことごと》く集まってこれを検分したが、「世に例《ためし》無き物《もの》の怪《け》なり」と決めつけ、この下女を追い出してしまった。下女は途方にくれてあちこちとさまよう様子であったが、いかなる経緯《いきさつ》にてか、富家の妻となり、その子孫も栄えたという。
王行甫《おうぎようほ》の『代酔編《たいすいへん》』に「家兄嘉甫《かほ》が衣を解けば常に火星（火勢か）まろび出づる。また頭《かしら》を梳《くしけず》れば髪髻《はつげ》の中より晶熒《しようけい》（光り輝くさま）流落す。これは陽気茂熾《もし》の験《しるし》なり。貴徴にあらざれば寿徴なり」とある。件の下女の例も、違《たが》う事なく貴徴と思われる。また『博物志』に「積油万石に満つれば自然に火生ず」とある。昔、晋《しん》の武庫《ぶこ》が焼けた事について、張華（『博物志』の著者）は「油幕万匹を積める故なり」と言っている。これらの説を参酌するに、女は常に髪に油をつけているため、湿熱に蒸されて髪髻より火星が出るのではあるまいか。然《しか》らば女は全て同様に髪より火焰を零《こぼ》すであろうに、左様な例は稀有に属する。孰《いず》れにせよ、訝《いぶか》しき事ではある。

（下・無題）

＊『西鶴諸国はなし』――井原西鶴

夢路の風車

世の中には面妖な事があるものだ。飛騨《ひだ》の国の山奥に、昔より隠れ里が在った事を、土地の人も知らなかった。

或る時、山人《やまうど》（山間地の住人）が道も無い所を草木を分けて入り行くのを、領内巡視の奉行が見つけ、跡をつけて行くと、鳥も通わぬ峰を越え、谷間を三里ほども遡ったところで、恐ろしげな岩穴の前に出た。かの山人は、その穴に入って行った。覗《のぞ》き見れば、奥は真暗闇、足下《あしもと》には清水が青々と流れ、世間によく見る金魚が数多《あまた》泳いでいる。「ここまで来《きた》り、此《こ》の内を見届けずに帰るも、侍の道にはあらず」と思い定め、意を決して入った。四、五丁も潜《くぐ》ったかと思うと、唐門《から》があり、階《きざはし》が見え、五色《ごしき》の玉が敷きつめてある。今初めて見るが、話にのみ聞く喜見城《きけんじょう》（須弥山《しゅみせん》の頂に立つ帝釈天の居城）とは、これであろう。折から玄冬とて、冬山を分け登り、落葉の霜を踏んで来たのに、ここは将《まさ》に春の景観である。鶯《うぐいす》や雲雀《ひばり》の囀《さえず》りも、生烏《なまい》賊《か》や鰆《さわら》を売る声も、自《おの》ずから長閑《のどか》で、暫し眺めているうちに眠気がさし、傍らの草を枕に前後も知らず寝込んでしまった。

その夢の中《うち》に、女の商人《あきんど》が二人現れ、足下や枕頭《まくらもと》に立ち寄り、頼み入るように、「恥しながら、かかる姿にて見《まみ》えまする。自《みず》からは、この都の傍らに住み、嶋絹《しまぎぬ》（縞柄の絹織物）を織りて世渡りとなし、何不足なく過して参りました。ときに、連れ合い（一夫二妻という設定）には、風邪の心地とて床に就きましてござりまする。仮初《かりそめ》の患いと思いしに癒ゆること叶《かな》わず、臨終《いまわ》の際《きわ》に、形見とて、織り溜めし絹二千疋《びき》を賜わり、「子も無い者の事なれば、これを売りて年月を送り、行末《ゆくすえ》は出家いたすがよい」と仰せられました。その名残の言葉に従い、此処《ここ》彼処《かしこ》の市に立ち、渡世と致しおりました。未《いま》だ一年も経たぬと申すに、自らに執心の文（恋文）を遣わす者が現れましたが、思いもよらぬ事にござりまする。その男は谷《や》鉄《てつ》と申して、この国に住まう大力の者。その後《のち》、文の返しをせぬ事を怨《うら》みて、或る夜、忍び入り、われら二人の者を切り殺せしその上に、貯え置きし絹紬《きぬつむぎ》を奪い取り、われらの死骸は野末に埋めて知らぬ顔。当時、お上《かみ》に於かれても、この事を詮索あそばしましたが、誰の仕業とも知れずして、今になお谷鉄をば浮世に生かし置く事の口惜《くちお》しさ、お察し下さりませ。また、われらに執心と申せしは偽りにて、ただ絹を取らんが為の謀《はか》りごとにござりました。憐れと思《おぼ》し召し、この事、国王に申し上げ、仇《かたき》を取って賜わりませ」と言って首を寄せ、袖に縋《すが》って嘆いた。

「それこそ易き事なれども、何を証拠《しるし》に申し上ぐべきか、便りが無い」と申せば、「それには証拠がござりまする。これより南に中《あた》って広野《ひろの》がありまする。これまで木も草も無き所なれど、われらを埋めし後《のち》、二股の玉柳《たまやなぎ》が生えましたゆえ、これを証拠に頼みまする」と詳しく語ったが、その言葉も途絶え、その時、夢も覚めた。

不思議と思い、かの広野に赴けば、里の人々が集まり、柳樹を取り巻き、「これまでは見慣れぬ柳よ」と驚き合っていた。「さては」と確信し、この事を国王に申し上げたところ、王は数多《あまた》の人を遣わし、かの所を掘らせ給うた。果して、夢で聞いた言葉に違《たが》わず、首を切り落された二人の女の死骸が在りし日の姿をとどめて現れた。このあらましを奏聞仕ると、王は谷鉄の住家《すみか》に大勢を踏み込ませ、悪人を搦《から》め取らせた。「己《おの》が身より出《い》でたる錆《さび》なれば」と仰せられて、鉄の串に刺し貫き、巷《ちまた》に曝《さら》し給うた。

その後《のち》、かの侍には、御褒美とて、目慣れぬ唐織《からおり》の嶋絹を数多賜わり、「汝、この国にては短命なり。急ぎ古里に帰れ」と仰せられて、紅《くれない》の風車に乗せしめた。浮雲が取り巻く中、脇見する暇《いとま》もあらばこそ、瞬くうちに住み馴れた国へと帰った。ありのままを報告したところ、「その所を探し出《い》だせ」と、数百人が山に分け入り、谷や岑《みね》を探索したものの、

件《くだん》の岩穴は、今に至るも知れない。　（巻二の五・夢路の風車――飛騨の国の奥山にありし事）

藤の奇特《きどく》

まこと、古歌にも「行く春の堺の浦の桜鯛あかぬかたみに今日や引くらん」（藤原為家、『夫木《ふぼく》和歌抄』雑七）とある通り、ここ堺の浦（和泉国）は今、春の名残を惜しむかのように、桜鯛や桜貝を獲《と》る地引網で賑わっている。

早朝まだ暗いうち、仕入れに浜まで通う魚売《うおうり》どもが、打ち連れて目籠《めかご》（目の粗い竹籠）を担い、大道筋《だいどうすじ》（堺の幹線道路）の柳の町の辺りにさしかかると、美しい女がたよたよと（なよなよと）して、萎《しお》れた藤の枝をかざし、供をも連れず唯一人、目の前を歩いて行くではないか。魚売どもはいずれも血気盛んなる若い者であったが、早朝に身分のありそうな美しい女が供も連れずに歩いているのを見て呆気《あっけ》に取られ、言葉をかけることも叶《かな》わず、夢うつつの心地で魂を奪われ、その後について行ったところ、女は朱座（幕府より朱・朱墨の製造・販売の独占権を付与された商人。堺の朱座は角屋助左衛門）の門口《かどぐち》に立ったり、また両替屋の表に立ったりしていたが、まだ店の戸が開かぬのを恨むような体《てい》と見えた。

「さては淫奔者《いたずらもの》に疑いなし。未《いま》だ夜も明けきらぬゆえ、南の端《はし》（大道筋の南端）の小宿《こやど》（出会宿。奉公人などが密会に用いたという）に誘い込み楽しまん」と、魚売どもは無分別な企みを思い立ち、我も我もと女に近寄り、「もし、夜のお一人歩きは心許《こころもと》のうございます。何処《いずこ》へなりと送り届けて差し上げましょう。その花を一枝、いただきたいもので」と一人が話しかけると、女は「私が苦しむのも、この花ゆえ。藤の花には、春の雨風さえ厭《いと》わしきものを、ましてや人の手にて折るは情なきこと。昼、大勢に見らるる事さえ口惜しきに「見ぬ人のため」などと申して折り帰りし人の妻や娘が憎きゆえ、斯様《かよう》に取り返しに歩いておりまする」と言ったかと思えば、いつの間にか、その姿は消え失せてしまった。

皆々不思議の思いをなし、所の人にこの事を語ると、土地の者が、「それには思い当る話がある。昔、後小松院《ごこまつのいん》（第百代の天皇、在位は一三八二〜一四一二年）の御《おん》時、この里の金光寺《こうじ》の白藤の花房の類《たぐい》なき事を院が聞《きこ》し召し、藤の木を都に移され、南殿《なんでん》の大庭（紫宸殿《ししんでん》の南庭）に植えさせ給うた。然《しか》るに、春闌《た》けても花は咲かず、残念なる事よと思うておられたところ、或る夜、藤の精が夢枕に顕ち現われ、「思ひきや堺の浦の藤浪の都の松にかかるべきとは」という歌をまざまざと詠んだ。それゆえ、藤の木を再び旧《もと》の所へ送り返し給うたと申す伝えがある。もしや、左様な類の事ではあるまいか」と語ったので、夜の明け渡るのを待ち、一同が金光寺へ赴いてみると、案の如く、見物の人々が折り帰った花は悉《ことごと》く元の藤棚に復していた。「さては、名木名草の奇特《きどく》（不思議なる働き）」と皆々感嘆いたし、その後は下葉一枚さえも疎《おろそ》かには扱わなかったという。

（巻四・夢に京より戻る）

＊『男色大鑑《なんしょくおおかがみ》』――井原西鶴

伽羅《きゃら》若衆《わかしゅ》

萩の名所として聞えた宮城野も、昔と様変り、今は一本《ひともと》も見当らず、「宮城野のもとあらの小萩露を重み風を待つごと君をこそまて」というがごとき古歌ばかりが残っている。この宮城野の辺《ほとり》を、伴《ばん》の市九郎という津軽の町人が通りかかった。春の事とて、野面《のづら》には幕を繞《めぐ》らせて遊山《ゆさん》する人の姿があり、野懸振舞《のがけぶるまい》（桜狩・摘草《つみくさ》・紅葉狩《もみじがり》など野外の遊山に携える御馳走）の長持は、往昔《そのかみ》、橘 為仲《たちばなのためなか》が陸奥《みちのく》より都に持ち帰った十二棹の長櫃《ながびつ》（鴨長明の『無名抄』に「此の為仲、任果て、上りける時、宮城野の萩を掘り取りて、長櫃十二合に入れて持て上りければ――」云々とある。為仲は十一世紀の歌人）の一つではあるまいかと眺められた。折から青々と萌え出《い》でた草原《くさはら》に屈《かが》み込んで、可憐な蒲公英《たんぽぽ》や土筆《つくし》を摘んでいる人があった。加賀笠（加賀国特産の女用菅笠）を深く被り、袂の長い衣を纏い、後帯を締めている、その二人の容子と申すものは、何《いず》れも念者《ねんじや》（衆道《しゆどう》における年長者の称。兄分）のありそうな若衆《わかしゆ》に思われたので、立ち止まって見ていたところ、幕の内より老女が顔を出して「これ、おふじ様、およし様」と呼び立てるではないか。宛《あて》が外れた市九郎は、「さては人の小娘よ」と唾を吐いて、その場を立ち去り、仙台の城下へと歩を進めた。

城下に芭蕉が辻という所があり、その町外れに小西の十助という者が営む薬屋がある。市九郎がその店先を通りかかった時、奥への通い口に掛けられた暖簾《のれん》を漏れて、一炷《ひとたき》の香が漂って来た。これを聴くに（聴香）、恐らくは、この国の守《かみ》（仙台藩主伊達侯）の御物《ごもつ》（貴人の所有物）と聞く名香「白菊」にも劣るまいと思われた。この香を袖に留める主は誰やらんと床しく思い、店先に立ち寄って、「留木《とめき》（香木）など調えたい」と口を切り、「奥より聴ゆる留木をも所望致す」と申したところ、親仁《おやじ》の返事は「悴《せがれ》が嗜《たしな》みおりまする伽羅《きやら》にござれば、思いも寄りませせぬ」というつれないものであった。そのせいか、名香「柴船」〈神沢《かんざわ》貞幹〈杜口《とこう》〉の『翁草』によれば、この柴船が本来の伊達侯秘蔵の伽羅であり、白菊はもと同じ香木より身分けられたものという〉の謂《い》われとなった「世の中の憂きを身に積む柴船の焚かぬ前《さき》より身もこがれつつ」という歌の意のごとく、焚《た》きもせぬうちからその香の持主に焦がれてしまった市九郎は、休らう風を装って暫し店先に佇《たたず》んだ後《のち》、後ろ髪を引かれる思いで立ち去った。

この市九郎という男は、根っからの若色《じやくしよく》（衆道、男色）好みにて、このたび江戸を志した故由《ゆえよし》はと申せば、近年堺町（芝居街）にて評判の高い出来嶋小曝《できしまこざらし》という若衆方《わかしゆがた》（歌舞伎の役柄分担の一）に恋い焦がれるあまり、小曝の草履取の奴作兵衛なる者への仲介の書状を知《し》る辺《べ》の者より得て、若道狂《じやくどうぐるい》（若衆買）を実践すべく出立したのである。鄙《ひな》には稀なる伊達者と申すべきである。

さて、この市九郎の姿を、十助の息子の十太郎が物陰から垣間見て、すっかり逆上《のぼ》せてしまった。俄《にわか》に「今は未だ前髪（若衆美の象徴）の盛りとは申すものの、この花もせいぜい保《も》って五年であろう。いずれは角《すみ》前髪（元服前一、二年程の少年の髪形。額の両端に剃込みを入れて角張らせる）に毛抜を当てねばならず、遂にはその角前髪さえ散らさねばならぬ。今まで数百人の男より付文《つけぶみ》を貰うたが、一つとして開けてはおらぬ。皆々情知らずと申して取沙汰なさるが、気に入りの兄分が見当らねば致し方も無い。最前、店先に立ち寄ったる男が、この心入れを不憫と思うて下さるなれば、命に代えて契りを結びたい」などと口走り、早や気違いじみた眼差、小脇に手飼の狆《ちん》を抱き、刃物の鞘《さや》を払って力み立つので、家の者も傍へ近づけない。漸《ようや》くの事で、乳母《めのと》なる媼《うば》が命懸けで縋《すが》りつき、「今の旅人を呼び戻しますれば、貴方様の願いのままになりまするものを」と言って宥《なだ》め賺《すか》したところ、暫しの間、心が鎮まった気配である。そこで、旦那山伏（普段出入りの修験者）の善見院《ぜんけんいん》の覚伝坊なる者を呼び寄せた。山伏はまず護摩壇を設《しつら》え、さてそれから、鈴《れい》を響かせ、錫杖《しやくじよう》を荒々しく鳴らしなどして加持祈禱を凝らした。

そもそもこの少人の出生はと申せば、十助がこの家に入婿《いりむこ》してこのかた三十五年、六十余歳に至るまで跡継を得ぬ事を嘆き、躑躅岡《つつじがおか》の天神に夫婦共々参籠して祈願の末に授かったという、言わば天神の申し子であった。或る夜の夢に、神前の紅梅の梢より緋縮緬《ひぢりめん》の褌《ふんどし》が一筋落ちかかって胎内に宿ると見たが、翌日から妻女は青梅を食いたがるようになり、やがて月日を重ねて、この若衆を産み出《い》だしたのである。その後《のち》の十太郎の名誉と申せば、五歳の時に未だ習いもせぬ大文字を書き、絵馬として寺社に懸け奉った事がある。また十三歳の時には、出逢うて別離《わかれ》を惜しむ恋の無常を『夏の夜の短《みじか》物語』という草紙に仕立てたほどの訳知りであった。それほどの才《ざえ》の持主なのに、我を忘れて取り乱したのは、よくよくの機縁があるゆえならんと、皆々不憫に思って種々

介抱を尽したが、医者の取る朝脈も次第に弱まり、夕べに勧める頭煎《かしらせんじ》（一番煎）も一向に効目を現さない。大方はこれを限りの浮世ならんと諦め、経帷子《きょうかたびら》を縫わせ、早桶《はやおけ》（棺桶）を誂《あつら》えなどして、早や今宵の知死期《ちしご》（臨終）を待つに至った折しも、長くは持つまいと思われるのに、十太郎は自ら頭を枕より上げて、「嬉しや、明日、西日の没《い》る時分、彼《か》の想い人が必ずここを通らるる。是非とも留《とど》めて会わせて下されと言った。

十助は、これも囈言《たわごと》とは思ったものの、城下の出口の琵琶首《びわくび》と申す所に人を遣って見張らせた。果して、十太郎の言ったごとく件《くだん》の人が現れたので、小西の家に誘い、十助が秘かに一部始終を打ち明けたところ、市九郎は涙を流し、「この上に、十太郎に万が一の事あらば、身共はもとより、各々方《おのおのがた》も諸共《もろとも》に出家となって、菩提を弔う事と致そう。まず病人に会うて、今生《こんじょう》の暇乞《いとまご》いを」と言って枕頭《まくらもと》に近寄った。その時、十太郎は忽ち《たちま》旧《もと》のごとく健やかになり、市九郎に心底を剰《あま》すところなく打ち明けた。その後《あと》で、「体こそ家に打ち置きましたるものの、魂はこの身を離れて貴殿の坐《おわ》する先々に付添い、誰も知りは致しますまいが、幻の戯れを致してござりまする。殊に平泉なる高館《たかだち》の旧跡を一見なされて、光堂の宿坊に一夜を明かし給うた夜は、貴殿の旅夜着の中に入り込み、物言わぬ契りを籠《こ》め、左の袂《たもと》に伽羅の割欠《わりかけ》（二つに割った香木の片割れ）を入れ置きましたるが、それはいかに」と尋ねると、市九郎は「いかにも、これにござる」と答えて取り出し、「なにゆえ斯《か》様《よう》なものが袂に、と不審を抱いておったが、今それも晴れ申した。されどもなお不思議に存ずる」と言った。そこで、十太郎が「お疑いを払うべき証を御目にかけまする」と言って、彼《か》の香木の片割れを取り出したので、継ぎ合せてみると、ぴたりと一つになり、また炷《た》いてみると、同じ香りが燻《くゆ》り立った。今は、「さては」と思い中《あた》った市九郎は、二世《にせ》（来世）をかけて十太郎と衆道の約《ちぎり》を結び、十助より息子を貰い受け、乗懸《のりかけ》（宿駅の駄賃馬）二疋の足音も勇ましく、五つ橋（仙台城下に懸かる橋）を踏み鳴らし、轡《くつわ》を並べ、津軽を指して下って行ったという。

（巻二・東の伽羅様）

人形の恋

田代如風《じょふう》（名は孫右衛門。肥後国の人）は千人斬を成して後、津の国の大寺（摂津国四天王寺）に石塔を建てて、殺《あや》めた人々の供養をした。比べるつもりはないが、かく申す作者（西鶴）も若衆《わかしゅ》の千人斬を成し遂げた——と申しても、斬り殺した訣《わけ》ではなく、これまで二十七年の間、好き心の赴くままに色を替え品を替えつつ相手にした若衆の名を心覚えに書き留めておいたのが、今や千人に達したのである。振り返って思うに、義理を守り意気地を貫く体《てい》の契りは、千度《ちたび》のうちの極く僅かにすぎない。殆《ほとん》どは、勤めの身ゆえに嫌々ながら身を任せた者たちであり、独り独りの所存の程を思い遣れば、不憫ではある。せめては若道《じやくどう》供養のためと思い立ち、延紙《のべがみ》（小型の杉原紙。鼻紙）にて千体の若衆の張貫《はりぬき》人形（張子）を拵《こしら》え、嵯峨の遊び寺に納めて置いた。これぞ男好開山《なんこうかいざん》の御作《ごさく》（本尊。当時、歌舞伎の若衆の容貌を仏像に譬《たと》える事が流行した）に他ならず、末の世に至って衆道《しゆどう》が広まる時には開帳されて然《しか》るべきものである。

或る時、備前国《びぜんのくに》から知り人が四人ばかり上《のぼ》って来た。「長う住み馴れてござれば、浦々の春の浪も見るに飽き、牛窓《うしまど》の白魚《しろうお》、虫明《むしあけ》の瀬戸の海月《くらげ》、琴の泊《とまり》の醬蝦《あみ》の塩辛などを肴《さかな》に、あけくれ小島酒《こじまさけ》（地酒の類）を飲むも面白うござらぬ。人々の孔子くさい顔つきは所柄なれど（当時、岡山藩では陽明学者の熊沢蕃山《ばんざん》を登用、心学が盛んであった）、納まり返って潤いに乏《とも》しゅうござる。先の知れたる命の程を思えば、何の楽しみもござらぬ。都の桜の散らぬうちにと船出して参ったが、花を散らす風も船足のためには嬉しく、上るに何の障《さわ》りもあらず、着けば安井御門跡《ごもんぜき》（東山の安井観勝寺光明院）の名高き藤が今を盛りの見頃でござった」云々と申す口上。翌朝、時の鐘の鳴るのを待って、一行を芝居に案内した。芝居が果てて夜ともなれば、早速に若衆の品定め、昼間の舞台を見て面影の忘れ難い野郎（野郎歌舞伎の役者で売色をも兼ねた。一六五二年に若衆歌舞伎が禁止されていたので、この頃は十代の役者も前髪を落して野郎頭となっていた）を招いた。座敷は、数多《あまた》ある芝居茶屋の中から名にし負う菱屋《ひしや》六左衛門の浜二階（加茂河原に面した二階座敷）に取った。東に名山（東山）、筋向いに石垣町を眺め、四条大橋は将《まさ》に目の下、ここぞ京の中の京と申すべき所である。

今宵の遊興は常と異なり、ありがたい美形がずらりと揃った。その中でも抜きん出て優れた姿と拝まれるのは、竹中吉三郎《きちさぶろう》と藤田吉三郎の両名にて、神代《じんだい》このかた古今の稀者《まれもの》と申すべく、憎いまでに見事な靚粧《よそおい》である。また、移り香のほども床しい袖岡政之助の小歌の一節、その唱いぶりは煩悩の種となる。これに光瀬《みつせ》左近と外山《とやま》千之助を加えて都合五人が同座したのであるから、これこそ正《まさ》しく今の世の色づくし、物言う花の山に分け入ったような心地がする。

打ち続く酒宴の間には、帥顔《すいがお》の法師（粋人ぶった坊主頭の幇間《ほうかん》役。即ち西鶴）が人の気のつかぬ所に心を働かせて余計な事を喋ったり、盃の取次のために呼んだ茶屋の亭主が自ら酔って寝てしまったりといろいろあったが、太夫達（「太夫」は、役者とくに女形の立者に対する敬称だが、西鶴は少年俳優の上にも屡々《しばしば》用いている）の如才なき座持ちにて座の白ける事もなく、やがて明けも近づき、戸外から旅人の声や一番鶏の鳴声が聞えてきた。それでも遊びに飽かぬ男達は「性悪《しょうわる》と言われんとも、一向かまわぬ浮世にござる。焼味噌を肴にまた酒よ」などと喚《わめ》いている。その時、門を叩く者があり、「これを二階の各々《おのおの》様へ」と口上を述べ、進上箱一つを残して、その使は帰って行った。件《くだん》の箱が座敷へ届けられたが、不首尾にて先方の名を聞き逃した。然《しか》し、名を告げぬ贈り主も、聞かずに済ませたこちらも、思えば賢い応対には違いなかった。見れば杉の箱ゆえ、中身は大方菓子と知れる。昨日の昼に芝居で会った役者達（五人の師匠筋・抱え主であろう）には、この夜の趣向は告げていない。誰が気を利かして届けてきたのであろうかと、近づきの者たちの事を思い返してみるが、藤本平十郎、榊原《さかきばら》平右衛門、杉山甚左衛門、坂田伝才（何《いず》れも立役の俳優）なども、この遊興の事は知らぬ筈である。「さては天から降ったる一箱よ」と一同大笑いして、開けもせず、そのままに打ち捨てて置いた。

ほどなく太夫達の迎え駕籠がやって来たので、また晩に逢う約束をして別れたが、その淋しさは一入《ひとしお》であった。太夫子たちが帰った跡は、寝たが最後、とんと尾も頭《かしら》も覚えず、五人共に枕も定まらぬ体《てい》にて、各々、様々な夢路を辿っていた。折しも、最前の箱の中より、「吉三《きちさ》、吉三」と疑いもなく一声に呼ばわる声がした。皆々聞耳を立てて起き上がったが、箱の中で何やら物の動くような音がして不気味である。利かん気の男が蓋を取って見れば、角《すみ》前髪の若衆人形が入っていた。いかなる人形師の作であろうか、目つきや手足の力身《りきみ》など髣《さなが》ら生ける者のようである。添状があるのに気づき、披《ひら》くと次のごとく認《したた》めてあった。

それがしはこの辺りの人形屋にて、この人形は一入《ひとしお》心を籠《こ》めて作り、久しく看板に立て置きしものにござりまする。何時《いつ》の頃よりか、この人形、魂の有るごとく動き出《い》だし、後《のち》には次第に奢りを具《そな》え、この頃は衆道に心を寄せ、芝居帰りの太夫達に目を付くる始末にござりまする。これのみにても不思議なるに、今では夜毎に目を付けし若衆の名を呼びまする。何やら恐ろしくなり、人目を忍び、二度三度と河原に流しましたるが、いつの間にか戻って参りまする。木の端《はし》が物言う事など、前代にも例《ためし》なければ、聞き伝えし事もござりませぬ。我が物ながら甚《はなは》だ持て余し、困惑致す折節、藤田、竹中の両太夫殿が此方《こちら》にお入りのところを見及び、これを遣わし参らする次第にござりまする。又の世（後の世）までの咄《はなし》の種に御覧下さりませ。

そこで、大方の事には驚かぬ男が進み出で、人間に挨拶するごとく「お前は、左様な人形の身にて衆道に心を寄するとは健気にも床しき事よ。両吉三郎に思い入りたるや」と問いかけたところ、すぐさま応じて頷いた。一同は閉口して興を覚まし、宵からの慰みも徒《あだ》になってしまった。その時、平生《ふだん》から尤《もっと》もらしい口ぶりの者が渋面《じゅうめん》にて、「いや、人形とは申せども侮るまいぞ。そもそも人形は、垂仁《すいにん》天皇の八年に野見《のみの》大臣（野見宿禰《のみのすくね》。埴輪の創作者と伝えられるほか、力士の始祖ともいう）が始めて作り、人の代りを勤めたる由。また唐《もろこし》にても、人形が后を見て笑うたと申す伝説がござる。両吉三郎は、何《いず》れも世に抜きん出たる美形なれば、かかる形のものさえ思いを懸くるのでござろう」と言い、暫く感じ入っていたが、未《いま》だ枕頭《まくらもと》に散らばっていた捨盃《すてさかずき》を取り上げ、「これはみな、両太夫のお口の触れし跡ぞ」と言って、その盃を人形に差して遣った。その後《あと》で、「総じて、この太夫達に思いを寄する見物の者共、頗《すこぶ》る大勢にて、その数を知らず。とても事に叶うまい」と言って、望みの叶わぬ訳を仔細に語り聞かせると、人形ながらも合点の顔つきをした。以来、目も遣らずに思い切った由である。

かかる人形でさえ斯様《かよう》に聞き分けを示す賢明な世の中と申すのに、親の意見を尻に聞かせ、野郎狂いに現《うつつ》を抜かして家を失い、住処《すみか》を立ち退き、飽かぬ妻子に暇《いとま》の状を遣わし、都を発って江戸に下ったところで、金の詰まった壺が埋まっている筈もない。さりながら、一生使っても目減りせぬ金の延棒があるならば、天秤棒の荷か振分荷物のごとく両《ふた》つながら我が物としたいのは、竹中吉三郎と藤田吉三郎である。この両人は、兎《と》にも角《かく》にも、何《いず》れ軽重の無い千枚分銅《ふんどう》（分銅千倍分の値打。ここでいう分銅は四十四匁《もんめ》の分銅型の金銀塊）である。

（巻八・執念は箱入りの男）

＊『老媼茶話《ろうおうさわ》』——三坂春編《はるよし》

猪苗代の化物

加藤左馬助嘉明《さまのすけよしあき》と式部少輔明成《しきぶのしょうあきなり》の御父子が会津の御領主でおられた節、猪苗代《いなわしろ》の御城代は堀部《ほりべ》主膳《しゅぜん》がこれを勤め、禄高は一万石であった。寛永十七年（十七世紀中頃。徳川三代将軍家光の治世）十二月の事、主膳が只一人《いちにん》にて座敷にあった時、何処《いずこ》からともなく禿《かむろ》（オカッパの子供）が現れ、「汝、久しくこの城に有りと雖《いえど》も、今以てこの城の主に御目見えをなさず。急ぎ身を清め、裃《かみしも》を着して参るべし。今日《こんにち》、御城主におかれては御礼を請《う》けらるるとの上意なり。畏《かしこ》まって御目見え仕るべし」と言った。主膳はこれを聞いて禿を睨《にら》み、「この城主は主人明成、当城代は主膳であるぞ。この外に城主のあろう筈がない。にっくき奴め」と叱りつけた。禿は笑いながら「姫路のおさかべ姫（刑部姫）と猪苗代の亀姫を知らざるや。汝、今、天運すでに尽き果て、また天運の革《あらた》まる時を知らず、猥《みだり》に過言を咄《はな》し出《い》だしたれば、汝が命数も既に尽きたり」と言って消え失せた。

明くる春、正月元旦の事、主膳は諸士の拝礼を請けんとて、裃を着《ちゃく》して広間へ出《い》でたところ、広間の上段に新しい棺桶が据えられ、その側に葬礼の具が揃え置かれていた。また、その日の夕刻には、何処《いずこ》とも知れず、大勢の気配がして餅を搗《つ》く音が聞えてきた。正月十八日に主膳は雪隠《せついん》（厠《かわや》）にて煩いつき、廿日《はつか》の暁に死去した。

その年の夏、柴崎又左衛門という者が、三本杉の側にて、七尺ばかり（約二米）の真黒な大入道が水を汲んでいるのを見て、刀を抜き飛び懸かって切り付けたが、大入道は忽《たちま》ち行方を晦《くら》ましてしまった。久しく過ぎた後《のち》、八ヶ森に大いなる古貉《ふるむじな》の死骸が腐りかけているのを、猪苗代木地《きじ》小屋（椀や盆などを作る木地師の作業場であろう。或いは藩営の木地小屋か）の者が見つけた。それ以来、絶えて何ら怪しい事はなかったという。

（巻之三・猪苗代の城化物）

杜若《かきつばた》屋敷

天正十八年（十六世紀後半。豊臣秀吉の治世）庚寅《かのえとら》九月五日の事、蒲生飛騨守氏郷《がもうひだのかみうじさと》（織田信

長・豊臣秀吉の武将）は、近江国蒲生郡より奥州黒川の城（会津領）に入られた。鳴海甲斐《なるみかいの》守《かみ》も御供して下り、城下の三の町という所に屋敷を給わって住んだ（禄千石、常世村を領す）。江州より連れ来《きた》った禿小姓《かむろこしょう》に花染という美童があった。容色甚《はなは》だ麗しく、「桃花の雨をふくみ海棠《かいどう》の眠《ねぶ》れる姿」とも申すべき風情である。甲斐守の寵愛甚だ深く、常に傍を離れず仕えていた。

この花染は、小鼓《こつづみ》と謡を好んだ。大町当麻《おおまちたいま》の寺の近くに住む了覚院と申す山伏が小鼓と謡の名手と聞えていたので、花染はこの山伏を師匠と仰ぐ事になった。また、花染がたいそう杜若《かきつばた》を愛したので、甲斐守は花染を慰めんとして、庭に深く池を掘らせて杜若を植えさせ、蜘蛛手《くもで》に橋を渡して三河国の八橋《やつはし》の面影を写し、傍らに小亭を作らせた。花染は明《あけ》暮《くれ》ここに在って、小鼓を打ち、「杜若」（世阿弥の作と伝える。『伊勢物語』に取材。シテは杜若の精）の謡を楽しんだ。寔《まこと》に花染は、唐《もろこし》の哀帝（漢の第十二代皇帝。劉欣）に御袖を断たせた董賢《とうけん》（臥処《ふしど》を共にした哀帝は眠っている董賢を起すに忍びず己の袖を断ったという）や、周の穆王《ぼくおう》（周の第五代の王。名は満。穆王が寵愛したのは菊慈童であり、以下の記述は誤り）に余桃の戯れをなした弥子暇《びしか》（弥子暇を寵愛したのは春秋時代の衛の霊公。弥子暇は食べかけの桃を霊公に奉ったという）にも劣るまいと思われる男色《なんしょく》（美童の色香）ゆえ、了覚は深い愛念を抱き、玉章《たまずさ》（恋文）を書き送った。

この由を伝え聞いた甲斐守が、花染に「了覚が汝に心を懸け、数通《すつう》の艶書を送ると聞く。汝、何とて今まで余に包み隠したるぞ。仔細を申せ」と詰問すると、花染は涙を流して、「それがしは、もと近江の佐保山の賤しき土民の子にござりまする。それを、御取立の上、御身《おんみ》近く召し使われ、その公恩は実《まこと》に山よりも高く海よりも深きものと心得ておりまする。かかる御情を無に致して、なにゆえ仮初《かりそめ》にも外人《ほかびと》に心を移す事など出来ましょうや。殿の御憎しみを受けては我が身の行方も覚つきませぬ。露ほども御疑心を得ましては、命有っても生甲斐はござりませぬ。もし、それがしが了覚と契《ちぎ》りを交しおるとの御疑いをお持ちなれば、今宵秘かに了覚の許に罷《まか》り越し、彼《か》の者の首を打ち、御目に懸くるでござりましょう」と、泣きながら申し上げた。そこで、甲斐守は「尤《もっと》もなる申し分じゃ。然《しか》らば、これにて切りとどめよ」と言って、差していた脇差を花染に取らせた。花染は脇差を押し戴き、その夜も更けた頃、薄衣《うすぎぬ》を打ち被《かず》き、人目を忍んで了覚院へと赴き、庵の軒に立ち忍んで秘かに扉を叩いた。了覚は花染を見て大いに悦び、急いで内に招き入れた。

座に着いた花染は、了覚に向い、「日頃の仰せは仮初の御戯れと思い聞き流して参りましたれど、偽りならぬ御心底と告げ知らする者あり、御志をそのままに捨て置き難く、主人甲斐守が今宵他行《たぎょう》致せしを幸いに、これまで忍び参ってござりまする。数ならぬそれがしに深き御心尽しのほど、返す返すも過分に存じまする」と言って、目に秋波の情を寄せ、言葉を尽して欺きかければ、了覚は深く悦び、いろいろと心を尽して馳走に努めた。花染が機嫌よく戯れかかり、了覚に酒を強《し》いたので、了覚はいたく盃を重ね、酔いを発した。花染が盃を控え、小鼓を取って打ち鳴らし、酒肴《さかな》に「杜若」の謡を所望すると、了覚は扇で拍子を取って謡い始めた。「思ひの色を世に残して、主は昔に業平《なりひら》なれども、形見の花は、今こゝに、在原《ありはら》の、跡な隔てそ杜若、跡な隔てそ杜若、沢辺の水の浅からず」と謡いながら、覚えずとろり〳〵と眠りかけた。

花染は折を見すまして鼓を投げ捨て、甲斐守が呉れた脇差すなわち一尺八寸（約五五糎）の備前長光《おさみつ》を抜き放ち、了覚の高股《たかもも》を車骨より筋違いにかけてふっゝつと切り落した。了覚は目を覚まし、手を突いて起き直り、「油断をなして闇討にせらるる事、無念なり」と歯嚙みした。血眼を瞠《みひら》いて睨《にら》みつける面魂が髣《さなが》ら鬼神のごとくに見えたので、花染は二の刀を打ち得ずに逃げ出した。手負いながらも了覚は「何方《いずかた》までも、逃しはせぬ」と言って、刀を抜いて杖に突き、跡を追いかけて出た。花染は道の傍らの観音堂に走りつき、柱を伝い天井へ上って隠れていた。程なく了覚も追いつき、花染の隠れている所を見つけて伝い上らんとしたが、五体不具にして上り得ず、かくするうちに正念も次第に乱れてきたため、歯嚙みして悔しがり、自ら首を掻き落し、俯《うつぶ》せに倒れ伏して絶命した。

花染は急いで天井より下《お》りると、了覚の首を引提《ひっさ》げて我が家へ帰り、甲斐守に首を見せた。甲斐守は大いに悦び、「汝、容色の人に勝れたるのみならず、勇気のほども見上げたものよ。この了覚は力も強く打物《うちもの》（武芸）も達者にて、世に聞えたる強者《つわもの》なるを、かくも易々と打ち留むる事、未《いま》だ幼年なるに健気なり。行末《ゆくすえ》頼もしく思うぞ」と褒め讃えて、いろいろと褒美を与えた。さて、了覚の首は瓶《かめ》に入れて裏手の乾《いぬい》（西北）の方角に埋めた。一説には、了覚の首を摺鉢に入れ土器を蓋にして埋めたと言う。陰陽師《おんみょうじ》の呪《まじない》の法にて、斯《か》様《よう》にしておけば、後々祟《たた》りをなさぬと言い、これを厭勝《えんしょう》の法という。

その日の夕刻、花染は何心なく床についたが、夢に了覚の亡霊が枕元に彳《たたず》み、脇差を抜いて花染の咽喉《のんど》を掻き切ると見て、早や暁には血を吐いて死んでしまった。甲斐守はこれを聞いて、いたく不憫に思い、花染の死骸を当麻《たいま》の寺に送って埋葬し、法名を芙蓉《ふよう》童子と名づけ、菩提を能《よ》く弔《とむら》って遣った。昨日まで盛りの花と見えた姿も、今日は古塚の主と化した事こそ哀れである。

了覚院が殺されてからと申すもの、甲斐守の屋敷では、夜も丑三《うしみ》つ（午前二時から二時半頃）を過ぎる頃になると、決まって家鳴《やなり》がして、座敷にて小鼓を打ちながら「杜若」の謡をうたう声が響いた。それゆえ、家内の男女は恐れをなし、日暮れてからは書院に近づく者も無かった。

或る日の黄昏時の事、甲斐守が只一人にて座敷にいると、庭の築山の隠《かげ》より、了覚院が小鼓を提げて現れ、座敷へ上がって来た。甲斐守と対座し、目を瞠いて礑《はった》と睨《にら》みつけ、居《い》丈高《たけだか》になり、瞬きもせずに睨み続けた。甲斐守は、元来大剛の者ゆえ、少しも臆せず、「おのれ、修験者《しゆげんじや》の身でありながら邪《よこし》まの色に溺れ、自ら霜刃《そうじん》（氷の刃）の難に遇うたるに、何ぞ我に讐《あだ》なす理《ことわり》あらんや。速やかに妄執を捨てて、本来空《くう》に帰れ」と言って、打《ちよう》と睨み返したので、了覚の死霊は睨み負けて、朝日に消える霜のごとく閃々《せんせん》として消え失せた。その夜、甲斐守の枕頭《まくらもと》に了覚の死霊が現れ、つくねんとして目守《みまも》っていた。甲斐守が目を覚まし、枕頭の脇差を取って抜打に切りつけると、早や影もなく消え失せていた。甲斐守は、間もなく櫛曳《くしびき》の陣中に討死を遂げ、嗣子《しし》無くして跡が絶えた。

その後《のち》、会津の御城主が替る度々、この屋敷を拝領した者は了覚の死霊に悩まされたので、やがては住む者も無く、誰言うともなく杜若屋敷と呼んで、空《あき》屋敷となった。城では足軽の者を遣わして番をさせたが、一人二人では恐ろしがって勤め得ず、結局十人ばかりで番を勤めた。いつも決まって暮方になると、座敷にて鼓を打ち「杜若」の謡をうたう声がした。足軽共がおずおずと座敷の様子を窺いに出ると、恐ろしげな大山伏が鼓を打って謡をうたっていた。これを見た者は気を失い絶命した。

寛永四年（家光の治世）五月廿五日、加藤式部少輔明成が会津に入部なさった（このとき入部した当主は父の加藤嘉明）。この時、杜若屋敷の主《あるじ》に納まったのは天河作之丞と申して、三百五十石取の士であった。或る夕べ、奥川大六、梶川市之丞、佃才蔵、守岡八蔵の面々が作之丞の許《もと》に夜咄《よばなし》をしに集《つど》った。酔後に、大六が「実《まこと》であろうか、この屋敷にて「杜若」の謡をうたえば、様々なる不思議ありと聞く。試みに謡うべし」と言って、一同、同音にて「杜若」の曲《くせ》を謡い出したところ、狩衣《かりぎぬ》を着《ちゃく》した美童が現れ、扇を開き、謡の声につれて舞い始めたが、暫くあって消え失せた。次の間に六尺屏風が立ててあったが、その上を見越して大山伏が面《おもて》ばかりを覗かせ、「この屋敷にては、その謡はうたわぬぞ。止《や》めよ〳〵」と言ったなり、失せてしまった。なお止めずに謡う折しも、例の山伏が座敷に現れ、「未だ止めぬか」と言って、才蔵の頭を張手で打った。才蔵が刀を抜いて切りかからんとすれば、忽《たちま》ち姿が消え失せてしまった。

その後《のち》も、了覚の霊が荒れ狂うので、作之丞は了覚の霊を祀《まつ》り、杜若明神と名づけ、私事として祠《ほこら》を建てて祭祀を為《な》し、僧を雇って霊を弔ったため、やがて了覚の霊も鎮まり、何の祟りも顕さなくなった。杜若明神は、後には家護霊神と号したという。　（巻之三）

播州姫路城

姫路の城主松平大和守義俊の児小姓《ちごこしょう》森田図書《ずしょ》は、十四歳の時、傍輩《ほうばい》と賭を為《な》し、夜分に雪洞《ぼんぼり》を灯して天守の七階目へ上ったところ、三十四、五のいかにも気高い容子の女が十二単衣《ひとえ》を着て、燈の許《もと》、机に向って書《ふみ》を読んでいたが、図書を見て「汝、なにゆえに来《きた》るぞ」と咎めた。図書は床に手をついて、「傍輩と賭を致し、この所へ参りました」と答えた。女は「されば、印を取らせよう」と言って、甲《かぶと》の錣《しころ》を呉れた。

図書はこれを戴いて降りたが、天守の三階目の後ろより、大入道が図書の肩越しに覗いて雪洞の火を吹き消してしまった。図書はまた取って返し、天守に上った。女は最前と変らぬ様子にて、「また、なにゆえに来るぞ」と言った。図書が「天守の三階目まで下りしところ、後ろより大入道が火を吹き消したれば、闇《くら》くして下へ降《お》り煩い、火を灯しに参ってござりまする」と答えると、女は「実《まこと》に汝は健気なる者よ」と言って雪洞に火を点《つ》けてくれた。

図書は天守より下り、殿の御前に進み出《い》で、件《くだん》の事を物語って甲の錣を差し出した。大和守が御覧になったところ、御自身の召料《めしりょう》の鎧《よろい》の錣ゆえ、急ぎ納戸《なんど》の者を召し出し、鎧櫃を取り出して検《あらた》めてみると、錣は失われて鉢ばかりがあった。この物語は、姫路の当御城主に仕える士《さむらい》より聞いた咄《はなし》である。森田図書は、今は侍大将となっている由である。

（巻之五）

一目坊

最上《もがみ》（戦国末期の出羽山形の大名）の侍にて辻源四郎と申す者が、病を得て塔の沢の湯へ赴いた。何処《いずこ》より来たとも知れぬ六十ばかりの僧に出会い、一つ湯の中で言葉を交していたが、諸国の様々なる珍しい物語を聞かせてくれるので、源四郎が「われらは最上の者にござるが、病気にてここへ湯治に参り、この湯の向いの家に宿を借りて罷《まか》り居り申す。折節、隙《ひま》の折にはお出《い》でなされ」と誘ったところ、「かたじけなく存ずる。今晩にも早速参りまする」と言って、その日の暮方に尋ねて来た。種々物語などしながら酒茶を過しているうちに夜も更け、件《くだん》の僧は帰る事になったが、別れ際に「われらは明暁《みょうぎょう》には最早立ち退きまする。われらの住み申す寺は程近き所にてござる。この谷川を水上《みなかみ》へ上り果てし辺りに杉の叢立《むらだち》がござれば、その杉原を二里（約八粁）ばかりお出《い》で下され。一目寺と申す古寺にて、静かに淋しく、古色なる所柄ゆえ、一詠の御工夫（和歌を詠む事）の便《よすが》ともなりましょう。近々お訪ね下され」と言って立ち去った。

四、五日の後《のち》、源四郎は供の若党《わかとう》を呼び、「いつぞや我が方へ来《きた》りし僧の住む山寺を、今日《こんにち》のつれづれに訪ねんと思う」と言った。若党も「今日《こんにち》は空も麗《うらら》かなれば、お出かけなされませ」と申して勧めたので、主従四、五人にて宿を後にした。宿の前の谷川を水上目指して上って行くと、件の僧が教えた通り杉の叢立があり、更にそれを遥々《はるばる》と分け行くと、果して山陰に半ば崩れ傾きかけた古寺があったものの、宛《さな》ら見た目には人の住処《すみか》とも思われない。源四郎が若党を先に遣わして案内《あない》を乞わせると、十二、三の小喝食《こかつしき》（寺院に仕える有髪の少年）が現れ、「主《あるじ》の僧は霧島が嶽へ参りたれば、四、五日は帰りませぬ」と答えた。若党が仔細に喝食を見ると、額《ひたい》に大きな眼が一つ具わっていたので、魂《たまげ》消て歩を返し、源四郎にこの由を告げた。不思議に思った源四郎が急いで寺の中に入り、客殿を見廻したところ、一つ目の小僧共が四、五人集って人の首を取り集め、「一ッ二ッ」と数えては竹籠に入れているではないか。勝手廻りを覗くと、赤面《あかつら》の然《しか》も一眼の禿《かむろ》が二、三人にて囲炉《いろ》裏《り》を囲み、人の首を火に翳《かざ》し炙《あぶ》っていたが、源四郎主従を振り返って「また首数が増えたるよ」と言った。

源四郎は一方《ひとかた》ならず驚き、主従共々飛ぶがごとく急いで宿に帰り、主を呼び出して一部始終を語った。これを聞いて主も大いに驚き、「それは大魔所にてござれば、誰も行く者などありませぬ。たまたま道を踏み迷うて行き至るとも命の助かりし人は曾《かつ》てござらねば、御命助かりし事は不思議とも御仕合《おしあわせ》とも存じられまする。まず爰許《ここもと》を、一刻も早くお発ち

なされませ」と申したので、源四郎はいよいよ肝を潰し、早々に取り急いで最上へ帰って行った。（巻之六）

沼沢の怪

会津の金山谷《かなやまだに》に沼沢の沼と申す大沼がある。底の深さは計るべくもなく、「この沼に、沼御前《ぬまごぜん》と申す主《ぬし》あり」と言い伝えている。

正徳三年（十八世紀初頭。七代将軍家継の治世）五月の事、金山谷の三右衛門という猟師が、この沼へ未明より暁にかけて鴨打《かもうち》に出かけたところ、向う岸に二十《はたち》ばかりの女が腰より下を水に涵《ひた》して鉄漿《かね》をつけていた。よくよく見ると、髪の長さが二丈（約六米）ばかりもある。「いかさま不思議の者よ」と思い、二《ふた》ッ玉を鉄砲に込め、狙いすまして撃つや、胸板を撃ち抜くと等しく女は沼に倒れ込んだ。女が沼に沈むと見るや、忽ち《たちま》水底《みなぞこ》は大雷電《おおいかずち》のごとくに鳴動して、荒波が岸を洗い、空には黒雲が立ちこめた。大沼は虚空に沸き上がり、湯玉が散り、湯煙が天地を覆って真暗となった。三右衛門は大いに驚き、急いで我が家に帰ったが、その時より大雷大雨大風が三日三晩に亙《わた》って荒れ狂い、金山谷は真の闇と化した。人々は大いに驚き、「これ、只事に非ず」と恐れ戦《おのの》いた。その後《のち》、雨も止み、三右衛門の身の上にも何事も無かったという。（巻之七）

*『諸国里人談』――菊岡沾涼《きくおかせんりよう》

森囃

享保《きようほう》の初め（十八世紀初頭。八代将軍吉宗の治世）の事、武州（武蔵国）と相州（相模国）との堺にある信濃坂で、夜毎に囃子《はやし》物《もの》の音が聞えた。笛や鼓《つづみ》などの音に被《かぶ》せて四、五人の声が聞える中に、老人の声が一人混っていた。近在はもとより江戸などからも、これを聞きに出る人が多かった。十町四方に響き渡り、初めは囃している場所も知れなかったが、音を便りに尋ねたところ、その村の産土神《うぶすながみ》（鎮守）の森の中と知れた。時として篝火《かがり》を焚く事があり、翌日見れば、青松葉の枝の燃止《もえさし》が境内に残されていた。或いはまた、節《ふし》の所で切断した一尺（約三〇糎）余の太い青竹が森のなかに捨ててあり、これが例の鼓であろうと、里人は語り合っていた。

ただ囃子の音が響くのみにて、何の禍《わざわ》いも無い。月を経ても止まず、夏の頃より秋冬にかけて続いた。然《しか》し、次第に間遠になり、三日五日と日を隔て、後《のち》にはその間隔も七日十日という具合に延びた。初めのうちは聞きに出る人も数多《あまた》あって、みな何とも思わなかったが、後々には自ずと恐ろしく思うようになり、翌年の春の頃に至ると、囃子のある夜は、里人も門戸を鎖《とざ》して外出をしなくなった。やがて、物音も高く響かぬようになり、春の末の頃には、何時《いつ》という事もなく止んでしまった。（巻之二「妖異部」）

髪切

元禄の初め頃の事、夜中に往来の人の髪を切るという事件が頻繁に起った。男女共に、結《ゆ》ったる儘《まま》にて元結《もとゆい》の際《きわ》より切り捨て、結ったる形のまま地面に落ちていた。切られた人は曾《かつ》て覚えがなく、何時《いつ》切られたものか判らなかった。同様の事件は諸国にて起ったが、殊に伊勢の松坂に多かった。江戸に於ても切られた人がいる。予（菊岡沾凉《きくおかせんりよう》）の知るところでは、紺屋町《こうやまち》の金物屋の下女が切られている。この下女は、夜分買物に出て、髪を切られた事を聊《いささ》かも知らずに帰ってきた。人々が髪の無き由を教え告げると、驚いて気を失ってしまった。後刻、往復の道を尋ねて歩いたところ、果して結ったる儘にて落ちていたと

（巻之二「妖異部」）

いう。

犬の転生

和泉国《いずみのくに》は堺の辺りの浄土宗の寺に白犬が飼われていた。この犬は、二六時中（一昼夜）勤行《ごんぎょう》の時には、堂の縁に近づいて平伏していた。また修行者が大路にて念仏するのを見かければ、必ず衣の裾に纏《まつ》わり、仔細ありげに吠えた。或る年の師走の事、餅を搗《つ》いたので、この犬にも与えたところ、咽《のど》に詰まらせて死んでしまった。和尚は憐れんで、戒名を授け、懇《ねん》ごろに弔《とむら》ってやった。一夜、和尚の夢に彼《か》の犬が現れて、「念仏の功力《くりき》により人間に生まる事が叶い、門番の者の妻の胎《はら》に宿りましてござりまする」と言った。果して、門番の妻が男子を産んだ、そこで、和尚は夢の告げを門番夫婦に教え示して、件《くだん》の子が六七歳になった頃、出家させた。この子は、聡明叡知にして、一を聞いて十を慧《さと》るの観があった。よって、和尚はこよなく大切に養育した。

この者はまた、幼少より餅を嫌うて食さなかった。誰《たれ》言うとなく、前生が犬であると知れ渡り、同輩の新発意《しんぼち》（僧侶）達は白犬という仇名をつけて呼ぶようになった。当人は心外なる事と思い、十三歳の時、和尚に対《むか》って、「私を白犬と呼ぶのは、なにゆえでござりまするか」と問い、「この事は止《や》めさせて下さりませ」と訴えた。和尚が深く考えもせずに、「和殿《わどの》が餅を嫌うゆえ、左様によばれるのじゃ。されば、餅を食すれば、この難儀もあるまいぞ」と答えたところ、「それでは食しまする」と言った。後日、餅を搗いた日の事、件の小僧は餅を据えた膳に一旦は向ったものの、用事のある体《てい》にて座を外し、そのまま行方が判らなくなった。諸処方々を探し求めたが、その行方は杳《よう》として知れなかった。和尚は「由なき事を言いつるものかな」とたいそう後悔した。小僧が常々手習の折に用いていた机の上に、「何となく我が身の上はしら雲のたつきも知らぬ山に隠れじ」と詠んだ一首が残されていた。

（巻之五「気形部」・犬生人）

源五郎狐

延宝《えんぽう》（十七世紀後半）の頃の事、大和国の宇多《うだ》（宇陀）に源五郎狐という狐が住んでいた。常に百姓の家に雇われて農業をしていたが、二人または三人分の働きを勤めた。よって、百姓達は進んでこれを招いたが、何処《いずこ》より来《きた》って何れ《いず》へ帰るものか、誰も知らない。或る時、この源五郎狐が関東への飛脚を頼まれた。尋常の者ならば片道十日余のところを往復七、八日にて帰ったので、その後《のち》は度々頼まれて東海道を往来していたが、或る時、小夜《さよの》中山《なかやま》（遠江国日坂《にっさか》付近の坂路。歌枕として名高い）にて犬に襲われ、死んでしまった。首に懸けた文箱《ふばこ》を、その所より大和へ届けて来たために、死んだ事が判ったのである。

また同じ頃、伊賀国は上野の広禅寺という曹洞宗の寺に、小女郎狐という狐が住んでいた。誰《たれ》言うとなく、源五郎狐の妻であると専《もっぱ》ら噂されていた。容子は十二、三ばかりの小女と見える。庫裏《くり》に出て世事（僧侶の常食以外の食事という）の支度を手伝い、時々は野菜を求めに門前町に現れる。町の者たちは予《かね》てより、この小女の正体が狐である事を知っていた。昼中に豆腐などを調えて帰るところを、童《わらべ》どもが囲んで「こじょろ〳〵」と囃し立てても、振り向いて莞爾《かんじ》と微笑《ほほえ》むばかりにて、敢えて取り合わなかった。かくして四、五年を過したが、その後《のち》は行方知れずになった。（巻九「気形部」）

*『新著聞集』――神谷養勇軒・編

妖猫友を誘《いざな》う

天和三年（十七世紀後半。徳川綱吉の治世）の夏の事、淀の城下（摂津国）の清養院の住持《じゅうじ》（住職）は痢病を患っていた。晩方に厠《かわや》に行くと、縁側の切戸《きりど》（潜戸）を叩いて「これ〳〵」と呼ぶ声がするので、奇異の思いを為《な》し、秘かに窺《うかが》っていたところ、火燵《こたつ》の上にいた七、八年も飼い置く猫が走り出て、切戸の鎰《かぎ》を外すではないか。戸が開くと、外には大猫が一匹待っていた。飼猫はこれを内に入れ、また鎰を掛けて、大猫を火燵の上に伴った。猶《なお》も窺っていると、猫同士で話を始めた。

大猫が「今夜、納屋《なや》町に踊があるゆえ、いざ行かん」と何やら誘う様子である。飼猫が「されば、この頃、住持が病み給うによって、伽《とぎ》（話相手）をするゆえ、行くことは叶わぬ」と断ると、大猫は「然《しか》らば、手拭を貸せ」と言った。飼猫は「それも、住持が暇《いとま》なく遣い給うゆえ、叶わぬ」と断って送り帰し、元のごとくに鎰を掛けた。
あらましを窺い見た住持が室《へや》に立ち返り、猫を撫でながら「お前、伽はせぬとも苦しゅうない。誘いに来《きた》る所へ早う行け。手拭も遣るぞ」と言うと、猫はすぐさま走り出て、その後《のち》は帰らなかったという。

（第十「奇怪篇」・妖猫友をいざなふ）

怪しの若衆

天和四年正月四日、中川佐渡守殿（清和源氏末流。近世の大名）が将軍家へ年賀の礼に出仕する供の内に、堀田三郎と申す者があった。途次、本郷の白山《はくさん》（外堀・水道橋の先）の茶店に立ち寄って休んだ折の事、堀田の召使にて関内と申す者が水を飲まんとすると、茶碗の中に、得《え》も言われぬ麗しき若衆《わかしゅ》の顔が写るゆえ、訝《いぶか》しく思って水を捨て、また汲んだところ、やはり顔が見えるので、是非もなくその儘《まま》に飲んでしまった。

その夜の事、関内の部屋に若衆が現れ、「昼は、初めてお逢い致しました。式部平内と申す者にござりまする」と挨拶したので、関内は驚きながらも「全く覚えが無い。さても、表門をば何として通り抜けたるか。不審なる者なり、人ではあるまい」と思い、抜き打ちに斬りつけた。逃げ出すのを厳しく追いかけたが、隣屋敷との境まで追ったところで見失った。騒ぎを聞きつけた面々が出て来たので、関内は訳を話したが、皆々合点が行かず、その儘《まま》に終った。

翌晩、関内に逢いたいと申す者が訪れたので、「誰か」と問うた。「式部平内の使、松岡平蔵、岡村平六、土橋久蔵という者なり。思いを寄せて参った者を、労《いたわ》るどころか、手を負わせるとは何事ぞ。平内は疵《きず》の養生のため、湯治に参りしが、来《きた》る十六日には帰る筈じゃ。その時には必ず恨みを晴らさん」と言う者共を見れば、なかなか以て荒々しき様子の連中である。関内が「心得たり」と言いざま、脇差を抜いて斬りかかると、一同は逃れて件《くだん》の境目まで行き、隣の壁に飛び上がって失せてしまった。その後《のち》は、現れる事もなかった。

（第十「奇怪篇」・茶店の水碗に若年の面を現ず）

狼婆

越前国大野郡の菖蒲池《あやめいけ》の畔《ほとり》に、或る時、狼の群が現れ、日暮には人の往来が絶えた。或る僧が、菖蒲池の孫右衛門という者の家を志して道を行くと、思いの外に早々と狼が現れ出《い》でた。最早行き難しと諦め、近くの大木に登って一夜を明かす事にした。狼どもは木の下に集まり、面《おもて》を上げて件《くだん》の僧を目守《みまも》っていたが、やがて一匹が「菖蒲池の孫右衛門の嬶《かか》を呼ばん」と言うと、これに応じて「この儀、尤《もっと》もなり」と迎えに立つものがいる。程なく大きな狼が現れ、樹上をつくづくと見上げてから、群に向って「儂《わし》を肩車にて持ち上げよ」と命じた。狼どもは、すぐさま、我も我もと仲間の股に首を差し入れ、大きな狼を次第に高く持ち上げた。件の僧は、狼が側近くまで上がって来たため、身も縮み心も消え入る体《てい》であったが、恐怖のあまり、腰に差した刺刀《さすが》（小刀）を抜いて、狼の眉間を突いた。その時、肩車の櫓《やぐら》が崩れ落ち、狼どもは皆立ち去った。

夜も漸《よう》く明け、彼《か》の僧が孫右衛門の家に行ってみると、妻が昨夜死んだというので取り込んでいる様子であった。死骸を見れば、大きな狼である。この家では、子孫に至るまで、皆々背筋に沿って狼の毛が生えていたという。また、土佐の岡崎が浜の「鍛冶《かじ》の嬶《かか》」と申すものも、これと露違《たが》わず、狼の正体を顕《あらわ》した由である。

（第十「奇怪篇」・古狼婦となりて子孫毛を被る）

恥を知る猫

江戸は増上寺の脇寺の徳水院に久しく飼われている赤猫があった。或る時、梁《はり》の上にて鼠を追い廻していたが、如何《どう》したことやら、取り逃がして足を踏み外し、梁の下に落ち、「南無《なむ》三宝」と大声を発した。人々が聞きつけ、「扨《さて》はまた猫ぞよ、粗相なる化け様《よう》ではある」と云ったので、それより姿を隠し、何処《いずこ》へ逃《に》げ去ったものか、ふっつりと見えなくなった。元禄年中の事である。

（第十七「俗談篇」・猫人のためにかたる）

成瀬隼人正の念力

成瀬隼人正《はやとのしょう》殿（徳川家康の直命により尾張徳川家の付《つけ》家老となる。犬山城主）は、尾張にて病に罹《かか》り、「この度は最期であろう。年来の志の通り、日光山（家康の墓所）に参じて終り（死）を遂げたく思う」と仰せられて、先ず江戸に下向し、日光山参詣の事を咨《はか》られたが、一族の衆が集われて、「かかる重病の折に、旅行などは以ての外にござりまする」と諫言したので、その事は沙汰止みとなった。隼人正殿は、「我が宿意（年来の志）は遂せざれども、御忌日（家康の祥月命日）を待ち奉り、終りを遂げん」と仰せられて、寛永二年（一六二五）一月十七日（家康の命日は四月十七日）に至って行水を執り、衣服を改め、それぞれに暇乞《いとまごい》をして、燈の消える如くに息絶え給うた。

その頃、南光坊（天海僧正。家康薨去《こうきょ》の折の導師）は、日光山に坐《おわ》したが、その日その時にあたり、東照宮の御廟前に、隼人正一人《いちにん》のみにて参詣されたのを見て、「さては今こそ世を去り給う」と知り、感慨を深うし、頓《やが》て江戸に飛脚を立てて、一族の御方へ、悔みを述べ給うたという。この事は、かの家（成瀬家）の記録及び上野二大師（寛永寺の二人の大師か）の縁起に記載されている。

（第十三「往生篇」・念力日光山に詣す）

水に立ちての往生

阿州（阿波国《あわのくに》）中郡《なかのこおり》黒土村に、手《た》ぐり網曳《あみひき》（漁業）を生業《なりわい》とする利兵衛と申す者があった。平生《へいぜい》は狂人の様子にて、単心無二の念仏者（ひたすら念仏を事とする者）であった。網を曳くにも、口を閉じる暇なく称名《しょうみょう》（念仏を称える事）を止めなかった。かかる故にか、他の者よりも魚を多く捕り、また年を重ねても身体が能《よ》く動いた。

寛文七年（一六六七）六月十五日の事、利兵衛は親類を訪ねて回り、「儂《わし》は今日往生致す。ついては、この世の名残に、盃を交したい」と申すゆえ、聞く人は、例の狂気かと思いながら、盃を取り交した。「各々必ず念仏を怠ってはならぬ。これは大事にござるぞ。では、さらばさらば」と申して帰り、それより浜に至り、腰まで水に浸かり、西にむかって合掌し、念仏を高らかに唱えて立っていたが、暫らく経ってから、人々が不審を覚えて確かめて見ると、何時《いつ》の間にか往生を遂げていた。

暇乞《いとまごい》の時に、利兵衛が「儂が往生する時には、雷電があるだろう」と言うたのを、人々は聞き流した。その頃は大変な大旱魃《かんばつ》であったが、利兵衛が往生すると、晴天が俄《にわか》に掻き曇り、雷《かみなり》が轟き、電《いなずま》がひらめき、一里四方の内は車軸を流すような大雨に見舞われた。村々の者は老いも若きも、不思議にもありがたき事と、肝に染みて感じ入った。

（第十三「往生篇」・網曳利兵衛水に立終る）

夢に臨終の日を知る

延宝七年（一六七九）十一月二十四日の事、江戸は品川の伯船寺の住持（住職）の夢に、高僧が現れ、「汝は来年二月廿四日に身まかるなり。その心得あれ」と仰せられて、次の如き詩を賦《ふ》して示し給うた。

六十余年混世塵　（六十余年世塵に混ず）
夢中不覚養残身　（夢中覚えず残身を養ふ）
不来不去是何者　（来《きた》らず去らず是《これ》何者ぞ）
二月花開南谷春　（二月花開きて南谷の春）

住持は、翌朝からこの詩を口癖のように言うておられた。明くる庚申《かのえさる》の年の元日に、

見じ聞かじ言はぬがましじや申の年

という発句《ほっく》を吟《よ》み、言い戯れて示されたが、二月中旬より違例（病気）の心地となり、さして患う気配も無きまま、廿四日に六十四歳にて正念《しょうねん》（正気）のまま終りに臨まれた。この人は、常々大酒を好み、仏道を疎《おろそ》かにしている如くに見えたので、嘲《あざけ》りを受ける事も多かったのだが、心中に如何《いか》なるめでたき事があったものかと、人々はいろいろと取沙汰した。

（第十三「往生篇」・化人夢に入り詩を賦して終を告ぐ）

妬魂の念仏往生

常州（常陸国《ひたちのくに》）の松原村に嘉左衛門と申す百姓があった。妻は美女にて、夫婦《めおと》の中も殊に睦《むつま》まじかった。然《しか》るに、妻が病に罹《かか》り、死期に臨んで「私の亡きあとに、後妻は迎えて下さるな」と言うゆえ、嘉左衛門は「左様の事は決して致さぬ」と誓言して、互いに涙を絞り掻き口説いたが、遂に妻は身まかった。

漸々《ようよう》月日も過ぎ去り、或る時、所の代官より「妻なくては良からず」と言って寄越した。様々に言いなして拒んだものの、遂には遁《のが》れ難く、後連れを取り迎えたところ、その夜より、亡妻の怨霊が来《きた》り、夫の首筋に抱きつき、顔を差し覗いた。嘉左衛門は、亡妻の恨めしげなる様子は何とも言い難いと、身震いして恐れ、以来、正気を失うてしまった。
宗旨は天台宗の事なれば、護摩を修し、大般若経を読み、様々の祈禱を尽したが、一向に効験《しるし》も現れない。近隣の人々が「いざや、祐天（浄土宗の僧侶。当時、下総国《しもうさのくに》飯沼の弘経《ぐぎょう》寺に在り、累《かさね》の怨霊を得脱させた事で名高い）を頼まん」と申して、羽丹生《はにゅう》村（下総国岡田郡。累事件の村）の三郎左衛門と庄右衛門を介して招いたが、折悪しく夏中法問（仏教の教義問答。法談）の時に中《あた》れば叶い難く、「其方《そのほう》ら両人行きて、蠟燭一挺切《ろうそくいっちょうきり》（蠟燭一本の燈《とも》る間ずっと回《え》向《こう》する事）に念仏せよ」と仰せられた。両人が「われらが念仏にて、如何《いかが》して、かかる悪霊が退《の》きましょうや」と申すと、祐天は「汝が念仏と、我が念仏と、少しも変るところはない。疑うてはならぬ」と教え給うたので、両人は篤《とく》と得悟し、在所より同行《どうぎょう》（念仏講の仲間）十四、五人を誘《いざな》い、また松原村の者共も相交え、五十人ばかりが嘉左衛門の家に打ち寄り、祐天の教えの如く、一挺切の念仏を勧め、各々帰宅した。さて、その暁に、三郎左衛門と庄右衛門の両人の方に、病家より「唯今、病人が起き上がり、「様々に怨みを報ぜんと思いおりましたが、図らざる尊き御弔《おとむら》いにて、成仏を遂げました」と言うと間もなく、本心に復してござりまする」と言って寄越した。

（第十三「往生篇」・妬魂頸を抱て念仏往生す）

大悪党の往生

上総国《かずさのくに》の福津に、じゃじゃ庄右衛門と申す大悪党があったが、如何《いか》なる過去の因縁があったものか、或る時、一心不乱の念仏者となり、多くの人に勧めて念仏を勧めさせた。少し違例（病気）の心地となったが、予《かね》て死期を知り、一族朋友の所へ悉《ことごと》く暇乞《いとまご》いに歩き、死の三日前より、日頃頼みとする大樹寺に行き、本堂の弥陀の前に端座合掌し、念仏を間断なく唱え、眠るが如くに息絶えた。寺では、「この往生の様子、ただ人ならず」と申して、七日の間、死骸を拝んでいたところ、虚空に五色《ごしき》の花が降り、夜には龍燈（燈火の如く連なり現れる海中の燐光）が上がり、堂内に入ったが、これを拝した人は多かった。

（第十三「往生篇」・龍燈室に入り彩花空に充つ）

生魂の寺詣

武州（武蔵国）は熊谷に近き上吉見村の龍梅院の檀那に坂田喜兵衛と申す者があった。

久しく患うていたので、寺からも折々見舞の者を遣わしていたが、或る雨降りの日に、雨具を纏うて寺に詣で、仏前を拝して帰るのを、住持（住職）が見かけて呼び返し、「扨々《さてさて》、其方《そなた》には快気して、めでたき事にござるな」と言葉をかけて悦び、喜兵衛はそのまま帰って行った。住持が、後からまた祝の使を遣わしたところ、「喜兵衛は今を限りと相見え、今際《いまわ》の時を待つのみにござりまする」との返事を持ち帰ったので、「さては魄《たましい》が先立って来りしか」と思い中《あた》った。その翌日、喜兵衛は遂に身まかったという。

（第十三「往生篇」・生魂寺に詣づ）

霊夢三たび

証誉念信は、何処《いずこ》の人とも知れない。病を発し、七月十一日の未《ひつじ》の刻ばかり（午後二時頃）に、先立ちし母が夢に現れ、「私は今、上品《じょうぼん》（極楽の最上位）におりまする」と告げた。念信が「さもあらば、菩薩の形にて坐《おわ》す筈なれど、御姿の昔と変らぬは、如何《いか》に」と問うと、「されば、菩薩の正相《しょうそう》を拝ませましょう」と言うて、念信を伴うて歩を進めたが、忽《こつ》然《ぜん》として瑠璃《るり》地《ち》（青色の宝石で覆われた浄土）に至った。そこには池があって、玉の橋が懸かり、池には大きさ五尺（約一・五米）ばかりの四茎の蓮華があった。念信が、この蓮華に託生《たくしょう》の人は誰《たれ》かと問うと、母は「娑婆《しゃば》（現世）の同行《どうぎょう》の三人、それ、誰々ですよ。残る一茎は、其方《そなた》の蓮台ですよ」と答えたが、そこで夢が醒めた。

翌十二日、また同時刻に夢を見た。西の天に白雲が一叢《ひとむら》懸かっている。なぜ紫雲ではないのかと不審に思うて見ていると、忽《たちま》ち紫の色に変じた。その雲に乗り浄土に至ったかと思うと、早くも辺りには菩薩が充満している。中に大蓮台が見えたが、仏は坐さず、この事を問わんと思う内に、丈余（約三米余）の坐像の如来が、金色の光を放って、行者（念信）の身を照らし給う。即ち頭《こうべ》を垂れて拝み奉るところに、如来は諸々の菩薩にむかって、空《くう》無我の法問を説き給う。「所謂《いわゆる》空無我とは、ただ信《まこと》の称名《しょうみょう》（唱名。念仏）これなり」と御説法を終え、菩薩や衆《しゅ》にむかい、念信を指して、「それなる者は当世の行者なり。結縁《けちえん》せよ」と告げ給うた。諸々の菩薩が念信にむかい、頭を傾け給うと見る内に、夢は醒めた。

同十七日の同じ時刻、夢ともなく、現《うつつ》ともなく、目前に白旛《しらはた》が四流、菴室《あんじつ》の四方の樹に懸かっているのが、半時ばかり（一時間）の間、ずっと、目を閉じても開いても見え、また異香《いきょう》が室内に薫《くん》じた。八月二日、念信は遂に、光明遍照の文を唱え、念仏を七、八十遍高声に唱え、「来迎来迎」と三度告げて、微笑しつつ最期を遂げた。

（第十三「往生篇」・念仏法師三たび好相を感ず）

骨、舎利と化す

摂州（摂津国）東成郡放出《はなてん》村の山田寺の空山和尚は、道徳に優れ、数多《あまた》の人の帰依を得ていた。往生の前、二、三日の間、知り人の許を悉《ことごと》く歩き回り、帰宅ののち快く眠り、その暁に僕《しもべ》を起し、「早く行水を沸かせ。儂《わし》は今日往生を致す」と命じ、その間に仏前を荘《しょう》厳《ごん》し、香花《こうげ》と燈明を供え、徐《ゆる》やかに行水をされた。さて、僕にむかい、「今、臨終の念仏を始めるぞ。汝は後ろに控えて助音（声を添える事）せよ。もし我が声の弱るとも、汝は高声に唱えよ。回向《えこう》の文終りなば、十念（念仏を十回唱える）を授くるゆえ、慥《たし》かに受けよ」と契約し、善導の発願文を誦《ず》し、光明遍在の偈《げ》を唱えて、高声にて念仏を唱えて身体を責め、「願以此功徳」の文を高らかに誦し了《おわ》り、念仏の第七遍目に、晏然《あんぜん》として息が絶えた。火葬の後、骨は舎利となり、灰は紫色に変じた。寛文十一年（一六七一）五月十一日の事である。世寿は七十歳という。

（第十三「往生篇」・骨舎利に化し灰紫色に変ず）

冥途の舎利

丹波国《たんばのくに》は船井郡藍田村の山田彦七と申す者は、無二の念仏者にて、何よりも仁慈を旨としていた。元禄二年（一六八九）極月（十二月）朔日《ついたち》に、二十七歳にて身まかったが、翌日蘇生して、「冥途にて、ありがたき事どもあり、この仏舎利を頂戴致した」と申し、握っていた左の掌を開き、光明赫奕《かくやく》たる一粒を示した。村人は、「奇異の結縁《けちえん》じゃ」と申して、群れ集って念仏を唱えた。同三日の午《うま》の刻ばかり（正午前後）に、臨終正念に大往生を遂げた。没後に、件《くだん》の舎利を探し求めたが、遂に見出《みい》だせなかった。彦七が持ち去ったのであろうか。

（第十三「往生篇」・蘇生して冥途の舎利を持来す）

＊『裏見寒話』――野田市右衛門成方

柳の精

善光寺（信濃国の古刹《こさつ》。定額《じょうがく》山）の本堂は撞木造《しゅもくづくり》にして、横十五間（約二七米余）、奥行廿五間（約四五米余）、永禄年中（十六世紀後半）に武田信玄が建立、造営には飛騨の匠《たくみ》が当ったという。その頃、甲信両国（甲斐国と信濃国。武田信玄が支配）を広く尋ねても、廿五間の棟木《むなぎ》に用いるべき良材が得られなかった。ここに、中郡筋《なかごおりすじ》の高畑村に一株の柳の古木があった。数百年を経ながら朽ちもせず、寔《まこと》に牛をも蔽う老樹ゆえ、この木の外に棟木に用いるべき木は無いという事で、已《すで》に伐採が決められた。

その頃、隣の遠光寺村の農家に一人の娘があった。齢《とし》は二八《にはち》ばかり（十六歳）、埴生《はにゅう》の内（粗末な家）に育つと雖《いえど》も、容貌美しくして心もまた優しく、その上、裁縫の隙《ひま》を縫って何《い》時《つ》からか敷島（和歌）の道にも精進するという次第にて、両親も別して愛する事頻《しき》りであった。然《しか》るに、人目を忍んで、この娘の許《もと》へ夜毎に通って来る男があった。初めのうちは、娘もこれを恥しく思っていたが、何時《いつ》とはなく馴染んで、遠寺《おんじ》の入相《いりあい》の鐘に心をときめかせ、近村の鶏鳴には別れを惜しんで袂《たもと》を濡らすようになった。然るに、或る夜の事、件《くだん》の男が頻《しき》りに涙に咽《むせ》びつつ、「其方《そなた》と契りを結ぶ事、已《すで》に二年に余ると雖《いえど》も、今は今生の縁尽きて、偕老《かいろう》のさだめ（偕老同穴。生涯連れ添う事）、比翼の誓（来世の契）も今夜限り、名残惜しく思われてならぬ」と言ったので、女はたいそう驚き、「此《こ》は情なき事をうかがいまする。思わずも、貴方を引き入れ参らせ、仇《あだ》に立つ名の難波潟《なにわがた》、蘆《あし》の仮寝の一夜をも、二世《にせ》の縁《えにし》と聞きまするものを、ましてや二年《ふたとせ》に余る年月《としつき》を契り来《きた》るこの身には、何としても思い切る事など叶いませぬ。ただこの上は、虎伏す野辺、鯨寄る浦までも是非にも御伴いたしまする」と袖や袂に縋《すが》りついて涙に咽んだ。その有様に、男も尚更涙に沈み、「たまたま共に一樹の陰に宿り、一河の流れを汲む例《ためし》をも、他生《たしょう》の縁と申すゆえ、其方の誠心に愛《め》でて我が身の上を語り聞かせん。我、実《まこと》は人間に非ず、高畑村の古柳の精なり。其方の艶色を愛で、仮に人間の姿と化して夫婦の約《ちぎり》を為《な》したるが、この身は善光寺の棟木に充てらるる事に窮まり、明日は千《ち》年《とせ》の命を失わねばならぬ。さりながら、仏法道場の良材となれば、悉皆《しっかい》成仏は疑いなし。我、伐り取らるると雖も、千二千の人力を以て動かすとも動くまい。その時は、其方が立ち出《い》で、一声《いっせい》の音頭を上げてくれなば、難なく板垣の里に至るであろう。必ず忘れ給うな」と言い終えるや、忽然として姿を消した。娘は名残を惜しみながらも、かかる化生《けしょう》の物と契りを結んだかと思うと恐ろしくて、暫《しばら》くは茫然として いた。

さて、翌日の事、彼《か》の柳を伐り倒し、数千の人数を以て板垣の里まで引き行かんとするも、少しも動かず、ために奉行や長吏《ちょうり》は大いに当惑した。そこへ件の娘が立ち出《い》で、柳に対《むか》って今様を唄うや、忽《たちま》ち柳の古木は動揺し、難なく善光寺へ引かれ行き、無事本堂も成就、無双の伽藍《がらん》はここに完《まっと》うしたという。信玄はこの因縁の咄《はなし》を聞き、彼《か》の娘に手厚く褒美を賜わった由である。

（追加「怪談」・善光寺の棟木）

＊『煙霞綺談』――西村白鳥

城主の亡霊

慶長年間（十七世紀初頭。徳川家康の治世）の事、千沢某《ちざわなにがし》と申す或る一城主は、死して後《のち》、その妻に執心が残ったのであろう、夜毎に現れて枕を並べ、閨房《ねや》の事も生前と変りなく力《つと》めたという。あまり度々の事ゆえ、乳母《めのと》なる女房が聞き咎め、不審に思い、憚《はばか》る事なく尋ねたところ、後室（奥方）は「千沢殿には、この日頃、夜離《よが》れせず此許《ここもと》を訪ね給う。この世に坐《おわ》さぬ人とは思えども、露ほども恐るる心はなく、益々愛《いとお》しみ深く思いまする」と、隠さずに打ち明けた。驚くべき事に、やがて後室は懐妊した。

或る夜、乳母なる女房が千沢の幽霊に向って、「殿様は、かく浅ましき御心《みこころ》にて、御執着の深く坐《おわ》しませば、奥様の御名にも関わりまする。また、跡の弔《とむら》いなど疎《おろそ》かなりしゆえなどと人々が取沙汰致すのも、偏《ひと》えに殿様の御心より出《い》でし事にござりまする」と掻き口説くと、千沢の幽霊は「その儀、汝が申すところ尤《もっと》も至極なり。さりながら、我、娑婆に在りし時より、一子だに無き事を明暮に口おしく思うておったれば、その執心の罪深くして、なお止む事を得ず、未《いま》だに斯《かく》のごとき有様じゃ」と懺悔の言葉を連ねた。その本意が通じたのであろう。玉のような男子が生れた。それより後《のち》は、執着の念も絶えたものか、彼《か》の幽霊は二度と現れなかった。実《まこと》に稀代の珍事ではある。その後《のち》、後室は、高木 某《なにがし》 の許《もと》へ嫁いだが、高木は件《くだん》の男子をも迎え取って養育し、成人の後《のち》には千沢の家督を相続させたという。

（巻三・無題）

深淵の黄牛《あめうし》

吉田（三河国）より四里（約一六粁）北に、東上村という所がある。この村の北六、七町（七〇〇米前後）ほどの所に本宮山《ほんぐうさん》より落ちる大飛泉《おおたき》がある。高さは四、五丈（一二〜一五米）もあり、水の落ちる谷底は草木が繁茂し、昼なお暗き物凄い所である。飛泉の壺は渦が巻き返って、人も立ち寄る事が出来ない。

この壺より二間《けん》ほど下に落ちる流れがあり、これを雌滝《めだき》という。ここも至って深淵であるが、東上村の六左衛門と申す者は水に馴れていたゆえ、常にこの雌滝の壺に潜って魚を捕っていた。

享保《きようほう》年中（十八世紀前期）の或る日、六左衛門は此所《この》に至り、年魚《あゆ》を捕らんとしたが、水が大きく逆巻《さかま》くゆえ、暫《しばら》く見守っていたところ、淵の中より大いなる黄牛《あめうし》が湧き出《い》で、角を振り立て、吽々《うんうん》と吼《ほ》えながら、六左衛門を目掛け突進してきた。六左衛門は剛強の者ではあったが、手に何も持たぬゆえ、早々に上の道に逃れて宿（家）に帰った。時に、忽《たちま》ち発熱《ほつねつ》し、譫言《うわごと》など喋って、三日目に相果てた。深淵ならば大蛇でも出るべきなのに、牛が出《い》でたのは奇事である。淵の主霊であろう。

また、この東上村と新城《しんしろ》との間に一鍬田《ひとくわだ》村という所がある。この村の川筋〔今の吉田大川の上《かみ》なり〕に、皆鞍《くら》ヶ淵《ふち》という、川筋第一の深淵がある。世俗に、この淵は龍宮城なりと云い伝えている。かの六左衛門は、常にこの淵に潜って漁猟していたが、常々「この水底には何も無い、ただ上流より水が冷たきばかり。深さは七尋《ひろ》二尺（約一二米）ほどある」と申していた。

また、河水には十尋より深き淵は無き由にて、それより深き所へは、息が切れて潜る事が出来ぬという。海には、二十尋も三十尋もある所が稀ではない。海は川と違い、十五、六尋潜っても、息が切れぬという。

（巻四・無題）

*『東遊記』―― 橘南谿《たちばななんけい》

大骨

余（橘南谿）が奥州を遊歴した折の事、南部領（盛岡藩）の宮古近辺の海浜に、或る大雨風の翌日、長さ五、六尺（約一・五〜一・八米）ばかりの人の足が打ち寄せられた。肉は爛《ただ》れながらも指は未《いま》だ損なわれずにあった。魚類かと見れば、人の足に紛れもない。あまりの大きさに人々は驚き怪しみ、その辺りでは専《もっぱ》らの取沙汰であった。余が考えるに、南半田村の大骨《たいこつ》をはじめ、その外にも村里の氏神などに祭られている神体には格別に巨大な骨などがあり、また古塚などを開いて巨大な頭骨《ずこつ》を掘り出すという例は、奥州辺に於ては屢々《しばしば》耳にする事であるが、西国《さいごく》（普通には九州を指すが、ここでは広く畿内以西）や北国《ほっこく》（北陸）にては聞いた事がない。奥州にては、かかる骨を、頼朝の頭《かしら》または田原の又太郎（足利忠綱）の頭、そのほか往古《むかし》の鬼神の骨などと言い囃しているが、つらつら思いみるに、全く左様な事ではあるまい。昔の人と申しても、今の人と変る事は無いので、名高い人であろうとも特に巨大という事は絶えて無い理《ことわり》と申すべきである。

万国図（世界地図）を見ると、日本の東方数千万里の外に、巴大温《はだいうん》という国（『増補華夷通商考』の「チイカ」の条に「長人国ノ総名ナリ、バタウンナドト云フ国モ皆チイカ国ノ属類ナリ」云々）がある。俗にいう大人国にて、その国の人は長《た》ケ数丈に及ぶという。数年前《すねんさき》、阿蘭陀《オランダ》人が諸国を巡るついでに彼《か》の国に至り、水を得るために上陸したところ、砂原に足跡を見つけたが、数尺にして人間のものとは思えなかったので、恐れて逃げ帰ったという事も聞く。また、その国に漂流した人は遂に帰る事がないとも聞くので、必ず日本の東方には大人国があり、その国の人は身《み》の丈《たけ》二、三丈（六～九米）にも及ぶに違いあるまい。殊に奥州辺にのみ大骨が打ち上げられ、西国北国にその例が無いのは、必定、彼《か》の巴大温の国の人の骨と思わしめる。恐らく、巴大温の漁人《ぎょじん》などが舟の転覆により海中に没して死に、その骨が、大雨風のために日本の東海辺に打ち寄せられたもので、昔もそれを取り上げ、怪しみ恐れて神にも祭り、塚にも納めたと考えられる。今度《このたび》の南部領の巨大な足も、漂流中の彼《か》の国の人が大波浪に足のみ打ち切られ、それが大雨風のために日本の海まで流れ寄ったものであろう。北方には小人国があって、住人は身の長《た》ケ三尺（約九〇糎）ばかりという。されば、南方に大人国が無いとも申せまい。ただ格別に巨大にして、人情も他の世界とは異なるゆえ、未《いま》だその国への通路が開けず、その仔細も明らかに知れないのであろう。近年は、阿蘭陀国の船が万国を乗り廻って、段々に、諸蛮夷の国々にも通路が開けつつあるので、いずれは大人国の事も知られる事になるであろう。（巻之五）

不食病

三河国《みかわのくに》巨海村《こみむら》の天祥山長寿寺と申す寺は、その昔は巍々然《ぎぎぜん》たる大伽藍《がらん》であった。鎌倉の右大将頼朝の息女は足利義氏（尊氏六代の祖）に嫁して、その室（夫人）となった。このゆえに義氏は三州（三河国）に封じられて西尾に居住し、吉良氏の始祖となる。件《くだん》の室の没後、寺領の寄進とともに建立された堂宇が、則ちこの長寿寺である。然《しか》るに、吉良氏の衰敗につれて寺も段々零落し、今は漸《ようや》く名のみ残るという有様、一宇の小庵に地蔵尊のみを安置し、一人の尼僧が香花《こうげ》を供えてこれを護るばかりである。

この庵に住む尼は、二十年来断食の行を続け、周辺一帯より「奇妙の人」との評判を得ており、参詣信仰の人が跡を絶たない。余（橘南谿）の友である塘雨《とうう》（姓は百井《ももい》。京都の豪商万屋の次男。俳人。諸国を歴遊した。『笈埃随筆《きゅうあい》』の著者）は、その辺りを漫遊の折に、わざわざ参詣して、件《くだん》の尼の容態《ようだい》を見ているものの、惣身《そうみ》の肉は並の人よりは少し肥えており、言語は少し吃るようである。顔色は少し青ざめている。その近辺に宿を取り、所の者に尼の様子を聞いてみたが、二十年来の断食は虚事《そらごと》に非ずという事であった。この尼は十四、五歳の頃より小食であったという。十六、七ばかりの歳に同村の者に嫁したが、病身の故を以て不縁となり、その後《のち》は尼となって、この庵に住んでいる。段々小食になり、後《のち》には一月に二、三度ほど少し食すれば足りるといい、その後《のち》は段々に不食《ふしょく》となり、数箇月の間に少し食するのみであったが、近頃は全く食さぬようになった。ただ折々、少しずつ湯を飲むばかりという。斯様《かよう》な断食ではあるが、身体《からだ》が格別に疲れる事もなく、近年も信州善光寺に参詣したが、数十日の旅行の間、一飯も食さぬまま相応に歩行して、無事に帰庵したという。志から強《し》いて断食の行をする訣《わけ》でもなく、極く自然の体《てい》ゆえ、人皆不思議に思って信仰し参詣するのである。怪しき事を行うて人民を迷わす者ではないかと、官より疑いを懸けられ、吟味を受けた事もあったが、「ただ病気ゆえの事なれば余儀なし」という事で、何の咎めも無かった。

塘雨は訝《いぶか》って、余に語ったが、然《さ》までの事ではない。この病は昔の医書には見えぬ事ながら、近年は世間に多い病である。香川子（京都の名医香川修庵かという）もこの病を論じ、彼《か》の家では新たに不食病と名づけている。余も数人を療治したが、確《しか》と手際よく癒えた事は無い。婦人に多くみられるが、男子にも一両人の例があった。婦人は人に嫁し、出産など致す事があれば、その一両年は常のごとく食して、数年の後《のち》はまた不食となる。男子であれ、婦人であれ、この病の最中に、何か外の病、例えば傷寒（腸チフスの類）、時疫《じえき》（流行病）、痢疾《りしつ》（赤痢の類）のごとき生死に関わる程の大病を患った場合、その癒えかかる際には、必ずよく食するものである。病後一年も過ぎて、気力常のごとくに復すれば、また漸々《ぜんぜん》に不食に復《かえ》るものである。この病は、はじめ米穀を忌み嫌い、搔餅《かきもち》、或いは豆腐、或いは蕎麦《そば》などのごときものばかりを少しずつ食し、或いは酒などばかりを呑んでいて、漸々に何も食さぬようになるものである。一向に怪しむに足りない。一生涯よく食しながら、糞をせぬ人もあるではないか。その外、天下の内には、奇病怪症、種々の事があって、余も見及びもし、聞き及んでもいる。

然《しか》し、かかる怪奇の事例の多くは、姦民が人心を迷わして金銀を貪る類にて、十中八九は信じ難き事である。昔も何時《いつ》の御宇《ぎょう》であったか、越前国より、断食した仏道修行の優婆塞《うばそく》（在家の仏教徒）が奇異の霊験《れいげん》を顕《あらわ》したとの奏聞があった。帝が奇特《きどく》の事と思《おぼ》し召され、則ち召し上せて神泉苑に住まわせたところ、洛中洛外の男女が貴賤を問わず群をなして信仰参詣した。数日の後《のち》には、諸国からも追々に馳せ上って参詣する者が跡を絶たず、その所願の成就せぬという事が無かった。霊験は天下に聞え、上は王公より下は庶民に至るまで、これを尊信せぬという者は無かった。ときに、或る人が不食の真偽を探り見て、「かの上人、夜更けて秘かに米数升を水にて飲む」と言い触らしたので、また別の人が上人の厠《かわや》を窺い見たところ、米糞《べいふん》が山のごとく堆《うずたか》く積もっていた。「さてこそ」という次第にて、その後《のち》は大方の信仰も失せてしまった。ただ、その後《のち》でも、婦女子の類には、米糞上人と称して尊ぶ者があったという。近頃の奇特不思議と申すものも、多くは米糞上人の類に過ぎない。

（巻之五）

＊『西遊記』——橘南谿

徐福

唐土《もろこし》の秦《しん》の始皇帝は、豪邁《ごうまい》の英主であったが、後《のち》には苛酷な政事《まつりごと》を行い、その上、長寿延年の望みを抱き、あまねく不老不死の仙薬を求めた。ここに、徐福《じょふく》と申す者が、苛《から》き政事の世を遁《のが》れんとして、帝を欺《あざむ》き、「それがし、仙人の住める蓬萊《ほうらい》の島をよく存じておりますれば、彼《か》の島に渡り、不老不死の薬を得て献上致しまする」と申して、童男童女五百人に、五穀の種、耕作の農具を取り添えて船に積んで海上に漕ぎ出し、唐土を逃れて日本に渡り、熊野の浦に上陸して農作を営み、童男童女を養育、子孫に至るまで熊野の長《おさ》となって安穏に繁昌した——と言い伝えている。故に熊野の新宮本宮を、今も蓬萊山と呼ぶ。されば、本宮新宮の宝蔵、神宝には前秦の文書《もんじょ》なども有るという。

徐福の塚は、新宮の町の浜手の畑中にある。古木が五、六株あり、石碑に「秦徐福墓」

と彫りつけてある。徐福の一行が初めて上陸した地は、新宮より六、七里（二四〜二八粁）も東にて、波多須村という所である。この所の古老の言い伝えによれば、徐福は十二月晦《みそ》日《か》に波多須村の矢賀の磯へ着船、この辺りに暫く居住した後、本宮新宮那智の辺りに移り住んだという。波多須村の矢賀丸山という所に、蓬莱山という楠《くすのき》と、小さな社があったが、三十年ほど前の洪水の折に、社も楠も流失したという。

波多須村の近辺に滞在した折、木の本の山中の畳堂という所に遊んだが、この畳堂という所は奇巌が聳《そび》え立ち、数十丈の石壁が連なり、見事なる景観である。徐福の旧跡に近かったので、余（橘南谿）は徐福の事を五言絶句の詩に作り、石面に大書して帰ったが、その後《のち》、この詩が月日を経て雨露に消え去る事を、土地の人々が惜しみ、石工《いしや》に命じて文字の儘《まま》に彫り付けた由である。一時《いちじ》倉卒《そうそつ》の拙詩が千歳《せんざい》に残る事は非常に恥しく思うが、世に珍しい跡を留《とど》める事が出来たのは嬉しい。唐土には斯様《かよう》な例《ためし》も多く聞かれるが、日本には甚《はなは》だ稀々にて、余は未だ熊野以外の地では見聞に及んだ事がない。　（続編巻之二）

豆腐の怪

薩州（薩摩国）の今泉という所に、或る朝、夥《おびただ》しい数の豆腐が捨てられていた。この辻、かの門《かど》、何《いず》れの町々の街道にも、或いは十丁二十丁ずつ堆《うずたか》く捨ててあり、その数は凡《およ》そ数百丁に達した。始めのうちは、人々も己の門前のみと思い、「いかなる者の悪戯事《いたずらごと》であろうか」などと呟いていたが、後《のち》には「此処《ここ》にも彼処《かしこ》にもあり」と騒ぎ出したので、「怪《け》しからぬ事なり」と怪しみ訝《いぶか》り、狐狸が人を惑わすのではあるまいかと忌み恐れ、手を触れる人もなくなった。然《しか》し、昼になり、暮になっても、豆腐には何の変事も起きなかった。外《ほか》に疑わしいことも無いので、家々にて取り入れてこれを食ったが、何の祟《たた》りも無かった。その後《のち》、近在の豆腐屋などにも尋ねてみたが、その日、格別に多くを売った家もなく、何《いず》れの所より聚《あつ》まって来たのか、また何の訣《わけ》があって大量に捨てられたのか、終《つい》に知れなかった。怪しき事として、今泉の人が余（橘南谿）に語った話である。（続編巻之四・豆腐怪）

＊『笈埃随筆《きゆうあい》』——百井塘雨《ももいとうう》

蹲踞《つくばい》の辻

禁中（京都御所）の艮《うしとら》（東北。鬼門）の角の築地《ついじ》を、俗に蹲踞《つくばい》の辻と申す由。夜更けてこの辻を通る時は、茫然として途方《みち》に迷い、蹲踞《つくば》ってしまうという。怪しき事ではある。また築地の軒下に、御幣《ごへい》を持って烏帽子《えぼし》を着けた猿の彫刻がある。これは、石山三位《さんみ》師季《もろすえ》卿の細工の由である。（巻之四・蹲踞辻）

八百比丘尼《やおびくに》

『万葉集』に「坂上大嬢《さかのうえのおおいらつめ》、家持《やかもち》に贈る」として「かにかくに人は言ふとも若狭道《わかさぢ》の後《のち》瀬《せ》の山の後も逢はむ君」、『枕草子』に「山は三笠山、後瀬山、小倉山」（この引用は塘雨の恣意。『枕草子』流布本は「をぐら山、かせ山（鹿背山）、みかさ山」の順序）云々とある。この後瀬山の麓《ふもと》に八百比丘尼《やおびくに》の洞がある。また空印寺という寺にも社がある。常に戸帳《とばり》を開いて、八百比丘尼の尊像が拝されるが、花の帽子を着《ちゃく》し、手に玉と蓮華様《れんげよう》の物を持つ座像である。また社家に重宝を蔵し、比丘尼所蔵の鏡、正宗作の鉾太刀《ほこたち》、駒角、天狗の爪などがある。比丘尼の父は秦道満《またのじょうまん》と申す人の由、縁起に見えている。初めは千代姫と申し、今は八百姫《やおひめ》明神と称して崇《あが》んでいる。

越後柏崎町の十字街に、半ば土に埋まった大石仏がある。「大同二年八百比丘尼建レ之」（大同年間は九世紀初頭。平城《へいぜい》天皇の治世）と彫刻して今も文字は鮮明である。『隠岐のすさび』（島風水の著作。宝永頃の地誌・俳諧の書）に「岩井津という所に、七抱《かかえ》の大杉がある。その昔、若狭国より人魚を食したという尼が来て、これを植え、「八百歳を経て後《のち》に、また来《きた》りて見ん」と言って去った」云々とある。ゆえに八百比丘尼の杉という。

この事について、或る古老より聞いた話は次のごときものである。

この国の今浜の洲崎《すざき》村に、何処《いずこ》からともなく漁者《あま》のごとき人がやって来て住みつき、所の人々を招いて饗応《あるじもうけ》を営んだ。主《あるじ》が食を調えるところを、招かれた者の一人が秘かに窺うと、人の頭《かしら》を持つ魚を捌《さば》いていた。怪しんで一座の友にも囁いて、その魚を食さずに帰った。中に一人、その魚の料理を袖に入れて家に持ち帰った者があり、棚の端に置いたまま忘れてしまった。ところが、その者の妻が、常の家苞《みやげ》ならんと思って食してしまった。二、三日を経て、夫が件《くだん》の魚の無き事に気づき、妻に尋ねたところ、食した事を打ち明けたので、夫は驚き怪しんだ。妻は「一口食した時は、味わい甘露のごとくに覚えましたるが、食し終えるや身体《からだ》蕩《とろ》け死して、夢のようにござりました。暫《しば》しの後《のち》、覚めますると、気骨は健やかに、目は遠くまで利き、耳はよう聞え、胸中は明鏡のように覚えまする」と具合を述べたが、確かに顔色など殊更に麗しく見えた。その後《のち》、世も変転して、夫をはじめ類族は皆悉《ことごと》く没し去り、七世の末の孫もまた老いてしまった。かの妻は独り海仙となり、心の欲する儘《まま》に山水を遊行《ゆぎょう》し、遂には若狭の小浜《おばま》に至ったという。（巻之八）

*『異説まちく』——和田正路《まさみち》

牛鬼

牛鬼というものが出雲国《いずものくに》の何某《なにがし》という所にある。山陰に谷水の流れがあり、小さき橋が懸かっている。雨が降り続き、湿気《しめりけ》など深き時に、夜、この橋の辺りにて牛鬼に出逢うという。

実際に逢うた人の話では、橋の辺りに行きかかると、白く光るものが見え、ひらひらと幾つも幾つも現れるのが、恰《あたか》も蝶などのように見える。さて、橋を渡らんとすれば、その光り物が惣身《そうみ》にひしと取り付き、衣類にも付いて、銀箔などを付けたように見える。驚いて手で掃《はら》っても、容易に落ちない。近辺の人家に駆け込み、「如何《いかが》致せばよろしかろう」と助けを求めたところ、主は「それは牛鬼に逢われたのじゃ。これには致し方がござる」と言って、囲炉裏へ柴薪などを多く取りくべ、惣身を隈なく炙《あぶ》ってくれた。すると、いつ消えるともなく消え失せた。「実《まこと》に怪しき事にござる」と、これは鵜飼《うかい》半左衛門〔雲州人〕と申す者が語った事である。

（巻之四・無題）

＊『譚海』――津村淙庵《そうあん》

紅毛幻術

紅毛通事《こうもうつうじ》（オランダ通詞）に西長十郎と申す者があった。元来《もと》は野州《やしゅう》（下野国《しもつけのくに》）栃木領の者である。放蕩にて産を破り、浪牢（浪々）の身となり、長崎まで流れて行ったが、生質器用なる者にて、阿蘭陀《オランダ》の言語を能《よ》くし、後《のち》には阿蘭陀通事西 某《なにがし》と申す者の弟子に入って師の氏《うじ》を名乗るまでになり、通詞役の末席にも欠かせぬほどの者となった。毎年、阿蘭陀人が江戸へ御礼に来《きた》る時は、長十郎も度々同行し、阿蘭陀人逗留の間に栃木へも立ち越え、妻子にも度々対面していたという。

或る年、阿蘭陀人が長崎逗留を終えて御暇《おいとま》も相済み本国へ出立の折の事、通詞の者のみは船中まで送り行き酒宴を催して別離を叙する習いなれば、例の如く通詞たちは三里（約一二粁）ばかり沖に停泊する阿蘭陀船まで送り行き、酒を酌み交した。阿蘭陀人は殊のほか悦び、「年々、各々方の御引廻しにて、御用滞り無く相勤め、忝く、この御礼には何にても御望みの物、本国より仕送り致す」と披露した。その際、皆々は種々の物を頼み遣わしたが、長十郎の望みは聊《いささ》か異《い》なるものであった。

長十郎が半ば戯れに、「われら、他《ほか》に願いはごさりませぬが、御存じの如く、二、三年に一度ずつは江戸へ御同道し、逗留の内に在所へも罷《まか》り越して、妻子の安否をも聞きましてござりまするが、近年間違いなどあり六年ほど江戸へ参りませねば、在所の安否も知れ兼ねまする。これのみ心に懸かれば、これを知りたきほか、願いとてござりませぬ」と申したところ、阿蘭陀人の返答は、「その安否を知るは、いと易き事なれども、構えて他言無用の事なれば、如何《いか》に」というものであった。そこで、長十郎が「この安否さえ知られ申す事なれば、如何様《いかよう》の誓言《せいごん》にても立てまする」と、申すに任せて誓を立てると、阿蘭陀人は「されば、ここは其方《そなた》のみにて、隔心無き事なれば苦しからず」と言って。軈《やが》て大きなる瀬戸物の鉢を取り寄せ、その内へ水を湛《たた》えた。

さて、阿蘭陀人が長十郎に対《むか》い、「この内を瞬《また》きせず、能《よ》く見澄まし居《お》らば、在所の安否、自ずから知らるべし」と申すゆえ、不思議に思いながらも鉢の内を見つめていると、水中に栃木道中の景色が現れた。苒々《ぜんぜん》に（だんだん）その道を行くに、村舎林木まで悉《ことごと》く見えるゆえ、余念なく面白く見入るうちに、終《つい》に道中を終えて己《おの》が在所の門へと至った。

門は普請中にて入り難き様子なれば、垣根の外に立つ木に上り、家の内を窺い見るに、折から女房は俯《うつむ》いて縫針（裁縫）に精を入れる体《てい》。此方《こなた》を見向くかと見とれていたところ、漸《ようや》く半時（約一時間）ばかり過ぎた頃に縫物を止《や》め、偶《ふ》と此方を仰ぎ目を合せたゆえ、嬉しく思い、物を言わんとすれば、女房も驚いて詞《ことば》を発せんとする折しも、阿蘭陀人が不意に鉢の内へ手を入れた。そのまま、くるくると水を掻き廻したので、在所の景色も失せ、長十郎も正気づいた体《てい》にて首を上げた。「扨《さて》も扨も、いま少し見たき程に残念なる事にござりまする。妻に逢うて物を言わんとせしに、水を掻き廻し、景色の失われし事、千万《せんばん》残り多き事にござりまする」と申せば、「その事じゃ、今そこにて詞を交さば、両人のうち、何《いず》れか一人《いちにん》は命を保つ事能《あた》わず。されば、詞を交さんとなさるを見てとり、止《とど》めたる次第なり」と訣《わけ》を話した。

紅毛人が如何《いか》なる術を以て斯《か》くの如き事を為《な》したものか、今に至るも怪しみに堪えない。後年、長十郎が江戸へ来《きた》った序《ついで》に、在所へ立ち越え、右の物語を打ち明けたところ、女房も「成程《なるほど》、某《なにがし》の月日、在所へ坐《おわ》して垣の外に居給うを見て、詞を掛けんと致しましたが、俄《にわか》に夕立の降り出《い》で、見失うてござりまする」と答えた由、不思議なる物語ではある。

（巻之二第七十八条・阿蘭陀通事西長十郎事）

＊『梅翁随筆』――作者未詳

仙女伝

筑前国遠賀郡《ちくぜんのくにおんがのこおり》の浦人達が、伊万里《いまり》の焼物を船に積んで奥州へ商いに下ったが、山道に踏み迷い、進むほどに谷川に行き当った。三十ばかりの女房が洗濯していたので、道を尋ねたところ、「此所《ここ》は深山《しんざん》にて里へ通う道は遠うござりまする。やがて日も暮れましょう。労《いたわ》しき事にござりまするな」と言った。その言葉に縋《すが》って、一行の者どもは様々に頼み、一夜の宿を借りる事が出来た。女が「生国は筑前国の庄の浦と申す所にござりまする」と申したので、「この頃、ここに来《きた》りて居住《すまい》なさるるや」と問うてみると、「若かりし頃、病に臥して食も進まず、疲れ衰えたる姿を見て、我が子が螺貝《にし》に似たる貝を拾い来《きた》って勧むるを食しましたるところ、その味わいの甘く美なる事、譬《たと》うべきものもござりませぬ。それより食欲募り、その貝の肉を悉《ことごと》く食い尽しましたる頃、やがて病も癒え、その後《のち》は身体も健やかになりましてござりまする。以来、患うという事も無く、幾年《いくとせ》を重ねましても老衰致す事もなく、我ながら怪しく思いおりまするうちに、子も孫も、またその孫も、幾代となく死に替れども、我が身の面影のみ変る事がなければ、あまりにも情のう思われ、国々を巡らんと思い立ち、古郷《ふるさと》を出《い》でて、今縁ありて、ここに住居《すまい》いたす者にござりまする。自らの若き頃、寿永の乱に安徳帝は都を落ち給いて西海《さいかい》に漂泊なされ、刑部《ぎょうぶ》殿と申す方を頼られて山鹿《やまが》（筑前国遠賀川の河口近辺）の東なる山奥に仮の皇居を構えて坐《おわ》しましたが、その頃は自らも物など供御《くご》に備え申し上げました。これを思いますれば、幾年月を過して参りましたる事か、昔語りにござりまする。国を発ちまする折、螺貝の殻は命の親なれば、自らの記念《かたみ》とも見よと子孫の者に申し残して参りましたるが、今も伝え持ちておりまするかどうか。もし彼所《かしこ》に赴かるる折には、お尋ね下さりませ」と答えた。

商人達は珍しくも恐ろしき事に思い、国に帰ってこの由を人々に語ったが、真《まこと》の事と聞く人もなく、大方は「狐狸に化かされたのであろう」などと言うので、自分達もまた疑わしき事と思い始め、そのままにして打ち過ぎた。ときに、寛政九年（一七九七。将軍家斉《いえなり》の治世）丁巳《ひのとみ》の事、筑前国遠賀郡庄の浦の代官を勤める坂田新五郎と申す者がこの話を伝え聞き、庄の浦の庄屋儀平に申しつけて、その貝を尋ねさせたところ、同村の百姓伝治と申す者の家に、長寿貝と名づけて持ち伝えている事が判明した。同家では、この貝の肉を食した女が今も遠国《おんごく》に存命する由を老若口々に申し伝えて来たという。また、この家には悪しき病人の出た事がなく、代々八十歳九十歳の長寿を保っている。よって、流行病《はやりやまい》のある時には、この貝を出して村中を持ち廻れば、人々は病難を逃れる由にて、それは今に至るも変らぬ事と申して、件《くだん》の貝を代官所へ差し出して来た。

代官より更に筑前侯（福岡藩主黒田侯）に差し上げられたが、長寿貝という名がめでたいと仰せられて、筑前侯より一橋卿（三卿の一。八代将軍吉宗の裔）へ御覧に供したところ、御本丸（将軍家斉。一橋家出身）へも上げられた。その長寿に肖《あやか》らんものと、貝の中に入れた酒を、御本丸の女中衆より宿々へ差し越されたのは、皆人の知るところである。その頃は螺貝を食らう人が無かったので、商人なども持ち歩く事がなく、生ける貝を見た人は少なかったが、後《のち》には栄螺《さざえ》と同様に荷《にな》い商う品となった。（巻之三・仙女伝の事）

天狗六兵衛

難波《なにわ》の鳥屋町に河内屋六兵衛という鳥屋があった。若年なれども、性質才発にして、然《しか》も身持正しく、家業に精を出し、中より上の暮しであったが、十八、九歳の頃に行方知れずとなった。父母は既に亡く、叔父が一人、別家《べっけ》していたが、甥の失踪をたいそう嘆き悲しみ、祈らぬ神仏とてなかった。年を経ても祈念を怠らずに続けた御陰であろうか、三年の後《のち》に六兵衛が帰って来た。また出奔致しはせぬかと、目を離さぬよう傍に人をつけておいたが、消えるがごとくまた逃《のが》れ出《い》でて行方知れずとなった。叔父は、いよいよ嘆いて、金比羅《こんぴら》様を深く祈念したが、信仰が通じたのであろうか、六年が過ぎた頃に立ち戻った。その時、恐ろしい羽音が聞えたが、出てみれば、六兵衛が立っていたので、且《か》つは喜び且つは驚いた。またもや逃げはすまいかと片時も離れずに見守っていたところ、五、六日の程は物も言わず、ただ眠るのみにて、いかに起そうとしても正体がなかった。衣類などは六年前と全く変らず、少し垢がついているのみにて、破れ損じた所もなかった。かくして六、七日が過ぎ、以前と変るところもなく、さりとて病気の体《てい》とも見受けられなかった。

その後《のち》、家内の事や町内の事などで、逃れ難き相談の持たれる折には、「この事は末々斯様《かよう》に成り行きまする。またその事は斯《か》くなりまする」などと申し、実際その通りに事が運んだ。それゆえ、町内の者は、天狗六兵衛と綽名《あだな》を付けた。扨《さて》、未然に事を知って手当をする事は度々に及んだが、それを人に咄《はな》す訣《わけ》でもなく、問い尋ねても「知らず」とのみ答えた。然《しか》るに、この六兵衛は女犯《にょぼん》を慎んで妻を持たず、周りの者がいかように勧めても承引しなかった。「この体《てい》にては末々如何《いかが》かと案ぜられる」と人々は話し合っていたが、庚申《こうしん》の正月十七日に年賀の礼の残りを廻ると言って家を出たまま、また行方知れずになったという。

（巻之七・天狗六兵衛が事）

懐中へ入った石

大目付伊藤河内守《かわちのかみ》が江戸城より退出の折、俄《にわか》に懐中が重く感じられたゆえ、改めて見ると石が幾つも入っていた。不思議なる事と思うていたが、その折しも、土御門家《つちみかど》（易を事とする神道家・陰陽家）の門弟が参り合せたので、この事を質してみると、早速評断に及び、「大火災の前表なれば御《おん》慎みが肝心」との答であった。これは申年《さる》（寛政十二年、一八〇〇）十一月の事であった。

然《しか》るに四、五日の後、高田（神田上水北岸、現在の新宿区豊島区の境界辺）の脇の源兵衛《げんべえ》村にある河内守の抱《かか》屋敷が火事に見まわれ残らず焼け失せてしまった。「さてはこの前表であったか」と思い中《あた》り、又々易者に尋ねたところ、「未《いま》だ火難が退《の》きませねば、御用心専一《せんいつ》になされませ」との評断であった。間もなく屋敷内の奥向（妻妾の居室）の縁の下より出火、畳まで焼き、また御《お》長屋からも夥《おびただ》しく煙が出たが、用心を怠らなかったため大事に至らずに鎮火、内々にて事は済んだ。しかし、「尚《なお》も火災の難、退《の》き難《がた》く存ぜられまする」と易者が申すゆえ、「全て災いは油断より起る事なれば、用心堅固《けんご》に致せ」と夜廻りの手当を厳重にさせたので、近辺の人々も大いに安堵したという。

（巻之八・懐中へ石入し事）

＊半陰陽《ふたなり》七話

男女体を変ぜし話

著者不詳『梅翁随筆』

尾州《びしゅう》（尾張国）愛智郡米津村の百姓喜右衛門の娘そのという者の身に起った事である。午《うま》（寛政十年、一七九八）四月初旬の頃より、頻りに陰門が痛み、日を経るにつれて張り出してきたが、女の事ゆえ深く裹《つつ》み隠して、人にも語らずにいた。然《しか》るに、五月に至り、陰門が次第に変じて、陽根・睾丸ともに備わる身となったので、その由を両親に打ち明けた。親たちは大いに驚き医者を呼んで診《み》てもらったが、全く変生男子《へんじょうなんし》という事に相違なしと聞き、則《すなわ》ち名を改めて久七郎と名づけた。当年二十二歳という。この地の代官・水野権平《ごんぺい》がこの由を承り、役人を遣わして見届けさせたところ、容顔・筋骨・髪乳など全く男の体《てい》なれば、水野より飛脚を以て市ヶ谷御館（尾張徳川家の江戸藩邸）へ早々に注進を致した。その書状の写しだというものが出回り、この頃は何処《いずこ》にてもこの噂で持ちきりである。

あるいは、尾州米野木村の百姓喜右衛門方にて小児出生の折に男女の別が判り兼ね、ひとまず八代と名をつけておいたものの、成長するに随《したが》い容体や気質が男子《なんし》と顕《あらわ》れ、殊に農業に精を出すゆえ、八代吉と名を改めたのだが、その話を聞き違えたのだろうといい、さもあらんと思われる。世の中が乱れて民の手足を置く所もなき時節なれば、かかる異変もあろうが、今や聖化（帝王の徳化。ここでは幕政の徳）普《あま》ねく四海に溢れ、人々が各々の業《わざ》をたのしむ折柄、斯様《かよう》な事のあろう筈はない。

しかし、古《いにし》えには無かった訣《わけ》でもなく、和漢にその例《ためし》は少なくない。明応年中（十五世紀末）、越後の人が出家して、丹後国大野原という所にて学問を修め、三年の後に古郷へ帰らんとして旅立ち、江州（近江国）高島郡枝村まで到ったが、折しも降り続く霖雨《ながあめ》で道が絶え、爰《ここ》に逗留した。或る夜の夢に、自分が女と化したと見て目覚めたが、果して陰茎が縮まり陰戸と化し、音声・容儀も女となっていた。時に十八歳、目鼻立ちが優れ愛敬に富んでいたため、宿の主がこれに淫して妻となし子まで儲けたという。

また異国にも、漢の哀帝の建平年中（紀元前六～三年）に男が女となり、嫁して子を生んだ。また大明《たいみん》の隆慶二年（一五六八）、李良という者が妻を娶《めと》ったが、貧に窮して日雇の仕事に出たところ、二月九日より陰茎が大いに痛み、続いて四月に至り腎嚢《じんのう》が退き縮んで腹に入り、変じて陰戸となり、五月より月の障り（月経）を見て、初めて女の粧《よそお》いに換えた由、時に二十八歳という。また晋《しん》の恵帝の元康年中（三世紀末）、周世亭という者の娘（『晋書』に「安豊女周世寧」とあり、娘の名を周世寧とすべきところ）は八歳にして男と変じ、十七、八歳に至って気象（気性）も男となるが、陰道少なく弱くして子なしという。この類は、史伝に載せるところ少なからず、往昔《そのかみ》より必ずしも有らざる事ではなかった。（巻之四）

婦女男変化

石塚豊芥子《ほうかいし》『豊芥子日記』

水野権平治《ごんぺいじ》の御代官所、尾州（尾張国）愛知郡米津村の百姓五左衛門の娘そねは、当酉《とり》（文化十年、一八一三）二十七歳に罷《まか》り成りまする。当三月上旬より陰門強く痛み、寒熱（悪寒と熱気）あれども、持病の癪《しやく》（婦人に多い胸・腹のさしこみ）と言いなし、陰門の痛む事を押し隠し、一向に申し立てずにおりましたるところ、四月下旬に相成り、陰門の内より男根生じ、追々男根と相成り、音声も男のごとく変じ、痛みも相止み、真の男と相成りしゆえ、止む事を得ず両親へも話し、この上は月代《さかやき》を剃りたき由を申し出でましたるが、久々の病苦に迫り不勝手の儀を申すものかなと取敢《とりあ》えず申し聞かせおきましたるところ、変生男子の症と具申いたす者あり、右に付き御代官所へ御届け申し上げ、御見分（検分）をいただき、その上にて元服、名を久七と改名致してござりまする。この段、御届け申し上げます。

山田定之進〔これ尾州藩中の由なり〕

按ずるに、女児が男児に替る事は、まま古記にあり、男児が女に変ずる事もある。然《しか》りと雖《いえど》も、男が女になる事は少ない。

（巻之上・第二十一）

変生男子亦《また》女子の事

根岸鎮衛《やすもり》『耳嚢《みみぶくろ》』

文化三寅《とら》年（一八〇六）の夏、肥前国《ひぜんのくに》天草郡大浦村（正しくは肥後国）の嘉左衛門の娘やなと申す者が、廿六歳にて男子《なんし》となった由、営中（江戸城殿中）の雑談の折にも話題に上った。陰戸の肉は幼年時より常の者とは異なっていたが、年とともに突立して今や全く男子と変るところがなき由、もっとも、その性質は至って柔和にて女らしい様子も見えるものの、乳などは常の男子の通りになった由。この咄《はなし》を聞き、「例の留守居《るすい》廻状（諸藩江戸藩邸の留守居役が各々の本国の噂を回覧したものかという）か京童《わらべ》（京市中の無頼の若人。物見高く口さがなき者の譬《たとえ》）の戯言ならん」と一笑に付したところ、坐中の金沢某《なにがし》が聞き咎めて、

「かかる事、あるまじき事でもござらぬ。下総国印旛《しもうさのくにいんば》郡大和田村の喜之助と申す者、廿歳《はたち》の時に男根変じて女根（女陰）となりし事を、郡代方（関東郡代の役職）を勤めし頃に聞き申した」と語った。また、石川某が曾《かつ》て大御番《おおごばん》（大番組。旗本が組み入れられる幕府の軍事組織）を勤めた頃、森川肥後守組の由田《ゆた》与十郎が召し使う中小姓、名は覚えておらぬが、この者は廿五歳にて女子《によし》に変じ、程なく子を持ったという。これらは最初、陰所が甚《はなは》だ痒《かゆ》く、終《つい》には男根が萎《しぼ》み落ちて女根となった由。両人の咄《はなし》では、何《いず》れも生まれつきの気分・性質は女のごとく柔和なる人物の由である。造化の変異と申せば、かかる事もあるべきか。

（巻之七）

青山の男女お琴

大田南畝《なんぽ》『半日閑話』

文政元年（一八一八）七月中旬の事とかいう。青山の千駄谷《せんだがや》辺に、男女《おとこおんな》と取沙汰されるお琴と申す金主《きんしゅ》（大名相手の金貸）が居る。平生《へいぜい》は女の形にて往来致し、専《もっぱ》ら金の口入《くちいれ》（金銭貸借の仲介）を致すゆえ、勝手（暮しむき）よく住居《すまい》も殊のほか立派にて、世間の人目を驚かしていたが、大御番を勤める矢藤源左衛門の娘と馴れ染め、貰い請《う》けんとして申し込んだため、矢藤も甚《はなは》だ当惑して、叔父の所へ娘を預けてしまった。然《しか》るに、またぞろ叔父の方へ男女が参り、是非とも貰い請けんと強く申すゆえ、叔父は「左様に貰いたしと申すからには、今すぐ形を男に改めて参るならば遣わし申すべし」と返答したところ、直に宿（自宅）に帰って長髪を剃り、野郎となって参ったので、余儀なく遣わした由。然るに、この男女は、唯今まで女として大名の大奥へ立ち入り寝泊まりまで致した事が、右の騒ぎにて露顕致し、このごろ捕われて牢に繋《つな》がれた由、評判となっている。（巻十六）

青山の男女お琴が後聞

大田南畝『半日閑話』

前に記した男女の謂《い》われの真相は次のごとくである。

いったい、かの矢藤源左衛門は、三ヶ年已前《いぜん》、大御番を仰せつけられ大坂へ上《のぼ》ったが、その節、長途の支度が手元不如意ゆえに調わず、拠所《よんどころ》なく娘を新宿の茶屋へ遣わし、「大坂へ着せし上は直ちに引き取り申す。万が一調わぬ時には、勤め奉公なりと如何《いか》ようにも致す」と約束の上、金子《きんす》廿五両を借り請けて上った。然《しか》るに、右の金子が調達出来ず、色々と断り（言訳）を申し、漸《ようや》く帰府（江戸への帰還）致したものの、金子が出来兼ねるゆえ、已《すで》に手切れとなるべきところ、日頃かの男女が心易く出入りしていたので、この事を打ち明けると、かの男女は予て日頃《かね》より娘を望んでいたゆえ、時《とき》を得顔《えがお》に直に請け合い、「私が引き請け金子を用立てますれば、その間、娘御《むすめご》を私方へお預けなさいまし。もっとも金子御調達の折には、直ぐにもお返し致しましょうよ」と約束して、源左衛門より証文を取り、廿五両を渡して娘を自分の方へ引き込み、淫行をほしいままに致したが、矢藤の奥方は殊のほかなる悪者にて、娘を餌《えば》に致して折々になおも金子を借り、櫛や簪《かんざし》などをねだらせた。

かくて、このたび男女は、「最早かれこれ一ヶ年程にも相成りまする。金子返済も一向に沙汰無しにて、また追々お貸し申した金子を足せば七十両程になりまするなぁ。唯今、この上に金子三十両を差し上げ、合せて百両にて娘御をお貰い致しましょうよ。もっとも、世間の手前もありますゆえ、表向きは出奔になされて下さりませ」と申し入れた。矢藤も致し方なく、親類衆へ相談に及んだが、不承知の者もあって、何《なん》の彼《か》のと引き延ばしていた。また奥方は娘に、「あの男女に、連れ退《の》きて呉れと頼むがよい。左様致さば、忽《たちま》ち連れ逃《のが》るるは必定。然《しか》らば此方《こなた》より尋ね当て、其方《そなた》を取り返してつかわそう。左様致さば、金子を丸に踏み（全く支払わずに）、其方も戻ると申すもの」と申し含め、この条を娘と相談ずくにて実行した。

かくて、娘が男女に、「親類衆が殊のほか六ケ敷《むつかし》く申し、事の落着もおぼつきませぬゆえ、何卒《なにとぞ》連れ逃げて下さいまし」と頼むと、男女は直ぐに請け合って八王子へ連れ逃げたが、矢藤では即ち親類衆より人を走らせ、直ぐさま両人を捕えた。もっとも、奥方が最初に、「いかなる処なりとも、落ち着き次第、書状を寄越しなされ。左様致さば、早速に人を遣わし助けましょうぞ」と娘と約束していたゆえ、隠れ家も早々に判明した由である。

それより娘を親類衆の方へ引き取り、「不義なり」と申し立てて男女を追放した。男女は大いに立腹し、金子の事を言い募って段々に談判に及んだので、親類も持て余し、「野郎に形を改め来《きた》らば、娘を遣わそう」と返答したところ、男女は直ぐさま宿に帰り、野郎となって参上、「御約束の通りに致しました。さあ、娘御をお貰い致しましょうか」と申すゆえ、この上、公儀沙汰にでも及べば、金子の証文などの事で家も危うくなると案じて、遂に娘を男女に遣わしたとか聞く。珍事ではある。矢藤夫婦は人情を知らぬ大白痴《おおたわけ》と知るべし。その後、男女も町奉行の加役（火付盗賊改か）の手に捕えられた由である。（巻十六）

滝沢馬琴『兎園小説余録』

偽男子

麹町《こうじまち》十三丁目の蕎麦屋《そばや》の下男に〔かつぎ男という者なり〕、吉五郎と申す者がある。この者は、実は女子《にょし》であるが、人々は久しくこれを知らなかった。年は廿七、八ばかり、月代《さかやき》を剃り、常に腹掛（職人用の腹あて）を固く掛けて乳を顕《あらわ》さない。背中には大きな刺青《ほりもの》があり、俗に金太郎小僧と呼ばれる者の形を彫り込んでいる。この他、手足の甲まで、刺青を入れぬ所はない。その刺青の所々に朱《しゅ》を刺しているので、青と紅の色が交わって凄まじい。丸顔で肥り肉《じし》、大柄である。その働きぶりは、常の男と異なるところがない。はじめは四谷新宿の引手茶屋《ひきてぢやや》（遊客を妓楼に案内する業）にいたが、その後、件《くだん》の蕎麦屋に来て勤めたという。誰が言うともなく、「渠《かれ》は偽男子《にせなんし》なり」という風聞が立ち、四谷大宗寺《たいそうじ》横町に住む博奕打《ばくちうち》がこの者と通じて男子を生ませた。これにより、近在の評判が甚《はなは》だしくなったため、蕎麦屋の主人は吉五郎に身の暇《いとま》を取らせ、出生《しゅっしょう》の男子は己が引き取って養育している。

かくて、吉五郎は木挽町《こびきちょう》の辺《ほと》り（現在の東銀座近辺）に赴いて暮していたが、天保三年壬辰《みずのえたつ》（一八三二）秋九月、町奉行所に召し捕られて入牢《じゅろう》した。これを吟味の為、奉行所へ召し呼ぶとて、牢屋敷より引出《ひきい》だす折は、小伝馬町《こでんまちょう》辺は見物の者が群集《くんじゅ》して堵《かき》をなしたという〔これは十一月のことなり〕。

あるいは別の説に、この者は他郷にて良夫《おっと》を殺害し、江戸に逃《のが》れ来たので、世を忍ぶ為に偽男子となったなどともいうが、虚実は定かではない。四谷の住人に、この事を尋ねてみたが、何の故に男子になったものか、その理由は詳《つまび》らかではない。その人の話では、四谷には渠《かれ》に似た異形《いぎよう》の人が居るという。四谷大番町に住む大番与力某甲の弟にて、おかつと申す者である。その身の好みなのであろう、幼少の時より万《よろ》ず女子《によし》のごとき体《てい》であったが、成長してもその形貌を更《あらた》めず、髪も髢《かもじ》を出し、丸髷《まるまげ》にして櫛・笄《こうがい》を差している。衣裳は勿論、女のように幅広《はばひろ》の帯を締めているので、一見して誰も男だろうとは思わぬものの、心をつけて見れば、歩きざまなど、女子のようではないと判る。今（天保三年）、四十歳ばかりの年頃であろう。妻もあり子供も幾人かあり、針医を業としている。四谷では、これを「おんな男」と唱えて、知らぬ者とて無い。年来、かかる異形の人ではあるが、悪事を働いたとは聞かない。且《か》つ与力の弟という事もあるのだろう、何の咎めも受けずに過しているので、かの偽男の吉五郎は、このおかつ男を羨ましく思って男の姿になったものか、いまだ知る事を得ぬという。ともかくも珍説（珍しい話題）ゆえ、後日の話の種にもなろうかと、遺忘に備えんため、漫《そぞ》ろに記し置く事とする。

（第一集）

仮男子宇吉

滝沢馬琴『兎園小説余録』

松坂（伊勢国）に住む吾《わが》友篠斎《じょうさい》（素封家の町人国学者・殿村安守《とのむらやすもり》、三枝園主人と号す）よりの来書〔壬辰《みずのえたつ》冬十二月の郵書なり〕に次のごとくある。

京都祇園町に宇吉と申す者がおり、これは女であります。元は曲妓（曲輪＝遊廓の芸妓）であった由、いつの頃よりか男姿と変じ、全くの元服天窓《あたま》（月代《さかやき》を剃った成年の頭）であります。衣服より立居振舞まで、全て男に変るところはありませぬ。但《ただ》し、この者に悪しき風聞はなく、曲妓の時より人はみな知っておりましたが、男女《おとこおんな》という事で済ましている様子であります。怪しく不審なる事には、ややもすれば、その辺の娼妓などと情を通じ、いわゆる間夫《まぶ》（遊女の情夫）の関係を持った者は一人や二人ではありませぬ。最近は曲妓の勤めを引いた或る美婦と恰《あたか》も夫婦《めおと》の様子にて、一つ家に住んでいる由であります。なお詳しく申したくは存じますものの、聊《いささ》か筆に載せ難き所もありますゆえ、それらの事は省きます。この両婦が同衾《どうきん》中の私語など、密かに聞けば、真《まこと》に男女《なんにょ》の様子と変らぬ由、興味深く訝《いぶか》しき事ではあります。それにつけても宇宙は広く、様々の奇物もあるものでございます。琴魚《きんぎょ》（櫟亭《れきてい》琴魚、殿村篠斎の義弟・殿村守親《もりちか》、馬琴の門人）などは、右の宇吉をよく存じております。但し、曲中《くるわうち》（遊廓内）などには、姉妹分《きょうだいぶん》などと申して、男女の間よりも親しく交わる風習などもありますゆえ、宇吉の例はその習いの長じたものとも申すべきかと存じます。嚮《さき》に仰せ越された、かの吉五郎（馬琴の「偽男子」参照）は、更に一段と奇怪の婦人と存じられます。

この来書に拠って考えれば、件《くだん》の宇吉は半月《ふたなり》であろう。半月は上の半月間《はんつきかん》は男体《なんたい》にて、下の半月間は女体《にょたい》の者もある。また陰門と男根と両《ふた》つながら具える者もある。その男根は陰門に隠れており、事を行う時に発起（勃起）するのは禽獣の陽物のごとしという説もある。我が旧宅近辺の商人の独子《ひとりご》は半月であった。その者が幼少の折、母親に連れられて銭湯に浴するのを、荊妻《けいさい》（自分の妻の謙称）などは折々に見たという。その話に拠れば、陰門の中に男根があり、廷孔のほとりに亀頭が少しばかり垂れて、恰《あたか》も茄子《なすび》というもののごとくである。母親は人に見られる事を傍《かたわ》ら痛く思い、「下に居よ（座っていなさい）、下に居よ」と言い聞かせるが、小児の事ゆえ、恥じもせずに立っていたという。七、八歳までは女子《にょし》のように装っていたが、十歳以上になってから、名をも男名に改め、装いも男に更めた。近頃、その父が没したので、親の活業《なりわい》を嗣《つ》いでいる。小男にして温柔である。半月《ふたなり》は嗣子に恵まれぬというが、寔《まこと》に左様である。

（第二集。文末に掲げられている『斎東野語』巻十六の摘要は省略した）

＊『雲根志』——木内石亭（木内小繁重暁《こはんしげあき》）

天神石《てんじんせき》

江州《ごうしゅう》（近江国）水口《みなくち》の駅（宿場）の辺《ほと》りなる山村という所に天満天神の社（北野天満宮の末社）があり、そこに天神石という石がある。大きさは西瓜《すいか》ほどにて、円《まる》い石である。所の人々がこの石の軽重を試みて祈願の吉凶を問う仕来《しきた》りがあり、石が軽ければ願《がん》成就、重ければ不成就といい、重き時は一人では上げ得ず、軽き時は甚《はなは》だ軽い。天神（菅原道真《すがわらのみちざね》）が筑紫《つくし》より持来《もちきた》り給うた石と言い伝える。

また同国野洲郡《やすこおり》野洲村に天神の小祠《ほこら》があり、同じく石があって、これもまた同様のもの。また同国大津三井寺《みいでら》の正光坊《しょうこうぼう》に天神の祠《ほこら》があり、神前に錦の袋に入った蹴鞠《まり》の大きさほどの石があって、これもまた同然のものという。

また京都北野天満宮南門の内の左の方《かた》に頽《くず》れた古い墓石があり、時平《しへい》大臣（左大臣藤《ふじ》原時平《わらのときひら》、道真の失脚を謀《はか》ったと伝える）の墓と言い伝える。この石を手で叩いて持ち上げる時は甚だ重く、撫《な》でて上げる時は至って軽いという。

また京都に如蘭《じょらん》先生（津島恒之進）と申して物産学の師匠があり、或る時、予《よ》（木内石亭）に、「不可思議の物あり」とて一つの箱を出して示した。披見すると、拳大《こぶしだい》の青黒き割石《われいし》であった。先生は「これ大いなる奇石にて、日々軽重が変ずる」と言い、秤《はかり》を持ち出した。予が量ってみると五十五匁《もんめ》三、四分《ぶ》（二〇〇瓦余）の重さがあり、幾度量り直しても変らなかった。また箱に納め封を付け、その日は帰り、翌日赴いて封を検《あらた》め、さて量ってみると百廿匁あった。この類の石、別に一種の物であろうか。　（前編巻之一・霊異類一）

子持石《こもちいし》

富士山の麓《ふもと》に子持石村《こもちいしむら》があり、里中《さとなか》に一つの大石がある。石の脇に一つの穴があり、細き竹にて中を抉《くじ》ると、無患子《むくろじ》の実（羽根つきの羽子の球に用いる）のごとく青黒き色の小石が転び出る。幾度《いくたび》試みても同じ事で、長く試みれば数粒《すりゅう》を得る。昔よりかくのごとくであったが、今に尽きる事がない。土地の俗伝に、「子なき婦人が、一七日《いちしちにち》（七日）の間、身を清く保ち、朔日《ついたち》毎にこの石を清浄なる水に浸《ひた》し、その水を服する時は忽《たちま》ち子を孕《はら》む」と言い伝えている。

『怪石供《かいせきぐ》』に載せる乞子石《きつしせき》の類であろうか。（前編巻之一・霊異類五）

致富石《ちふせき》

相州（相模国）江ノ島の崖の東に石がある。土地の俗伝に、「この石の傍らに生ずる虫を拾い得る時は大いに福を得る」という。

また、勢州《せいしゅう》（伊勢国）津の谷川氏は、予の弄石《ろうせき》の友であるが、一つの蚕《かいこ》を所蔵している。それは木化石《もくかせき》に穿《うが》たれた洞穴《ほらあな》の中に糸を纏《まと》うて住んでいるが、その様は山繭《やままゆ》（天蚕）のごとくであるという。大きさは二、三分《ぶ》、形は野蚕《のかいこ》のようで、色は深紅《しんこう》である。

また、或る僧が珍蔵する石を見たところ、赤白《しやくびやく》の円き斑文《はんもん》が悉《ことごと》く清浄明白に透き通り、大きさは拳ほどである。日に照らして石中を見ると、生ける虫あり、時々自ずから動く形は宛《さなが》ら蚕のようである。奥州は津軽浦と南部浦の間の鼓ヶ浜という所にて得たという。この土地では稀々に見出《みいだ》される物にて、俗間では大いに尊《たつと》ぶという。

右の三条は聊《いささ》か異なる所があるとは雖《いえど》も、大略同日の談と思われるゆえ、ここに綴った。和俗にまた「石中の蚕を養うて福《さいわい》を得る」との説がある。『稽神録《けいしんろく》』に言う石中の蛴螬《すくもむし》であろう。（前編巻之一・霊異類六）

牛《うし》石《いし》

山城国愛宕郡《やましろのくにおたぎごおり》白川山の渓《たに》に牛の伏した状《かたち》に似た石があり、因《よ》って牛石と名づける。昔、この石を切らんとして鑿《のみ》を立てたところ、忽《たちま》ち血が流れ出《い》で、石工《いしきり》は即死、皆々大いに驚き恐れて切るのを止めた。その血の流れた疵痕《きずあと》というものが残っている。

また、泉州（和泉国）和泉郡牛滝山《いずみこおりうしたきやま》にもある。この所には三つの滝があって風穴《かざあな》があるという。昔、この所にて比叡山の恵亮《えりょう》和尚が大威徳《だいいとく》の法を修された時、大威徳尊が三つの滝より出現し給うたと言い伝える。その時に乗り給える牛が石に化したといい、今に残っている。この辺《へん》に不浄なる事があれば、忽ち祟《たた》りありともいう。（前編巻之一・霊異類十三）

立《たて》石《いし》

下総国葛飾郡《しもうさのくにかつしかこおり》立石村の南蔵院の畑中にある。その大きさは南北三尺（約九〇糎）、東西一尺五、六寸（四五〜四八糎）、高さは地より二尺（約六〇糎）余り出ている。この石に供物《くもつ》をそなえて諸願を祈れば霊験《しるし》があると、この辺の里人《りじん》は言い伝える。この石は金輪際《こんりんざい》（地層の最下底）より生《お》い出《い》でており、地中には大木のごとき根があるという。何時《いつ》頃の事か、好事《こうず》の者が集まり、石の根を見んとして掘ったところ、言い伝えるごとく黄色の木の根の形をした石が土中にはびこっていた。その時、忽《たちま》ち石が振動、手伝った者どもは前後不覚の体《てい》となり、大いに病んだという。その後、この石の根を穿《うが》ちほじる事を固く戒めたという。『州図副記』の承受石《しょうじゅせき》はこれである。（前編巻之一・霊異類十七）

夜《や》光石《こうせき》

予の隣家に壮勇の者があり、名を儀兵衛という。或る時、公事《こうじ》にて田上谷《たかみたに》という山中に行き、夜更《よふけ》に一人帰る折から、向うの山の澗底《たにそこ》より青き光が虹のごとく昇り、末は天に接《まじ》わっていた。この男は生得《しょうとく》の勇漢なるゆえ、無二無三に草木を掻《か》き分けて山を越え谷を渡り、かの根源を探ってみたが、そこにはただ何の異なるところも無き石があるばかり。拾い取り背に負うて帰る道すがら、光る事は前に変らず、それゆえ甚《はなは》だ夜道の労《つかれ》を助かり、暁のころ我家に着いた。件《くだん》の石を軒の外に直し置き、朝飯《あさはん》など食して、さてかの石を見んものと置いた所に行くと、石が無かった。どうした事であろうと、その辺《ほと》りは勿論、もしや誰か取ったのではあるまいかと、様々に尋ね求めたが、行方は知れなかったという。

本国（近江国）甲賀郡石原の潮音寺の和尚が物語った事である。近里の農人《のうにん》が畑を耕している時、拳大の石を掘り出した。この石は世の常なる石よりも甚だ美しかったので、取って持ち帰った。夜に至り、その光る事と申したら流星のようであった。友がこれを見て、「これは霊石なり。人の持つ物に非《あら》ず。我々の家にあらば、必ず災いがあろう。早く打ち破って廃棄すべし」と言ったので、即ち斧《おの》を以て打ち砕き、破片を竹藪《たけやぶ》の中に捨てた。その夜、竹林が一面に光り燃え、ただ数万《すまん》の蛍火《ほたるび》が集まったように見えた。行って見ると、破《わ》り砕いた屑石の員々《かずかず》まで青く照り映え、燃えるに等しき眺めであった。翌朝、近里の人々が聞き伝えて集まり来《きた》り、竹林を尋ねてみたが、僅《わず》かの屑に至るまで一石も無くなっていた。

また、筑後国上妻郡《ちくごのくにかんつま》の人が、用事にて夜中に近村へ出かけ、途中、一つの川を徒歩《かち》にて渉《わた》ったところ、何やら光る物があった。拾い上げて見れば小石であった。取り置いて翌朝、さる御方《おんかた》へ献じたが、暫くしてこの石は自ずから失せたという。（前編巻之一・霊異類廿三）

人肌石《ひとはだいし》

相模国《さがみのくに》鎌倉の由井ノ浜にある。『大和本草《ほんぞう》』に出ている。現在は甚《はなは》だ得難き物にて、稀に拾得する人があるという。この石は常に人の肌のごとく温かい。常の石よりも柔らかく且《か》つ軽い。よって人肌石と名づける。（前編巻之四・奇怪類二）

泣石《なきいし》

近江国《おうみのくに》金勝山は草津の駅より三里（約一二粁）東にある。当山の中腹に泣石がある。俗民の言い伝えによると次のごとくである。昔、当寺建立の時、石匠《いしきり》が一つの大石を求めて鑿《のみ》を揮《ふる》うと忽然《こつぜん》として鑿の孔《あな》から滝のごとく血を出だし、石が大声で泣き出した。その声は数千の牛が一時に吼《ほ》えているようで、数十里に響き渡り、出血も一向に止まなかった。石匠どもは大いに驚き、皆逃《に》げ去ったという。その鑿の跡は今に残《い》り、五、六箇所見られる。

また、肥前国唐津《ひぜんのくにからつ》の安楽寺の山上に、四人ばかりにて漸《ようや》く持ち上がる大きさの石がある。この石は、降雨の後、犬が吠えるような声を発する。大雨の折は大いに泣き、小雨にはそれ相応に泣くと、これは安楽寺の現住職の語った事である。（前編巻之四・奇怪類廿八）

石牡丹《せきぼたん》

享保《きょうほう》元年（一七一六）四月（六月改元なのでまだ正徳六年）、伊予国禰祇《いよのくにねぎ》の尾《お》村の雲辺寺《うんぺんじ》山の峠に石花が生じた。その花の状《かたち》は山茶花《つばな》のごとく、色は薄紅《うすくれない》で、葉は牡丹に似ている。

また、その頃、越前国《えちぜんのくにみ》三国海道《くにかいどう》浦沢村の海辺では数百の石毎に花を生ずる。玉簪花《ぎぼうし》のごとく、まま牡丹に似たものもあり、色は紅という。その砌《みぎり》には、近郷近里より見物の人が群をなすという。

予は一石を得たが、牡丹には似ず玉簪花に似て、色は紫、花の形は四方正面である。

また、海中に産する物に、石牡丹石《せきぼたんせき》、菊石《きくせき》、鶏冠花《けいとう》などがあり、これは別条に示す。飛《ひ》驒国《だのくに》洗馬《せば》山には、玉にて牡丹の花の形を成すものがある。漢土《かんど》にも石に花を生ずる事は『琅琊代酔編《ろうやだいすいへん》』及び『名山志』等に記されている。（後編巻之二・生動類 二）

飛動石《ひどうせき》

予は往年、摂津国《つのくに》有馬に遊び、薩摩《さつま》の杣人《そまびと》（山から木を伐り出す人）と一月ばかり同宿した事がある。次に記すのは、その杣人から聞いた話である。

薩摩にて奥山と称する所は五十里も百里もあり、五十里余までは山に小屋掛けなどして材木を作りに行くが、その奥を知る人は無い。夜、小屋に宿ると、怪異なる事が様々ある。或る時、昼間、十人ばかりで材木を作っていたが、暑気厳しき時分ゆえ木陰にて休息を取った。傍らに二人持《もち》ばかりの円《まる》く黒い石があったので、一人の杣人がこの石に腰掛けて暫時休息した。後に其所《そこ》を立ち去らんとすると、件《くだん》の石は二つに裂け割れ、牛が吼《ほ》えるような大声を発して飛び立った。その飛行《とびゆ》く様は鳥のようではなく、物を投ずるに等しく、山を二つ越えて向うの谷へ落ちた。傍にいた人は大いに驚き、暫くは物言う人も無かった。そこで、二、三人の大胆なる男が石の落ちた場所を尋ね探したが見当らなかった。

（後編巻之二・生動類十三）

龍馬石《りゆうめせき》

肥前国《ひぜんのくに》に一人の好士があり、一石を蔵している。大きさは掌《たなごころ》ほどにて、白色に透き通り、水晶に似て、明らかに石中に一物があり、時々動く気配ゆえ、常に机上に置いて賞翫《しようがん》していた。然《しか》るに、その石の置所が自ずと変る。たとえば左に置けば右に移り、前に置けば後ろに移り、机上に置けば机下へ移るなどした。予《かね》て怪しく思う折節、偶々《たまたま》茶碗に水を入れて机上に置いたまま他出、余所《よそ》より帰って机に向うと、机上は露をそそいだように濡れており、茶碗の水は一滴も無かった。翌日、大きな鉢に件《くだん》の石を据え置き、次の間《ま》にて客と話していると、何となく物騒がしく、風も無いのに風の音が聞え、また大波の磯に打ち寄せる音が次第に凄まじく聞えた。客が奇異の思いをなし、亭主に尋ねたところ、亭主は「然々《しかじか》の事あり」と物語った。客と共に間《あい》の戸を開けると、石龍《とかげ》のごとき四足《しそく》の虫が急に石中に走り入り、忽《たちま》ちに騒がしき音も静まった――と、これはかの客が予に語った事である。

（後編巻之二・生動類十四）

少女石《しょうじょせき》

美濃国可児郡《みののくにかに》石原村に三宅某という者があり、時々奇石を携えて予の家に来るが、この人の語った事である。

同国加茂郡の福島村に藤吉という同志の友がある。或る時、尾張国《おわりのくに》の在中《ざいちゅう》に行き、一石を十金（十両）にて求め得た。その状《かたち》は拳大にして清浄明白に透き通り、水精《すいしょう》に似ている。石中に一物があり、日に向けてよく見る時は、長さ一寸（約三糎）ばかりの婦人が装い立った形に見える。眉目鼻口《びもくびこう》鮮やかにして久しく見る時は、手を動かし頭《こうべ》を振るという。然《しか》るや否やを知らず、『怪石供』に「張牧点、蒼山に一円石を拾い得たり」とあるのと同日の談であろう。

（後編巻之二・生動類十五）

祟《たたり》石《いし》

京都双林寺《そうりんじ》の境内の西北の隅には、祇《ぎ》園女御《おんにょうご》（白河法皇の寵妃）の宮趾《きゅうし》という場所があり、その藪の外道《そとみち》の傍らに一石があるが、知る人は稀である。これは所謂《いわゆる》塁石なるものであろうか。

近き頃、双林寺の若き男どもがかの石を取り来《きた》りて寺内の山亭に飾った。然《しか》るにその夜、件《くだん》の僕《しもべ》は俄《にわか》に大熱を発して譫語《うわごと》を言った。翌日、その僕の枕辺《まくらべ》にかの石があった。大いに恐怖して元の所に返したところ、ほどなく快復《くわ》したという。祇園女御の事は『源平盛衰記』に委しい。唐土《とうど》にも同様の事があり、『荊州記《けいしゅうき》』に「臨駕憑乗県《りんがひょうじょうけん》の東に塁石あり」とあるのと同日の談である。長くなるので、ここには略す。（後編巻之二・生動類卅一）

石《いし》闘《たたかい》

尾州《びしゅう》（尾張国）津島の氷室氏《ひむろし》の語ったことである。

山中にて柴を刈る翁が、或る日、己が村に慌《あわただ》しく走り帰り、奇異なる事があったと言って三、四人を伴い取って返した。件《くだん》の場所に至り見るに、山間の広き谷の石川原《いしかわら》にて、数《す》万《まん》の石の中より斗《と》（枡）のごとき大きさの雑石《ぞうせき》が抜け出て戦っている。カチカチと音を発し、時々火を散らして叩き合う様は、恰《あたか》も人が持って打ち合しているようである。半時ばかりして止んだが、両石ともにそのままにてその場所にあったので、近寄って見ると何ら異なる点もなかった――と、その三、四人の者が氷室氏に話したという。『馬氏日抄』に曰《いわ》く「武清県、民家ノ石臼、隣ノ轆軸ト跳躍シテ相闘フ」云々。和漢相似《あいに》たる説である。

（後編巻之二一・生動類卅六）

石《せき》実《じつ》

石実は奥州仙台辺の山に多いという。先年、勢州（伊勢国）津の谷川氏がこれを取り寄せられたので、予も一見した。その形は蔓《つる》のごとくにて蔓にもあらず糸桜のようである。葉は楓《かえで》の小さき葉に似ている。花の跡と見えるものが数多《あまた》あり、恰《あたか》も梅の花が散った跡の座のようである。その中に大きさ麻の実ほどの石が一粒ずつ包まれているが、全くの石である。

（後編巻之二・生動類卅七）

露涌石《つゆわきいし》

丹波国《たんばのくに》桑田郡智井庄佐々里村の最勝寺住職の語った事である。五十年前、祖父在世の時、当村当寺の旦那（檀家）の百姓某が山畑《やまはた》の土中にて一石を拾って来た。その石は、太さ五寸（約一五糎）、大きさは一握り、青黄色《せいこうしょく》にして末細く、根の方が太い。石の頭《かしら》より露が湧き、数滴ポタリポタリと落ちて十日余り経っても止まなかった。折節、京都の商人《あきびと》が来合せてこれを金五両にて求めて帰ったが、今はその行方が知れない。その折、祖父はこの石を両三日の間預かり置いて目《ま》のあたりに見たという。愚案するに、『已瘧編』に曰く「魏国公ノ家、鴛央石、水自ヅカラ流レ出ヅ」云々、この類であろう。

（後編巻之二・生動類卅九）

白《しら》玉《たま》

安永三年甲午《きのえうま》（一七七四）の夏、京の六条の正因寺《しょういんじ》の当住職が予の宅に来《きた》りて語った事である。

かの寺の檀家に伊丹屋与兵衛《よへえ》と申す人がある。已前《いぜん》は甚《はなは》だ貧しかったが、或る時、白髪の老人が梨を荷《にな》って表に来《きた》り、「梨を求めて下され」と再々勧めたが、亭主は「梨は要らぬ」と答えた。時に、老人は梨を一つ取り上げて皮を剝《む》き、亭主に与えた。これを食うてみると、その風味は言葉に述べ難いほどであった。よって、一つ二つ買わんと表へ出たが、かの梨商人《あきんど》の姿はなく、傍らを見ると紙に包んだ物があった。取り上げて検《あらた》め見れば白玉である。主人は驚き、かの梨商人を尋ね探したが、終《つい》に見つからなかった。是非なく取り納めて秘蔵していたが、それより家が富み、今は益々繁栄している。近頃、堂上（公家）の或る御家より御尋ねがあったゆえ、かの玉を差し上げたところ、一夜留め置かれて御覧の上、「珍しき事なり」とて御歌を添えられて返し給い、大切に致すべき由、仰せ下されたという。その御歌は「くだものをなしと誰《た》がいふ白玉のたからのひかり家にありのみ（アリノミは梨の異称）」というものであった。

（三編巻之三・奇怪類七）

金蚍石《きんじやせき》

安永九年庚子《かのえね》(一七八〇)二月、播州《ばんしゅう》(播磨国《はりまのくに》)赤穂の大河良平が予の亭を訪問され、終日終夜弄石の奇談を尽した折に語った事である。

去る頃、信州(信濃国)に遊行《ゆぎょう》して、ふと百姓家に宿る事があった。夜半の頃、主人が小便に起きて庭を見ると一面夥《おびただ》しき水ゆえ、家内の者を呼んで尋ねたが、所以《ゆえん》を知る者は無かった。よって、その水の出所を尋ね探ったところ、傍らの草刈籠《くさかりかご》の中より湧いている。籠の内を検《あらた》め見るに、円《まどか》なる小石があり、その小石より水が溢れ出て止まない。草刈童《わらわ》を呼んで尋ねると、「あまりに美しき円石《まるいし》ゆえ、昨日《きのう》山にて拾うて参りました」との答えであった。かくて二、三日を経ても水の出る事は変らず、不審に思い、牛の飼葉《かいば》を炊く熱湯《あつゆ》の中に投げ込み、暫時して取り出して見ると水は出なくなっていた。後にこの石を打ち砕いてみたところ、石中は少し空虚にして、中には一寸(約三糎)ばかりの金色《こんじき》の小蚍《しょうじゃ》が死んでいたという。

(三編巻之三・奇怪類十三)

コトコト石

コトコト石というものが美濃国《みののくに》赤坂の駅の金生山《きんしょうざん》にあり、実に奇怪なる石である。大きさは四尺（一二〇糎余）四方六面、重さは凡《およ》そ五、六百貫目（二噸前後）もあろう。一人の力で動くような石ではない。然《しか》るに、一指《いっし》を以てこの石を押し、暫く揺すっていると、やがて石中より声がしてコトコトと鳴き、揺すり止めれば鳴き止む。昔より今に至るまで、かくのごとく変る事がない。里人はこれをコトコト石と名づけている。

（三編巻之三・奇怪類二十二）

虹《にじ》石《いし》

濃州《のうしゅう》（美濃国）市橋の谷氏の語った事である。

同国大野郡に親友があり、その家の前なる流水の踏段に据えた石が夜な夜な光を放つが、恰《あたか》も虹のようである。昼にその石を見ると尋常《よのつね》の雑石《ぞうせき》にすぎない。然《しか》るに、毎夜かくのごとき事がある。よって、主人がその石を取り替え、洗い磨き机上に据え置いたところ、毎夜石中より虹の出る事は以前と変らなかった。三、四年を経て次第に虹の光が薄れ、今では僅《わず》かに細き虹を出すのみという。

（三編巻之三・奇怪類二十三）

＊『耳嚢《みみぶくろ》』――根岸鎮衛《やすもり》

怪僧奇聞

小日向台《こびなただい》（江戸小石川付近）に住まう水野家の祖父の代にあった事という。或る日、右筆《ゆうひつ》を務める家来が門前に居ると、一人の出家が通りかかり、祐筆《ゆうひつ》に向って「今日《こんにち》、拠所《よんどころ》なく書の会に出ねばなりませぬ。其許《そこもと》の手をお貸し下され」と頼むではないか。「手を貸すと申して、いかが致せばよろしゅうござるか」と問うと、「唯、両三日の間拝借致したく、その儀、御承知下さらばよろしゅうござる」と言うので、怪しい事とは思いつつ、承知の旨を応えた。

ところが、主人の用事で筆を執ってみるに、実に一字を引く事も能《あた》わず、大いに驚き慌てた。主人からも「一体、如何《いかが》したのだ」と尋ねられたが、「然々《しかじか》の事がございまして――」と答えるより致し方も無い。両三日が過ぎ、件《くだん》の奇僧が来訪、「さて〳〵御影にて事を遂げ申した。忝《かたじけな》い」と礼を述べ、「礼とすべき品とてござらぬが」と言いながら、懐中より何やら紙に記したものを取り出し、「もし近隣に火災発生の節は、この品を床の間に掛け置かれよ。されば火災の難を遁《のが》るるでござろう」と言って立ち去った。祐筆は、斯々然々《かくかくしかじか》と訣《わけ》を告げて、主人に奇僧の礼物《れいもつ》を差し出した。主人はこれを表具のうえ所持、祐筆の手跡も以後は旧《もと》に復したという。

以来、近隣に度々火災が発するも、その都度、右の掛物を掛け置きしゆえ、水野家は難を遁れた。或る時、蔵へ仕廻《しま》い置いたまま取り出して掛ける間もなく、家居は残らず焼け落ち、蔵のみ残ったという事である。（巻之一・怪僧墨跡の事）

牛の玉

牛の玉と申す物を、寺社の開帳（秘仏・秘宝の特別公開）などの折に、霊宝として見せる事がある。潔白（清潔純白）ならざる玉にて、毛など生えているものが多い。自ずから動くように見えるゆえ、人々は不思議の物として賞するが、何の用も為《な》さぬ品である。

隠岐国《おきのくに》は、野飼《のがい》の牛が殊のほか多き所にて、佐久間何某《なにがし》が、先年、御用（幕府の職務）

にて右の国へ至り、牛の玉を目《ま》のあたりに見た由である。牛は野原に寝ていたが、耳の中よりか口の中よりか、出処は確かめ得なかったものの、三、四寸（一〇糎前後）もあろうかという丸き物が、牛の廻りを駆け歩いていた。その時、牛童《うしわらべ》（牧童）が、その辺に有った茶碗のような物にて押さえ取ったので、「それは何か」と尋ねてみたところ、「牛玉」と答えた。開帳にて見せる牛の玉は駆け歩く事はせぬが、動くところは相違が無い。

これは、牛の腹中に有る一活物であろうか、また、この品を取った後も牛に別儀（異常・変化）は無いのであろうか。

（巻之四・牛の玉の事）

妖怪三本五郎左衛門《さんもとごろうざえもん》

芸州（安芸国）ひくま山（比熊山、三次《みよし》盆地近辺）の内に人の立ち入らぬ所がある。七尺程（二米余）の五輪塔に「地水火風空」と記し、三本《さんもと》五郎左衛門なる妖怪が住むと語り伝える。ここに、稲生《いのう》武太夫という剛毅なる武士があり、「今の世に怪しい事などあってたまるものか、いざ、引馬《ひくま》山の魔所へ行きて酒を呑まん」と、予《かね》て懇意の角力取《すもうとり》を誘って竹の酒筒《ささえ》を持参し終日《ひねもす》呑み暮して帰ったが、三日程の後《のち》、いかなる仔細あっての事か角力取は

亡くなってしまった。武太夫の家にも朔日《ついたち》より十六日まで毎夜怪異があり、家僕まで暇《いとま》を乞うて去ったが、武太夫は聊《いささ》かも心に懸けず傑然としていた。

妖怪も退屈したのであろう、十六日目には「さてさて気丈な男よ喃《のう》、我は三本五郎左衛門なり」と言い残して去り、以後は怪異も無かったが、武太夫は「中にも耐え難く思うたは、座《ざ》舗《しき》の内へ糞土を撒かれし事よ。甚《はなは》だ臭く不浄なるには困《こう》じ果てた」と話した由である。この武太夫方に寄宿した事があり、今は松平豊前守勝全《かつたけ》（下総《しもうさ》国多胡藩主、寛政八年没）の家来となっている小林専助という者から聞いた——と、これは豊前守が語った事である。

（巻之五・芸州引間山妖怪の事）

石中蟄龍の事

江州《ごうしゅう》（近江国）の富農と聞える石亭（木内重暁《きのうちしげさと》、十八世紀の人）は、名石を集めて愛好している。既に『雲根志《うんこんし》』（明和二年刊）という奇石についての書を著している事は、誰《たれ》知らぬ者とてない。

或る年、諸国行脚《あんぎゃ》の僧が石亭の家に泊まった。この僧が石亭の愛石を一通り見ていたので、石亭が「御身《おんみ》も珍石を集めてござるか」と尋ねると、「われらは行脚の身ゆえ、殊更に集むる事は致さぬが、ここに一つの石を拾得し、常に荷の内に蔵《しも》うてござる。これと申して不思議なる事も無けれど、水気《すいき》を生ずるゆえに愛好致す」と語った。この由を聞き、素《もと》より石に思いを凝らす石亭であるから、強《た》って所望し、件《くだん》の石を見せて貰った。

その石は色黒く、形は一拳《ひとこぶし》ばかりの大きさにて、窪んだ所に水気があった。石亭は限りなく感心し、「御僧《ごそう》に相応の代物を差し上げまするゆえ、何卒《なにとぞ》お譲り下されー」と心底より頼み込んだ。僧が「我が愛石と雖《いえど》も、僧の身なれば敢えて執着致すつもりはござらぬ。打舗《うちしき》（寺院の高座や仏壇・仏具などに敷く布）でも拵え下《こしら》さらば、直ぐにもお譲り致そう」と応じたので、石亭は大いに歓び、金襴の打舗を拵えて僧に贈り、かの石と交換した。

さて、机の上に置いて眺め、更に硯《すずり》の上に置いて見ると、清浄なる水が硯の中に満ち、その様子が言葉に尽せぬほど見事なので、愛好措《お》く能《あた》わざる仕儀となった。時に、或る老人がこの石を熟々《つくづく》と見て、「斯様《かよう》に水気を生ずる石には、内に必ず蟄龍《ちつりゅう》（地中などに潜む龍）が潜んでおろう。天に上る事あらば、大いなる禍《わざわ》いともなろう。遠き所に捨てなされ」と言を挟んだが、常に最も愛好する石ゆえ、全くその意見に随《したが》わなかった。

ところが、或る時、曇って空の色も冴《さ》えぬ折から、件《くだん》の石が内より気を吐き、その様子が尋常ではないと見えた。大いに驚き、過ぎし日の老人の言を思い起した石亭は、村の長老や近隣の者を呼び集め、「遠方の家無き所へ遣わさん」と意を洩《も》らした。席に連なる一人が「左様に怪しき石ならば、如何《いか》なる害をなすやも知れぬ。焼き捨つるがよかろう」と述べたが、「それはとんでもない事」と斥《しりぞ》け、結局、人家より離れた所に一宇の堂社があるゆえ、そこに納めるのがよかろうと決した。一同は件の堂社へ赴き、石を納め置いて帰った。然《しか》るにその夜、件の堂中より雲を起し豪雨を降らせ、風雨雷鳴と共に上天するものがあった。後刻、堂社に到り検分したところ、かの石は二つに砕け、堂の様子は全く龍の昇天した跡の体《てい》であったと、邑中《むらじゅう》の者が奇異の思いをなした。その節、「石を焼くべし」と発言した者の家宅は微塵になったという。

（巻之八・石中蟄龍之事）

呼出し山

上野寛永寺の楽人で東儀右兵衛とかいう者の悴《せがれ》の身に起った事である。年は六歳、甚《はなは》だ聡明で、両親の寵愛も殊に深かったが、文化十一年（一八一四）の初午《はつうま》の日に、何処《どこ》へ行ったものか、行方知れずとなってしまった。鉦《かね》や太鼓を打ち鳴らして所々を捜したものの、何の験《しるし》もなく見つからない。或る人が言うには「八王子に呼出し山という山がある。そこへ、かかる体《てい》の神隠しの類《たぐい》を祈念すれば、現れぬという事がない」との事ゆえ、早速その山へ参り、子供の名を呼んで尋ねてみたが、何の験《しるし》もない。その日、旅宿に泊ると、夜の夢に老翁が現れ、「汝が子、別条なし。来《きた》る幾日、汝が家の最寄《もより》にて老僧または山伏に逢うべし。彼を止《とど》めて尋ねてみよ」と言うので、老翁の言う日を待つ事にした。果して当日、老僧に出逢った。引き止めて、云々《しかじか》の訣《わけ》を語り、我が子の安否を尋ねると、「随分別条なし。未だ四、五日は帰るまい。幾日頃、帰るべし」との答を得たが、果してその日に恙《つつが》なく戻ったという。

（巻之九・呼出し山の事）

猫の忠死

安永・天明の頃（一七七二〜八九）の事という。大坂は農人《のうにん》橋（横堀川畔）に河内屋惣兵衛という町人が住んでいた。一人の娘があり、容儀（容貌）もよろしく、父母も寵愛して止まなかった。然《しか》るに、この惣兵衛方に年久しく飼い置かれたぶち猫があり、かの娘も可愛がっていたが、猫は娘に附き纏うて片時も立離れず、定住坐臥、厠《かわや》の往来にまで附き纏うほどであった。それゆえ、後には「あの娘は猫に見入られておる」と近辺の者も噂し、縁組の話などがあっても、「猫の見入りし娘では」と申して断られる事が多かった。これを両親も物憂き事に思い、暫くの間、離れた場所へ追い放してみたが、幾許《いくばく》もなく立ち帰って来る。

そこで、「猫は恐ろしきものという。親の代より長く飼い置きしものなれども、打ち殺して捨つるに如《し》かず」と内々相談をなした途端に、猫の行方が知れなくなった。「さればこそ」とて、祈禱を頼み、そのほか魔除《まよけ》の札など貰って用心を続けていたところ、或る夜、惣兵衛の夢にかの猫が現れ、枕元に蹲《うずくま》っているゆえ、「お前は何ゆえ身を退き、また帰って来たのだ」と尋ねると、猫は「お嬢様に見入ったゆえ殺すと仰せられたので、身を隠しました。能《よ》く考えても御覧《ごろう》じられませ、私はこの家《や》の先代様より養われて凡《およ》そ四十年ほど厚恩を蒙りました身、どうして御主人に対して悪事を働きましょうや。お嬢様の側を離れぬは、この家に年経た妖しき鼠が棲み、お嬢様に見入って近づかんとするゆえ、その害を防がん為に聊《いささ》かも離れずお護り致しておりまする。勿論、鼠を制すべきは猫として当然の事ながら、かの鼠は中々私のみにては制し難うござりまする。通途《つうず》（並）の猫では二、三疋《びき》にて向っても制する事は叶いませぬ。されど、爰《ここ》に一つ、方法がありまする。島の内（掘割に囲まれた地）の河内屋市兵衛の家に虎猫の逸物《いちもつ》がおりまするゆえ、彼を借りて倶《とも》に鼠を制すれば事は成りましょう」と申して、行方不知《しれず》となった。妻なる人も同じ夢を見たと言い、夫婦ともに語り合うて驚いたものの、「夢を強《し》いて用いるべきではない」と言って、その日はそのままに暮れた。ところが、その夜もまた例の猫が夢に現れ、「お疑いなされまするな。かの猫さえ借りて下されば、災いを除きまする」と語ったので、翌日、島の内へ赴き、料理茶屋体《てい》の市兵衛方を窺うと、庭に向いた縁頬《えんがわ》に抜群の虎猫のいるのが見えた。そこで、亭主に逢い、密かに口留めして事の次第を打ち明けたところ、「あの猫は年久しく飼うておりまするが、はたして逸物かどうか、それは存じませんよ」との返事であったが、切に頼み込むと承知してくれた。

翌日、受取りの使を遣ると、ぶち猫より知らせを受けたものか、虎猫は厭《いや》がりもせずに連れられて来た。色々馳走など与えているところへ、かのぶち猫も何処《いずこ》からか帰り来《きた》って虎猫に近づいた。二匹が身を寄せ合う様子は、恰《あたか》も人間の友達同士が語り合っているようである。さて、その夜も又々亭主夫婦の夢に例のぶち猫が現れ、「明後日、かの鼠を退治致すでござりましょう。日が暮れましたならば、私と虎猫を二階へ上げて下さりませ」と約束したゆえ、その意に任せ、翌々日は二匹の猫に馳走の食を与え、日暮に及んで二階へ上げて置いた。四つ頃（午後十時前後）でもあったろうか、二階の騒動すさまじく、暫しの間は震動するほどであったが、九つ（午前零時前後）にも至る頃、少し静まってきたゆえ、誰彼と論じて結句、亭主が先に立ち二階に上がってみると、猫にも勝る大鼠の喉笛にぶち猫が喰《くら》いついていた。然し、鼠に脳を掻き破られ、鼠と共に死んでいた。かの島の内の虎猫も、背丈は鼠に優っていたものの、気力が尽きたのか、既に死に至らんとする有様であった。色々と療養を加えるとこちらは助かったので、厚く礼を述べて市兵衛方に返した。ぶち猫に対しては、その忠心に感謝して厚く葬り、一基の墓の主《ぬし》となした。——と、大坂在番中に聞いたと、以上は大御番《おおごばん》（江戸城・大坂城・二条城などを警備する旗本の役職）を勤めた何某《なにがし》が物語った事である。

（巻之十・猫忠死の事）

小はだの小平治

小幡小平次（小平次・小平治と二様に表記されるが、特に意味は無いようである）と申す者の事は、読本《よみほん》に綴られ浄瑠璃《じょうるり》にも仕組まれ、また俳諧の附合《つけあい》などにも吟《よ》まれて、人口に膾炙《かいしゃ》している。歌舞伎役者であったとは聞いているが、本当のところは精《くわ》しく知らない。

或る人の語るところによれば、小平治は山城国《やましろのくに》小幡《こはた》村（木幡）の生れで、幼くして父母と死に別れ、便るべき者も無かったため、村の長《おさ》などが世話をして養ったという。「ひたすら両親の追善を志して出家せよ」と言われたのに随《したが》い、小幡邑《むら》の浄土宗光明寺に入って弟子となり、出家して真洲と名乗った。言いようもなく怜悧かつ聡明、学問もよく出来たので、和尚もこれを愛して暫《しば》く身辺に置いていた。その後《のち》、真洲が「この上は、諸国を遍歴して仏道の修行に励みたく存じまする、何卒《なにとぞ》お許し下され」と願ったところ、聞き届けられて金五両を授かり、江戸表へと出立した。深川の辺りに住む在所者（同郷者）を頼って暫く逗留していたが、やがて呪《まじな》いや祈禱などに甚《はなは》だ奇瑞を示す事が顕《あらわ》れ、此処《ここ》彼所《かしこ》より招かれた。信仰する者が多く、金子《きんす》なども貯え、後《のち》には別に店《たな》を構える程になった。

ここに深川茶屋の花野という妓女《げいしゃ》があり、病を得て真洲に加持を頼んだ。その折に真洲

の美僧であるのを見て深く執心し、或るとき口説きにかかったが、真洲は「出家の身ゆえ、左様な事は思いもよりませぬ」と言って断った。しかし、或る夜、真洲の庵に花野がやって来て、「この願いを叶えて下さらなきゃあ死ぬより外はありません。殺しなさるか、どうなさいます、え」と嘆き訴え、「妾《あたし》の志を見て下さいましな」と言って一つの香合《こうごう》を取り出して寄越したので、披《ひら》いて見ると、惜しげもなく切り落した指が入っている。真洲はたいそう驚き、「いかように仰せられても、出家の身、堕落の心はござらぬ。さりながら然程《さほど》までに仰る事なれば、明晩またお越し下され。一日得《とく》と考え、いずれか返答致すでござろう」と言って、その場を取り繕った。

真洲は「こうしてはおられぬ」とばかり、その夜、手元の調度などを取り集め路用の支度をして深川を立ち退き、神奈川宿まで到り、或る宿屋に泊ったが、亭主は真洲を見覚えている様子で、「お前さんはどうして此処《ここ》へおいでなすった、え」と尋ねた。然々《しかじか》の訣《わけ》ありと打ち明けたところ、「まずは暫く逗留なさるがいい」と言って留め置き世話をしてくれた。花野より渡された香合は、穢《けが》らわしく思って途中で捨ててしまったが、不思議な事に漁師の網にかかり、仔細あって真洲の手に戻ってきた。経緯《いきさつ》を聞いた亭主が「それほどまでに執心の残った香合なら、焼き捨てて手厚く弔《とむら》っておやんなさい」と言うのに随い、経を読んで供養し土中に埋め、これにて心懸かりがなくなったと胸を撫で下した。

或る日、大山《おおやま》へ参詣のため江戸からやって来た者が真洲を見て、「お前さんはどうして此処《ここ》にいなさるのだ、え。あの花野は乱心して親方の許《もと》を飛び出し、何処《どこ》へ行ったものか、今は行方知れずさ。もう安心だから、江戸へお帰んなさい」と言い、同行の者も口々に勧めるので、結句、一緒に江戸へ立ち戻った。

「職が無くては渡世もなるまい」と、堺町に住む半六という者が世話をして、芝居茶屋や楽屋などで働くようになったが、「出家のままでは具合が悪かろう」とて還俗《げんぞく》、役者たちに「お前さんも役者におなんなさい」と勧められ、とうとう役者になった。初代海老蔵と称した市川柏莚《はくえん》（二世團十郎）の弟子となり、「小幡を名乗るのもどんなもんだろう」というので小和田小平治と名乗った。男振はよし、芸も相応にしこなし、中《ちゅう》よりは上の役者に上《のぼ》ったものの、芝居茶屋で博奕《ばくち》をしたのが露《あら》われて柏莚に破門され、詮方なく半六と同道にて田舎芝居に下って行った。雨天続きで芝居が休みとなった或る日、半六と、見世物師を渡世とする穴熊三平という者と連れ立って漁に出かけ、思いがけず小平治は海に落ちて水死したという。

実はそれ以前、堺町に小平治の居る事を聞き、花野が尋ね来て夫婦《めおと》となっていたのだが、穴熊三平は花野が深川にいた頃から執心していて、半六と申し合せて邪魔になる小平治を海へ突き落して殺したのだという。この事は後《のち》に露見し、その筋の吟味するところとなり、三平半六ともに仕置を受けたという。

かくして三平と半六は江戸へ立ち帰り、小平治の留守宅を訪ねてみると、花野が応対に出て「なぜ遅くお帰りだえ、小平治は昨夜《ゆうべ》帰りましたよ」と言うではないか。両人は甚だ不審がり、「実は小平治さんは海に落ちてお果てなすった。気の毒な事ゆえ言い出し兼ねていたんだが——」と語っても、花野は本気にしない。両人は驚いて一間を覗いてみると、荷物などは確かにあったが、小平治の姿は無かった。以後も小平治については、怪しい事が度々あったという。それ以外の事は聞かなかったので、ここには記さない。享保の初めから半ばにかけての事だという。

（巻之十・小はだ小平治事実の事）

＊『半日閑話』――大田南畝《なんぽ》

天女降臨

松平陸奥守《むつのかみ》忠宗（伊達政宗の嫡子、仙台藩主、松平姓は徳川家康が政宗に下賜）の家来に番味《ばんみ》孫右衛門という者があった。或る日、自宅座敷にて昼寝の折、夢現《ゆめうつつ》の裡《うち》に天女が天降《あまくだ》り口を吸ったかと思うと目が覚めた。辺りを見回したが、むろん人の気配は無かった。これはまた思いもよらぬ夢を見るものだと不思議の念を抱いたものの、人に話すのも恥しいので、口外せずにいた。

それ以来、孫右衛門がものを言う度に、口中より只ならぬ香りが薫じ漂うので、人々は不審に思った。心安い傍輩《ほうばい》が「貴殿は嗜《たしな》みが深うござるな。常に口中より芳《かんば》しき香りが致し、恰《あたか》も匂いの玉を含んでおらるるようではある。奇特《きどく》千万、寔《まこと》に感心致す」と言うので、事のあらましを語り、「以来、かくのごとくにござる」と答えたところ、傍輩も大いに不思議がった由である。

さて、この孫右衛門は、取り立てて美男というほどでもなく、また特に愛嬌があるわけでもなく、ごく普通の男振にすぎないのに、いかなる思い入れを以て天女はかかる情をかけたものか、何とも推量がつきかねる。そして、この香りは生涯絶える事が無かったという。この話は、田村隠岐守《おきのかみ》宗良の家来佐藤利右衛門重友より聞いた。

（巻六・天女降て男に戯るゝ事）

＊『一話一言』――大田南畝《なんぽ》

河童銭

天明五年乙巳《きのとみ》（一七八五）某月頃の事である。江戸麴町《こうじまち》に飴屋十兵衛なる者があった。常より正直な心根の持主であったが、或る日の夕方、一人の童子がやって来ておどけた様子を見せるので、憐れみを覚え、飴を与えた。それ以来、夕方になると来るゆえ、聊《いささ》か怪しく思い、帰る跡をつけたところ、お城の堀の中に入ってしまった。さては河童であったかと恐ろしく思ったが、また或る日やって来て、十兵衛に銭を与えて去り、その後《のち》は現れなくなった。その銭は、今、番町の能勢《のせ》又十郎殿の家にあるというが、もとより尋常の銭ではない。件《くだん》の銭の型を押したものだと言って、浅草の馬道《うまみち》に住む佐々木丹蔵篁墩《たかあつ》が贈ってくれたので、ここに写しておく。

（巻三）

＊『北国奇談巡杖記《じゅんじょうき》』――鳥翠台北巠《ちょうすいだいほつけい》

槌子坂《つちこざか》の怪

加賀国《かがのくに》金沢の城下、小姓町の中ほどに、槌子坂という、なだらかながら怪しい径《みち》がある。草が生い繁り常に溢水があって、昼間と雖《いえど》も何となく気味の悪い所である。殊に小雨のそぼ降る夜半など、たまたま不敵なる人が通りかかったりすると、ころころと転がり歩く物が現れ、よくよく見ると、搗臼《つきうす》ほどの横槌《よこづち》である。ただ真黒なもので、彼方此方《あなたこなた》と転がり歩き、消える寸前に、呵々《からから》と二声ばかり笑って雷の音を発し、燦《ぱつ》と光を放って消え失せる。この怪異を見た者は、古来幾人もあって、二、三日は毒気に中《あた》って患うという。それゆえ槌子坂と呼び、夜間は自ずから往来も途絶えがちである。いかにも古妖であり、往昔《むかし》から人々の取沙汰するところとなっている。

（巻之一）

石《せき》麪《めん》

加賀国石川郡に鶴来《つるき》という所がある。往昔《いにしえ》は剣と表記した。それは、この土地の氏神を金剣宮と申し奉り巌洞《いわあな》の中に祀《まつ》るゆえ、斯様《かよう》に号《なづ》けたのであるが、中古より改めて鶴来と称するようになった。或る年、大飢饉となり、困窮した土民達は、この神の祠《ほこら》に詣でて活命を切に祈ること数日《すじつ》に及んだ。或る日、一天俄《にわか》に掻き曇り、石に似た、真白な物が降ってきた。食してみると甘味があり、乳のような味がする。これによって露命を繋いだ者は数知れない。神信心とは申せ、感応《かんのう》の不思議を思う。私の考えるところ、李時珍の『本草《ほんぞう》綱目《こうもく》』に載せる石麪《せきめん》の類であろう。越中国《えっちゅうのくに》は守江の山世からも産するというが、同じ類でもあろうか。その後《のち》も度々降った由にて、今に至るもこの品を持ち伝える人がある。

（巻之一）

地《じ》縮《ちぢみ》

越中国礪並郡《えっちゅうのくにとなみこおり》は倶利迦羅山《くりからやま》の辺りに、地ちゞみという事がある。晴れもせず曇るでもなく、ただ静穏なる時に起る現象で、普段は見えもせず聞えもせぬ、遠谷幽嶺《おんこくゆうれい》の景色が目《ま》のあたりに広がるのである。山樹の数々、谷川の流れる音まで、手に取るごとく聞え、鳥獣の姿から旅人の行方まで、悉《ことごと》く看《み》て取れる。寔《まこと》に仙境に飛行《ひぎょう》して壺中天を見るような趣である。按ずるに、この景観は、陰気水煙の気によって現れるのではあるまいか。雨催いの兆《きざ》す時、遠島などが近々と見える類であろう。されど訝《いぶか》しいのは、松籟《まつかぜ》や水音の聞える事で、こればかりは未《いま》だ他国に無い現象である。（巻之二）

猫多羅《ねこたら》天女

越後国《えちごのくに》は弥彦《やひこ》神社の末社に、猫多羅《ねこたら》天女の禿《かむろ》というものがある。その始源は次のごとくである。

佐渡国《さどのくに》雑太郡は小沢という所に、一人の老婆が住んでいた。或る夏の夕方、上の山に登って涼んでいたところ、一匹の老猫が現れて纏《まつ》わりつくので、相手をしているうち、猫は砂の上に臥し転《まろ》ぶなど、いろいろと不可解な戯れを見せる。老婆も浮かれて、猫を見倣い、砂の上に臥し転んでみると、これは不思議、総身涼しく寔に快い。翌晩も出かけて試していると、また件《くだん》の化猫がやって来たので、共に狂い戯れ合った。斯様《かよう》に戯れること数日《すじつ》に及んだ頃、自ずから総身が軽くなり、飛行《ひぎょう》自在の通力を得て、天に溯《のぼ》り地を走ると見えたが、倏《たちま》ち獣のごとく眼《まなこ》を怒らせ、禿頭《はげかしら》となり、総身に毛を生じた。その形相は寔《まこと》に凄じく、見る人は肝を潰して驚き入った。かくして終《つい》に老婆は家を捨て虚空に飛び去ったが、目《ま》のあたり、雷鳴が轟き、山河も崩れるような威勢である。越後に到って弥彦山に止《とど》まり、数日間霊威を揮って豪雨を降らせた。難渋を覚えた里人達は、これを鎮めて祀《まつ》り、猫多羅天女と称して崇《あが》め奉った。以来、この天女は、年に一度、佐渡に渡るというが、その日は烈しく雷鳴を轟かせ国中を脅かす由、寔に無情の往還ではある。　（巻之三・猫多羅天女の事）

＊『奥州波奈志《ばなし》』――只野真葛《ただのまくず》

めいしん

めいしんという法術があるという。これは、出家が災難に逢った折に身を遁《のが》れるための心がけであり、一生に一度と思う時に用いるのである。或る和尚がこの法術を心得ている事を、橋本正左衛門という者が聞きつけた。尤《もっと》も正左衛門の若かりし頃の事である。もともと奇異なる事を好む質《たち》ゆえ（正左衛門は、伊賀（真葛の夫、仙台藩江戸番頭）の三番目の弟の八弥という者の養子となっていたので、正左衛門の事は八弥が話してくれたのである）、件《くだん》の法を頻《しき》りに習得したく思い、常に和尚の許《もと》を訪ねて親しみ、夜話の果てた後《のち》、そのまま泊るような事も多く、事に触れては「その法を御伝授下され」と懇願した。和尚は「易き事ながら、今少し其方《そなた》の性根が定まるのを見て、その時には伝授致そう」と言って、許さなかった。

その寺に幼少より勤めている小姓があったが、この者もめいしんの会得に望みをかけており、「正左衛門より先に習得したいものだ」と、敵手に挑む思いを抱いた。正左衛門が法術習得の執心を以て和尚に親しむのを見て、もし先を越されては悔しい事と思い、これまた頻《しき》りに伝授を懇願した。和尚も、流石《さすが》に憐れと感じたのであろう、「さほどまでに懇望致す事ならば、教えて遣わそう。さりながら、正左衛門もあのように懇願しておるゆえ、お前にばかり伝えたと聞いたなら、さぞ憾《うら》みに思うであろう。必ず他言無用なるぞ」と釘を刺した上で、秘かに伝授したという。

十月末の事、正左衛門が例のごとく夜話に訪れて泊っていたが、宵の内は気配も無かったのに夜の間に大雪が積もった。音がせぬゆえ、誰も知らずにいたが、丑三《うしみ》つ（午前二時から二時半頃）と思われる頃に、ばったりという大きな音がしたので、和尚はもちろん、正左衛門も跳び起きて行ってみた。昼間洗って棹に懸けて置いた和尚の肌着を、宵には雪も降らなかったので取り入れずに置いたものに、雪が降り積もったため、何やら物ありげに見えるのを、件《くだん》の小姓が目もろくに醒めぬまま小用を足しに起き、ふと見て大入道が立っていると思い込み、これこそ一生一度の難儀とばかりに、覚えたての法術を用いたところ、新しい木綿肌着が棹もろともに刃物で切ったように真二つに裂け、大音を発したのだという。小姓は面《おもて》も上げず、平伏しながら、「真平《まつぴら》御免下され」と詫び入った。

和尚は大いに立腹して、「それみよ、性根の定まらぬうちは許し難しと言ったのは、この事じゃ。多年目をかけて召使ってまいったが、最早これまでじゃ。明朝、早々に立ち去れ」と暇《いとま》を申し渡し、正左衛門に向い、「其方《そなた》には、愚僧がただ法の伝授を惜しんだと思われたであろうが、今のがよい見本じゃ。性根の定まらぬ人に許せば、過ちを冒すのみならず、法も軽くなりゆき申す。必ず、憾みに思うてはなりませぬぞ。この者は幼年よりの召使、親しく懇望致すゆえ、心もとなしと思いつつも、許してしもうた。かくのごとき過ちが出来《しゅったい》するに於ては、それがしも懲り懲りゆえ、この上、人には伝授いたしかねる」と言った由である。件の小姓には、再び試みても験《しるし》の顕れぬ消し法を施し、早々に追い出したとか。正左衛門も、実《まこと》に恐ろしきものと感じ、習得を思い止《とど》まった。「法術というものは全く不思議なものだ、ただ唱えごとをするばかりにて、棹と一重《ひとえ》衣《ぎぬ》とが裂けたのは怪しいが上にも怪しい事であった」と、常々語っていたという。（めいしん）

狐つかい

清安寺という寺の和尚は、狐つかいであったという。橋本正左衛門は、ふとした出会いからこの和尚と懇意になり、折々夜話に訪れていた。或る夜、五、六人が寄り合って話していた時、和尚が「お慰みに芝居を御目にかけましょう」と言ったかと思うと、その場は忽《たちま》ち芝居座敷の体《てい》と変じた。道具だての仕掛や鳴物の拍子はもとより、名高い役者が次々と現れて立ち働く有様は、本物の歌舞伎と聊《いささ》かも違《たが》うところが無い。居合せた人々は、思いも寄らぬ事ながら、面白きこと限りなく、大いに感心した。

正左衛門は不思議を好む質《たち》ゆえ殊に悦び、以来、これを習得したいと思い始め、頻《しき》りに寺を訪れるようになった。和尚は正左衛門の内心を悟り、「其方《そなた》は、飯綱《いづな》の法を習いたいとお思いか。それならば、まず試しに、三度肝を試さねばならぬ。明晩より三夜続けて来られよ。これを堪《こら》え果《おお》せたならば、伝授致そう」と言った。正左衛門は飛び立たんばかりに悦び、一礼を述べ、「いかなる目に逢おうとも耐え凌ぎ、飯綱の法を習う所存にございまする」と勇み立った。翌日、日の暮れるのを待って寺を訪ねると、まず一間に閉じ籠め、「耐えがたく思われたら、いつにても声を上げて許しを請われるがよい」と言って、正左衛門を残して立ち去った。間もなく、鼠が数知れぬほど現れ、膝に上ったり、袖の裡《うち》に入ったり、襟《えり》を渡ったりし始めた。たいそううるさく迷惑ではあるが、「誠のものではあるまい。もし食われたところで疵《きず》はつくまい」と、心胆を据えて堪《こら》えているうちに、暫《しば》くすると何処《いずこ》へともなく消え失せた。和尚が現れ、「いや、御気丈な事でござる」と挨拶し、「また明晩来られよ」と言って帰してくれた。

明くる晩も、前夜のごとく一人閉じ籠められたが、今度は蛇責めであった。大小の蛇が次々と這い出て来て、袖に入ったり襟に纏《まつ》わりついたりして、耐え難い悪臭であったが、これも偽物《にせもの》と思いなして堪《こら》え通した。「さあ、もう一晩を耐え過せば、伝授を得られるのだ」と悦び勇んで、翌晩、訪れたところ、今度は待てども待てども一向に何も現れない。やや退屈に思いはじめた折しも、これはいかに、幼い頃に世を去った実母の姿が眼前に現れた。末期《まつご》に纏うていた衣類もそのままに、眼は攣《ひきつ》り、小鼻の肉は落ち、唇は乾いて縮み、歯が出て、弱り果てた顔色容貌、髪の乱れそそけた様子に至るまで、落命の折に身に沁みて今も忘れ難い面影に少しも違《たが》わぬではないか。その末期の母が、ふわふわと歩み来て正面に座った時の心地は、鼠や蛇の責めとは比較の段ではなかった。心中の憂い悲しみは何に譬《たと》えようもなく、母が詞《ことば》をかけようとする体《てい》を見ては、何とも心地が悪く、最早堪《こら》えかねて「真平御免《まつぴら》下さるべし」と声を上げてしまったが、母と見えたのは実は和尚であり、笑みを湛え座っていたという。正左衛門は面目無さに、それより後《のち》は二度と和尚の許《もと》には行かなかった由である。

（狐つかひ）

影の病

北勇治という人の身に起った事である。或る日、外出より帰り、己が居間の戸を開けて見ると、誰やら机に凭《もた》れている。いったい誰であろう、己の留守に斯様《かよう》に戸を閉めきって我物顔に振舞うのは訝《いぶか》しい事だと、暫《しば》し見ていたが、髪の結《ゆ》い様《ざま》から衣類や帯に至るまで、己が普段着ているものであり、自分の後ろ姿を見たことはないものの、寸分違《たが》わぬと思われた。あまり不思議に思われるので、面《おもて》を見てやろうと、つかつかと歩み寄ったところ、彼方《あちら》を向いたまま、細く開いた障子の隙間から縁先に走り出て行った。追いかけて障子を開けてみると、何処《どこ》へ行ったものか、早や姿は見えなかった。家の者に、その由を語ったが、母は物も言わず、眉を顰《ひそ》める体《てい》であった。それより勇治は病に臥し、その年の内に亡くなった。北家では、これまで三代に亙《わた》り、当主が己の姿を見て病を発し死んでいる。これは、所謂《いわゆる》影の病と申すものであろう。祖父や父がこの病で亡くなった事を、勇治の母や家来は知っていたものの、あまりに恐ろしき事ゆえ、語らずにいたため、主《あるじ》の勇治は知らなかったのである。勇治の妻もまた、二歳の男子を持つ身で後家となった。只野家とは遠い親戚に中《あた》る家の娘であった。

（影の病）

＊『兎園小説』――滝沢馬琴ほか・編

怪しき少女

文宝堂（亀屋久右衛門）

新肴町《しんさかなまち》（江戸京橋辺）嘉兵衛店《かへいだな》の大工伝吉と申す者、先月廿五日の朝五時頃、七歳の娘かめと申す者を連れ、弓町（京橋辺）大助店の栄吉が営む忍冬湯《にんどうゆ》と申す薬湯へ参りしところ、髪を結い居りし十一、二歳位に見ゆる女子《おなご》が入《い》り来て、かめと友達のように心安く咄《はなし》など致し始めました。伝吉父子が帰らんと致しまするると、この女子《おなご》が、よき物を遣わすゆえかめを残し置き下されと申しまするゆえ、伝吉はそのまま帰宅致しました。暫《しば》しの後《のち》、件《くだん》の女子《おなご》は、かめを連れ伝吉宅へ参り、馴れ馴れしき様子にて、かめの髪を結うたり、菓子をくれたりなど致しまするゆえ、住所を尋ねしところ、忍冬湯の向いの米屋の娘の由、申しました。それより直《すぐ》にかめを連れ木挽町《こびきちょう》芝居（河原崎座・顔見世興行）へ参り、帰途、女子《おなご》の伯父の家と申す木挽町二丁目の裏屋に寄り、古き丹後縞《たんごじま》の帯一筋《ひとすじ》、木綿縞の子供前《まえ》垂《だれ》一つ、黒縮緬《くろちりめん》の御高祖頭巾《おこそずきん》一つ、右の三品をかめに与え、帰して寄越しました。

翌朝、またぞろ母より遣わせし物と申して徳利へ酒を一合程入れ持参、即刻帰り、またまた徳利に入れし酒少々と鰯目刺《めざし》一串を持参、自ら燗《かん》をなして呑み、伝吉方に有合せの浅漬の香《こう》の物を貰うて食べ、この浅漬は何方《いずかた》にて何程にて買い求めしものかと尋ねて帰りましたが、またぞろ間もなく件の浅漬を一本調えて持参致し、自ら洗うて一寸位（約三糎）に大きく刻み不作法に食して帰りました。何かと不思議に思われしゆえ、伝吉の妻いくと申す者、忍冬湯向いの米屋まで礼に参りしところ、左様な娘はおらぬ由にて、念のため近辺を尋ねるも、一向に知れぬまま戻りました。

なおまた翌廿八日（廿七日の誤りか）の早朝、件の娘が参りしゆえ、改めて住所を尋ねしところ、かれこれと言い紛らすばかりにて、判然と致しませぬ。それゆえ、いくと十六歳の悴《せがれ》兼次郎と申す者の両人にて、行先を見届けんと申し合せ、帰る娘の跡をつけて参りしところ、娘は足早にて、南横町より西紺屋町河岸《にしこうやちょうかし》へ参りし辺りにて見失い、一向に行方が知れませぬ。右の町内の近辺を尋ね聞き合せしところ、件の少女は、この節、幼き娘の居る家々に参っては髪など結うてくれるゆえ、親達が宿許《やどもと》を尋ねると、申す名前が区々《まちまち》にて家により違うておりました。これは狐狸《こり》の仕業に相違なしと、この節、処々方々にて専《もっぱ》ら取沙汰致しおりますゆえ、ここに申し上げる次第にござります。以上。

子十二月十一日　　　　　新肴町名主後見　西紺屋町名主　弥五右衛門

右、書上げ（奉行所へ差し出したものであろう）のまま写しておくが、これは文化元年甲子《きのえね》年の事である。

（第三集・あやしき少女の事）

夢の朝顔

文宝堂（亀屋久右衛門）

湯島手代町《てだいまち》（江戸）に岡田弥八郎と申して、御普請方《ごふしんかた》（小普請方、作事奉行の配下）の出役《でやく》を勤める人があった。その一人娘の話である。名をせいと申し、容子がいい上に利発なので、両親の慈しみも深かった。然《しか》も和歌に心を寄せ、下谷辺に住む白蓉斎《はくようさい》と申す歌人の弟子となり、去年十四歳にて朝顔を歌に詠んだが、「能《よ》く韻律に適《かの》うておる」と言って師も喜んだ。その歌は、次のようなものであった。

いかならん色に咲くかとあくる夜をまつのとぼその朝顔の花

「まつの枢《とぼそ》（扉）」の「まつ」は「松」と「待つ」を懸け、「あくる」は「明くる夜」と続くと同時に「枢」の縁語（扉を開ける）でもあり、技巧を凝らした歌ではあるが、厭味が淡《うす》く素直なところを白蓉斎は買ったのであろう。

その冬の事、この娘は風邪を患い、そのまま終《つい》に果敢《はか》なく世を去ってしまった。両親の嘆きは申すまでもない。朝夕ただ娘の事のみ言い暮していたが、その間にも月日は空しく遷《うつ》って年も変り、亥《い》の年の秋となった。母親がふと娘の愛用していた手文庫を開けてみると、朝顔の種が出てきた。一種類毎に丁寧に紙に包み、これは絞《しぼり》、また瑠璃《るり》などと書き付けてあるのを見て、母親は今更ながら娘の詠んだ朝顔の歌が思い出され、これほどまでに記して大切に蔵《しま》い置いたものならば、娘の志を果して遣ろうと、小さな鉢にこれを蒔《ま》いた。朝夕水を灌《そそ》ぎなどしているうちに、やがて葉も出て蔓も伸びたものの、花は一輪も咲かなかった。聊《いささ》か時期に遅れて蒔いたせいで花をつけぬのであろう、さりながら秋に秋草の花（陰暦ゆえ朝顔は秋の花）が咲かぬ事があろうかとて、様々に丹精を尽してみたが、蕾《つぼみ》の現れる気配すら無かった。

或る日、弥八郎が東叡山《とうえいざん》（上野寛永寺）の御普請場へ出かけた後《のち》の事、母は亡き娘を忘れかね、朝顔の事を思いながらうつらうつらと睡《ねむ》っていたが、「おかかさま、花が咲きました」という娘の声を聞き、驚いて目覚めた。あまりにも訝《いぶか》しく思われたので、朝顔の傍へ行ってみると、一輪だけ咲いているではないか。いよいよ以て不可思議な事と思い、夫の帰るのを待ちかね、弥八郎が戻ると直《すぐ》にこの事を話し、花をも見せたという。この花は昼夜を咲き通し、翌朝までも萎《しぼ》まずに咲き永らえたという。

右の話は文化十二年乙亥《きのとい》年（一八一五）の事である。花が咲いたのは翌子《ね》の年であった。

（第四集）

うつろ舟の女

琴嶺舎（滝沢宗伯）

享和三年癸亥《みずのとい》（一八〇三）の春二月廿二日の午《うま》の時頃、当時寄合席《よりあいせき》（三千石以上の非職の旗本が属する）に在った小笠原越中守（高四千石）の知行所、常陸国《ひたちのくに》はらやどりという浜に出来《しゅったい》した事である。遥か沖の方《かた》に舟のごときものが見えたので、浦人達は船を数多《あまた》漕ぎ出《い》だしてこれを浜辺に曳きつけ、仔細に検分に及んだ。舟の形は香盒《こうごう》のように円く、直径三間余（約五・五米）、上部は硝子《ガラス》張の障子を松脂《まつやに》で塗り詰め、底は鉄《くろがね》の板金を段々筋のように張ってある。海の巌《いわ》に当っても打ち砕かれぬ為の用意であろう。硝子張ゆえ透き徹り内部は隠れなき有様にて、皆が立ち寄って覗いたところ、異様なる風体《ふうてい》の婦人がいた。

その図、左のごとし。

眉と髪の毛は赤く、顔は桃色、白く長い仮髪《いれがみ》（かもじ）が背に垂れている。〔原注〕その仮髪が獣《けもの》の毛か、縒糸《よりいと》か、知る者は無い。迭《たがい》に言語が通じぬため、何処《いずこ》の者かと問う術《すべ》もない。

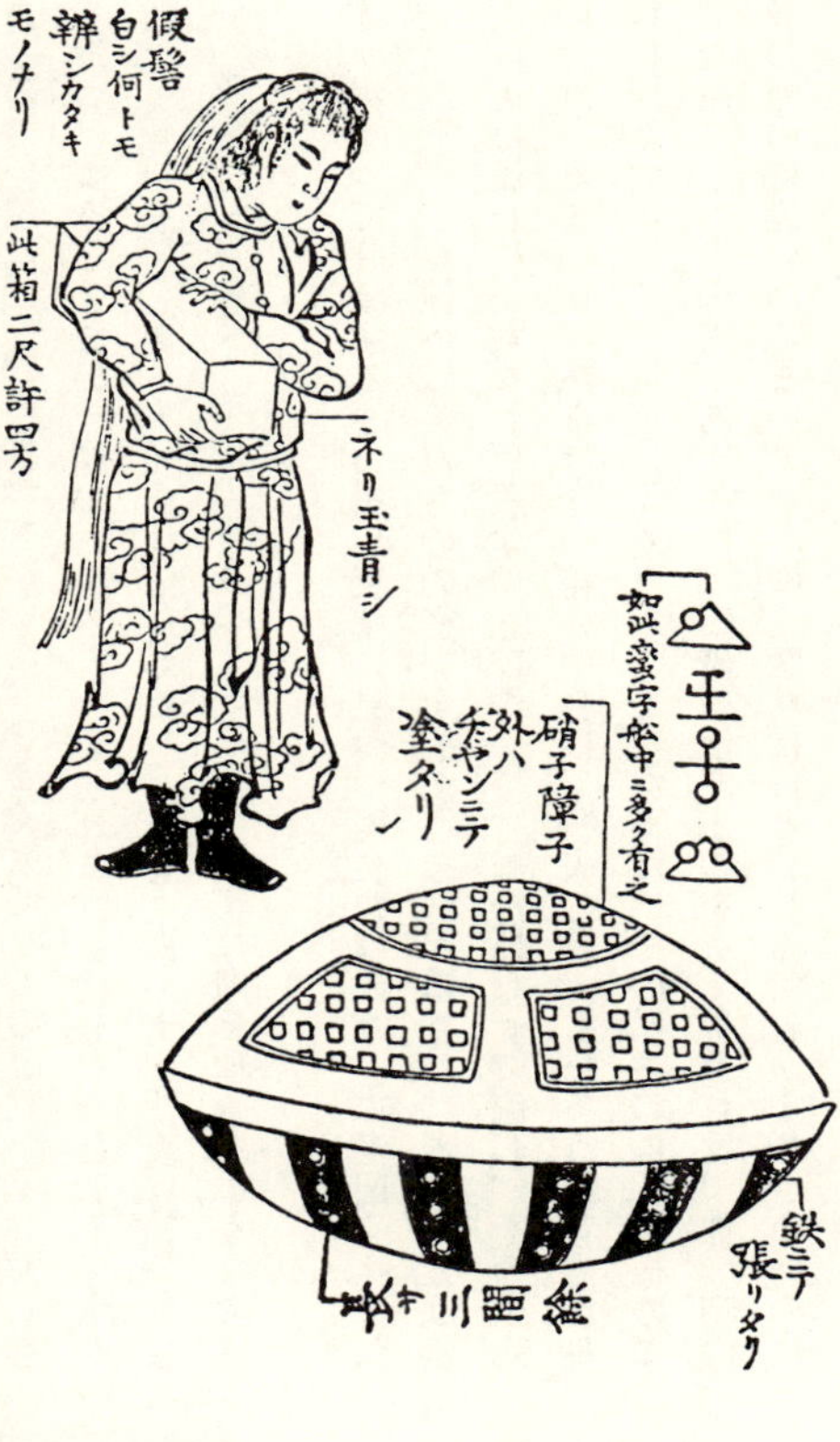

この蛮女は二尺（約六〇糎）四方の筥《はこ》を持っていた。ひどく大切なものと覚しく、暫《しば》しも離さず、人をも近づけようとしない。船中にあるものをかれこれと検分したところ、水が二升ばかり小瓶に入れてある（或る本は、二升を二斗とし、小瓶を小船とする。未だ孰《いず》れが正しいのか知らない）。敷物が二枚ある。菓子のようなものもあり、また肉を練ったような食物もある。

女は、浦人達が集まって評議するさまを、長閑《のどか》に見つつ微笑《ほほえ》むばかり。古老曰く「これは蛮国の王の女《むすめ》だろう。一旦他へ嫁いだものの密夫《みそかお》を拵《こしら》え、それが露見し、密夫の方は処刑されたが、女の方は流石《さすが》に王女なれば殺すに忍びなくて、虚舟《うつろぶね》に乗せて流し、その生死を天に任せたのではあるまいか。然《しか》らばその箱の中身は、密夫の首でもあろう。昔も虚舟に乗せられた斯様《かよう》な蛮女が近くの浜辺に漂着したことがあった。その船中には、俎板《まないた》のごときものに載せた生々しい人の首があった由、口碑に伝えるのを考え併せれば、件《くだん》の箱の中身も、その類のものに違いあるまい。それゆえ蛮女はいとおしんで身から離さないのだろう」云々。

浦人達は、これを官府へ聞え上げるとなると費用も並大抵では済まされぬ事ではあり、斯様なものを海に突き流した先例も無いわけではないと評議し、また女を旧《もと》のごとく船に乗せ、沖へ曳き出して押し流したという事である。もし浦人達がいま少し人道を以て応対していれば、これほどの仕打には至らなかったろうが、それは件の蛮女の不幸と申すものである。またその舟の中に、等の蛮字が多く見られたという事については、近頃浦賀の沖に停泊したイギリス船にも同様の蛮字のあったことが思い合される。されば件の蛮女はイギリスか、もしくはベンガラ（インドのベンガル）か、あるいはアメリカなどの蛮王の女《むすめ》でもあろうか、これもまた知りようがない。常陸漂着の蛮女について、当時の好事家が写し伝え置きし事は、右のごとくである。図説共に疎鹵《そろ》にして具《つぶ》さでないのが遺憾である。よく知る者があれば、質《たず》ねてみたく思う。

（第十一集・うつろ舟の蛮女）

〔原注〕解《とくる》（琴嶺の父すなわち馬琴）が按ずるところ、『魯西亜一見録』人物の条の下に「女の衣服は筒袖で腰より上を細く仕立て」云々、また「髪の毛は白い粉を塗りかけ結ぶ」云々とあり、これに拠れば、この蛮女の白い頭髻も白い粉を塗ったものであろう。魯西亜《おろしあ》の属国の婦人でもあろうか。なお一考すべきである。

＊『中陵漫録』――佐藤中陵

徳七天狗談

信州（信濃国）に徳七という者がいる。或る日のこと、馬を引いて戸隠山《とがくしやま》の辺りに行き、草を刈っていた。その時、二人の山伏が通りがかった。一人は十七、八歳で、綿布《めんぷ》を着《ちゃく》し短刀を佩《は》き甚《はなは》だ美しい容子である。この美麗なる山伏が徳七を呼び、「山中で道を見失ってしもうたが、街道へ出るには何《いず》れの道を行けばよいかの」と尋ねた。徳七は「その路からこの道を過ぎてお行きなされまし」と教えて遣った。徳七の指し示した方に行きかかった時、一人が青茅《あおがや》の上で滑り、倒れてしまった。その足を見ると、尋常の人の足とは異なり、墨で塗ったように真黒である。徳七はこれを見て、彼らが人に非ざる事を始めて覚った。大いに驚き、茅を馬に積んで帰らんとして振り返ると、凡《およ》そ半里ばかりの処、人には登れそうもない崖の上に立ち、徳七を見ている様子である。徳七はますます驚き恐れ、茅を打ち捨て、馬に鞭打ち、急いで帰った。これより患いつき、数日を経て漸《ようや》く平癒した――と徳七が親しく予（佐藤中陵）に語った。件《くだん》の二人は天狗に間違いあるまい。（巻之二）

芭蕉の精

琉球は南方の大海の中にある小島ゆえ、種々の災害がある。民人は大抵蕉葛《ばしようふ》を着用する。それゆえ、蕉園といって芭蕉を植えた園が至る所にあり、二里も三里も続いて林のようである。夜分にその下を往還すると、果して異形の者に逢うという。案ずるに、凡《およ》そ諸々《もろもろ》の草の中《うち》、芭蕉より大いなるものは無い。その精が現じて人を驚かすのであろう。

日本でも、信州に於いて若い僧侶がこれに出遇っている。彼が夜更けまで書を読んでいたところ、傍らに一人の美女が現れて媚を示した。怪しんで短刀で切り排《はら》うと見えなくなった。翌朝、血の垂れた跡を辿って行くと、庭の芭蕉が切り倒されていた。これ乃《すなわ》ち昨夜の美女にして芭蕉の精である。

また琉球に於ては、婦人は夜六時より後《のち》は外出をしない。もし出かけるような事があれば、果して美しい男子、あるいは種々の怪物に出会《でくわ》し、これを見る時は必ず懐妊する。十月を経て出産に至れば、嬰児は鬼面にして牙歯ありという。その際、箬葉《くまざさ》を揉んで粉にしたものを水に涵《ひた》して飲ませれば、忽《たちま》ち喉《のど》が塞がって嬰児は死ぬ。この時の用意として、家々では箬葉を取って貯え置くという。一度この児《こ》を孕《はら》むと毎年孕むという。

これらの災怪《わざわい》を禦《ふせ》ぐには、日本刀を差して往還するのがよろしく、決して蕉精に逢う事はない。然《しか》し、大禁によって日本刀が彼《か》の地に入る事は無い。医者などは深更に往行するゆえ、稀に佩刀《はいとう》する者があるという。これらの説は、琉球人たる登川筑登《ちくどん》が親しく予に談《かた》った事である。

（巻之三・芭蕉の災怪）

石妖

嘗《かつ》て豆州《ずしゅう》（伊豆国）の人が語った事である。豆州の山中は石の産地として知られる。或る日の昼、数人の石工《いしく》が休息を取っていると、一人の婦人がやって来て、「終日《ひねもす》お働きでは、お疲れでございましょう。私が按摩をして進ぜましょう」と言って、一人の石工の肩を按摩し始めた。常に異なり甚《はなは》だ快いので、眠ってしまった。また別の石工を按摩すると、これも眠った。斯様《かよう》にして数人が眠ってしまったが、一人だけこの様子をよく見ていて、

「この女は実に綺麗だ、普通の女ではなかろう、妖婦に違いあるまい」と思い、そこから立ち去った。

幸いに道で猟師に逢い、妖しい婦人の事を話すと、「狐か狸ならん」と言う。猟師と共に石切場に立ち返ってみると、女は立ち去ろうとする。逃げ廻るところを、猟師が二つ玉の鉄砲で撃ったところ、石が砕けて散ったような気配である。さても怪しい事だと思い、二人が行ってみると、堅い石がみな砕けて飛散しているばかりであった。「どうも、あの女は石の気が凝って妖怪となったに違いない」と言って、眠っている人々を見ると、皆、背中を石で按摩したかのように縦横に引疵《ひききず》がついており、まるで気絶した大病人のような恰好であった。それぞれ家に還らせ、医薬を加えて漸《ようや》く治ったという。その後も、この石切場にはしばしば妖人が出没するという。

予が思うには、『物理小識』に「石者気之授土文骨也」とあり、この骨神が化けて婦人となったものである。（巻之十三）

猫の話

予は再三肥後国《ひごのくに》へ赴き、藤井某翁に会うてその封内（領内）の奇事を問うた。この翁は薬草を求めて封内の四郡をあまねく登覧している。予も、猫島は至り見たが、猫嶽には未だ登る事を得ない。この翁は数多《あまた》の奇事を語ってくれたが、その談すべてを此処《ここ》には載せ難いので、予が著すところの『周游奇談』に審《つまび》らかに記し収めた。

猫が怪をなす事は甚《はなは》だしく、みな人を殺すに至る。予は弱冠の折、一人の禅僧と交際があった。この僧は本所に住み、甚だ長寿にて往昔《むかし》の事を語ってくれた。この僧の近隣に一人の老婆が住み、三十余匹の猫を養っていたが、猫が死ぬと小さな柳行李《やなぎごうり》に入れて棚に上げておき、毎日取下ろして眺めていた。死んだ猫の骸《むくろ》は全てかくのごとく棚に上げて残しておいた。この老婆は真に見事な白髪で、その白髪を戴いた顔は髣《さなが》ら猫のようであった。後に人の為に殺されたが、半日を経ると、死骸が老猫に変じたという。件《くだん》の僧が親しく見聞して予に語った事である。

また遠州（遠江国）宝蔵寺の猫は、和尚に化けて毎夜法問に出向いたというが、この話は『猫問答』（不詳）という本にも出ており、世人の能《よ》く知るところである。

羽州《うしゅう》（出羽国）米沢より小国《おぐに》と申す所に至る道は、みな山路にて、三里（一二粁）の間に茶店が只一軒あるのみ、前後左右に人倫（人）の影も差さない。この茶店の飼猫は、春になると毎日山林に入るが、時には数日を経て帰る事もあり、左様な時は已《すで》に児を孕《はら》んでいる。二里あまりも遠出するらしく、毎年、時を違《たが》えずに出かけて行くという。予の知己の何某《なにがし》も猫を養っているが、或る時、その猫の姿が二、三日見えぬと思ったその夜、大火に逢った。翌年、新たに家を建て、家内一同悦んで移ると、件の猫が戻ったが、そのうちにまた見えなくなった。以来、出て行った時と同月同日にまた帰り来《きた》るという。その間、何処《いずこ》にて何をなしているのか、その所為については未《いま》だ考えがつかない。

薩州（薩摩国）の谷山という所の茶店に一匹の猫がいるが、琉球人が持ち来《きた》った由、土地の人々は高麗《こうらい》猫と称しており、総身長毛にて子犬のようである。目もまた子犬のごとく甚だ愛らしく、白黒の毛光沢《けづや》も払林狗《チン》によく似ている。長崎の吉雄耕牛翁が「昔、阿蘭陀《オランダ》の船が載せ来った猫を見たが、甚だ大にして豹《ひょう》のごとし、毛色は黄にして虎のごとくであった。阿蘭陀人は虎の児と言うたが、或る時、猫の声にて鳴いたゆえ、猫の一種と知れた」と語った事がある。翁は「霊猫（麝香猫《じゃこうねこ》）であろう」と言うていたが、件の猫は阿蘭陀人が連れ帰った由である。

（巻之十四・猫話）

*怪獣三題

山城国の怪獣

橘《たちばな》南谿《なんけい》『北窓瑣談《ほくそうさだん》』

安永年間（一七七二〜八一）の事である。城州（山城国）八幡《やわた》の辺の野外に猫の死骸を漁《あさ》る獣《けもの》が出没した。その形はさして大きからず、おおよそ猫ほどにして、猫でもなく犬でもなかった。土地の者が近づき見ても、人を恐れる様子もなく、猫を食い畢《おわ》って淀の方へ立ち去った。その途次、多くの犬が群がり来《きた》って咬《か》みかかったが、この獣に一咬みされて、犬はみな立ち所に死んでしまった。人々の取沙汰では、黒眚《しい》という獣ででもあろうという事であった。我が家（橘家）の従僕《しもべ》貞助《さだすけ》は八幡の生まれにて、この事を見たという。

（後編巻之一、無題）

黒《し》青《い》

天野信景《さだかげ》『塩尻』

『震沢長語』に「明《みん》の成化年中（一四六五～八七）、北京に物あり、狸《り》のごとし。倏忽《しゅつこつ》（有るかと思えば忽《たちま》ち無いさま）として風のごとし。人の顔面を傷つけ手足を嚙《か》む事、一夜のうち数十疋《ひき》、その名を黒青《しい》という」とある。

『皇明通記』に「黒青、その疾《はや》きこと風のごとし。或る窓より侵入、密室と雖《いえど》も至らざる所なきゆえに、人家昏迷す。手足身面を傷つくれば黄水《おうすい》を出す。数日間、城下はこれがために驚憂せり。暮夜に至れば、各家にては刃物を持ち、燈を張りて防ぐ。その黒き影の来《きた》るを見る時は、金鼓を打ちてこれを追う。金睛脩尾《きんせいしゅうび》（金色の眼と長き尾）、犬狸《けんり》に類する」などとある。

「我が国に、この妖物なきや」と問うた人があったので、予（天野信景）は「先頃聞きし事あり。今、周防《すおう》（現在の山口県）及び筑紫《つくし》（現在の福岡県）あたりには所々にこの物あり。夜中に牛馬を傷つくるゆえ、民人は鉦《かね》太鼓を鳴らし狩出して殺すという。京近き国々に於ては聞きし事なし。坂東（関東）の国にては、かまいたちと申して、不思議なる黒気疾風ありて人を疵《きず》つくる事ありと聞くが、この物ならんか」と答えた。（巻五十二）

黒眚《しい》

大朏東華『斉諧俗談』

元禄十四年（一七〇一）、大和国吉野郡の山中に獣《けもの》が出没した。その形は、狼に似て大きく、高さ四尺（約一二〇糎）ばかりにして、長さ五尺（約一五〇糎）ばかり、色は白黒赤皂斑《まだら》の数種にして、尾は牛蒡《ごぼう》の根の如く、頭《かしら》は鋭く、喙《くち》は尖《とが》って上下の牙は各々二つ、鼠の牙の如く、歯は牛の如くである。眼は竪にして、脚太く水掻《みずかき》がある。走ること飛ぶが如く、これに触れた者は面《おもて》や手足や咽《のど》を傷つけられる。もしこれに会う時は、そのまま倒れ伏せば、喰らわずして去る。弓鉄砲にてこれを仕留めること能《あた》わず、ゆえに落し穴を用いて数十疋を捕えた。その後、この獣が現れた事はない。これを俗に黒眚《しい》といい、また志於《しお》宇《う》ともいう。

『震沢長語』に「大明《たいみん》の成化十二年、京師《けいし》（北京）に獣あり。その形、狸の如く、また犬の如くにして、飛ぶこと風のごとし。人の面を傷つけ、または手足を嚙む。一夜に数十疋発《あら》わる。その発わるる時は、黒気を負うて来る。俗に黒眚と名付くという」とある。

（巻之五）

＊『北窓瑣談』――梅華仙史 橘《たちばな》春暉《はるあきら》（橘南谿《なんけい》）

降毛

寛政丑《うし》年七月十五日（五年、『増補・武江年表』には「七月十六日、白き毛降る」とある）、江戸に小雨が降り、その中に毛が混じっていた。殊に丸の内辺は多量に降ったという。多くは色白く、長さ五、六寸（一五～一八糎）、特に長いものは一尺二、三寸（三六～三九糎）もあった。赤いものもあったという。親しい人が拾い取った毛を京都まで送って寄越したが、馬の尾の太さほどの毛である。江戸市中に広く降った由、いかなる獣《けもの》の毛にて、幾万疋分に相当するのであろうか。寔《まこと》に不審なる事であった。

（巻之二・無題）

パタパタ

安芸国《あきのくに》広島の城下に、パタ〳〵というものがある。神秘霊妙の類《たぐい》にて、古来その正体を知る人が無い。夜陰に人家の窓近くや縁先などに来て、パタ〳〵と大音を発する。その場所を窺い、急に戸を開いて見ると、早や五、六町（六百米前後）も遥かに遠のき、パタ〳〵という音が聞える。常にかくのごとしで、遂に正体が知れない――と、これは彼《か》の国に住む寿安《じゅあん》が語った事である。（巻之三・無題）

狐の児

但馬国《たじまのくに》は竹田という所で起きた事である。民家の娘に密かに通う男があったが、やがて終《つい》に娘は懐妊、平産にて四ツ子を生んだ。ところが、子供達の形は種々《いろいろ》で、頭《かしら》が人で手足が狐という子があるかと思えば、首が狐で手足が人という子もあった。おそらく狐が人間の男に化けて姦通したのであろう――と、これは伊藤東所《とうしょ》（儒者、仁斎の孫、東涯の子）が

語った事である。　（巻之三・無題）

水漉石《みずこしいし》

南蛮人は大海に乗り出す時、船中の水不足に備えるために不思議なる石を所持するという。この石にて海潮《うしお》を漉《こ》すと、海水が忽《たちま》ち清水《せいすい》となる。潮のみに限らず、酒や酢も、その水漉石《みずこしいし》にて漉せば、無味潔白の清水となるのである。日本にも、伊豆国三島に似た石があるという。伏見御香宮《ごこうのみや》の神主三木《そうぎ》伊豆守《いずのかみ》は、三島の縁家より、一尺（約三〇糎）余の水漉石を得ている。その石の上を少し掘って窪みを造り、そこに潮でも酒でも酢でも入れて置けば、四方へも下へも自然に滴り出る。酒などを入れて試みたところ、実《まこと》に清水と変じた。然《しか》しながら、漉され出る量が甚《はなは》だ少なく、数斗《すと》の水を漉すには時間がかかり、中々急な用には立ち難いという。これは、伊良子《いらこ》長門守《ながとのかみ》が実見に及んだとて語った事である。

（巻之四・無題）

乳汁《ちち》を好む老人

近頃、京都に、婦人の乳汁《ちち》を好んで飲むという変った老人が居る。堅くて乳汁が出難《でにく》い初産《ういざん》の婦人の乳房を吸い出して乳汁の道を通じさせるというので、新産の婦人は、皆この老人を招いて乳を吸い出させる。件《くだん》の老人は、日夜諸方に招かれて乳汁のみを飲み、他の飲食物は一切口に入れぬという。『五雑俎《ござつそ》』（明の謝肇淛《しゃちょうせい》の撰。天・地・人・物・事の五類に分つ）に、穣城《じょうせい》に住む二百四十歳の老人が他の飲食物を絶って、ただ乳汁のみを食用として壮健を保ったという事が出ている。京都の件の老人も長寿を得るかも知れない。奇異なる事ではある。（巻之四・無題）

鶴の昇天

甲斐国《かいのくに》鶴の郡《こおり》（後に都留郡と表記）に二千余年を経た鶴が棲んでいた。従来三羽いたものが、元禄年間（一六八八～一七〇四）に一羽死んだ。二羽が生き永らえていたが、寛政五年

（一七九三）に至り、何方《いずかた》へ去ったものか、以来姿が見えず、土俗の説によれば、昇天したのだと言う。この鶴の郡は、富士山の麓《ふもと》にて、湖水も多く、山々が連なり聳《そび》え、奇勝景の僻地《へきち》であるという。鶴の郡という地名も鶴の棲処《すみか》に因んだもので、鶴の関所などという所もあり、鶴がそれより外へ出ることはない。官府も承知の事ゆえ、先年、鶴の死んだ時にも役人が下向して仔細を改め、羽毛は悉《ことごと》く納めて帰ったという。土俗の言い伝えでは、仙薬を求めて富士山にやって来た秦《しん》の徐福《じょふく》が、そのまま遂に帰る事なく、ここに住み、後《のち》に鶴に化したのだという。これは甲斐国は轟村に住む僧の闡因《ぜんいん》師が語った事である。

（後編巻之一・無題）

＊『巷街贅説』——塵哉翁

転生奇聞

西の丸御書院番佐藤美濃守組に属する多門伝八郎の知行所、武蔵国《むさしのくに》多摩郡柚木《ゆのき》領内の中野村に源蔵と申す百姓が住んでおり、その次男の勝五郎と申す当年（文政六年、一八二三）九歳と相成る者に関わる話である。

右の中野村近辺の程久保村の百姓にて、久兵衛《きゅうべえ》と申し、後に藤五郎と名を改めた者の子に藤蔵と申す者があった。二歳の折に父藤五郎を失い、半四郎と申す者が継父と相成ったが、藤蔵は六歳にして世を去った（文化十年か）。

扨《さて》、葬送の折、死せる藤蔵は、棺桶に入れられたのを苦しく思い、桶の縁《へり》に手を掛けて揺られて行ったが、既に墓穴に納められんとした時、その場に現れ来《きた》った、白髪を長く振り乱した翁《おきな》に、手を引かれて何処《いずこ》へか連れて行かれた。それより薄暗き所に在って、ただ年月を経たと朧気《おぼろげ》に思うのみにて、外《ほか》の事は覚えていない。ただ草木の花のみを見て過し、その花を手折《たお》らんとすれば、鳥が現れ妨げを為《な》して折らせなかったという〔常の鳥よりは形が小さく、怖い形であるという〕。九年前〔文化十二年〕の正月に、白髪の翁が「最早三年になりぬ。人間界へ行くべし」と申して、源蔵の家の前に連れ来《きた》って、柿の木の下に藤蔵を据え置き、「垣の穴より内へ入るべし」と教え置いて立ち去った。それより、やや暫《しばら》く様子を窺い、漸《ようや》くにして這い入って、竈《かまど》の前に三日程居たと覚えているが、その後《のち》の事は知らぬという。

扨《さて》、源蔵は、老母と男女の子供を抱えて貧に迫り、夫婦談合して、妻せいが当春奉公に出る事と決め、せいは江戸の由縁《ゆかり》の者の家へと赴いた。その時既に、せいの胎内に勝五郎が宿っていたため、扨々困った事かなと思った由である。懐胎なれば、奉公も致し難く、家に戻り、十月十日に男子を出産した。これ則ち勝五郎である。

当未《ひつじ》年〔文政六年 癸未《みずのとひつじ》〕正月七日、九歳の勝五郎は、ふと姉に向って、「おまえは何処《どこ》からこの家《うち》にお出《い》でだえ。兄《あに》さまもまた何処《どこ》から来たのかえ」と尋ねた。姉が問の意味を測りかねて「何を言うのさ」と言いつつ、「それじゃあ、おまえは何処《どこ》から来たのさ」と逆に問いかけたところ、「俺は程久保村の藤五郎という者の子だけれど、一旦死んで、またここへ来たのだよ。だから、さぁ、おまえは何処《どこ》からお出でだえ」と、いよいよ以て妙な事を言い出した。そこで姉が「へんな事をお言いだねぇ。お母《つか》さんに言いつけるよ」と言うと、手を擦り合せて「言わずにおくれよ」と口に手を当てて謝った。然《しか》るに、勝五郎は悪戯《いたずら》盛りにて、姉弟の諍《いさか》いが絶えず、姉はあまりにも困る時には、「この間の事を言いつけるよ」と脅せば、勝五郎は謝って悪戯を止めるゆえ、姉は度々その事を口にした。それを母親が遂に聞きつけ、「おまえは、何の事を言うのだ、え」と問い質《ただ》したので、姉は弟の奇妙な言動を打ち明けた。ただ、せいはこれを源蔵に告げたが、夫は取留も無き事よと言って捨てて置いた。ただ、奉公に出ると言った事を胎内にて聞いたと申すに至っては、いかにも怪しい事と思った由である。

その後《のち》、勝五郎はひたすら「程久保村に連れてって、親御に逢《あわ》せておくれよう」と度々せがんだが、親たちにしてみれば、先方に行き何と申すべきか、挨拶に窮すると思われるので、打ち捨てて置いた。以来、夜毎に寐《ね》も遣《や》らず泣くので、「そんなに泣くと外に捨ててしまうよ」などと脅してみたが、泣かぬ夜とて無く、叱りつければ、泣いた事など一向に知らぬと言った。いよいよ怪しみ、困惑していたところ、老母が「遠い所という訣《わけ》じゃあなし、わたしが連れて行こう。女の事だから、まあ挨拶の仕様もあろうさ」と言って、廿日に勝五郎を召し連れて程久保村へ出かけて行った。その途々《みちみち》、勝五郎は「俺の家《うち》は、三軒並んでる中の、山の方に寄った家だよ」と言うので、それを導《しる》べに其所《そこ》に至り、件《くだん》の半四郎の家を訪ねると、家の者たちも予《かね》て聞き及んでいた由にて、「今日来るか、明日来るかと待っておりましたよ」と言って、いろいろと持て成してくれた。

扨また「廿八日は高畑不動の縁日ゆえ、また来るがいい」と言って、廿七日に半四郎がわざわざ迎えに来て連れて行ったという。勝五郎は父の源蔵に「程久保と親類になってくんなさい」と、事ある毎に頼むというが、未だ受け入れず、また半四郎の家にも未だ行かずにいる、と、これは源蔵の語った事である。

右の事どもは、今日平田大角《だいかく》（篤胤《あつたね》。国学者。勝五郎に多大なる関心を寄せ、家に招いて話を聞き、『勝五郎再生記聞』を著している）の宅に於て、源蔵父子に逢い、その語る所を聞き記したものである。なお記し洩らした事もあるので、また書き加える所存である。

文政六年四月廿五日　　　　　　　　　　　朝　風

同　五月朔日仮得写　　　　　　　　　　　普　珉

（巻二）

＊『反古《ほご》のうらがき』——鈴木桃野《とうや》

宮人降天

予（鈴木桃野）の祖父向凌翁の若かりし時の事、書斎に一人で居ると、忽然《こつぜん》として衣冠《いかん》の人が桜の枝より降《くだ》って来た。よくよく見るに、盗賊とも見えない。然《しか》し、衣冠の宮人がこの辺りに居るべき筈はなく、況《いわ》んや天より降《くだ》るべき理《ことわり》は更に無い。思うに、心の迷いからかかる者が目を遮るのであろうと、眼を閉じて見るのを止めた。暫《しば》しあって、眼を開けば、未だその人が居り、降《くだ》っても来ず、やはりその辺りに浮遊のさまにて居る。また眼を閉じ、暫しあって開けば、また漸々《ぜんぜん》近づいて来る。斯様《かよう》な事が三、四度繰り返され、遂に縁頰《えんがわ》まで来《きた》り、縁端《えんばな》に手を懸けた。此《こ》は一大事と思い、眼を開いたままにて、家人を呼び、「気分悪し、夜具を持ち来《きた》れ」と命じ、そのまま打ち臥して少々まどろんだ。心気が鎮まった後《のち》に、起き出《い》でて見ると何物も無い。「果して妖怪にては非ず」と書の弟子の石川乗渓に語った由、後に乗渓子が余に語った。

曲淵《まがりぶち》甲斐守と申す人にも、同様の事があった由、聞いているが、曲淵の心気が鎮まって驚かなかったため、妖気は隣家に移り、即時に隣家の主人が腰元を手討と為《な》して狂気に陥ったという。

（巻之一・宮人天より降る）

麻布の幽霊

麻布某《なにがし》の所の寺は、市中に近き所である。文化（十九世紀初頭。将軍家斉の治世）の頃、その墓地に幽霊が出て夜な夜な物語する声が聞えると申して、人々は恐れていた。その辺りに胆《きも》の太い商人が住んでいたが、或る月の仄《ほの》暗い夜、宵の内から独り秘かに墓地に忍び入り、大きな墓石の陰に身を潜めて窺っていた。夜も已《すで》に子《ね》の刻（午前零時）を過ぎ、虫の音がいよいよ冴え渡り、月も折々顔を覗かせるものの、また雲に隠れてしまう。夜風が身に沁み、単衣《ひとえ》の着物も湿りがちにて、襟元がぞく〳〵するように思われた。その時、芝垣の畔《ほとり》より人の立ち現れる気配が感じられたが、何やらたいそう睦《むつ》まじげに語り合う様子である。

商人が耳を澄ませて聞くと、どうやら絶えて久しき別離の間の事を語り慰めているかのごとくである。いかなる者共であろうかと、月の明るくなるのを待ち、伸び上がって見れば、一人は廿四、五歳の疲れた風情の男である。いま一人は六十ばかりの老婦にて、その語らう様子は親子とは思われず、どう見ても夫婦である。商人は二人の縁《えにし》のほどが解《げ》せぬまま、なお窺っていたが、折から夜寒の風に冒されて音高く鼻を啜《すす》ったために、驚いたのであろう、二人の姿は掻き消すように見えなくなった。

明くる日、商人は寺へ赴いて右の次第を語り、かの芝垣の辺りを仔細に見たところ、合葬の墓があったが、今は無縁となっていた。その墓の主《ぬし》は、廿四、五にて世を去った商人であった。その妻は久しく生き延びて、末には洗濯婆となり、この二、三年前に六十ばかりで世を去ったので、先の商人の墓に合葬したという。思うに、夫婦の者は無縁仏となったがために浮ぶ事が叶わず、幽霊となって現れたのであろう。そのさまは、皆生前の形ゆえ、死期を三十年も隔てれば、不釣合の姿となるのも道理であると、寺僧も申していた由である。然《しか》し、その頃の悪戯《いたずら》好きの滑稽人の作り話であるやも知れぬ。〔幽霊は尋常の域を出ぬものの、男が廿四、五、女房が六十ばかりというところは、有為変転の相を顕《あらわ》して巧みに考えたものと思わしめる。夜譚（夜譚随録）・聊斎《りょうさい》（聊斎志異）の二書にも見られぬ新趣向である。〕

（巻之一・幽霊）

＊『閑窓瑣談』――為永春水

上野の長毛

上野国甘楽郡《こうずけのくにかんらのこおり》山中領内の楢原村新羽《ならはらむらにっぱ》郷《ごう》（当時は新羽村という）に神流川《かんながわ》という河がある。永禄の昔（十六世紀後半）、武田晴信《はるのぶ》入道（信玄）がこの川に板橋を掛けた。川中島合戦に際し、小田原の北条勢を防ぐための用意にて、いざ戦いに臨むその時には切り落すつもりであったという。その後《のち》、慶長の頃（十七世紀初頭）、洪水の節に、彼《か》の板橋に怪しき毛が流れ掛かった。土地《ところ》の民等《たみら》が見つけて拾い上げて見ると、毛の長さは三十三尋《ひろ》余（五〇～六〇米）に及び、その色は黒くして艶もまた美しかったが、そもそも何の毛であるか、一向に判らなかった。村人等は驚き呆れて様々に評議したが、そのままに捨て置くのも如何《いかが》なものかと、当時聞えた上手の卜者《ぼくしや》に占わせ、或いは湯立《ゆだて》の祈り（巫覡《ふげき》が神前にて行う儀式。熱湯に笹の葉を涵《ひた》して振り、その雫《しずく》を浴びて神託を伺う）などして、これを問うたところ、湯立の覡が申すには、この毛は、同村の野栗権現の流し給うた陰毛の由、よって彼《か》の社に送って奉納した。今も陰毛の宝物として名高いものである。また、毎年六月十五日の祭礼の節には、神輿《みこし》を渡す後ろより、件《くだん》の陰毛を箱に入れて恭《うやうや》しく持ち歩くという。その後《のち》は、板橋を掛けても、毎度《いつも》水のために損じて長く持たなかった。神霊が恥じ給う故ならんと、今は土橋に替っている。（第十二）

丸木船

房州（安房国）安房郡《あわのごおり》の山刀村《なたきりむら》に、船越《ふなこし》大明神という社がある。そもそも当社は、神代《かみよ》の古跡なりという。山下《さんか》は海波《かいは》満々として、社前までも浪を打ち寄せる事がある。これを下《しも》の宮という。上《かみ》の宮は四、五町ほど離れた山の上にて、大いなる洞穴《ほらあな》の内にありという。深山という程でもないが、何となく物凄く、幾千代を経た御社《みやしろ》は神さびて、森々たる老樹が生い茂り、いかにも上古の体相《おもむき》と見える。洞穴の入口に「船越大明神」と記した額を掛けている。筆勢は凡人の及ぶところに非ず、額の木地《きじ》は朽ちてはいるが、墨色は鮮やかに尊く拝される。三年《みとせ》に一度ずつ、海上より龍燈（燈火の如く連なり現れる海中の燐光）が来《きた》って山の上を照らす事がある。また神前に古代の丸木船が二艘捧げられている。長さ一丈六尺（約五米弱）、胴の間五尺（約一・五米）余にて、木の色は薄紫であるが、何と申す木なるかを知る者は無い。唐木《からき》にて造った船とのみ言い伝える。一艘は何百年以前より在るものか知れぬが、里人の説によれば龍宮より上がったものという。一艘は万治二年（一七五九。四代将軍家綱の治世）の五月下旬より在るという。

その故を尋ねれば、土地《ところ》の人々が海上に鰯《いわし》網《あみ》の船を出して漁猟に励む折しも、何処《いずこ》より来《きた》るともなく、件《くだん》の船が現れたという。乗手は一人《いちにん》もなく、白紙《しらかみ》の幣束《へいそく》が一本、船の真央《まなか》に立っているのみであった。漁人等《りょうしら》がこれを見て、各々《おのおの》怪しみ、乗り近づかんと艪を押し

て漕ぎ寄せたところ、件の船は乗手なきままに、自然と東西南北に走り、数多《あまた》の漁船にて四方を取り囲んだものの近づく事は出来ず、忽《たちま》ちのうちに数多の船の間を擦り抜け、伊豆の大島の方へ流れ走って行った。さて、その夜の事、山刀村の船越山に、数多の人声がして物を引き運ぶ様子であったが、翌日行って見れば、昨日海上にて追い廻した、件の幣帛《へいはく》を戴く丸木船が山上に引き上げられ、神前に供えられている趣である。何物が為《な》した事かは一向に知れず、全く神の所為《わざ》であろうと、皆々尊び恐れたが、その時以来、神前の船は二艘になった由である。

一説に、この船は、琉球国にて国王の代替りに造り、海神を祀《まつ》るために海上へ押し流して海神に奉ったものという。按ずるに、船越明神も海神に在《ま》しませば、琉球王国の諸々《もろもろ》の海神に奉られたものが、この御神《おんかみ》の許《もと》に納まるべき節《とき》に当って、遥々と届いたものであろうか。龍宮より納まったという里人の説は、或いは琉球より奉納されたという説を誤り伝えたものでもあろうか。　（第五十一）

＊『海録』——山崎美成《よししげ》

天狗小僧虎吉

八月晦日《みそか》（文政三年）、下田直矢氏（旗本）より「隙《ひま》あらば来るべし」との手簡《てがみ》が届いたので、取り敢えず出かけてみると、予《かね》て話に聞いていた池の端七軒町（江戸上野）に住む虎吉という者が来ていた。この虎吉は、十五歳にて、度々天狗に誘《いざな》われ行き、天文や卜筮《ぼくぜい》などを習い来《き》った由である。対面して、いろ〳〵と問うてみたが、言語は半ば通ずるとは雖《いえど》も、おかしなところも少なくない。たとえば、菓子を与えても知らぬ顔ゆえ、傍らの人が「御心遣いありがたし、と申せ」と教えても、菓子を心遣いと思い込むような類《たぐい》である。試みに手の筋（手相）を見せたところ、見終えて、さて、その弁ずる事を聞くに、常人の及ぶ所に非ず、中々のものと思われた。それより種々話を聞いてみたが、空中を飛行する時は、上下四方ともに青み渡り、きら〳〵として眩《まぶ》しいという。雲の上を歩むのは、恰《あたか》も綿を踏むがごとしとか。また鶴に乗った老人に間々《まま》出逢う事があり、或いは歌などを吟じながら往く者もあるという。師の名は杉山の僧正と申す由、その姿形を問うたところ、常の老人のごとくにて、丈《たけ》が少し高いという。

虎吉の天文の話を聞くに、その談ずる所の理《ことわり》には、実《まこと》に得所があるように思われる。これらの話を、漸《ようや》く何とか聞き取ったのである。

（巻一の九八・天狗に誘れしといふ者）

*『想山《しようざん》著聞奇集』――三好想山

物言う猫

牛込榎町の御先手組《おさきてぐみ》（若年寄の配下、将軍他出の警固や本丸諸門の警備に当った）に住居《すまい》する羽鳥何某《はとりなにがし》の家に、白黒ぶちの雄猫が年久しく飼われていた。天保六年乙未《きのとひつじ》（一八三五）の秋の事であったが、この猫が縁頬《えんがわ》に居て人の言葉を発した。「来たか」と言うと、隣家の猫が来て「ニャア、」と答えたのである。主人は障子越しにこの声を聞いて不審に思い、「ほかに人も無し、まさしく猫がものを言うたな」と確信したが、この羽鳥は元来が寛裕なる人ゆえ、一向に驚きもせず、その場限りの事と胸に納めて人にも語らずにいた。然《しか》るに、また或る日、常々出入りする町家の者が同様の体験をした。この者の側近くにて猫が「ニャア」と鳴いたかと思うと、直に障子の外の縁の所にて「また来たな」と言う声がした。人のいる気配も無きゆえ、驚いて障子を開けて能く見ると、隣家の猫とこの家《や》の猫が対《む》き合っていた。「これは猫が物言うたに相違なし」と思い、大いに驚き主人の羽鳥に告げたところ、「成程それは猫が物言うたに相違なし、この間、われらも聞いた」と答えて一向に驚く様子もなく、そのまま飼い続けたが、その後、一年余り過ぎた頃、老衰して亡くなったという。

（第二巻）

＊『宮川舎漫筆《きゆうせんしや》』――宮川政運

猫の報恩

文化十三子《ね》年（一八一六）の春、当時、恩を報ぜんとして打ち殺された猫の事が世に喧伝されていた。この猫を本所回向院《えこういん》（両国橋東岸）に埋《うず》め、碑を建て、法名は徳善畜男と号《なづ》けた。三月十一日の事という。右の由来は次のごとくである。

両替町（常盤橋御門前）に住む時田喜三郎と申す者の飼猫は、出入の肴屋何某《さかなやなにがし》が日々魚《うお》を売る毎に魚肉を与えてくれるので、いつとても渠《かれ》が来《きた》る時には真先に出《い》でて魚肉をねだっていた。扨《さて》、右の肴屋が病気にて長く患い、銭が無くなり難儀をしたが、その折、何人とも知れぬ者が金二両を与えてくれた。そののち快気し、商売の元手を借りんとして時田の家を訪ねたが、いつもの猫が現れぬゆえ、「猫は何処に」と問うたところ、「このほど打ち殺して捨てた」との答。「その訳は、先頃金子《きんす》二両が紛失《ふんじつ》、そののち気をつけていると、猫が金を両度まで咥《くわ》えて逃げ出した。両度とも取戻したが、然《しか》らば先に紛失の金もこの猫の所為《しわざ》ならんと、家内の者が寄り集まって殺した」という。

肴屋は涙を流し、「その金子は、斯様《かよう》々の次第にて、私どもにて不思議に頂戴致しました」と、その折に得た金の包紙を出して見せたが、紛れもなく此家《このや》の主《あるじ》の手跡であった。時田は「然らば、その後、金を咥え出でんとしたのも、肴屋の元手に遣らんという猫の志にて、日頃魚肉を与えられた報恩ならん。扨々知らぬ事とは申せ、不憫《ふびん》の事をした」と言い、猫の志を継いで、後に咥え去らんとした金子をも肴屋に与えた。肴屋も、かの猫の死骸を貰い受けて回向院に葬ったという。世間では恩を知らぬものの譬《たとえ》に屢々《しばしば》猫を当てるが、かかる珍しき猫もあるものかと、人皆感じ入った由である。

（巻之四・猫恩を報）

＊平田本『稲生物怪録《いのうもののけろく》』

巻之一

稲生平太郎生立《おいたち》の事、並《ならび》に三津井権八の事

去る享保年中（一七一六〜三六）の頃、備後国三次郡《びんごのくにみよしごおり》の住人に、稲生武左衛門《いのうぶざえもん》と申す者があった。夫婦《めおと》のみにて、四十余歳に至るも嗣子に恵まれぬゆえ、同じ家中の中山源七の次男新八《しんぱち》〔長男は源太夫〕と申す者を養子に迎えたが、その後、二、三、四年を経て享保十九年甲寅《きのえとら》の事、武左衛門は一子を儲《もう》け、平太郎と名づけた。平太郎が十二歳の時、次男が生まれ、勝弥と命名。勝弥の出生後間もなく、両親が共に相果て、家督は養子の新八が継いだ。それより四、五年の後、新八はふらふらと病がちになり、服薬の験《しるし》もなきゆえ実家の中山氏へ戻り、養生かたがた逗留していた。この年、平太郎は十六歳にて、五歳の勝弥を養育

し、権兵《ごんぺい》という家来一人を召し使うて、稲生の家に住んでいた。この家の脇に蔵があり、在所から届けられる麦などを入れ置くところから、麦蔵《むぎくら》屋敷と呼ばれていた。

さて、稲生家の隣家に、権八《ごんぱち》と申して三十有余歳の力量すぐれた男があった。元来は三次郡布野《ふの》村の出生にて、背が高く角力《すもう》を好み、十七歳の頃より諸国を修行して廻り、後に或る御家に召し抱えられて三津井権八と名乗ったが、少々訳があって今は故郷へ帰り、平田五左衛門と申す者の家が空いているのを借りて住んでいた。当時の西国《さいごく》にても聞えた角力の巧者ゆえ、安芸《あき》の広島などからも磯上《いそのかみ》や乱獅子などをはじめ、そのほか近国からも寒稽古などに力士が集まってきたが、その中でも三津井は先生格であった。

平太郎権八百物語の事、並に備後国比熊山《ひぐまやま》の事

寛延二年己巳《つちのとみ》（一七四九）五月末の事、権八は平太郎の家に来《き》たり、暮れにくき日の黄昏《たそがれ》前、差し向いにて四方山《よもやま》の噺《はなし》に時を過していたが、終《しま》いには血気噺《けっきばなし》となり、権八が「我らは今まで怪しき事や恐ろしき事に会うておらぬゆえ、今宵、比熊山《ひぐまやま》に登り、互いに根性を試しみては如何《いかが》」と持ちかけると、平太郎も「これは一段とよき慰みならん。されば、今宵、百物語を致し、両人にて鬮《くじ》を引き、当りし者が比熊山へ上る事と致そう」と応じて約束を交わし、権八は「私宅にて待つでござろう」と申して帰った。

さて、我家に帰った権八は、元来が不敵者ゆえ、今宵の百物語を楽しみに平太郎が来るのを待っていた。一方、平太郎は、弟の勝弥を寝かしつけ、家来の権平に留守の事を言い付けて、初夜《そや》（午後六時〜十時）を過ぎる頃に権八方へと赴いた。両人は差し向いにて、交互に様々な怪談を語り始めたが、折から降り続く五月雨《さみだれ》が今宵は一入《ひとしお》降り頻《しき》って止む気配もなければ、何とはなしに心細く思われる。夜半を過ぎた頃に漸《ようや》く噺の数も積もったので、鬮を引いたところ、平太郎に当った。権八が木の札に焼印を押して糸を付け、「されば、これを印として山巓《いただき》の塚に付けて来られよ」と言って渡すと、平太郎は受け取って身支度を調え、夜も既に深々と更け渡り早や丑三《うしみ》ツ（午前二時から二時半頃）と覚しき頃、只一人、蓑笠《みのかさ》を着て比熊山を目指して出発した。

抑々《そもそも》この比熊山と申す所は、山上に平場《ひらば》があり、世人はそれを千畳敷と呼んでいる。山には大木が生い茂り、樵夫《きこり》の道も絶えていた。平場には、三次殿の塚と申して三次若狭（人名であろう）の古塚があるが、この石に触《さわ》る時は忽《たちま》ち祟《たた》りを被《こうむ》って物怪《もののけ》が憑《つ》くとの言い伝えがあり、里人は恐れて近寄る者も無かった。辺りには白茅《ちがや》や鬼茅《おにがや》が生い茂り、まことに物凄《ものすさ》まじき景色である。この山続きの奥は、三、四里ほどは杉の林が深く連なり、鳥獣の道も絶えて、怪しき事のみ多い。

さて、平太郎は西江寺《さいごうじ》の堤より大年《だざい》（太歳）大明神の前を横切り、絶頂の千畳敷へ分け登って雲間に透かし見たものの、暗さは暗し、かの塚も一向に見分けられない。雨は頻りと降り来り、狼の声のみが聞える。かくて千畳敷の内を彼方此方《あなたこなた》と尋ね廻り、漸く古塚を探り当て、権八より渡された焼印の札を結び付けて立ち帰ったが、早や麓《ふもと》も程近いと思うた時、何やら人の声が聞えたので、暫《しば》し休ろうて様子を窺《うかが》うと、麓から登って来る者があった。怪しんで、「何者なるか」と声を掛けると、相手は「平太郎様にや」と問うてきた。声の主は三津井権八で、「あまりにお帰りの遅きゆえ、お迎えに参った」との口上、それより打ち連れ立って帰途につき、「百物語の験《しるし》もなきか」と笑い合って各々我家に戻った。即時に不思議の事は無しと雖《いえど》も、程なく奇怪なる事が出来《しゅつたい》したのは、この時の事に因《よ》るのであろうと、後々人みな恐れ合った。

稲生屋敷物怪《もののけ》始まりの事

かくて、その後《のち》、何の怪事も無きままに日数《ひかず》が過ぎ、降り続いた梅雨《さみだれ》も何時《いつ》しか止んで水無月《みなづき》に移り行き、平太郎も権八も、照り続く暑気を忘れんものと、夕方より川辺に涼みに出るのを常としていた。

爰《ここ》に上《あが》り川・原川と申して二筋の川があり、何《いず》れも石の多い急流であった。上り川は比熊山の麓を廻り五日市《いつかいち》と十日市《とおかいち》の辺りに至って原川と一つになり、落岩という所に至ってまた吉田川と落ち合い、三川一帯の大河となる。石見国《いわみのくに》の太田川の水源にして、洪水の節には川幅は目も及ばぬほど拡がる。常は小石原・白砂《しら》原が広く続き、納涼などに出れば吹き抜ける比熊颪《おろし》に宛《さなが》ら夏を忘れ、飛び交う蛍は秋天の星と詠《なが》められ、月の光は寒夜の氷かと疑われる。

権八はもとより平太郎も角力《すもう》を好み、近所の若者どもを集め、かの川原へ出て稽古をしていた。頃は七月朔日《ついたち》の事、平太郎と権八の両人が例の川原へ出かけたところ、晴れ渡っていた空が、比熊の方より俄《にわか》に曇り始め、一天は墨を注いだ如く、白雨《ゆうだち》がばらばらと降り出したので、両人は濡《ぬ》れながら我家へ走り帰った。平太郎は濡れた帷子《かたびら》を片脇に干し、軈《やが》て勝弥と共に蚊帳《かや》へ入って休んだ。

さて、雨は篠突《しのつ》く如くに降り頻《しき》り、雷も鳴り止まなかった。夜半過ぎと覚しき頃、次の間にて寝ていた家来の権平が苦しげな声を立てた。平太郎が呼び起すと漸《ようや》く正気づき、「何か凄まじき大男が来《きた》りし如くに覚え申したが、夢にござりましたか。今も胸騒がしく何やらん物凄く、今夜は御次《おつぎ》の間《ま》には休みかねまする」と申した。平太郎が「それは臆病のゆえならん。篤《とく》と心を鎮めて休むがよい」と叱ると、そのまま休んだものの、程なくまた最前の如く苦しげな声を立てたので、またよび起し、叱りつけて休ませた。

かくて雨は車軸を流す如くに降り続き、夜も早や八ツ過ぎ（午前二時過ぎ）かと思う頃、颯《さつ》と一吹き来《きた》る風に燈火《ともしび》が忽然《こつぜん》と消えた。そのまま打ち捨てておくと、暫《しばら》く経って障子が燃えている如くに見えたので、平太郎は出火ならんと思い、驚いて起き上がったが、今まで燃えているように見えた障子の辺りがまた真暗になった。怪しく思い、障子に手を掛けて引き開けんとしたが、釘にて打ちつけたかのように動かない。愈々《いよいよ》不審に思い、力を入れて開けんと試みたが一寸も動かず、柱に足を掛け両手にて力任せに引くと、障子一枚は引き摧《くだ》けて外れたが、何者かが両の肩と帯に手を掛けているようで、頻りに前へ引き出さんとする。

平太郎は「心得たり」と言いざま、足で敷居を強く踏み止め、左手で柱を矴《しか》と捉え、右手を伸ばして叩かんと試みたが、いかさま三、四間《けん》(約五〜七米)も先の所から材木などに引掛《ひつか》けて引かれる如くに覚えたゆえ、右手で鴨居《かもい》を捉えて引き出されぬようにと争ううち、また明るくなった。よく見れば、粗々《あらあら》と毛の生えた丸太の如き物にて、両の肩と帯に掛かっているのは指かと思われ、本体は何処《いずこ》にあるかと思ううち、また真暗になった。暫くしてまた明るくなり、よくよく見れば、この光は向うの大手〔大手と申すのは江戸でいう練塀《ねりべい》の事にて、これは備後の方言である〕の屋根の上から発している。これは大きな眼《まなこ》にて、然《しか》も一眼と見えた。赫《かつ》と開く時は、蟻《あり》が這うさまも見えるほどで、朝日の如くにして面《おもて》を向け難く、尋常の者ならば絶え入りもしようが、平太郎は剛毅《ごうき》の若者ゆえ少しも恐れず、

「これは昔話にある事なれど、恐るるに足らず」と心を鎮めて睨《にら》み返した。化生《けしょう》がまた眼を閉じれば真の闇となり、またひたすらに引き出さんとする。

平太郎は大音声《だいおんじょう》にて、「権平、刀を持ち来れ」と叫んだが、一向に応答が無い。詮方なく「えい」と声を出して強く引いたところ、袷《あわせ》の両肩が裂け帯も切れて、どうと尻餅をついてしまった。そこで、刀を探り取って飛び出さんとしたが、真の闇にて化生の在処《ありか》も知れない。そのうち床下が光り出したので、入って討たんとしたが、低くて入る事叶わず、床越しに刺し止めんと思い、内に取って返すと、あな不思議、畳が一度に散乱し、勝弥の寝ている畳のみが一枚そのままにて、既に正気を失うていた権平は畳から転《まろ》び落ちていた。さて散乱した畳は自ら動いて座敷の隅に積み上がった。平太郎は、刀にて床の隙間《すきま》を何度も刺し通してみたが、手応えも無い。

かかるところに、門の戸を叩き開けて入《い》り来《きた》る者があった。さだめて化生ならんと思い、近寄り来るのを「誰《たれ》ぞ」と問えば、権八である。「先刻、御家来を呼ばれて、刀を持ち来れと仰せられしを承りしゆえ、何事やらんと驚き、急ぎ参らんと家を出たものの、御門前にて小坊主が茶碗に水を入れて持ち通るのに行き違うと、そのまま惣身《そうみ》が痺《しび》れて声も出ず、口惜しながら蹲《うずくま》り、漸く只今痺れも治り、馳せ参じたる次第」と申したので、あらましの様子を話し、まず権平に活を入れて冷たき水などを呑ませた。三津井が「この体《てい》にては、猶《なお》この後《のち》も怪しき事がござろう。予《かね》て申し合せし事なれば、共に化物を退治致そう」と申したので、平太郎も首肯した。さて、程なく暁にもなり、雨も漸く止んだので、「いま一寝入りして草臥《くたびれ》を休めん」と言って畳を敷直し、三津井も家に帰り、平太郎も床に入った。この夜は、近所の家々までも、夜もすがら何者かに魘《おそ》われた様子にて、まことに怪しき事ではある。

一族《しんるい》中相談勝弥を預ける事、並に燈の怪、水の出る怪

明けて七月二日の朝、家来の権平は宵からの怪事に肝を潰《つぶ》し、夜の明けるのを待ちかねて震えていた。夜明を告げる寺々の鐘の音と、早や啼《な》き渡る朝烏の声に漸《ようや》く正気づいて門前に立ち出《い》で、暫《しば》し呆然《ぼうぜん》としていたが、ほどなく近辺の家々が門戸を開け始めると、此処《ここ》彼処《かしこ》へ出向き、前夜の事を己一人の噺《はなし》となして、鬼の首でも取ったように喋り歩いたので、前夜の怪異は隠れなく知れ渡った。一族《しんるい》の者も追々集い来り、隣家の権八も参って、取り取りに評定を始めた。軈《やが》て打ち寄り、「幼少なる勝弥の事、何分にも心許《こころもと》なし。平太郎も屋敷を明けて、当分一族《しんるい》の者と一緒に住むがよかろう」と相談を決したが、平太郎は「変《へん》化《げ》の正体も見ずして、この家を去るは不承知」と言って得心せぬゆえ、取り敢えず弟の勝弥を叔父の川田茂左衛門《もざえもん》方へ預け遣わす事となった。権平が永《なが》の暇《いとま》を願い出たので、「代

りの者を都合せよ」と申しつけると、困《こう》じたものとみえて、「昼の内は随分と相勤めまするが、夜中の儀は御免下され」と願うたゆえ、当分は昼のみの奉公を認め、夜分は余所《よそ》に下宿する事を許した。

さて、昼の内は何事も無い。日が傾く頃になると、「今宵は如何《いか》なる事かあらん」との好奇心を抱いた近所の朋友五、六人が訪れ、宵の内より伽《とぎ》（話相手）をしていたが、何事もなく打ち過ぎ、次第に嘶も絶えて凡《およ》そ九ツ時頃（午前零時前後）にもなると、何時《いつ》のまにか物凄き気配が漂い、行燈《あんどん》の火がばちばちと鳴り、次第に長く伸びて天井に燃え移るかと見えた。伽に来た人々は「さては」と各々顔を見合せるばかりで、声を発する者は無い。権八は、この体《てい》を見て大いに焦《あせ》りじりじりしたものの、平太郎が少しも騒がぬゆえ、詮方なく逸《はや》りを抑えていた。頓《やが》て畳の角々が五寸三寸程ばたりばたりと上がり出したので、皆々愈々《いよいよ》逃尻《にげじり》となり、それが次第に強まると、臆したのであろう、一人が「用事あり」と断り出て行くのを汐《しお》に、何《いず》れもその尾に付いて暇乞《いとまごい》もせずに帰ってしまった。その後、畳が上がる事も止んだので、権八も暇乞して帰って行った。平太郎も蚊帳に入って臥したが、居間の内が何やら腥《なまぐさ》いと思う間もなく、俄《にわか》に水が湧き出て目や鼻に入ってきた。起きて見れば、室《へや》の内に水を満々と湛《たた》えて浪を打っている。これをも捨ておき、ただ眺めていると、そのうちに潮が引くように次第次第に消え失せたので、眠りに就いた。

さて三日の早朝、権平も下宿先より参り、また一族《しんるい》そのほか近所の者も見舞に訪れたが、平太郎は前夜の有様を委《くわ》しく話し、「然《さ》り乍《なが》ら最早さしたる事もござらねば、気遣いは御無用」と申して一同を帰した。

さて暮合《くれあい》より権平は下宿先へ戻り、近所の者五、六人がまた伽に訪れ、宵の内は何かと取り交ぜて大咄《おおばなし》となり、「何の畳の上がる程の事にて驚くという事があるものか。昨夜《ゆうべ》の輩《やから》は臆病に過ぎる」などと種々の評判をなし、酒など飲んでいたが、人々の刀が悉《ことごと》く見えなくなった。「これは如何《いか》に」と驚き、其処此処《そここここ》と探したところ、奥の間の蚊帳の上に置かれていた。何《いず》れも恐れて額《ひたい》を寄せ、顔色を変じているところへ、今度は煙草盆《たばこぼん》や机などの類《たぐい》が躍り出し、またまた畳の角々がばたりばたりと上がり出したので、愈々《いよいよ》気味悪く思うたものの、初めに大言を吐いた手前、我慢して控えていた。さて九ツ時前（午前零時前）にも至った頃、何処《いずこ》ともなくどろどろと鳴り出し、「何事か」と思ううち、次第にめきめきゆさゆさと家鳴《やなり》が強まった。「これは大地震ならん。まずまず帰り申すべし」と言いざま、一人が座を立つと、皆々これに倣《なら》って一度に逃げ帰ってしまった。

平太郎は庭へ出て隣家を見たが何事も無く、我家も屋根など動くとも見えず、めきめきとただ騒がしいばかりである。「家が潰れるほどの事はあるまい」と覚悟して内に入り、何事をも心に懸けず休まんと、行燈を提げて寝屋に行くと、その行燈が忽《たちま》ち石塔と変じた。

「これは一興かな」と見るうちに、石塔の下より火が凄まじく燃え出し、軈《やが》て石塔も焼け失せるかと見えたが、また元の行燈となったので、平太郎は打ち笑い、「まことに手際一入《しお ひと》なる操り（奇術）よ」と言って、少しも騒がずに床《とこ》に臥した。その時、天井にて何か動くものがあり、怪しく思い透かして見れば、青々として円いものである。頓《やが》てずるずると下りて来るのを能《よ》く見れば、瓢簞《ひょうたん》が蔓《つる》を引いて幾つともなくぶら下がっている。おかしくは思うたものの、これをも捨ておき、寝入ってしまった。

さて夜更に目を覚ますと、惣身汗だくであった。胸の上に何やら有って重く感じたので、障子明かりに透かし見れば、大きな青白き女の首が、切口より長き血綿《ちわた》を引き摺り、気味悪き目つきにて少し笑いながら胸の上に居《すわ》っている。平太郎は爰《ここ》ぞと思い、手にて撥《は》ね除《の》けんとしたが、かの首は蚊帳の隅に退《の》いて、隙《すき》あらば飛びかからんとする勢いである。捨ておいて眠らんとすれば、また胸の上に飛び来《きた》るゆえ、また払い除け、足にて踏みとばさんとすれば、蚊帳を擦り抜けて外へ退く。かかる事を度々繰り返すうちに、草臥《くたび》れてしまい、捨ておいてずるずると眠り込むと、また胸の上に来《きた》って、夜もすがら寝る事能《あた》わず、漸《よう》く烏の啼く頃に至って、かの首も何処へか消え失せ、平太郎も日の出るまで寝過した。

平太郎門前群集《くんじゅ》の事、並に木履《ぼくり》の飛ぶ怪、蟹の如き者の怪

かくて四日になると、近辺はもとより遠里《とおさと》に至るまで、「三次《みよし》の麦蔵屋敷には化物が出て、夜中家鳴《やなり》の音などが外へも聞ゆるそうな」と取沙汰され、門前に多くの見物人が詰めかけた。その上、かかる評判には尾鰭《おひれ》が付く習いゆえ、様々に言い成され、或いは生霊・死霊・狐・狸の所為《しわざ》などという評判が立った。三夜に亙《わた》って打ち続いた上、夜伽に出かけて家鳴などを見聞きした者もあったから、彼処《かしこ》へ寄っても此処《ここ》へ寄っても専《もっぱ》らその噂で持ちきりであった。婦人幼童は日暮れて後は、便所にも家内一同連なって行く始末にて、まして近所の家々では、追っつけ我が方にも物怪《もののけ》が来《きた》りはせぬかと恐れ合っていた。

さて今日は朝から見物人が引きも切らず、不慮に門前市をなす体《てい》にて、日が暮れても初夜頃までは見物の往来《ゆきき》が絶えなかった。軈《やが》て見舞客も追々帰り、残った輩も「今宵は静かにて何事も無し」などと話しているうちに、大風が吹く如くに家が鳴り出したが、暗さは暗し、皆々小気味悪く思うてか、人の後ろへ後ろへと退き、「最早家鳴も止みしとみゆる」などと申して一人が帰ると、追々に残りなく逃げ帰ってしまった。この夜は、水瓶《みずがめ》の水が氷となり、また釜の蓋《ふた》が開かず、火吹竹《ひふきだけ》を吹いても風が通わなかった。かかる怪しき事が種々《いろいろ》あったが、後には違い棚に置いた鼻紙が次第次第に一枚ずつ散り上がって、蝶が飛ぶ

ように見えたという。これなどは翌日も散らばった儘《まま》にて、その跡がまざまざと残っていた事は確かである。

明けて五日になると、愈々《いよいよ》この沙汰は隠れなき事となり、昼は静かであったが、夜に入ると、見物人が五人七人と申し合わせ、得《え》道具（得物、武器）や敷物などを携えて、恰《あたか》も花見遊山《ゆさん》の如く門前に寄り集まって来た。門内に入《い》り来《きた》るほどの剛の者は無く、ただ家鳴の音を聞くのみ。然《しか》るに、日暮頃より少し雨が降り始めたので、見物も過半は帰って行った。今宵は兄の新八が訪れ、宵の内、話をしていると、鴨居の上の小さな穴から新八の木履《ぼくり》が飛び込んできて、人が歩行する如くに家の中を歩き廻った。平太郎は「とかく人が来《きた》れば斯様《かよう》にいろいろと怪しき事が起るゆえ、まず御帰りなされ」と申して新八を帰した。この夜は、隣家の権八も訪れて話し込んでいたが、今度は米三斗分もあろうかという石が走って来た。大指の如き足にて旺《さか》んに這い廻り、蟹の如き眼にて睨《にら》みつけ、権八の方に迫って来る。権八は慌ただしく刀を執って斬らんとしたが、平太郎が押し止《とど》めたので、なす術《すべ》もなく帰って行った。夜が明けた後、台所に残された件《くだん》の大石を見れば、近所の車留《くるまどめ》の石にて、化物が取り来って、あのように仕立てたのであろう。

さて、三津井権八は毎日見舞に訪れたが、平太郎はこれにも、「夜中《やちゅう》はあまり御出で下さるな」と断りを入れた。権八も先夜より少し熱が出て心地が優れぬゆえ、夜中は外出せずに養生に努めていた。この夜も前夜の如く蝶々が数多《あまた》現れて座敷一面に飛び廻ったが、これは前夜のものとは違うて跡形もなく消え失せた。これより後、平太郎宅の家鳴震動は夜毎の事にて、後には昼夜を分かたず騒がしくなったので、一々記す暇《いとま》も無い。

村役所より群集差留の事、並に脇差の飛ぶ怪、白き物の怪

さて、その夜も明けて六日となった。かくて門前の見物人は次第に増え、近郷からも聞き伝えて来《きた》る者もあり、あまりの騒がしさに、村方の役所より「見物に出ぬように」とそれぞれの村役人を以て触れさせた。また新八方へも、この由を申し付けてきたので、新八はこの事を申し聞かせんものと、昼の九ツ時頃（正午前後）に一人の者を同道して平太郎方を訪ねた。村方役所より申し越した趣を平太郎に伝えた後、他の話を一つ二つ交す折も、何処からともなく一振《ひとふり》の抜身《ぬきみ》が飛び来り、鳥の羽風の如き音を立てながら、新八が着する帷子《かたびら》の右の袖《そで》を少しばかり切って、後ろの唐紙に鍔《つば》元までぐさりと刺さった。皆々呆《あき》れ果てたが、殊に新八は身の毛のよだつ思いであった。かの刃物を抜き取って見ると、平太郎が前に家来に貸し置いた脇差にて、さて鞘《さや》は何処にと探したが、一向に見当らない。その時、何処からともなく、人がものを言うかのように「トントココニ」という声がした。桐の箱など動かす時の擦《こす》れ合う音に似ているが、正《まさ》しく「とんとここに」と聞え、それは

三声四声と繰り返された。何処であろうかと考えあぐねていると、座敷に掛けた扁額の辺りから聞えるので、まず額を下ろしたところ、その後ろからばたりと落ちてきた。「家来に貸し置きし物ゆえ、家来の部屋にあるべきに、如何《いかが》してかかる所より出《い》でたか不思議千万。然《さ》り乍《なが》ら化物も心有るにや、あまり尋ぬるゆえ、教えくれしものか」と思うと、何となく可笑《おか》しくなった。

さて、新八と連れの者も早々に帰り、それより後は昼間も折々怪しき事が多く出来《しゅつたい》した。家来の権平は、両三日以前より病気と称して昼も来らず、また代りに参るべき者も見つからぬと申して暇《いとま》を願うてきたので、平太郎は是非なく永の暇を遣わした。

平太郎が夕飯を済ませ、快く湯を遣い、「いざ一休み」と思う折から、叔父の川田茂左衛門が堀場《ほりば》権右衛門《ごんうえもん》を同道して来訪、まず最近の様子を尋ねた後、「今夜は噺《はなし》を致さん」と申して兎《と》や角《かく》するうちに、早や暮れかかったので、夜食などを拵《こしら》えて、宵の内は噺に時を過した。この夜はいつもより静かであったが、初夜過ぎと覚しき頃、台所の方にて、大きさが一抱えもあろうかという白色の丸くて至極軟かき物がふわりふわりと動き出した。両人は、気味悪く思うたのであろう、互いに頭を寄せ、二度と見ようとはしない。平太郎が、「また何事をするやらん」と見ているうちに、また木履《ぼくり》が一足、急に飛び来り、襖《ふすま》を突き抜いて外へ飛び出した。茂左衛門と権右衛門は驚いて見ていたが、件《くだん》の白き物が次第次第に座敷の方へ舞い来り、両人が頭を寄せている間へふわりと落ちかかり、ばらばらと何か降りかかったので、両人とも「わっ」と言って跳び退き、暫《しばら》くはものも言えぬ体《てい》。さて、落ちてきた物をよくよく見れば塩俵の古きものにて、ばらばらと降った物は塩であった。ややあって、両人は夢から覚めた心地にて、こそこそと帰ってしまった。平太郎は塩俵を庭に投げ捨て、「夜伽《よとぎ》は却《かえ》って邪魔じゃ」と呟《つぶや》いて休んだが、実《まこと》に大胆な事ではある。

巻之二

擂木手《すりこぎて》の怪、串ざし首の怪

明けて七月七日の朝、平太郎は七夕の礼（挨拶）を述べるために、まず兄新八と叔父川田茂左衛門の許《もと》へ赴き、その他へも二、三軒廻ったが、逢う人から必ず物怪《もののけ》の事を訊《き》かれた。未《いま》だ見ておらぬ者に語り聞かせて虚言ならんと疑われるのも口惜《くちお》しきゆえ、応対も程々に帰宅。その後は、人に訊かれるのも面倒ゆえ、外出は止めてしまった。

さて今日も暑気が凌《しの》ぎ難いほど照りつけている。かかるところへ、以前より出入りの賤《しず》女《め》（雑用を請け負う女）が七夕の挨拶に訪れた。この頃の怪異の噂を気味悪く思い、早々に礼を述べて帰らんとしたが、その時、何処《いずこ》よりか盥《たらい》が一つ、ごろごろと転がり出した。大いに驚き、「これこそ怪物ならん」と門口へ逃げ出すと、盥が門の外まで追いかけて出たので、胆《きも》を潰して倒《こ》けつ転《まろ》びつ逃げ帰った。

さて、夕方より空が掻き曇り白雨《ゆうだち》が降り出したが、夜には晴れ渡り、星合の波も涼しく詠《なが》められた。「今宵は人が来らず何よりだ。伽人《とぎびと》は結句世話をかける」と思いつつ台所へ行かんとしたところ、入口一杯に白く大きな袖が塞《ふさ》いでいる。「また例の」と思い、暫《しば》し控えて見ていると、袖口より大きな手を出した。その手を見れば、擂木《すりこぎ》の如くにて、指の所は握拳《にぎりこぶし》の如く丸く、しらしらと白けた手である。暫く見るうちに、その手の先よりまた大きな擂木手が現れ、またその先より常人の手ほどの擂木手が次々と出て、仙人掌《さぼてん》の如く次第に小さな擂木手となり、その数も知れない。うじゃうじゃと動く有様は不気味ながら、それをものともせず走り寄って捕えんとすれば形も無く、また遠離《とおざか》って見れば、数限りなく湧き出るので、何となく不気味である。その有様を眺めているうちに夜半の鐘が聞えたから、そのまま捨て置き、「さてさて益なき事に骨折りしぞ」と独言《ひとりごと》して蚊帳の中へ入ったが、また忽然《こつぜん》と坊主の首が現れた。眼が丸く光り、然《しか》も田楽《でんがく》のように串刺で、その串を足代りにして、幾つも幾つも飛び出してきて、かの擂木手と共に彼処此処《あちこち》とうるさく跳ね廻る。殊に擂木手は折々に寝ている顔へひやひやと触るが、何やら軟らかくて不気味ゆえ、手にて撥《は》ね除《の》ければ消え、消えてはまた湧き出で、眠る事もならない。漸《ようや》く明方に至り、「よしよし、たとえ顔に触るとも、また跳ね歩くとても何程の事があろう、構わず眠るべし」と思い、打ち捨てておくと、かの首も手も次第次第に消え失せて跡形も無かった。それより平太郎も、追々工夫がついて、大方の事は打ち捨てて置《い》いた。

大勢夜伽《よとぎ》に来《きた》る事、並に煤掃《すすはらい》の怪、虚無僧数多《あまた》来《きた》る怪

明けて八日、平太郎も前夜の怪物には困り果てて大いにくたびれ、終日《ひねもす》居眠りがちであった。さて、昼の内から折々畳など浮き上がって思うように休息もならない。昼過ぎ頃、近所の者どもが訪れ、「今夜は大勢にて夜伽を致さば、たとえ如何様《いかよう》の事あらんとも、格別の事はあるまい。何とぞ少しなりとも平太郎を寝させたきものよ」と相談し、日暮を合図に集まる約束をなしてそれぞれ立ち帰った。

今日も白雨《ゆうだち》が降ったが、夜には晴れ渡り、初夜過ぎる頃までに六、七人も集まり、「まずまず休み給え」と申して平太郎を休ませた。今宵は権八も居るゆえ、夜伽の輩《やから》も力を得て、銘々好き好きの噺を交していた。夜半を過ぎる頃、月も山の端《は》に隠れ、何となく物寂しく風もそよそよと吹き通り、聊《いささ》か涼し過ぎる夜なれば秋めいて自ずと物あわれに思われた折しも、畳がばたりばたりと上がり出し、人々の居る畳の角々も少しずつ上がり始めた。

各々力に任せて押え込んだものの、次第に強まり、後には煤掃《すすはら》いの如くばたばたと上がっては落ち、上がっては落ち、燈も消え、座敷中に塵埃《ちりほこり》が舞い黒煙《くろけむり》が立って目も開け難き始末。人々も初めは堪《こら》えていたが、軈《やが》て疲れて立ち騒ぎ出し、あまりの騒がしさに平太郎は眠る事も儘《まま》ならない。愈々《いよいよ》強まる畳のばたつきに、終《つい》に堪《たま》りかねて一人が駆け出すと、続いて我も我もと逃げ帰り、後には権八のみが残った。猶《なお》も奥の方でばたつくゆえ、両人が行ってみると、畳が悉《ことごと》く紐を以て天井に括《くく》り上げられている。畳を下ろさんものと梯子《はしご》を取ってくると、その時、畳が一度にどっさりと落ちてきた。まことに危うき事にて、両人も驚いたという。

それより漸《ようよ》う畳など敷き直し、心を鎮めているうち、次第に静かになったので、権八も暇乞《いとまごい》して帰った。あとは、平太郎一人、閨《ねや》に入ったが、また何やら物音がする。見れば、大きな錫杖《しやくじよう》が居間の内を彼方此方《あちこち》と飛び歩いていたが、捨ておいて床に就いた。

明けて九日、起き出して見れば、納戸《なんど》の内より棕櫚箒《しゆろぼうき》が現れて座敷座敷を細かに掃き廻っている。「昨夜《ゆうべ》煤掃いせしゆえ今朝は箒か、相応の化物かな」と言って平太郎は独り笑った。この日は度々強い家鳴《やなり》が続き、軈て暮れた。昨夜に懲りてか、今宵は訪れる者も無い。権八は宵の内に訪れたが、最初に小坊主に逢ってからというもの、熱の高下が止まず、この頃は食も普段通りには摂《と》りかねる由。これを聞いて平太郎は、「物怪《もののけ》の邪気に当ったのでござろう。必ず用心専一になされよ。さして変りたる事も無きに毎夜いらせられては、なお邪気を重ねて悪かろうと存ずる。格別珍しき事あらば、その時は知らせ申す。毎夜の来訪は御無用にござる。とくと服薬など致されよ」とくれぐれも申し聞かせて帰した。その後、権八の夜毎の訪れは絶えた。

さて夜となり、家鳴も次第に弱く間遠になったが、何処《いずこ》からともなく遥かに尺八の音《ね》が聞えてきた。程なく裏の方より虚無僧《こむそう》が一人現れたかと思うと、同様の虚無僧が次々と入《い》り来《きた》り、後には数多《あまた》の虚無僧が様々な姿勢にて居間一面に屯《たむろ》するに至り、頓《やが》て平太郎が臥している傍らに残らず寝ころんだ。結構な伽だと思いなして、一向に構わず捨て置いたところ、何事もなく、後には次第に消え失せて一人残らず失せ、珍しく静かなる儘《まま》にて、夜半頃より近頃に無き快眠を貪る事が出来た。

頭より赤子の出る怪

明けて十日、家鳴《やなり》や畳の上がる事は毎日であったが、その中にも至って強き日もあれば、さもなき日もあり、九日の夜半より今日一日は至って静かであった。

ここに、上田治部右衛門《じぶうえもん》と申す者があり、物怪《もののけ》の事を耳にして平太郎を訪ねて来た。そこで、初めよりのあらましを咄《はな》して聞かせたところ、「これは必ず狐狸《こり》か、または猫又《ねこまた》の所為《しわざ》に相違ござらぬ。然《しか》らば蹄《わな》を掛け置き試みなば、必ず正体が現るるでござろう。幸い某《それがし》が心得たる蹄の仕様あり、明晩までに調えて参ろう」と申して帰って行った。平太郎は、「かの物怪の様子にては、中々蹄などにて退治叶うとは思わねど、何事も慰み」と思いなした。

その日も暮れ、夜食なども済ませ、煙草盆を持って縁先へ出て月を詠《なが》めていると、門口に人声がする。誰かと見れば、予《かね》て馴染の人にて貞八と申す者である。次の間に通し話しているうちに、貞八の頭が次第次第に大きくなり、忽《たちま》ち割れて中より猿の如き赤子が三つ顕《あらわ》れ出た。「さてはこれも例の」と思い、打ち捨てて見るうちに、赤子どもは平太郎の膝《ひざ》に這《は》い寄ってきたが、また三つが一緒になって一人の大童子となり、平太郎めがけて摑《つか》みかからんとした。「憎きやつ」と思うて捕えんとすると、早くも消え失せて跡形も無い。「さればこそ」と打ち笑い、頓《やが》て寝所に入って休んだが、その後は何事もなく、家鳴も畳の上がる事もさして強からぬゆえ、平気で休んだ。

反蹄《はねわな》の事、並に鯨波《ときのこえ》の怪、足跡ありし事

かくて十一日、上田治部右衛門が反蹄《はねわな》を携えて来訪。これは、三年竹の性《しょう》よきものにて作り、杭《くい》を丈夫に打ち、その杭に聢《しか》と結びつけ、鼠《ねずみ》の油揚を餌《えば》として仕掛けるが、この反

ね返りの仕掛には伝授がある由。用意が調うと、暮を待ってこれを仕掛け置き、治部右衛門は帰った。

程なく初夜も過ぎ、夜半も近くなったが、この日は朝より折々に家鳴《やなり》または畳などが上がるのみにて、格別の事もなく暁に至った。平太郎が起き出して小用を足すついでに、かの蹄を見ると、もとより何もかかっていない。「さればこそ」と思い、また休んだ。

十二日の朝、早々に起きてよくよく見れば、蹄の餌が、人間も及ばぬほど実《まこと》に手際よく外されていた。たとえ如何様《いかよう》に工夫するとも、餌に触れれば竹が撥《は》ね返らぬという事のない仕掛なのに、何としたものか、釣緒《つりお》も共に消えていた。「蹄にかからぬも然《さ》る事なれども、釣紐まで解《ほど》き取りしは不思議」と思い、平太郎は首を傾《かし》げた。件の鼠の油揚は、日数《ひかず》を経た後、軒下に吊るしてあるのを見つけ出したという。軈《やが》て治部右衛門が訪れ、蹄の体《てい》を見て呆然としていたが、「何にもせよ、この鼠を取りし上は必ず年経《ふ》る狐の所為《しわざ》にござる。今宵はまた縁の上に糠《ぬか》を撒《ま》き置き、そのほか台所の板の間にも糠を敷き、足跡の有るか無きかを見て、その足跡の様子を判じ、更《あらた》めて蹄の仕様を工夫致す所存にござる」と申して引き上げた。

この日は折々の家鳴も弱く、頓《やが》て暮方とはなった。そこへまた治部右衛門が来訪、所々へ糠を薄々と撒き始めた。今宵は昨夜に引きかえ、宵の内より家鳴震動が凄まじく、何処《いずこ》からともなく鯨波《ときのこえ》のように大勢の声が聞えてきた。治部右衛門は「これは世人の申す天狗倒しではあるまいか」などと申していたが、気味悪く感じたのであろう、「いずれ明朝参るでござろう」と言い残して早々に帰って行った。夜中は別に変った事も無かったが、鬨《とき》の声を聞くのは今宵が初めてゆえ、いかさま天狗でもあろうかとも思われた。この夜も平太郎は快く休む事が出来た。

さて十三日の東雲《しののめ》（明方）の頃、門を叩く音が聞えたので、平太郎が起き出してみると、治部右衛門である。「足跡は無きや」と両人にて、撒き置いた糠を見れば、犬か狐かと思われる大小の足跡があり、その中に二尺ばかり（六〇糎余）もあろうかと見える人間の足跡も混じっている。治部右衛門は熟々《つくづく》と見て、「何とも合点のゆかぬ事ながら、定めて狐狸の業《わざ》なるべし。この趣にては蹄などにかかるべきものとは思われず、これには野狐除《のぎつねよけ》の祈禱《きとう》が宜《よろ》しかろうと存ずる。某《それがし》が西江寺《せいごうじ》へ頼みて参らせん」と申して帰って行った。平太郎は「寺の祈禱くらいの事にては中々退治のほども覚束《おぼつか》なし」と思ったものの、逆らわずに治部右衛門の為《な》すに任せた。

それより治部右衛門は西江寺へ赴き、右の訳を話して祈禱を頼んだところ、和尚が「稲生家の物怪《もののけ》の事は予《かね》て承っており申す。易き事ながら、いま二、三日、相待たれよ。御存じの通り、盆に中《あた》り行事多く取込み居るゆえ、祈禱は勤め難し。当寺の薬師如来は至って霊験灼《れいげんあらた》かなれば、この薬師の前にて香を炷《た》く折に用ゆる卓《しょく》と香炉は、昔より由緒ある物にて、その奇特《きどく》は数え難きほどにござる。この品と薬師の御影《みえい》とを貸し申すべし。これを平太郎の居間に掛け、香を焚き、信心清浄《しょうじょう》になして拝し給え。この仏器のみにても、疫神や狐狸の甚《はなは》だ恐るる霊験がござる。大方、この仏影の功力《くりき》にて物怪も消滅すべし」と申したので、治部右衛門は「それはありがたき事にござる。然《しか》らば晩に拝借に参るゆえ、御貸し下され」と約束し、直《ただ》ちに平太郎方へ取って返し、右の訳を委《くわ》しく語った。平太郎も「御深切かたじけなし。然らば晩に誰《たれ》ぞを取りに遣わすでござろう」と礼を述べたので、「よく信心を致されよ」と申して、治部右衛門は我家へ帰った。

猟師長倉の事、並に雷《いなずま》の如きものの怪

七月十三日の暮方、治部右衛門方より鉄砲打《うち》の長倉と申す者を伽《とぎ》に差し寄越した。この長倉は、若年より力は人に越え、山野を家として猪《いのしし》や鹿を獲《と》り世を渡ってきたが、自然と鉄砲の妙を心得て、猪や狼の類もこの者の銃先《つつさき》を逃れる事は叶わぬという。もとより治部右衛門方へ足繁く出入し、平太郎方へも出入の者なれば、「何卒《なにとぞ》御伽に参らん」と治部右衛門へ申し出たのを幸いに遣わしたのである。

平太郎が長倉に、「よう参られた。今宵は西江寺へ薬師の仏影を借りに人を遣わす筈の

処、家来に暇《いとま》を遣りし折節、誰も来《きた》らず、如何《いかが》せんと思うて居った。其方《そなた》、大儀ながら西江寺まで赴いてはくれまいか」と頼んだところ、「それは易き事にござる。然《さ》り乍《なが》ら、まずお茶など頂戴致して御話し申すうち、もし怪しき事の起らば、その時借り参りても宜しきかと存じまする。私はこれまで御伽にも参らず、未《いま》だ怪しき事を見ておりませぬ。もし今夜、仏影の功力にて怪しき事の止みなば、まことに残念ゆえ、今暫《しば》し御待ち下され」と申すので、「では兎《と》も角《かく》も左様に致そう」と応じて茶を煎じ夜食など済ませ、四方山《よもやま》の咄《はなし》となった。

平太郎は元々狩猟を好む質《たち》ゆえ、年経た狼、また手負猪《ておいじし》を仕留めた事など、様々の咄に覚えず夜を更かした。初夜を過ぎた頃、例の家鳴《やなり》震動に加えて、畳などもばたばた上がり始めたので、長倉も「初めて不思議を見申してござる。今まで、人の申す処は大方十に八九は虚説にして何を少しばかりの事を仰山に申すならんと存じおりましたが、さてさて不思議もあるものにござる。いざ西江寺の仏影を借りて参らん」と申して出かけた。

その夜は月が皎《こう》り渡って昼の如き明るさであったが、然《しか》るに途中より俄《にわか》に曇り出し、真暗となり前後も弁《わきま》え難き始末。そこへ中村源太夫と申す者が小挑灯《こぢょうちん》を燈《とも》して来かかり、声を掛けた。日頃出入する先の源太夫と知って、長倉が西江寺へ赴く訳を話し、「只今途中より俄に掻《か》き曇りしゆえ一入《ひとしお》暗く覚え、扨々《さてさて》困り入って居り申した」と申せば、「某《それがし》の宅は程近ければ、これを貸して進ぜよう」と挑灯を渡してくれたので、「忝《かたじけの》う存ずる」と借り受けて別れた。

さて少し行き、津田市郎右衛門と申す者の宅に差しかかった時、その角屋敷の藪の中より笠袋のような黒い物が飛び出した。怪しく思いながら津田の屋敷の角を曲がったが、件《くだん》の怪しき物が稲妻の如く光って、真赤な石の如き物と共に長倉の頭上に落ち来り、首に巻きついた。「わっ」と叫んで挑灯も捨て、両手にて取り除《の》けんとしたが、巻きついた上に締めつけてくる。目も見えず声も出ず、頻《しき》りに息が詰まり、終《つい》には絶え入ってしまった。

この時、津田市郎右衛門は居間にて涼んでいたが、表で人の叫び声がした。怪しく思い格子より覗《のぞ》き見れば、誰かは知らず人が倒れているゆえ、家来を出して水など呑ませて呼び活《い》けてやった。長倉も漸《ようよ》う心づき、起き上がり見れば、早や雲も霽《は》れて昼の如き月夜である。源太夫に借りた挑灯も何処へいったものか見当らぬゆえ、強気の長倉も臆病心がつき、西江寺へ行くのを止め、津田の家来に礼を述べて平太郎の家に立ち戻り、門口より「今宵は夜も更けてござれば、仏影は明日借りて参りまする。その訳は明日また申し上げまする」と言い捨て、我家を指して帰って行った。長倉が強勢《ごうせい》を恃《たの》んで「怪しき事を見たい」などと申したのを、妖怪が憎いと思うて脅かしたものか、または高慢の鼻を挫《ひし》がんためか、何《いず》れにせよ怪しき事ではある。

さて翌日、長倉は源太夫方へ赴いて、「御挑灯は斯様《かよう》斯様の事に失い申してござる」と謝り、前夜の事どもを語ったところ、「それは合点のゆかぬ事にござる。昨夜《ゆうべ》は少しも曇りたる事もなく、その上、我らは何方《いずかた》へも出《い》でざれば、もとより途中にて挑灯を貸すべき謂《いわ》れもござらぬ」との返答、これを聞き、長倉は舌を巻いて恐れをなした。

薬師如来の事、並に卓《しょく》香炉の飛ぶ怪、えいえい声の怪

明けて十四日、平太郎は一人住いなれば、仏影を取りに遣わすべき者も無い。かくて徒《つれ》然《づれ》なる折節、長倉が訪れ、前夜の次第を委《くわ》しく話し、「さて、仏影を取りに参らん」と申して直ちに出かけた。西江寺では、昨日にも借りに来るかと待っていたが、盆の営みに取り紛れて放っておいた。そこへ長倉が参り、前夜の始末を委しく語ったので、和尚も大いに驚き、「何分祈禱を致せし札を進《まい》らすべし。まずまずこの仏器と御影を預くるゆえ、信心を専一にし給えと伝えよ。必ず奇特《きどく》があろう」と教えて品々を渡した。長倉は受け取った品を平太郎方へ持参し、和尚の伝言を委しく述べ、「今宵も伽《とぎ》に参りまする」と申したが、平太郎は「伽人あれば却《かえ》って色々と怪しき事が起る。其方《そなた》も時節柄さぞ忙しかろうから、来《きた》るには及ばぬ」と言って帰した。

さて平太郎は暮方に墓参に赴き、それより新八方へ廻って暮過ぎに立ち戻り、「今宵は

人も来ぬであろうから早く休まん」と、かの仏影を床の間に掛け、その前に仏器と香炉を据え、礼拝した後、さて縁側へ出て涼みながら月を詠《なが》め、暑さを忘れ、四ツ時頃（午後十時前後）に蚊帳《かや》へ入らんとしたところ、仏壇の前の唐紙がさらさらと開いた。如何《いか》にと見るうちに、仏壇の扉が独りでに開き、座敷に据え置いた卓《しょく》香炉が畳を三尺（約九〇糎）ばかり離れ、仏壇までの三間《げん》（五・四米余）ほどの所を、恰《あたか》も人が携え行く如くに静々と進んで仏壇の内に収まり、開いた扉も旧《もと》の如くに閉まった。平太郎は不思議に思いながらも、「世話要らずにてよしよし」と呟《つぶや》き、蚊帳に入って休んだ。それよりは仏影も動かず、静かに過ぎ、近来になく快眠を貪ったものの、その後《のち》も物怪《もののけ》は更に止む事なく、仏影の奇特と思われるほどの事も無かった。

　かくて十五日の昼の内は穏やかに過ぎたが、夕方よりまた畳などもばたつき出した。今朝よりは小雨も降り、蒸々《むしむし》と暑かったので、早めに湯を遣い、暮れゆく空を詠めて、「例年ならば、今日《こんにち》は近所が寄り合うて中元を賀し、酒など呑み、在所の辻踊（盆踊）を見物せんと暮るるを遅しと待つ習いなれど、今年は物怪ゆえに外へも出《い》でず、寂しく過すものかな」と独言する折から、津田市郎右衛門、木金伴吾《きがねばんご》、内田源次が三人同道にて訪れた。

　伽人が「さぞ寂しからんと思い、酒を持参致した」と申して差し出したので、平太郎も「忝《かたじけな》し」と応じて昼の瓜揉《うりもみ》と鯖膾《さばなます》の残りを取り出し、酒など呑んで初夜頃まで咄《はなし》を交したが、「今宵は三人に任せ、気遣いなく休み給え」と勧めるゆえ、かの仏影の前に仏器を出して供え、「然《しか》らば御免下され」と申して蚊帳に入って休んだ。

さて、三人は様々の物語に時を過していたが、夜半に至った頃、伴吾が「煎じ茶も薄くなりしゆえ、いま一つ花香（花香とは茶の煮花の事を云う。これ備後辺の方言なり）を入れて眠りを醒《さ》まさせ申さん」と申して土瓶の茶を入れ直し、それより咄も又々新しくなった。折しも裏の方より大勢にて「エイエイ」と掛声を発して重き物を持ち来《きた》る様子である。「素破《すわ》や」と思ううちに、その声が段々と近づき、内庭に来《きた》り、台所に来ると聞えたその時、どさりと物を落す音が凄まじく響き、これを合図の如く家鳴《やなり》が始まり、めきめきと鳴り出したので、三人は物も言わずにただ呆然とするばかり。平太郎もこの音に目を覚まし、「何事ならん」と見れば、台所の板の間に何やら物がある。平太郎が「各々方《おのおのがた》、見て来られよ」と申しても、三人の者は返答もせず、ただ一所《ひとところ》に蹲《うずくま》っている。「某《それがし》が見て参《こう》る」と平太郎が蚊帳を出て、紙燭《しそく》を燈し、台所へ行って見れば、裏の物置部屋にある筈の香の物桶《ものおけ》（漬物樽）であった。「これは先日、茄子《なす》を漬け置きしものにて、物置の口は錠を掛け置きたれば、戸の開く筈もなし、如何《いかが》して出《い》だせしものか、ここへ持ち来《きた》るは不思議。恐らくは、各々方へお茶の口取り（茶請）になされよとの事か。物怪殿の志の床しさよ」と言うて、茄子の香の物を取り出し、三人に勧めたが、物怪の持参した香の物は気味悪いと思うてか、全く手をつけぬゆえ、平太郎一人が取り喰い、茶を呑んで、また蚊帳に入って休んだ。

暫《しばら》く経て後、かの卓《しよく》香炉がまた自ずから舞い上がり、蚊帳の周りを舞い歩き始めた。これを見て、三人は共にそろそろと蚊帳の中へ這入《はい》ってきた。仏器は旺《さか》んに飛び廻っていたが、頓《やが》て卓と香炉と別々になって舞うほどに、何時《いつ》の間に入ったものか、香炉は蚊帳の内を舞い始め、少し傾いては三人の頭の上にばらばらと灰を降らせる。三人はものも言わずに一所に固まっていたが、時に内田の首筋へ灰がばらばらと強く散りかかった。「わっ」と叫んで俯《うつむ》いた拍子に胸の中《うち》が込み上げたとみえ、二人の上に黄水《おうずい》を合破《がば》と吐きかけたが、両人はそれにも気づかず、ただ心ここにあらぬ体《てい》にて差し俯いていた。平太郎が起き上がり、「これはこれは」と言いながら蚊帳を外して掃除せんとするうち、また昨夜の如く仏壇の扉が開いて、卓も香炉も内に収まったのは不思議である。平太郎が何とか三人を引き起し、裏の釣《つり》井戸へ伴って水を飲ませると、三人は漸《よう》や《》く人心地を取り戻し、早々に帰って行った。平太郎は畳の汚れなどを掃除して床に入ったが、早や東雲《しののめ》の空となっていた。

一族《しんるい》中より異見の事、並に天井の下がる怪

明けて十六日、当所にては今日は藪入《やぶいり》と称し、専《もつぱ》ら親類の方へ寄り合う習いである。正月、七月ともに同じ。さて、平太郎も叔父川田茂左衛門方へと赴いた。一族《しんるい》が集まり、無事を祝し合い、酒飯なども済んだ後、茂左衛門が平太郎に対《む》かい、「先頃より其方宅には怪しき事あり、夜伽に行きても逃げ帰る人多しと聞く。其方《そなた》には気丈にて一人暮す事、まことに驚き入ったる次第。然《さ》り乍《なが》ら、この後、万一過ちのあらば、その身は勿論、親類一同も見捨て置いたと言われては甚《はなは》だ以て分《ぶん》が立たぬ。今日《こんにち》より一族《しんるい》中何方《いずかた》へなりとも逗留致し、暫《しばら》く様子を窺うがよかろう」と申せば、一同も「その旨に致されよ」と異見（意見）を加えた。

然《しか》し平太郎が、「成程、その段は最初よりも仰せられし事なれども、さしたる事もあるまいと存ぜしに、日々の怪事、今日まで止み申さぬ。この上は最早根気詰《こんきづめ》（根比べ）なれば、たとえ半年にても一年にても、これぞと申す事を見届け、その上にて愈々住居《いよいよすまい》相ならぬと極《き》まれば、その時は願い出で、屋敷を空けても相済む事と存ずる。ただ、今に至り狐とも狸とも知らずして余所《よそ》へ行きては臆病の名を取り、「さればこそ、初めより異見を容《い》れて何方へなりとも参るべきに、高慢者よ」などと言われんも口惜《くちお》しく存ずる。それは兎《と》も角《かく》も、後に他国の人がこの屋敷の怪事を昔噺の如く思うて来り住み、何事も無き時は、我が名の汚るるは厭《いと》わねども、第一、国の恥にござる。ここを思えば、何分この儀は私の存念に御任せ下され」と申すゆえ、人々は「然《さ》程《ほど》に思うなれば是非に及ばず」と申し、茂左衛門も甥の存念に任せる事とした。

それより平太郎は暇乞《いとまごい》して帰らんとしたが、その時、同座していた出入の者の一人が、「今宵は私が参りまする」と申して同道し、暮合（日暮）頃に帰り着いた。平太郎も少し酒機嫌ゆえ、縁側へ出ると、涼み風に誘われて居眠りを催していた。かの若者は茶を飲んで酔を醒まさんものと居間にて風炉《ふろ》（茶の湯の湯沸具）に火を起していたが、折しも天井がめきめきと鳴り出したので見上げると、何となく低くなるように覚えた。「酔紛れにて斯様《かよう》に見ゆるか」と打ち捨てておいたが、天井は次第次第に低くなる。随分と我慢したものの、既に落ちかかると見えたその時、もう限界と思うたのであろう、「あっ」と叫んで庭へ飛び下り、一散に駆け出した。前後も知らずに眠っていた平太郎も、かの者が発した声に目を覚まし、天井が迫って来るのを見たが、取り合わずに捨ておき、蚊帳に入って休んだ。夜明けて後、かの若者が「夜前、稲生の化物に逢うた」と言い触らしたので、人々は愈々《いよいよ》恐れをなし、稲生の門前は日が暮れると通る者も無かった。

西江寺祈禱札の事、並に輪違い貌《かお》の怪

かくて十七日の昼時分、上田治部右衛門が野狐除《よけ》の札を持参し、「これは、この間、西《せい》江寺《ごうじ》に相頼みおきし祈禱の相済みたる札にござる」と申して、件《くだん》の札を居間に掛け置いて

帰って行った。さて、その日は、昼の内は例の如く折々の家鳴《やなり》のみにて格別の変りもなく過ぎた。暮方頃に治部右衛門が訪れ、「今宵は札の功力《くりき》にて何事もござるまい」と申すゆえ、共々縁側に出て咄に時を移した。月待つ空のいと面白く、漸《ようや》く山の端《は》に現れた白々と朧《おぼろ》なる月影に、庭の木の葉などもそれと見分け難い。時に、樫《かし》の木の辺りに、何かは知らず、くるくると輪違い（紋所の名。二つの輪を打ち違えた形）のような物が数多《あまた》現れ、それは空から舞い下りて来る如くにも見えた。

治部右衛門が「あれは如何《いか》に」と申すうちにも、早や縁の前までくるくる廻りながら迫って来た。月が何かに映っているのかとよくよく見れば、愈々くるくると廻るゆえ、治部右衛門も気味悪く思うたのであろう、暇乞《いとまごい》を始めた。平太郎が「いま暫《しば》し話してゆきませぬか」と引き止めても帰らんとする。その時、台所の方よりも輪違いが現れ、中には小《こ》盥《だらい》ほどの輪もあって、煙の如くくるくると廻っている。治部右衛門も予《かね》て覚悟の事にて、野狐の業と思い、よくよく見れば、その輪の中に目・口・鼻もあって悉《ことごと》く人の顔と見える。見定めんとすれば、くるくると入れ替って、顔の上に別の顔が交わり、睨《にら》むものや笑うものなど様々の顔が現れる。治部右衛門も睨み返していたが、最早堪《こら》えきれず、台所へは出かねたものか、庭の方へ出るや即ち、輪違いの顔が一斉に笑い声を発したので、驚いて門口へ飛び出し、一散に逃げ出した。その逃げざまを物怪《もののけ》が笑うのを目にして、平太郎も可《お》笑《か》しさを堪えきれず、笑いながら寝所に入ったが、その後、例の顔は如何《いかが》したものか現れず、何事もなく静かに更けた。

明けて十八日、朝早く治部右衛門が来り、「夜前は扨々《さてさて》不気味なるものを見申した。祈禱の札にも恐れぬは、狐狸の業にてはあるまい」などと種々《いろいろ》評議する折から、権八も来り、前夜の噺を聞き、「さてもいろいろと狂言を替うるものかな。何分この化けぶりには勝てぬワ」と口を挟んだ。平太郎は「権八ほどの者が斯様《かよう》に臆せし言葉を口に致すようでは負くるも道理。権八の身が案ぜらるる」と思うたものの、さあらぬ体《てい》にて権八に対《む》かい、「殊《こと》のほか顔色も悪《あ》しく、毎度申す事ながら養生専一を心懸けられよ。まず見舞の儀は御無用にござる。尤《もつと》も、隣家の事なれば、当方の騒ぎを聞く度に心許なく思わるるも理《ことわり》、然《さ》り乍《なが》ら当方は少しも気遣いござらぬ。心置きなく余所《よそ》へ赴き、逗留して保養第一に心懸け、元気を取り直し給え」と申せば、治部右衛門も「その儀、然《しか》るべしと存ずる」と申して共に勧めた。さしてこれという病でもなきゆえ、その儘《まま》にうかうかと暮し、後に大病となったが、この折に外へ出かけて養生致したならば快復したであろうに、その儘に打ち捨ておいたのは是非もなき事である。

さて、かの西江寺の札を見れば、薄墨にて文字の書き入れがあり、梵字《ぼんじ》の如く見えた。「昨日は慥《たし》かに無かりしに、怪しき事よ」と、早速西江寺へこの由を知らせたところ、程なく和尚が来り、札を見て大いに驚き、「梵字を書き入るるとは、中々仮初《かりそめ》（並）の妖怪とは思われぬ」と言い残し、舌を巻いて帰った。何の事かは判らぬが、札の文言《もんごん》に落字《おとしじ》（脱字）か書き損じでもあったものか、何にせよ不思議の事ではある。化物の手跡との噂が聞えて、追々見物に訪れる者もあった。一年を過ぎた頃には次第に薄れたものの、なお二、三年の間はその形が見えたという。その後《のち》もそのまま掛け置いたので、後には札そのものが煤《すす》に黒ずんで文字は見えなくなった。

さて、その日は昼の内も殊のほか荒々しく諸道具が舞い上がった。茶碗の類が台所より唸《うな》りを挙げて飛び来り、鴨居に当って今にも微塵《みじん》に砕けるかと見るうち、ちょいと鴨居を潜って飛び廻り、座敷の真中にて落ちた。また煙草盆も飛び上がり、その他の諸道具も度々動き廻ったが、茶碗などが飛ぶ時に手を添えると即ち落ちて砕けた。如何《いか》程に飛ぼうとも、捨ておけば、音が凄まじいのみにて、一向に損ずる事もない。行燈など舞い歩くとも、捨ておけば、油一滴溢《こぼ》れる事はない。平太郎も今は物怪巧者《もののけこうしゃ》（妖怪通）となり、何事も一向に構わず打ち捨ておき、ただ物怪と同居する心得にて暮していたが、実《まこと》に胆太《きも》き事ではある。

巻之三

曲尺手《まがりがねて》の怪、並に大婆《おおばば》の怪、蜂の巣の怪

さて十八日、宵の内に又々出入の者が三人、夜伽《よとぎ》に訪れたが、初夜過ぎにもなれば、先夜に懲りてか、各々尻込して咄《はなし》も自ずと途絶えがちになった。折から三人の背中を一度に礑《はた》と叩く者があった。三人が驚いて見返れば、台所口より曲尺《まがりがね》（矩尺《かねじやく》、差金）のような手が何箇所ともなくぎくぎくと折れて、電《いなずま》の如き手を伸び縮みさせたので、三人は「わっ」と叫んで駆け出し、台所へは出る事も叶わずとて、奥の庭に跳び降り、路地口を引き開けて逃げ出した。

平太郎は跡を片づけて寝所へ入ったが、かの曲尺の如き手は座敷中をぎくしゃくと動き廻っていた。構わずに寝入ったものの、ふと目を覚ますと、例の手とは事変り、今度は天井一面に大きな老婆の貌《かお》が現れ、頓《やが》て長き舌を出した。その舌が蚊帳《かや》を貫いて平太郎の胸や顔を舐《な》め廻すので、言いようもなく不気味である。然《しか》し構わずに打ち捨てておくと、軈《やが》て夜も白々と明け渡り、それに随《したが》い老婆の貌も消え失せ、鳥の渡る頃には夢から覚めたよ

うな心地がした。

夜中の労《つか》れにて、そのまま休んだが、十九日の昼四ツ時頃（午前十時頃）、門を叩く音に漸《ようや》く目を覚まし、起き出して門を開けてみると、客は向井次郎左衛門と申す者であった。「今日《こんにち》は余所《よそ》へ参るとて、この所を通るに、早や日も闌《た》けたと申すに門口の閉まりし儘《まま》ゆえ、わざわざ起したる次第。さして用事は無けれども、この頃の事もあれば心許なく存じ、訪《おとな》い申した」との口上。「それは段々かたじけなし。夜前は斯様《かよう》斯様の次第にて、それゆえ思わずも今まで寝入り申した」と応じると、次郎左衛門も内に入り、これまでの様子を篤《とく》と尋ね聞き、「如何《いか》さまこれは治部右衛門の申さるる通り、何分にも狐狸の類ならん。然し、蹄《わな》の餌《えば》を取りしほどなれば、これは狐狸とは言いながら千歳をも経たる曲物《くせもの》ならん。十兵衛と申す穢多《えた》は殊のほか蹄の上手にて、度々手柄を上げし者にござる。明日にてもこの者を呼び寄せ、委細を申し聞かせ、いま一度蹄を掛けさせんと存ずる。今日は拠《よんどころ》なき事にて余所へ行かねばならぬゆえ、明日また参ると致そう」と申して立ち帰った。

平太郎は前夜の草臥《くたびれ》が出て、また寝所に入って休んだ。漸く昼九ツ（正午）過ぎに起き出して飯など食し、「夜に入らば、大方老女の貌か曲尺手が現れん。今宵は隙を窺《うかが》い手取りにしてくれん」と思うて、暮るるを遅しと待ち構えた。かくて日も暮れ、初夜も過ぎ、四ツ頃（午後十時）に至っても変った事も無い。来客も無きまま、閨《ねや》へも入らず、物怪《もののけ》が出るのを待ったが、夜半を過ぎても何事もなきゆえ、少し気を弛《ゆる》めたところ、天井が次第に落ちかかる気配である。「例の事よ」と見るうち、段々に落ちかかり、遂には天窓《あたま》の上に触ったが、なお知らぬ顔にて居ると、頭は天井を突き抜け、行燈もまた天井を抜け出て、天井裏が具《つぶ》さに見えた。鼠の糞や蜘蛛の巣などが夥《おびただ》しく、また古藁《ふるわら》や煤《すす》や塵《ちり》などにて真黒である。天井は膝の上まで落ちていたが、一向に構わず捨ておけば、暫《しばら》くすると次第次第に上がり、遂に旧《もと》の如くに復した。天井を見上げても、己が突き抜けたと思う所に穴もなく、行燈が抜け出た所も同様であった。

また偶《ふ》と天井を見上げると、いつの間に出来たものか、大きな蜂の巣が懸かっており、見るうちに次第に膨れ、また数を増し、その中から蟹の如く泡を吹き出し、黄なる水を吐くなど、怪しき事この上も無い。されど猶《なお》、物ともせずに悠々と打ち眺めていると、これも程なく次第に消え失せて旧《もと》の天井に復した。さて今宵は、裏の米搗臼《こめつきうす》が宵の口よりトントンと音を立てていたので、平太郎は思いついて試みに玄米を臼の中に入れ置き、軈《やが》て寝所へ入ったが、この夜はさしたる草臥《くたびれ》も覚えずに休み得た。翌日、かの臼を見れば、米は少しも精《しら》げずに旧《もと》の儘であったという。

踏落し弶《わな》の事、並に大手の怪、川田十兵衛難儀の事

明けて廿日、向井次郎左衛門が川田十兵衛と申す穢多を連れ来り、蹄《わな》の用意をさせた。この十兵衛は年は六十ばかりにて、若年より鉄砲猟は勿論、蹄も上手であったが、この踏落し弶《わな》の事については、次の如き話がある。

先年、十兵衛が大坂へ上り、革の売買場に出かけた折の事、或る猟師が殊のほか大きな狸の皮を出して見せた。十兵衛も元来が猟好きゆえ、「これは殊のほか大きなる狸と見ゆるが、如何《いか》さまにも年を経たるものならん」と申したところ、かの猟師は大いに笑い、「其方《そなた》にも似合わぬ目利《めきき》（鑑定）じゃな。これは若狸よ。狸にも種々《いろいろ》あり、これは元々が斯《か》様《よう》に大なる質《たち》じゃ。この類は稀なる物ぞ。また常態（普通）の狸の他に、人をよく化かす狸も居る。これは中々一応の事にては獲れぬ。その狸は至って聡《さと》く、生まれ立ちも斯様に大きゅうはない。人にも山犬などにも獲られぬゆえ、自ずと劫《こう》を経て、後にはいろいろと自在を得て、人を悩ますのじゃ。その狸の皮は至って厚く、毛並は粗々《あらあら》として宜《よろ》しからず、この類を獲るには、踏落しと申す弶ならでは叶わぬ。我らが習うた踏落しは、余り人の知らぬ弶ぞ」と答えた。そこで、十兵衛が「未《いま》だ踏落しという仕様は存じ申さぬ。如何なる仕方にござるか。何卒《なにとぞ》御伝授下され」と頼むと、「我ら、数年この弶を仕掛け、自ずと骨《こつ》を覚えたものじゃが、如何様《いかよう》に賢しき狐狸にても、この踏落しを遁《のが》るる事は出来ぬ。我らの若き時、天満《てんま》の社が夜中になると三つに見ゆるという事があって噺《のう》、その折、夜更けて秘かに彼所《かしこ》に行き、踏落しを掛け置きしに、大猫が掛かって噛、尾先は二つに割れ、首より尾先まで四尺（一二〇糎）余りもあったぞ。直《ただ》ちに打ち殺して、翌日辺りの者に見せると、何《いず》れも大きに悦び、「近年、この猫、様々の怪を為す。天満の沙汰もこの猫の所為《しわざ》ならん」と申して居った。総体、古猫は狐と馴れ合うて、いろいろ化けるとも申す。それゆえ獲るが難儀じゃ。されども、この踏落しに掛かれば遁るる事は叶わぬ」との長談義。十兵衛は、この時までは鉄砲猟のみにて弶の事は未《いま》だ不案内であった。そこで、「我が在所は、専ら鉄砲猟にて熊・猪・鹿の類を獲り申す。狐狸も数多《あまた》棲むと雖《いえど》も、銃先《つつさき》を見ると姿を隠すゆえ、手に入らぬ次第。何卒その踏落しの仕様を御伝授下され」と達《たっ》て所望すれば、かの猟師も拠《よんどころ》なく弶の次第から掛場の見計らいの事まで委《くわ》しく伝授してくれた。

以来、十兵衛は弶の上手となり、その上、段々と工夫も加わり、踏落しにて数多《あまた》の狐狸を獲って世を渡ってきた。或る年、鳳源寺《ほうげんじ》という寺にて、大般若経《だいはんにゃきょう》が独りでに舞い上がる事が度々あり、後には人も恐れ、自ずと参詣する物も稀になった上に、なお怪しき事が頻発した。これを十兵衛が聞き及び、「必ず狐狸の所為ならん」と思い、その寺の裏門の外に拡がる深き森を棲処《すみか》と見定め、そこへ弶を掛け置いたところ、案に違《たが》わず幾年《いくとせ》経たとも知れぬ古狸が掛かった。それを寺には知らせず、打ち殺して帰ったが、その後《のち》は何の怪しき事もなく、寺も繁昌を取り戻した。

またその後、松尾藤助《とうすけ》と申す人の所に怪しき事があった。或る時、藤助が居間で昼寝しているところへ、用事にて召使の者が顔を出すと、二人の主人《あるじ》が臥していた。不思議にも恐ろしき事と思い、そっと次の間へ入って呼び起すと、何事もなく常の通り起き出してきた。その後は、藤助が奥にも在れば外にも居るという事も屢々《しばしば》にて、藤助も何やら本性《ほんしょう》が乱れ居る如くに見えるゆえ、一族の者共が打ち寄り、加持《かじ》祈禱など様々に試みたものの、一向に験《しるし》もなく、意見も区々《まちまち》である。これをまた十兵衛が聞き及び、かの天満の社の事を思い出し、申し出て弶を仕掛けたところ、かの猟師の咄《はなし》に違《たが》わず、背中の毛なども抜けて粗々《あらあら》と斑《まだら》がちの幾年《いくとせ》経たとも知れぬ古狸が掛かった。その後、藤助の身には何事もなく、家内の歓びも一入《ひとしお》であった。その他、狐狸を獲る事に妙を得て、これまで度々手柄を立てている。

向井次郎左衛門もこの事を熟知していたゆえ、このたび十兵衛を同道したのである。爰《ここ》に於て、十兵衛は平太郎に面会して篤《とく》と咄を聞き、「御屋敷の様子にては、大方古猫か古狸の所為《しわざ》にござりましょう。狐は却《かえ》って斯様《かよう》の事は致さぬものにて、狐は古狸や古猫を遣い、己は脇にて見物致し居るものと存ぜられまする。猫もまた狐の力にて色々と自在を得る事が面白いのか、我が身の上も忘れて色々と怪しき事を為し、終《つい》には化の皮が剝《は》がれて身を亡ぼすものとみえまする。その時は猫のみ弶に掛かり、狐は脇にて見物致しながら笑い居るかと存ぜられまする。世に狐ほど賢しきものはござりませぬ。それゆえ弶に掛かるは猫や狸ばかり。尤《もっと》も、反蹄《はねわな》にて狐を釣れば、野狐は掛かりまするが、これは斯様《かよう》なる業を働く狐には非ず、野狐にても劫《こう》を経しものは一向に掛かりませぬ。この御屋敷にも打ち続き種々《いろいろ》妖怪の現る由、これは様々のものが集うて怪しき事を為すと存ぜられまする。されど、如何《いか》ほど集まらんとも、その内の一匹を獲れば、残りは散り散りとなり、そこには住まぬとみえて、怪しき事も忽《たちま》ち止みまする。この上、なお数が増えては愈々《いよいよ》難儀となりまするゆえ、只今より踏落しの支度を仕《つかまつ》りまする」と申して、物怪《もののけ》の通り路を考えて件《くだん》の弶を仕掛け、「掛かれば声を立てまするゆえ、それを合図に、早速お出で下され」と約束を決めおき、さて夜を待って十兵衛は客雪隠《せっちん》（便所）に潜んで待ち構えた。

次郎左衛門も宵の内は留《とど》まって咄など交していたが、初夜を過ぎる頃までは殊のほか静かにて、軈《やが》て次郎左衛門も帰り、平太郎も床に就いた。さて、一休みして目覚め、最早夜半過ぎとも思う頃、何やら蠢《うごめ》く声が聞えるので、よくよく聞けば、人の唸《うな》り声にて、客雪隠の方から聞えてくる。平太郎が速やかに駆けつければ、雪隠の戸は散々に倒され、十兵衛は正気を失っていた。そこで、顔に水を注いで正気づかせると、十兵衛は夢から醒めた心地にて、「先程ぞっと致せしゆえ、かのもの来《きた》るかと透かし見れば、踏落しの方より大きなる手が現れ、雪隠の戸と私を一緒に摑《つか》んで引き出さんとするゆえ、声を出さんと致せども少しも出《い》でず、その後《のち》の事は一向に覚えがござりませぬ。これは大方、天狗か山の神などの所為にてもござりましょう。扨々《さてさて》恐ろしき事に逢い申した」と言うて、弶も放置した儘、恐れ戦《おのの》いて帰って行った。平太郎は崩れた戸を片づけ、又々寝所へ入って休んだ。

逆さ首の怪

明けて廿一日、平太郎が起き出《い》でてかの弶を見ると、片脇に片づけてあった。誰が片づけたものか、また損じたと思うた雪隠《せっちん》の戸も少しも痛んだ所が無い。愈々《いよいよ》不思議に思い、取り直し熟々《つくづく》と見たが、やはり聊《いささ》かも損じた所は無かった。程なく向井次郎左衛門が訪れ、「夜前の次第は如何に」と問うゆえ、事の始末を具《つぶ》さに語り聞かせたところ、肝を潰し、「左様なれば、中々十兵衛の手に適《かな》うものではござらぬな」と申して十兵衛を呼びに遣ったが、「夜前に摑まれし所の骨の痛みが、立居もままならぬ」と申し立て、他の者を差し寄越し、弶を取り収めて帰った。その後、十兵衛も病身者になったという。

さて、次郎左衛門も不調子の由にて帰り、その日は他に人も来《きた》らず、夜となっても伽人《とぎびと》の来訪はなかった。随分と静かなるゆえ、最早寝所に入らんと思う折から、居間の隅の鼠が開けた穴にて何か動くものあり、よくよく見れば、女の首が逆さまになって四、五寸ほど伸びてきた。至って長き髪は円座（藁などを渦のように円く編んだ敷物）などの如くにくるくると巻かれ、その上に逆さまの首が載り、切口と覚しき所は柘榴《ざくろ》などの実の如く外に向いて赤く爆《は》ぜている。それが黒く染めた歯を見せて囅然《にこにこ》と笑いながら飛び来《きた》る有様は、不気味とも何とも言いようがない。あまりに珍しき物と思い、少し居直って見ていると、また柱の根より同様の首が数多《あまた》飛び出で、彼方此方《かなたこなた》へ飛び行く有様。飛びしなには長き髪を尾の如くに引き、ぱらぱらと毛槍を揉《も》むような音を発して笑いながら飛んで来る。寝もやらず見守っていると、次第に膝の辺りまで飛び来るゆえ、扇にて打たんとすれば飛び退き、飛鳥の如くにて、中々打つ事も儘《まま》ならない。後ろからも前からも飛び来るゆえ、立ち上がって追い廻し、片隅に追い詰めて仕留めんとすれば見えなくなり、また直ぐに現れる。かくするほどに、いつの間にか夜はほのぼのと明け渡り、それにつれて首もみな柱の根に飛び行き消え失せた。平太郎は大いにくたびれ、「宵の内と思う間に早や夜も明けたか。扨々口惜《さてさてくちお》しくも誑《たぶら》かされたものよ」と腹を立てながら、朝飯などを食した。

さて廿二日は、前夜の草臥《くたびれ》にて昼寝に時を過したが、夕方に至り陰山正太夫《かげやましょうだゆう》〔兄を彦之助という〕が訪れたので、前夜の始末を物語れば、「扨々それは不思議の事にござるな」などと恐れながらも、「拙者の兄方に、名剣なりと先祖より持ち伝うる刀がござる。これにて度々狐憑《きつねつき》そのほか疫病や瘧《おこり》なども落ちて奇特《きどく》が多《お》うござる。兄方へ御所望なされ、御取寄せの上、御覧なされては如何《いかが》」云々《うんぬん》と、その刀の霊験《れいげん》有る事をいろいろと語り、帰って行った。

似せ銘剣の事、並に平太郎危難の事

平太郎は、また枕を引き寄せて転寝《うたたね》に時を過したが、黄昏《たそがれ》に及んで起き出し、湯など遣ううちに早や初夜にもなれば、「今宵も夜前の首が出《いづ》るであろうに、誰《たれ》ぞ来ぬものか、珍しき物を見せんに」と思う折から、陰山正太夫が訪れ、「昼に御噂致せし兄が秘蔵の刀、これに持参致した」との口上。平太郎が「これは忝《かたじけな》し。承り及びし御刀、一応（一通り）の事にては拝見もなるまいと存じおりし処、御持参下され忝き次第にござる」と謝して刀の入った箱を床の間に上げ置き、暫《しば》し噺を交すうち、前夜の通り、例の女の首が又々台所より幾つも現れ出た。正太夫が「素破《すわ》や」とばかりに刀を取り出して己の膝元へ置き、飛び来《きた》る首を銘剣にて切りつけると、見事に切れて首は真二つに割けたが、割けながら猶《なお》正太夫目がけて飛び来った。また振り上げて切りつければ、颯《さつ》と火花が散り、刀はぽっきと二つに折れ、白鞘《しらざや》（白木製の鞘）ゆえ柄木《つかぎ》も抜けて散乱した。平太郎が「これは」と思い、よくよく見れば、首と見えたのは台所の石臼であった。他の首は残らずどっと笑いながら柱の根元へ飛び退《の》くと見えたが、早や消え失せて跡形もない。正太夫は呆然として折れ刀を取り上げたが、顔色が変って言葉も出ぬ体《てい》である。

平太郎が「扨々《さてさて》気の毒千万、大切の御刀を損ぜし事、誠に以て申す言葉もござらぬ」と挨拶すれば、正太夫は「実は片時《へんし》も早く御貸申したく、兄へ知らせず持参致せし処、斯様《かよう》なる仕儀と相なり、兄への手前、迚《とて》も存命は致しかぬる」と申すゆえ、平太郎も甚《はなは》だ気の毒とは思うものの、為す術《すべ》も無い。然《さ》り乍《なが》ら過ちがあっては済まされぬと思い、「それは大きに御了簡が違うてござる。畢竟《ひっきょう》は拙者の難儀を思《おぼ》し召して、一刻も早くと、御舎兄に御相談の間も惜しまれて御持参下されし事、全く拙者への御懇意ゆえにござる。尤《もっと》も大切なる御道具なれども、麁相《そそう》は是非もなき事、その段は、明朝貴宅へ参り、この身に替えても御断り申すゆえ、今宵はまずまず御帰りなされ」と理を分けて申し聞かせた。然《しか》るにその時、正太夫は己の脇差を抜くより早く腹にぐさりと突き立てた。平太郎は大いに驚き、「何と早まった事を、取逆上《とりのぼ》せて乱心したるか」とうろたえたが、一言の答もなく、直《ただ》ちに脇差を咽《のど》へ突き通したので、切先が三寸ばかりも後ろに突き抜け、忽《たちま》ち息が絶えた。

平太郎は途方に暮れていたが、最早暁も近く覚えたので、まず血の零《こぼ》れた畳を納戸に引き入れ、死骸には蒲団《ふとん》を掛け置き、さて篤《とく》と思案を重ねて、「正太夫の切腹を人は実《まこと》と思うまい。一筆の書置もなく、また腹切るほどの事にてもなし、意趣口論などにて某《それがし》が殺害せしと疑われんも口惜《くちお》しい。また「傍に居りながら留《とど》める事も致さず、臆したり」などと笑わるるも残念。もしまた上《かみ》（藩主）の御沙汰にて召し捕られ、責めを受けて恥を曝《さら》さぬとも限らぬ。それにては、第一兄新八へ対し相済まぬ事、また上《かみ》に御苦労かくるも本意ならず、「正太夫は兄への言訳無しとて切腹せしに、彼は上を煩《わずら》わせ、また兄の世話になり、恥を曝《さら》してまざまざしく（白々しく）居る」などと人の口にかからん事、甚だ無念至極なり。誠に是非なき次第、我もこれまでの寿命ならん。いでいで切腹せん」と書置を認《したた》め、既に脇差に手をかけたが、又々思い直し、「いやいや切腹は只今致すにも限るべからず。夜の明けなば新八へも一応訳を話し、また別の思慮もあらん。これも例の物怪《もののけ》による災難なるに、その物怪を見届けず死するも残念。何分にも夜明けて後、思慮を定めても遅くはあるまい」と思い、柱に凭《よ》りかかっていたが、その時、忽然《こつぜん》として陰火《いんか》（人魂）が燃え出し、正太夫の幽霊が顕《あらわ》れ出た。

頓《やが》て幽霊は平太郎の傍に来て、肩に打ちかかるなどして、訳もなき恨みを申すゆえ困惑したが、「幽霊なりとも、事を分けて（筋道を立てて）言い聞かせなば、通ずる事もあらん」と、幽霊を引き寄せて膝に抱き上げ、理を尽して説き聞かせているうち、早や東雲《しののめ》の頃にもなり、鳥の声に、引き寄せた筈の幽霊も消え失せ、夜もほのぼのと明け渡ったので、まず納戸へ行き、蒲団を取り除けて見れば、何も無い。不思議に思い、かの刀を探してみたが、これも見当らず、血などの跡はもとより無い。また夢かと思うたが、畳が二枚、納戸に引き込んである。「さては昨夜《ゆうべ》の正太夫は化物にてありしか、扨々口惜しき事よ。己も既に切腹せんと致せしが……」と思い起して、周りを見れば書置があり、「愈々《いよいよ》夢にては無し。扨々危うき目に逢うたものよ」と思いつつ、今更に気が気ではなく、これまでの物怪とは異なり何やら気味が悪い。まずは夢から醒めた如き心地ながら、未《いま》だ何事も判然とせぬ上に、正太夫の物言いが耳に残って不気味である。この時初めて、「化物と言葉を交し、既に切腹と思いしを、また思い止《とど》まりしは、誠に神の御加護ならん」とありがたく覚え、殊に産上《うぶすな》の神（土地の鎮守、氏神）を拝んだという。

大盥の怪、摺鉢の怪、火の燃ゆる事

さて翌廿三日、あまりの不思議さに、陰山正太夫方を訪ねたところ、正太夫が「昨日《きのう》、何かと承りし御咄《おはなし》の趣、扨々《さてさて》不思議に存ぜしゆえ、家内の者にも委《くわ》しく申し聞かせし処、予《かね》て承り及ぶ事ながら、なお委しき咄を聞き、愈々《いよいよ》恐れ、夜前は手水《ちょうず》（便所）に参るにも連れを求め騒ぎ合うてござる」と申すゆえ、「さては来りしは正太夫に違いなく、夜中《やちゅう》に訪れしも正太夫ならん」と思うものの、「消え失せし事を思えば正《まさ》しく化物なるべし」と疑われ、思い悩むのも無理からぬ事ではある。さて正太夫が、「この頃は物怪《もののけ》の騒ぎにて外出なさらぬと承りしに、今朝の御出《おいで》は、昨日お話し致したる兄方の刀の儀にござるや」と問うたので、平太郎は前夜の事を話さんとしたが、あまりに不思議なる事ゆえ疑いを受けるも益なき事と思い、「いや、その儀にてはござらぬ」と何となく挨拶して帰宅した。

さて夕方まで何事もなく静かに過ぎた。七ツ時（午後四時前後）前と思う頃、平野屋市右衛門と申す者が訪れて咄に時を過したが、この頃は刀・脇差そのほか小刀・庖丁の類まで一切の刃物が飛び廻って荒れるゆえ、小さき空櫃《あきびつ》に己の大小そのほか一切の刃物を入れて蓋の締まりを厳重に致し、訪れる人があれば、大小とも早速に右の櫃へ入れて貰うようにしていた。前夜は少し油断した為に大難儀に及んだ事を慮《おもんぱか》り、今日は昼の内より一切の刃物を件《くだん》の櫃に入れて置いた。さて程なく夜に入り、松浦市太夫と陰山彦之助が来り、また忠六と申す出入の者も伽《とぎ》に訪れたので、平太郎は心づき、「何《いず》れも刀をこの櫃に御入れ下され」と申し入れた。市太夫はそのまま直《ただ》ちに入れたものの、彦之助は「承知」と返事ばかりにて話し始めた。暫《しば》しの後、次の間に置いた刀を櫃に入れんとしたが、早や鞘《さや》ばかりにて、刀の身は何処《いずこ》へ行ったものか見当らない。皆々気味悪く思うて色々と探したが見当らず、怪我などするやも知れぬと此処彼処《ここかしこ》と詮議したが全く見えず、何《いず》れも尋ねあぐんで煙草など喫《の》むうちに、台所にて落雷の如き凄まじい響きが起り、何とも得体の知れぬ物がごろりごろりと転がり出した。平野屋市右衛門は肝を潰し、何の挨拶もなく庭へ飛び降りて逃げ出した。他の人々も気味悪く思うたのであろう、駆け出したき気色《けしき》と見えたが、互いに恥合うて逃げられず、暫し顔を見合せるうち、座敷の方へ転《まろ》び来《きた》る物を能々《よくよく》見れば大盥《おおだらい》である。平太郎は可笑《おか》しく思い、「湯殿に在るものが何時《いつ》の間に来りしものか」と申して、件の盥を湯殿に持って行ったが、またも台所の方にて物音あり、このたびは何かと見れば、摺鉢《すりばち》と擂木《すりこぎ》が独りでに摺り廻りつつ座敷の内を歩いている。平太郎が笑いつつ「これは珍しくも可笑《おか》しき所為《しわざ》かな。然《さ》り乍《なが》ら今宵は何となく騒がしきゆえ、まだ如何様《いかよう》の事があるやも測り難く存ずる」と申すと、忠六は頻《しき》りに気味悪がり、市太夫を誘い同道して帰って行った。

　彦之助は刀が見えぬゆえ、是非なく唯一人後に残り、また刀の在処《ありか》を彼方此方《あちこち》と捜《たず》ねた。平太郎も気の毒に思い、探し廻ったが一向に見つからない。夜半も過ぎた頃、彦之助が「夜の明けぬうちに帰り、明朝また参って捜《たず》ねんと存ずる」と申すので、平太郎も「如何《いか》さま、左様なさるるが宜《よろ》しかろう」と応じた。暇乞《いとまごい》して彦之助が中戸口《なかとぐち》（中庭へ通ずる戸口）を開けたところ、鴨居から刀の身が鼻の先へぶらりと下がってきたので、仰天してそのまま敷居の所で竦《すく》んでしまった。平太郎は可笑《おか》しく思いながらも飛び降りて刀身を取り鞘に納めてやったが、彦之助が立ち上がり大小を差して戸口を出《い》でんとしたその時、天井から大音声《だいおんじょう》にてどっと笑う声が響いた。その声に彦之助はまた仰天して竦んだが、平太郎が引き立てて外へ押し出し背後から戸を鎖《とざ》すと、一目散に逃げ帰った。その後《のち》は、小刀一本すらも櫃に納めて錠を締める事を更に心がけたものの、入用の節毎に出し入れするのが甚《はなは》だ不自由にて困った由。然《しか》し、同じように錠前を締めた他の容器からは様々の物が飛び出すのに、この櫃に入れ置いた物に限って飛び出さぬのは不思議である。その夜、彦之助が帰った後は静かにて、さしたる事もなかった。

明けて廿四日の朝、又々平野屋市右衛門が訪れたので、「夜前は何とて逃げ帰りしや」と尋ねると、「何か台所に落ち、どろどろと鳴り出して転《まろ》び来《きた》る音の余りの気味悪さに、覚えず逃げ出し、途中にて漸《ようや》く夢より覚めたる心地にござった。その後《のち》は如何《いかが》なりしや、かの転び来りし物は何でござるか」と申すゆえ、「湯殿に入れ置きし盥よ」と答えれば、「某《それがし》は凄まじき大太鼓が転び来ると思い、ぞっとして覚えず逃げ出し申した」との言訳、共に笑い合う折から、三津井権八が来り、芝甚左衛門も訪れた。

咄を聞いた甚左衛門は「南部治《じ》太夫《だゆう》は鳴弦《めいげん》の伝（弓の弦を鳴らして物怪を退散させる術）を習得して奇特《きどく》を顕《あらわ》す由、聞き申す。この仁《じん》を同道致して鳴弦を頼み進《まい》らせん」と申し出たが、平太郎が「忝《かたじけな》き御咄《おはなし》ながら、西江寺《せいごうじ》の祈禱も験《しるし》なく、左様の事にて恐るる物怪とは思われぬ」と答えると、「左様でもあろうが、鳴弦は不思議の奇特ある由、常々聞き及び申す。それ、病人にも様々薬を替えてみれば、また合う薬もあるものにござる」などと猶《なお》も勧めるゆえ、平太郎も「左様思《おぼ》し召すなれば、兎《と》も角《かく》も宜しく頼み申す」と受け容れた。甚左衛門は「されば明晩同道致そう」と早速に約束、権八も「成程、鳴弦は奇特あるものと聞くゆえ、一段とようござろう」と申し、二人打ち連れて帰った。

さて、その日も何事も無く過ぎたが、夕方に至り、中村平左衛門の家よりの使と称して美しき女が訪れ、餅菓子を差し出した。実《まこと》に美麗、嬋娟《せんけん》として嫋《たおや》か、花に妬《ねた》まれ月に猜《そね》まるるかの如き百の媚《こび》ある姿は、この辺りには見かけぬ容子ゆえ、平太郎も大いに感じ入り恍惚《うっとり》として詠《なが》めていたが、偶《ふ》と心づき、油断せずに二言三言交し、頓《やが》て帰り行くのを送りに出て見れば、門を出た途端、何方《いずかた》へ行ったものか早や消え失せていた。後に聞けば、中村の家にて餅菓子を入れた重箱が一つ失せたとの事、それはこの物怪の所為《しわざ》にて、平太郎宅へ持参したのである。この一事に限らず、陰山正太夫に化けて以来、ややもすれば平太郎の馴染の人などに化けて来たのには困ったという。

その夜は初夜となっても誰《たれ》も来らず、至って静かであった。平太郎は、このところ腹具合が悪く、度々厠《かわや》に通っていたが、近頃の流行物《はやりもの》（軽い伝染病）にて当分（一時的）の事と聞くゆえ、打ち捨てておいた。さて今宵は平穏に休んでいたが、宵より二、三度も厠に通い、その後《のち》一休みして目覚め、又々厠に入った折しも、台所の方よりとろとろと火の燃える音が聞え、赫《かっ》と明るくなったので、出火ではないかと出て見れば、竈《かまど》の内より火が燃え出で、竈の前の板敷の所から床下まで火が入り込んでいる。大いに驚き、板敷を引き上げ、瓶《かめ》の水をざぶと掛ければ、忽《たちま》ち消えて闇となった。「これはまた例の化物なりしに、大きに驚きし事よ」と自嘲しつつ火を燈して見れば、板敷は何事もなく、竈の内へ水を打ち掛けたために灰が流れ出て、中々急には掃除も出来かね、下地（下痢）にて不快の折なれば、やかましく〔ヤカマシクとは面倒ナリという備後の方言なり〕腹も立ち、そのままに打ち捨て、休んでしまった。

鳴弦の事、並に鎗《やり》の飛び来る怪

明けて廿五日、平太郎が起き出して見れば、台所は灰だらけで、竈《かまど》の中には水が溜まっていた。漸《ようよ》うに掃除などして、その辺を片づけ、兎角《とかく》するうちに権八が訪れたので、夜中の事を話し、「かの火をその儘《まま》に打ち捨ておかざる事の口惜《くちお》しさよ」と悔しがったところ、権八は「いやいや、この後とても左様の事は我慢なされまするな。実《まこと》の出火の時、捨て置きなば、後の悔は百倍にもなるべし」と応じたが、これは理に適《かな》った言である。「さて、南部氏が御出《おいで》の節は御知らせ下され」と申して権八は帰った。

その日も入相《いりあい》に近づいた頃、芝甚左衛門と南部治太夫が同道にて訪れた。弓矢を持参して、夜に入れば鳴弦を行わんものと、まず弓矢を床の間に置き、暫《しば》し休息するうちに権八も訪れて四方山《よもやま》の咄《はなし》になった。権八が「鳴弦にて狐憑《きつねつき》を落す時には狐の形が顕《あらわ》るるものにござるか」と問えば、治太夫は「形の顕るる事はござらぬ。ただ憑きたる狐の落つるばかり。その落つる時には、憑かれてありし人は駆け出し倒れ申す。狐狸などはその近所に居る筈なれど、その座にて形の顕るる事はござらぬ」と答えた。

さて程なく夜となったので、芝・南部の両人は弓を取り出し、何かと祓《はら》い清め、支度を調えた。甚左衛門が権八に、「表か裏に、何ぞ形が顕るるやも知れぬ。其方《そなた》は我が宅へ行き、居間に掛け置きし枕槍を取り来り、表へ廻り相待つがよかろう。某《それがし》は裏の方へ心をつけ、もし何にても形の顕るる事あらば、目にもの見せん。必ず抜かるでないぞ」と申しつけると、権八は「承知仕《つかまつ》った」と応じて甚左衛門宅へと急いだ。さるほどに早や初夜を過ぎる頃、治部太夫が垢離《こり》を取り(身を清め)、弓を手に取った折しも、何かは知らず、外の方より長き物が唸《うな》りを立てて飛び来り、甚左衛門の鬢《びん》先を掠《かす》め、かの弓の弦《つる》を突切ってその場にがらりと落ちたので、治部太夫は大いに驚き、弓を取り落した。甚左衛門は「逃さじ」と跳びかかり、件《くだん》の長き物を切らんとしたが、能々《よくよく》見れば槍である。「これは」と言う処へ、権八が駆け来り、「甚左衛門様の仰せの通り、枕槍を取り来って表に廻り、何にても目に見ゆるものは突かんと存じて外を周りしに、屋根の上に大坊主の如き者が立ち居たるゆえ、心得たりと立ち寄りし処、かの者、屋根よりひらりと飛び降りて参った。すかさず表囲いの壁へ槍を突きつけしに、その形が見え申さぬ。これはと存じ、抜き取らんとすれば、何者かが穂先を捉えて引く如くなれば、ここぞと思うて力足を踏み、力を尽して引けども、物怪《もののけ》の力の凄まじさ、只一引に槍を壁の中に引き取られてござる」と申すゆえ、人々も肝を潰し、「中々人力の及ぶ処にあらず」と嘆息して、打つ手を失うた体《てい》と見えた。それまで見物していた平太郎が、「大方斯様《かよう》の事と予《かね》て存じ居り申した。兎《と》も角《かく》この物怪は捨ておきて心の儘《まま》に働かすが宜《よろ》しきゆえ、鳴弦もまず是迄《これまで》にて、打ち捨ておき下され」と申すゆえ、それを汐《しお》に人々が帰らんとした時、天井の上にて「くつくつ」と笑うように聞えたので、何《いず》れも愈々《いよいよ》気味悪く思い、早々に立ち帰った。権八も弓と槍を持ち、両人を送りがてら帰った。その後《のち》は静かにて、平太郎も一休みした。

程なく夜はしらしらと明けて廿六日、平太郎には志す日（祥月命日など先祖を供養する日）に当れば、早朝に墓参を済ませ、帰りしなに権八宅へ立ち寄ったところ、彼も起き出して前夜の噺《はなし》など交したが、「兎角、熱気も強くなりし如く覚えまする」と申すゆえ、「何分労《いたわ》り、聢《しか》と養生致されよ」と勧めて帰った。惜しむべし、この権八は三津井と名乗り、真《まこと》に名高き角力取《すもうとり》であったが、この怪異の気に打たれたのであろう、平太郎宅が家鳴《やなり》震動するとそれが心に懸かり、口惜《くちお》しく思う度毎に熱を発し、終《つい》には大病人となり、後々次第に熱気が下がらず、九月初旬に相果てた。未《いま》だ四十に足らぬ大男にて、力は飽くまでも強かったものの、邪気を受けながらも当座の事と堪《こら》え続けた気丈さが、却《かえ》って命取りとなった。無惨な事ではある。

巻之四

真木《まさき》善六《ぜんろく》が力の事、並に柿の怪

さてまた平太郎が帰宅すると、程なく南部角之進《かくのしん》と陰山正太夫が訪れ、「如何《いかが》にござる」と尋ねるゆえ、前夜の咄《はなし》などして、「何が顕《あらわ》れても、驚かず、張り合う事さえ致さねば、さしたる事はござらぬ」と答えた。正太夫が頷《うなず》きながら、「如何《いか》にも、これまでは何《いず》れも変化退治と申す気持強きゆえ、いろいろの事ありて騒動すると存ぜらるる。今宵は互いに申し合せ、伽《とぎ》とは思わず、ただ咄を致しに参ろう。夜伽、根性試しなどと申して参るゆえ、珍事出来《しゅつたい》に及ぶかと存ずれば、今宵は心得を改めて参る事と致そう」と申せば、角之進も「左様でござるな」と同意を示し、夜分の訪問を約して立ち帰った。

かくてその日も何ら格別の事もなく暮時に至り、かの両人が真木《まさき》善六《ぜんろく》と申す者を同道して訪れ、噺《はなし》に時を過したが、何事も起らず静穏である。今宵は廿六夜に中《あた》り、月の出を拝まんものと何方《いずかた》も寝入らぬ晩ゆえ、何となく世間も賑々《にぎにぎ》しく、一同も月の出るまで語り合うた。

さて、角之進宅に霜被《しもかず》きと申す柿があり、霜月になれば風味を増す木醂《きざわし》（甘柿）である。九月十月には未だ渋が抜けぬゆえ、霜被きの名がある。尤《もっと》も、霜月に至れば、霜が降りたように上白《うわじろ》くなり、甚《はなは》だ美味である。この柿は七月頃には却《かえ》って渋もなく、風味は宜しくないものの、随分と喰われており、八月中旬よりまた渋が帰ってくる。角之進がこの柿を持参し、「眠りざましに致さん」と宵の内に取り出したので、「これは珍しや。後刻の楽しみ」と器に入れて片脇に置いた。夜半過ぎに「いざ、かの霜被き殿を賞翫《しょうがん》致そう」と器を取り出して見れば、いつの間にか悉《ことごと》く種ばかりとなり、柿は一つも無い。宵より一同差し向いにて話していたから、座中の誰かが喰う筈はない。「これは必ず化殿《ばけどの》の所為《しわざ》ならん」と為す処もなく話していると、暫《しば》しの後、台所にて大雷の落ちたような音がした。人々は驚きながらも、予《かね》て聞き及んでいる事ゆえ、爰《ここ》ぞと思い知らぬ顔をしていた。

平太郎が手燭を燈して見に行くと、搗臼《つきうす》が転がっている。この臼は、先年大風が吹いた時、吹き倒された近所の大木から作ったものである。大木にて作ったものゆえ、並の臼よりは余程大きい。裏の物置部屋に入れて置いた臼が如何《いかが》して出たものか、皆々驚いた。さて、平太郎が「これが狭き所にあっては甚だ迷惑」と呟くと、真木善六が立ち来《き》たり、「裏に片づけておきまする」と申して裏の口を開け、大臼を竪に取り何の苦もなく差し揚げて投げ出した。この善六は予《かね》て力持ちと聞えていたものの、かかる事を見るのは初めてゆえ、一同は先刻の音よりもなお肝を潰した。斯様《かよう》な折には頼もしく思われ、南部も陰山も真木の勇気に力を得て、畳が上がる事などは見も遣らず、さあらぬ体《てい》にて緩々《ゆるゆる》と咄を続けた。

早や八ツ頃（午前二時前後）かと思う頃、天井がめきめきと鳴り出し、種ばかりになった柿が旧に復して天井よりばらばらと落ち、四人が打ち寄り話している中を転び廻った。その一つを平太郎が取り上げ、「刃物は面倒なり」と申して、そのまま押し割ったところ、中の種が悉く色々の虫となって逃げ去ったが、「種は何になるとも、此方《こちら》は種に用なし」と言いつつ喰うてしまった。善六も「いかさま、拙者も一ツ食べて眠りを覚まさん」と申して取って喰うたが、これも種は皆、蜘蛛や油虫となって這い去った。さて、天井から落ちた柿は悉く元の器に転《まろ》び入った。

それよりまた一しきり落《おと》し咄《ばなし》や麁相咄《そそうばなし》などにて興を催すうちに、寺々の鐘も鳴り、月の出を拝みなどしてかれこれするうち、「最早、東雲《しののめ》も近うござれば」と申して、三人の者は打ち連れて帰って行った。これまでは伽に訪れた者が皆悉く辟易《へきえき》して夜半にも及ばぬうちに逃げ帰ったが、今宵は不思議の事態にも格別驚かず、夜もすがら話し明かして暁に至ったのは、真木の力に一同が気を取り直したからであろう。ありがたきものは力である。

平太郎も「よき伽にて面白かりし」と後を片づけ、「いま暫し」と閨《ねや》に入って暫く休んだ。明けて廿七日の朝、四ツ時頃（午前十時頃）に起き出し、前夜に善六が臼を投げ出した所を見れば、臼は無く、其処《そこ》の土が臼なりに深く窪んでいた。不思議に思い、物置部屋に行って見れば、臼はそのまま元通りにて、臼の角に土が付いているゆえ、正《まさ》しく夜中に物怪が持ち出したものに相違ない。然《さ》り乍《なが》ら、また旧《もと》の所へ戻し置き、また柿なども返したのは律儀なる仕方ではある。「鬼神《きじん》に横道《おうどう》なし」とはかかる事でもあろうか。

網貌《あみがお》の怪、葛籠《つづら》の怪

今日は終日《ひねもす》さして変った事もなく、暮方に陰山金左衛門が訪れ、前夜の咄を聞き、「善六が力は聞き及びしより勝ってござる喃《のう》。他の面々も、真木が力に引かれながらも能《よ》く夜もすがら堪《こら》えたるぞ。何事ありても知らぬ顔にて争う心なき時は、物怪《もののけ》も張合が抜け、また此方《こなた》も少々の不思議は手妻（奇術）など見る気になりて居れば、却《かえ》って不思議も無からんと存ずる。今宵は拙者、暫《しばら》く話し申さん」と申して四ツ前頃（午後十時前頃）まで話し込んだ。平太郎は殊のほか眠く、話しながら眠っていたが、金左衛門が偶《ふ》と次の間を見ると、台所の方に何か煙の如くもやもやと動くものがある。金左衛門も今宵は覚悟の上なれば知らぬ顔をしていたが、早や次の間まで来《きた》ったのを能々《よくよく》見れば、人間の貌《かお》のようには見えながら、網の目の如き貌である。それも数多《あまた》にて、竪菱《たてびし》（菱形を縦に見た形）に長いのもあれば、横菱に平たきものもある。それらが段々並び重なり、竪になり横になりして甚《はなは》だ目紛《まぎ》らわしく迫り来るゆえ、最早堪《たま》らず、うろたえて平太郎を呼び起した。平太郎が目を覚まして見れば、金左衛門は顔を青菜の如くにして奥の方へと這い込んでいる。平太郎が網貌を能々見れば、日外《いつぞや》の輪違いよりも一層不気味なる貌にて、竪になる時は口を開き、横になる時は口を閉じ、恰《あたか》も息を吹くようである。堪りかねたのであろう、陰山は櫃《ひつ》に入れ置いた刀を取り出し、抜き放って切り払ったが、手応えもなく、ただ煙を切るに等しかった。その時どっと笑う声が起り、これに驚いた金左衛門は庭へ跳び下り、「お暇《いとま》申す」と言い捨てて帰ってしまった。

跡の戸を締め、平太郎が網貌を熟々《つくづく》と見ると、子供が遊ぶ時に朱欒《ざぼん》を煎じ茶に入れて吹く（シャボン玉遊びに似た児戯）時に出る泡の如くに、貌の上に貌が重なり、また竪菱横菱になり、消えては現れ、遂には間毎《まごと》に（部屋中）残らず貌となったため、前後左右何方《いずかた》ももやもやとして、そのうるさき事は言うばかりも無い。近寄る貌を捕えんとしても、ただ空《くう》を摑むに異ならず、「これに誑《たぶら》かされて、また夜を明かす事になるも無念」と思い、かかずらうのを止めて蚊帳に入り、網貌がいつ消えたとも知らず寝入ったが、何やら物音がするので目を覚ますと、大きな物が歩いて来る。見れば蝦蟇《ひきがえる》にて、蚊帳《かや》の周りを跳び歩き、頓《やが》て蚊帳の中へ入ってきた。能々見れば、この蛙の胴に組紐が結んであるので、「これは葛籠《つづら》の化けし物よ」と心づき、そのまま紐を確《しか》と捉えて離さずに臥したが、夜明けて後に見れば、腹の上に葛籠を載せ、その紐を握り締めていたという。

明けて廿八日、佳日（嘉日。めでたき日）ではあったが、頃日《このごろ》の事があるゆえ、兄方への他出も止め、退屈なるまま昼寝がちに暮した。昼の内はこれというほどの怪しき事もなく、日も既に暮れかかり、湯など遣い、縁先に出て漸《ようや》く暑気を忘れる事が出来た。

講釈の怪、踏石の怪、並に天井より大手の出《い》でし事

その日も暮れ、茶など煎じて緩々《ゆるゆる》と夜食なども済ませ、早や初夜を過ぎても、今宵は誰も来《きた》らず静かゆえ、蚊帳《かや》の内に燈を入れ、通俗本（小説の類）を取り出して読みかけたが、偶《ふ》と座敷を見れば、壁に人影がありありと鮮やかに映り、見台を前に置いて高らかに書物を読んでいる。何を読むやら言葉の訳も詳《つまび》らかならぬゆえ、能々《よくよく》耳を留めて聞けば、平太郎が今読みかけた本を朗読しているのであった。「可笑《おか》しく怪しき事ながら、よき伽《とぎ》ぞ」と思うたが、何にせよ呑み込み難き事と聞くうちに、程なく消え失せた。

頓《やが》て夜半となったので、「いざ休まん」と思い、その前に厠《かわや》へ行かんと蚊帳を出たが、平生は居間の厠へ行くところを、偶《ふ》と「今宵は奥の縁へ出て、涼みかたがた露地へ下りん」と思い立ち、踏石《ふみいし》の上に下駄があるものと何心なく下り立ったところ、氷を踏むような冷たさで、然《しか》も軟らかなれば不思議に思い、縁に上がらんとすれども粘々《ねばねば》して足が上が

らず、鳥黐《とりもち》を踏みつけたようである。下を見れば、朧々《おぼろおぼろ》と白けて見えるゆえ、能々見れば、人の腹の上に乗ったとみえて柔らかく冷たい。死人を踏みつけたかと思い、踏みながら篤《とく》と見れば、手足は至って短く、貌と覚しき所から何かぱちぱちと小さき音が聞えるゆえ、覗き見れば、目を動かし瞬きをする音にて、かっぱ虫（不詳）などの飛ぶ如き音が絶間なくぱちぱちと聞える。足の裏が粘々として泥に踏み込むような気味悪さゆえ、縁に手をかけ、這うようにして漸《よう》く縁側へ上がったが、足の裏が縁側へにちゃにちゃと付いて歩き難い。居間へ戻って足を見たが、何も付いていない。さて、手燭を燈して件《くだん》の踏石を見れば、下駄のみあって他には何も無い。ただ、ぱちぱちする音は止んでいなかった。足の裏の粘りも消えたので、「これも捨て置くがよし」と思い、居間の厠に入ったが、何ら変った事も無い。それより蚊帳に入ったものの、夜もすがらぱちぱちと鳴る音が聞えて休みかねた。然《しか》し、その後は変事もなく、鶏鳴《けいめい》に及んで漸く一寝入りする事が出来た。

明けて廿九日、何事もなく昼飯を済ませると、頓て中村平左衛門が訪れて暫《しばら》く話すうち、「夜前は如何《いか》に」と尋ねたので、一通りの咄《はなし》を聞かせ、殊に踏石の怪の物語に及び、「これまで色々珍しき事や不気味なる事など数々あれども、足の裏がにちゃにちゃと粘りたるには大きに困り申した。また目のぱちぱちが耳に付き、眠りかねて往生致した」と語ると、平左衛門は「それは如何なる貌にてござったか」と重ねて尋ねたので、「されば、闇夜ゆえ確《しか》と見え判らず、ただ目のぱちぱち動くようには見え申した」と答えた。更に「まず、凡《おおよ》そ誰《たれ》に似てござったか喃《のう》」と尋ねた時、誰かは知らず、平左衛門の背中を叩く者があり、振り返ってみると、今叩いたと覚しき手が天井の隅からぶらりと下がっていて、その手ばかりの物が静々と引っ込んでゆくところであった。平左衛門は見るより早く「わっ」と叫んで俯《うつむ》き、二度と見も遣らない。気絶したのではあるまいかと、平太郎が引き起すと、漸く起き上がり、「御暇《おいとま》申さん」と立ち上がったが、元結《もとゆい》がばらりと解《ほど》けている。平太郎が「その乱れ髪にては帰られまい」と申して引き止めたが、平左衛門は聞き容れず、早々に帰って行った。

これまでにも昼の内に道具が飛ぶなどする事は度々あったが、怪しき形が顕《あらわ》れたのは今日が初めてである。未だ七ツ頃（午後四時前後）なのに、居間の方を見れば、真暗にて恰《あたか》も真の闇夜の如くである。「これは如何なる事を為すならん」と見るうちに、また次第次第に明るくなり、また暗くなり、これが無闇と繰り返され、目が眩《くら》むほどであったが、後には段々と止んで旧《もと》の如くに復した、「この趣なれば、昼夜の分ちなく色々の事が起らん。いかさま、天井に何ぞ住《すま》うかと思わるる。随分と捨て置き、愈々《いよいよ》正体を顕し油断するを待って本意を達せん」と少し楽しみに思うた由、実《まこと》に不敵なる魂の持主ではあるまいか。

炭部屋老女の怪、並に種々の怪異の事

かくてその日も程なく暮れ、早や四ツ時（午後十時頃）にもなったので、風炉《ふろ》の内に火を留《とど》め置いて休まんと思い、炭取を見れば空ゆえ、炭取を提げて裏の物置に取りに行ったところ、戸口一杯に大きな老婆の貌《かお》が顕《あらわ》れて塞《ふさ》ぎ、入る事が出来ない。「これまた品を替えしよな、構わず行けば例の如く消え失せん」と思い、そのまま進んでみたが、貌は一向に動かず、目鼻をぎろぎろさせて今にも物を言うかと見えた。炭取の火箸を取って貌に突き立ててみると、軟らかにてぶつぶつと刺さった。されど、首は一向に退《の》かず、何やらねばねばする気配なれば、前夜の死人に懲りた事を思い起し、「これも打ち捨て置くに及《し》かず」と思い、火箸を両眼の間に突き立てたまま戻った。さて縁側に上がって見ると、座敷中が糊《のり》などを塗った如く真白になり、粘々《ねばねば》と粘りついてくる。前夜の事もあれば、これにも構わず、寝所の設《こしら》えも未だゆえ聊《いささ》か不安ながら、居間の柱に凭《もた》れて眠る事とした。頓《やが》てうとうとと眠りかけたが、今夜はいつもより家鳴《やなり》も強く、天井からは婦人の啼声《なきごえ》など聞え、然《しか》も大勢にて何かは知らず口々に物言う如き声も聞えるゆえ、少しも眠る事が出来ない。殊更に暑気も強く、折々には風も吹き通るものの、生温《なまぬる》き風にて、夜もすがらまどろむ事が出来ない。偶々《たまたま》眠りつけば、畳諸《もろ》とも持ち上げられて落され、暁まで騒動が止まなかっ

た。明方に至り漸《よう》やく静まれば、草臥《くたび》れて眠り込み、翌日四ツ過ぎまで寝過した。

さて漸く目覚めて、「昨夜《ゆうべ》の婆《ばば》の首、如何《いかが》なりしや」と物置へ行って見れば、不思議や、かの婆の貌の目鼻の間に刺し置いた火箸が、そのまま戸口の真中辺りに糸にて宙に釣ってある如くに見えた。篤《とく》と見れば、何に刺したとも見えず、ただ宙に浮かんでいる。これは不思議と思い、手を出して火箸を取らんとした時、がらりと落下した。はっと思い、取り上げて見ても、火箸には何ら変った所も無い。そこで、炭を取り出して戻り、茶など煎じて呑み、「今日は如何《いかが》ならん。何が起らんとも性根《しようね》（正体）さえ見顕さば、致し方もあらん」などと思う折しも、何やら心地悪しき風が吹き渡り、星の光の如き物が数多燦《あまたきら》めき出し、軈《やが》て蛍が乱れ飛ぶように見えて、何となく哀れに物寂しく心細く思われたが、「何々これしきの事、珍しからず」と少しも屈しなかった。実《まこと》に勇気のある男子《おのこ》ではある。

物怪《もののけ》の主長山本五郎左衛門《かしらさんもと》の事

さて、平太郎が熟々《つくづく》と数えてみるに、物怪《もののけ》はこの月の朔日《ついたち》の夜に初めて現れたが、最早一ヶ月に及び、今日は晦日《みそか》である。「この妖怪、何時《いつ》まで顕《あらわ》るる事やら。扨々《さてさて》気の長き物怪かな。どれ、己も気を長く持ち、彼奴《きやつ》が油断を見定め、仕留めてくれよう」と種々《いろいろ》思い設ける折しも、俄《にわか》に曇り出して篠突《しのつ》く如き白雨《ゆうだち》となり、風も烈しく、裏の縁側に横雨が降り込み、障子などを濡らすゆえ、押入の戸を外し、これを立てかけて雨を防いだが、雨に連れて家鳴《やなり》も強くなった。平太郎は「何時《いつ》まで化物の守《もり》をする事ならん。然《さ》り乍《なが》ら、この二、三日の様子を窺うに、昼も色々の形を顕すなど、物怪も早や油断の体《てい》と見ゆる。正体さえ見つけなば、程を見て働かん。されど、刃物なくしては叶うまい」と思い、例の櫃より脇差を取り出して腰に差し、食事をするにも片手は脇差を離さず、寸の間も油断を怠らなかった。

この日は終日《ひねもす》人も来らず、さて日暮より雨も止み、晴れ渡った空に星が明々《あかあか》と瞬《またた》いている。縁側に立て置いた押入の戸などを取り片づけるうち、早や初夜も過ぎ四ツ時（午後十時頃）かと思われた頃、雨に濡れた板縁も乾いたかと障子を開けて見れば、未だじめじめとしている。また障子を閉めて戻ったが、下にも坐らぬうちに、後ろの障子ががらりと開いたので、振り返って見れば、大きな手が出て平太郎を捕えんとする。爰《ここ》ぞと思い、抜き打ちに切りつけると、手は素早く引込んで障子を礑《はた》と立てた。平太郎が続いて出《いで》んとすると、障子の外より「それへ参らん、まず待たれよ」という声が聞えた。その声は跡（語尾）を跳ねるような大音である。「これは面白い。出《い》で来《きた》る処を唯一ト打《ひとうち》」と思案して控えていると、暫《しば》しの後、さらりと障子を開けて、上背《うわぜい》が鴨居より一尺（約三〇糎）ばかりも高く、至極肥った四角四面の大男が悠々と現れた。熟々見れば、年の頃は四十ばかりにて、甚《はなは》だ人品宜しく、花色（縹《はなだ》色。明るい藍紫）の帷子《かたびら》に浅黄《あさぎ》（浅葱。明るい水色）の裃《かみしも》を着し、腰に両刀を差している。静かに歩み来り、向座《むこうざ》に居《すわ》ったところを、平太郎が爰《ここ》ぞと思うて立ちあがり、脇差を引き抜き無二無三に切らんとしたその時、男は居《すわ》った儘《まま》にて、綱にて後ろより引かれるように壁の中へ入ってしまった。髣《さなが》ら影の如くに見えたが、笑いながら「左様に焦《あせ》っても、其方《そなた》の手に討たるる我にはあらず。言い聞かすべき事あって参った。刃物を納め心を鎮められよ」と申す様子も悠揚迫らぬ体《てい》である。「この趣にては中々仕留め難し。油断を見、隙を窺い、討ち留めてくれよう。まず何を申すか、聞くべし」と脇差を鞘に納めて坐り直すと、また壁の中から居《すわ》った儘にて後ろより押し出される如くに出《い》で来て、「扨々汝は気の強き者よ喃《のう》」と申すゆえ、「其方は何者ぞ」と尋ねると、「我は山本《さんもと》五郎左衛門と申す者なり。「さんもと」は「やまもと」と書くべし」と答えた。平太郎が「それは人間の名なり。其方はよもや人間にてはあるまい。狐なるか、狸なるか」と問えば、「我は狐狸の如き卑しき類にはあらず」と言う。「狐狸の類にあらずば天狗か、何にもせよ正体を顕し申せ」と更に詰め寄れば、「我は日本にては山本五郎左衛門と申す。成程《なるほど》、汝が申す如く人間にもあらず、また天狗にもあらず。我は魔王の類なり。我、日本へ初めて渡りしは源平合戦の時なり。我が類は、日本にては神野《しんの》悪五郎と申す者より他には居らぬ」と答えて、さて平太郎の方を凝《じっ》と見据えた。

平太郎が坐した所から四尺ばかり左の方に炬燵《こたつ》が切ってあり、未だ七月の末ゆえ蓋が被さっていたが、その蓋が独りでに舞い上がって次の間へ移行した。「また何事をか仕出《い》だすか」と見るうち、炬燵の炭櫃《すびつ》の灰が次第次第に舞い上がり、茶釜を掛けたように丸くなったが、自ずと人の頭の如き形となり、両側に角の如き物が出て来た。その鐶付《かんつき》（茶釜の耳）とも見える角の所が小さく丸くなり唐子《からこ》の髪などの如くである。頓《やが》てその二つの丸き物より湯気が立ち、ぐつぐつと煮え上がり、終《つい》には煮え零《こぼ》れて畳の上にも流れ出したが、その零れた湯がうじうじと動くゆえ、何かと思うて見れば蚯蚓《みみず》である。釜の如き物も、能々《よくよく》見ればみな蚯蚓にて、煮え零れてはうじうじと畳へ這い上がる。

平太郎は元来嫌いというほどの物は曾《かつ》て無かったが、如何《いか》なる事にか蚯蚓を見れば気も消えるばかり気味悪く覚え、草道などを行く時に蚯蚓が多く出れば通り得ぬほど苦手にしていた。然《しか》るに、かの煮え零れた蚯蚓が次第次第に己の方に這い寄って来るゆえ、これには大いに辟易し、胸騒ぎがして息も塞《ふさ》がる如く覚えたが、能々《よくよく》考えてみれば、此処《ここ》に蚯蚓の居る筈もない。「これは己が嫌うを知り、斯様《かよう》に目に見するものにて、何程の事もなかろう」と覚悟を決めれば、気を失うほどの事は無かったが、何分元来大嫌いの事なれば、大いに困《こう》じ果てた。次第に近づき、膝の上や肩の周りまで這い上って来たが、結局、払い除《の》けるのも不気味にて、気を失わぬのを取柄にして持ち堪《こた》えた。凡そ一時《いっとき》（約二時間）ばかりも堪《こら》えていると、また次第に旧《もと》の如く這い帰った。炬燵の蓋もまた舞い戻り、旧に復したので、少し心も落ち着いたが、その時、かの大男が呵々《からから》と笑った。その声に心づいて彼を見れば、扇を遣いながら、「さても汝は気丈なる者よ喃。さりながら、気丈ゆえに汝は今まで難儀に逢うたるぞ。汝は当年難に逢う月日（時期）を迎えて居る。これは十六歳にも限らぬ事にて、大千世界全ての人にある事じゃ。その人を驚かせ恐れさする事を我が業と致す。これ、我私の所為《しわざ》にあらず」と申したが、その間《かん》、平太郎の向いの壁に、甚だ大なる顔が現れ、はったと睨《にら》みつけた。能々見ると、その目は蜻蛉《とんぼ》の目の如く飛び出て青光りしていたが、暫《しばら》くしてこれも消え失せた。

五郎左衛門平太郎に槌《つち》を譲る事、並に物怪帰去の事

時に山本五郎左衛門は「我、汝に比熊山《ひぐまやま》にて行き逢うたが、追っつけ汝が難に逢う月日を待ちて驚かさんと思い、その月日に至り驚かすと雖《いえど》も、恐れざるゆえ、思わず日数《ひかず》を費やし、却《かえ》って此方《こちら》の業の妨げとはなりぬ。中には、他より聞き伝え、自ら求めて来《きた》る人あれども、これはその難に逢うべき人ならねば、打ち捨て置くなり。求めて出逢う人は自ら難を招く道理にて、終《つい》にはその身の仇となる。これらは我が為す処にあらず、自ら難を求むるものぞ。我はこれより九州へ来り、島々へ渡るゆえ、直《ただ》ちに出立致す。されば、この

後は何の怪事もあるまじ。最早汝の難も終りたれば、神野悪五郎も来《きた》るまじ」と言いながら、一つの手槌を取り出し、「この槌を其許《そこもと》に譲る間、一生常に持つべし。もし、この後、怪しき事あらば、北に向い、「早や山本五郎左衛門来《きた》れ」と申して、この槌を以て柱を強く叩くがよい。その時は速やかに来りて汝を助け遣《や》らん。さても長々の逗留かたじけなし」と言い、少し礼を言う心持と見えて辞儀をしたので、平太郎も会釈を返した。この間《かん》、平太郎の傍らに冠装束の気高《けだか》き人の上半身が顕《あらわ》れ、五郎左衛門の言葉に一々応える体《てい》にて、恰《あたか》も己を守護し給う趣と拝されたゆえ、平太郎は「これは産土神《うぶすながみ》が付添い給いしか」とありがたくも嬉しく思うた。

さて、山本五郎左衛門が「我が帰るを見送り給え」と申して座を立ったので、「如何様《いかよう》にして帰るやらん」と思い、後について縁側まで出ると、彼は庭へ下り、また軽く会釈をした。平太郎も思わず屈《かが》みかけたが、口惜《くちお》しさが込み上げ、立ち向わんとしたが、大なる手にて押えつけられているようで、少しも働き得ない。何とか脇差に手をかけんと思うても、手は動かず、是非なくそのまま押えられていたが、漸《ようや》く手が緩んだと覚えたので、起き上がって見れば、駕籠《かご》から鎗《やり》、長刀《なぎなた》、挟箱《はさみばこ》、長柄《ながえ》傘《がさ》、駕籠脇の侍、徒士《かち》、そのほか小者に至るまで大勢の供廻りが庭の内に充ち満ちて居並んでいる。駕籠は常の体《てい》なれども、供廻りの者はみな異形であり、裃・袴・羽織などそれぞれ着服し、奇怪なる容貌、不思議の風体《ふうてい》にて扣《ひか》えている。「この駕籠に、かの大男が乗る事、中々難しからん」と見るうち、かの山本は、まず片足を駕籠に入れるや、その身を畳み込むようにして何の苦もなく乗ってしまい、毛の生えた大足を中から突き出した。軈《やが》て先供以下行列は出立したが、一同の左足は庭にありながら、右足は大手〔練塀の事なり〕の上にあって、髣《さなが》ら鳥羽絵〔鳥獣戯画の類〕の如く、細長くなるもあり、また片身おろしのようになりゆくもあり、色々様々に見え、廻燈籠《まわりどうろう》の影の如くして、皆々空に上り行き、暫《しば》しは星影の如くに黒々と見えた。それが雲に入るかと見えたその時、風の吹くような音を残して消え失せた。

平太郎は、夢とも現《うつつ》とも分ち難くて、ただ茫然として詠《なが》めていたが、「夢にてやあらん」と思いながらも、障子はそのまま開け放しにしておき、不思議を見聞きした事の証として敷居の溝に扇を入れ置いた。頓《やが》て内に入って心を鎮め、蚊帳《かや》を吊り寝具を延べて休んだが、昼よりの疲れにて前後も知らず寝入ってしまった。

さて、夜が明けるのも遅しと起き出して見れば、敷居の溝に入れ置いた扇子《せんす》はその儘《まま》にあり、庭を見れば縦横に隙間もなく爪にて掻き散らした跡がある。「愈々《いよいよ》夢にてはなかりしか」と思い、内へ入って辺りを見廻すと、前夜五郎左衛門と対面した所に正《まさ》しく槌がある。猶々驚いた。「扨々《さてさて》不思議なる事よ」と取り上げて能々《よくよく》見れば、槌の本体は凡そ六寸位〔約一八糎余〕、柄の長さは一尺〔三〇糎〕余りにて、柄が長すぎて尋常の槌ではない。両の木口《こぐち》（切口）は削いだ儘、中高《なかだか》（中央の膨れた形）にて、材は何の木とも知れない。丸太の皮を剝いだ儘、その上から黒く塗った如くに見える。柄は元の方が太く、先もまた太い。実《まこと》に不思議なる槌である。

この槌は今もなお安芸国《あきのくに》広島の国前寺《こくぜんじ》にある。元来、この槌は三次《みよし》の妙栄寺に納置されていたが、同寺は国前寺の末寺にて、享和二年（一八〇二）六月八日、妙栄寺より国前寺へ転任した和尚が持参したため、今は国前寺に納まっている。

さて、八朔《はっさく》（八月一日）の早朝、平太郎はこの槌を携えて兄の新八方へ赴き、前夜の事どもを委《くわ》しく語り、槌を貰うた経緯《いきさつ》を告げたところ、何《いず》れも奇異の思いをなし、新八は「物怪、帰りし上に槌を与えられし事、其方の勇名の顕るるのみならず、大層なる仕合せぞ。大切に所持するがよい」と褒《ほ》めてくれたので、他の咄《はなし》を彼是《かれこれ》して辞去した。

さて、それからというもの、家鳴《やなり》震動はもとより鼠の音もしなかった。されど、「また誑《たぶら》かす手段《てだて》なるやも測り難し」と当分は油断を怠らなかったが、何らの変事も無きゆえ、漸く安堵の思いをなしたという。この平太郎は、後に武太夫と改名して兄の跡目を相続した。その後《のち》、「口惜《くちお》しきは、その節は若年にて思いつかざりしが、あの折に何ぞ珍しき事かまたは呪《まじな》いか妙薬の事など尋ねしならば、随分と教えくれなんものを、習いおきなば人の役にも立つべきにと悔《くや》まるる事じゃ。ただ神野悪五郎の名を聞きし事、この槌を得たる事のみなれば、今も心残りに思わるる。また、かの五郎左衛門が顔も今に忘られず、ありありと浮かぶ」と語った。世の中に狐狸の妖怪は種々多しと雖《いえど》も、かくも日数を重ねて現れる物怪は古《いにし》えにも例を聞かず、まこと、山本五郎左衛門の言に違《たが》わず、平太郎は「よくも堪《こら》えしもの」である。この武太夫の強勇の如きが、今の世に亦《また》あるべきとは思われぬ。

＊『夜窓鬼談』――石川鴻斎《こうさい》

茨城智雄

幕臣茨城《いばらき》某《なにがし》は剣槍の術に秀《ひい》でていたが、年老いてからは敢えて人に教えなかった。二人の男児があり、兄を武雄という。父の術を伝えて技に優れ、膂力《りよりよく》は衆に勝《まさ》った。弱冠（廿歳《はたち》）にして父母を失い、家職を嗣《つ》いだ。弟の智雄は僅《わず》かに十七歳、標致《きりよう》繊麗にして恰《あたか》も婦人のようである。しかし、武技に精熟、殊に拳勇《やわら》の術に長じ、常に朋輩の畏敬するところであった。

或る日、浅草の観音に詣でたが、大変な賑わいで歩くのも難儀なほどであった。その雑踏の中で、破瓜《はか》（十六歳）に及ぶかと見える、華やかに装うた良家の娘が二人の婢を従えて戯場（芝居小屋）の招牌《かんばん》を見ていた。そこへ酔った二人の侍が蹣跚《まんさん》として（千鳥足で）近づき、「これはこれは娘御、茲《ここ》にござったか。われらと共に何処《どこ》ぞの料理屋にて、一献《いっこん》酌もうではないか」と絡み始めた。娘は懼《おそ》れて逃れんとしたが、酔漢が袂《たもと》を捉えて離さない。婢がこれを遮ると、酔漢の一人が怒って撲《なぐ》りつける。娘は面《おもて》を掩《おお》うて泣き出したが、酔漢は帯を摑《つか》んで連れ去らんとする。婢が泣いて止めれば、侍たちは益々怒り、宛《さなが》ら雕《くまたか》が雀を摑んでいるようである。酔漢の帯する長刀を見て、群衆は禍《わざわい》の及ばん事を畏《おそ》れるのみ、誰一人として止める者が無い。

偶々《たまたま》この所に来かかって騒ぎを目にした智雄は、「制するとも聴く耳持たぬ輩《やから》、一撃して懲らすに如《し》かず」と思い、忽《たちま》ち鉄扇《てっせん》にて一人の右腕を撻《う》った。忿《いか》った侍は、「邪魔だてするのは誰だ」と言いざま、拳を固めて打ちかかった。智雄が身を転じて斜めに頭顱《あたま》を撃つと、酔漢は目を回して倒れた。いま一人が、「這奴《こやつ》、命を惜しまぬ者、我が剣下の鬼となれ」と叫んで、刀を抜き斫《き》りかかるのを、身を躍らせて腕《かいな》を撃てば、即ち刀は地に堕ちた。智雄は笑いながら、「懦夫《よわむし》め、左様なざまで人が斬れるもんか。汝等、刀を差して矢《や》鱈《たら》と人を脅すが、一朝国に事ある時は、木偶坊《でくのぼう》と変るまい、実に太平の世の蠹族《ごくつぶし》というもんだ」と言いも畢《おわ》らず、進み出て右腕を撃ち、これを倒した。さて、娘に対《むか》い、「ささ、早くお帰んなさい。這奴ら、日暮まで腰が立つまいよ」と言えば、娘は二人の婢共々喜び謝して帰って行った。智雄は微笑して悠然とその場を去った。

時に明治戊辰《つちのえたつ》（一八六八年）、東西騒擾《そうじょう》、官軍が江戸に進攻してきたため、旧幕下の壮士達は党を結んで上野の山に立て籠った。茨城武雄もまた彰義隊《しょうぎたい》に加わり戦ったが、敗れて奥羽に走り、終《つい》には函館にて戦没したと云う。

当時、智雄は家に在ったが、兄との関わりから官軍の詮議を免れぬと思った。そこで忽《たちま》ち一策を運《めぐ》らし、髢《かもじ》を求め、母の遺した衣類を纏《まと》い、自ら紅白粉《おしろい》を刷《は》いて女装。その容子はと申せば、花臉柳腰《かれんりゅうよう》、嫣然《えんぜん》として処女《おとめ》のようであった。既に官兵が逼《せま》り来て、厳しく幕下の残党を捜索、智雄も捕まり詰問されたが、「二人の兄は、出かけたまま行方が知れませぬ。妾《わたくし》は老僕と一緒に家を守っておりまするが、何も判りませぬ」と答え、面を掩《おお》うて泣いてみせると、官兵は家の中をざっと捜して去った。

智雄は、家を親戚の者に託し、暫《しばら》く身を隠して時節を竢《ま》たんと思った。幸いに女装しており、これは世を避けるには甚《はなは》だ便利である。所謂《いわゆる》巡礼に身を扮《やつ》して、草鞋《わらじ》を履き、竹の子笠を被り、嚢《ふくろ》を背負って家を後にした。

既に信越奥羽は尽《ことごと》く戦場と化していたので、行先を転じて、旧知の住む甲斐《かい》の身延《みのぶ》を目指す事にした。途《みち》を急ぎ、小仏峠《こぼとけ》に差しかかると、怪しき風体の男が四、五人、路傍に円座して博奕《ばくち》に興じていた。智雄が道の程を訪ねると、一人が「上原《うえのはら》（上野原）の宿まで三里（一二粁）ばかりだろう」と答え、続けて「ときに娘御、何処《いずこ》へ行かるる」と問い返してきたので、「身延山へ詣でまする」と答えた。

一座の魁首《かしら》と覚しき男は智雄を熟々《つらつら》と視ていたが、急ぎ仲間に、「大層なお宝だ。攫《さら》って遊廓《くるわ》に売りゃあ百両は転がり込むぜ」と耳打ちした。これを受けて二人の男が智雄の左右に立ち、一人が、「これ娘御、われらと共に甲府に行かぬか。彼処《かしこ》には花街があってな、結構なる御殿が軒を列《つら》ね、将《まさ》にこの世の極楽。そこにて遊び暮すというのは如何《どう》じゃ。幸せにして遣わすぞ」と言った。智雄が、「妾《わたし》は仏さまを拝みたいので、余所《よそ》に遊びたいとは思いませぬ。早や日も暮方ゆえ、これにて失礼を」と拒めば、いま一人ががらりと口調を変えて、「仏なんぞ拝んで、何の功徳があるものか。花街に行きゃあ、絹物を着て、旨《うめ》え物を喰《くら》い、佳《い》い男を択《えら》んで錦の蒲団に寝られるのさ、こんな楽しみは外《ほか》にはあるめえ。お前ほどの標致《きりよう》なら、ちっと手管《てくだ》を弄すりゃ、お宝が地面から湧き出るように儲かるのだよ。若《も》し、言うことを聞かねえその時は、輪姦《まわ》して楽しんだあと、ぶち殺して酒の肴《さかな》にするが、いいかえ。娘《あま》っ子の臀《しり》の肉は、さぞ旨かろうぜ。さあ、ここが地獄と極楽の岐路《わかれみち》だ、きりきりと返答するがいいや」と嚇《おど》しつけた。

「この山は小仏というのに、何ですかえ、地獄の鬼が途《みち》を妨ぐるのかえ。妾《あたし》はいい暮しなんざぁ望まない。それより少うしお腹《なか》が空《す》きましたよ。お酒があったら、ちっと飲ませておくれな」と、目前の美女が、これも口調を変えて伝法に言ったので、嚇《おど》した男は、「この娘《あま》、容姿《がら》にも似ねえ、肝の太《ふて》えやつだ。どうしてくれよう」と熱《いき》り立ったが、その時、賊首《かしら》が起《た》ち上がって、「手前《てめえ》ら、暫く退《の》いていろ」と手下を制し、「これほどの玉は世間にも罕《まれ》だ、まず俺が味見をして遣ろう。その後で、始末を決めても遅くはあるめえ」と言い、直《ただ》ちに智雄を捉えて林の中に連れ行かんとした。智雄は自若として動かず、忽《たちま》ち猿臂《えんぴ》を伸ばして賊首の右手を捩《ねじ》り挙げ、一喝して路上に擲《なげう》った。手下の一人が驚いて後ろより智雄を抱き竦《すく》めんとしたが、智雄が臂《ひじ》を揮《ふる》うて左の肋《あばら》を衝いたので、男はたまらず手を解《ほど》いて倒れた。更に二人の賊が左右より拳を握って進み来たが、智雄が身を沈めて後退したため、相撃ちになった。また、別の男が刀を抜いて向って来たが、智雄が身を反《ひるがえ》してその腰を蹴ったので、刀は空《くう》を斫《き》り、倒れた拍子に石に中《あた》って手から離れた。智雄は、速やかにその刀を奪った。

今度は、最前肋《あばら》を撃たれた男が抜刀してかかって来た。智雄が刀の背を以てその腕を撃つと、男は腕の痺《しび》れにたまらず刀を取り落して地面に坐り込んだ。皆々、峰打《みねうち》にて撃たれ、或は目を回し、或は地に臥した。

賊首も漸《よう》く起き上がり、刀を揮《ふる》うて斫らんとしたが、智雄は、「藁《わら》人形にも等しき奴、これを殺すも無益《むやく》というもの」と言いざま、右腕を一撃して、刀を揮わせず、また峰打にてその両足を撃った。賊首は動くこと能《あた》わず、亀のごとく匍匐《はらば》いつつ、大声にて、「貴殿は五品《ごひん》（狗賓《ぐひん》＝天狗）にて坐《おわ》しまするか。われら、罪深き者にはござれども、今より志を改めますれば、願わくは一命をお許し下され」と懇願した。智雄は嚇々《かか》大笑、路傍の石に坐して賊共の蠢《うごめ》くさまを眺め、徐《おもむ》ろに烟具《きせる》を拾い、一服しながら、「俺は天狗じゃないよ。実は、男だ。故あって世間を避けているのさ。手前《てめえ》ら、世の乱れに乗じて妄《みだ》りに旅の者を劫《おど》かすなんざぁ、実に哀民の蠹《わるむし》（紙魚《しみ》・木喰虫）というもんだ。だが、今殺しても死人を斬るようなもの。助けてやるから、正業に復《かえ》って出直すがいいや」と言った。

ときに、賊の一人が首を挙げ、智雄を熟視して、「貴方は茨城様の御次男ではござりませぬか」と問いかけた。智雄が顧み訝《いぶか》って、「俺を知るという、お前は何者だ」と睨《にら》むと、男は叩頭《こうとう》しつつ、「女姿ゆえ、てっきり娘子《あまつこ》と思い込み、御無礼の数々、お許しなされて下さりませ。奴我《やつがれ》は父君に仕えた草履《ぞうり》取《とり》の可内《べくない》にござりまする」と答えたので、近寄って見れば果して件《くだん》の者ゆえ、その恙《つつが》なきを喜んだ。可内が賊首に、「この方は、奴我が旧主の坊ちゃま、武技絶倫なれば、とても敵《かな》うものではない。頭《こうべ》を下げて謝まりなされ」と告げると、賊首は涙を流しつつ、「奴我も亦《また》、貴殿の親戚某氏に仕えた者、酒癖悪きによってしくじり、博奕《ばくち》打《うち》に身を落してござる。正業に就《つ》かんと思えど、元手に乏しく、已《や》むなくかかる体《てい》たらく。向後《きょうこう》、必ず業《わざ》を改めまする。どうか、奴我の棲窟《すみか》にお運び下され。お詫びに一献差し上げまする」と申し上げた。

その言を容《い》れて智雄は賊について行ったが、そこは殿廡《でんぶ》頽敗《たいはい》、苔満ち草茂る荒寺であった。門の傍らに纔《わず》かに雨露を凌ぐのみの一室があり、即ち一党の棲窟であった。賊どもは痛みを堪《こら》えて智雄を歓待、団座して談笑、やがて酒食にも厭《あ》き、一同その夜は睡りに就いた。

翌日また手下の者が酒や肉を購《あがな》い来《きた》って酒宴を始めんとするのを遮り、智雄が、「この室《へや》は甚だ陋《せま》いな。仏殿の左隣に空《あき》部屋があるようだが、どうして移らないのだ」と尋ねると、可内が、「我々も初めはあそこに居りましたのさ、ところが夜な夜な怪しい物が現れて讐《あだ》を為《な》すんで……、已《や》むなく茲《ここ》に移ったような次第。おそらく、この寺の坊様も化物の為に殺され、それゆえ住む者が無いとみえまする」と答えた。聞くなり智雄は、「なに、化物だと。俺が捕えて酒の肴にしてくれよう」と言って、皆が止めるのも聞かず、その夜、一刀を携えて件の房に入った。可内が一同に「剣豪の若君と雖《いえど》も、化物が相手では化かされるやも知れん。若《も》し声を挙げられたその時には、力を協《あわ》せて救い参らせん」と謀ると、皆も請《う》け合った。

その夜は、月が杪《こずえ》に昇り、耿々《こうこう》たる光が窓の檽《ほね》を照らしていた。智雄は相変らず女姿のまま、臂《ひじ》を曲げて横臥していたが、時将《まさ》に二更（午後八時〜十時）を迎えんとする頃、足音が聞えたかと思うと、振袖に白絹の袴《はかま》を着けた美少年が現れ、眼前に嫣然《えんぜん》として坐して曰く、「お嬢様、こんな所にお泊りかえ。主無き山寺によくまあ。さぞや寂しかろう」。絹を裂くような、また甚だ亮《あきら》かならざる声であった。黙ったまま肯《うなず》くと、少年は智雄を抱き、「まあ、美しいこと、お嬢様、私と一緒に睡ろうよ」と言い、智雄を横ざまに倒さんとする。大変な大力であった。智雄は、「これは劫《こう》を経た猴《さる》の化物ならん、手の爪も恐らくは鋭利、暫く為すがままに任さん」と思い、抱かれたまま窃《ひそ》かに相手の陰所を探ると、狭長にして人間のものとは異なる。少年は大いに悦び、噱々《きやくきやく》と笑い続け、遂に幻容を忘れて老猴の正体を露《あら》わにした。目を閉じ口を開き、その唇が顔に迫った時、智雄は陰《ひそ》かに刀を抜き、口より背に貫き、力を籠めて抉《えぐ》った。猴は一叫して斃《たお》れた。

その声を聞いて、皆々が燭を照らして走り来《きた》った。よくこれを見れば、大きさ人に等しく、毛色は斑白《はんぱく》、鋭い爪は宛《さなが》ら鷲のようである。若《も》しまともに闘ったならば、縦《たと》えこれを殺すとも、必ずや鋭い爪の為に傷を負うた事であろう。智雄は、その虚を窺《うかが》ってこれを刺したのであり、将《まさ》に智の人と申すべきか。一同喜び、即ち室を掃いて坐を設け、斃した猴を割《さ》き、これを烹《に》て食したが、味は甚だよろしくない。しかしこれも亦《また》、山中の珍饌《ちんみ》ではある。

居ること数日、智雄は荒寺の棲窟を去ることとなった。衆皆これを惜しみ、首魁《かしら》と可内《べくない》とが甲府まで送り来て、妓楼に登り、別れの宴を張った。智雄が二人を顧みて笑い、「俺は、将に其方《そなた》らの為に売られて、此処《ここ》に来るところであったな。今頃は、孌童《かげま》（売色を事とする少年）にでもされていたかも知れん」と言ったので、一同大笑いとなった。翌日、二人に別れを告げ、智雄は旅立った。

叔父に僧籍に入った者があり、身延山麓の某寺に居た。智雄はこの叔父を訪ね、具《つぶ》さに府内擾乱《じょうらん》のさまを語り、暫く身を潜めたいと相談したところ、叔父なる僧は喜び、即ち一室を掃き浄めて案内した。智雄は暫くの間、そこにて叔父の架蔵する書物を読んで暮した。

その後《のち》、東京と改名された府内も寧静に帰し、新政府に於ては文武の士を募る議を発した。智雄は、風の便りにこれを知り、都に還り職を奉ずる途に就かんと思った。僧もこれを止めず、「山路は太《はなは》だ嶮《けわ》しきゆえ、この度《たび》は船を雇うて富士川を下るのがよかろう。両岸の景色も観物《みもの》だよ」と勧めたので、智雄も従うことにした。そこへ偶々《たまたま》可内が訪ね来て、「江戸は静まり、将軍様は水戸に御退《おひ》きなされました。若君には、何で御邸《おやしき》に還りなさらぬので。御府内には出世の道もござりましょう。奴我《やつがれ》も前非を悔いておりますれば、旧《もと》の通り草履取に使っておくんなさい」と申すので、智雄はこれを許した。愈々《いよいよ》辞して途に上らんとするに際し、智雄は一絶《いちぜつ》を吟じた。

池頭蛙戦罷　（池頭にて蛙戦《あせん》は罷《や》み）
山下闘秋妍　（山下は秋の妍《けん》を闘はす）

誰識鶏園底　（誰《たれ》か識《し》らん鶏園の底）
三旬脱俗縁　（三旬にして俗縁を脱するを）

叔父なる僧も笑いつつ、「愚僧も和してみよう」と言い、

黄花含露艶　（黄花は露を含みて艶なり）
楓葉入秋妍　（楓葉は秋に入りて妍なり）
流水鳴琴筑　（流水は琴筑《きんちく》を鳴らし）
新声導旧縁　（新声は旧縁を導く）

と吟じ、即ち箋に書して智雄に与えた。今は男に戻った智雄は、謝して寺を去り、翌日、船を雇うて富士川を下り始めた。船中にて叔父が贐《はなむ》けてくれた箋を出《い》だし、件の絶句を何度か口吟《くちずさ》んでみたが、結句の意味がよく判らない。「匆卒《そうそつ》の吟ゆえ、練り上げる暇《いとま》が無かったのであろう」と思い、そのまま箋を蔵《しま》った。船は無事岩淵の船着場に到着した。ときに、智雄は常々胃病を患うていた。寺に滞在中は久しく症状も治まっていたが、いつ再発するやも知れぬ。因《よ》ってこの折に温泉に浴する事を思い立ち、路を転じて熱海に到り、

某《なにがし》の楼に投宿した。

これより前《さき》の事、本所の豪商福山家に娘が有り、名をお馨《けい》といった。嘗《かつ》て浅草観音にて智雄に危いところを救われた、あの娘である。急迫の際、智雄を見て恋着、忘れる事が出来ず、遂に鬱々として病を発した。父母は大いに患《うれ》い、様々な療治を試みたが、一向に験《しるし》が顕《あらわ》れない。そこで傍に侍る老婢に娘の意を探らせ、漸《ようや》く原因を知り得た。兄の甚六《じんろく》は音曲を好み、多くの少壮《わかもの》と交遊があった。この甚六が妹の恋うる人を探索、漸く茨城氏の次男たる事を突き止めたが、当の若者は出奔して行方知れずという。お馨は嘆き悲しんで益々思慕を募らせた。父兄はこれを慰めて、「その御方が存命なれば、お前を嫁がせるのも、そう難しくあるまい。若《も》し戦死のその時は、諦めねばなるまい。けれども、筮《うらな》わせた易の卦《け》には、未《いま》だ存命とある。時を俟《ま》たば遇う事もあろう。身を健やかに心がけて竢《ま》つがいい」と諭したので、お馨は聊《いささ》か意《こころ》を慰めた。日々観音を念じて智雄の恙《つつが》なきを祈っていたが、或る夜、不思議の夢を見た。

我が身は高楼に在り、山に対して流れを臨んでいる。楓が紅葉して爛漫たる景色、夕日が林を照らしている。眼下の庭園に足駄を履いた一人の侍が現れて逍遥、樹下に佇《たたず》んで池《ち》水《すい》や石を賞翫《しょうがん》する体《てい》。玻璃《ギヤマン》の窓を隔ててこれを見れば、何と恋しき智雄ではないか。急いで庭に下り、将《まさ》に言葉をかけんとしたその時、智雄は飄然《ひょうぜん》として空中に昇り始めた。驚いてその裾《すそ》を捉えると、智雄が手を執って、共に浮然として地を離れた。婢が下に在ってこれを危ぶみ、大声にて呼び叫んでいる——と見て、愕然として目覚めた。早や行燈《あんどん》の炎は消えかかり、鶏の声が晨《あさ》を告げている。夢の中で力を籠めて裾を掴んだせいか、手に痿《しび》れが残っているような気がした。翌日、医師が来診して、「脈気やや不動、精神頗《すこぶ》る壮《さか》んと見えまするゆえ、温湯に浴するが宜《よろ》しかろうと存じまする」と診断、父兄はこれを納得した。お馨は夢に見た山麓の楼を念《おも》い、湯治場に赴けば或いは恋する人に逢えるかも知れぬと、喜んでこれを諾《うべな》った。

お馨は遽《すみや》かに行李を調え、二人の婢と医師竹菴《ちくあん》を従えて熱海に赴いた。投宿先の主《あるじ》は、豪家の令嬢なるを以て、お馨を西北の新楼に案内した。山水の景色といい、樹木や庭園の位置といい、夢に見た所と寸分も違《たが》わず、お馨は大いに喜んだ。居ること十余日、かの人は影も見せず、お馨は甚だ煩悶《はんもん》した。その意《こころ》も知らず、竹菴は諧謔笑話《おどけばなし》を披露して娯《たの》しませんとしたが、お馨は少しも悦ばなかった。老婢も亦《また》これを憂い、館主に請うて琴を借り出した。お馨はそれを見て、「琴を弾くも益なきこと」と泣き崩れた。老婢が、「何ゆえ益無しと仰せられまするか」と問えば、「先夜、ここに来た夢を見たけれど、もう十日余りも経つというのに、まだあの方は見えない。夢など、やっぱり信じられないわ」と言って、また泣いた。竹菴が、「奴我《やつがれ》、京に遊び、聊《いささ》か唱歌《しょうが》を学んでございまする。これを唱いまするゆえ、お嬢様には是非お琴を弾いて下さりませ」と慰めると、お馨は糸を調じて琴を弾き始めた。さて、竹菴が唱い出すと、瓦か釜でも破るようなとんでもない声だったので、一座の者は抱腹絶倒した。

これより前《さき》、智雄は隣の宿の階下に滞在していた。折から寂しさに耐え得ず、園を出《い》で徘徊《はいかい》、琴の音《ね》を聞きつけて隣の楼を仰ぎ見た。その時、お馨もまた下を眺め、図らずも目を合せ、顔を赧《あか》らめて辞儀をした。智雄も亦《また》これに応えたものの、さして関心も示さぬ体にて徐《おもむ》ろに歩を進めて樹や石を眺めている。お馨は老婢を呼び、「あの方が、ほら、あそこに。夢か真《まこと》か……」と言えば、老婢が確かめて、「真でございますよ」と励ますように言った。

お馨は婢を遣わし、「失礼ながら、貴方様は茨城殿ではございませぬか」と尋ねさせた。「左様、如何《どう》して某《それがし》の名をご存じか」と訝る智雄に、婢は、「お嬢様には、久しく貴方様を待ち兼ね、日夜、観音を念じてござりまする。今初めて験《しるし》が顕れました。どうぞ、此方《こちら》へ」と言って案内する。智雄はその意が解《げ》せぬまま、婢に随《したが》って登楼した。お馨は喜び、まず曩昔《そのかみ》の救難の恩を謝したが、智雄は已《すで》に忘れており、婢が浅草の一件を語るのを聞いて漸く憶い起した。ただ、己が姓名を如何《いか》にして識《し》ったのかを訝《いぶか》ると、婢は、お馨の兄甚六が智雄の友たる某氏に遇って審《つまび》らかになしえた事を語った。

更に婢は、お馨の妝筺《てばこ》（化粧箱）を開け、小照《しょうしょう》（写真）一葉を取り出し、「貴方様の御姿ではございませぬか」と指し示した。智雄が見ると、成程いつぞや撮影した肖像である。婢はまた、「お嬢様は、貴方様を慕うあまり、御病気となり、お命のほども案ぜられましたが、甚六様がこれを悲しみ、幸い某氏に遇《お》うて御尊名を知り、強《た》って御所蔵の御肖像を乞い受けましたような次第。お嬢様は、これを秘蔵なされて日夜肌身を離さず、病中のお慰みとなされたのでござりまする。茨城様、どうぞお察しのほどを」と経緯《いきさつ》を語り懇願した。

智雄は黙然《もくねん》として聞いていたが、既に酒肴が運ばれ、二人の間を取り持つべく竹菴が面《おも》白可笑《しろおか》しく喋り、頻《しき》りと座中の人々を笑わせる。お馨は琴を奏でたが、雅操清響、魚《うお》躍り鳥舞うがごとき音色である。ここに至って智雄は叔父なる僧が和した詩の一節「新声導旧縁」の句を思い起こし、心窃《ひそ》かにこの次第を納得した。已《すで》に夜も闌《た》け、娘は笑みを浮かべ、紅の燭台は頻りに蠟涙《ろうるい》を流している。盃が飛び交い、智雄も酔いを発していた。この後《のち》の細事については、筆者は知らないので、読者の想像にお任せする。

三竿《さんかん》（朝寝）を過して目覚めると已に日は高く昇っていた。一浴して装いを正さんとする折しも、福山家の厮役《こもの》が甚六の書状を携えて訪れた。「厳君《ちちぎみ》には俄《にわか》の御病気、医師はみな手を束《つか》ね、御命のほども旦夕《たんせき》に迫っておられる。遽《すみ》やかに戻るよう」との来信を読み、お馨は愕《おどろ》き、茫乎《ぼうこ》として話す事も叶わなかった。厮役は頻りに帰宅を促している。戸外にてこれを聞いた智雄は、室《へや》に入り、懇《ねんご》ろにお馨を喩《さと》して帰宅を勧め、その上で、「某《それがし》もまた近日中に帰宅し、青雲の梯《かけはし》（出世の道）を躋《のぼ》る所存なれば、契りの程は必ず守ります る」と約束した。これを聞いて、お馨は安堵し、即日轎《かご》を飛ばして帰って行った。智雄は、「好事魔多《こうず》し、これ人の世の常」と呟《つぶや》いて一行を見送った。

熱海に居ること旬余（十日余）、智雄は身心益々健やかとなり、遂に東都に帰還した。擢用されて高位に在った親族の何某《なにがし》の推挙により、智雄は職に就き得た。ここに至り媒《なかだ》ちの者を頼んで福山の家を訪《と》わせた。福山家では大いに喜び、即ち吉日を選んで婚礼を挙げた。相睦まじく、幾許《いくばく》も無くして一子を儲けた。

三年を経た後《のち》、叔父なる僧が来訪したので、智雄は厚く旧恩を謝し、例の絶句の一節について、「如何《どう》して将来の事を予知なさるるのですか」と問うたところ、「多年苦行を重ぬれば、自ずと知る事があるものだよ。これは学んで得らるるものとは、また別の事じゃ」と答えた。想うに、この僧もまた常人《ただびと》ではあるまい。

怪談

＊『伽婢子《おとぎぼうこ》』——瓢水子松雲（浅井了意）

牡丹灯籠

毎年、七月十五日より廿四日までは、家毎に棚を飾り聖霊《しょうりょう》（精霊。死者の霊）を祀《まつ》る。また、種々の灯籠を作って、或いは聖霊棚に燈《とも》し、或いは軒に燈し、また塚（墓）に持ち行き石塔の前に燈す。その灯籠の飾物は、花鳥や草木の形を様々可憐に作りなして、内に燈《ひ》を点《とも》し、夜もすがら懸けて置く。道には灯籠の見物人が行き交い、また盆踊の踊子達が集まり声よき音頭に合せて振よく踊るなど、都の町々は何処《いずこ》もたいそう賑わう。

天文戊申《つちのえさる》の歳（一五四八年）の事、京の五条京極に荻原《おぎわら》新之丞と申す者があった。つい先頃、妻と死別したが、亡妻への恋慕止み難く、在《あ》りし日の事ども思うては袖を涙で濡らし、独居《ひとりい》の嘆きを託《かこ》っていた。七月十五日の聖霊祭には、経を読んで故人の回向《えこう》に余念もなく、出《い》でて遊ぶ事もなかった。友達が誘いに来ても心は浮き立たず、ただ門口《かどぐち》に佇《たたず》み、

いかなれば立ちも離れず面影の身に添ひながら悲しかるらむ

と詠んで、涙を拭っていた。夜もいたく更け、遊び歩く人の姿も稀になり、物音も静まり返った頃、廿歳《はたち》ばかりと見える一人の美人が、十四、五歳ばかりの女の童《めわらわ》に美しき牡丹の灯籠を持たせ、静々と門前を通り過ぎた。芙蓉《ふよう》の眦《まなじり》あざやかに、楊柳《ようりゅう》を想わせる嫋《たお》やかな姿で、桂の黛《まゆずみ》（三日月形の眉）といい、緑の髪（光沢のある黒髪）と申し、言葉に尽し難いほど艶《あで》やかである。荻原は、月の下《もと》にその姿を見て、「これは、そも天津《あまつ》乙女（天女）が天降《あまくだ》りて人間《じんかん》に遊ぶか、龍宮の乙姫が大海《わたつみ》より出《い》でて気晴らしに逍遥するか、何《いず》れにせよ人ではあるまい」と思うや、寸時にして魅了され、心ここにあらずの体《てい》にて、後《あと》に随《つ》いて行った。後《あと》になり前《さき》になりつつ、それとなく気を惹《ひ》く素振を示すと、一町（約一一〇米弱）ばかり西へ行った所で、女は振り返り、笑みを湛《たた》えて、「人と約《ちぎ》り待ち侘びている訣《わけ》ではござりませぬ。ただ今宵の月の光に誘《いざな》われ、当処《あてど》もなく出て参りましたものの、何やら帰り道が恐ろしゅう思われまする。送っては下さりませぬか」と言った。荻原が「かかる夜更《よふけ》に遠き途《みち》を帰り給うも如何《いかが》かと存ずる。某《それがし》の住居《すまい》は見苦しき荒家《あばらや》なれど、近き所なれば、一夜の宿を貸し参らせん」と誘いかけると、女は微笑《ほほえ》みつつ「仰せのほど、嬉しゅう存じまする」と応じた。喜んだ荻原は、女の手を取って我家に伴い帰り、酒を調え、女の童《めのわらわ》に酌をさせて二人で飲み始めた。やがて月も傾きかけた頃、荻原が「忘れじの行く末までは難《かた》ければ今日を限りの命ともがな」（儀同三司母《ぎどうさんしのはは》。『新古今和歌集』巻十三）という古歌の意《こころ》を想い、

また後《のち》の契りまでやは新枕《にいまくら》たゞ今宵こそ限りなるらめ

と一首の歌を詠んだところ、女が直ぐさま、

夕な〳〵待つとし言はゞ来《こ》ざらめや託《かこ》ち顔なる予言《かねごと》はなぞ（何故）

と詠んで応えたので、新之丞は悦び、契りを結んで睦言《むつごと》を交したが、名残も尽きぬうちに早や明方を迎えた。荻原が「何処《いずこ》にお住まいか、身の上を御明かし下されと尋ねると、女は「自らは藤原氏の裔《すえ》、二階堂政行（十五世紀後半、東山時代の武将。足利九代将軍義尚《よしひさ》の側近）の子孫にござりまする。往時《そのころ》は世に時めき家も栄えておりましたものの、世の移るにつれ、在るか無きかの様にて引き籠っておりまする。父は政宣《まさのぶ》と申し、都が兵乱《ひょうらん》の折に討

死いたし、兄弟も皆絶えて家も衰え、我身独り、女《め》の童《わらわ》と共に万寿寺《まんじゆじ》の辺《ほとり》に住みおりまする。名告《なの》るにつけて、恥しくも悲しゅう存じまする」と答えたが、その言葉つきは優美で、物腰も清楚にして可憐であった。既に、月は山の端《は》に傾き、燈火《ともしび》も燃え尽きんとしていた。名残は尽きなかったが、やがて女は帰って行った。

それより毎日、女は、暮れれば訪れ、明ければ帰り、約束を違《たが》える事はなかった。荻原は、女との逢瀬に溺れ、昼と雖《いえど》も家に引き籠り、人に会う事も止め、かくして廿日《はつか》あまりに及んだ。さて、隣家には世故《せこ》に長《た》けた翁《おきな》が住んでいたが、荻原の家より夜毎に聞き馴れぬ若い女の声がして歌い遊び笑いささめく様子ゆえ、これを怪しみ、壁の隙間より覗き見れば、燈火の下に新之丞が一体の白骨と差し向いに坐しているではないか。荻原がものを言えば、白骨の手足が動き、髑髏《しやれこうべ》が頷き、口と覚しき所より声を発して答える体《てい》である。驚いた翁は、夜が明けるのを待ちかねて、荻原を呼び寄せ、「このほどは夜毎に客人のあるようなれど、誰方《どなた》じゃ」と問うてみたが、隠して語ろうとしない。そこで、翁が「御隠しあるな、この儘《まま》にては禍《わざわ》いを被《こうむ》ろうぞ。昨夜《ゆうべ》、壁の破れより覗きたるに、斯々然々《かくかくしかじか》の有様じゃ。凡《およ》そ人と申すものは、生きて在るうちは陽分（潑剌たる活気）四肢に満ちて清浄なるが、死して幽霊となれば陰気激しく邪《よこしま》に穢《けが》るるものにて、それゆえ死すれば忌《いみ》も深うござる。今、其方《そなた》は、幽陰気の霊《りょう》と同座してこの事を知らず、穢れて邪なる妖魅と共寝して悟らずに居る。忽《たちま》ちの内に真精の元気を耗《へら》し尽して性分《せいぶん》（精気）を奪われ、禍《わざわ》い来《きた》りて病に臥する時は、薬石鍼灸《やくせきしんきゅう》の及ぶ所にあらず。伝尸癆瘵《でんしろうさい》（肺結核）の悪症を受け、未《いま》だ萌え出づる若草の年と申すに、老先長く待たずして、俄《にわか》に黄泉路《よみじ》の客となろうぞ。これ諒《まこと》に悲しき事にあらずや」と諭すに及んで、荻原は初めて驚き、恐ろしく思う分別がつき、一伍一什《いちぶしじゅう》を有りの儘に語った。全てを聞いた翁は、「万寿寺の辺《ほとり》に住むと申すならば、そこに行きて尋ねてみなされ」と教えた。

荻原は、それより直ぐに五条大路を西に向い、万里小路《までのこうじ》の辺《あた》りにて此処彼処《ここかしこ》と尋ね廻り、人にも問うてみたものの、女の住居《すまい》は知れなかった。日も傾きかけた頃、万寿寺の境内に入り、暫《しば》く休んだ後《のち》、浴室の裏に廻って北の方に行って見ると、物古《ものふ》りた魂屋《たまや》（廟）があるので、差し寄って覗いたところ、一つの棺《かん》が置かれ、その表に「二階堂左衛門尉《さえもんのじょう》政宣が息女弥子《いやこ》　吟松院冷月禅定尼《ぎんしょういんれいげつぜんじょうに》」と記されていた。傍らには古びた伽婢子《とぎぼうこ》（幼児を模した守人形）があり、後ろに浅茅《あさじ》という名が書いてあった。棺の前には、これも古びた牡丹花の灯籠が懸かっていた。これこそ疑いもなく彼《か》の女の正体と思うや、荻原は恐ろしさに身の毛が弥立《よだ》ち、跡をも見ずに寺を出て走り帰った。今や、千歳《ちとせ》までもと契りを交した恋も醒め果て、暮れるのを待ちかね明けるのを怨んだ心も変じ、今宵も来《きた》らば如何《いかが》せんと、我家に居る事さえ恐ろしく、その夜は隣の翁の許《もと》に泊めて貰い、夜を明かした。

翌《あく》る朝、さて如何《いかが》すべきかと憂《うれ》い嘆く荻原に、翁は「東寺《とうじ》（教王護国寺。真言密教の根本霊場）の卿公《きょうのきみ》は修行と学問を兼ね具え、修験者《しゅげんじゃ》としても聞えた方じゃ。急ぎ行きて頼み参らせよ」と教えて遣《や》った。荻原は早速東寺に詣でて卿公に対面し、訣《わけ》を話して縋《すが》ったところ、卿公は「其方《そなた》は妖魅に見入られて精血を耗《へら》し、神魂（心魂）を惑わされて居《お》るのじゃ。この儘に十日を過せば、命はあるまい」と宣《のたま》い、則《すなわ》ち護符を書いて与えた。これを戴き帰り、門に貼りつけると、それより女の来訪はぴたりと止んだ。

五十日ばかり経った或る日の事、荻原は卿公に御礼を申すべく東寺に赴いた。饗応《もてなし》の酒に酔って帰る途中、魔が差したのであろうか、偶《ふ》と彼《か》の女の面影が恋しくなり、ふらふらと万寿寺の門前に立ち寄ってしまった。中を窺い見る間もあらばこそ、忽ち女が現れ、甚だ怨む体《てい》にて、「固く契りし言の葉の早くも偽《いつわ》りとなり、薄き情の色に変るとは如何《いかが》した事にござりましょうや。貴方の御心ざしのほど、浅からぬと見ればこそ、この身を任せ、暮れに行き朝に帰り、何時《いつ》いつまでもと契り参らせしに、卿公とやら申す者の情なき隔ての業《わざ》に惑わされ、よくもよくも御心を余所《よそ》になされましたな。今、嬉しくも逢い参らせし事こそ幸いと申すもの、さあ此方《こなた》へ御入りなされませ」と言って荻原の手を取り、奥に連れ込んでしまった。供をしていた荻原の召使の男は、この有様に肝を潰し、恐れて逃げ帰り、事の次第を近所の人々に告げた。皆々驚き、急ぎ万寿寺に駆けつけてみると、荻原は既に女の墓に引き込まれ、白骨と重なり合う恰好で緒切《ことき》れていた。寺僧達はいたく怪しき事と思ったが、やがて荻原の遺骸と女の遺骨を鳥部山《とりべやま》（東山の阿弥陀ヶ峰。葬送の地）に運んで合葬に付した。

その後《のち》、雨の降る暗き夜には、荻原と女の幽霊が手に手を取り、女の童《めわらわ》に牡丹花の灯籠を掲げさせ、出歩くようになった。これに行き逢う者は重く患うという噂が立ち、辺りの人は恐れ戦《おのの》いた。荻原の一族の者がこれを嘆いて、一千部の法華経を読み、一日頓写《とんしゃ》の経（一日経。大勢で一日のうちに書写した経巻）を墓に納めて弔《とぶら》ったところ、それより後《のち》は二度と現れなかったという。

（巻之三の三）

絵馬の妬み

伏見の里の御香宮《ごこうのみや》は、神功皇后《じんぐう》の御廟《ごびよう》（祭神は神功皇后・仲哀天皇・応神天皇という）である。もとより大社なれば、諸人《しよにん》が詣で崇《あが》め奉《まつ》っている。宿願を持つ輩《ともがら》は、絵馬を奉納し湯を参らせて祈り奉《たてまつ》るが、その願いが叶えられぬという事はない。それゆえ数多《あまた》の絵が神前に懸け奉られ、繋馬《つなぎうま》・挽馬《ひきうま》・帆掛舟・花鳥草木など、また美女の遊ぶ姿など、様々の図柄が見られる。

文亀《ぶんき》年間（十六世紀初頭。足利将軍第十一代義澄の治世）の事、都の七条辺に住む商人《あきうど》で、奈良に往復《ゆきき》して商売をする者があった。九月の末、商いを終えて奈良より京へ帰る途中の事、秋の慣いにて日が暮れるのが早く、小椋堤《おぐらづつみ》（宇治近辺）を過ぎて伏見の里に着く頃には早や人影も稀となり、山際には狐火が燃え、草叢《くさむら》からは狼の声が聞えてきたので、気味悪く思い、その夜は御香宮に身を避けて明かす事とした。冷かなる松風の音を今宵の友と定め、拝殿に臥して肱《ひじ》を枕となし、微《かす》かなる御燈《ごとう》の光を頼りにして、眠りに就《つ》いた。

暫《しば》しまどろんだかと思うと、誰か枕頭《まくらもと》に立ち寄る気配である。驚いて起き上がり、見れば、青き直衣《のうし》に烏帽子《えぼし》を着けた男が佇《たたず》み、「只今やんごとなき御方がここに遊び給うゆえ、少し傍らへ立ち退きて休み給え」と言った。心得ぬ事と思いながら商人が傍らに退いて見ていると、上《うえ》つ方の女房と覚しき一人の美女が女《め》の童《わらわ》を召し連れ、拝殿に上り来て、筵《むしろ》の上に錦の褥《しとね》を敷き、燈火《ともしび》を掲げ、酒肴を取り出した。件《くだん》の女房が辺りを見廻し、商人が踞《うずくま》っているのに目を止め、少し打ち笑み、「如何《いか》に、そこに坐《おわ》するは旅の御方か。道に行きくれ、馴れぬ所にて夜を明かすは、侘しきものと聞きまする。御遠慮には及びませぬ、ここに出《い》でて御遊びなされ」と言うので、商人は恐れ多い事と思いながらも嬉しく、這い出でて畏《かしこ》まった。「もそっと此方《こち》へ。寛《くつろ》がれて酒など御飲みなされ」と言われて褥の上に進み出《い》で、打ち向って坐したが、女房の容子は、寔《まこと》に芙蓉《ふよう》の顔《かんばせ》、柳の眉とも申すべく、そ

の美しさは、昔語りに伝え聞く唐土《もろこし》の楊貴妃や李夫人にも劣るまいと思われた。これは如《い》何《か》なる人であろうか、また如何なる縁あって己《おのれ》はこの座に居るのか——と思いが定まらず、夢とも現《うつつ》とも判然としない。女の童《めのわらわ》も十七、八歳にて、その容姿は並々ならず、黛《まゆずみ》の色は翠《みどり》に霞む遠山の如く、歯は雪を欺く白さ、腰は糸を束ねた如く、指は筍《たかんな》が生え初《そ》めたようで、声は清らかにて言葉も洗練されている。

主《あるじ》の女房が自ら盃を取って差してくれたので、商人は思わず三献九杯《さんごんくはい》（公家の酒式で一献は三杯）の酒を過したが、その間、女の童《めのわらわ》は箜篌《くご》（ハープ型の弦楽器）を取り出して弾いた。主の女房も東琴《あずまごと》（和琴、六弦琴）を取り出させて琴柱《ことじ》を立て並べ、調子を取り、ささやかに歌いつつ奏でた。すっかり魅せられた商人は更に数杯《すはい》を傾け、往時流行《そのころはや》っていた「波枕」という哥《うた》を歌ったが、曲節《ふし》に趣がある上に声の調子がよいので、これに女たちが琴と箜篌《くご》を弾き合せたところ、哥と楽は雲井に響き社頭に満ちて、梁《うつばり》の塵も飛ぶかと思われる程であった。大いに酔った商人は、懐《ふところ》を探って、花形（花模様）の白銀《びゃくぎん》の手箱を取り出し、これを主の女房に呈上した。また、瑇瑁《たいまい》（鼈甲《べっこう》）の琴爪一揃いを布に包んで女の童《めのわらわ》に与えたが、その時、手を取って握りしめると、女の童《めのわらわ》は莞爾《にこ》と笑って手を握り返した。その様子を主の女房が目敏く見咎め、妬みの色を露《あら》わに示し、

あやにくに然《さ》のみな吹きそ松の風わが標結《しめ》ひし菊の籬《まがき》を

と詠みざま、側にあった盃の台を取って、女の童《めわらわ》の顔に投げつけた。膚《はだ》が破れて血が流れ、袂《たもと》も衣裏《へり》も紅《くれない》に染まったのを見て、商人は驚いて立ち上がった――と思ったところで、夢より覚めた。夜が明けてから、神前に懸け並べられた絵馬を見たところ、美しき女房が錦の褥《しとね》の上にて琴を弾いている絵があった。箜篌を弾く女の童《めわらわ》、青き直衣《のうし》に烏帽子《えぼし》を着けて控える男も描かれており、然《しか》も女の童《めわらわ》の顔には大小の疵痕《きずあと》が認められた。何《いず》れも夢の裡《うち》に見た容姿と寸分も違《たが》わず、疑いもなく、この絵に描かれた女が夢に現れて戯れ遊んだものに間違いないと思われた。絵も年経《ふ》れば描かれたものに情《じょう》が具わり、絵の中でさえ女は物妬みするものとみえる。そもそも、この絵は誰の筆に成るものか、不明である。

（巻之七の一・絵馬之妬）

長鬚国《ちょうしゅ》

越前国《えちぜんのくに》北の庄（後の福井）に或る商人《あきうど》があった。毎年、松前に渡って蝦夷地《えぞち》の人々と交易し、多く木綿や麻布《あさぬの》を遣わして昆布や干鮑《ほしあわび》に替え、国に持ち帰って売るのを生業《なりわい》としていた。或る年の事、船にて松前を目指したが、途中、俄《にわか》に風向きが変って海が荒れ出し、嵐と高波のために檣《ほばしら》が折れ梶《かじ》が砕け、船はあらぬ方《かた》に流されて、漸《ようよ》うにして一つの島に吹き寄せられた。少し人心地がついたので、船より上がり歩き出し、五町（五五〇米弱）ほど行くと、人里があった。所の人々は、髪短くして鬚《ひげ》長く、物言う声は日本の言葉に近い。最寄の家に立ち寄り、国の名を問えば、長鬚扶桑州《ちょうしゅふそうしゅう》と答え、国主の事を問えば、これより一里（約四粁）ばかり東の方《かた》に城郭があると教えてくれた。その方角へ赴いたところ、国主の本城とみえて、築地《ついじ》高く惣門《そうもん》を構え、石垣は削り立てたようである。門の畔《ほとり》に立ち寄ると、門衛達が出迎え大いに敬う体《てい》にて、奥の方に告げ知らせた。間もなく、衣冠《いかん》に身を正した見慣れぬ扮装《いでたち》の者が走り出《い》で、殿中に招じ入れてくれた。

宮殿は甚《はなは》だ華麗にして、その綺羅《きら》びやかなる事は、筆舌に尽し難く、紫檀《したん》・花梨《かりん》・白檀《びゃくだん》などの香木・銘木を入れ違いに用い、金銀を鏤《ちりば》め混じえている。やがて国主が立ち出《い》で、錦の褥《しとね》の上に坐し、商人と対面した。「大日本国の珍客、只今この所に来《きた》りぬ。我ら辺国の夷《えびす》として、目《ま》のあたりに請じ参らする事、これ幸いにあらずや」と一族中に触れを廻したので、三々五々来《きた》り集まった。何《いず》れも扮装《いでたち》は華やかながら、背丈が低く、髪も少なく、鬚ばかりが長く生《お》い伸び、腰は少し傴《かが》って見えた。一同の座が定まると、緑の蔕《へた》の付いた色よき柿、大粒の黄なる膚《はだ》の栗、紫の菱の実、紅《くれない》の茨《みずぶき》（鬼蓮）の実、青乳《せいにゅう》の梨、赤壺《せきこ》の橘《たちばな》などを堆《うずたか》く積んだ瑠璃《るり》の盆や水精《すいしょう》（水晶）の鉢が運ばれ、また膳には、野辺の初鴈《はつかり》、沢沼《さわぬま》の鳧《かもめ》、鳴鶉《うずら》、雲雀《ひばり》、紫姜《しきょう》（生姜の類）、青蓴《せいじゅん》（蓴菜）、渓山《けいさん》の筍《たかんな》、霊沢《れいたく》の芹《せり》などが数を尽して並べられた。葡萄珠崖《ぶどうしゅがい》の名酒に茱萸《しゅゆ》（グミ）や黄菊を盃に浮べた様は、寔《まこと》に妙《たえ》なる饗《あるじ》応《もうけ》にて、その味わいは人間の飲食物とは思われなかった。然《しか》し、海川《かいせん》の魚介の類《たぐい》は、一種として見当らない。

ときに、国主が「我に一人の娘あり。願わくは、ここに留《とど》まり給え。配偶の縁を結びたく存ずる。君には、栄耀を極め給え」と懇請したので、商人はいたく悦び、「兎《と》も角《かく》も仰せに従い奉らん」と答えて盃を傾けていたが、今宵は満月にて、光が四方《よも》に輝き、明るきこと白日の如くであった。かかるところに、姫君が出《い》で給うた。随《つ》き従う女房達は廿余人、何《いず》れも花を飾り、裳裾《もすそ》を曳《ひ》いて練り出《い》でたれば、沈麝《じんじゃ》（沈香と麝香）の薫《かおり》が座中に満ちた。よくよく見ると、姿形《かたち》は婀《たおや》かにして麗しいものの、女ながらも鬚《ひげ》を蓄えているので、商人は甚だ怪しみ、古風の体《てい》にて一首を詠んだ。

咲くとても蘂《しべ》なき花は悪《あ》しからめ妹《いも》が鬚ある顔のうるはし

これを耳にした国主が笑い興じたので、満座の人々も腹を抱えてこれに倣《なら》ったが、娘と女房達は如何《いか》にも恥しそうな様子であった。これより商人は一官を勧められ、司風の長として敬われた。身の栄華に楽しみを極め、国中の者が敬って持て囃すので、鬚ある妻にも馴れそめ、三年《みとせ》を過した頃には、男子《なんし》一人女《にょ》子《し》二人の子を儲けていた。

或る日の事、俄に城中挙《こぞ》って息をひそめ色を失いたる体《てい》にて、商人の家でも妻がいたく憂《うれ》い嘆く様子である。商人が訝《いぶか》しんで妻に訣《わけ》を尋ねると、「我が父君に於かれましては、昨日《きのう》、海龍王の召しを受け、既に龍宮城へ赴きましてござりますれば、生きて再び帰り給う事は叶いませぬ。それゆえ、一同嘆き悲しんでおりまする」と泣く泣く答えたので、仰

天して「いや、何ぞ手段《てだて》を講じなば、逃るる道もござろう。某《それがし》、たとえ命を捨つるとも、援《たす》け参らせん」と励ませば、妻は縋《すが》るように「君の助力なくしては、父君には、禍《わざわ》いを逃れて安穏に帰り給う事は叶いませぬ。願わくは、龍宮城に赴き、「東海の第三の瀬戸、第七の島なる長鬚国は、既に大禍難によって、今、衰微の危うきに瀕しておりまする。憐みを以て首長を放ち返し給わば、よろしく太平安穏の政道を保つでござりましょう」と、よくよく願い上ぐれば、龍神には邪《よこしま》なる行いには及びますまい。さすれば、我等一同、愁眉を開く事を得るでありましょう。願わくは一足も早く赴いて下さりませ」と声を詰まらせつつ訴えた。情《じょう》にほだされた商人は、急ぎ華やかに装束を調え、十人の侍、五人の中間《ちゅうげん》、二人の導き（案内人）を召し連れ、船に乗って出立した。

龍宮城に到り、岸に着き、浜辺を見れば、一面金銀の砂《いさご》にて、国人は衣冠正しく、形大にして天竺《てんじく》の人に似ている。楼門を潜り中へ入り見れば、七宝荘厳《しちほうしょうごん》の宮殿にて、その様は大伽藍《がらん》のようである。玉の階段《きざはし》の許《もと》に進んだ時、龍神が出《い》でて迎えた。商人が大いに畏《おそ》れ虔《つつし》み控えると、龍神は「司風の長とは汝の事か。なにゆえに此処《ここ》には来《きた》るや」と質《たず》ねた。商人が事の次第を細々《こまごま》と訴えると、龍神は直ぐさま海府《かいふ》録事《ろくじ》（龍宮の書記官）を召して勘案させたが、「龍宮城の境内に左様なる国はござりませぬ」との返答であった。商人が重ねて「長鬚国は東海第三の瀬戸、第七の島に中《あた》りまするが……」と言上《ごんじょう》に及んだので、龍神が再度の勘案を命じたところ、暫しの後《のち》、録事は本帳を調べて、「その島は蝦魚《えび》の住所にござりまする。龍宮大王の今月の食料に充《あ》つるべく、昨日《きのう》召し捕ってござりまする」と申し上げた。爰《ここ》に至って、龍神は笑いながら、「司風の長よ、汝は真《まこと》に人間ながら蝦《えび》のために魅《ばか》されたのじゃ。我は海中の王なりと雖《いえど》も、食するところの魚鳥生類《しょうるい》は、みな天帝より授けらるる物にて、日毎に数の定めあり。たとえ人間と雖《いえど》も、奢《おご》りに任せ、天帝の定め給う数の外《ほか》を食する時は、必ず天の責めを受けて禍《わざわ》いに見舞わるるのじゃ。況《いわ》んや我らが数の外《ほか》に濫《みだ》りに食する事は叶わぬ。さりながら、今はるばると此処《ここ》に来《きた》れる人の心を無にする訣《わけ》にもまいらねば、数の定めを減らして参らせん」と言い、内に入り、司膳掌《しぜんしょう》（台所の長）に仰せつけ、商人に料理台盤所を見せてやった。

台盤所には海陸のあらゆる珍味が揃っていたが、黄金《こがね》の釜・白銀《しろがね》の鍋・赤銅《あかがね》の鼎《かなえ》を並べたその傍らの籃《かご》の中に蝦の姿があった。大きさは三尺あまり（約一米）、色は髣《さなが》ら濃紫《こむらさき》にして、鬚が甚だ長い。商人を見て、涙を流すこと雨の如く、頻《しき》りに跳ね躍り、その有様は「助け給え」と言わぬばかりに見えた。司膳掌が「これこそ、蝦の中の王にござりましょう」と言うのを聞き、商人は涙を零《こぼ》した。結句、龍神は蝦を許し放ち、眷属《けんぞく》に命じて商人を日本に送り届けさせた。かくして、その夜の明方に、能登国《のとのくに》は鈴御崎《すずのみさき》（珠洲岬）に到着した。岸に上がり後ろを振り返って見ると、送ってくれた使は大龍となり、波を分けて海底に隠れた。商人は本国に帰り、この事を筆記して人に語り伝えた由である。

（巻之八の一）

屏風の怪

細川右京大夫《うきょうのだいぶ》政元（勝元の子。室町幕府の管領）は、源義澄公（足利十一代将軍。初名は義遐《よしとお》。源は本姓）を取り立て、征夷大将軍に拝任させ奉り、自らは権を執《と》って威勢を逞《たくま》しゅうした。或る日の事、大いに酒に酔って家に帰り、そのまま臥したが、時ならぬ床しげなる歌声に眠りを覚まされた。頭を擡《もた》げて見れば、身の丈五寸ばかり（一五糎余）の者どもが踊りながら歌っているではないか。枕頭《まくらもと》に立て廻した屏風《びょうぶ》の誰《たれ》の筆とも知られぬ古い絵に異変が起きていたのである。この屏風には数多《あまた》の美しき女房と少年の遊ぶところが極彩色にて描かれていたが、彼らが屏風を離れて立ち並び、足拍子を踏み、手を打ち、歌いつつ趣裕《ゆた》かに踊っていた。政元がつらつら聞くに、ささやかなる声にて、

〽世の中に、恨みは残る有明の、月に叢雲《むらくも》春の暮、花に嵐は物憂きに、洗ひばしすな

玉水に、映る影さへ消えて行く

と、繰り返し繰り返し歌い踊っている。政元が声高《こわだか》に「曲者《くせもの》どもの所為《しわざ》かな」と叱りつけるや、一同ははらはらと屏風に上り、忽《たちま》ち元の絵に納まってしまった。陰陽師《おんようじ》の康方《やすかた》と申す者を呼んで占わせてみると、「屏風の絵より抜け出《い》でし女、風流《ふりゅう》（派手、伊達）の踊に〽花に風……と歌うた由、全て風の字に関わる事は慎まねばなりませぬ。旁々《かたがた》以て（いずれにせよ）重き慎みにござりまする」と勘《かんが》えて言上《ごんじょう》した。永正《えいしょう》四年（一五〇七）六月の事である。

翌日の事、政元は、精進潔斎して愛宕山《あたごさん》（都の西北。山上に愛宕権現を祀り、天狗の棲処《すみか》と言われた）に参籠し、ひたすらに武運長久を

勝軍地蔵《しょうぐん》に祈念した。廿三日、山より下向の折、乗ったる馬が坂口にて倒れるという凶事があった。翌る廿四日（史書の類は廿三日の事とする）、政元は我家にて常の修行をせんものと風呂に入った。そこへ、家人《けにん》の右筆《ゆうひつ》を勤める者（戸倉二郎）が敵に内通（細川惣領家の後継争い）して俄《にわか》に乱入、主人を刺し殺してしまった。康方は「風の字を慎まれよ」と言上したが、果して風呂の中で殺されたところをみると、確かに前兆と申すものはあるのだと思われる。

（巻之八の五・屏風の絵の人形躍歌）

人面瘡

山城国《やましろのくに》小椋《おぐら》（宇治近辺）という所に、某《なにがし》と申す農夫があったが、久しく心地が優れず、臥せっていた。或る時は悪寒発熱《おかんほつねつ》して瘧《おこり》（おこりやみ。マラリアの類）の如く、ある時は全身に痛みが走って通風の如く、様々に療治を加えると雖《いえど》も験《しるし》が無かった。それのみか、半年ほど後《のち》には、左の股《もも》の上に瘡《かさ》が出来、その形は人の顔のようで、目と口があり、鼻や耳は無かった。これより後《のち》は他の症状は治まったものの、ただ瘡のみが筆舌に尽し難いほど痛む。試みに、瘡の口に酒を入れてみると、稍《やや》あって瘡の面《おもて》が赤くなった。餅《もちい》や飯《はん》を入れ

ると、人の如く口を動かし、そのまま飲み込んでしまった。食を与えれば、その間は痛みが止まり心地が偃《やす》まるものの、与えなければ、また酷《ひど》く痛み始める。このため、病人は瘦せ疲れて骨と皮のみとなり、早や死期を待つばかりと見えた。この事を諸方の医師が聞き伝えて集まり来《きた》り、本道（内科）も外科も持てる術を尽して療治を加えたが、毫《ごう》も験《しるし》は無かった。

爰《ここ》に、諸国行脚《あんぎゃ》の道人《どうにん》（仏道修行者）が訪れ、「この瘡は世にも稀なるものじゃ。これを患うて癒えたる人の例《ためし》を知らぬ。されども、一つの手段《てだて》を以てすれば、癒す事が出来ようぞ」と言った。これを聞いた農夫は、「この病さえ癒ゆれば、たとえ田地を沽却《こきゃく》（売却）なすとも、一向に惜しくはござりませぬ」と言って、即ち田地を売り払い、その売代《うりしろ》を道人に渡した。道人は願いを容《い》れ、金・石・土をはじめ草木に至るまで諸々《もろもろ》の薬種を買い集め、それを一種ずつ瘡の口の中へ入れたところ、全てを受け入れ飲み込んでしまった。次に、貝母《ばいも》（百合科植物。鱗茎を漢方薬とする）というものを与えんとしたが、瘡は眉を顰《ひそ》め、口を塞いで食らうのを拒んだ。そこで、この貝母を粉にして、瘡の口を押し開き、葦の筒を以て吹き入れると、一七日《いちしちにち》（七日間）のうちに瘡は痂《かさぶた》を作って癒着した。これが世に言う人面瘡《じんめんそう》と申すものである。（巻之九の四）

*『狗張子《いぬはりこ》』——沙門了意（浅井了意）

死して二人となる

小田原城下（相模国）の浦に百姓の住む一村があり、北条家中の侍も少々住んでいた。北条早雲（後北条氏の開祖）の時に、この村に住む西岡又三郎と申す中間《ちゆうげん》（召使。地位は侍の下、小者の上）が患って死んだ。夜更《よふけ》に野原に埋めて納めんものと、傍輩《ほうばい》どもが集まり、日が暮れるのを待っていた。そこへ、見慣れぬ男が入り来て、人々には会釈もせず、死人の前に坐して、声を限りに啼《な》き始めたので、一同は「定めて近き親類か、または親しき友なるべし」と思っていた。

その時、死んだ筈の中間が俄《にわか》にむくむくと起き上がった。すると、件《くだん》の見慣れぬ男も同じく立ち上がり、中間と摑み合いの喧嘩を始めるではないか。物も言わず、殴ち合《う》うなどして、彼方此方《あちこち》と暴れ廻るので、集まった人々は、たいそう驚きながらも為《な》す術《すべ》なく、その場を立ち退き戸を鎖《とざ》してしまった。閉じ込められた二人は、内にて殴《う》ち合っていたが、日の暮方には静まった様子ゆえ、戸を開き見れば、二人は枕を同じゅうして臥せっている。背恰好から、顔の有様、鬢《びん》や鬚《ひげ》の形、身に着けた衣服に至るまで、少しも変るところが無かった。常に狎《な》れ親しんだ傍輩《ほうばい》も、何《いず》れが又三郎かを見分ける事が叶わず、二人を一つの棺《かん》に納め、一つ所に埋めて塚（墓）を築いた。

（巻之二の二）

男郎花《なんろうか》

越前《えちぜん》の太守《たいしゅ》朝倉義景《よしかげ》（戦国時代の守護大名。一五七三年、織田信長に攻められ自刃）に仕える扈従《こしょう》（小姓）の小石弥三郎は、並ぶ者なき美貌を具え、そのうえ智慧《ちえ》賢く物静かにて心だてよく、また情愛も細《こま》やかなるゆえ、傍輩《ほうばい》はみな愛《いとお》しき者と思っていた。爰《ここ》に洲河藤蔵《すがわとうぞう》と申して、武辺《ぶへん》（武勇のほど）隠れなき足軽大将があり、一途に弥三郎を恋い慕うていたが、ただ悶々と日を送るばかりにて、如何《いかん》ともする事が出来ない。

身にあまり置きどころなき心地して遣《や》る方知らぬ我が思ひかな

斯様《かよう》に歌にも詠み、面影を偲《しの》んで自らを慰めていたものの、想いは募る一方であった。そのうち、魂が身を脱《ぬ》け憧れ出《い》でてゆくような心地さえ覚え、それが自ずと表に現れるに至ったので、伝《つて》を頼って文を遣わした。

蘆垣《あしがき》の間近き中に君はあれど忍ぶ心や隔てなるらん

と詠み、「君への想いに耐え得ず、今や死を待つばかり……」と書き添えた。これを読んだ弥三郎は、いたく心に染みて哀れ深く感じたものの、さあらぬ体《てい》にて文を認《したた》め、その奥に、

人のため人目忍ぶも苦しきや身一人ならぬ身を如何《いか》にせん

という歌を書き添えて返事とした。藤蔵は愈々《いよいよ》心惑い思い乱れ、最早怺《こら》えようもなく、「神に懸け、命に懸けて」と記し、想いの丈を歌に詠み、また遣わすのであった。

如何《いか》にせん恋は果てなき陸奥《みちのく》の忍ぶばかりに逢はで止みなば
洩らさじとつつむ袂《たもと》の移り香をしばし我が身に残すともがな

弥三郎は、この深い情愛にほだされ、その夜、藤蔵の許《もと》に赴き、忍び逢った。千年《ちとせ》の想いを一夜にて語り明かし、軈《やが》て後朝《きぬぎぬ》の別離《わかれ》とはなった。あまりの名残惜しさに、藤蔵が、

ほどもなく身にあまりぬる心地して置き所なき今朝の別れ路《ぢ》

と詠みかけると、弥三郎も、想いは同じとばかりに次の如く詠んで返した。

別れ行く心の底を比べばや帰る袂《たもと》に止まる枕と

折から世は戦乱に明け暮れ、静かなる時とて稀なれば、今日は無事にても明日の事は皆目知れぬゆえ、再《ま》たの逢瀬を何日何時《いついつ》と約《ちぎ》るのも空しい。今朝のこの別離が最後になりはせぬかと思えば、いっそう俤《おもかげ》が慕わしく、尽きせぬ想いを残しつつ、二人は泣く泣く別れたのであった。

案に違《たが》わず、翌日、隣国若狭《わかさ》の武田家（当主は義統《よしずみ》）との間に軍《いくさ》が起った。朝倉義景は臼井《うすい》峠に兵を進め、小石弥三郎も洲河藤蔵もこれに従った。武田方と競《せ》り合い戦ううち、藤蔵は武運拙《つたな》く討たれてしまった。これを見た弥三郎が、大いに悲しみ、「このまま命永らえても致し方なし」と言い残して、軍法を破り唯一騎にて本陣を駆け出し、敵陣に斬り込み討死を遂げた事は、寔《まこと》に以て哀れと申す

べきである。二人が相愛の仲は家中《かちゅう》に隠れもなき事なれば、傍輩達は哀れに思い、その屍《しかばね》を取り返し、一つの塚に手厚く葬った。

日を経て、その塚より名も知らぬ草が生い出《い》で、軈《やが》て茎を伸ばし、夏に至って花を咲かせた。これは男郎花《なんろうか》（女郎花《おみなえし》科のオトコエシにこの漢字を当てるが、同一植物か否か不明。因みに挿絵の花は実在のオトコエシには似ていない）と申して、世に稀なる草花である。「定めて、弥三郎と藤蔵の亡魂が一つに化して顕《あらわ》れたるものならん」と言って、情を知るほどの人は、その株を分けて己《おの》が家の庭に移し植えた。それより、世にこの草を多く見かけるようになった。

（巻之五の三）

愛執の蝟虫《けむし》

元和《げんな》年間（一六一五〜二四年）の事である。西国《さいごく》に、柳岡《やなおか》甚五郎某《なにがし》と申して、武辺《ぶへん》に名を得た侍があった。豊後《ぶんご》の大友家に仕え、刃金《はがね》を鳴らし（武威を誇示し）時めいていたが、さる軍《いくさ》にて手疵《てきず》を負い、立居《たちい》にも不自由を喞《かこ》つようになった。為に、牢籠《ろうろう》（浪々）の身となり、都に近き山城の里に隠棲した。甚五郎には、孫四郎と申す子があった。年は未《いま》だ十二歳なれども、心態《こころざま》は大人びて、同じ年頃の子供達と遊び交わる事もなく、物静かに生《お》い立ち、手習や読書に心を入れ、決して下品なる振舞に及ぶ事が無かったので、近辺の人々は、皆感じ入って褒め合っていた。然《しか》も容顔美麗にして、人並を遥かに超えていた。父の甚五郎は、この孫四郎が軈《やが》ては身を立てて柳岡の家を再興してくれるものと、今から期待を寄せていた。

爰《ここ》に、大和は元興寺《がんごうじ》（南都七大寺の一）の僧にて宥快《ゆうかい》と申す法師があった。都に上る道すがら、知人を訪ねて山城の里に立ち寄り、偶《ふ》と孫四郎の姿を見初《みそ》め、その美貌に心を奪われてしまった。京へも上らず、暫《しば》しこの地に留《とど》まり、伝《つて》を求めて孫四郎の許《もと》に文を遣わした。

江南柳窕緑（江南《こうなん》の柳窕《たをや》かにして緑なり）
尚愛枝葉陰（尚愛《あは》れむ枝葉《しえふ》の陰）
頻莅黄鸝翼（頻《しき》りに莅《のぞ》む黄鸝《くわうり》の翼）
暫堪待春深（暫《しば》く堪へて春の深きを待つ）

葉を若み未《ま》だふし（節・臥し）なれぬ呉竹《くれたけ》の此《こ》のよ（節・夜）を待つは程ぞ久しき

孫四郎は、幼き心にも憐れと思うたのであろう、この文をば深く袂《たもと》に匿《かく》し、返事を遣わす術《すべ》も知らぬまま、朝夕想いに沈みながら、次の如く詠んだ。

同じ世に生きて待つとは聞きながら心づくしの程ぞ遥けき

一旦は元興寺に立ち帰った宥快であったが、この歌を伝え聞いてからと申すもの、魂が身に添わぬ有様にて、修行や学問に全く身が入らなくなった。孫四郎を恋い慕うあまり、寺をさまよい出ては山城の里に行き通い、人目も憚《はばか》らず柳岡の家の周りを徘徊していた。甚五郎がこの事を聞きつけ、情容赦《なさけようしゃ》もあらばこそ、「憎き法師の振舞かな。年端《としは》もゆかぬ孫四郎を紊《みだ》りに唆《そそのか》し、兎角《とかく》せんと企《たく》むとは以ての外《ほか》じゃ。今よりは、孫四郎を門の外へ出す事は罷《まか》りならぬ。健やかに生《お》い立ちなば、如何《いか》なる大名高家《こうけ》へなりとも参らせ、武辺の働きを以て人目を駭《おどろ》かして出世を為《な》し、衰えたる我家をも再興させんと思うものを、寺に籠り稚児《ちご》喝食《かつしき》(稚児は密教寺院の侍童、喝食は禅寺の侍童)となり、後《のち》には乞食《こつじき》法師の腰抜若《わか》党《とう》になりなば、生き存《なが》らうるとも何の甲斐があろうぞ。孫四郎の立身が叶わずば、死ぬるがましじゃ。かかる法師を家に近づけてはならぬ」と、躍り上がって言い罵《ののし》るので、孫四郎はいたく悲しんだ。親に背かぬよう努めれば、恋の情を知らぬ無粋者となり、それでは鳥《とり》獣《けだもの》と同じではないか。

如何《いか》にせん海人《あま》の小舟《をぶね》のいかり綱うき（浮き・憂き）人のため繫がる身を

孫四郎が斯様《かよう》な歌を詠んで独り嘆きを託《かこ》ちつつ明かし暮らしていると伝え聞いた宥快法師は、想いに耐えかねて、

海人《あま》の焚く藻塩《もしほ》の煙あぢきなく心ひとつに身を焦がすらん

と詠み、遂には「口惜《くちお》しき世の有様かな。物憂く辛き事を一身に負い、このまま生き存《なが》らえ、ひたすら焦がれてのみ暮らすよりも、死して怨みを晴らさんものを」と一筋に思い定め、その後《のち》は己の房《ぼう》に引き籠り断食を始めた。宥快の身を案じた同学の僧が戸を叩いてみると、少時《しばらく》は応答もなく、稍《やや》あってから荒らかに障子を開けて現れた。その姿たるや、痩せ衰え、両の目は血走って落ち窪み、頭髪は伸び放題にて然《しか》も白く変じ、筋や骨が露《あら》わとなり、凄まじき事この上も無い。件《くだん》の僧は差し寄って、「何とも早や浅ましくも執心の

深き事でござるな。唯でさえ人の生涯は迷いの多きもの、それゆえ世々の聖人賢者と雖《いえど》も身命《しんみょう》を省みず行いすまして悟りを開き給うたのじゃ。そのほか多くの修行者達も、棲家《すみか》を離れて山に籠り、或いは諸国を行脚《あんぎゃ》し、妄念を止《と》め煩悩を払う事に努めておる。かくして真《まこと》の行いを致し菩提を求め功徳を積みてこそ、輪廻《りんね》を脱《のが》れ解脱《げだつ》の悟りに入ると申すに、大事の未来を余所《よそ》になし、浮世の恋慕に思い沈み、魔道に堕《お》ちて永き迷いに沈みては、人界《にんがい》に生れし甲斐もござるまい。六道《りくどう》の巷《ちまた》に彷徨《さまよ》うて後《のち》、悔むとも詮方あるまい。その一念を翻《ひるがえ》し、狂気を止《とど》めて克《よ》く考うるがよい。凡夫に終るか聖者となるか、唯今が境目ぞ。鑊湯剣林《かくとうけんりん》（熱湯と剣林の地獄）遠からず、剣《つるぎ》の山が目前に迫っておるぞ」と諌《いさ》めた。

これを聞いて宥快は涙を流しはしたものの、「世にありがたき法門（仏の教法）を聞かせ給うは御尤《ごもっと》もなれども、思い結びし業因《ごういん》は、ゆめゆめ解け申さぬ。千度百度《ちたびももたび》思い返せど変るまい。再び輪廻の妄執に囚《とら》わるるとも、それは定めて過去世《かこぜ》の因果と申すもの。幾度《いくたび》生れ変らんとも、柳岡甚五郎への怨みが消ゆるとは思われぬ。たとえ死して剣の山に上るとも、よしやこれまで、悔《くい》はござらぬ。年来《としごろ》同学の情に、唯今この世の暇乞《いとまごい》を申す。志あらば、我が亡き跡を弔《とぶろ》うて下され。疾《と》く疾く帰り給え」と言って、障子を引き立て、旧《もと》の如くに籠ってしまったので、件《くだん》の僧も諦めて涙を零《こぼ》しつつ帰って行った。

かくて、七日後の事、宥快が礼盤《らいばん》（寺院の本尊の前に置かれた壇）の前に打ち倒れて死ん

でいるのが発見された。僧衆が集まって、屍《しかばね》を野辺に送り、荼毘《だび》の煙に焼き上げ、経を読み念仏を唱えて弔うた。さて、その夜の事、孫四郎は、夢とも現《うつつ》とも知らぬまま、宥快法師が閨《ねや》に入り来《きた》ると見て、それより病み始め、折々熱気に冒《おか》されて驚き騒ぐようになった。医師《くすし》を頼んで様々に看病を尽したが、一向に効験《しるし》が無かった。次第に病状が進み、遂には儚《はかな》き露と消えてしまった。父母の嘆きは譬《たと》えようも無い。泣く泣く葬礼して、屍を埋め、卒堵婆《そとば》を立て、経を誦《ず》して弔うた。孫四郎が臨終《いまわ》の際《きわ》、天井より正《まさ》しく宥快法師の声にて「孫四郎殿、いざいざ」と呼ばわるのが聞えたが、何とも恐ろしい事ではある。

孫四郎の死より三十五日が過ぎた五月《さつき》の初め頃、柳岡の家では、天井や承塵《なげし》と云わず、戸や柱と云わず、家中から毛虫が湧き出した。五月雨《さみだれ》が降り続くゆえに、朽ち果てた木片より湧き出《い》でるのかと思っていたが、さにあらず、甚五郎の家にのみ湧くので、余所《よそ》では全く左様な事は見られなかった。拾い寄せ掃き集めて、堀に捨て河に流すこと数石《すこく》（一石は約一八〇立）に及ぶと雖《いえど》も、猶《なお》跡より湧き出《い》でて尽きる事がない。軈《やが》て、この毛虫に触《さわ》った人は、刺されて酷《ひど》い疼《いた》みを覚えた。日が経つに連れ、毛虫は蛻《もぬ》けて蝶となった。群がり飛んでは人の顔に止まり、或いは衣裳に取りつき、夜は燈火《ともしび》に集《つど》って打ち消し、或いは食物の中に飛び込んだりして、始末に負えない。「いかさまこれは只事に非《あら》ず、宥快法師の亡魂の成せる所為《わざ》なるべし」とて、元興寺に申し遣わし、同学の僧を頼んで弔うて貰う事となった。彼《か》の僧も痛わしく思い、祭文《さいもん》を作って仏事を営み、懇《ねんご》ろに弔うた。かくして、二、三日の間に毛虫は悉《ことごと》く絶え、跡形もなく消えてしまった。亡魂の浮ばれた事は疑いを容《い》れない。

（巻之五の五・蛸虫祟をなす）

＊『因果物語』（片仮名本）――鈴木正三《しょうさん》（義雲雲歩）・編

女人と変じた僧達

武州《ぶしゅう》（武蔵国）江戸の或る山（大寺院）に実相坊《じっそうぼう》と申す学徒があった。無類の学者にて、高慢のほども甚《はなは》だしかったが、江州《ごうしゅう》（近江国）の坂本真清派《しんせいは》（天台宗真盛派本山西教寺）に赴き、法談（説法）を演《の》べたところ、僧俗の者よりいたく尊崇を受けた。その後《のち》、信州（信濃国）へ赴き、或る家に宿を取ったが、亭主の馳走に与《あず》かり逗留しているうちに傷寒《しょうかん》（チフスなど熱病の類）を患ってしまった。七十日程過ぎて本復したものの、行水をしたところ、男根《なんこん》が抜け落ちて女人《にょにん》と為《な》ってしまった。以来、学び修めた才智も文字も皆忘れ果てて愚《ぐ》人《にん》と化したため、致し方なく酒屋の婦《よめ》と為《な》った。

その後《のち》、彼《か》の山の衆徒《しゅと》（実相坊の同僚）四、五人が、この街道（中仙道であろう）を来かかり、酒を呑まんとて件《くだん》の酒屋に立ち寄った。一行を見て、店の婦《よめ》は涙を流して悲しむ体《てい》である。僧衆が不思議に思い、訣《わけ》を尋ねると、前身を打ち明けて一伍一什《いちぶしじゅう》をありの儘《まま》に語った。

上州《じょうしゅう》（上野国《こうずけのくに》）藤岡より武州秩父《ちちぶ》へ経帷子《きょうかたびら》を売りに行く僧が、途中、山家《やまが》の町にて、或る酒屋へ入った。見れば、店の女房が、以前この道を行く時に同伴した僧によく似ており、客の僧を見て隠れてしまった。不審に思っているところへ、暫《しば》しの後《のち》、酒を持って応対に出て来たが、面《おもて》を隠して直《じき》に見せようとしない。そこで、「其方《そなた》は、我が近づきの僧によく似てござる。若《も》しや、その者の姉か妹にてはござらぬか」と尋ねると、黙して語らず、涙を流して奥に入ってしまった。近所の人に、この女の来処《らいしょ》を尋ねたところ、「上野《こうずけ》筋より来《きた》ると聞きますするが、親類の事は知りませせぬ」との答であった。

秩父へ赴いて用事を済ませ、また帰りに件《くだん》の酒屋へ立ち寄り、女房を呼び出して問うてみると、「私は御僧《おんそう》の旧友の某《なにがし》にござりまするが、何となく患いつきてより不図《ふと》男根が抜け落ちて女と為《な》り、今は二人の子まであります。寔《まこと》に以て無念の次第にござりまする」と泣く泣く語った。寛永年間（十七世紀前半）の事である。

（下の四前半部・生きながら女人と成る僧の事）

愛執の蛇身

下総国結城《しもうさのくにゆうき》の高顕寺《こうけんじ》（曹洞宗天女山孝顕寺）に、恩貞《おんてい》と申す若僧《にゃくそう》があった。本国は尾州《びしゅう》（尾張国）の折津《おりづ》にて、義恩長老の弟子である。

爰《ここ》に、周慶と申す僧が九州より下り来て、上野国館林《こうずけのくにたてばやし》の善長寺（曹洞宗巨法山観音院）に居住していた。或る時、江湖《ごうこ》（夏期修行）の目的にて高顕寺へ赴き、恩貞を一目見るや恋着し、想い煩う身とはなった。善長寺に帰っても悴《あこが》れは弥々《いよいよ》募り、終《つい》に床に臥すに至った。恩貞より古き袷《あわせ》を贈られたが、これを引き裂き引き裂きして喰い尽し、次第次第に病を重らせ、危篤に陥った。然《しか》し、死にかねて、この上なき苦患《くげん》に喘《あえ》いでいた。見かねた善長寺の泉牛長老《せんぎゅう》が、恩貞の指南坊主（師匠）へ右の仔細を具《つぶ》さに言い遣わし、恩貞を呼び寄せて引き合せてやると、周慶は目を瞠《みひら》き、恩貞の手を取って悦んだが、そのまま死んでしまった。

その後《のち》、恩貞が就寝の折、袋団《ふとん》の下に何やら動く物があるのを覚えたため、調べて見ると、白い蛇が潜《もぐ》り込んでいた。殺して捨てること六、七度に及び、串に差して捨てても、翌《あく》る晩にはまた現れ、遂に根絶する事が叶わなかった。然《さ》る間、関東に居る事叶わずして、尾張《おわり》へ帰国したが、彼《か》の僧の面影が常に身に添うので、怖気《おじけ》たつあまり患いつき、次第次第に弱り行き、終《つい》には死んでしまった。最期まで、袋団の下には白蛇が潜《もぐ》り込んでいた。

関東にて起った事である。守閭《しゅぎん》と申す僧が或る若僧《にゃくそう》に恋慕、その一念が蛇と成り、若僧の起居する寮の中を窓より覗き込んだ。若僧が双紙《そうし》錐《きり》（草子類を綴る時に用いる錐）にて蛇の目を突いたところ、隣の寮に住む守閭が呀《あっ》と叫んだ。その由を聞けば、俄《にわか》に片方の目が潰れたのだという。その後《のち》、遍参《へんさん》（諸寺を遍歴参詣）して歩いていたが、人々は彼を指して蛇守閭と呼んだ。天正年間（十六世紀後半）の事である。（下の廿・愛執深き僧蛇と成る事）

＊『曾呂利物語《そろり》』――作者未詳

荒寺の化物

伊予国《いよのくに》は出石《いずし》という所に、里より三里（約一二粁）ばかり隔たって山寺があった。二位《にい》氏（新居氏。伊予の豪族の古きものという）の某《なにがし》と申す者が氏寺として創建したものだが、何《い》時《つ》の比《ころ》よりか、化物が現れ、住持《じゅうじ》（住職）の僧を取り殺してしまった。その後《のち》も、度々住持が着任すると雖《いえど》も、何《いず》れも程なく化物のために取られて行方知れずとなった。今は主無き寺となったため、半ば崩れかけて扉も落ち、霧が香を焚きしめたように立ちこめ、月影が差し込んで常住の燈を掲げているかの如くである。

かかるところへ、関東より足利学校にて学んだという僧が上り来《きた》り、二位の某の許《もと》を訪ねて、彼《か》の寺の住持とならん事を望んだ。二位が「この寺には然々《しかじか》の仔細あるゆえ、中々一時も耐え忍ぶ事は難しかろうと存ずる。寺は幸い無住の事なれば、其方《そなた》を容《い》るるは易き事なれども」と躊躇《ためら》うので、足利の僧は「さればこそ望み申しまする。是非とも、彼《か》の寺に御入れ下され」と頼み込んだ。二位が更に諾《うべな》う様子を見せなかったので、押して寺に赴き、様子を見れば、寔《まこと》に年久しく人が住まぬゆえ、荒れ放題にて、これでは変化《へんげ》の物も住むであろうと思われた。

かくて夜となり、暫《しばら》く経った頃に、門より「物申さん」と訪《おとな》う声がした。さては二位の許《もと》より使を寄越したかと思っていると、内より何処《いずこ》ともなく「どれ」と答える声がした。訪う者の「えんよう坊は御内《おうち》にござるか。こんかのこねん、けんやのばとう、そんけいの三足、こんざんのきゅうぼくにて候。御見舞申すとて参ってござる」という挨拶に、内よりえんよう坊が出《い》でて逢い、様々に持て成した後《のち》、「御存じの如く、久しい間、生魚《なまさかな》の絶えて無きところに、不思議なるもの（足利の僧）が一人来《きた》ってござる。御持成《おもてなし》に於ては不足はあるまい」と応じ、足利の僧に対《むか》って、「客人には、参り候こと、何より以ての御持成にて候。今宵、酒盛を致して其方《そなた》を食わん」と言って面白がった。

足利の僧は、「もとより覚悟の事ながら、この儘《まま》にて彼らの餌食にならん事は、口惜《くちお》しき次第なり。さるにても、化物の名字《みょうじ》を確かに聞くに、まず、えんよう坊（円揺坊。円揺は瓢簞《ひょうたん》の異称）というは丸瓢簞なるべし。こんかのこねん（坤家の小鯰）は未申《ひつじさる》（坤）の方《かた》の河の鯰《なまず》、けんやのばとう（乾谷の馬頭）は戌亥《いぬい》（乾）の方の馬の頭《かしら》、そんけいの三足（巽渓の三足）とは辰巳《たつみ》（巽）の方の三脚《みつあし》の蛙《かえる》、こんざんのきゅうぼく（艮山の朽木）とは丑寅《うしとら》（艮）の方の古き朽木《くちき》の伏したるものならん。彼らの如きもの、如何《いか》に劫《こう》を経たればとて、何程の事があろうぞ。常に筋金を入れたる棒（鉄芯入の錫杖《しやくじよう》）を突きて来《きた》れば、この棒にて勝負に及び、何《いず》れも一討にしてくれよう」と意を決し、大音声《だいおんじよう》を以て、「各々《おのおの》の変化《へんげ》の程は見抜いたるぞ。前々の住持は、その根源を知らずして、終《つい》に空しくなりぬ。我を前々の住持と同列に思うな。いざ手並の程を見せん」と呼ばわり、彼《か》の棒を取り直し、此処《ここ》にて打ち倒し、彼処《かしこ》にて追い詰め、丸瓢箪をはじめ皆一打ちにて打ち割り、四つの化物を散々に打ち砕いた。その他、すふくべ（徳利）・摺粉鉢《すりこばち》（摺鉢）の破片《われ》・欠砂鉢《かけざばち》（欠けた浅い大皿。磁器）・摺粉木《すりこぎ》・足駄《あしだ》・木履《ぼくり》・茣蓙《ござ》の切端《きれ》・味噌漉《みそこし》・いかき（笊）・竹寸切《たけずんぎり》（輪切にした竹の食器）など、数百年を経た眷属《けんぞく》の化物どもが、様々に形を変じて付き纏ったが、彼《か》の棒に当てられては一溜《ひとたま》りもなく、一つも残らず打ち砕かれてしまった。

一夜明けて、二位が使を差し向けて寺の様子を窺わせたところ、足利の僧は恙《つつが》なく居るという報告ゆえ、直々に寺へ赴き問うてみると、僧は夜来の事を詳しく語った。これを聞き、二位は「真《まこと》に智者なり」と賞め讃え、即ち住持となした。この寺は、彼《か》の僧を中興開山（復興の開祖）として、今に絶える事なき古跡となり、仏法繁昌の霊地となった。

（巻四の四・万の物年を経ては必ず化くる事）

耳切れうん市

信濃国《しなののくに》は善光寺の境内に一つの比丘尼寺《びくにでら》（尼寺）があった。爰《ここ》に、越後国《えちごのくに》にうん市と申す座頭《ざとう》があり、常に彼《か》の比丘尼寺に出入りしていた。或る時、病に罹《かか》り、半年ほど引き籠っていたが、少し快くなったので、また彼《か》の寺へと赴いた。主の老尼が対面して、「うん市には久し振りじゃの。何ゆえ顔を見せなんだぞ」と言葉をかけると、「久しく所労の事がござりまして、御見舞も申し上げませなんだ」と答えて畏《かしこ》まった。兎角《とかく》するうちに日も暮れてきたので、老尼は「うん市には、今夜は客殿に泊るがよい」と言って、方丈（住職の居間）へ入った。

爰《ここ》に、けいじゅんと申す弟子比丘尼があって、既に三十日程前に身罷《みまか》っていた。このけいじゅんが、夜中にうん市の臥処《ふしど》に現れ、「お久しぶりに存じまする。いざ私どもの寮へ御出《おい》でなされませ」と誘《いざの》うた。うん市は、相手が死せる人とも知らず、「それへ参るべく存ずれども、御一人にて坐《おわ》します所へ参る事は如何《いかが》かと存じられまする」と躊躇したが、「いやいや、苦しゅうござりませぬ」と言って、是非にと引き立てて行った。うん市を引き入れるや、寮の戸を内より固く鎖《とざ》し、明くる日は外へも出さず、軈《やが》て日が暮れた。うん市は気が詰まり、如何《いかが》すべきかと打ち案じたものの、成す術《すべ》もなかった。夜の勤行《ごんぎょう》の鉦《かね》の音が聞えてくると、けいじゅんは、うん市を閉じ籠めたまま出て行った。うん市は、何とか抜け出さんものと辺りを探り見たが、如何《いか》にも厳しく鎖されていて、出る事を得なかった。夜が明けると、けいじゅんは帰って来た。

かくして二夜《ふたよ》が過ぎ、そのうちに食物も絶えてしまった。途方に暮れたうん市は、三日目の晩、勤行の鉦を聞いてけいじゅんが出て行った留守に、戸を荒らかに叩き、大声にて助けを求めた。則《すなわ》ち寺中の者が出《い》で合い、戸口を蹴破《けやぶ》った。うん市の姿を見出《みい》だして不審を覚えた人々が、「この程は何処《いずこ》に行きて居たるや」と問えば、「此処《ここ》に居りましてござりまする」と答える。見れば、骨ばかりにて臠《ししむら》が少しも無く、全く以て恐ろしげな姿である。「如何《いかが》したのじゃ」と問えば、気息奄々《えんえん》として、如何《いか》にも疲れたる声にて、「然々《しかじか》の次第にござりまする」と語ったので、「けいじゅんは三十日ほど前に身罷《みまか》りしぞ」と教えてやると、愈々《いよいよ》以て呆れ果てた様子である。

そこで、一つにはけいじゅんを弔《とぶら》わん為、一つにはうん市に纏《まつ》わる怨念を払わん為に、寺中の者が寄り合って百万遍《ひゃくまんべん》の念仏を唱える事となった。各々鉦《おのおのかね》を打ち鳴らして経を誦《ず》していると、何処《いずこ》からともなく、けいじゅんが現れ来《きた》り、うん市の膝を枕として臥せるでは

ないか。念仏の功力《くりき》に因《よ》って、けいじゅんはひたすら寝入り、正体も無き体《てい》である。一同の者は、この隙《ひま》にうん市を引き離し、「早や国に帰りなされ」と申し渡して、馬を仕立てて送り出した。

越後への道すがら、うん市は、何やら身の毛が弥立《よだ》ち、後《あと》より取り憑《つ》く者があるかの如く覚え、行き悩んでいたが、偶《ふ》と或る寺を見つけて立ち寄り、長老に面会して、「然々《しかじか》の事がござりました。平《ひら》に頼み奉りまする」と袖に縋《すが》った。気の毒に思った長老は、有験《うげん》の僧を数多《あまた》集め、うん市の一身に尊勝陀《だ》羅《ら》尼経《にきょう》を書きつけさせ、その儘《まま》うん市を仏壇に立たせて置いた。さるほどに、けいじゅんが如何《いか》にも恐ろしき有様にて現れ来《きた》り、「うん市を出《い》だせ、出だせ」と罵《ののし》りながら走り廻っていた。暫くして仏壇のうん市を見つけ、「噫《ああ》、いたわしや、座頭は石になった」と言って撫で廻していたが、僧たちが陀羅尼を書き忘れたのであろう、そこのみ生身《なまみ》と映る耳を見出《みいだ》し、「爰《ここ》に、うん市の切端《きれ》が残りおるぞ」と言って、両の耳を引き千《ち》切《ぎ》り、それを持って帰って行った。かくして、うん市は危うき命を助かって本国の越後へ帰り、「耳切れうん市」と呼ばれて年が長《た》けるまで息災であったという。

(巻四の九・耳切れうん市が事)

夢争い

都に某《なにがし》と申す男があった。本女房《ほんにょうぼう》(正妻)は無く、腰元として二人の女を召し使っていた。一人は出雲国《いずものくに》の者、いま一人は豊後国《ぶんごのくに》の者であった。或る時、二人の女が、奥座敷にて畳半畳ほどを隔てて昼寝をしていた。男は別の座敷にいたが、奥の座敷より、二人の女の呻《うめ》く声が聞えたので、不思議に思い、忍び足にて窺い見れば、二人の女の丈なす髪が空《そら》方《ざま》に伸び上がり、空中にて一つに乱れ合い、落ちてはまた上り、また両方に分かれなどして、その様子は凄まじいと申すも愚かな程である。二人の女の枕元を見れば、一尺二、三寸(三六〜四〇糎)ばかりの小さな蛇が二筋、互いに舌を出して閃《ひらめ》かし、喰い合うては退《の》く事を繰り返していたが、時に一方の女が殊のほか強い歯ぎしりをして呻いた。これを見て、男は肝魂《きもたま》を消し、呆然としていた。

さて、暫《しば》しの後《のち》、男が、改めて常の体《てい》を装い、声を掛けながら女どもの寝ている座敷へ赴くと、二筋の蛇は即座に分かれ、女どもの胸に上がると見えて、そのまま消え失せた。丈なす髪は、いつもの如く美しく、梳《くしけず》って結い上げた儘《まま》で乱れも見せていない。男が揺り起すと、女どもは目醒めたが、二人共に汗をかいていた。男が「何ぞ夢でも見おったか」と問えば、「いやいや、夢も見ませぬ」と答えた。一人の女は「不思議や、人と諍《いさか》いせしとのみ覚えまする」と申し上げた。さて、男は恐ろしく思い、それより直ぐさま二人共に暇《いとま》を遣り、その後《のち》は、重ねて女を近づける事なく、独り身を通した。

（巻五の二・夢争ひの事）

＊『諸国百物語』――作者未詳

執拗なる化物

会津の若松という所に松浦伊予と申す人がある。この人の家には、いろいろと不思議なる事が多い。まず最初は、或る夜の事、俄《にわか》に地震の如く家が激しく揺れ動いた。さて次の夜は、何者とも知れず、屋敷内の道も無き所を通り来《きた》って、裏口の戸を叩き、「あら悲しや」と大声を上げて叫んだ。伊予の女房が聞きつけ、「何物なれば、夜中に来《きた》りて、叫ぶのじゃ」と叱りつけると、化物は叱られて少し退いたが、偶々《たまたま》傍らの入口（潜戸のようなものか）が開いているのを見て駆け入らんとした。見れば色白き女にて、白き帷子《かたびら》を纏い、丈長き髪を捌《さば》く姿は、言いようもなく物凄い。伊予の女房が、これは徒事《ただごと》に非《あら》ずと思い、天照大神《てんしょうだいじん》の御祓《おはらい》（御札）を投げつけるや、そのまま消え失せてしまった。三日目には、申《さる》の刻（午後四時頃）ばかりに、彼《か》の女が大釜の前にて火を焚いていた。四日目には、隣の女房が背戸《せど》（裏口）へ出たところ、彼《か》の女が垣根に立ち添うて家の中を覗き込んでいた。件《くだん》の女房が驚き恐れて内に駆け込むや、忽《たちま》ち消え失せてしまった。五日目の夜には、台所に入り来《きた》って杵《きね》を持ち出し、庭をとうとうと打っていた。

何とも詮方なく、「この上は仏事祈禱より外《ほか》に手段はあるまい」と諮《はか》り、様々に祈念したところ、仏神の奇特《きどく》であろうか、次の日は現れなかった。「最早、現れ来《きた》る事はあるまい」と言って安堵の息を吐《つ》く間もあらばこそ、虚空より「五度《いったび》とは限るまいぞ」と呼ばわる声がした。果して、その夜の事、伊予が寝ている枕元に彼《か》の女が姿を現し、蠟燭を吹き消した。女房は驚きのあまり、暫《しばら》くの間、絶え入ってしまった。七日目の夜は、伊予夫婦が寝ている枕元に立ち寄り、夫婦の頭を摑んで打ち当てたり、衾《ふすま》の裾より冷たき手を差し込んで足を撫でたりしたので、夫婦の者は驚いて気を失い、後《のち》には物狂おしくなり死んでしまったという。如何《いか》なる因縁があっての事か、弁《わきま》え難い。

（巻之一の四・松浦伊予が家に化物すむ事）

首《しゅ》の番《ばん》という化物

奥州《おうしゅう》は会津の須波《すわ》という宮（神社）に、首《しゅ》の番《ばん》と申す恐ろしき化物があった。或る夕暮れの事、年の頃廿五、六の若侍が一人にて須波の宮の前を通りかかったが、常々化物が出ると聞き及んでいたため、薄気味悪く思う折から、後《あと》より廿六、七の若侍がやって来た。好《よ》き連れと思い、同道を頼み、道すがら、「この所には首の番とて隠れなき化物が棲む由、貴殿も聞き及び給うや」と尋ねたところ、後より来《きた》る若侍は、「その化物とは、斯様《かよう》のものか」と答えて、俄《にわか》に面《おもて》を変じた。眼《まなこ》は血の如く赤くなり、額《ひたい》には角が一本生え、顔は朱《しゅ》を注げる如く、髪は針金の如く、口は耳の脇まで切れ、歯叩きする音は雷《いかずち》のようである。若侍は、これを見て気を取り失い、半時ばかり息が絶えたが、暫《しばら》くして心地を取り戻し、辺りを見廻せば、須波の宮の前であった。何とか立ち上がって歩き出し、或る家に立ち寄って水を所望すると、女房が応対に出て、「何とて水を所望なされまするや」と尋ねた。若侍が首の番に会った事を語り告げると、女房は「さてさて、それは恐ろしき目に御逢いなされましたな。その首の番とは、斯様のものか」と言いざま、最前の如き姿と変じたので、若侍はまた気を取り失ってしまった。何とか心地は復《かえ》ったものの、三日の後《のち》には相果てたという。

（巻之一の十九・会津須波の宮首番と云ふ化物の事）

さかさまの幽霊

織田信長公の御家来に、端井弥三郎《はしいやさぶろう》と申して、文武二道に秀《ひい》でた侍があった。後《のち》には備後殿《びんごどの》（信長の父、信秀）に奉公して清洲《きよす》の城に勤めていたが、犬山殿（信長の妹）の御子息と男色《なんしょく》の交わり浅からずして、三里（約一二粁）の道を物ともせず、夜な夜な通っていた。或る夜の事、夜詰を終えてから犬山へと向ったが、折しも雨が頻《しき》りに降り始め、物凄い闇夜とはなった。途中、川を渡らねばならぬ所に差しかかり、渡し船の船頭を呼んだが、川下の方で眠っているとみえ、返事が無い。弥三郎は川端に立ち休らい、川の上下《かみしも》を眺めていたが、その時、川上より火が近づいて来るのが見えた。よくよく見れば、女が丈なす髪を捌《さば》き、口より火焔を吹き出し、逆さまになり、頭《かしら》にて歩いているではないか。弥三郎が刀を抜き放って、「何物なるぞ」と誰何《すいか》すると、女は苦しげなる声にて、「私は、この川向うなる屋村《やむら》の庄屋の女房にござりまするが、夫が妾《めかけ》と言い合せ、私を絞め殺し、この川上に、執心が抜け出ぬようにとて逆さまに埋めました。仇《かたき》を取りたく存じますれども、斯《か》

様《よう》に逆さまにては、川を渡りかねまする。されば、武辺《ぶへん》の人（武士）に行き会うて渡して貰いたく存じ、常々往来の人々に心を懸けてまいりましたが、貴方様ほど剛毅なる方は他に無きように存じまする。願わくは、御慈悲にこの川を渡して下さりませ」と頼み込んだ。弥三郎は「心得たり」と諾《うべな》い、渡し守を呼びつけ、「この女房を舟に乗せ、向うの岸に渡せ」と命じたが、渡し守は、女を一目見るや、艪櫂《ろかい》を捨てて逃げ去ってしまった。

弥三郎が件《くだん》の女を舟に抱き乗せ、自ら櫂を取って向う岸に渡してやると、女は舟を飛び降り、屋村を指して跳んで行った。弥三郎が後《あと》をつけ行き、庄屋の門に立ち寄って中を窺うと、女の声にて呀《あっ》と叫ぶのが聞えたが、程なく彼《か》の女が妾らしき女の首を引提《ひっさ》げて出《い》で、弥三郎に対《むか》い、「御蔭にて、易々と憎き仇を取りましてござりまする。忝《かたじけの》う存じまする」と言ったかと思うと、跡形もなく消え失せた。

弥三郎は、そのまま犬山に赴いた。一夜明けて帰る道すがら、屋村にて、「昨夜《ゆうべ》、この在所には何事も無かりけるか」と問うてみると、在所の者は「この村の庄屋殿には、この頃、新たに女房を迎え給うたが、今宵、如何《いか》なる故にか、何物かが女房衆の首を引き抜きし由にござりまする」と語った。弥三郎は、愈々《いよいよ》不思議に思い、帰城して、この旨を備後殿に申し上げた。備後殿が、早速、件《くだん》の川上を掘らせたところ、案の如く逆さまに埋めた女の死骸が現れた。「前代未聞の事なり」と仰せられ、彼《か》の庄屋を成敗なされた由である。

（巻之四の一・端井弥三郎幽霊を舟渡しせし事）

乙姫の執心

元久《げんきゅう》の頃（十三世紀初頭）、上坂本《かみ》（近江国）に五十嵐平右衛門《いがらしへいえもん》と申す浪人があり、一人の男子《なんし》を持っていた。この子は容姿《かたち》が優れて美しかったので、人皆執心を懸け、何かと出入り（揉め事）が多いのを親も気の毒に思い、比叡山へ登らせて学問をさせておいた。或る時、この若衆《わかしゅ》が里へ下がり、気晴らしにと唐崎《からさき》（辛崎。近江八景の一）へ赴き、一つ松（唐崎の名所）の下《もと》にて遊んでいたところ、何処《いずこ》からともなく、十五、六の美しき娘が現れ、

「御身《おんみ》は何処《いずこ》の人にて坐《おわ》しまするか。私は、この辺りの者にござりまするが、何時《いつ》もこの松の下に来《きた》りて遊び申しておりまする。あの北の方より出《い》づる舟を、此処《これ》へ寄りて御覧なされまし」と言って誘《いざの》うた。若衆が無心に随《つ》いて行くと、湖端《うみばた》にて、娘は俄《にわか》に若衆の袖に縋《すが》りついたかと思うや、忽《たちま》ち大蛇と変じて若衆を七巻纏い、湖に飛び入った。俄に空が掻き曇り、大雨が頻《しき》りに降り始め、大蛇は湖底に姿を消し、後《あと》は白波が逆巻《さかま》くばかりであったという。

（巻之四の十九・龍宮の乙姫五十嵐平右衛門が子に執心せし事）

化物を化かす

京の上立売《かみたちうり》に万吉太夫《まんきちだゆう》と申す猿楽《さるがく》（能の芸人）があった。能の芸に達せぬため、身代《しんだい》も衰え、大坂へ下る羽目《はめ》とはなった。道すがら、枚方《ひらかた》の出茶屋《でぢやや》（街道筋の茶店）にて、茶を喫《の》んで休んでいるうちに、そろそろ日が暮れかけてきたので、「一夜の宿を頼まん」と申し入れると、茶屋の主《あるじ》は「易き事にはござりまするが、此所《ここ》には夜な夜な化物が現れ、人を取り申すゆえ、夜はわれらも此所にはおりませぬ」と答えた。万吉は「左様なりとも苦しからず」と言って、その夜はそこに泊った。

案の如く、夜半の頃、川対《むか》いより人の渡り来る音が聞えてきた。見れば、丈が七尺（約二米余）に余る大坊主である。万吉が機先を制する如く、「いやいや、左様なる化け様《よう》にては叶うまい。未《いま》だ若輩ではないか」と言えば、坊主は「その方《ほう》は如何《いか》なる人なれば、左様には宣《のたも》うぞ」と尋ねた。そこで、万吉は「某《それがし》は都の化物なるが、この所に化物棲むと聞き及び、会うて上手か下手か嘗《こころ》みて、上手ならば師匠となし、下手ならば弟子にせんと思い、此処《ここ》に泊り候」と答えた。坊主が「されば、その方の手際を見ん」と言うので、万吉は「心得たり」と答えて、葛籠《つづら》より能の装束を取り出し、鬼となって見せると、坊主は驚いて「さてさて上手かな。女郎（女）に化けられよ」と望んだ。

「心得たり」と万吉が女になると、坊主は「驚き入ったる上手かな。今より後《のち》は、師匠と頼み申しまする。身共は川対《むか》いの榎《えのき》の下に棲むくさびら（茸《きのこ》）にござる。数年《すねん》こ

の方《かた》、この所に棲んで人を悩ましておりまする」と正体を明かした。万吉が「その方《ほう》は、何が禁物（苦手）かの」と問うたところ、「身共は三年を経たる糠味噌《ぬかみそ》の煎じ汁が禁物にござる」と答え、逆に「また、その方の禁物は」と聞き返したので、万吉は「某《それがし》は大きなる鯛の浜焼が禁物にて、これを喰えば、そのまま命の終りじゃ」といい加減に答えておいた。

互いに語るうちに、ほのぼのと夜が明けてきたので、坊主は暇乞《いとまご》いして帰って行った。さて、万吉太夫は化物の正体と禁物とを枚方・高槻《たかつき》あたりへ語り広めて、大坂へ下ってしまった。土地の人々が談合し、太夫の教えに従って三年になる糠味噌を煎じ、彼《か》のくさびらに掛けたところ、忽《たちま》ちじみじみとなって消えてしまった。その後《のち》は化物も出なくなったという。

（巻之五の十二・万吉太夫化物の師匠になる事）

いたそうか。

＊『宿直草《とのいぐさ》』――荻田《おぎた》安静

廃寺の化物

古来「夜話《よばなし》ほど楽しき事はない」と申すのに、如何《どう》してお眠りなされるのか。籠耳《かごみみ》（聞いても右から左へ忘れてしまう耳。作者の卑下）に入った奇異なる話を一つ、お茶受けに披露いたそうか。

昔、さる智行兼備の僧が諸国行脚《あんぎゃ》の途上、或る所にて、興景無双《きょうけいぶそう》（見るからに壮麗な）の仏閣を見かけたので、訪《と》うてみると、庭には草が蓬々《ほうほう》と生い茂り、堂内は蜘蛛の巣だらけという無人の寺であった。然《しか》し、この霊境（霊地）を見過し難く思い、傍らの在家《ざいけ》に入って様子を尋ねたところ、「さればでござる、これまでも所々の御僧が幾人も来《きた》りて住まんとなされたが、誰方《どなた》もみな一晩を経て明くる朝《あした》には行方が知れず、我ら、徒《いたず》らに悲しみ悔むばかりにて、今は早や住持《じゅうじ》（住職）を据うる事も沙汰止みとなり申した。定めて化物なんど巣くうて居るのであるまいかと語り合うておりまする」と語った。

そこで僧が「然らば、某《それがし》、許されて彼《か》の寺を預かりたく存ずる。他の方々とお計らいなされて、某を住持に据えては下さるまいか」と申し出ると、その家《や》の主は「易き事にはござるが、今も申せし通り、怪しき所なれば、御無用になされよ」と答えたが、「さりとて、我が心一つにて辞《いな》み申すべきにもあらず」と言って、檀家連中を集めて相談に及んだ揚句、皆同音に「無益《むやく》（無駄だ）」と答えた。僧が尚《なお》も言葉を尽して「尤《もっと》もにござる。さりながら、不惜身命《ふしゃくしんみょう》・不《ふ》求《ぐ》名利《みょうり》（仏法の為に命を惜しまず名利を求めず身を捧げる）の決意にて、ただ消えんとする法燈《ほっとう》を掲げたく思うのみ。願わくは許し給われ」と再三頼み込むと、「左様なれば致し方なし。今日仮初《かりそめ》に見《まみ》えし御僧が、明日の噂の種にならぬ事を願うのみ」と申して寺を預ける事に応じた。

さて、哺時《ほじ》（申《さる》の刻、午後四時前後）に至り、僧は油・燈心・抹香《まっこう》を携えて本堂に赴き、形ばかり仏前を飾り、余念無く看経《かんきん》に時を過した。やがて夜も更けて四更（午前二時前後）に及び、「煩悩の霧荒《すさ》びては、霽《は》れぬ真如《しんによ》の月の影、ただ観念の嵐ならずも」と心も澄み渡る折節、庫裏《くり》の辺りに長《たけ》一丈あまり（約三米余）の光り物が見えた。「素破《すわ》」と思うところに、また外より「椿木《ちんぼく》は御在宅か」と訪う声がした。件《くだん》の光り物が「誰《た》ぞ」と誰何《すいか》すれば、「東野《とうや》の野干《やかん》」と答えて、壁の破間《やれま》から怪しき物が入って来た。長は五尺（約一五〇糎）ばかりにて、眼《まなこ》を日月《じつげつ》の如く光らせ、燈火を掲げている。また訪う声があり、「誰ぞ」と応えれば、「南池《なんち》の鯉魚《りぎょ》」と名告《なの》り、横行《おうぎょう》の異形（横歩きする異類）が現れた。長は七、八尺（二一〇〜二四〇糎）、眼は黄金《こがね》色に輝き、身は白銀《しろがね》の鎧《よろい》を着した如くである。また呼ぶ声があり、応ずれば、「西竹林《さいちくりん》の一足《いっそく》の鶏《けい》」と名告り、朱《あけ》の甲《かぶと》に紫の鎧を着して左右に翼を具えた長六尺（約一八〇糎余）ばかりの異形が入《い》り来《きた》ったが、その姿は天狗もかくやと思われるほど恐ろしげである。また案内《あない》を請う声がして、応えれば、「北山《ほくざん》の古狸《こり》」と名告り、長四尺（約一二〇糎余）ばかりの色も見分け難き異形が現れた。進退俊敏にして、何《いず》れも怪しき物どもである。

この五つの化物は、僧を見つけると真中に取り籠め、歯を剝出《むきだ》し吼《ほ》えかかって脅《おど》したが、僧が怖《お》ずる事なく魔仏一如（魔も仏も本来同一）と観じて般若心経を誦《とな》え続けると、為方《せんかた》なしと諦めたのか、何方《いずこ》ともなく立ち去った。とかくするうちに、東方の山の端《は》が明るみ初《そ》め、常世《とこよ》の鳥（鶏）も啼き始めた。晨朝《じんじょう》（午前八時前後）の勤行《ごんぎょう》に廻《え》向文《こうもん》を誦えているところへ、檀家連中が五、六人来ったが、僧の姿を見て一様に不審の表情を浮かべ、「これはこれは、危うき目には遭われませなんだか」と問いかけた。僧が事の次第を一々語ると、「さもありなん。御立派なる方に寺をお預け致し、ようござった」と一同は喜色を顕《あらわ》した。「さて、その化物は如何《いか》に致さばよろしかろう」と尋ねると、僧は「その事よ。殺生の事は仏の戒め置くところじゃ。さりながら、「一殺多生の善《いっせったしょう》」とも申せば、興隆仏法のため、退治致すがよかろう。化物五つのうち、四つは外に、一つは内にあり、五つながら居所を覚えており申す。まず東の野に狐がおる筈じゃ。南の池に鯉、西の藪に一本足の庭鳥、北の山に狸、これが外より来る《きた》四つじゃ」と教え示した。「さてはそれか」と一同は家に取って返し、弓と靫《うつぼ》（矢を納める具。腰につける）、鑓《やり》や長刀《なぎなた》などを持ち出し、犬追物《いぬおうもの》ではないが、那須野に九尾《きゅうび》の狐を退治した故事（殺生石伝説）を思い起して東の野の狩場に繰り出した。僧の教示に違《たが》わず狐が姿を見せたので、これを殺した。次に南の池の樋《ひ》（排水口）を抜き、水を干して見れば、巨大な鯉が現れたので、これも寸々に切り捨てた。また西の藪に網を張り、三方から声を発して狩り立てると、庭鳥が飛び出したので、これを獲った。次に北の山を探索して穴を見つけ出し、青松葉を掻きくべて、古狸を燻《いぶ》り出した。

外の化物退治が終るのを待って、僧が「さて、この堂の材木に椿が使われてござるか喃《のう》」と檀家連中に尋ねると、中でも古老とおぼしき人が「実《げ》に乾《いぬい》（西北）の隅の柱は椿の木よと語り伝えてござる」と答えたので、僧は「さては内の光り物は、その椿の柱に違いあるまい」と言って、やがて番匠《ばんじょう》（棟梁）を傭《やと》うて、柱を別の木に取り換えさせた。これより後は怪異も無く、寺は愈々《いよいよ》繁盛したという。

宜《むべ》なるかな、多くの僧が或いは果て或いは失せ給うたのに、この僧は徳を具えて妖怪に妨げられず、寺をも再び栄えさせたのは、大したものである。また「東野の野干」と聞いて、「ひがしの野の狐」と解き得ねば致し方も無き事ゆえ、この僧の如く、物事には万事心を配るべきである。

外より来った四つの妖怪の如きは生類ゆえ、年を経て化ける術を覚える事もあろう。然《しか》し、内の椿の柱が光ったのは訝《いぶか》しくも怪しき事ではある。「朽ちた葦は蟋斯《きりぎりす》と成り、稲もまた蛩《よなむし》（穀象虫《こくぞうむし》）と成る」と出世者（出家）の書《ふみ》に見える。これも亦《また》その類いか。されば、如何《どう》して古下駄なども師走を待って踊らぬ事があろうか。化けそうにない物が化ければこそ、話の中の話であると申せよう。

（巻一の一・廃れし寺をとりたてし僧の事）

見越入道《みこし》

或る侍が語った話である。

若かりし時の事、犬を連れて狩りに出かけたものの、その夜は仕合せ（運）悪く獲物に恵まれなかった。一里（約四粁）ばかり行った辺りで、早や帰るべきと思い、山の頂上《いただき》にて一休みしたが、岩漏る滴《しずく》が物さびて聞え、篠《しの》吹く風も騒がしく、天漢《てんかん》（天の川）は恣《ほしいまま》

に横たわり、昴星《ぼうせい》（すばる）を映すべき露も下《お》りていない。落葉が道を塞ぎ、蜘蛛もまた糸を張り乱して行く手を阻む。この頂上《いただき》の西東《にしひがし》の方《かた》に嶺《みね》が続いていたが、その時は北向きに立っていた。折から前の渓谷《たに》より、何やら大きなる物が立ち上がった。その形は彷彿《ほうふつ》（ぼんやり）として見分け難かったが、立ち上がるにつれ、化物と知れた。背丈は向うの山の頂上《いただき》よりも高く、星の光に透かして見れば、大きなる坊主である。「さては古狸などが化ける見越《みこし》入道というものならん、憚《はばか》りながら射止めんものを」と思い、弓取り直し素引《すび》きして、雁股《かりまた》の矢（二股の鏃《やじり》を付けた狩猟用の矢）を取り、彼《か》の坊主の面《おもて》を目も離さずに睨み続けたところ、ひたすら高く伸び上がり、軈《やが》て、見上げていると、己の結ったる髪（髷《まげ》の刷毛《はけ》先か）が襟足に引付《ひっつ》くほどの丈になった。

最早時分も好し、一矢放たんと弓を引き絞って狙えども、あまりにも巨大なるゆえに、矢壺（目標）が定め難く、暫《しば》し案じ煩う間に、ふっと消え失せてしまった。時に、それまで見えていた星の影も消え、俄《にわか》に暗くなり、前後の途《みち》も判らない。何の害も無かったものの、全く道が見えねば、所詮帰らんと思えども、行くべき方が判らない。口惜《くちお》しくは思えども、為《な》す術《すべ》も無かった。口笛にて犬を呼び寄せ、頸綜《くびたま》に鉢巻を結び、その一端を己の帯に付け、往くやら帰るやら方角も判らぬまま、犬の進むに任せて随《つ》いて行くと、軈《やが》て一つの家が見えて来た。その時、気を取り直してみれば、暗さも去って旧《もと》の星月夜《ほしづくよ》となり、見つけた家は我家であった。その後《のち》は、狩に出かける時は必ず友を誘い合せ、一人では出ぬように心がけた。

（巻一の十一・見越し入道を見る事）

たぬき薬

打ち身の薬に狸薬というものがある。薬味（薬品）に狸を入れて調合する訣《わけ》ではなく、狸に処方を教えられたところから、この名で呼ばれる。

或る侍の奥方が、夜中に雪隠《せついん》（厠《かわや》）に行ったところ、毛の生えた柔らかなる手にて局所に触れてくる物があった。然々《しかじか》の事ありと夫に告げると、「定めて狐なんどの仕業《しわざ》であろう。用心するがよい」との答であった。左様なればと、化粧箱《けわいばこ》に秘め置いた細身の守り刀を取り出して衣の下に隠し、改めて雪隠に行き、刀の柄《つか》に手をかけ、抜き寛《くつろ》げて待っていると、案の定《じょう》、また手を差し出してきた。そこで、刀にて薙《な》ぎ払うと、狸の前足が節の所で切れ落ちた。夫婦の者は「さればこそ、かかる事ならんと思うておった」と語り合い、その手を取って置いた。

翌晩の事、妻戸《つまど》を叩く者があり、「誰《たれ》ぞ」と咎めると、「いや、苦しからぬ（差問《さしつか》えない）者にて、昨夜《ゆうべ》手を失いし狸にござりまする。ついふらふらと無用の悪戯《いたずら》をなし、御迷惑に及びたる段、御《お》腹立《はらだち》は御尤《ごもっと》もなれど、何卒《なにとぞ》お許しあって、その手をこれへ御返し頂きたく、詫言《わびごと》に参りましたる次第」と言った。侍は、「やい、おのれ、畜生の分際にて、女と見て侮《あなど》りおったな。如何《いか》で（どうして）手を返すものか。よしまた返すとも、一度切れ離れし手が何の役に立とうぞ。疾《と》く帰れ。深き咎《とが》（罪）にあらねば、命は助くるぞ」と叱りつけたが、狸は退《の》き下がらず、「幾重にも御詫び申し上げまする。また、手さえ下さりますれば、良き薬を以て継ぎまする」と尚《なお》も請い願った。そこで、侍が「されば、その薬を教えたらば、手を取らせん」と条件を出したところ、「易き事にござりまする」と諾《うべな》い、「その草この木などにて、斯様《かよう》に調えまする」と処方のほどを明かし、手を貰って帰って行った。その処方は今に伝わり、間々《まま》効験《しるし》を現す結構な薬ではある。

（巻三の三・たぬき薬の事）

山姫

或る牢人（浪人）が備前国《びぜんのくに》岡山に住んでいた時、山家《さんか》（山間部の人家）へ遊びに行き、そこに住む人より聞いた話だという。

或る時、殺生（狩猟）の為に深山《みやま》へ分け入ったところ、年のほど廿《はたち》ばかりの女房（女）に出会った。眉目《まみ》麗《みやびや》かにして、色珍しき小袖を纏い、黒髪の艶《にお》やかなる容子と申すものは、比類がなかった。かかる方便《たつき》（生活の手段）も知らぬ山中に、斯様《かよう》に美しき女が住むのは、如何《いか》にも怪しき事と思うたゆえ、鉄砲を取り直し、真正中《まったたなか》を狙って撃つと、女は弾《たま》を右手にて摑み取り、深見草（牡丹）の如き唇にて爾乎《にこ》と笑ったが、その容子は一段と凄じかった。そこで、次の弾を放つと、これも左手にて摑み取り、さらぬ（何事もない）体《てい》にて笑った。最早打つ手も無ければ、如何《いか》になるやら恐ろしく、急いで逃げ帰ったが、追いかけても来ず、そのまま逃してくれた。

その後《のち》、この事を年長なる人に語ったところ、「それは山姫というものならん。気に入れば、宝など呉《く》るるものじゃ」と教えてくれた。

（巻三の五・やま姫の事）

*『新御伽婢子《おとぎぼうこ》』——未達（西村市郎右衛門）

遊女猫分食《ねこわけ》

肥州《ひしゅう》（肥前国）の長崎は、唐船《とうせん》着岸の地にて、綾羅錦繡《りょうらきんしゅう》の織物、糸類、薬種、そのほか種々の珍貨が、年毎に陸続と来朝し、止まる事が無い。されば、京・大坂・堺の商人が集まって売買をなすので、賑わいのほどは、難波《なにわ》を凌ぎ、京都にも匹敵する。

この地の丸山という所は、古《いにし》えの江口・神崎《かんざき》（摂津国淀川辺、中古以来の遊女町）などにも等しき遊女町である。或る夕暮の事、年の頃十六、七の優れて容顔美しき少人が、卑しからぬ衣服を纏い、腰刀には金銀を鏤《ちりば》め、菰編笠《こもあみがさ》を深々と被《かむ》り、下僕《しもべ》は連れず、唯独り見物の体《てい》にて漫《そぞ》ろ歩いていた。往来の人々は目敏く見つけ、「かかる優しき容色も世にあるものか」と、半ば怪しみながら褒《ほ》め騒いだ。折から、左馬介《さまのすけ》とか申す女良《じょろう》（女郎。遊女）が、この少人を見て想いを懸け、文を認《したた》めて禿女《かぶろ》（高級遊女に使える女児）に持たせて遣わした。

若衆《わかしゅ》も、流石《さすが》この辺りに足を踏み入れる身なれば、「稲舟《いなふね》の否《いな》にはあらず」（最上川上れば下る稲舟の否にはあらずこの月ばかり――『古今和歌集』巻二十、東哥）と受け、左馬介の所に上がって情を交した。蜀錦《しょくきん》（蜀江の錦。唐織錦）の褥《しとね》の上に、えも言われぬ香を燻《くゆ》らし、二人並んだ容子は、宛《さな》ら桜と海棠《かいどう》と二種の花の木が色を競う体《てい》にて、世に類《たぐい》も無き景色と映った。

軈《やが》て、娼家の主《あるじ》より種々の饗応《もてなし》があった。然《しか》るに、この若衆は、精進の羹《あつもの》（熱い精進料理）には目もくれず、魚鳥《ぎょちょう》の鮮《あざらけ》き（新鮮な）ものばかり好んで、聊《いささ》か度を越えて食した。物陰よりこれを見た人は、「美童に似合わぬ異《い》なる振舞よ」と呟いた。さて、一夜を過し、帰るに際して、若衆は当座の遊びの代価《しろ》として金子五両を留め置いたので、亭主は殊のほか悦んで途中まで送

って出た。女も再《ま》たの日を約して名残を惜しんだ。
その後《のち》、彼《か》の若衆が左馬介の許《もと》に通う事、二十度ばかりに及んだ。手跡（筆跡）も拙《つたな》からず、哥《うた》の嗜《たしな》みもあり、何かにつけて由ありげなる人柄が偲《しの》ばれた。そこで、左馬介達は折々に住家《すみか》を問うてみたが、「忍びて通う身なれば、白地《あからさま》には申しかねる」などと言って顔を赧《あか》らめるので、「問うもうるさしと思し召《おぼ》される様子、恐らくは、やんごとなき方の御子か、若《も》しくは御城主などの小《こ》扈従《ごしょう》（小姓）ならん」と言い合っていた。

　或る時、秘かに人を遣って住家を突き止めさせたところ、長崎の町の、とある家に入った。その家の主に逢い、「この家に斯々《こうこう》の御子息は坐《おわ》しませぬか、若《も》しまた上方よりの客人が坐しますか」と問えば、思い中《あた》らぬ様子にて、「何ゆえ左様な事を尋ねまするか」と逆に問うてきた。そこで、「然々《しかじか》の事がござりまして」と訣《わけ》を話すと、主は黙然《もくねん》と打ち頷き、「思い合する事がござりまする。この家に年を経た猫がおり、近辺の人々の話にては能《よ》く化くるとの事。某《それがし》は未《いま》だ見ておりませぬが、必定《ひつじょう》この猫の所為《しょい》と思われまする」と言い、声を和らげて呼んだが、早や風を食らって、何処《いずこ》へ行ったものか、行方が知れなかった。近辺を狩り立てて探し廻り、三町（約三三〇米）ほど隔てた家の板敷の下に隠れているところを見つけ、猛り狂うのを大勢寄って突き殺した。この事が国中に知れ渡り、左馬介は「猫のわけ（食い残し）」と異名を立てられ、面目を失ったという。　（巻一の八）

＊『古今百物語評判』——山岡元隣《げんりん》（山岡元恕・編）

河太郎《がわたろう》

或る人（著者の門人）が、「河太郎《がわたろう》とは如何《いか》なるものを申すのでござりましょうや。某《それがし》が女房の在所（親元）は、江州《ごうしゅう》（近江国）野州河《やすがわ》の近所にござりまする。その河辺にて、子供達が水泳ぎなど致し、折々行方知れずとなりまするが、所の者は、河太郎の仕業《しわざ》などと申し習わしておりまする。中には過《あやま》って自ら溺れて流されし者もありましょうが、御考えの程は如何《いかが》にござりましょうや」と問うたところ、先生（著者・山岡元隣《げんりん》）は次の如く評された。

「河太郎も、河獺《かわおそ》の劫《こう》を経たるものなるべし。河獺は、正月に捕えし魚を並べ祭る（川獺《かわうそ》の祭、獺祭《だつさい》）と申し、即ち七十二候《しちじゅうにこう》（陰暦にて、一年を七十二分して時候の変化を示すもの）の一にして、よく魚《うお》を捕る獣《けだもの》なり。状《かたち》は小さき狗《いのこ》の如くして、四足《しそく》短く、毛色は青黒く、膚《はだえ》は

蝙蝠《こうもり》の如しと申す。この物が変化《へんげ》せし事、唐土《もろこし》に例《ためし》あり。丁初《ていしょ》と申す者が、長塘湖《ちょうとうこ》の堤を行きし折、後ろより頻《しき》りに呼ぶ者あり。その声恐ろしくして身の毛のよだつ程なり。怪しく覚えて振り返り見るに、容顔妙《たえ》なる二八《にはち》（十六歳）ばかりの女房、青き衣を着て、青き絹傘（衣笠。貴人用の長柄の笠）を翳《かざ》しぬ。いかさま、変化の物ならんと思い、足早にて逃げ去り、猶《なお》も返り見れば、彼《か》の女房、沼の中に跳び入り、大きなる河獺となる。さて、絹傘や衣と見えしは、蓮の葉にして破れ散りぬ――と『太平広記』（宋代勅撰の志怪・伝奇の一大説話集。漢より五代に亙《わた》る。五百巻）に載せてあり。これ、獺《おそ》の化けたる例《ためし》なれば、太郎もその一門なるべし。太郎と申すは、河辺に長じたる称ならん」。

（巻之四第二・河太郎付丁初が物語の事）

＊『奇異雑談《ぞうだん》集』――作者未詳

人を馬になして売る

遥かの昔、丹波国《たんばのくに》は奥の郡《こおり》にあった事という。

或る山際に大きなる家が一軒あり、隣り合う家も無かった。住人は十人余りにして、渡世（暮し）は安心なる体《てい》と見えた。農作もせず、工《たくみ》の職をもせず、また商いをする訣《わけ》でもないのに、豊かに暮している事に、近辺の者は不審の思いを成した。また、馬を買い入れるとも見えぬのに、よい馬を売り為《な》し、月に二疋《ひき》も三疋も売るので、これまた人々の不審を買っていた。街道筋ゆえ、旅人が一宿する事もある。「彼《か》の家の亭主、大事の秘術を用いて人を馬に成して売る」と内々に語る人もあるが、確かなる事は判らない。

或る時、宿を求めて旅人が六人やって来た。五人は俗人にて、残る一人は会下僧《えげそう》（修行僧）であった。亭主は、早速請じ入れ、枕を六つ出して、「御くたびれでござろう。まず御休みなされ」と言った。俗人は皆臥したが、客僧は丹後国《たんごのくに》にてこの家の怪しき噂を聞いていたので、用心しつつ座敷の奥にて起きていた。垣の隙間より家人の居る所を覗いて見ると、何やら忙《せわ》しき体《てい》である。小刀にて隙間を少し刳《く》り開け、よく見れば、畳の台ほどの物の上に土を一杯に盛り、その上に物の種を蒔《ま》き、更に薦《こも》（筵《むしろ》の類）を以て覆った。傍らでは、釜にて飯を炊き、汁を炊き、鍋にて湯を沸かしている。茶を五、六服飲んだかと思う頃、「最早よかろう」と言って、薦を取り外した。見れば、青々とした草が、早や丈二、三寸（約六〜九糎）に生い繁っているではないか。その葉は蕎麦《そば》に似ていた。それを採って湯にて茹《ゆ》で、蕎麦の如くに和《あ》え、大きなる椀に盛り、これを菜《さい》（おかず）として添え、飯を出した。

　俗人は皆起き出してこれを食し、「珍しき蕎麦かな」などと言って賞翫《しょうがん》した。僧は、食する振りをして、隅の簀子《すのこ》の下に捨ててしまった。饌《ぜん》（膳）を下げた後《のち》、家の者たちは風呂を焚き、旅人のところへ来て、「一風呂お入りなされ」と勧めた。「左様なれば」とて、皆湯殿に入ったが、僧は入る振りをして脇へ逸《そ》れて東司《とうす》（厠《かわや》）の中に隠れた。そこから湯殿の方を窺い見れば、亭主が錐《きり》・金槌・金釘を持ち来《きた》って、湯殿の戸を打ちつけてしまった。客僧は、「ここに居て見つけられては溜《た》まらぬ」と思い、暗闇に紛れて風呂の簀子の下に入り込み、息を潜《ひそ》めていたところ、稍《やや》あって、亭主が「最早よき頃ぞ、戸を開けよ」

と家人に命じ、釘抜にて戸を開けさせれば、馬が一疋、嘶《いなな》いて走り出た。夜分の事とて門を鎖《とざ》してあれば、馬は庭の中を躍り廻っている。また一疋、また一疋と、都合五疋の馬が出て来た。亭主は、いま一疋出るものと待ったが出《い》でず、火を燈《とも》して中を見るに、何もいない。「いま一人は何方《いずかた》へ行きたるぞ」と尋ね廻る間に、僧は簀子の下より這い出《い》で、後ろの山に登り、遠く逃れ去った。

翌日、件《くだん》の僧は、国の守護所へ赴き、昨夜の様子を具《つぶ》さに語った。これを聞いて、守護は「曲事《くせごと》（犯罪）なり。聞き及びし事は、さては真《まこと》なるか」と言って、人数を率いて発向し、彼《か》の家の者を皆打ち殺して職務を果したという。

（巻三の三・丹波の奥の郡に人を馬になして売りし事）

*『西鶴諸国はなし』——井原西鶴

傘の御託宣

世の中は慈悲で持つものとて、爰《ここ》に、諸人《しょにん》の為に善き事を実践しているのは、紀州（紀伊国）は掛作《かけづくり》の観音（和歌山の一乗院観音寺という）で、貸傘を二十本備えて便を計らっている。昔、或る人が寄進したものを、毎年張り替えて、今に至るも掛け置くのである。如何《いか》なる人も、この辺《ほとり》にて雨や雪に遇《あ》えば、断りなしに差して帰り、日和《ひより》のよき折に律儀に返し置くので、一本たりとも紛失する事が無かった。

慶安二年（一六四九年。徳川三代将軍家光の治世）の春の事、藤代《ふじしろ》の里人がこの傘《からかさ》を借り、和歌の浦の吹上《ふきあげ》の浜に差しかかったところ、玉津島の方《かた》より神風がどっと吹き来《きた》り、傘を捥《も》ぎ取って何処《いずこ》へともなく飛ばしてしまった。「惜しや」と思えども、致し方ない。

さて、件《くだん》の傘は、吹かれ吹かれて肥後国《ひごのくに》まで到り、山奥の穴里《あなさと》という所に落ちた。この

里の人々は、昔より外の世界を知る事なく代々住み続けて来た。世界は広きものにて、里人達は仏法も知らぬという。されば、傘など知る筈もなく、唯々驚き入るばかり。老人や法体《ほったい》（法師姿）の物識《ものしり》が集まり、「この年に至るまで、聞き伝えたる例《ためし》も無し」などと言って頭を捻《ひね》っていると、座中より小賢しき男が進み出《い》で、「この竹の数を読むに、正《まさ》しく四十本なり。紙も常のものと違《ちご》うて格別じゃ。忝《かたじけな》くも、これは噂に聞きし日の神（天照大神）、即ち内宮《ないくう》の御神体が飛来遊ばされたのじゃ」と申したので、一同は恐れをなし、俄《にわか》に塩水を打って穢《けが》れを清め、荒菰《あらこも》の上に据え奉った。さて、それより里人は総出にて山に入り、宮木《みやき》（社殿用の材木）を伐り出し、屋根を葺《ふ》く為の萱《かや》を刈るなどして、程なく社を築き、改めて伊勢の御神体たる傘を据え奉った。

崇《あが》め奉るに従い、この傘に性根《しょうね》が入り、五月雨《さみだれ》の時分には、社壇が頻《しき》りに鳴動して止《や》む事が無かった。御託宣を伺うに、「この夏中、里人には竈《かまど》の前を自堕落にして、油虫を湧かし、我が内陣までも汚《けが》せり。向後《きょうこう》（今後）、国中に一疋も置く事ならぬ。また一つの望みは、美しき娘を御座子《おくらご》（処女の巫子）として供えよ。さもなくば、七日の中《うち》に車軸（大雨）を下して人種《ひとだね》を絶やさん」との御事《おんこと》ゆえ、皆々「怖《こわ》や」と談合して、里にても指折の娘どもを集め、彼《あれ》か此《これ》かと詮索（詮議）をなした。未《いま》だ白歯の女（未だ鉄漿《かね》をつけぬ未婚の娘）たちは涙を流して厭《いや》がった。訣《わけ》を聞くと、「斯様《かよう》な御姿なれば、私どもの命の程も危ぶまれまする」と申して、神なる傘の姿形の異《い》なる所（窄《すぼ》めた形が男根を連想させる）を気にして嘆くのであった。時に、この里に色好みの美しき後家があり、事の次第を聞きつけ、「神の御事なれば、妾《わらわ》が若き人達の身代りに立ちまする」と申し出《い》で、宮所《みやどころ》（社殿）に侍《じ》して夜もすがら待ったが、何事もなく打ち過ぎた。後家は、「何の情も掛け給わぬか」と立腹して御殿に駆け入り、彼《か》の傘を握り、「思えば、この身体倒《からだたお》し（見掛倒し）め」と罵《ののし》るや、引き破って捨ててしまった。

（巻一の四）

雲中《うんちゅう》の腕押《うでおし》

元和《げんな》年間（一六一五〜二四）の事、大雪が降って箱根の玉笹を埋め尽し、為に往来は途絶え、十日の余《よ》も馬が通わなかった。爰《ここ》に、短斎坊《たんさいぼう》と申す木食僧《もくじきそう》（五穀を断ち、草の根・木の実などを食して修行する僧）があった。鳥さえ通わぬ箱根の奥の峰に庵《いおり》を結び、仏棚（仏壇）も設けず、世を夢の如く暮して、齢《よわい》は早や百歳を超えていた。常に十六むさし（盤上遊戯の一種）を指して慰みとしていたが、或る時、年を重ねた法師が訪れ、このむさしの相手をして遊んだ。その有様を見るに、木の葉を綴って衣となし、腰には藤蔓《ふじづる》を纏い、黒き顔には眼《まなこ》が光り、如何様《いかさま》にも人間とは思われない。松の葉を毟《むし》って食物となし、物言う事も稀にて、これほど良い友達はまたとあるまい。

　再《ま》たの夕暮、短斎坊が焼火《たきび》の火種に事を欠いて困っていると、彼《か》の老人が腰より革巾《かわきん》着《ちゃく》を取り出し、「これは鞍馬《くらま》の名石（山城国鞍馬山特産の燧石《ひうちいし》）にて、火の出る事速しとて、判官《ほうがん》殿（源九郎義経）より貰うた」と、実《まこと》しやかに語った。短斎が驚いて、「其方《そなた》は如何《いか》なる人ぞ。判官殿と申せば、遥か昔の人なるが」と問うと、「我こそ常陸坊海尊《ひたちぼうかいそん》、昔に変る有様なれど」と名告《なの》った。これを聞いて、短斎は、常陸坊の最後が不明と伝えられる事に思い中《あた》り、さては不思議に長命を保っていたのかと思い、「往時《そのかみ》の弁慶は、色黒く、背高く、絵を見てさえ恐ろしく思わるるが」と尋ねれば、「それは大きに違《ちご》うた。またと無き美僧よ」と答え、更に「義経こそ、丸顔にして、鼻低く、向歯《むこうば》（上の門歯）は抜け、藪睨《やぶにらみ》みにて、縮み頭《がしら》（縮れ髪）、横太りして、男振りは一つも取柄なし。ただ志は雄《ゆう》にして大将の器なり。その外《ほか》の者どもは、片岡（八郎常春）は万《よろず》に吝《しわ》く（けち）、忠信《ただのぶ》（佐藤四郎兵衛《びょうえ》）は大酒飲み。伊勢の三郎（義盛）は買掛《かいがか》り（買物の代金）を済まさぬ奴にて、尼崎（大物《だいもつの》浦《うら》）・渡辺（淀川下流）・福島（大阪堂島川下流）の船賃など、侍顔《さむらいがお》して一度も遣る事なし。熊井太郎（忠元）は年がら年中、比丘尼《びくに》（尼姿の私娼）好《ず》き。源八兵衛《げんぱちひょうえ》（弘綱）は抜け風《ふう》の俳諧（談林俳諧で喜ばれた軽妙洒脱の俳風）ばかりして埒《らち》の明かぬ奴。駿河の二郎（次郎清重）は、奇妙な事に夏冬問わずの褌《ふんどし》嫌い。亀井（六郎重清）は、何をさしても小刀細工《こがたなざいく》が利いた（小器用）。鈴木（三郎重家）と継信《つぐのぶ》（佐藤三郎兵衛）は常に相棒にて、一生、飛子《とびこ》（売色を事とする旅廻りの少年）を買うて暮した。兼房《かねふさ》（増尾《ましおの》十郎）は浄土宗にて、後世《ごせ》願い（来世を頼む）。この外《ほか》、一人も陸《ろく》な者は無かったぞ」と語った。

「さてまた、静《しずか》（義経の愛妾）は、今日《こんにち》申すほどの美人か」と問えば、「いやいや、十人並より少し優れた程の女房よ。その時は、判官の威勢盛んにて、借銭は無し、唐織《からおり》や鹿子染《かのこぞめ》の法度《はっと》（禁令）も無く、明暮《あけくれ》京の水で磨きたるゆえ、美しゅう見えたまでよ。この頃、御関所の改め（検分）の折に、大名衆の妾《てかけ》（側室）どもを見るに、静の時分よりは風俗がよい。まだ咄《はな》したき事もあれど、みな嘘のように思うじゃろう。誰《たれ》ぞ証拠人が欲しや」と言う折しも、柴の編戸を訪《おとな》い、「正《まさ》しくこれに海尊の御声がしまする。少《ち》と御目にかかりたし」と言って、内に入って来る者があった。

常陸坊は、これを見て、「やれ懐しや懐しや、命永らえて、また逢う事の嬉しさよ」と喜び、「まず御亭坊（主、即ち短斎坊）へ引き合しましょ。これは猪俣《いのまた》の小平六（則綱《のりつな》。怪刀の持主として名高い）と申して昔の誼《よしみ》なるが、今は備中《びっちゅう》の深山《みやま》に住んでおらるる。このたびは奇特《きどく》にも尋ねて下されたのじゃ。今より以後は、お見知り置かれ、互いに御昵懇《ごじっこん》なされよ」と言って二人を引き合せた。それより夜もすがら、古《いにし》えの軍《いくさ》物語を恰《あたか》も昨日今日の事の如くに語り合った。時に常陸坊が「平六、今、力の程は如何《いか》に」と言えば、猪俣は「さのみ変らぬ」と答えて片肌を脱いだ。常陸坊も腕まくりして、その昔、亀割《かめわり》坂《ざか》（越後国、北陸道の難所という）にて枕引《まくらびき》（箱枕を指先にて摑み引き合う遊戯）をした事を思い出し、「されば、腕押《うでおし》をせん」と応じ、三時《みとき》（六時間）あまりも揉み合った。短斎も間に立ち、頻《しき》りに両方を力づけた。それぞれの掛声が雲中《うんちゅう》に響き渡り、軈《やが》て三人共に姿を消してしまったため、この勝負の行方

は、知る人も無かった。（巻一の六）

生馬《しょうば》仙人

爰《ここ》に、大和より平野の里（摂津国）へ帰る木綿買《もめんかい》（木綿を商う者）があった。空が俄《にわか》に時雨《しぐれ》模様と化し、生駒山《いこまやま》も見えず、日も暮かかってきたので、道を急ぎ、昔、在原業平《ありわらのなりひら》が高安《たかやす》通いをした折に憩うたと伝える息継《いきつぎ》の水という清水の畔《ほとり》まで漸《ようや》く走り着いた。そこへ、八十歳あまりの老人が来《きた》り、「寔《まこと》に申し兼ねる無心（願い）なれども、老人の足にて此《こ》の山道を往くは難儀にござれば、暫《しばら》く背負うては下さらぬか」と言うので、「易き事ながら、かかる重荷を抱うる折節なれば、叶いませぬ」と答えると、「老いを労《いたわ》る御志あらば、重みのかからぬよう乗りまする」と言いざま、鳥の如く飛び乗ってしまった。

一里ばかりも行き、松原の陰に差しかかると、日和《ひより》も旧《もと》に戻った。老人は、ひらりと下りて、「草臥《くたぶれ》のほども思い遣られまする。せめてもの礼に、酒を一献《いっこん》参らするほどに、まあ此処《これ》へ」と手招いた。打ち見たところ、吸筒《すいづつ》（酒などを入れる竹製の携帯容器）も無きゆえ、商人が不思議の思いをなしつつ近寄れば、老人は何やら息を吹き出す体《てい》である。見守っていると、吹き出す息に連れて、美しい手樽《てだる》が一つ現れた。続いて「何ぞ、肴《さかな》も」と言いつつ、黄金《こがね》の小鍋を幾つか出した。これのみにても合点が行かぬのに、「御馳走ついでに、酒の相手を」と言って、また息を吹き出した。今度は、十四、五歳の美女が琵琶《びわ》を携えて現れ、その琵琶を掻き鳴らし、後《のち》には杯の付差《つけざし》(自分が用いた杯を相手に差す事)までして様々に持て成してくれたので、忘我の酔心地とはなった。すると、老人は「冷《ひや》し物(酔醒《よいざま》しの果物)を差し上げまする」と言って、季節外れの瓜を吹き出してくれた。

商人《あきうど》は極楽に遊ぶ心地がして思うさま楽しんでいたが、偶《ふ》と傍らの老人を見遣ると、女の膝を枕に眠り込んでおり、軈《やが》て鼾《いびき》をかき始めた。時に、女が小声にて、「自らは此《これ》なる

御方の手掛物《てかけもの》（妾）にござりまするが、明暮《あけくれ》付き添うて、気の休まる折とてありませぬ。御目の明かぬ間《ま》の楽しみに、今より密夫《かくしづま》に逢いたく存ずれば、御目溢《おめこぼ》しを願いまする」と申す言葉の下より、息と共に十五、六歳の若衆《わかしゅ》を吹き出した。「今申せしは、この方」と言って手を引き合い、連歌《つれうた》（合唱・斉唱の類）を歌うて逍遥していたが、軈《やが》て姿を隠してしまった。商人は、老人が目覚めたらば如何《いかが》せんとて、寝返りを打つ度に肝を冷し、二人の帰りを待ち兼ねたが、何時《いつ》の間にやら立ち帰り、女は若衆を呑み込んでしまった。折から老人も目を覚まし、まず女を呑み込み、次に道具の類《たぐい》を片端から呑み仕舞うたが、黄金の小鍋を一つ残し、これを商人に与えた。二人とも、どれ（酔どれ）になり、四方山《よもやま》の話も語り尽した。既に日も那古《なご》の海（住吉沖。名高い歌枕）に没《い》り果てていた。爰《ここ》に老人は、〽相生《あひおひ》の松風颯々《さつさつ》の声ぞ楽しむ……（謡曲『高砂』の終節。宴の終りに謡う。千秋楽）と謡《うと》うて立ち上がり、住吉の方《かた》を指して飛び去った。

商人は、その場にて暫《しば》し転寝《うたたね》をなし、夢を見た。花が散るかと見れば、餅を搗《つ》き、蚊帳《かや》を畳むかと思えば、十五夜の月が出《い》で、門松もあれば、大踊（盂蘭盆《うらぼん》の総踊）もある。盆も正月も一度に訪れ、昼とも夜とも知れぬ夢であった。少しの間に好き慰みをして、目覚めてみると、傍らに黄金の鍋が一つ残されていた。里に帰り、有りし次第を語れば、さる物《もの》識《しり》が「それは生馬《しょうば》仙人（摂津国住吉の人にて、河内国高安の生駒山《いこまやま》に住んだと伝える。『元亨《げんこう》釈書』

『本朝神社考』等）と申す者なるべし。毎日、住吉より生駒に通うと申し伝えておる」と教えてくれた。

（巻二の四・残る物とて金の鍋）

紫《むらさき》女《おんな》

筑前国《ちくぜんのくに》袖の湊《みなと》（博多港の旧称という）という所は、往昔《そのかみ》和歌に詠まれた（例えば『夫木和歌集』に「日暮るれば袖の湊を行く蛍さわぐ思ひのほどや見ゆらん」など）頃とは様変り、今は人家が立ち並び、数多《あまた》の肴棚《さかなだな》（魚店）が出ている。この湊に、磯臭き風を嫌い、常精進《じょうしょうじん》（魚鳥を食せず身を清らかに保つ事）に身を固め、仏の道のありがたさに深く思いを致し、三十歳となる今日《こんにち》まで妻も持たず、世間には武道を立てると見せ、その実は出家心（遁世を願う心）を抱く男があった。不断座敷（常の居間）を離れて、年を経た松や柏の繁る深山《みやま》の如き所に一間《いっけん》（約一八〇糎）四面の閑居を拵《こしら》え、定家机《ていかづくえ》（歌人が愛用した机）に向い、二十一代集（全ての勅撰和歌集）を明暮《あけくれ》書き写していた。

折から冬の初め（太陰暦の十月）なれば、古《いにし》えの藤原定家が時雨《しぐれ》の亭《ちん》（定家が営んだ四阿《あずまや》風の小家）にて歌詠む様に思いを馳せていると、物寂しき突揚窓《つきあげまど》（棒にて突き上げて開ける窓）

の外より、優しき声にて「伊織《いおり》さま」と男の名を呼ぶ者があった。普段、女などが来る所ではないので、不思議に思い様子を見れば、総身《そうみ》紫の未《いま》だ脇明《わきあけ》の衣裳（「脇明」は未婚の女性が着用）を纏い、捌《さば》き髪（下げ髪）の真中《まなか》を金紙にて引き結んだ女が立っており、その美しき事は、何物にも譬《たと》えようがなかった。これを見るや、伊織は、年来の志も忘れ、ただ夢の如き心地に襲われ、現《うつつ》を抜かしてしまった。

時に、女は袖より内裏《だいり》羽子板《はごいた》（京都製にて一対の男女を描く）を取り出し、独りで羽根を突き始めた。伊織が「それは娵突《よめつき》と申すものか」と申せば、「男も持たぬ身を、娵などと仰せられては、浮名を立てられまする」と答え、切戸《きりど》（潜戸）を押し開けて座敷に走り入り、「誰《たれ》とても、触《さわ》ったら抓《つね》りまするぞ」と言いざま、しどけなく横たわった。自ずと後ろ結びの帯も解け、紅《くれない》の二布物《ふたのもの》（腰巻）が仄《ほの》かに見えた。女は目を細め、「枕というものが欲しい、それが無くば、情を知る人の膝が借りとう存じまする。辺りに見る人は無し、今鳴る鐘は九つ（午前零時頃）、夜も更けたれば……」と誘《いざな》う体《てい》である。厭《いや》とは言えぬ首尾（成行）となり、男は俄《にわか》に身を悶え、「如何《いか》なる御方か」と尋ねもせず、若さに任せて契りを交し、語らううちに、早や曙を迎えた。後朝《きぬぎぬ》の別れを惜しみ、「さらば」と出て行く女の姿を幻の如く見て悲しみに襲われ、再《ま》たの夜が待たれるのであった。

かくて、人にも語らず、契りを重ねていたが、未《いま》だ廿日《はつか》も経たぬというのに、己は知らず、次第に痩せ衰えて行くのを、懇意《ねんごろ》なる道庵と申す医師《くすし》に見咎められた。道庵が脈を取って見ると、思うに違《たが》わず陰虚火動《いんきよかどう》（腎虚。過淫に因る衰弱）の気色《けしき》なれば、「さても、頼み少なき（命が危うい）御身の上にござる。日頃は嗜《たしな》み（慎み）深き方と御見受け致せしが、さては隠し女でも拵《こしら》えてござるか」と尋ねると、「いや、左様の事はござらぬ」と答えた。そこで、道庵が「知らせ給わぬは心得違いと存ずる。今や御命の程も危《あぶの》うござる。常々格別なる御昵懇《ごじっこん》を賜わりながら、このまま見捨てて、見殺しに致したと世間に取沙汰さるるも迷惑なれば、今より後《のち》、御出入りの程は御免被《こうむ》りまする」と申して立ち行かんとすれば、伊織は「今は何をか隠すべし」とて、事の次第を段々に打ち明けた。一伍一什《いちぶしじゅう》を聞いた道庵が暫く考えた後《のち》、「これぞ世に言い伝うる紫女《むらさきおんな》と申す者にござろう。これに思い憑《つ》かれし事は、実《まこと》に因果にござる。人の血を吸い、一命を取りし例《ためし》もござれば、兎《と》も角《かく》も、彼《か》の女を切り殺しなされ。さもなくば、彼《か》の

者を止《とど》むる事叶わず、また養生の便り（方法）もござらぬ」と勧めたので、伊織は驚き、迷いを去って本心に立ち返り、「如何《いか》にも如何にも、知る辺《べ》も無き美女の通い来《きた》るなど、思えば恐ろしき事にござる。是非にも、今宵、討ち止《と》むるでござろう」と覚悟の程を示した。

さて、夜も更け、伊織が油断なく待つところへ、件《くだん》の女が袖を顔に押し当てて現れた。「さてもさても、これまでの御情に引きかえ、妾《わらわ》を切り給わんとの御心底、恨めしゅう存じまする」と言って近寄るところを、抜き打ちに畳みかけて切りつけるや、女はそのまま消え消えになりつつ逃れ去った。薄くなった女の影を追って行くと、橘山（立花山）の遥か奥の木深《こぶか》き洞穴《ほらあな》の中に隠れてしまった。その後《のち》も、紫女は伊織に執心を残し、浅ましい姿を見せたので、国中の道心者（仏家・在家の修行者）を集めて弔《とむろ》うたところ、軈《やが》て姿を見せなくなり、伊織も危うき命を助かった。（巻三の四）

鯉のちらし紋

川魚《かわうお》は、淀川産を以て名物と言うが、河内国《かわちのくに》の内助《ないすけ》ヶ淵の魚も、雑魚《ざこ》に至るまで味が優れているようである。この池は、昔より今に至るまで、干上がった事が無い。爰《ここ》に、内介《ないすけ》と申す漁師があり、この池の堤に家を構え、笹舟《ささぶね》（小舟）に棹さして漁に勤《いそ》しみ、妻子も持たず、唯一人にて暮していた。暫《しば》く獲《と》り溜めて置いた鯉の中に、女魚《めす》ながら凜々しく見えるものがあった。確かにそれと判る目印があるゆえ、この一匹のみ売り残して置いたところ、いつの間にか鱗に一つ巴《どもえ》（紋所の名）が顕《あらわ》れた。そこで、巴《ともえ》と名づけ、呼び習わせたところ、人の如く聞き分けて自然と懐《なつ》き、後《のち》には水から出して一夜を家の内にて過させたり、飯を食わせたりして、また手池（個人の所有池）に戻して遣った。斯様《かよう》に慈しみ育《はぐく》んでいたが、いつしか年月を重ね、十八年を経た頃には、頭《かしら》より尾までの丈が十四、五歳の娘の背《せい》ほどに生《お》い育った。

或る時、内介に縁談が持ち込まれ、同じ里の内より、年恰好の釣り合う年配の女を妻に貰った。それから未だ間もない或る日の事、内介が夜の漁に出かけた留守に、水色の着物に立浪《たつなみ》文様《もよう》の上着を重ねた麗しき女が裏口より駆け込んで来て、「妾《わらわ》は内介殿とは久しき馴染にして、斯様《かよう》に腹には子もある仲と申すに、又候《またぞろ》、此方《こなた》を迎え給う。この怨み、止《や》む事なければ、此方《こなた》には急いで親里へ帰りなされ。さもなくば、三日のうちに大浪を打たせ、この家をそのまま池に沈めまするぞ」と言い捨てて立ち去った。

女房は内介の帰宅を待ち兼ね、顔を見るや、この恐ろしき事の次第を語ったが、内介は取り合う事なく、「更々身に覚えの無い事じゃ。お前も、よく考えてみるがよい。大体、この浅ましき内介の許《もと》に、左様の美人が靡《なび》き来《きた》ると思うか。それが、若《も》し在郷《ざいごう》廻り（田舎廻り）の紅屋《べにや》・針売《はりうり》（いずれも小間物の行商）の嬶《かか》なれば、思い中《あた》らぬでもないが、それも当座当座に済ましておるゆえ、別の事（後腐れ）は無い筈じゃ。何か幻でも見たのであろう」と言って、また夕暮より舟に乗って漁に出かけた。時に、水の面《おもて》が俄《にわか》に漣立《さざなみだ》ち、浮藻《うきも》の中から大鯉が現れて舟に飛び乗り、口より子の形をした物を吐き出し、そのまま失せてしまった。漸《ようよ》うの思いで逃げ帰り、生簀《いけす》を見れば、彼《か》の女鯉《めごい》の姿は無かった。「惣《そう》じて（大体）、生類を深く手懐《てなつ》くる事なかれ」と、その里の人々は語り合ったという。（巻四の七）

*『新可笑記』——井原西鶴

歌の姿の美女二人

古代八重垣《やえがき》の歌の種、雲州《うんしゅう》（出雲国）は大社《おおやしろ》に、某《なにがし》とか申す神主があった。俗姓《ぞくしょう》（家柄、祖先）は武家の末子であったが、世には様々の家業があるものにて、神職の名跡《みょうせき》を継いだという。常々歌学を好むこと浅からねば、やがて二十一代集（全ての勅撰和歌集）を残らず諳《そら》んずるに至った。神書を勘《かん》え究《が》める程ではなかったが、「歌道は神主に似合いの心得」とて、人皆これを誉《ほ》めた。

然《しか》るに、世上の業《わざ》には一向に通じぬまま、古き世々の歌人《うたびと》への思い入れのみ強めて行った。とりわけ伊勢（三十六歌仙の一。九〜十世紀の女官）と小町（小野小町。六歌仙の一。九世紀の女官）の歌の姿に魅せられ、「昔は女でさえ、斯様《かよう》に心の長高《たけ》く、婀娜《やさ》しき人もありけるよ」と、平生《へいぜい》この事ばかり思い遣っていた。「伊勢が心、小町が心は歌の風情にて大方知らるるが、その顔《かん》ばせの艶《えん》なるさま、美形の程は如何《いか》なるものなりしか。今の写し絵（肖像画）も昔を見伝え、八重桜の陰に入日の射すが如き紅《くれない》の袴《はかま》に十二単衣《ひとえ》の紋柄も美しく、「わびぬれば身を浮草の根を絶えて誘ふ水あらばいなむとぞ思ふ」（小野小町。『古今和歌集』巻第十八）と、身を打ち任せたる面影に檜扇《ひおうぎ》を挿《かざ》せし姿を描けるが、真向《まつこう》に顔の見えぬは恨めし。その時節に生れ合せたる人々は仕合せなり。今も、この二人の美君は、昔に変らぬ姿にて、仏の国に坐《ま》しますべし。若《も》しも、勿体《もったい》なき歌道の縁に引かれて、伊勢と小町を見る事が叶うならば、直ぐにも息絶えて往生したきものを」と、塵《ちり》の世（浮世）に命を惜しまず、ただ幻を追うていた。かくして日を送っていたが、一年の経過も、花が咲けば春かと思い、雪に遇《あ》えば冬かと思う体《てい》にて、茫然として早や十九歳とはなった。

その後《のち》は、常の居間を離れ、月を見る為に構えた山屋敷に独り住んで、世間の人に遇う事さえ厭《いと》うようになった。朝夕の食事は、養母が気を遣《つこ》うて自ら運んでいた。或る時、養母は召使の女に枝付きの楊梅《やまもも》を渡し、「これを届けよ。ついでに言葉を掛け交し、様態を見て参れ」と命じて山屋敷に差し向けた。召使は程なく立ち帰り、不審の色を顔に現し、「彼方《あなた》には目慣れぬ都の上臈《じょうろう》（高貴な女房）が二人まで御入《おんい》り坐《ま》しまする」と申し上げた。養母は合点がゆかず、この召使を連れて彼処《かしこ》に赴き、繁った綾杉《あやすぎ》の隙間より垣間見たところ、召使の言《げん》に違《ちご》うて常の様子なれば、「何か心に遮り、幻でも見たのであろう」と召使を叱り付けて帰らんとした折しも、見慣れぬ上臈が二人、庭に降り立ち、夏菊の花を愛《め》でている姿が目に止まった。驚いた養母は、女心の忙《せわ》しさ（早急さ）より、帰宅するや直《す》ぐさま、この事を主人《あるじ》に告げた。「病気と聞くに、美しき女を一人ならず二人まで京より呼び寄せておられまする。内密にせんとしても、世に顕《あらわ》れぬ事がござりましょうや」と、世間の聞えも憚《はばか》らずに言い募ったので、誰彼《たれかれ》となく覗きに出かけたが、正《まさ》しく見る者もあり、見ぬ者もあった。これを耳にして、また数多《あまた》の人が、「何《いず》れの申す事が実《まこと》ならんか」とて一見に及べば、正《まさ》しく古《いにし》えの伊勢と小町の俤《おもかげ》に違《たが》うところがなかった。

神職の家では、「この儘《まま》にては世間の取沙汰も宜《よろ》しからず」と、家風には適《ふさわ》しからぬ事ながら、心の猛《たけ》き人（武張った気丈夫者）を密《ひそ》かに招き、「如何《いかが》したものか」と内談に及んだところ、彼《か》の人は「それは真《まこと》の女ではござらぬ。その仔細を申さば、憚《はばか》りながら、この御家の身代《しんだい》にて、京より左様なる美女を二人まで呼び下すなど、思いも寄らぬ事と存ずる。察するところ、狐狸《こり》の業《わざ》ならん」と自信ありげに答えた。座中の者は「さもあらん」と一筋に同心して気色《けしき》ばむ体《てい》。時に、「この儘には置かれぬ」と勇み肌の神主が名乗り出《い》でて山屋敷へ赴き、木陰に立ち隠れて。半弓《はんきゅう》（坐して引ける短い弓）を引き矢を放った。矢は中《あた》ったと見えたが、そのとき美女二人の姿は消えて、草花のみが残った。大勢にて隅々まで分け入り探したが、何も見つからなかった。証拠も無ければ、件《くだん》の神主の手柄も、さして喧伝されずに終った。さて、気を病める山屋敷の住人はと申せば、睡《まどろ》む体《てい》にて臥せっていたが、一同が起してみると、既に緒《こと》切れていた。皆々嘆くより他に詮方もなく、奇《あや》しき話として世間の語り種《ぐさ》となって終《しま》った。これを惟《おも》うに、唐土《もろこし》にも、学問に没頭するあまり精気を蕩尽して心神を煩い、己の魂が青赤《しょうしゃく》の鬼の形と現じ、得道の後《のち》に忽《たちま》ち失せた例《ためし》があり、即ち離魂という病の類《たぐい》と思われる。

（巻四の二）

＊『西鶴名残の友』——井原西鶴

腰抜け幽霊

出羽国《でわのくに》の蚶潟《きさがた》（象潟）という所は、世に隠れもなき夕景の面白き海辺である。汐越《しおこし》（潮汐が出入りする）の入江の数々、八十八潟九十九森（「九十九島」の称が通行）など、皆名高き所である。蚶満寺《かんまんじ》（干満珠寺）の前に古木の桜があるが、これこそ「蚶潟の桜は波に埋《うづ》もれて花の上漕ぐ海人《あま》の釣舟」（伝・西行）と詠まれた桜にて、この辺りの景色は歌に詠まれた昔と変るところがない。総じて、歌執行《うたしゆぎよう》（和歌修業）の人は、各々《おのおの》この寺に詠歌筆跡を残している。今の世に持て囃される俳諧師も数多廻《あまためぐ》り来て、この所の景色に惹《ひ》かれた事を道の記（紀行文）に記している。

坂田（酒田）の湊《みなと》に続く袖の浦（宮の浦の古称）という所は、古歌にも詠まれているが、僅かばかりの松原も、常ならず物寂《さ》びて眺められる。この所に一宇の寺があるが、住職は連俳《れんぱい》（連歌俳諧）好きと見えて、床の間に唐木《からき》（船来材木）造りの文台《ぶんだい》（書籍や短冊を載せる小机）が据えてある。見れば、裏に「文台や袖の裏書《うらがき》かへる鴈《かり》」という玖也《きゅうや》（松山氏。十七世紀の大坂の俳人）の句が記されており、これも早や古筆《こひつ》となれば、玖也法師の事が懐しく偲ばれる（これは作者の感懐にて、この一篇は作者の一人称）。

過ぎ去りし事どもを思い出しつつ行くに、同国恋の山（歌枕）という峰の麓《ふもと》に着いた。程なく日も暮れ、生い繁る小笹《おざさ》を分けて登って行くと、木陰の小暗《こくら》き所に、髪を棘《おどろ》に乱した女がおり、岩洩る雫《しずく》を手に受けて呑み、焰なす息を吐《つ》いていた。その身の苦しげなる有様は、この世の人とも思われない。さては幽霊かと恐ろしきこと大方ならず、思わず逃げ足となってしまったが、かかる折に頼りとなるのは出家である。この時、同道の出家が進み出《い》で、少しも動ぜず、「汝、如何《いか》なれば、世に迷うぞ。浅ましき事なれば、心の裡《うち》を懺悔せよ。さすれば、女人成仏《にょにんじょうぶつ》の一大事を授けん」と言葉をかけると、幽霊は泪《なみだ》を零《こぼ》し、「これは、寔《まこと》にありがたき事に存じまする。されば、思い死《じに》の物語を申し上げまする。妾《わらわ》は、後《あと》にも前《さき》にも、想いを懸けし男は一生に唯一人にござりまする。然《しか》も、姿形《かたち》美しき男ゆえ、千度《ちたび》も想いを訴えて漸《ようや》く契る事を得てござりまする。若《も》し死に別るるとも、男持つな、女は持たぬと、互いに固く約《ちぎ》り、諸神諸仏に誓を立て、行く末長うと思いおりましたるに、未《いま》だ死にもせぬうちに、男めは早や外《ほか》に気を移し変え、妾《わらわ》より年上なる女に戯れ、妾を世に亡き者にせんと、山伏や神子《みこ》（梓巫《あずさみこ》）を頼みて祈ると聞き、世に在る甲斐もなしと身を悶えて苦しむ折から、怨みの焔が胸を焼き、おのれおのれと最期まで睨《にら》み詰《づ》めにて果てましてござりまする。男は件《くだん》の女の許《もと》にて夫婦の語らいをなすゆえ、取り殺さずに置くべきやと、草葉の陰より夜毎に通い行きしに、或る夜、二階座敷に二人の声を聞きつけ、心の急《せ》くままに登れば、階《はし》の子（梯子に渡した未固定の横木）を踏み外し、思いの外《ほか》に腰を痛めてござりまする。この体《てい》にては、本望も遂げ難く思われます」と嘆いた。

そこで、「今時の人は気勢《きぜい》（気力）に欠くるゆえ、相果て幽霊となりても、猶《なお》また力なし。然《さ》るによって、最期に臨み、「七日の内に取り殺して見せん」などと怨みを言うて、恐ろしき顔つきすれど、昔と替り、一念弱ければ届き難し。汝も、早や思い止《とど》まるがよいぞ。侍なれば、腰抜けと申して役に立たねども、幽霊なれば差閊《さしつか》えあるまい」と申し聞かせ、膏薬《こうやく》を貼って遣り、それにて別れ、先を急いだ。

（巻三の六・幽霊の足よは車）

＊『諸国新百物語』――未達（西村市郎右衛門）

百物語

武蔵国《むさしのくに》の或る辺《ほとり》に、某《なにがし》とか申す士《さむらい》があった。名跡《みょうせき》を息子に譲り与え、世事を遁《のが》れて安穏に過していた。時しも、窓を濡らす秋の雨、また離《か》れ離《が》れに聞える虫の声が哀れを誘う寂しき夕べの事、戸を訪う気配《おとな》がした。荻《おぎ》の上風《うわかぜ》かと怪しんで出て見れば、日頃隔てなく交わる二、三人の友が尋ねて来たのである。「八重葎《やえむぐら》に埋もれし柴の戸に、方々には珍しき御訪ね、まずは此方《こなた》へ」と招じ入れ、一間に集うて来《こ》し方の事どもを語り合うていたが、猶《なお》も雨頻《しき》りにて、座も何となく静まりがちであった。時に、一人が「斯様《かよう》に打ち寄りたるついでに、いざ百物語して、昔より言い伝うる怪異《あやしみ》のありやなしや試みては如何《いかが》」と言えば、人々も「尤《もっと》も」と応じた。

一座の中《うち》より中老（中年）の男が進み出《い》で、諸事支度を調えた。まず青き紙にて行燈《あんどう》を張り、内に燈心を百筋立てた。話を一つ語る毎に燈心を一筋ずつ燈《とも》し消して、百に満ちれば座中が闇となるよう定めた。かくて、一人一人おどろおどろしき物語を話し続けるうちに、九十九話を終えた。今や燈心の光は唯一筋にして幽《かす》かに物悲しく、一同人心地も失せて、鼠の啼く声も耳に怪しく聞え、風が戸を鳴らす音さえ胸に恐ろしく響く。漸《ようよ》う百に満ち、燈火《ともしび》を打ち消せば、偏《ひと》えに闇の如くなり、如何《いか》なる事が起るかと、皆々固唾《かたず》を呑んでいた。一時《いっとき》ばかり過ぎても、別に怪しき事も無ければ、また燈火を掲げ、互いに顔を見合せ、「往昔《そのかみ》より言い伝えし事なれど、さばかりの（大した）事も無し」などと言って笑い合い、「程なく夜も明けん」と、一同その場に転《まろ》び臥して終った。

かくして、遠寺《えんじ》の鐘と里の鶏《くだかけ》が東雲《しののめ》（夜明）を告げたので、各々《おのおの》起き出《い》でて見れば、つい最前に切り捨てたような女の首が五つ、一人一人の枕頭《まくらもと》に並べ置かれている。何《いず》れも、翠《みどり》の黛《まゆずみ》、紅《くれない》の顔《かんばせ》、美しき首にて、黒き髪を乱し、朱《あけ》の血潮に染まっていた。座敷の戸は宵から強く錠を下ろしてあり、他《ほか》にこれと申して外に通ずる窓も無い。一同、不審の思いをなし、戸を開けてこれを見るに、やはり紛れもなく女の首である。されば、これを取り集め、近くの野辺に捨てたところ、一時に髑髏《されこうべ》と変じた。

この百物語と申すものは、魔を修《しゅ》する行《ぎょう》にして怪異《けい》を祈る法である。宵より余事を混じえず、この事に念を凝らしたればこそ、かかる不思議は出来《しゅったい》したのである。これを惟《おも》うに、仏を念ずる心には至って誠あれば、何ぞ仏果の妙に適《かな》わぬという事があろうか。魔道と仏道は異なるとは雖《いえど》も、念ずる心に変りはない。これは悪、これは善なれば、速やかに悪を去って、偏《ひと》えに菩提心を願うに如《し》かずと申すものである。

（巻之五の五・不思議は妙妙は不思議付り百物語）

*『玉箒木《たまははき》』——林義端《ぎたん》

碁子《ごいし》の精霊

武州《ぶしゅう》（武蔵国）は江戸牛込に清水昨庵《さくあん》と申す隠者が住んでいた。生得《しょうとく》に甚《はなは》だ碁を好み、ひねもす夜もすがら碁を打ち続け、如何《いか》なる大事が出来《しゅったい》しようとも耳にも聞き入れず、寝食を忘れ心魂を擲《なげう》ち、事々しく勝負を争うゆえ、狂気の類《たぐい》ではあるまいかと人も怪しむほどであった。斯様《かよう》に年月を積んで打ち込んだものの、元来が下手なれば工夫も進まず、相対する毎に負けるので、人々は「石馬《いしうま》」と異名《いみょう》を付けて笑い貶《けな》した。「石馬」とは「打てども上がらず」と云う意《こころ》であろう。

或る年の春頃の事、あまりに碁を打ち過ぎ、心《しん》が疲れ眼も眩《くら》んで来たので、暫《しばら》く鬱《うつ》気《き》を散らさんと思い、小僕《しょうぼく》に破籠《わりご》（檜製の弁当箱）を持たせ、柏木村《かしわぎ》（現在の北新宿）の円照寺の方《かた》へと歩を運んだ。寔《まこと》にこの寺は物静かなる地景にて、心ある隠士文人などは、世の塵労《じんろう》を離れて常に逍遥し、詩（漢詩）を作り歌を詠んで一時《いちじ》の興を催していた。殊に今は花盛りの比《ころ》なれば、彼方此方《あなたこなた》より参り集うて態々《わざわざ》しく（殊更らしく）見える。

昨庵は心も霽《は》れる思いにて、此処彼処《ここかしこ》と見遶《みめぐ》っていたが、寺の門前にて不思議な二人連に行き遇《お》うた。何《いず》れも昨庵と同じ禅門（在俗のまま剃髪して仏門に入った男子）にて、一人は色白く艶《つや》やか、いま一人は色黒くくすんで見える。その一人が昨庵を返り見て、「貴殿には御一人にて花を眺め給う御様子、如何《いか》にも寂しく、また興もござるまい。我ら二人、貴殿とは昔より深き親しみあり。然《さ》れども、見忘れてござろう。さもあれ、共に語り慰み、花をも眺めようではござらぬか」と言った。昨庵は、もとより見知らぬ人なれば、心得ぬ事と思ったものの、言う儘《まま》に誘《いざな》われ、共に寺内を徘徊した。この二人は凡下《ぼんげ》の者（凡人）とは見えず、古《いにし》えより今に翫《もてあそ》ぶ琴棊《きんき》書画《しょが》（四芸。雅びを解する者の風流韻事）の風流なる品々に精通し、「博雅《はくが》（醍醐源氏。十世紀の音楽の名手）の琴は古楽にして、その奏《しら》べを聞き識《し》る者なければ、後世に伝わらず。棊は空蟬《うつせみ》の君（『源氏物語』の登場人物）、ただ何となく安らか（穏やか。平易）なるが、然《しか》も後《おく》れを取り給わず。かかる高手（巧手）は今の世には稀にて見及ばぬ」などと語ったので、昨庵は「珍しき評論をも聞くものかな」と耳を傾けていた。

思いついて、昨庵が「さるにても、この円照寺の名木、右衛門《えもん》桜の謂《いわ》れを御聞かせ下され」と尋ねると、彼《か》の黒き禅門が応じて、「これは普《あまね》く人の知る所なれど、御尋ねあるゆえ、語り申さん。『源氏物語』に出《い》づる人々の中に柏木右衛門督《えもんのかみ》と申し上ぐる方が坐《おわ》するが、源氏の君が品定めの折、月卿雲客《げつけいうんかく》（公卿や殿上人）を月・日・星・雲・霞また万《よろず》の木草《きくさ》に譬《たと》え給《たも》うた中に、この右衛門督を柏木に擬《よそ》え給うた。いつも常磐《ときわ》なる（変らぬ）姿を譬えて言うたのでござろう。或る時、源氏が蹴鞠《けまり》を遊ばされ、右衛門督も参って居った。女《にょ》三の宮（源氏の正室）の御殿の御簾《みす》の内より猫が駆け出《い》で、猫を繋ぐ綱にて簾《みす》が少し開《あ》いてしもうた。右衛門督は、その隙《ひま》より女三の宮を見初《みそ》め奉り、それからと申すもの、想いに耐え得ずして、忍び忍びに伝《つて》を頼り、行き通い給うたが、或る時、縹《はなだ》の帯を忘れて源氏に見つけられ給うた。源氏は何となく仄《ほの》めかし、右衛門督に酒を強《し》いて、御心よからぬ目遣いをなされしゆえ、それより右衛門督は、心の鬼（良心の呵責）に苛《さいな》まれ、後ろめたさのあまり物狂おしくなり給うた。かくて暫くこの村に流され、程なく召し返され給うも、いたく心地悩み、久しく打ち臥し給う。女三の宮は右衛門督の御子《おんこ》を孕《はら》みて生み給うた。五十日《いか》の祝の折、源氏は彼の若君を掻《か》き抱き、女三の宮の御傍に立ち寄り、「誰《た》が世にか種はまきしと人問はゞいかゞ岩根の松は答へむ」と詠み給えば、宮は言うばかりなく恥しと思《おぼ》して平伏《ひれふ》し給うたが、右衛門督が失せしより物怪《もののけ》に憑《つ》かれ給い、これも程なく薨《かく》れ給うた。彼《か》の若君をば、後《のち》に薫大将《かおるのたいしょう》と名づく。生れながらにして御身《おんみ》に妙《たえ》なる薫《かおり》の具《そな》わりし故の名とか申す。この桜は、右衛門督がこの所に流され給うた時、手ずから植えられしものと言い伝えてござる。花は蘂《しべ》長く、匂い四方《よも》に薫《くん》じ渡り、仰ぎ見る人の袂《たもと》にまで移り香を残すと申す。かかる謂《いわ》れあるゆえに、花を右衛門桜といい、村を柏木村と名づくると申す」と語り聞かせた。時に、寺の傍らに未《いま》だ蕾《つぼみ》の花があるのを見て、いま一人の白き禅門が取り敢えず、

ひらかざる花のかたちや重《ちょう》か半

と詠吟すれば、折節前後《あとさき》に諸人《しょにん》の行き集うのを見て、黒き禅門が、

我がちにつゞきて出づる花見かな

と吟じた。今度は、木《こ》の間に幕を張り廻《めぐ》らす人があるのを見て、

幕串《まくくし》はすみかけてうて花の下《もと》

と白き禅門が吟じた。昨庵は後に随《つ》きつつ聞いていたが、「不思議なる事を言う人々か

な、この句作を聞くに、みな碁の手の詞なり。日頃、碁の友にて、遺恨はありながら、互いに憎からぬ仲なれば、今日は打ち連れて出《い》でしか。かかる言い捨ての業《わざ》に於ても、挑み合うのであろうか」と推測した。その時、二人の禅門は、昨庵が伴い来《きた》った小僕を呼び、「汝は円照寺の門内へ先に行き、花の陰にて待つべし。能《よ》き場所を、何人《なにびと》の押さゆるとも、押して取れ。先を取らるるな」と言い、

花によき所を取るや先手後手　　黒

と吟じ、重ねて「人々の入り込まぬよう幕を打ち、下を僃《は》うて出入りせよ」と言いつけ、今度は別の一人が次の如く吟じた。

遊山《ゆさん》する地をやぶられな花の陰　　白

昨庵は、これらの句を聞く度に、可笑《おか》しくも興深くも覚え、耳を澄ましていた。時に、傍らに幕を打ち廻し、大勢並んで酒宴を催し花を眺めている中に、年の頃は十四、五ばかりにて言いようもなく貴《あて》やかなる美少人（若衆《わかしゅ》）があり、歌い舞う体《てい》なれば、早速、彼《か》の

二人は次の如く吟じた。

児《ちご》や花のぞき手もがな幕の内　黒

花見には攻め合ひなれや順《ずん》の舞　白

中手《なかで》こそならね花見の円居《まとゐ》の場　黒

とかくするうちに、昨庵は群集《くんじゆ》甚だしき所にて彼《か》の二人を見失ってしまった。たどたどしく惑い行くところを、二人が見つけ、声を掛けたが、昨庵は気づかずに通り過ぎてしまった。そこで、また一句。

手をうつを知らざるに何花の友　白

やがて廻《めぐ》り遇えば、また一句。

見落しをせぬや並木の花盛り　黒

「あれを見ん、いやこれを」などと人々が争うのを聞いて、一句。

翅鳥《してう》にやかゝりがましき花の友　白

円照寺の花は今日が盛りと見えたが、中には咲き残ったものもあり、また枯れて季《とき》を知らぬものも混じっていた。

所々だめをささぬや花ざかり　黒

いたみてや未《ま》だ芽をもたぬ花の枝　白

塩竈《しおがま》という種類は大方散り果てているのを見て、一句。

あげはまとなる塩竈のさくらかな　黒

当寺の名木たる右衛門桜には垣を結《ゆ》い廻《めぐ》らし、近くへは人も寄せぬ体《てい》なれど、もとより花の色は殊更に見えれば、一句。

守るてふ関はやぶらじ花ざかり　白

寺の庭、堂の縁など、此処彼処《ここかしこ》にて酒宴しているのを見て、数句。

さしかはす花見の酒やかたみ先《せん》　黒
よわからぬ相手もがもな花見酒　白
花に酔うて皆持《じ》となるや下戸上戸《げこじやうご》　黒

酒宴する人々の中に、「あまりに呑み過しなば、帰り途《みち》に差障《さしさわ》らん。控えられよ」と諫《いさ》める人があった。その飲人《のみびと》に代って、一句。

興さむるかためは如何《いか》に花の酔　白

中の一人は下戸と見えて、杯も手に持てぬ気色《けしき》なれば、また一句。

杯は打つ手がへしに花の友　黒

亭主の人と見えて、手ずから茶を立てて皆に差し出している人があった。その人に代って、一句。

劫《こふ》立てて見るは花なる白茶かな　黒

時に、白き禅門が花の下《もと》に立ち寄り、「この一枝を折り、家苞《いえづと》（土産）に致したく思えど、人の見る目も大人げなし。如何《いかが》せん」と思案の体《てい》ゆえ、昨庵が「これほど沢山なる花なれば、差閊《さしつか》えはございますまい。唯々手折《たお》りなされませ」と勧めれば、それを種として二人はまた詠吟に興じる。

花の枝は助言《じよごん》のごとく切つてとれ　白
折る人にはねかけよかし花の露　黒
よそを見る顔して折るや打ちがひ手　白
折りえたる花や梢の猿ばひ手　黒

「花守の咎むる時には如何《いかが》せん」と言えば、

手を見せよ折るか折らぬか花の枝　白
花守や折るを見付けて追ひおとし　黒
見とれては目あり目なしよ花の色　白
花あらば這うても見まし岩根道　黒
打ちはさめ散るふたまたの花の雪　白
高みより飛ぶ手に散るな花の枝　黒
梢までわたりてもがな花盛り　白

と交互に吟じ、「家の内にて小さき枝を見るさえ嬉しきに、ましてこの遊山は」とて、

花少し活けてだに見し竹の節《ふし》　黒

と吟じ、更には「今日、この寺に打ち群れたる人数《にんず》は如何《いか》ほどならん」とて、

目算のならぬ群集《くんじゅ》や花の山　白
種や人まくに及ばぬ花の山　黒
夕日には向へど花や東じろ　白

などと吟じて際限も無き体《てい》である。爰《ここ》に、昨庵の小僕は、最前より花の陰に筵《むしろ》を打ち敷いて待ち侘びていたが、遥かに三人の姿を見つけ、声をあげて呼ばわった。皆々驚いて、「さぞ待ち兼ねし事ならん。されば、立ち寄りて憩《やすら》わん」と言う折しも、花咲く頃の習いにて、俄《にわか》に空が掻き曇り、春雨が降りかかってきたので、数限りなき遊山人《ゆさんびと》は各々《おのおの》様々に立ち帰り、目《ま》のあたりに寂しき景色とはなった。名残惜しき事ながら、昨庵も帰路に赴かんとしたが、最前二人の禅門が機智に富んだ詠吟を披露した折に、自らは何ら為《な》すところも無く終ったのが余りにも無興《ぶきょう》と思われたので、爛柯《らんか》の故事（晋の木こり王質が四人の童子の打つ碁に時を忘れて見入っているうちに斧の柯《え》が爛《くさ》るほどの時が流れていた）を引き、

斧の柄《え》は朽ちぬに戻る花見かな

と吟じて二人に示し、「さるにても、御二人は如何《いか》なる高貴の方々にて、如何《いか》にして世

を遁《のが》れ給うや。然《しか》も囲碁に明るき方と御見受け致せば、その法を御指南下され」と頼み込んだ。二人は「我らは元より凡人に非《あら》ず、一人は海辺より出《い》で（白石すなわち蛤《はまぐり》の産地を暗示）、また一人は山家《やまが》より来《きた》り（黒石の産地を暗示）、終《つい》に昵近《じっきん》の交わりを成し、名を知玄《ちげん》・知白《ちはく》と申す。穀城山黄石《こくじょうざんこうせき》公（中国秦代の隠士）の仙術を慕い、またその兵法《ひょうほう》を学べり。凡《およ》そ日本六十余州の名山霊窟を廻《めぐ》り、目《ま》のあたり仙人道士に親しみて友とし、或る時はまた世間に出《い》でて遊興に交わり、自ら感ずる所あれば、狂言綺語《きぎょ》の戯れを為して慰めと致す。今はこれまでなり」と言って、一通の文書を授け、行方も知れず立ち去った。昨庵は奇異の思いを為《な》して家に帰り、「事の次第をつらつら案ずるに、彼《か》の二人、我とは深き親しみありと言いしが、これ疑うべくもなく碁子《ごいし》の精霊にて、人の姿に化身して我に言葉を交せしなり」と思い至り、急ぎ彼《か》の文書を披《ひら》き見れば、古文字《こもじ》にて四言八句の銘が記されていた。

順勝逆負。　動抜静安。　往来一轍。　酬応多端。
一秤秋水《いちびやうのしうすい》。　無人乎側《かたはらにひとなし》。　知玄知白。　是曰僊客《これせんかくといふ》。

これより昨庵は自然と囲碁の名人となり、初め彼を笑った者たちも悉《ことごと》く打ち負け、その後《のち》は、江戸には敢えて敵対する者は無かったという。

（巻之二の二）

＊『多満寸太礼《たますだれ》』——辻堂兆風子《ちようふうし》

柳精《りゆうせい》の霊妖

文明年間（十五世紀後半）の事、能登国《のとのくに》の太守《たいしゆ》畠山義統《よしむね》の家臣に岩木七郎友忠と申す者があった。幼少の比《ころ》より才智世に勝《すぐ》れ、文章に名を得て、和漢の才《ざえ》に富み、容貌《かたち》美《うるわ》しくして、未《いま》だ廿歳《はたち》に満たなかった。義統はこれを寵愛し、常に秘蔵していた。生国《しようごく》は越前にて、母一人をその古郷《こきよう》に残していたが、戦乱の世（応仁の乱）は未《いま》だ静まらねば、行き訪《と》う事も無かった。

或る年、義統は将軍（足利義政、或いは義尚）の命を受け、山名方を離れて細川方に一味し、都に向けて北国《ほつこく》の通路（北陸道）を拓《ひら》きつつ上った。杣山《そまやま》（越前国南条郡）に山名方の一城があり、これを攻めんとて、義統は杣山の麓に出陣して日を送っていた。母の在所も近き事ゆえ、友忠は秘かに陣所を抜け出《い》で、唯一人馬に打ち乗り在所を目指した。

頃は睦月《むつき》（一月）の初めにて、雪は千峰《せんほう》を埋《うず》め、寒風が膚《はだえ》を刺し通し、馬は行き悩んで進まなかった。折しも道の傍らなる茅舎《ぼうしや》（萱葺《かさぶき》の家）より煙が立つ体《てい》なれば、馬を打ち寄せて見るに、老いたる夫婦が十七、八歳の娘を中に置き、焚火《たきび》の傍らに眠って居た。娘の容子を見れば、蓬《よもぎ》なす髪は乱れ、垢染《あかじ》みたる衣は裾短《すそみじか》なれども、花の眦《まなじり》麗しく、雪の肌《はだえ》清らかに優しく、巧まずして媚態を為《な》し、「寔《まこと》に、かかる山の奥に斯程《かほど》の美人のあるは訝《いぶか》しき事なれば、或いは神仙の住居《すまい》か」と怪しまれた。

人の気配に気づいて起きた老夫婦は友忠を見て、「労《いたわ》しの少人（美童）や。なにゆえ、かかる山中に独り迷われますするか。雪降り積もり、寒風忍び難ければ、まず火に寄りて御当りなされまし」と懇《ねんご》ろに迎え入れた。友忠が「日も已《すで》に暮れて雪の愈々《いよいよ》降り積もる気色《けしき》なれば、今宵は此処《ここ》にて一夜を明かさせては下さらぬか」と頼み込むと、老爺は「かかる片山陰の住居《すまい》なれば、持成《もてなし》申さん便《よすが》もござりませぬ。然《さ》りとも、雪間を凌ぐ旅の空、今宵は此処《ここ》に御宿りなされまし」と申して、馬の鞍を下ろし、衾《ふすま》（夜具）を調えて一間を設《しつら》え、まめまめしく傅《かしず》いた。時に、彼《か》の娘は姿形《かたち》を飾り衣裳を替えて帳《とばり》の内より出《い》で、改めて友忠に見《まみ》えたが、その美しさは最前見初《みそ》めた折よりも一段と優り、妖しいほどであった。

さて、老夫婦は濁り酒を温め、「せめて夜寒《よさむ》を御払いなされまし」と勧め、杯を廻《めぐ》らせた。友忠が何とはなしに娘に杯を差すと、夫婦は打ち笑いつつ、「山家《やまが》育ちの鬻女《ひさぎめ》（行商を事とする女）にて、思《おぼ》し召しには適《かな》わずとも、旅の宿りの憂さ晴らしに、御杯を賜りませ」と言い、娘にも「受けるがよい」と促したので、娘も顔を赧《あか》らめて杯を取った。この女の容子が世の常に優るのを見て、友忠は、心を引いてみんと思い、何となく、

尋ねつる花かとてこそ日を暮せ明けぬになどか茜《あかね》さすらん

と口遊《くちずさ》むと、娘も取り敢《あ》えず、

出《い》づる日のほのめく色を我が袖につゝまば明日も君やとまらん

と受けて詠んだ。これを聞き、歌柄と申し詞の続きと言い、只人《ただうど》ではあるまいと思うた友忠が、「最愛の妻と申す者もござらぬ。願わくは、この身に申し受けたきもの」と申し出ると、夫婦は「かくまで賤しき身を、何とて参らせましょうや。ただ仮初《かりそめ》に御心を慰め給え」と答え、娘もまた「この身を君に任せ参らする上は、兎《と》も角《かく》もよろしきように」と応じて、衾《ふすま》を共にした。

かくて一夜が明けると、既に空は晴れ、嵐も凪《な》いでいた。友忠は「今は暇《いとま》を申さん。ま

た逢うまでの形見とも御覧下され」と言って、一包みの金《こがね》を懐中より出して与えんとしたが、主の老人は「これは、賜わりましても由なき事にござりまする。われら夫婦は如何《いか》ようにも暮すべき身なれば、願わくは、疾《と》く疾く娘を御連れ下さりませ」と言って受け取らぬので、友忠も致し方なく、娘を馬に乗せ、老夫婦と別れて陣中へと帰った。

さるほどに、山名・細川の両陣とも兵を引き、義統も上洛して都の東寺《とうじ》に宿陣した。友忠は件《くだん》の女を密かに具して忍ばせて置いたが、偶《ふ》とした事から主《しゅう》の一族なる細川政元がこの女を見初《みそ》めて深く恋い侘び、夜陰に紛れて奪い取らせ、それより一方ならず寵愛の体《てい》であった。友忠は無念に思うたものの、貴族には敵対し難く、ただ物思いに沈んで日を送っていた。或る時、あまりの恋しさに、密かに伝《つて》を求め、一通の文を認《したた》めて女の許《もと》へと遣わした。その文の奥に、

公子王孫逐後塵　（公子王孫後塵を逐《お》ふ）
緑珠垂涙滴羅巾　（緑珠涙を垂れ羅巾《らきん》を滴《した》つ）
候門一入深如海　（候門一度《ひとたび》入りて深きこと海の如し）
従是蕭郎是路人　（是従《これよ》り蕭郎是路人《せうらうこれろじん》）

と記した。如何《いかが》したものか、この詩が政元の知るところとなり、政元より密かに召しがあった。友忠は「一定《いちじよう》（必ず）これは我が妻の事が顕《あらわ》れ、恨みの程を恐れて我を捕《と》り籠《こ》め討つ謀事《はかりごと》ならん。折あらば恨みの一太刀を浴びせん。たとえ死すとも、いま一度《ひとたび》妻に見《まみ》えたきもの」と思い詰めて参上した。対面するや、政元は友忠の手を取り、「候門一入深如海と云う句は、これ汝の作なりや。寔《まこと》に深く感心致す」と言って涙を浮べ、則《すなわ》ち彼《か》の女を呼び出して友忠に返し、剰《あまつさ》え種々の引出物を下し与えた。これ偏《ひと》えに、友忠の作詩の力に由る事にて、文道の徳と申すものである。

これより友忠夫婦は、愈々《いよいよ》偕老同穴の語らいを深めて年月を送っていたが、或る時、妻が「妾《わらわ》、図らずも君と五年《いつとせ》の契りを為《な》し、猶《なお》いつまでも共にあらんと思いおりまするものを、思いがけず今宵を限り命の究み（終り）を迎えてござりまする。宿世《すくせ》の縁を思い給わば、亡き跡を懇《ねんご》ろに弔《とむろ》うて下さりませ」と言って、涙を滝の如くに流した。友忠が肝を消して、「異《い》な事を聞く、なにゆえじゃ」と問えば、妻は「今は何をか裹《つつ》みましょう。自らは元来《もと》人間の種ならず、柳樹《りゆうじゆ》の精にござりまする。このたび、図らずも薪《たきぎ》の為に伐《き》られ、早や已《すで》に朽ち行くばかり。今は嘆くとも甲斐はござりませぬ」と言いざま、袂《たもと》を返すと見れば、霜の消えるが如く失せて、衣ばかりが残された。「これは如何《いか》に」と立ち寄るに、小袖のみにして跡形も無い。天に焦がれ地に伏して悲しむと雖《いえど》も、去りし面影は夢の裡《うち》にも顕《あらわ》れなかった。詮方なければ、遂には髻《もとどり》を切り落して、諸国修行の身とはなった。妻の古郷を訪ねて在りし跡を見るに、彼《か》の茅舎《ぼうしや》が見当らない。辺りを尋ねてみたものの、元々隣家も無き事ゆえ、誰《たれ》も知る者は無かった。ただ大きな柳の切株が三つ残っていた。「疑いもなき切株、これに違いあるまい」と思い、その傍らに塚を築いて回向《えこう》を為《な》し、泣く泣く其処《そこ》を後にした。

（巻第三の三・柳情霊妖）

執心の連歌

近き比《ころ》の事、一人の遁世者があった。もとは比叡山に学び、天台の奥旨《おうし》（奥義）を究めて学匠の聞えも高く、また連歌の道にも達していたが、偶《ふ》と思い立ち、西国行脚《さいごくあんぎや》の旅に赴いた。肥後国《ひごのくに》に至り、とある片里を通るに、一宇の荒寺が目に止まった。往昔《そのかみ》は嘸《さぞ》やと思われるものの、今は軒も疎《まば》らに荒れ果て、道は草に埋《うず》もれている。開《あ》きっぱなしの扉より入って見れば、松の嵐が塵を払《はろ》うた体《てい》にて、壊れ落ちた窓の内には、もとより人の姿は無かった。

里人を捉えて、「如何《いか》なる所にござるや」と問えば、「往昔《むかし》は、養興寺とか申すめでたき寺にて、僧衆《そうしゅ》も数多《あまた》詰めて賑わい、詩歌の翫《もてあそ》び盛んにして、遠里《えんり》遠村の数奇人《すきびと》（好事家、風流人）多く集まり、月次《つきなみ》（月毎）の連歌などして、繁昌の地にござったが、何時《いつ》の比《ころ》よりか不思議の事どもありて、全く人が住まぬようになり、斯様《かよう》に年々に荒れてゆきまする。今も、偶々《たまたま》望みて入り来《きた》る人もござれど、二夜《ふたよ》を重ねずして逃げ帰りまする。御僧《おそう》も修行者と見ゆれば、試みに行きて御宿りなされ」との答であった。そこで、「それこそ、かかる身に望み申す事なれば、今宵はこの堂にて明かすと致そう」と申せば、「左様なれば、結縁《けちえん》致しまする」とて食事など与え、彼《か》の寺まで同道し、「明けなば、訪《と》い申さん」と言って帰って行った。

さて、件《くだん》の僧は、中の間（中央の部屋）と覚しき所に囲炉裏《いろり》があったので、辺りの柴木を伐り集めて焚火《たきび》など致し、何となく心を澄まし、「さるにても、如何《いか》なる不思議やあるらん」と思い、事を待つ心地で過したが、夜半に至るも、さしたる事も無ければ、その儘《まま》にて臥せった。夢待つほどの仮寝《うたたね》の中《うち》に、枕を傾けて聞けば、客殿と覚しき方《かた》より数多《あまた》の人音《ひとおと》が響き、追々にまた戸を開けて来《きた》る音が続いた。「これこそ」と思い、障子の隙間より差し覗いて見れば、上座には四十《よそじ》余りの半俗（俗体の僧）の者が素絹《そけん》の衣（僧服）を着して坐し、傍らに二八《にはち》（十六歳）ばかりの清楚なる体《てい》の稚児が卓を控えて坐している。ほかに、或いは上下《かみしも》または白衣《びゃくえ》を着した者どもが七、八人も円居《まどい》しており、後《あと》から入り来《きた》る者も大体同じ体《てい》である。「何事を行うやらん」と見守っていると、連歌の体《てい》と見えた。やがて一巡して、

舟のうちにて老いにけるかな

と云う句に付ける段となった時、如何《いかが》した事か、あれやこれやと案じ入ったる体《てい》と見えたが、暫《しば》くすると、「悲しや」と一同に喚《おめ》いて、霜の消える如くに失せ、跡形も無かった。また暫くすると顕《あらわ》れ出《い》で、最前と一字一句変らぬ連歌に興じ、一巡して件《くだん》の句に至るや、また「悲しや」と叫んで同時に消え失せ、これを幾度《いくたび》も繰り返す。件の僧は、つくづくと案じて、「一定《いちじょう》、この者どもは、この句を付け兼ねて、そのまま世を去りしゆえ、なお執心この地に留《とど》まり、浮びも成らず迷い居るならん」と思い至り、また一同が顕れ出《い》でて最

前の如くに句を打ち出し、件の句に及んだ時、透《す》かさず、

浮草の筧《かけひ》の水にながれきて

と大音《だいおん》にて付け出《い》だしたところ、一同の者は大いに感じ入る体《てい》にて喜び、手を合せて件の僧を拝み、「我々は、昔この所にて月次《つきなみ》の連歌を為《な》せる者どもなるが、この句を付け煩《わずろ》うて月日を送るほどに、図らずも世に騒がしき事（戦乱）の出来《しゅつたい》して、各々身罷《おのおのみまか》り、一朝《いっちょう》の煙となってござる。その執心、この地に残り、斯様《かよう》の苦しみに沈みて在《あ》り経《ふ》るほどに、然《しか》るべき名師に逢い、罪を懺悔して苦海《くかい》（人間界）を離れんものと、姿を顕《あらわ》せども、皆々我らを恐れ、遂には人の住まぬ地と荒れ果てたる次第にござる。浮ぶ瀬も無き苦しみを、忽《たちま》ちに一句の秀逸を以て救われ、各々苦海を出《い》でし事の嬉しさよ」と申して、千度《ちたび》も礼拝《らいはい》をなし、「この寺を御僧に送り参らする。この後《のち》は、御僧の守りの神となり、永く魔障の妨げを除き参らせん」と言い終るや、掻き消す如くに失せてしまった。

さて、一夜が明けると、里人達が馳《は》せ来《きた》り、「何事か、ござりましたか」と問うた。僧が一伍一什《いちぶしじゅう》を詳しく語れば、里人は皆肝を潰し、「その亡者どもは、皆この里の者どもの先祖にござる。いたく連歌を好み、軈《やが》て身罷《みまか》りしが、扨《さて》は、その執心残りて、かかる有様

を現じたるか。ありがたくも助けさせ給うものかな」と口々に礼を述べて喜んだ。更に、里人達は件《くだん》の僧に渇仰《かつごう》（深く帰依）して、この寺の中興（再興者）に就《つ》かん事を願い、近里《きんり》の者どもを呼び集め、堂宇を旧《もと》の如くに建立した。その後《のち》は、永く寺門を輝かしたという。

（巻第六・行脚僧治亡霊事）

＊『拾遺御伽婢子《おとぎぼうこ》』——柳糸堂

夢中の闘佷《とうこん》

下総国《しもうさのくに》は藤枝羽《ふじえだは》と云う所に、原幸右衛門《はらこうえもん》と申す者があった。元来《もと》由ある者ながら、さる仔細あって浪々の身となり、此所《ここ》に引き籠って住んでいた。戸田一刀斎の流儀を汲む兵法《ひょうほう》の達人なれども、態《わざ》と芸を隠していた。

また同国の大滝と云う所に、瀬崎勘内《せざきかんない》と申す兵法の師があり、こちらは近里《きんり》の者どもに指南して世渡りの生計《たつき》となしていた。この両人は互いに無二の友にて、折節は出《い》で合い、古今兵術の奥義や伝説の秘術などについて語り合っていた。或る雨の夜の事、打ち寄って兵法の理義を様々に評しているうちに、話は深更に及んだ。

時に、幸右衛門が「それ兵法の奥義とは、伝書の載する所、全く刀剣を以て兵術を揮《ふる》うて勝つに非《あら》ず、須《すべか》らく心理を修むる事が肝心にござろう。心の転動せざる所に、忽然《こつねん》として勝利を得る事、これ剣術を以て勝つに非ず。この旨を存ずるゆえに、某《それがし》、全く所作（型）に拘泥《こうでい》致さぬ」と申せば、勘内は熟々《つらつら》と聞いて、「御尤《ごもっと》もにて、兵法は心を修むるを以て基として、全く所作に拘泥すべからずと存ずる。然《しか》りと雖《いえど》も、元来《もと》所作無くんば、何を以て端《はし》（端緒）とせん。もと所作を端となし、その心理に至ると申すべきか。初めより心を修むる理《り》を説かば、初心の輩《ともがら》は、その心趣を承知すること能《あた》わず、これによって空しく退屈して、終《つい》にその道の半ばにして廃《すた》る。かかるが故に、五箇条八箇条または十二箇条を立て、所作の修業を為《な》さしむ。これはこれ、事の軽きに似て、必ず重き理《ことわり》ならんと存ずる。この旨を弁《わきま》え給うべし」と、言《げん》も鮮やかに演説した。幸右衛門は暫《しば》し言葉もなく黙《もだ》していたが、長きに亙《わた》って互いにその趣意を談じ合うたせいで気疲れしたのであろう、二人ともに語る事を止《や》め、眠るが如く安坐していた。

時に、両人の耳より青き煙の如き物が抜け出《い》で、漸々《ぜんぜん》に雲の如き形を成して対《むか》い合った。四方《あたり》に侍《じ》していた弟子どもが奇異の思いをなして見守っていると、雲の内より「心」という文字《もんじ》が顕《あらわ》れ、中空にて対峙し、礑《はた》と当っては砕け、散ってはまた寄り合い、その様子は恰《あたか》も秋風が浮雲を吹き散らすようであった。暫しの後《のち》、雲の如き心気が双方の耳へ立ち帰ると見れば、即ち両人は目を開いた。幸右衛門が「某《それがし》、唯今、睡《まどろ》みしうちに、夢に貴殿と戦うと見たるが、遂に勝負つかずして立ち退くと見て醒め申した」と語れば、勘内も

「某《それがし》も同じ夢を見申した」と語った。折から傍《かたえ》に侍《はべ》る弟子どもが、目《ま》のあたりに見た現《うつつ》の不思議を告げ語ると、両人は眉を顰《ひそ》め、「これ、寔《まこと》に浅ましき事にござる。われら、常に我執強くして、互いにその上に立たん事を思い、相手の理《り》を言い消さんと図る。これにより、心が影となり、その形を現したるに違い無し。これ、全く本意に非《あら》ず。また各々《おのおの》の理、別物に非ず、互いに心理を見るところは一つにして、ただ所作を用いると用いざるとの相違あるのみ。もとより奥義は一つなれば、ここは勝負無しと致さん。争い報ずる事、必ず重ねて互いにあるべからず」と申し合せ、一紙《いっし》の起請《きしょう》（誓約書）を認《したた》めて誓い合ったという。（巻之四の四）

＊『金玉《きんぎよく》ねぢぶくさ』――章花堂

鼠の鉄火

洛陽（京都）は祇園の社僧（神社にて仏事を司った僧）に、天性より鼠を愛する法師があった。常に米を撒き、食を与えて懐《なつ》けたので、人をも恐れず、昼も数多《あまた》出でて辺りを徘徊したが、これを追い廻さぬよう、家内《けない》の下々に至るまで固く守らせた。普段、米を与えられて餌《え》に窮しておらぬため、数は多しと雖《いえど》も、物を荒らす事は無かった。もとより猫は寺に寄せつけねば、近所の鼠どもは、鼬《いたち》に追われて皆この寺へ逃れて来た。

然《しか》るに、如何《いかが》したものであろうか、或る日の事、住持《じゆうじ》（住職）の秘蔵する紋白《もんじろ》の袈裟《けさ》が鼠に喰われてしまった。住持は以ての外《ほか》と怒《いか》り、「悪《にく》き事かな。彼らを愛し、餌《え》を与うること数年《すねん》に及ぶと雖も、終《つい》に今まで何を引かれし事も無かりしに、如何《いか》に畜類なればとて、随分と不憫《ふびん》を掛けしその恩を知らず、却《かえ》って斯様《かよう》に害を為《な》す事の情無さよ。これを以て思えば、世間の人が嫌うて、猫を飼い、升落し《ますおとし》（鼠捕り）を仕掛くるも道理と申すものじゃ」と言って、それからは、彼らを愛する事をふっつと止め、米も撒かず、鼠の引きそうな物は用心させるようになった。

寺内の鼠は餌《え》に餓《かつ》えたと見え、或る日、数千匹《すせんびき》が群がり出《い》で、大きな土器《かわらけ》（素焼の器）を銜《くわ》え来て座敷の真中へ直し置き、口々に水を含み来《きた》り、件《くだん》の土器へ吐き出した。初めのほどは焼土《やけつち》へ水を打つようで悉く《ことごとく》滲《し》み込んでしまったが、後《のち》には次第に湿って溜まり始めた。水が八分《ぶ》程溜まった時、数多《あまた》集まり、床の間の上に置かれた紙一束を、或いは戴き、或いは捧げ、または銜え、または引いて、終《つい》には彼《か》の土器の側まで引きつけた。さて、大小の鼠は残らず皆北向に並び、一匹ずつ件の土器の中に入り、四足《しそく》を水に浸《ひた》して紙の上に飛び上がり、左の方へ下《お》りて南向きに並んだ。都合八十一匹の鼠のうち、八十匹までかくの如くして濡れ足にて右の紙を踏めども、全く足跡がつかなかった。最後に残った一匹の大鼠が不承不承に立ち、己の番なれば是非なしという体《てい》にて、土器の水に足を浸し、彼《か》の紙の上に飛び上がると、夥《おびただ》しく足跡がつき、一、二帖ほどの紙が水浸しとなった。残る鼠どもは、これを見て群がり寄り、終《つい》に大鼠を喰い殺してしまった。

これは、俗に言う鉄火《てつか》（火起請。神前にて熱鉄を握らせ罪科の有無を判断。耐え得ぬ者は有罪）の吟味の類《たぐい》であろう。鼠どもは、己の仲間内にて袈裟を喰い破った大鼠を詮議仕出し、住持の眼の前にて罪を糺《ただ》し、仕置を行なった訣《わけ》である。かくして、鼠どもは、皆それぞれの棲処《すみか》へと帰って行った。住持はいたく感じ入り、「寔《まこと》に畜生なりと雖《いえど》も、物を知る事、人間に劣らず。物を知るものは、必ず恩を知れり」とて、また旧《もと》の如くに米を撒き、餌《え》を与えて、愈々《いよいよ》これを愛した。

寔に、物の詮議は、人間にとっても古《いにし》えより難しき事にて、奉行・頭人《とうにん》（評定所などの長官）が智恵を傾けたものである。然《しか》るに、今、鼠どもが罪科あるものを探し出して成敗した作法は、却って愚かなる人間にも勝《まさ》るものと申すべきか。（巻之七の四・鼠の鉄火の事）

*『御伽《おとぎ》百物語』――青木鷺水《ろすい》

燈火の女

甲州《こうしゅう》（甲斐国）の青柳《あおやぎ》という所に小《こ》春友三郎《はるともさぶろう》と申す者があった。俗性《ぞくしょう》（家柄、祖先）は、もと太田道灌《どうかん》（名は持資《もちすけ》。室町中期の武将・歌人）の家の子（家来）にて、小春兵助《ひょうすけ》と申す武士《もののふ》であった。主人道灌は、文明（十五世紀後期）の頃、上杉定正《さだまさ》に討たれた（文明十八年、上杉山内《やまのうち》家の顕定《あきさだ》に指嗾《しそう》された扇ヶ谷《おうぎやつ》家の定正が自邸の浴室にて謀殺）。その折、兵助は重病の床に臥して暫《しば》く引き籠っていたが、この騒動に奮《ふる》い立ち、物の具（鎧《よろい》）に身を堅め、手鑓《てやり》を押っ取り、騎馬にて扇ヶ谷の館《たち》へと駆けつけた。然《しか》るに、早や主人は討たれ給いぬと聞くより俄《にわか》に病勢が募り、身体《しんたい》の悩みも極まれば、腰刀を抜いて鎧の上帯《うわおび》を切り解《ほど》き、腹を一《いち》文字《もんじ》に掻き切り自害して果てた。

兵助には未《いま》だ三歳の兵吉《ひょうきち》と申す男児があったが、これを乳母《めのと》が懐《ふところ》に掻き抱き、些《すこし》の知辺《しるべ》を頼って甲州の青柳に落ち下り、深く隠して育《はぐく》んだ。時世の移り変りとともに、何時《いつ》となく此所《ここ》に住みつき、軈《やが》て地侍《じざむらい》の中に立ち並び、今の友三郎の代に至り、百石ばかりの田畠《でんはた》を支配して、万《よろ》ず長閑《のどか》に世を渡っていた。友三郎は、同国府中（甲府）より妻を迎え、その間に一人の女子《によし》を儲けたが、既に十歳になっていた。

或る時、妻が胸を病み初《そ》め、病の床に臥した。様々に医療灸治《きゆうじ》の手を尽すと雖《いえど》も、一向に験《しるし》も無きまま、軈《やが》て半月に及ばんとしていた。友三郎は、病妻を労《いたわ》り、昼も夜も枕頭《まくらもと》を立ち離れず、いろいろと看病を続けた。そのため次第に精気が疲れ、暫《しば》しの間、思わずも打ち睡《まどろ》んだが、忽《たちま》ち燈火《ともしび》の光が強まると覚えて目を開けて見ると、傍らに燈《とも》し置いた有明の燈《ひ》（夜通し点けて置く燈火）の中より、身の丈三尺（九〇糎余）ほどの女が影の如く湧き出《い》で、友三郎に対《むか》い、「其方《そのほう》が妻の病は、纔《わず》かに怠《おこた》りたる事の罪のために、魔の物が見入りたるものじゃ。自らが、この病をよく禳《はろ》うて取らせん。この身を神として祭るや、如何《いか》に」と申すではないか。友三郎は元来心太く気丈者ゆえ、この怪しき姿にも恐れず、手元にあった九寸五分《くすんごぶ》（短刀）を引き寄せて鍔元《つばもと》を寛《くつろ》げ、礑《はった》と睨めば、彼《か》の女は呵々《からから》と笑い、「我が言う事を用いず、却《かえ》って憎むと見えたり。よしよし、今は其方《そのほう》が妻の命を奪うてくれよう」と言うや、姿は消えて跡形も無かった。

この時、妻の病は頻《しき》りに募り、今が最期かと思われた。堪え兼ねた友三郎が俄に心を改め、最前の怪しき女を頼み、一心に詫びつつ祈ったところ、病気は忽ち平癒し、妻は夢より醒めたる如き面持《おももち》と見えた。爰《ここ》に、彼《か》の女が再《ま》た顕《あらわ》れ出《い》で、友三郎に対《むか》い、「この身に一人の娘あれば、この度《たび》の難を救いし代りに、我が娘のために好《よ》き婿《むこ》を撰《えら》み給え」と言った。友三郎が「鬼神天地の道と人間の境《きょう》と雲泥の違《たが》いあれば、某《それがし》、何を以て鬼の為に婿を撰む事を知り得んや」と問えば、女は「婿を撰むは、いと易き事なり。桐の木を以て男の形を幾つか刻み給え。その中より撰み取らん」と答えて姿を消した。早速、女の教えの如

くに仕立てさせ供えて置いたところ、夜の間に失せて見えなくなった。

扨《さて》、次の夜、彼《か》の女が再《ま》た来り、「我が為に好き婿を得たるも、偏《ひと》えに貴殿の御陰と申すもの。近き内に貴殿夫婦を呼び迎え、この喜びを申すべし。必ず辞退し給うな」と言うなり消え失せた。友三郎は、心中にこれを深く憎んだものの、詮方なきまま日を送っていると、或る夜、俄に彼《か》の女が顕《あらわ》れ出《い》で、「いざや、予《かね》て

申せし如く、今宵は我が方に迎え参らせて遊ばん」と言って、表の方《かた》を手招きした。すると、結構に拵《こしら》えた駕籠《かご》乗物が二梃《にちょう》入り来《きた》り、即ち「お迎えに」と舁《か》き据えた。腰元・介添・端者《はしたもの》など夥《おびただ》しき数の供廻りの者どもに「早や、お乗り遊ばしませ」と勧められ、友三郎夫婦は「怪しき事よ」と思いながら心ならずも迎えの駕籠に乗り移った。供廻りの男女《なんにょ》に前後を囲まれ、駕籠は大門を出たが、その夜は空が掻き曇り、星の影さえ見えず、行手は恰《あたか》も墨を摺り流したように暗く、恐ろしい程であった。少時《しばらく》の間、行くともなく飛ぶともなく進んでいたが、軈《やが》て空も漸《ようや》く晴れたと思う比《ころ》、大きなる屋形に到着した。その様は宛《さなが》ら国司の館《たち》の如くであった。

内より数多《あまた》の男女が出迎え、二人は奥へ誘《いざな》われたが、辺りの綺麗なる事は言葉に述べ難い程である。各々《おのおの》居並ぶ数多の召使の中には、或いは友三郎と昵懇《じっこん》の者もあり、また死して久しき一門の者もあり、見る度に驚かされたが、この者どもは、友三郎を見ても、見知らぬ体《てい》にて持て成すゆえ、愈々《いよいよ》不審の思いをなした。更に奥の座敷へ進み入れば、彼《か》の桐の人形と覚しき男が衣冠正しく引き繕《つくろ》い、例の怪しき女と、その娘と覚しき者と共に坐していた。三人の者は、友三郎夫婦を上座に招き据え、様々に趣向を尽して持て成した。

酒宴も漸う《ようよ》酣《たけなわ》を過ぎ、時移り、五更《ごこう》（寅の刻。午前四時頃）の鐘が微《かす》かに聞え、八声《やこえ》の鳥（鶏鳴）が歌うと覚えるや、忽ち、友三郎夫婦の者は、何時《いつ》帰ったともなく我家の内に已らの姿を見出《みい》だし、不思議の思いに囚《とら》われた。これに懲りて、かかる怪異《あやしみ》をうるさく思い、「如何《いか》にもして、彼《か》の妖怪を止《とど》めん」と友三郎が心を摧《くだ》く折しも、また例の女が顕《あらわ》れたので、傍近く歩み寄るところを、狙い寄せて手許の木枕を取り、女の真向目掛《まっこう》けて投げつけた。手応え確かに枕が中《あた》ると覚えるや、女は「わっ」と叫んで姿を消したが、そのとき友三郎の妻が俄に心痛を訴えた。忽ち病み臥し、一昼夜を経《ふ》るのみにて身罷《みまか》ってしまった。友三郎は、恐ろしさに再《ま》た心を改め、様々に祈り種々に詫びたが、彼《か》の女が二度と顕れる事は無かった。この上は外《ほか》に家を移さんと心に決め、家内を片付け始めたが、道具家財はいうに及ばず、鼻紙一つに至るまで畳に吸いついて離れなかった。剰《あまつさ》え、友三郎の妹までも病みつき、程なくこれも亡くなったという。（巻之一の四）

猿畠山《さるはたやま》の仙

相州《そうしゅう》（相模国）は鎌倉の地に御猿畠《おさるはたけ》という山があり、この上に六老僧の窟《いわや》という洞穴がある。往昔《いにしえ》、日蓮の徒の中にて六老僧と呼ばれ、最も上足《じょうそく》（高弟）の名を得た僧が住んでいた岩窟《いわや》と伝える。

爰《ここ》に、能州《のうしゆう》（能登国）惣持寺《そうじじ》（総持寺。曹洞宗の大本山）の鶯囀司《おうてんす》と申す沙門《しやもん》（僧侶）は、洞家《どうか》（曹洞宗）に於て稀有の人なれば、一山《いちざん》の崇敬を一身に鍾《あつ》めていた。僧衆《そうしゆ》は、この沙門の流るる如き智弁を愛《め》で、潔き学業を慕うが故に、後住《ごじゆう》（次の住職）せしめんものと、衆議一決して推挙に及んだが、鶯囀司はただ浮雲《ふうん》流水の境涯に思いを馳《は》せ、転蓬《てんほう》（旅人）の癖を具して、住職の座を望まなかった。人が様々に持て囃し、「和尚和尚」と崇《あが》めるのに飽きて、或る夜、密《ひそ》かに寺を抜け出した。何処《いずこ》を其処《そこ》と志す訣《わけ》でもなければ、身に携える物と申して、三衣袋《さんえふくろ》（袈裟《けさ》を収めて持ち運ぶ袋）と鉄鉢《てつぱち》と錫杖《しやくじよう》のみ。朝《あした》に托鉢し夕《ゆうべ》に打飯《たはん》（食餌）を乞うて彼方此方《かなたこなた》と吟《さまよ》い歩き、渇すれば水を呑み、疲れれば石を枕に横たわり、待つ事も急ぐ事も無き道程《みちのり》と申すに、一つの里に三宿《みとまり》とは留《とど》まらなかった。或る日は都に出《い》でて市《いち》に嘯《うそぶ》き、または難波津《なにわづ》（大坂）に杖を運び、心に感慨を催した時は詩を賦し、歌を吟じた。諸国に至らぬ所とて無く、尋ねぬ名所とても無かったが、此処《ここ》ぞという、禅《ぜん》定《じよう》の膝を屈し観念の眼《まなこ》を凝らすべき地を見出《みい》だせぬまま、今年元禄六年（一六九三）の秋、この猿畠山《さるはたやま》に分け入った。

仮初《かりそめ》の心にて、彼《か》の岩窟《がんくつ》に入り暫《しばら》く憩《やすろ》うていたが、何となく心が澄み、最早浮世の外の楽しみをも極め尽したかと顧みられたので、「よしや、住みつかば此処《ここ》とても囂《かしがま》しき（喧しい）所ならんが、何処《いずこ》も同じ仮の宿り」と思いなし、禅衣《ぜんえ》を脱いで衾《ふすま》（夜具）とし、鉄鉢を枕に当て、辺りの風景が暮れてゆく様を眺めていた。窟《いわや》の周《まわ》りには桐の大木が林立し、老いたる枝先が垂れ下がり地を払うかと見えるばかり、秋来ぬと目には見えねど、桐の葉の零《お》ちる音にて風の訪れが知られ、折からの哀れも身に染みて思われる。彼《か》の西行の、

秋立つと人は告げねど知られけり深山《みやま》の裾の風のけしきに

という歌（山家集）の意《こころ》などを思い遣り、その夜は洞《ほら》の内に蹲《うずくま》って明かさんとしたが、十四夜《まつよい》の月が木《こ》の間より仄《ほの》めき初《そ》め、遠近《おちこち》の虫の音《ね》が響き合うて、松の調べ（松籟《しょうらい》）に和する様なれば、「宛《さなが》ら塵外《じんがい》（俗世の外）の楽しび、無何有《むかう》の里（無何有郷《ユートピア》）、朱陳《しゅちん》（唐土徐州の村。朱・陳の二姓あるのみと伝える）の民とも言わんや」などと観じていた。時に、異様《ことざま》なる蜂が数多《あまた》、何処《いずこ》からともなく群がり来て、この桐の林間を飛び交い、頻《しき》りに鳴き始めた。

「此《こ》は如何《いか》に。折しもこそあれ、日暮れて雲斂《おさ》まる山中《やまなか》に、かくも蜂の飛び交うは訝《いぶか》しき事よ。蜜を取るとか申す事ありとは聞けど、それさえ昼の事と思わるるに」と、暫《しば》し眺め入り聞耳を立てれば、蜂どもの声は、人が物言う如く一途に吟詠する体《てい》である。何を語るかと聞けば、

すむ身こそ道は無からめ谷の戸に出《い》で入る雲を主《ぬし》とやは見ん

と歌うている。「寔《まこと》に、彼《か》の京極太政大臣宗輔《むねすけ》（藤原氏。十二世紀の人）と申せし人、蜂を数多《あまた》飼い給《たも》うて、何丸・角丸《かまる》などと名を付けて呼び給えば、召しに随《したご》うて御前《おまえ》に参り、「何丸、あの男刺して参れ」などいう仰せにも、常に従いしとか。十訓《じっきん》（『十訓抄』第一第七条。但し、この引用は杜撰）という書に注《しる》されしも、実《まこと》にかかる蜂ならん」と故事を偲《しの》びつつ差し覗けば、漸《ようや》く身の丈一寸（約三糎）あまりの生身の人にて、然《しか》も翅《つばさ》を具えている。鶯囀司は「怪しく珍《めず》らかなる虫の態《わざ》かな」と思い、扇を拡げて拄杖《ちゆじよう》（僧侶用の杖）の先に括《くく》りつけ、これを以て蜂を一つ打ち落し、綟子《もじ》（蚊帳状の麻布）の袋に入れて鉢の上に据え置いた。桐の木に群れつつ遊ぶゆえ、若《も》しや露を好むかと思い、露に塗れた桐の葉を傍らに添えて遣り、暫く眺めていたところ、端《はし》に踞《うずくま》り、何やら声を発して嘆いているではないか。時に、忽《たちま》ち人の形をした蜂どもが数十匹飛び来《きた》り、彼《か》の袋の辺りに集まり、中の蜂を慰める体《てい》である。後からも押し続いて数多《あまた》、或いはいたく小さき車に乗り、或いは輦《てぐるま》にて次々と現れ、細く小さき声にて頻《しき》りに慰めている。鶯囀司が寝た振りを装って聞いていると、伏見の翁《おきな》と呼ばれる棟梁めく者が囚われた蜂に対《むか》い、「吾、君がこの不祥のために、筮《めどぎ》（筮竹《ぜいちく》。占卜用の竹の細棒、五十本）を取り占うて参らせん。君、宜《よろ》しく無有《むう》を観じ給え。

君、既に死籍を除《じょ》して命の危《あや》ぶみ無き身ならずや。何の嘆く事かあらん。これ天心造化《ぞうか》の屢々《しばしば》移るところなり」と申して慰めた。また、増翁《ましてのおきな》という者が来《きた》り、「この頃、我、白《しら》箸《はし》の翁と博奕《ばくえき》して琅玕紙《ろうかんし》十幅を勝ち得たり。君、この難を逃れ出《い》で給わば、礼星子《れいせいし》の辞《ことば》を作りて給わるべし」などと申したが、その申す所は悉《ことごと》く人間世界の知るべき事では無かった。蜂どもは夜もすがら語り明かして去って行った。

鶯囀司は不思議の思いをなし、夜が明けるや、袋の口を解《ほど》いて彼《か》の蜂を放って遣った。自らも窟を出《い》で、小坪の方《かた》を心ざして極楽寺（鎌倉の名刹）の切通しを抜けた所にて、異様《ことざま》なる者に行き合うた。黄なる衣服を纏うた身の丈三尺（九〇糎余）ばかりの者が空より下り来て、「我は三清《さんせい》の使者にて、上仙の伯と申す官に至れる者なり。名は民の黒人《くろひと》と申す。昨夜《ゆうべ》、君が前に来《きた》り集まりし人々は、みな『本朝遯史《とんし》』（高逸隠士の列伝。林春徳・著。寛文四年刊）などに

言い伝えし日本の仙人達なり。難に遇《あ》いしは、彼《か》の『遊仙窟』（中国唐代の志怪）の訓《よみ》を伝えし賀茂の翁なり。今、君が情により、再び上清の天に昇りし礼の為に、我を下して謝せしむる。君、また学業至りたる故、その身ながら仙骨を得て、近きうちに登天あるべし」と言うかと見るや、忽ち消え去ったという。その後《のち》、鶯囀司もまた修行して諸国の名山勝地に遊んでいたが、この僧も遂にその行方が知れぬという。　（巻之三の一）

画中の美女

世に名画と称されるものが神《しん》に通じ妙を顕《あらわ》す事は、古今和漢の記録に多く記載されている。これらの妙を得たりと言われる人の描いた物は、花鳥人物悉《ことごと》く動いて絵絹を離れ、己《おの》が様々の態《わざ》を為《な》すこと、真《しん》（実物）と同じゅうして変る事なしという。されば、古《いにし》えより言い伝える事例《ためし》は申すまでもなき事ながら、今の世にも、名高き絵師が風流の絵を描いて、遠国波濤《えんごくはとう》の末、鯨寄る蝦夷《えぞ》の千島の果までも、徒《あだ》なる丹青《たんせい》（絵具）の色に人の心を苦しめ、物言わず笑わぬ姿に人の魂を傷《いた》ましむる事も珍しくはない。この為に千金を費やし万里の道をも厭《いと》わず、真《まこと》の色を尋ね風流《たわれ》たる方《かた》に心を奪われて、身を放埒に為《な》し家を損ない、自ら大いなる憂いを求める者がある。

その起る所を尋ねれば、武州《ぶしゅう》（武蔵国）は江戸の村松町二丁目に住み、菱川吉兵衛《ひしかわきちべえ》（師宣《もろのぶ》。江戸初期の浮世絵師）と名乗る人こそ、この風流の業《わざ》の妙手である。「草木鳥獣の事は心を動かすに足らず」として、多く人物の情《じょう》を心に籠め、様々と悟道の眼《まなこ》を開き、まず堺町《さかいちょう》・木挽町《こびきちょう》・葺屋町《ふきやちょう》などの四《よん》芝居（公許の歌舞伎小屋）に入り込み、若女方《わかおんながた》と若衆方《わかしゅがた》とそれぞれの身振りを焼筆《やきふで》（下書用）に写し、また、吉原の大門口《おおもんぐち》は伏見町の差しかかりから、西河《にしか》岸《し》の端《はし》の末々まで、それぞれの風俗を写し初《そ》めてより、絵本の趣向は心の向う所に浮び、筆は人物の有りの儘《まま》を彩《いろど》ったので、この師宣の許《もと》を訪れ、機嫌を窺い、懇望《こんもう》の手を合せ、風流の画図《がと》を求める者が少なくなかった。これより、世に菱川の絵姿と申す筆の名残（画風）が多く見られるようになり、此処彼処《ここかしこ》に充ち満ちている。

爰《ここ》に、洛陽（京都）は室町の辺《ほとり》に、篤敬《とくけい》と申す書生があった。講談に通う道にて、古びた衝立《ついたて》を見つけ、買い求めて帰った。さて、何心なくこの衝立を見れば、片面に美しい女の姿絵があった。年のころは十四、五歳ばかりと見え、目元・口許・髪の懸かりから衣紋《えもん》つき（襟の合せ目の風情）・立姿に至るまで、詞《ことば》も及ばぬ程しおらしく描《か》き為《な》してある。彩《いろ》色《どり》鮮やかに、芙蓉《ふよう》の眦《まなじり》は恋を含み、丹花《たんか》の唇は宛《さなが》ら笑みを顕《あらわ》して、抱けば消えるかと思われ、語らえば物を言うかと思われる様子である。篤敬は、つくづくと見惚《みと》れて心を迷わせ、

暫く眺め入っていたが、「さりとも、かかる女が世にあらば、露の間の情に百歳の身は徒《いたず》らに為《な》すとも、惜しからぬものを」と思い初《そ》めた。

これより、ひたすらに姿絵の女を恋い慕い、起臥《おきふし》その面影を身に添え、仮の姿（絵）に対《むか》って掻き口説き続けるうちに、軈《やが》て病み臥すに至った。親しき人がこの由を聞き伝えて訪れ、「其方《そなた》は、この姿を知ってござるか。これは菱川が心を尽し気を詰めて、直《じき》にこの女人《にょにん》に対《むか》い、その姿を写せしものにござる。されば、この絵には魂を移したりとか申す。常に他念無く、この女人の名を呼び続くれば、必ずや答うるものと存ずる。その時、百軒が家の酒を買い取り、この姿に供うれば、必ずや絵の姿を離れて、真《まこと》の人とならん」と懇《ねんご》ろに教えて帰った。篤敬は世にも嬉しき事と思い、日々一心に念じ、心を尽して名を呼び続けたところ、果して応諾《こたえ》を為《な》した。急ぎ百軒の店を廻って酒を買い求め、絵の前に供えたが、その時、不思議や女人は絵の姿を離れて、しとやかに歩み出《い》でた。その物腰・褄外《つまはず》れ（身のこなし）・心ばえ・情のほどは、絵に見た時に倍して類《たぐい》なきものであった。終《つい》に、偕老《かいろう》の衾《ふすま》（夜具）の下に「変るな、変らじ」という予言《かねごと》（契りの言葉）を交し、本意《ほい》の如く縁を結び、末永く添い遂げた事は、寔《まこと》に珍しき例《ためし》ではある。

（巻之四の四・絵の婦人《をんな》に契る）

＊『一夜船《ひとよぶね》』——北条団水

花の一字の東山

昔、若狭《わかさ》少将勝俊（木下氏。豊臣秀吉正室北の政所寧子《まんどころねね》の甥）と聞えし人は、遁世（関が原の戦後）の後《のち》、長嘯子《ちょうしょうし》と号して、洛東は吉水《よしみず》の山陰に閑居をなした。その住居《すまい》を号の一に因《ちな》んで挙白堂《きょはくどう》と呼んだが、その跡の形境《けいきょう》は今に残されている。「客は半日《はんじつ》の閑を得《え》、主《あるじ》は半日の閑を失うに由なし」とて、人の来訪を厭《いと》い、徳を隠して、生涯の思い出を和歌（独特にして清新）にのみ籠めて残した。その頃、松永吉右衛門《きちえもん》（近世初期の和歌・俳諧壇の大立者）が入道して貞徳《ていとく》と改め、五条花咲《はなさき》の社に住していたが、或る年の端午の節句に、長嘯子方へ粽《ちまき》五把《ごわ》を贈るとて、折句《おりく》（五・七・五・七・七の頭に物の名を織り込んで隠す。左の二首には「ちまきこは」を織り込む）にて次の如き和歌を添えた。

近き山間《まちか》近き住居《すまひ》ききながら言問《ことと》ひもせず春は過ぎぬる

長嘯子の返歌は次の如し。

千代経《ちよふ》とも未《ま》だ名を飽かで聞きたきはこれや初音《はつね》の初杜鵑《はつほととぎす》

長嘯子の詠草を集めて『挙白集』と題した家集が、永き紀念《かたみ》として世に残った。何時比《いつごろ》の事か、長嘯子が燈火《ともしび》の下《もと》に書を繙《ひもと》いていると、窓よりいたく毛の生えた手を伸べて顔を撫でる物があった。長嘯子は少しも驚く気色《けしき》を見せず、傍らにあった朱筆《しゆひつ》を執《と》り、件《くだん》の掌《て》に花という字を書いて、平然として書に心を戻した。夜の明方に至り、窓の外にて頻《しき》りに泣き叫ぶ声がしたかと思うと、最前の手を差し出し、「書きつけ給ふ花の字を落して下され。某《それがし》はこの辺《ほとり》に棲む古狸《ふるだぬき》にござりまするが、誤って学者を揄《なぶ》り、文字を書きつけられ、これを落すべき術《すべ》なく、帰るべき道を失うてござりまする。夜が明けなば、人が見つけて某を殺《あや》むるでござりましょう。悲しさ遣る方なく、御慈悲に縋《すが》りまする」と嘆き訴えた。不憫《ふびん》に思い、硯《すずり》の水にて洗い落して遣れば、「ありがたく存じまする」と礼を述べて消え失せた。

その後《のち》は、夜毎に訪れて、四季折々の木草《きくさ》の花を持ち来《きた》り、窓より差し出《い》だし、即ち帰る。何時《いつ》の比《ころ》よりか、怠《おこた》り初《そ》めて来《きた》らざれば、「如何《いか》に成りゆきしならん」と不憫に覚えて、それより『狸の言葉』と申す一小冊を作り為《な》したとか。（巻之一第二）

御慇懃《いんぎん》なる幽霊

二条の某《なにがし》と申す者が越中国《えっちゅうのくに》の受領を務めていた時の事、家中《かちゅう》に化物屋敷と呼ばれる邸《やしき》があった。代々の主人が打ち続いて横死した為か怪しき事多しと取沙汰して住む者も無かった。爰《ここ》に、勝浦彦五郎《かつうらひこごろう》と申す者が自ら望んでこの屋敷に住み始めたが、実にも世《げ》の取沙汰に違《たが》わず、夜毎に前栽《せんざい》（庭の植木類）の辺《ほとり》を徘徊する者がある。見れば、袴《はかま》を着した怪しげなる形《なり》の男にて、さのみ人に恐れる体《てい》にも見えなかった。「袴幽霊と申す者は其方《そのほう》か、何者ぞ」と詰問するも、行方なく見失う事が度々に及んだ。

或る夜、春雨が降り続いて淋しく覚えたゆえ、朧《おぼろ》なる景色を見んものと、雨戸を開け、梅の香りが移ろうのを惜しんでいると、例の男が築山に佇《たたず》んでいた。彦五郎が早速言葉をかけ、「其方《そのほう》の事は予《かね》て聞き及んでおる。この屋敷に住まい致させる上は、家来同然に思うゆえ、少しも遠慮は要らぬ。今宵、徒然《つれづれ》なれば、内へ入り来て、伽《とぎ》（相伴）仕《つかまつ》れ」と言えば、彼《か》の者は「畏《かしこ》まってござる」とて、会釈もなく座敷に入り来《き》った。男振り爽やかにして、歳は三十ばかり。尾も見えず毛も生やさず、常態《つねてい》の人間に変るところは無かった。彦五郎が「初対面ながら、按摩を無心申す」と言えば、後ろに廻り手軽く療治にかかったが、その業《わざ》奇妙にして、いたく心地がよい。

「さるにても、其方は何者ぞ。正体を有りの儘《まま》に語り、向後《きょうこう》（今後）は毎夜心安く出《い》で入り遠慮無《の》う仕れ」と言えば、幽霊は「最早、御屋敷に罷《まか》り在るも今宵限りにござる。そもそも、某《それがし》は、当屋敷三代前の当主なりし福見《ふくみ》弥《や》藤太《とうた》なる者の家来にて可右《べく》衛《え》門《もん》と申す者にござるが、主人弥藤太には、さる同輩の娘が美形と聞き、妻にと申し入れしに、先様《さきさま》には不同心にて不調に終ってござる。主人はその事を怨み、先方の親を闇討に致した。拙者のほかに知る者も無かりしが、下郎の根性を心許《こころもと》なく存ぜられしか、故無く手討に遇《お》うて相果て申した。その段々、非道なるゆえ、さりとは主人とは存じ難く、怨みの一念残りて、弥藤太を取り殺し、その子をも殺してござる。そのまた子が現在江州《ごうしゅう》（近江国）に在るものの、今宵、矢橋《やばせ》の渡《わたり》（琵琶湖東南岸。近江八景の一）にて丸太舟が沈み、乗手のうち七人は助かり、三人は水に溺れて死する筈、死する内の一人が弥藤太の孫にござる。今は讐《かたき》の根を断ち、怨むべき者もござらぬ。されば、迷魂は火の如く、豪力《ごうりき》は油の如し。油尽きて火の消ゆるが如し。今は妄執霽《は》れて、怨むべき方無し。念無ければ形生ぜず。彼《か》の手討に遇《あ》いし時、袴を着したれば、かくの如き姿を離れぬ次第にござる」と語った。

彦五郎は聞きつつ寝入りかけていたが、「御暇《おいとま》申す」という声に返り見れば、早や可右衛門の姿は消え失せていた。翌晩より再び幽霊が来《きた》る事は無かった。不思議に思うた彦五郎が、伝《つて》を使って江州に聞き合せてみると、月日も変らず、矢橋の渡にて三人の者が溺れ死んだ由。幽霊の言《げん》に違《たが》わず、弥藤太の孫まで取り殺した訣《わけ》である。善悪の因果、永く子孫に伝えて業《ごう》を果す事は、昔より数多《あまた》の例《ためし》があった。一念五百生《しょう》とか、あら恐ろしや。

（巻之三第四）

＊『和漢乗合船』――落月堂操巵《らくげつどうそうし》

白小袖奇聞

太閤秀吉公は、鄙賤《ひせん》より出《い》でて吾朝《わがちょう》の動乱を鎮め、威光を大明《たいみん》にまで耀《かがや》かせ、栄華は倭国《わこく》の春に開き、歓楽を雲の上に極め給うたが、徐福の薬（不死の妙薬）も求めるに甲斐なく、惜しき事ながら、慶長三年の秋に世を果敢《はか》なく去り給う。廟号を豊国《とよくに》大明神と崇《あが》めさせ給い、御祭礼には青幣《あおにぎて》・白幣《しらにぎて》・獅子・田楽などが繰り出し、神威めでたく渡らせ給う。御家督を継がれた秀頼君は、その後《のち》、摂州（摂津国）大坂の城に移らせ給い、片桐市正且元《いちのかみかつもと》・大野修理亮治長《しゅりのすけはるなが》・木村長門守重成《ながとのかみしげなり》以下の功臣が二心《ふたごころ》なく補佐し参らせて、国の政事《せいじ》を執り行う。

爰《ここ》に、豊臣家の近臣にて大野主計助治邑《かずえのすけはるさと》と申す者があった。屋敷は玉造口《たまづくりぐち》の御門に近く、居《い》体《てい》美々しく造り為《な》し、宛《さなが》ら出頭の勢いと見え、玄関に贈物が絶えず、門前には訪客の馬が並ぶ体《てい》であった。その頃、長門国豊浦《ながとのくにとよら》に住む臼井《うすい》斎宮助《いつきのすけ》と申す浪士が、寺沢《てらざわ》志摩守《しまのかみ》殿の招きにより武州（武蔵国）江戸に下り、帰国の途次、大坂に立ち寄った。弁ずべき用事も多く、暫《しばら》く逗留していたが、天王寺の辺《へん》にて、偶《ふ》と主計助の娘を外《よそ》ながら見初《みそ》めた。小半《こはん》と申すその娘も、斎宮《いつき》の美男振りに心を動かし、秘かにその名を尋ね聞き、何ぞして逢う事が叶わぬものかと深く思い焦がれていた。斎宮は、小半への思いを募らせ、折々に親なる主計助の許《もと》を訪ねてみたが、たとえ海が乾き石が爛《ただ》れるとも、もとより便《よすが》の無ければ、逢う事は叶わず、ただ為《な》す術《すべ》も無く悶々と過していた。

　或る夜の事、独り寝の旅枕とて物寂しく臥せる折しも、夢に、小半の許より文が届くと見た。披《ひら》き見れば、「今宵、屋敷の後園《こうえん》（裏庭）なる塀際まで御越し候え。案内させ参らせん」とある。斎宮は身に剰《あま》るほどの嬉しさを覚え、直《す》ぐさま主計助の屋敷の後ろの方《かた》に赴き、塀際に佇《たたず》んでいると、軈《やが》て塀の上より、縮緬《ちりめん》の抱帯《かかえおび》（しごき。細い腰帯）を何本か結び合せたものが二筋《ふたすじ》振り下ろされた。これを手繰《たぐ》って上がれば、塀の上には腰元の女が一人待ち受け、「此方《こなた》へ入《い》らせられませ」と、予《かね》て用意の梯子《はしご》にて斎宮を下ろし、小半の閨《ねや》（寝室）へと伴うた。それより盃を取り交し、夜もいたく更けたれば、共に小半の臥処《ふしど》に入り、新枕《にいまくら》の夢も結ばず、この日来《ひごろ》の積もる思いを互いに細々《こまごま》と語り合った。かくするうちに、人の別れを急《せ》かすような鳥の声が頻《しき》りに聞え、東の空も白み初《そ》めて来たので、再《ま》たの逢瀬を約《ちぎ》り、後朝《きぬぎぬ》の別れを告げた。小半は、今更に想いもまさる心地にて、「未《いま》だ夜嵐も烈《はげ》しきに、薄着にて坐《ま》しませば、風邪を召されぬかと心に懸かりまする。自らの着物を肌に召して御帰り坐《ま》しませ」と申して、振袖の白小袖を斎宮に下着として纏《まと》わせた。斎宮も、暫《しば》しの別れも憂き事と思い、「この小袖の移り香《が》にて、せめても、御身《おんみ》に添い参らする心地が致す」などと細々《こまごま》と暇乞《いとまごい》をなし、また最前の塀に上り、外の方《かた》へ跳び下りると思う折から、手足を礑《はた》と動かし、忽《たち》ちに夢より覚めた。

眼《まなこ》を開き四方を見れば、旅宿の臥処の中であった。「扨《さて》も、まざまざしき（実《まこと》しやか）事よ」と己が肌を見れば、白無垢《しろむく》の小袖を纏うているではないか。「此《こ》は怪しや」と思い、上に重ねた着物を脱いで小袖の袂《たもと》を見れば、まさしく振袖である。「此《こ》は稀代の珍事、紛れもなく小半の肌着、これぞ類《たぐい》なき宝物よ」と喜び、人にも知らせず隠し置いた。その翌日、順風を待って出航に備えていた出船《いでぶね》に促され、斎宮は心ならずも船旅の装いを為《な》し、本国を指して帰って行った。

その後《のち》、二年《ふたとせ》過ぎての春、斎宮は、奉公の望みを抱いて駿府《すんぷ》を心ざし、また遥々と海上を上って来た。未だ途中ながら大坂に着き、暫し逗留していたが、小半を恋しく思うあまり、たとえ逢えずとも、せめて外《よそ》ながらの心行《ゆか》し（気晴らし、心遣り）にもと、主計助の許《もと》を訪ねた。爰《ここ》に、主計は喜々としてこれを迎え、奥に招き、「扨《さて》も、某《それがし》が娘、去々年の初冬の頃より何となく病み臥して、方薬も施すに験《しるし》なく、日を逐《お》うて憔悴し、次第に頼み少なくなりて、この頃は已《すで》に浮世の楽しみも切れ、良医も手を拱《こまぬ》く有様ゆえ、親の子を思う習い、途方に暮れて居り申したが、この者が気色《けしき》に聊《いささ》か怪しき事共の見ゆるゆえ、「如何《いか》なる病ぞ、思う事もあらば有りの儘《まま》に語るべし。聞き届けて遣るぞ」と、色々に賺《すか》し問うたところ、前年、貴殿を見初《みそ》め、深く執心を懸け、恋い煩うておる由、「若《も》し病癒《い》ゆるとも一生ほかの男には見《まみ》えず、また死すとも魂は此の世に残り、懸想《けそう》の念を遂げん心」と申すゆえ、「汝が願いを叶えて取らせん。心安く過せよ」と申し聞かせしところ、それより病も漸《ようよ》う日々に怠《おこた》り、娘を一人拾い得たる心地が致してござる。さるによって、貴殿の国《くに》許《もと》へ使者を差し下さんか、兎《と》や角《かく》やと存じ居るところに、図らずも御上国。これぞ宿世《すくせ》の縁と申すものにござろう。某《それがし》が聟《むこ》になって下され。幸い、御浪士の身なれば、秀頼公に申し上げ、御奉公に出《い》だし申さん」と一気に語り、懇願した。斎宮助は、再《ま》た夢の心地がして、「扨々《さてさて》、不思議の奇縁。世に捨てられたる浪士を聟になされんとの仰せ、如何《いか》でか違背致すべき、如何様《いかよう》とも御意《ぎょい》に従いまする」と応じた。

主計はいたく喜び、早速、衣服・武具・手道具などを夫々《それぞれ》に調えて斎宮の許《もと》に贈り、吉日を選び、屋敷へ招いて婚礼を執り行なった。その後《のち》、斎宮が小半の閨《ねや》に赴き、様子を見れば、去々年夢に見た小半の部屋と少しも違《たが》う所がなく、金屏風の松も鶴も夢に見た絵その儘であった。「扨々、不思議の事どもかな」と、件《くだん》の夢の次第、白小袖の奇《あや》しき事などを詳しく語れば、小半はこれを聞いて、「扨も不思議の次第。自らがその頃に見し夢も、それに少しも違《たが》うところ無く、白小袖を着せ参らせしと覚えて、熟《つ》と見るに、肌に着たる白無垢の失せておるゆえ、扨はあまりの恋しさに、魂うかれ出《い》でて逢いに参りしかと、怪しく思うておりました。今、その不審は半ば晴れし様《よう》なれど、なお不思議の思いは止《や》みませぬ」と答え、互いに喜び合うて、わりなき（親愛な）夫婦の仲とはなった。

それより主計の計らいにて、斎宮助は豊臣家に御目見《おめみ》えし、小姓組の番頭《ばんがしら》を仰せ付けられ、奉公の忠勤を励んでいたが、四、五年が過ぎた頃に、主計助は病にて身罷《みまか》った。更にその後《のち》、天下の大乱（大坂の陣）が出来《しゅったい》した。既に味方の滅亡も間近いと見えた時、斎宮助は後藤又兵衛基次《もとつぐ》（豊臣方の伝説的英雄）の配下に属して働き、道明寺口《どうみょうじぐち》にて討死《うちじに》を遂げた。小半は悲しみに堪え得ず、「如何《いか》でか片時《へんし》も永らえて此世《このよ》に残り参らせん」とて、守り刀を抜いて心元（胸元）を突き通し、俯《うつぶ》せに自害して果てた。寔《まこと》に憐れではある。

右の話を聞いた朝鮮の学士李東郭《りとうかく》が掌《て》を拍《う》ち、「古《いにし》えにも、それによく似た事あり」と言って、次のように語った。

大元《たいげん》（中国元王朝）の文宗皇帝の時（一三三〇年前後）、金陵（南京）という所に王生《おうせい》と申す者があった。美男の誉高く、才知もまた世に聞えていた。所用にて船に乗り、渭塘《いとう》という所に差しかかったが、見れば酒店があり、繁昌の様子である。王生は船を泊《と》め、岸に上がって件《くだん》の店に入り、酒を沽《こ》うて飲んだ。店では、大《だい》なる蟹《かに》や細鱗《さいりん》の鱸《すずき》など、様々の肴《さかな》を出して持て成した。

酒店には一人の娘があった。気配を聞いて奥より差し覗き、王生を目に止めるや、或いは顔を少し差し出《い》だし、或いは全身を現し、去っては来《きた》り、来《きた》ってはまた去る体《てい》である。王生もこれに気がつき、互いに目を合す事、度々に及んだ。

酒を飲み終えて店を出《い》で、船に戻ったが、その夜、件の酒店に行く夢を見た。門を幾つか潜って行くと、娘の室《へや》があった。築山《つきやま》や遣水《やりみず》など、庭の風景は世に類《たぐい》なく、窓に吊られた美しき籠には鸚鵡《おうむ》が飼われ、机の上には孔雀の尾羽を数多《あまた》差した赤銅《あかがね》の瓶《かめ》が立ち、傍らには硯《すずり》と筆が置かれていたが、その美麗なる事は言うべくもない。娘に誘《いざな》われ、閨《ねや》に入って臥すと思うや、忽ちに夢が覚めた。

それより夜毎に娘の室へ行く夢を見た。或る夜は、請《こ》うて娘に玉簫《ぎょくしょう》（碧玉の簫の笛）を吹いて貰うところを見た。再《ま》たの夜は、娘より紫金《しきん》（赤銅）に碧甸《へきでん》（青貝細工）を施した指環を貰い、王生もまた水晶にて双魚《そうぎょ》を形取った扇墜《せんつい》（扇の下げ飾り）を与えると見て、早や夢は破れた。然《しか》れども、彼《か》の夢に見た指環が手の中にあった。「此《こ》は不思議や」と扇墜を探してみると消え失せていた。

かくして、翌年また渭塘を通った折に件《くだん》の酒店を訪ねると、主《あるじ》は大いに喜び、王生を奥に招き、「扨《さて》も君、去年、此処《ここ》にて酒を飲み給いし時、某《それがし》が娘、外《よそ》ながら見初《みそ》めしより病を発し、独り言を言い、常に酔えるが如く、服薬するも更に験《しるし》がございませぬ。昨夕、某に対《むか》い、「明日、郎君《ろうくん》の来《きた》り給うべし。必ず待ち給え」と申せしども、真《まこと》とは思わざりしに、果して此処《ここ》に来《きた》り給う。これ、偏《ひと》えに天の御計らいと存じますれば、我が娘を娶《めと》り給え」と言って、王生の手を取って室内へと誘《いざの》うた。

彼《か》の娘の居所《きよしょ》を見るに、夢に見た姿と少しも違《たが》うところが無かった。娘は王生に対い、「去年、君を見初めしより心に忘るる暇《ひま》も無く、夜毎に夢の裡《うち》にて逢い参らせておりました」と言った。王生も「我が夢も、また同じ」と答え、簫の吹奏を所望した事、殊に指環と扇墜を取り交した事を語り、件の指環を出して見せれば、娘も「左様な事がございました」と扇墜を取り出《い》だし、「これこそ神の御引合せにございましょう」と申して、永久《とわ》に王生と夫婦の契りを交した。

正《まさ》しく、この事は『剪燈新話《せんとうしんわ》』（巻二・渭塘奇遇記）に載せるところである。

（巻之五の二・白小袖奇怪　附縮緬梯　夢者聟入媒）

＊『怪醜夜光魂《かいしゅうやこうのたま》』――花洛隠士音久

一念の衣魚《しみ》

露時雨《つゆしぐれ》守山過ぎて程なく、ここ江州《ごうしゅう》（近江国）高宮の里に三好《みよし》浅之助と申す少年があった。所の商人の子にて、当年とって十五歳、袂《たもと》に慈童（周の穆王《ぼくおう》の寵童）が愛した菊花《きっか》の匂い芳《かんば》しく、面《おもて》には弥子瑕《びしか》（衛の霊公の寵童）が食いさしの桃の色を留《とど》めるほどの美童なれば、心を懸けぬ者も無かった。同じ里に三形時右衛門《みかたときえもん》と申す色好み（恋愛通）の若人があり、何時《いつ》の比《ころ》か、浅之助の姿を垣間《かいま》見てからと申すもの、胸の煙は伊吹山《いぶきやま》のさしも草《ぐさ》（蓬《よもぎ》の古名。艾《もぐさ》）と立ちのぼり、恋路の深さは琵琶《びわ》の湖に擬《なぞら》え、寝ては夜の衣を返し（恋愛成就の禁厭《まじない》）、起きては茶筅髪《ちゃせんがみ》と乱れ……という有様にて、独り悶々と身を灼《や》く恋の奴《やっこ》と成り果てた。兎角《とかく》するうちに伝《つて》を見出《みい》だし、飛び立つばかりに喜んで、度々文を遣わしたものの、一言の返事も無ければ、愈々《いよいよ》遣る方なく思い乱れ、この度は言葉は一切連ねずに、ただ、

つれなしと忍《をし》に立つ名ぞ惜しまる、憂き身はかくて焦がれ死ぬとも

と一首の歌のみを認《したた》めて遣わしたところ、如何《いかが》思うたのであろうか、浅之助方より返事があった。「嬉しくも珍しき事よ」と披《ひら》き見れば、「つたなき我が身が、御身《おんみ》の障りと聞けば恥しく存じられまする。予《かね》てより言い交したる人のござれば、御断りまでを」とあった。時右衛門は驚き呆れ、「誰人《たれひと》か、羨ましくも花の主《ぬし》に先駆《さきがけ》したるや」と妬み心に駆られて知音《ちいん》の人（浅之助をよく知る人）に聞き合せたところ、松巌寺《しょうがんじ》という浄土宗の寺の弟子坊主の栄山と申す者と判明した。思い切る事は出来ぬが、主《ぬし》ある人なれば詮方もなく、時右衛門は面白からぬ月日を送っていた。

時しも春の比《ころ》、松巌寺庭前の桜が満開となったので、浅之助は、朋友の少年達を誘《いざな》い、花見がてら将棋の遊びを催したが、この時、弟子坊主の栄山は住持《じゅうじ》（住職）より用事を言いつかって彦根へ赴き、留守であった。時右衛門は、この日偶々《たまたま》松巌寺に詣で、日比《ひごろ》から心安き仲の住持の許《もと》に立ち寄り話し込んでいたが、座敷に客のある気配を察して帰らんとした。住持が引き留め、「奥の客は誰々《たれたれ》にて、少年の将棋の会なれば仔細はござらぬ。いざ諸共《もろとも》に見物せん」と促したので、時右衛門は「せめて浅之助の姿なりとも眺めん」と思

って随《つ》いて行き、将棋は扨措《さてお》いて、浅之助の姿形《かたち》に見惚《みと》れていた。

浅之助は「日比《ひごろ》、時右衛門が我に心を懸けし事は、栄山も知るところなれば、この人と一座するは何やら後ろめたく、殊に栄山は悋気《りんき》（嫉妬）強うして疑い深き人なり。帰らばやと思えども、今日は我が催しにて人々を慰むる為に来《きた》りしを、我帰りなば、一座の不興も如何《いかが》ならん」と、気の毒（困惑）を胸の内に裹《つつ》み、詮方なき体《てい》にて留《とど》まっていた。将棋の果てた後《のち》は酒宴となったが、初夜（午後八時頃）の比《ころ》に至り、皆々打ち連れて帰って行った。

栄山は夜更《よふけ》に寺へ戻り、浅之助が時右衛門と一座した噂を聞き、納所坊主《なつしよ》（寺務方の僧。或いは下級僧）を近づけて詳しく尋ねたが、この坊主は日比《ひごろ》より栄山に意趣を抱いていたので、逼《せ》かせて（苛立たせて）溜飲を下げんものと、跡形も無き嘘を混じえて語った。これを聞いた栄山は大いに怒り、翌日、浅之助の許《もと》に赴き、右の段々を言い募って詰《なじ》った。浅之助が「如何《いか》にも時右衛門と思わず一座せしと雖《いえど》も、全く言葉も交してはおりませぬ。同座の朋友は誰々なれば、彼らが証人ゆえ、誰になりとも聞いて疑いを晴らし給え。予《かね》て我が心を知りながら、尋ね給うにも及ばぬ事を……」と申し開く暇《いとま》もあらばこそ、栄山は懐《ふところ》に忍ばせた小脇差《こわきざし》を抜くや、浅之助を引き寄せ、「不心中者《ぶしんじゆうもの》（薄情者）よ」と叫んで刺し殺し、自らもその場にて自害して果てた。浅之助の両親は大いに驚き、「ただ一人の子を殺さるる事の腹立たしや。出家の身として何たる振舞、その上、日比《ひごろ》この子と仲良き人なりしに、かくの如き仕業《しわざ》に及ぶとは訝《いぶか》しや」と、栄山を恨み怒りながらも、是非なき事なれば、骸《むくろ》を納め、懇《ねんご》ろに跡を弔《とむろ》うた。

或る夜、両親の夢に、浅之助が在《あ》りし日の姿にて顕《あらわ》れ、「私は、思わずも刃《やいば》にかかり世を早う致しました。永く悪趣(地獄道・餓鬼道・畜生道・修羅道)に堕《お》つべきところ、幼き時より地蔵菩薩を信じ来《きた》る功徳、また御両親の七日七日の弔いの功徳により、再《ま》た此世《このよ》へ生て生れまする。来《きた》る霜月十一日に、西近江絹川村の角兵衛《かくべえ》と申す百姓の男子《なんし》として生れまする。また栄山は、幼少より釈門に入りながら、仏道に疎《うと》く淫行を専《もっぱ》らに致し、咎《とが》無き私を害せし報いにより、衣魚《しみ》と申す虫に生れ変りてござりまする」と言うと見て、夢は覚めた。驚いて、夫婦が互いの夢を語り合せると、少しも違《たが》う所が無かった。

夫婦の者は、早速に絹川村へ赴き、角兵衛の家の様子を聞き合せたところ、頃日《このごろ》男子平産の由なれば、角兵衛方を訪ね、事の次第を語り、件《くだん》の男子を見るに、浅之助の幼き時の面影と聊《いささ》かも違《たが》わなかった。そこで、角兵衛に対《むか》い、「此子《この》は則《すなわ》ち我が子の再来なれば、是非とも我らに給わるべし。外《ほか》に子も無ければ、家の跡を継がせまする」と懇望すると、角兵衛も「その始終を承るからは、如何《いか》で辞退致さん。ほかに我が子どもは大勢あるゆえ、進じ参らせん」と応じたので、夫婦は大喜びして貰い取り、浅次郎と名づけて養育したという。

その後《のち》、三形時右衛門の家に、大きさ一寸（三糎）ばかりの衣魚《しみ》が数多《あまた》湧き出《い》で、衣類書物はいうに及ばず、器財までも蠹《むしば》み、取り捨てても取り捨てても日に増して多くなり、害を為《な》すこと夥《おびただ》しかった。「この虫こそ、松巌寺の栄山の一念なり」との噂が、誰《たれ》言うとなく広まった。時右衛門は難儀のあまり、或る僧を招いてこの由を語り訴えた。件《くだん》の僧は一紙《いっし》の文書を認《したた》め、さて徐《おもむ》ろに、

> 茲《ここ》に虫あり、衣魚と名づく。その形魚《うお》に似て、その尾二岐《ふたまた》に分るるゆえ、白魚・蚋魚・壁魚の名あり。日に増し子孫を育長し、仏経書籍を喰い破る事、仏法僧の敵なり。提婆《だいば》（提婆達多《だった》。釈迦の従弟）が悪に越え、守屋（物部守屋《もののべのもりや》。六世紀の仏教排斥の徒）が罪に勝《すぐ》れたり。……

爾《なんじ》は釈門の緇徒《しと》（僧侶）、何ぞや男色《なんしょく》に迷い、咎《とが》無き人を殺し、その身も白刃《はくじん》の上に伏してこの虫となる。嗚呼《ああ》、酢を執《しっ》して酥上《そじょう》の虫となる沙弥《しゃみ》（僧侶）あり、橘を愛して橘中《きっちゅう》の虫となる桑門《そうもん》（僧侶）あり、人の悪《にく》むところ、世の戒むるところ、早く心を改め正道に赴き、生《しょう》を転じて真元に帰れ。

と読み上げれば、これに感じ入ったのであろう、数万《すまん》の衣魚は一同に死に絶えたという。

(巻五の一・松巌寺栄山といふ僧の一念衣魚と成事)

高慢の果

近江国《おうみのくに》は八幡《はちまん》(近江八幡。琵琶湖の南東)という所に権作《ごんさく》と申す百姓があった。その性《さが》、器用者にて、諸芸に携わり、何にても少しずつは仕覚えた。世に謂《い》う所の石臼芸《いしうすげい》(何にても齧《かじ》るが何《いず》れも上達せず)にて、これぞと用いられる事も無かったが、寔《まこと》に「小智は菩提の障り」と仏の戒め給う如く、自らの心には「天下一人《いちにん》の我なり」と常々高慢を働き、生物識《なまものしり》のくせとして仏法を破り、親類の意見も承引《うけひ》く事なければ、村の者は挙《こぞ》ってこれを悪《にく》んでいた。

或る朝の事、いたく雪が降り、四方《よも》の景色も白妙《しろたえ》の衣を纏い、木々の梢も扮装《よそおい》を凝らす様なれば、権作は熟々《つくづく》と見て打ち笑い、「寔《まこと》に文盲愚痴《もんもうぐち》の輩《やから》は仏法に騙《だま》され、観音の誓には枯れたる木にも花咲くなどと言い触らせども、終《つい》にその様を見聞く事なし。この白妙の雪にこそ、枯れたる梢も引き替えて、木毎に花も咲くなれ」と嘯《うそぶ》き、縁端《えんばな》に立ち憩《やす》らい、

遥かに三上山《みかみやま》（近江富士の通称あり）を見遣り、つくねんとしていたが、

富士を見ぬ人に見せばや近江なる三上の山の雪のあけぼの

という歌を詠み、「面白し面白し、かかる風雅なる歌は、古今に名を得し公家の作にも聞かず。口惜《くちお》しや、若《も》しも我、公家にも生れ来て、かかる歌を詠みなば、古今の秀逸と称されて名を止《とど》むべきものを、この身にては詮方も無し。斯様《かよう》に面白き歌を独り吟じ果てん事の残念さよ、腹立たしや」と、躍り上がり跳び上がり哭《な》き喚《わめ》いて、例の高慢を露《あら》わにしたが、不思議や、俄《にわか》に面体《めんてい》が朱を塗ったる如く凄じく変じ、鼻が一尺（三〇糎）ばかりも長く伸びた。また「両方の脇腹、刃《やいば》を以て切り裂く如く痛む」と言って暴れ狂う体《てい》と見えたが、一度に鳥のようなる翼を生じ、座敷中を駆け廻《めぐ》るに至った。この場に、偶々《たまたま》五、六歳ばかりの倅《せがれ》が居合せたが、恐ろしがって長く伸びた鼻に取り縋《すが》ったところ、それを引懸《ひっか》けた儘《まま》、権作は何処《いずこ》へともなく飛び去った。それより村中方々を探したものの親子の姿は見えず、数日《すじつ》を経た頃、村外れに樹《た》つ松の枝に倅の死骸が懸かっているのが見出《みい》だされたが、権作の行方は終《つい》に知れなかったという。訝《いぶか》しき事ではある。

（巻之五の三・百姓権作歌をよみて天狗に成事）

＊『太平百物語』――祐佐（菅生堂人恵忠居士）

野州川《やすがわ》の変化《へんげ》

山城国《やましろのくに》に緒方勝次郎《おがたかつじろう》と申す侍があった。或る時、近江国《おうみのくに》の彦根へ赴くとて、野州川《やすがわ》の畔《ほとり》に差しかかった。折節、秋の末つ方なれば、早や冬の気色《けしき》も顕《あらわ》れ、水の面《おもて》には盛んに落葉が散り敷いている。心も澄み渡る思いにて、旅の心を、

野州川と如何《いか》でか名には流しけん苦しき瀬のみありと思ふに

と歌に詠んで口遊《くちずさ》みつつ行くと、対岸より小舟を漕ぎ来る者がある。見れば、眉目《みめ》美しき童子にて、身には木の葉や藻屑《もくず》などを纏《まと》うている。怪しく思い、「如何《いか》なる人ぞ」と尋ねると、「この辺りに住む者にござる。御身《おんみ》もこの舟に御乗りなされ。共に逍遥して楽し

まん」と頻《しき》りに誘《いざな》う体《てい》である。童子の容子をよくよく見きわめ、これは人間に非《あら》ずと断じた勝次郎が、携えた弓矢を押取《おっと》り、引き絞って、ひょうと放てば、矢は過《あやま》たず童子の胸に中《あた》った。この時、童子は忽《たちま》ち獺《かわうそ》と変じて死んだが、舟と思われたものも、みな木の葉の類《たぐい》であった。「さてこそ、変化《へんげ》の物にてありしよ」と思うところへ、また一人、今度は陸《くが》の方より老女が来《きた》り、勝次郎を手招いて、「御事《おこと》（貴方）、只今、舟に乗りし童子を見給わずや」と尋ねた。勝次郎は「その者なれば、疾《と》く行き過ぎたり」と答えて遣り過し、また弓を引き堅め、礑《はた》と射れば、頭《こうべ》に中《あた》ると覚えて、老女は忽ちに老いたる獺と変じ、「呀《あっ》」と叫んで骸《むくろ》を曝《さら》した。

勝次郎が、この二疋《ひき》の獺を取り収め、所の人々に見せたところ、皆々大きに喜び、「この年比《としごろ》、斯様《かよう》に美童美女に化《け》して、多くの旅人を謀《たばか》り、喰い殺せし獣《けもの》。かく退治されたる上は、今より後《のち》、この憐れを見る事もありますまい。ありがたく存じまする」と口々に礼を述べ、打ち寄って勝次郎を拝んだという。

（巻之二の二・緒方勝次郎獺を射留めし事）

天狗の縄

讃岐国《さぬきのくに》に照本寺《しょうほんじ》という日蓮宗の寺があった。或る時、真可《しんが》と申す小僧が、用事を言いつかり、うたづという所まで出かけた。その帰りに、ばくち谷という所に差しかかると、俄《にわか》に一陣の風が吹き来《きた》り、得体の知れぬ者に掴まれて虚空に引き攫《さら》われた。恐ろしさに、法華経の普門品《ふもんぼん》を高らかに唱えると、後ろの者も同じくこれを唱えるではないか。この時、賢《さか》しくも真可が咄嗟《とっさ》に経文を終りから初めへ読み戻したところ、障碍《しょうげ》の者（魔物）はこれを読む事が出来なかった。無念に思うたのであろう、真可の繻巾《しゅきん》（手巾帯。五尺余の長手拭を上帯に転用、僧尼が用いた）を解《ほど》き、これにて彼の身体を思うさまに引き縛り、照本寺の縁の上に捨てて帰った。真可は猶《なお》も高らかに普門品を唱えたので、寺中の者が聞きつけ、軈《やが》て縁に集まって来た。真可の様子を見て驚いた人々は、この事を直《ただ》ちに上人の許《もと》へ告げ知らせた。軈て上人が立ち出《い》で、熟々《つくづく》と見定め、真可の声に合せて静かに普門品を読誦《どくじゅ》すると、不思議や、繻巾は忽《たちま》ち解け、真可には別儀（障り）もなく本心を保っていた。上人が訣《わけ》を尋ねると、真可は然々《しかじか》の由を語った。訝《いぶか》しく思うた上人が、件《くだん》の繻巾を取り上げ、検《あらた》め見れば、様々に結ぼれて、如何様《いかよう》に探しても紐の端《はし》が見えなかった。辺りの人々は、これを見て奇異の思いをなし、天狗の縄と称して持て囃した由。件の帯は、今もこの寺に伝わるという。

（巻之二の三・小僧天狗につかまれし事）

紀伊国の隠家《かくれが》

泉州《せんしゅう》（和泉国《いずみのくに》）の岸和田に、志賀右衛門《しがえもん》と申す者があった。若年の比《ころ》より、殊勝なる志の持主にて、諸国を経廻《へめぐ》り、神社仏閣あるいは名所古跡を尋ねる事を楽しみとしていた。或る年、熊野山《くまのさん》の方《かた》に赴いた折の事、紀伊国日高郡《きいのくにひだかのこおり》に差しかかったが、秋の日の習いにて思いの外《ほか》に早く暮れかかり、その上に小雨までそぼふるゆえ、何となく物哀れに覚えて、

小雨降る秋の夕べのきりぎりす絶え〲になる声ぞ悲しき

と口遊《くちずさ》んだ。一入《ひとしお》心も湿りがちなれば、今宵はこの辺りに宿を乞うて一夜を明かさんと

思ったが、近き辺りには家の影も見えなかった。「如何《いかが》せん」と猶《なお》も辿り行くと、道から少し離れた小高い所に一軒の家が見えた。志賀右衛門は喜び、「いざや、行きて宿を借らん」と、畦道《あぜみち》を五、六丁（約六〇〇米）ばかり伝って件《くだん》の家に至り、案内を乞うて然々《しかじか》の由を申し述べたところ、内より三十ばかりの女が立ち出《い》で、志賀右衛門を熟々《つくづく》と見て、「旅の御方にござりまするか。一夜のほどは貸し参らするほどに、此方《こなた》へ御入りなされませ」と快く応じてくれた。

志賀右衛門は喜んで中へ入ったが、家内を見るに、この女の外《ほか》に人の気配が無きゆえ、聊《いささ》かの不審を覚えた。主の女に対《むか》い、「拝見致せば、召し使い給《たも》う人も無き御様子。御連《おつれ》合《あい》も坐《ま》しまさぬは、若《も》しや御他行《おるす》にござるか」と尋ねると、女は打ち笑み、「妾《わらわ》は元より夫は持ちませぬ。夫無ければ子という者もござりませぬ。一生寡《やもめ》にてござりまする」との答であった。志賀右衛門が重ねて「此所《この》には隣合う家居《いえい》（住宅）も見え申さぬが、若き女《にょ》性《しょう》の独り住み給う事、聊か訝《いぶか》しく存ぜらるる。只今の御言葉は偽りにござろう。真《まこと》の事を御明かし召されよ」と言えば、女は愈々《いよいよ》笑う体《てい》にて、「何しに偽りなど申しましょう。自らは独り住みとは申せども、用ある時は、これなる箱の内より召使を呼び出《い》だして遣《い》いますれば、徒然《つれづれ》（所在なさ）も無く、まして不自由もござりませぬ」と、異な事を申すではないか。女が指した箱を熟々《つくづく》と見れば、僅か方四寸（約一二糎四方）ばかりにして、然《しか》も大

層古びたものゆえ、志賀右衛門は大きに笑い、「此《こ》は、そも某《それがし》を無骨の男と思い、主の御方には戯れを宣《のたも》うか。時に、某、先程より何となく物寂しくござれば、何にても羹《あつもの》（熱い吸物の類）にして御与え下され。これぞ御芳志と存ずる」と無心に及んだ。

女がこれに応じて、「寔《まこと》に御尤《ごもっと》も。一樹の陰、一河の流れも他生《たしょう》の縁と申しますれば、何をがな参らせたくは存じますれど、はかばかしき物もございませぬ。妾《わらわ》、常に蕨《わらび》を好みますれば、これを差し上げましょう」と言い、彼《か》の箱の上をことことと叩けば、内より二十歳《はたち》ばかりの女が忽然と顕《あらわ》れ出た。亭主の女が「今宵、客人《まろうど》あり。お前は急ぎ蕨を調えて参らせよ」と命ずると、件《くだん》の女は点頭《うなずい》て納戸《なんど》に入って行った。また箱を叩けば、今度は十四、五歳の童子が顕れ、主が「お前は客人に茶を煮て参らせよ」と命ずると、これも応じて納戸に入った。暫《しばら》くすると、彼《か》の女が蕨餅を捧げ来て、志賀右衛門の前に置いた。志賀右衛門はこの有様を見て大きに怪しみ、「これは人間にてはあるまい。この餅も危うき物ならんが、若《も》し喰わずんば如何《いか》なる事やあらん」と恐れ、心ならずも喰えば、続いて童子が茶を運んで来たので、これも致し方なく飲んだ。亭主の女が二人の者に、「今は早や用も無ければ、休むがよい」と命ずると、二人共に例の箱の中に入ってしまった。

奇異の思いをなした志賀右衛門が、亭女に対《むか》い、「某《それがし》、数年来、諸国を廻《めぐ》ると雖《いえど》も、終《つい》にかかる奇術を見申さぬ。御身《おんみ》は、そも如何《いか》なる人にて坐《ま》しませば、かかる奇術を為《な》し給うや。願わくは、御物語なされて、我が冥闇《めいあん》（疑問）を晴らし給え」と問い願うたところ、「これは妖術じゃ。されども御身の為に更に害は無い。妾《わらわ》、此所《この》に住むこと百余年、御身の如く道に迷い来《きた》る人、これまで四人あり。その中に、この術を強《あなが》ちに問う者が二人ありしゆえ、詮方なく命を取りぬ。ほかの二人は問わざるゆえ、無事に帰し遣りぬ」との答、この言葉に恐れをなし、志賀右衛門も再び問う事はしなかった。

兎《と》角《かく》するうちに夜も明方に近づいたと思われる頃、亭女が「最早、夜も明けまする。これより往来の巷《ちまた》まで送り届け参らせん。御身、此所への道程《みちのり》を仮初《かりそめ》に五、六丁と思い給うと雖《いえど》も、人倫の道路四方より離ること既に五十里（約二〇〇粁）に及びまする。夜前、我が家の方を見上げ給うゆえに、通力を以て招きたれば、今、御身、人力にて出《い》で給うなどは、努々《ゆめゆめ》思い寄らぬこと」と言いざま、志賀右衛門の腰に手をかけると見るや、早や往来の道に出ていた。志賀右衛門は茫然として跡を振り返ったが、遥かに樹木の生い茂る山が幾重にも重なって見えるのみにて、彼《か》の家とおぼしき物は露ばかりも見えなかった。かくて、偏《ひと》えに夢より覚めたる心地して、それより熊野山へ詣でたとか。不思議なる事どもではある。

（巻之三の六・紀伊の国かくれ家の事）

力士の精

因幡国《いなばのくに》に、作野《さくの》屋《や》の何某《なにがし》と申す富者《かねもち》があった。或る夜の事、盗人《ぬすびと》が五人押し入り、家内の者を悉《ことごと》く引き縛り、亭主一人《いちにん》の縄目を許して蔵の内を案内させた。盗人どもが銀箱《かねばこ》を五つ取り出《い》だし、一《ひと》つずつ担《かつ》いで出《い》でんとした時、俄《にわか》に蔵の中が鳴動し、一人の力士が顕《あらわ》れ出《い》で、盗人どもの前に立ち塞がった。見れば、頭《かしら》は赤熊《しゃぐま》（白熊《はぐま》＝旄牛《やく》の尾毛を赤く染めたもの）にして、眼《まなこ》は金《こがね》の如く光り、その有様は世にも凄じい。盗人どもは肝を潰し、銀箱を打ち捨て、一散に逃げ出したので、蔵の中も程なく静まり、彼《か》の力士の姿も見えなくなった。亭主は、この体《てい》を見て限りなく喜び、頓《やが》て家内の者たちの縛《いまし》めを解き、蔵の中の出来事を語った。時に、これを聞いていた亭主の老母が横手を拍《う》ち、「それこそ、此家《このや》に先祖より持ち伝えし力士の精魂であろう。それならば土蔵の二階に有る筈じゃ。試みに取り出《い》だして見よ」と言葉を挟んだ。早速に取り出《い》だして見ると、件《くだん》の木像は汗を流して坐《おわ》し、両足には土も付いているゆえ、「扨《さて》は、この奇瑞《きずい》に疑いなし」とて、結構なる厨子《ずし》を作って像を納め、永く祀《まつ》り尊んだという。或る人の話によれば、この力士は鳥仏師《とりぶっし》（鞍作鳥《くらつくりのとり》。飛鳥時代の仏師。本朝仏工の祖という）の作にて、その後《のち》も奇瑞を示したという。

（巻之五の三・力士の精盗人を追ひ退けし事）

陰魔羅鬼《おんもらき》

山城国《やましろのくに》は西の京に、宅兵衛《たくべえ》と申す者があった。或る夏の事、暑さに耐え兼ね、近辺の寺に行き、方丈の縁《えん》に出《い》で、暫く納涼に及んだ。いたく快きゆえ、眠りを催し、うとうと眠りかけたその折しも、俄《にわか》に声がして、「宅兵衛、宅兵衛」と呼ばわるではないか。驚き目覚め、起き上がって見れば、眼前に異様な者が立っていた。その姿は、鷺《さぎ》に似て色黒く、目の光る事は熾《さか》んなる燈火《ともしび》の如く、羽を震わせて鳴く声は人のようである。恐れて縁より退き、物陰より窺えば、翼を拡げて羽叩きすると見るうち、頭《かしら》より次第次第に消え始め、様子（訣《わけ》）を語り、則《すなわ》ちこの寺の長老に在《あ》りし次第を語り、様子（訣）を問うたところ、長老は「此所《この》に今まで左様の化物無し。此比《このごろ》、死人を送り来《きた》る事あり、仮に納めて置きしが、恐らくはそれでござろう。されば、新たなる屍《しかばね》の気変じて、かくの如き者となる事がござる。これを名づけて陰魔羅鬼《おんもらき》と申す由、蔵経の中に載せてござる」と仰せになった。宅兵衛は、この由を聞き、「左様の事でもあろう」と、愈々《いよいよ》怪しい事と思った。

（巻之五の四・西の京陰魔羅鬼の事）

＊『御伽《おとぎ》厚化粧』――筆天斎（中尾伊助）

小面《こおもて》の怪

さして昔にてもあらぬ頃、泉屋銀七と申す者があった。この銀七の母親は妙心《みょうしん》と申し、上町の外れに小屋敷を求め、隠居していた。

明日は例年の餅搗《もちつき》という極月《ごくげつ》（十二月）廿二日の事、妙心が銀七方に来《きた》り、「明日は嘉例の通り餅搗の祝なれば、今宵より此方《こちら》に泊りまする。其方《そなた》は妾《わたし》の家に赴き、留守を守りなされ」と申しつけた。「されば、御世話ながら、餅搗の諸事、御指図なされて下さりませ」と応じて銀七は家を後にして隠居所へ向った。途中、友達の吉助《きちすけ》の家に立ち寄り、「明日は我家《わがや》の餅搗ゆえ、老母には、今宵より我家へ来《きた》り、世話を焼かれまする。身共はこれより隠居所へ留守に参るところなれど、一人にては寂しきゆえ、吉助殿、御手隙《おてすき》ならば、咄《はなし》がてら泊りに御出《おい》でなされまいか」と誘うたところ、吉助は「幸い今夜は手隙にござる。

成程《なるほど》参りて一所に御留守致しまする」と喜んで応じた。

さて、連れ立って隠居所に赴いた二人は、炬燵《こたつ》に火を起し、酒を温めて打ち呑み、一軒屋なれば誰《たれ》に憚《はばか》る事もなく、大声にて浄瑠璃や小歌（『松の葉』など流行歌の類。後世の「小唄」とは別物）を歌い、世間咄を喚《わめ》き散らしていたが、僅かの酒の酔いも何時《いつ》の間にやら醒め、夜も更ける頃には、次第に寂しくなってきた。町中《まちなか》を外れた家ゆえ、北風が烈《はげ》しく戸を搏《う》ちつける。遠寺《えんじ》の鐘も早や九つ（午前零時）を打ち、何やら不気味に思われた時、吉助が偶《ふ》と勝手（台所）の方《かた》を見ると、何処《いずこ》より来《きた》ったものか、髪を乱し、空色の布子《ぬのこ》（綿入れ）に紺の前垂《まえだれ》をした女が、上がり口に後ろ向きに腰掛けていた。

驚いた吉助が銀七に知らせて指さし、「不思議や、戸の開く音もせざりしが、何時《いつ》の間に来《きた》るや、何者ならん」と共に怪しみ、「其方《そなた》は何処《どこ》の人じゃ、何とてかかる夜更《よふけ》に来《こ》られしぞ」と尋ねたが、全く返事をする様子もない。両人は愈々《いよいよ》不思議の思いをなし、「此方《こなた》は、まあ何処《どこ》の人じゃ、何とて返事もなさらぬか」と言いつつ、行燈《あんどん》を提げて上がり口まで出て見れば、女はどうやら西側の隅の、味噌桶や香《こう》の物桶（漬物樽）の置場所へ行った様子ゆえ、行燈を掲げて照らして見ると、何処《いずこ》へ行ったものか、姿が無かった。

「扨《さて》も不思議な事じゃ、此処《ここ》からは出入は叶わぬ。門口のほかに出づべき所も無きに、戸を開《あ》くる音もせぬ。此《こ》は如何《いか》に」と、両人は慄然として顔を見合せた。

身の毛の弥立《よだ》つ思いにて炬燵の傍へ寄り合い、「この町離れの一軒屋へ、殊に夜更けて女一人来《きた》るべき筈も無し。戸の開く音もせねば、扨も不思議なる事よ」と訝《いぶか》りつつ、また勝手元を見れば、彼《か》の女が上がり口に腰掛けているゆえ、吉助が「あれあれ、また出《い》でたるぞ、あれ見給え」と叫んだ。ここに至って、両人は蒲団《ふとん》を被り、「南無阿弥陀仏、南無阿弥陀仏」と震えながら六字の名号《みょうごう》を唱え出したが、長き冬の夜を眠る事もならず、夜明を待つ事、恰《あたか》も千年にも及ぶかと思われた。漸《ようや》く八つ（午前二時）の鐘も鳴り、軈《やが》て鶏の声が方々より聞え始めたので、恐る恐る蒲団の下より窺い見れば、何処《いずこ》へ行ったものか、女の姿は無かった。女が失せても、未だ家の隅々の陰が恐ろしく思われ、両人は鼻息も立てずに震えていた。

漸く夜も明け放れ、両人は生きた心地に復《かえ》り、急いで銀七の家へ帰ったが、顔は土気色《つちけいろ》にて、未だ震えも止《や》まなかった。家内の皆々が不審の思いをなすゆえ、吉助が夜来の事どもを語ったところ、これを聞いた銀七の母は、「寔《まこと》に、予《かね》て咄《はな》して遣るべきものを、忘れておりました。両人とも、嘸《さぞ》や不思議に思うたであろう。彼《か》の者、妾《わたし》があの家に移りてより、夜毎に顕《あらわ》れ、終《つい》に物も言わねば顔も見せぬ。妾《わたし》も、初めは恐ろしゅう思うたが、今は馴れて恐い事はありませぬ。ただ腰掛けるのみにて、座敷にも上がらず、今時分、夜の長き時は、却《かえ》って伽《とぎ》の者となるゆえ、好都合じゃ」と語った。

銀七は猶《なお》も深く怪しみ、吉助と共に隠居所へ赴き、「定めてこの敷地の中に、狐狸《こり》の穴などあらん」と推して、植込の内など庭の隅々まで、召使う者どもに探させてみたが、何も見出《みい》だせなかった。また家の中も、天井や床下まで詮議してみたが、別に怪しい事も無かった。そこで、今度は「所詮、彼《か》の者の消えたると覚えしは物置の隅の方なれば、其処《そこ》を委細に吟味せよ」と命じ、古き雑具を取り除けさせ、物の下まで探させたところ、鼠の巣と覚しき内より、一つの古き面《おもて》が見つかった。

吉助が熟々《つくづく》と見るに、鼠が嚙み損じたものか、鼻と口の辺りが欠け、ほかにも数《す》箇所が禿げ損じ、その古き事は何時《いつ》の世の物とも知れぬほどであった。『熊野《ゆや》』（鬘物《かずらもの》の能）などを演ずる時に懸ける小面《こおもて》と思われ、細工の程は粗打《あらうち》ながら、しおらしき（優美なる）事はこの上も無い。銀七は、彼《か》の怪しき女が顔を見せなかった事と、この面が欠け損じている事とを思い合せて、何やら胡散《うさん》臭く覚えたので、持ち帰って見せたところ、母親は手を拍《う》って、「扨《さて》も古き物が出《い》でて参った喃《のう》。これは、其方《そなた》が遥か幼少の時、持ち遊びたるものにて、果して買《こ》うた物やら、貰うた物やら、妾《わたし》も最早覚えがありませぬ」と言った。この面が出《い》でてからと申すもの、彼《か》の妖物の出現もぴたりと止《や》んだので、人々は「扨こそ」と一様に不思議の思いをなした。

その後《のち》、銀七は私用にて京へ上った折に、児玉何某《こだまなにがし》の掾《じょう》とか申す堪能《かんのう》の面師を訪ね、件《くだん》の小面を見て貰った。面師は委細に検《あらた》め見た後《のち》、「これを世に春日面と申し、庸工の作に非《あら》ず、面は真《しん》（本物）なり」と嘆息して、入手の経緯《いきさつ》を問うた。銀七が一伍一什《いちぶしじゆう》を語ると、面師は「成程《なるほど》、さもあらん」とて、昔より度々不思議を顕《あらわ》した例《ためし》を語り、「疎《おろそ》かに扱うてはならぬ」と言葉を添えた。銀七は大きに喜び、巾箱（絹張りの小箱）に手厚く納めて至宝と為《な》したが、後《のち》には所の鎮守の神殿に奉納したという。

扨《さて》、爰《ここ》に記し置くべきは、銀七が老母妙心の事である。かかる怪しき物を見て、ただ有り触れた物の如くに思い為した事、女の身として心の剛《ごう》なる事は、寔《まこと》に類《たぐい》なき人とも申すべきか。或いは、人と申すものは、老年に至れば、精神が淡く衰え行き、物に感応する事が尠《すくな》いと解すべきか。何《いず》れにせよ、怪しみを見て怪しまざるゆえ、禍《わざわ》いに与《あず》かる事もなくて、却って奇物を得るに至った由。これ、老人の口の端《は》に残るところである。

（巻之四の二・古屋見妖怪）

赤間関《あかまがせき》の幽鬼

長州《ちようしゆう》（長門国）赤間関《あかまがせき》の辺りに、鶴都《つるいち》と申す琵琶《びわ》法師があった。或る夜、五ツ時（午後八時頃）に忍びやかに門を叩く音がした。「誰《たれ》ぞ」と誰何《すいか》すれば、女の声にて「鶴都殿、宿に坐《ま》しまさば、ここ開けて給われ」と訪《おとな》うゆえ、不思議に思い、戸を開くと、年の比《ころ》は十七、八ばかりのものごし（声のみにて判じた容子）にて、たいそう優美と想われる女房が佇《たたず》んでいた。「自らは、この辺りの者にござりまする。自らが頼みたる御方（主人）には、其許《そもと》が琵琶の妙を得給う由を聞《きこ》し召され、招き来《きた》れとの仰せ。いざ、来《きた》り給え」と誘《いざな》う物腰は、都上臈《みやこじょうろう》（宮中の女房の類）とみえ、遂にこの辺りに有るべき人とも思われない。不思議に思い、「この辺りに左様の御方が坐《おわ》すとは承りませぬ。先様は如何《いか》なる御方にござりまするや」と問えば、「唯この辺《ほとり》にて、行き給えば知れまする。そのまま来《きた》り給え」と猶《なお》も頻《しき》りに誘《いざな》うゆえ、「然《しか》らば参りまする」とて、琵琶を抱き、彼《か》の上臈に手を引かれて出《い》でた。

五、六町（約六〇〇米）も山際の方に来たかと思う比《ころ》、大きなる門の開く音がして内に誘《いざな》われ、次に玄関と覚しき所を過ぎ、更に幾間も通り、さて漸く一間に留《とど》め置かれたが、上臈は「暫《しばら》く此処《ここ》にて休み給え、上《かみ》へこの由を申し上げまするほどに」と言い残して去った。鶴都が密かに聞くに、奥は女中（女房）の部屋と覚しく、空薫《そらだき》の香《こう》の風に連れて、「今夜は二位の尼君（平清盛の正室時子）、大臣殿をはじめ、御一門残らず御参会の夜なり。珍しき琵琶法師を召さるる由、古《いにし》えの事どもを聞きたきものにござりまする」などとささめく声が洩れ聞えて来た。不思議に思うところに、最前の上臈が戻り、「定めし待遠《まちどお》ならん。今、幸い上の御酒宴の最中にござりまする。いざ、来《きた》り給え」と手を執り、遥かに奥の座敷へ伴うた。

鶴都が頭を下げて静かに聞けば、上段には、御簾《みす》を半ば捲き上げさせて、貴《あて》なる人がいたく静かに渡らせ給う。左の方《かた》は衣冠束帯の人らしく、人数は三十人ばかりと思われた。右の方の御簾の内、几帳《きちよう》の影には、やんごとなき女房達の気配が感じられ、座は御酒宴半ばの様子と知れた。時に、左の上座なる衣冠の人が「法師は琵琶の上手と聞き及べば、平家（平曲。平家物語）を語るべし」と仰せになった。鶴都が畏《かしこ》まって、「平家都落《みやこおち》」より語り始め、「一の谷の戦《いくさ》」に至る程に、座中は何となく物静かになり、人々にはいたく感慨を催され、感涙を流し給う気色《けしき》と思われた。また「寔《まこと》に法師は、聞き及びしよりも上手なり。いま少し語るべし」との仰せが下された時、御簾の内なる女中の中より「天皇入水《じゆすい》の所を」との御所望があった。鶴都はまた琵琶を弾じ、哀れげに語り始めたが、「二位の尼君、宝剣を腰に差し、主上《しゆじやう》を抱き奉《いだ》つて、海底へ飛び入り給ひぬ」という条《くだり》に差しかかるや、座中は感に耐えかねてか、一度にわっと泣き入り給えば、酒宴の興も醒め果てて物悲しき体《てい》とはなった。時に、最前の上臈が「最早これまでにござりまする。鶴都も帰られよ」と言って立ち来《きた》り、「また重ねて召しまする」とて鶴都の手を引いて退出した。上臈に送られ、総門を出《い》でて五、六町も歩むと思えば、程なく我家へ帰る事を得た。その後《のち》、また彼《か》の上臈が迎えに来て、彼処《かしこ》に伴われ、この度もまた「主上入水」の所を語れば、座中一度に嘆き給うた。

扨《さて》、この辺りに阿弥陀《あみだ》寺と云う寺があった。和尚が、誦経《ずきよう》せんものと、朝まだきに起きて御堂《みどう》に赴いたところ、上の山にて琵琶を弾いて高々と『平家』を語る声がするゆえ、不思議に思い、声を尋ねて山際に行ってみれば、古き塚（墓）の前に座頭《ざとう》が畏まり、琵琶を弾いて語っているではないか。傍近くより、「人も無き山際にて、何ゆえ早朝より琵琶を弾じておるのじゃ」と問えば、座頭は不思議なる顔つきとなり、「此処《ここ》は何方《いずかた》にてござりまするや」と尋ねる始末、「此処は阿弥陀寺の上の山際、古塚の前じゃ」と教えて遣ると「扨々不思議なる事にござる」とて、有りし事どもを詳しく語った。一伍一什《いちぶしじゆう》を聞いた和尚は手を拍《う》って、「古昔《そのかみ》、安徳天皇、当国早鞆浦《はやとものうら》にて入水し給うを、此《この》地に移し奉って、仮の御陵《みささぎ》となす。中にも著《いちじる》く見えしは二位殿の塚なり。扨は平家の一門の亡魂、今に残りて、かかる不思議をなしけるよ」と言い、塚に対《むか》い、誦経念仏を手向《たむ》けて帰って行った。その後《のち》、鶴都も僧を請じて一七日《いちしちにち》（七日間）の法事に大施餓鬼《だいせがき》を為《な》して弔《とむろ》うたので、これより後《のち》は、この座頭を呼びに来る事も無かったという。

（巻之四の三・赤関留幽鬼）

＊『御伽空穂猿《おとぎうつぼざる》』——摩志田好話《ましだこうわ》

山姑《やまんば》

備中国《びっちゅうのくに》は成岩《なりわ》（成羽）の城主三村紀伊守《みむらきいのかみ》は、近国に隠れ無き大剛《たいごう》の勇将であったが、或る時、城下にて、物の便り（ついで）に容色艶麗なる娵《おんな》を見初《みそ》めてしまった。以来、その姿が常に目にちらつき、深き思いとなり、「兎《と》やせん角《かく》やせん」と懊悩の日々を送っていたところ、如何《いかが》して来《きた》りしものか、或る夜、人も寝静まった頃に、彼《か》の女が忍んで来た。それより、毎日、暮を待ち朝を恨む体《てい》にて、一夜も欠かさずに訪れた。

ここに至って、紀伊守は相貌蒼々として日々に疲労の体《てい》なれば、心得ぬ事と思うた近習《きんじゅ》の輩《やから》が勧めて城外に連れ参らせた。終日《ひねもす》遊び廻《めぐ》り、日暮に及んで遥かに山上を見れば、鞠《まり》の如き大きさの光物が城中指して飛び行き、城の軒端《のきば》に隠れ入った。驚いた老臣が家臣達を呼び、「この妖怪、必ず殿を悩まし奉るならん。此頃《この》の御形勢《おんありさま》、甚《はなは》だ心得難く拝さるるが、皆々は別に変りたる事も見ずや」と問えば、近習の侍が、秘かに通い来る怪しき女の事を語った。老臣は重ねて驚き、「早く殿にこの事を告げて、御用心あるよう願わん」と立ちかけたが、近臣の者が押し止《とど》め、「殿には、この事を深く忍ばせ給えば、まず我々が諫《いさ》め奉りまする。弥々《いよいよ》御承引なくば、如何様《いかよう》にも御計らい下されと進言したので、家老も「尤《もっと》もなり」と応じた。

さて翌日の事、近習の者ばかりが紀伊守の御前に進み、秘かに「昨夜御覧の通り、光物が山上より飛び来《きた》り御城内に入りし事、全く以て不審《いぶかし》き次第にござりまする。此頃の御容体、如何《いか》さま魑魅《ちみ》の祟《たた》りとも申すべく、件《くだん》の女中に御心を置かせられて（御用心されて）然《しか》るべしと存じられまする」と申し上げると、紀伊守も女を退ける事に同意した。紀伊守は、まず女の正体を見きわめんものと、その夜は、例の如く訪れた女を、常の如く何気なき体《てい》にて持て成し、よく寝入るのを待ち、秘かに鋏にて女の髪を少しばかり切り取って懐《ふところ》に入れ置いた。翌朝、女が帰った後、切り取った髪を検《あらた》め見るに、髣《さなが》ら銀の針を束ねた物の如くであった。紀伊守は大いに驚き、近習を集め、「この事、猶予すべからず。今夜必ず討ち止めてみせようぞ。されども、女の気の緩まぬうちに事を起しては、早まって仕損ずる事もあらん。其方《そのほう》らに知らするまでは、必ず粗忽《そこつ》すべからず」と示し合せ、一同は息を潜めて待機に及んだ。

既に更闌夜《こうらんや》静《せい》（夜も更け辺りも静まる）にして、近侍宿衛の臣も皆々眠りを催す所に、俄《にわか》に守《かみ》の閨《ねや》（寝室）より立ち騒ぐ音が聞えた。宿直《とのい》の徒輩《ともがら》が戸を押し破り入って見れば、紀伊守は大童《おおわらわ》（大奮闘の様）になり、天井を睨んで「無念、無念」と叫ぶのみにて、暫《しばら》くは挨拶も無かった。軈《やが》て漸《ようよ》う心を鎮め、「彼《か》の女来《きた》りて、「今宵は心地常ならず、爰《これ》より帰らん」と申すを色々と宥《なだ》め、常よりも懇《ねんご》ろに語らい、少し眠れる所を、胸の上に乗りかかり、三刀《みかたな》まで刺せば、うんと言いて反《そ》り返りしが、撥ね起きて我を脇に挟み、天井に飛び上がるを、金剛力《こんごうりき》（非常の強力）を出《い》だして放たず、続けざまに拳も通れと刺し通せば、溜《たま》りも敢《あ》えず（怺《こら》え切れず）我を天井より落したり。予《あらかじ》め其方《そのほう》らと示し合せしかど、余りに事急にして、知らする暇《いとま》も無かりしぞ」と、汗を押し拭うて語った。実《げ》にも、天井より血の流れること夥《おびただ》しく、避けるに所も無き始末であった。

夜明を待って、家臣達が光物の顕《あらわ》れたと覚しき山へと赴き、血の痕《あと》を目印に探索したところ、麓《ふもと》より三里（約一二粁）余の深山に至って大きなる岩穴を見つけた。血の痕は、この穴の入口にて途絶えていた。必定、この内こそ妖怪の住居と見えたが、誰一人として入らんとする者が無かった。爰《ここ》に、朝《あさい》比《な》清左《せいざ》衛《え》門《もん》と申す新参者があり、六尺有余（約一八〇糎余）の大男にして、力量早業《はやわざ》の程は家中に並ぶ者も無かったが、今日《こんにち》は此処《ここ》には参らず、城中は番所の守衛についていた。この朝比奈が、岩穴に入る者なしと聞き、騎馬にて駆けつけ、件《くだん》の役目を買って出《い》で、腰に細引を結びつけ、松明《たいまつ》を掲げて岩穴に入った。行先二、三町（約二五〇～三〇〇米）ほどは暗闇が続いたが、軈《やが》て外と変りなき日輪の通ずる所に至り、見廻せば、身の丈七尺（約二一〇糎余）ばかりの姥《うば》が横たわっていた。銀針を束ねたる如き白髪は一丈（約三米余）に余り、乱れ懸かった髪の間より眼《まなこ》を瞠《みひら》き、牙を嚙んで（歯嚙みをして）死んでいた。朝比奈がこの骸《むくろ》を搦《から》めて引き出《い》だすと、これを見た者はみな驚嘆した。

爰《ここ》に於て、人々は、紀伊守の勇猛なる事を改めて嘆賞に及んだ。「これ、伝え聞く山姥《やまんば》と申すものなるべし。『本草綱目《ほんぞうこうもく》』（中国明代の薬用動植鉱物解説書）の〈狒々《ひひ》〉の附録に、山猱・旱母・山大人・山𤞟・山姑・山丈・山鬼の類を載せたり。山姑は、男子の気を嗅ぐ時は尋ね来て捕えて離さず、と言い伝うる恐ろしき物なり。寔《まこと》に、紀伊守にあらずんば、これが為に命を失わるべし」と、その壮力を語り伝えた由である。

（巻第五の二・三村紀伊守山姑を討止し事）

＊『新著聞集』――神谷養勇軒・編

累《かさね》の怨霊

下総国《しもうさのくに》岡田郡羽丹生《はにゅう》村の与右衛門《よえもん》と申す者は入聟《いりむこ》であった。妻の累《かさね》は、甚《はなは》だ姿醜きのみならず心延《こころばえ》（性向）までも姧《かだま》しき似非者《えせもの》ゆえ、与右衛門はこれを絹川（鬼怒川）に誘い出し、突き落して沈め殺した。法名《ほうみょう》（戒名）を妙林《みょうりん》と付け、同村の法蔵寺にて弔《とむろ》うたのは、正保《しょうほ》四年（一六四七）八月十一日の事であった。

その後《のち》、与右衛門は度々妻を迎えたものの、五人までが早世した。六人目の妻が娘を生み、菊と名づけた。菊が十三歳を迎えた寛文《かんぶん》十一年（一六七一）の八月中旬に、母は身罷《みまか》った。翌年正月より、菊が患いついた。病は日々に重り、廿三日には口より泡を吐き、眼《まなこ》を怒らして父を睨み、「我は廿五年以前に、絹川にて殺されし累なり。我が最期の事は、法恩寺村の清右衛門も確かに見たり」と、様々に恐ろしき事どもを口走ったので、人々は恐れ噪《さわ》いだ。村の者どもが来《きた》って色々と問えば、然々《しかじか》と答えた。頓《やが》て彼此《かれこれ》の僧を招き、祈禱を頼んだが、一向に験《しるし》も見えなかった。

然《しか》るに、三月十日、飯沼弘教寺《いいぬまぐぎょうじ》（弘経寺）の所化《しょけ》祐天《ゆうてん》（浄土宗の高僧。後に増上寺大僧正）が同侶二、三人を伴い来《きた》った。菊の様子を見るに、件《くだん》の如き苦しみなれば、同音にて念仏を繰り返し唱えた後《のち》、さて苦しみの程を問えば、「怨霊、今までは胸の上に居て苦しかりしが、今は脇に居て、我が手を放たず」と答えた。そこで、祐天は名号《みょうごう》（南無阿弥陀仏の六字の名号）を記して四方の柱に張り、「一向（ひたすら）に念仏せよ」と勧めたが、菊は「怨霊が胸を押《おさ》うるゆえ、唱え難し」と言う。猶《なお》も強く勧めれば、漸《ようや》く二、三遍唱うる事を得たので、その辞《ことば》に続けて十念（十念称名。名号を十回繰り返す）を授け、「如何《いかが》」と問えば、「怨霊、手を放ち退く」と言う。また十念を唱えれば、「いよいよ退き、西の窓に対《むこ》うて居る」と言い、また唱えれば、「何方《いずかた》へか去りて見えざりしが、また東の方《かた》に居る」と言う。時に、守り本尊を拝ませたところ、ありがたく頂戴する体《てい》、暫《しば》しの後《のち》、本尊を取らんとすれば、目をつけて恭《うやま》う様子ゆえ、祐天は「扨《さて》は、この本尊を恭い奉るか。然《しか》らば、これにて念仏せよ」と申して、所持の数珠《じゅず》を与え、その日は帰って行った。

翌日また来《きた》り、「如何《いか》に」と問えば、菊は「地獄極楽を目のあたりに見《ま》申しぬ。極楽の門前に僧の坐《おわ》して、「此所《ここ》の事は語るな」と固く制し給いぬ。その僧、数珠を下さり、我が名を妙槃《みょうはん》と付け給う。また、その門外に累が居て、「汝は未《いま》だ定業《じょうごう》（前世より定まる報い）来《きた》らねば帰るべし」とて、衣の半ばにて我を掩《おお》い、「此所《ここ》は地獄なるぞ」と言いて去りぬ。衣の隙《ひま》より窺えば、白き途《みち》ありて、累、その方《かた》へ至ると見て、夢の醒めたる心地となりぬ」と語った。祐天が前日与えた数珠を見せて遣ると、「それは、極楽にて我が得たる数珠なり」と申した。爰《ここ》に、累の法名を理屋照貞《しょうてい》と改め、菊を不生《ふしょう》妙槃と名づけ、一夜念仏を唱えて、絹川の畔《ほとり》に石塔を建てたという。

ところが、同年四月十九日の早朝に、また菊が以前の如く苦しみ出した。村人が集まって色々と問うてみたが、物を言わない。祐天が来《きた》り、怨霊に話すが如く、「汝は累にてはあるまい。かれは決定《けつじょう》往生せし事なれば、再び来《きた》る事有らじ。孤狼《ころう》の所為《しょい》ならん」と責めたてると、「我は左様の者にては無し。助《すけ》と申す者なり。慶長年中（十六世紀末〜十七世紀初頭）に絹川にて沈め殺されしが、このたび累が往生せし事を羨ましく思うて来《きた》りぬ」と答えた。これを聞いた村の老人が、「それは累の兄なり。その者の母、助を他所《よそ》にて産み、助が六歳の時、この村に嫁ぎ来《きた》りぬ。然《しか》るに、継父、助の生付《うまれつき》悪しきを嫌い、「他《よ》にて育《はぐく》ませよ」と強く申すゆえ、母は「この子、醜く生れ、我さえいぶせく（鬱陶しく）思うに、誰人《たれひと》が養うてくりょうか」と申して、絹川に連れ行き、終《つい》に沈め殺しぬ。その後《のち》、雨の夕暮などには、川の畔《ほとり》にて、数多《あまた》の人が五、六歳の童《わらべ》を見たる由、恐らくは助の亡魂ならん」と語った。

祐天は、猶《なお》もこの事を詳しく聞き取り、扨《さて》その後、十念を授け、「其方《そなた》は菊か、助か」と問えば、「菊なり」と言う。「助は」と問えば、「傍らに居る」と言う。そこで、祐天が、単到直入と法名を記して仏壇に貼ったところ、菊は指差《ゆびざし》して、「あれあれ、只今助が仏壇へ行く」と叫んだ。傍らの人々も、雲烟のように稚《おさな》き者の形を見ると思う折しも、忽《たちま》ち光明赫奕《かくやく》として家内を照らした。与右衛門も甚だ慚邪懺罪《ざんじやさんざい》（邪を慚《は》じ罪を懺《く》いる）して、髪を剃り落し、西入《さいにゅう》と改名、単直に念仏を修《しゅ》して、延宝《えんぽう》四年（一六七六）六月廿三日に相果てたが、七日前より死期を悟り、称号（名号を称える事）を怠《おこた》らず、聖相を拝した事どもを詳しく語って往生したという。

（第十三「往生篇」）

＊『怪談登志男《としおとこ》』――慙雪舎素及《ざんせつしやそきゆう》

濡衣《ぬれぎぬ》の地蔵

摂州《せつしゆう》（摂津国）大坂は西の御堂《みどう》（本願寺別院）の東に金銅《こんどう》丈六の地蔵尊（金鍍金《めつき》を施した銅製の一丈六尺の地蔵）があった。衣体に緑の錆が目立つ物古りた像にて、何時《いつ》の世に何処《いずこ》の冶工《やこう》（職人）が鋳た物とも、誰が奉納した物とも、知る人さえない。何時《いつ》の頃よりか、この像が夜な夜な寺中を歩き廻り、或る時は庫裏《くり》に来《きた》って食事をなすとやら、稀有なる事が種々ある由、取沙汰されていた。

その頃、この寺には数多《あまた》の美童が侍していたが、中でも犬丸と申す児《ちご》は優れて美しければ、僧俗ともに想いを懸けぬ者は無かった。或る夜、寺内の者が所用にて堂の後ろの小路を通りかかると、地蔵の台より一人の僧が立ち現れ、方丈の方《かた》に行く体《てい》なれば、怪しく思い、後をつけてみると、間毎の戸を開けて奥へと入って行った。この事を人にも告げ、共に窺いみれば、怪しき僧は犬丸の閨《ねや》に忍び入った。

かかる事が毎夜に及んだので、上人が密かに犬丸を呼び、「其方《そなた》の許《もと》へ通う者は誰《たれ》ぞ、裹《つつ》まず語るべし」と厳しく問えば、犬丸は詮方なく、「如何《いか》なる人とも存じませぬ。幾夜か通い来《きた》れば、始めの程は堅く防ぎましたれど、様々に口説き色々に喞《かこ》ち、「汝が難儀ともならば、これを人に見せよ。誰咎《たれとが》むる者もあらじ」と、これを賜わりました」と答え、小さき厨子《ずし》に納めた守り本尊を蜀錦《しよくきん》（蜀江錦）の袋より取り出した。皆々が立ち寄って見れば、まさしく一山《いちざん》の棟梁《とうりよう》、当寺の法主《ほつしゆ》と仰ぎ奉る上人が平生《へいぜい》尊信坐《ま》します本尊である。「扨《さて》は紛れもなき門主にて坐《ま》しますや。はしたなき御振舞かな」と言って、一同は呆れ返った。

それより、寺中の役僧が夜も寝《い》ねずに遠見《とおみ》して、犬丸の部屋を窺っていたところ、その夜また件《くだん》の僧が忍び入った。当の犬丸は熟々《つくづく》と思いを凝らしていたが、遂に「何人《なにびと》にもせよ、我も徒《あだ》なる名を立てられ、指ささるるも恥しく、且《か》つまた忍びし人の名を漏らしぬれば、その人に対しても口惜《くちお》しき次第なり。この人を刺し殺して、我も共に死なんものを」と短気を起し、いつもの如くしめやかに打ち語らう体《てい》を装い、僧が少し眠ったのを見澄まして短刀を抜き、胸の辺りを突き通せば、不思議や、件の僧は手を負いながら鴨居《かもい》を飛び越えて逃れ去った。

予《かね》て窺う寺僧達は、「驚破《すわ》や」と手に手に棒を引提《ひっさ》げて追いかけたが、後堂の地蔵尊の裳裾《もすそ》の辺りにて見失った。「さればこそ」と人々が血の痕《あと》を目印に探してみると、金銅《こんどう》の地蔵尊の御足に踏み給える蓮華座《れんげざ》の下の石垣が少し落ち崩れ、小さき穴が見出《みい》だされた。掘り崩して能《よ》く見れば、下は大きなる穴である。熊手を差し入れて探すうち、何やら引掛《ひっか》かるものがあるゆえ、犇《ひし》めきつつ打ち寄り、引き上げて見れば、古狐の死骸であった。犬丸も、彼《か》の時に死ぬ覚悟であったものを、僧が鴨居を飛び越えたのに驚き、「扨《さて》は変《へん》化《げ》なりしか」と心づいて死を思い留《とど》まったのは、命拾いと申すものである。狐というものが人に化ける事は、昔も今も人の知るところにて、その例《ためし》も数多いが、女に化《け》して男を迷わせる類《たぐい》は常の事ながら、男の姿にて美童に通うと申す事はたいへん珍しい。この後《のち》は、地蔵が歩き廻って悪戯《わるさ》し給うという沙汰も止んだ。然《しか》し、彼《か》の変化が「一山の法主なり」と申した事は、恐ろしき企《たく》みであった。守り本尊と見えた物も、後から検《あらた》め見れば、古き木の切端《きれ》を紅葉《もみじ》した木の葉にて包んだ物であったという。これは、その頃の取沙汰を難波《なにわ》の人が語ったものである。

（巻第二の五）

白昼の幽霊

近き頃、上州《じようしゆう》（上野国《こうずけのくに》）は安中《あんなか》の傍らに、善次《ぜんじ》と申す者が住んでいた。享保《きようほ》元年（一七一六）の冬の事、暮の市に行き分相応の正月支度を調えんものと、銭四、五百文を腰に纏《まと》い、宛《まる》で鶴に乗って揚州《ようしゆう》（中国江蘇省）に至る仙人の心地にて、烏滸《おこ》がましくも出かけたものの、折からの寒気に耐え兼ね、「今年も早や暮れにけり。無事なる事こそ物種《ものだね》なれ。兎《と》や角《かく》やと心を労して、年を重ねて何とせん。身後《しんご》（死後）の風流・陌上《はくじよう》（路上）の花の譬《たとえ》もあれば、生前一盃の酒には及《し》かず」と無分別を起した。元来が呑み倒れねば腹《ふく》膨れぬ持病なれば、酒店に長居して、思うさまに呑み潰れ、今は快き酔心地となり、店を出たものの、宿（家）に帰るべき正気も失い、その日の七ツ時（午後四時頃）、松井田の少し此方《こなた》、不動寺とかいう寺に迷い行き、卵塔《らんとう》（卵型の墓石）の上に倒れ臥して、日の暮れるのも知らずに眠り込んでしまった。

寺中の僧徒も墓守も、何となく忙《せわ》しき大晦日《おおみそか》の事なれば、かかる者ありとは心付かなかったが、手習に通う童《わらべ》達が、文庫（文房具箱）を提げて帰る途中に、これを見つけた。初めは怪しんで只眺めていたが、石を打ち叩いたり垣根を揺すったりして驚かしても、酒の臭いが鼻を衝くばかり、高鼾《たかいびき》にて前後も知らぬ体《てい》なれば、よき慰みなりと、一同寄り挙《こぞ》って揄《なぶ》り始めた。そのうちに、八百屋の長太郎と煙草屋の石松の二人が納所《なっしょ》部屋（寺務所）の剃刀《かみそり》を持ち来《きた》り、善次の髪を剃り落し、白紙《しらかみ》を三角に折ったものに片仮名の「三」の字を書いて額《ひたい》に張りつけ、麻殻《あさがら》（苧殻《おがら》）の杖まで側に添え、どっと笑って立ち去った。

善次は猶《なお》も眠り続け、夜の八ツ（午前二時）頃に至って、漸《ようや》く酔から醒めた。咽《のど》の渇きを覚えて辺りを見れば、闇々《あんあん》として燈《ひ》も見えない。茫然として、如何《いか》なる故とも知り難く、頭に手をやってみれば、此《こ》は如何《いか》に、額には紙を当て、髪は剃り毀《こぼ》たれている。何と案じても心得ず、「我、市に出《い》でて酒呑みし事は覚えしが、その後《のち》を知らず。扨《さて》は頓死して冥途に至りしか」と大いに驚き、「まず道ある方《かた》へ行きてみん」と麻殻の杖に縋《すが》って辿り行くと、一つの川の畔《ほとり》に出た。「此処《ここ》や、聞き及びし三途《さんず》の渡り川なるべし。娑婆《しゃば》にて我が住みし所の琵琶《びわ》の窪《くぼ》に変る事なし」などと思う様子は笑止である。然《しか》し、罪は浅いと見えて、「膝節《ひざぶし》までも届かぬ川なり」などと言いつつ容易《たやす》く向うに越え、「人の衣を剝ぐ婆も坐《おわ》せず、仕合《しあわ》せなり」と喜ぶ始末であった。

扨《さて》、向うを見れば、閻魔王宮と覚しき建物がある。堪《こら》え難き恐ろしさに肌を震わせつつ門に立ち寄り差し覗いて見れば、折から大王は鉄札《てっさつ》（悪人の罪業を記す札）を繰り拡げ、頭《こうべ》を傾けて坐《おわ》したが、地獄も次第に風流を好むと見えて、冠の物堅きを和らげるかの如く炮《ほう》烙頭巾《ろくずきん》（大黒頭巾。置頭巾）を召されて坐《おわ》す。「まずきつい、洒落様《しゃれよう》かな」と思うて傍らを見れば、筆を取り算を敷く官人もみな羽織を着ている。中には当世風の巻鬢《まきびん》（当時流行の男の髪形）と洒落込んだ者もおり、これが倶生神《くしょうじん》（閻魔に持して罪人の業を記録する。元は男女二体の印度《インド》の神）でもあろうか。そのまた傍には獄卒が居並んで猛火を焚く体《てい》なれば、善次は身の毛も弥立《よだ》つ思いにて背を屈《かが》めた。実は、この家は上州松井田町に隠れなき神津某《こうづなにがし》の店にて、善次は愚かにも、この店の潜戸《くぐりど》を覗き込み、唯《ただ》一筋に地獄と思い込んだのである。折節師走の事ゆえ、内では亭主と手代どもが、歳暮の諸勘定とて、米商売・造酒・味噌・醬油の帳面の仕切に余念もなく、蠟燭の光も一段と明るく、常に異なる賑わいであった。時に、雑事に追われて走り廻る下男が潜戸を開けて出《い》でんとして、すごすごと佇《たたず》んでいる幽霊を見て肝を消し、転び倒れつつ内へ入《い》って、この事を告げた。主をはじめ皆々驚き入り、燈《ひ》を点《とも》して大勢にて立ち出でて見れば、常々この町へも来る善次である。愈々《いよいよ》呆れて、「善次、何とて左様の姿にて来《きた》るや」と尋ねれば、「私、娑婆にて盗みを仕《つかまつ》り し事もござりませぬ。御法度《ごはっと》の樗蒲一《ちょぼいち》丁半（博奕の一種）はさておき、読骨牌《よみがるた》（カルタ賭博の一種）さえ手に触れておりませぬ。そのほか悪事と申す事は、一切覚えがござりませぬ。あわれ御慈悲に、極楽へと申せば奢《おご》りとなりまするゆえ、地獄の門番になりとも仰せつけ下さるべし」と震え震えの真実の言分。聞くだに可笑《おか》しければ、「扨《さて》は狂気したるならん」とて、手代どもが「如何《いか》に善次、汝、未《いま》だ定業《じょうごう》（前世より定まる報い）の者ならず。娑婆へ帰れ」と言って揄《なぶ》ったところ、善次は手を合せ礼拝《らいはい》をなして立ち去った。

扨、善次は、夜の明ける比《ころ》、漸く安中町に立ち戻り、我家の窓より覗き込んで妻子を起した。妻は「昨日《きのう》より気遣いせしに、如何《どう》なされたのじゃ」と言って出迎えたが、亭主の姿を見るや、大いに驚き、裏口より逃れ出で、常より心安くする尼の所へ行き、事の次第を告げ訴えた。軈《やが》て、近隣の人々が聞き伝えて駆けつけ、善次を取り囲み、「これは如何《どう》した姿じゃ、心を鎮め能《よ》く前後の事を思い出してみよ。まさしく狐狸《こり》の業《わざ》なるべし」と言い聞かせつつ、額《ひたい》の紙を取り捨て、衣類を改め替えんとすれば、まがまがしき顔色にて「皆様、御不審は御尤《ごもっとも》に存じまする。娑婆と冥途は生を隔《へだ》つれば、恐れ給《たも》うも理《ことわり》ながら、私は閻魔王の許しにて、再び娑婆へ帰り来《きた》りし者、必ず恐ろしと思い給うな」と言い募る体《てい》。人々が気の毒がり、「其方《そなた》は死んではおらぬ。酒に酔うて倒れしを、人が悪戯《わるさ》を為《な》して、かかる体《てい》に設《こしら》えたものじゃ。十方《じっぽう》（十方世界）も無き酔いざまかな」と叱りつけると、漸く心づき、「扨《さて》は左様に在《あ》りしか。まず、この頭にて正月は遠慮なもの」と言って、それより閉じ籠ってしまった。然《しか》し、この事は次第に世上に流布し、「昼中《ひるなか》の幽霊」と仇名《あだな》を立てられ、また「地獄の案内、聞かせて貰おう」などと悪口を言い耳姦《かしま》しく辱《はずかし》めて通る者が絶えぬゆえ、此《この》所には住み難《にく》くなり、軈て武州忍《おし》領（武蔵国埼玉郡）の在郷へ移り住み、道心者となって近国を修行して歩いた。思えば、酒が出離《しゆつり》（出家遁世）の媒《なかだち》となった訣《わけ》である。

（巻第四の三）

＊『万世百物語』——烏有庵《うゆうあん》

変化《へんげ》の玉章《たまずさ》

昨日《きのう》は今日の徒《あだ》し夢（儚《はかな》き夢）。丹後国《たんごのくに》宮津の領主京極某《なにがし》と申す者は、佐々木佐渡判官《さどのはんがん》道誉《どうよ》（高氏《たかうじ》。南北朝時代の武将）の末裔である。一人の斎女《いつきむすめ》（秘蔵娘）あり、容姿優美にして心ざま貴《あて》なる生れつきなれば、両親の愛しみを一身に鍾《あつ》めていた。

同じ国の某《なにがし》の島とか申す所は、海原《うなばら》広く見渡しよき境地にて、常は国の者どもの遊山《ゆさん》する所となっている。折から春の色に野辺も漸《ようよ》う景色だつ頃とて、角《つの》ぐむ葦の青み渡る様、また菫《すみれ》や茅花《つばな》（白茅《ちがや》。稲科の多年草）の趣も思い遣られて、付々《つきづき》（近侍）の女どもも漫《すず》ろ立ち、姫君も床《ゆか》しがる（見たく思う）様子なれば、長閑《のどか》なる日を選び、船を仕立てて彼《か》の島へ渡して遣った。島は至って狭く、立ち忍ぶべき方も無きゆえ、男の供人《ともびと》はみな船に残し、女のみにて上陸した。平生《へいぜい》は閨《ねや》深く忍ぶ身なれば、広々とした眺めも珍しく、春の草を摘みなどしつつ、甚《はなは》だ寛《くつろ》いで佇《たたず》んでいた。

時に、何処《いずこ》よりともなく、賤《いや》しからぬ体《てい》の小坊主が、金襴《きんらん》の襟をかけた美しき染物の袖無しの羽織を着て、結び文を持ち来《きた》り、「これ、上げさせ給え」と差し出《い》だした。女どもは驚き、「此《こ》は目馴れぬ子なり。何方《いずかた》より爰《ここ》には出《い》で来《きた》るぞ。爰は畏《おそ》れ多き所なり、軽々しき仕方はならぬぞ。疾《と》く行け」と口々に窘《たしな》めた。「いや、この文を奉れば、訣《わけ》も知らると申すもの、やはり上げさせ給え」と言い捨て、何処《いずこ》へ去ったものか、忽《たちま》ちに見えなくなった。怪しき事ながら、打ち寄り、文を開き見れば、文字の姿も美しく気高き様の懸想《けそう》文《ぶみ》であった。名も記さず、心ゆくばかりに仮初《かりそめ》ならぬ思いを認《したた》め、奥に「扨《さて》、この事叶え給わずば、恐ろしき目を見せん、心得給え」と書き添えてある。見るより背中の辺りが漫《すず》ろに寒く、皆々顔を見合せ、興ざめたる面持《おももち》とはなった。この時、局格《つぼね》（侍女の頭）の老女が皆に対《むか》い、「いやいや、大事の姫君、由なき所の長居は無用にござりまする。かかる所は早う立ち去りましょうぞ」と促し、姫君を護りつつ、陀羅尼《だらに》（魔除《まよけ》の呪文。梵文を原音にて誦《ず》す）など打ち誦して足早に立ち退《の》く体《てい》なれば、付々の女どももこれに続いて、我先にと船に乗り込み、道々も件《くだん》の事のみ取沙汰して帰った。

帰館の後、この事を両親に申し上げると、父君は「あらまし、此《こ》は人の業《わざ》とも思われぬ。この館の北なる森には古き獣《けもの》の如きが棲み、常に怪しき業をなすと聞くが、さだめて彼《か》の物の仕業《しわざ》ならん。「弓を以《も》て射させよ」と下知して、強者《つわもの》を選び、蟇目《ひきめ》の矢（魔除に用いる。鏃《やじり》は木製空洞にて音を発する）を射させた。森々《しんしん》として何の当所《あてど》も無きゆえ、思う儘《まま》に射たところ、森の中より大音《だいおん》にてどっと笑う声が響き、軈《やが》て射込んだ矢を悉《ことごと》く束《つか》ね、二束になして投げ返してきた。館では、「此《こ》は甲斐無し」と呆れ、射るのを止《や》めた。

その夜より、姫君の方に次々と怪しき事が起り始めた。殊に、不浄（厠《かわや》）には能《え》も言われぬ悪《あ》しき臭いが満ち、その辺りに立ち寄る事も叶わず、如何《いか》なる香を焚くと雖《いえど》も、些《いささ》かも紛れるという事が無かった。或る夜は更に昂じて、汚物が床より高く盛られる有様なれば、上下一同、困惑して苦りきった。「かかる事は、方違《かたたが》いをなせば失《う》するもの」という具申を容《い》れ、新殿を設《しつら》えて姫君を移し、選び抜いた強者《つわもの》にこれを護らせた。また、験者《げんざ》や法師を招き、厳《いか》めしく壇を据えて、加持《かじ》祈禱をも怠《おこた》りなく凝らしたところ、一夜二夜は何事もなく過ぎた。「これにて止《や》みなん」と一同が心を休める暇《いとま》もあらばこそ、また同じように怪しき事が打ち続いた。或る時は、五人ずつ、また三人ずつと女どもの髪を集めて縄に綯《な》い網に組むと雖《いえど》も、一人として露ばかりも気づく者なく、誰《たれ》の仕業とも知れなかった。怪しき事の数が増すにつれ、女どもが宮仕えを厭《いと》うて何かの事に託《かこ》つけて里（実家）に退《さが》るゆえ、遂には宿直《とのい》の者にさえ事欠く始末なれば、それより出入を禁じて、仮にも人を散らさぬように計った。

姫君も悲しがり、父母も詮方なく思う折しも、小枝《ささえ》元斉《げんさい》と申す儒学者が御前へ参り、「今は、全ての事を仕尽させ給《たも》う上なれば、残る手段《てだて》も無きように存ずれど、爰《ここ》に一つ、思い中《あた》る事がござりまする。成果のほどは知らず、某《それがし》に御任せあらば、尽力致しまする」と申し上げると、父君は「それ、試してみよ。如何《いか》にもして、この事さえ止《や》みなば、仔細には及ばぬ」と、これを許した。

爰《ここ》に、元斉は物忌《ものいみ》をなして彼《か》の森に赴き、灼《あらた》かなる神《しん》を敬う体《てい》にて、弓を射させて霊を侮《あなど》る振舞の数々を懇《ねんご》ろに詫び嘆き、「さりとは申せど、武士《もののふ》の家に生るる身、霊《りょう》に娘を取られたりなんどと沙汰されん事は、後代までの恥辱にござりまする。これを許し給わば、如何《いか》なる願いにても、御心《みこころ》に適《かな》う事を致しまする」と願い上げた。二心《にしん》無き趣が通じたのであろう、森の主《ぬし》と覚しき者が角髪《びんずら》（古代男子の髪型。左右に分けた髪を環状に結び耳の前に垂らす）の童子と化して現れ、元斉に対《むか》い、莞爾《にっこ》と打ち笑み、「この程は、為方《しかた》のあまりに憎《あ》ければ、彼の如く物したり。かくまで詫ぶる事、殊勝なり。今は許すべし。何の願いのある身にも無きが、踊というもの、面白く思えば、これが所望じゃ」と宣《のたも》うた。

元斉は畏《かしこ》まって承り、悦びつつ急ぎ帰って、件《くだん》の様子を主君に聞え上げた。元斉の報に、館の内は生き返った如く悦びに湧いた。それより、領内に触れて、町と言わず田舎と言わず男女《なんにょ》の者を集め、並々の催しにては適《かな》わずと、侍の中からも若き男《おのこ》は加わらせた。かくして、装いに風流《ふりゅう》（伊達）を尽した者たちが、若狭国《わかさのくに》との境に近いえいけいじ野という所の広場に満ち溢れた。桟敷を懸け渡し、霊《りょう》の座を清らかに設《しつら》え、面白く舞い踊る事、二十日《はつか》あまりに及んだ。その間、四日五日の程は、美なる少年の姿が彼《か》の座に見えていたが、軈《やが》て影も無き体《てい》なれば、「さては、早や飽かせ給うたか」と拝して踊を止《や》めた。この踊に感応《かんのう》をなしたものか、これより姫君の御殿には怪しき者の影も差さなかった。（巻一の二）

下界の天人

徒《あだ》し夢。周防国《すおうのくに》は室積《むろづみ》という所に、名は忘れたが、浄土宗の寺があった。その寺に柳本《やなぎもと》小三郎《こさぶろう》と申す、さる浪人の子が身を寄せていた。兄なる男も当所に在れど、これも田舎住みして世を渡る浪々の身なれば、彼《か》の寺を頼み、住持《じゅうじ》（住職）の情に小三郎を任せたものであろう。辺鄙《へんぴ》の地に住むとはいえ、都めく風俗（身なり）は、己の色（容姿）に恃《たの》むところがあるゆえならん、実《まこと》に艶《なま》めかしい少年である。

頃は水無月《みなづき》、土さえ裂ける暑き日も漸《よう》うよにして暮れかかり、寺の庭も半ばは影に覆われた。小三郎が住む小座敷からも、築山《つきやま》や遣水《やりみず》の景色が残らず見える。日も陰れば、庭に下《お》り立ち、手ずから草木に水を灌《そそ》ぎなどして、納涼の趣である。花壇に植えた岩菲《がんぴ》（撫子《なでしこ》科の仙翁《せんのう》の一種）や姫百合などは稍《やや》盛りを過ぎたものの、撫子（河原撫子）は秋さえ晩《おそ》くまで咲き残るものなれば、今を盛りと見えた。桔梗《ききょう》や女郎花《おみなえし》は未《いま》だ蕾《つぼみ》にて色無き様ながら、早百合《さゆり》の花の咲き乱れた上に綺麗に露が置いた様は涼しげである。

山寺なれば、常さえ人気《ひとけ》の少なき所、まして夕暮と申すに、築山の後ろ、蘇鉄《そてつ》の茂る陰より人の気配がした。小三郎が怪しんで見ると、この辺りには目馴れぬ、田舎にては絵などに見るのみの、大内《おおうち》（内裏）の官女とも申すべき女が姿を顕《あらわ》した。年の程は二八《にはち》（十六歳）には未《いま》だ足らぬかと見えるものの、雅びやかにして、辺りも輝くばかりの人が、小三

郎の方を打ち見て、面《おも》はゆげに歩み寄るではないか。見るより魂の浮かれる思いながら、また怪しく思う心も霽《は》れず、兎角漫《とかくすず》ろ立って落ち着かぬ体《てい》なれば、女はそのまま袂《たもと》を控え、「左様に怪しみ給うな。故あればこそ、羞《はずか》しき女心に念じて此処《ここ》には参りぬ。我が想い、叶えさせ給え」と言って、しとしとと立ち寄った。面立《おもだち》や風情はもとより、匂いさえ言いようもなく優れている。この世の人とも思われねば、小三郎は「呀《あ》」と嘆声を洩らすのみにて、口にすべき言の葉も無く、ただ惚れ惚れとなり、「如何《いか》なる妖しき者にもせよ、かかる人に命を取らるるならば、露惜しからじ」と早くも思い染みたる有様、日も既に黄昏《たそがれ》を過ぎ、文目《あやめ》も見えぬ程である。女は小三郎の有様を見て、「さては、其方《そなた》にも心うちとけ給うか。我が願いの叶う嬉しさよ。されば、其方の住み給う方《かた》へ忍ばせ給え」と寄り添うた。二人は小座敷へ上がり、密《ひそ》かに障子を立て鎖《とざ》し、新枕《にいまくら》を交したが、その夜の様子は推して知るべし。

それより、女は月夜にも雨夜《あまよ》にも夜離《よが》れなく通うて来た。これが何時《いつ》しか住持の目に止まった。軈《やが》て寺の者どもも気づいて、「田舎に、かかる人のあるべしや。国守《こくしゅ》の姫君とても、これには及ぶまい。よもや人間ではあるまい。さだめて狐の類《たぐい》が、日頃の小三郎の心を知りて誑《たぶら》かすにや」などと囁き合うに至った。住持も尤《もっと》もと思うたが、「我より言い出《い》ださば、彼も憚《はばか》り多かるべし」とて、小三郎の兄なる男を呼び寄せ、事の次第を詳しく語り、諫《いさ》めるよう勧めた。兄も驚きをなし、小三郎を傍らに呼び、「かかる事を聞きしぞ。如何《いか》に若き身の弁《わきま》え無きとて、左様の者を人間と思うてよいものか。仮に人間としても、左様の美女が斯様《かよう》の所を訪《おとな》う筈もあるまい。大方は知れた事、なぜ一刀に突き通さぬぞ。浅ましき卑怯者め」と辱《はずかし》めた。

小三郎も、よくよく思えば実《まこと》に不思議の事なれば、「御尤もなる事」と言承《ことう》け（口先のみの承諾）ながらも、流石《さすが》に辛く、また心細く思われた。程なく、例の女が訪れ、恨めしき風情にて、「如何《いか》に人が賢《さか》しら（差出口）すればとて、亡き者に為《な》さんと謀《はか》り給う連れなさ。我は狐や狸のようなる物には非《あら》ず、因縁《いんえん》あればこそ、遠き天《あめ》をも分け来《きた》りしものを」と口説き泣く体《てい》。小三郎は、日来《ひごろ》の情のほどを思えば今の怨言《うらみごと》も尤もなりと思い遣られて、辛い心地を覚えたが、兄なる男が、時々咳《しわぶ》きして物陰より急《せ》き立てるゆえ、今は詮方なく、抜き打ちにして斬りつければ、討たれて女は駆け出した。

「されば」と、兄弟の者は松明《たいまつ》を燈《とも》して跡を追い駆けた。生血《ちのり》を目印に慕い行くと、渺《びょう》渺《びょう》たる野原へと出た。見れば、綺麗に平らかなる道が通っている。「日来《ひごろ》好みて猟などすれば、国の案内《あない》、山川の在《あ》り所《ど》は悉《ことごと》く知り尽すに、かかる所は未《いま》だ覚えず」と怪しみながら三町（約三三〇米）ばかり行くと思えば、森々《しんしん》たる宮立《みやだち》（神社の類）に出《で》会《くわ》した。凡《およ》そ近国には、肥後《ひご》の阿蘇宮《あそのみや》、安芸《あき》の厳島《いつくしま》の他には思い中《あた》らぬ程の威容ただならぬ結構と見えた。

されども、生血《ちのり》が見えるのを標《しるべ》として、一、二の門を過ぎ、拝殿と覚しき所を経て、一町ばかりも果しなく続く廊閣の下《もと》を進んだ。未だ金銀も輝くばかりに尊き宮門《きゆうもん》の内は、玉樹《ぎよくじゆ》が繁り芳花芬々《ほうかふんぷん》と香る体《てい》なれど、猶《なお》も生血《ちのり》は跡を曳き、彼方《かなた》の結構なる一宮へと続いている。近づき見るに、御簾《みす》が懸かり内は見えぬものの、人気《ひとけ》は更に無く、寂寞《せきばく》たる階《きざはし》の上まで血の跡が見えた。畏《おそ》れ多き事ながら、簾《すだれ》を掲げて窺い見れば、幽《かそ》けき奥の間に高き座があり、綾錦を重ねた蓐《しとね》に、彼《か》の女が唯一人《ただいちにん》にて臥していた。異香《いきよう》薫じ、この世の外《ほか》、浄土などと申すべき地も、かかる所ならんと、興さめて（毒気を抜かれ）恐ろしき事この上も無い。足元もよく定まらねば、「いやいや、かかる所を、我らばかり見るに由なし。まず帰りて人にも告げ、見せて遣らん」と、それより足早に帰って寺中の者に触れ廻り、手に手に棒などを持ち、夜の明けるのを待って、彼《か》の所を尋ねたが、早や跡形も無かった。「天人という者ならん」との取沙汰もあれど、果して実《まこと》に天人なりしや否や。（巻五の二）

＊『怪談老《おい》の杖』――平秩東作《へずつとうさく》

幽霊の筆跡

泉川《せんしゆう》（和泉国《いずみのくに》）は貝塚の近辺に尾崎という所がある。ここを開いた人は、『難波戦記《なんばせんき》』（万年頼方と二階堂行憲の作。大坂の陣を扱う軍記）にも名が載る吉田九郎右衛門と申す者にて、子孫は今も代々九郎右衛門を名乗り、一帯の大庄屋である。その始祖は鳥取氏にて、上古より綿々と打ち続き、南朝の時には南源左衛門と称した歴々の家柄である。この一族に玉井忠山と申す隠士があった。殊の外の異人（傑れた変り者）にて、詩作などを好み、紀三井寺《きみいでら》（和歌山の金剛宝寺護国院）の住職とは詩友の間柄であった。五十余歳にして廻国巡礼を志し、東武（武蔵国東部、即ち江戸）へも来《きた》り、予《よ》（平秩）も知る折を得たが、恙《つつが》なく国々を廻り終えて故郷へ帰り、間もなく重病を受けて世を終えた。

死後間もなき頃、この忠山が近郷の庄屋六郎左衛門と申す者の家を訪れ、平生《へいぜい》に変る事なく案内《あない》を乞い、「忠山なり、御見舞い申す」と述べた。奥にてこの事を聞いた六郎左衛門が、「心得ぬ事かな。忠山は、このほど死なれたりと聞く。知り人の中に、野辺の送りまで出会うたる人、慥《たし》かにあれば、人違《たが》いなるべし」とて、玄関へ出て見れば、間違いなく忠山その人であった。紬《つむぎ》の単物《ひとえもの》に小紋の麻の羽織を着《ちゃく》した法体《ほったい》の姿は、世に在《あ》りし時と変る所が無く、六郎左衛門を見て、「久しゅうござる」と莞爾《にっこり》と笑う体《てい》。六郎左衛門も気丈なる健《すく》やか者（しっかり者）なれど、これには衿元《えりもと》が竦《ぞっ》としたが、何ぞ仔細あらんと呑み込んで、まず書院へ伴うた。茶を出せば取って飲むこと平生の如く、杯を出せば、「酒は飲み申さず」とて何も食わず、何処《どこ》となく影も薄く、挨拶も間が抜けている。

六郎左衛門が「貴殿には御大病と聞き、如何《いか》ばかり案じたる事か。まず御快気の体《てい》、大慶《たい》《けい》に存ずる」と言えば、打ち笑い、「それは貴殿の挨拶とも覚えず、某《それがし》が死したる事は御存じなるべし。この世の命数尽きて、黄泉《よみ》の客とはなれど、心に懸かる事ありて、暫《しばら》く存《ぞん》生《しょう》の姿を顕《あらわ》し、見《まみ》え申すなり。一族どもの中には、肝の座りたる者なければ、みな恐れ戦《おのの》きて事を議するに足らず。貴殿は心逞《たくま》しく、理に暗からぬ人なれば、申すのでござる。我が死にたる跡式（跡目）の事は、書置の通り計らいくれたれば、思う事はござらぬ。然《しか》し、戒名に二字ばかり、心に適《かな》わぬ文字あり、菩提所（檀那寺）の住持《じゅうじ》（住職）に頼みて、書替え給わるべし」と、たいそう細々《こまごま》と述べた。六郎左衛門は、不思議なる事とは思ったものの、死して後《のち》も尋ね来《きた》る朋友の誠を嬉しく思い、懐しくこそあれ、恐いとは感じなかった。そこで、「さて、その文字なるが、望みは如何《いか》に」と尋ねると、「如何にも望みがござる。御手数ながら、紙筆を」と乞い、「忠山といえる下の二字を、亭安《こうあん》と直して下され」と言って、「亭安」の二字を書いて差し置いた。文字の大きさは五分《ぶ》（約一・五糎）ほどであった。

家内の者は皆恐れ合って、勝手（台所）の方に潜み、出る者も無かった。忠山は、猶暫《なお》く物語していたが、聽《やが》て「暇《いとま》申す」と挨拶して立ち上がった。いつもの通り門を出て行ったが、六郎左衛門が見送らんとして後《あと》より出て見れば、早や姿は無かった。早速、件《くだん》の紙を尾崎方へ持ち行き、一家の衆と談じて、石碑の面《おもて》を鐫《え》り直した。忠山は能書（達筆）にて、その手跡は余人の真似得る所では無かった。かの「亭安」の二字も疑いなく忠山の筆跡なれば、人皆、奇怪の思いをなした。右の手跡は、幽霊の筆跡と称えて、六郎左衛門家に秘蔵されている。忠山が江戸へ下ったのは五、六年已前《いぜん》の事にて、汐留《しおどめ》（御浜御殿の傍）の観音の寺に宿泊していたという。忠山の弟に半七と申す者あり、四谷鮫《さめ》ヶ橋にて煙草を商い、今も存命である。疑わしく思う人は、尋ねてみるがよかろう。（巻之一の三）

小豆《あずき》ばかり

麻布の近辺に、扶持《ふち》高《だか》二百俵余にて大番《おおばん》（大番組。江戸城警護役）を勤める士《さむらい》が住んでいたが、その邸《やしき》には化物が出るという。主人も、さして隠す様子はなく、友達が化物の事を尋ねたところ、「さして怪しきと申す程の事にも非《あら》ず、我ら幼少より折節ある事にて、宿（自宅）にては馴れっこになり、誰も怪しむ者はござらぬ」と答えた。「されば、話の種に見たきものにござる」と頼み込むと、「易き事にござる。来《きた》りて、一夜も泊り給え。さりながら、何事も無き事もござる。四、五日も御泊りなされば、見外《はず》し給う事はござるまい」と諾《うけが》った。この友達も好事家《こうずか》とみえて、「幾日なりとも参るべし」とて、早速その晩、赴いて泊る事とはなった。

邸の主人と二人、化物が出るという室《へや》に寐《い》ねて話をしていたが、「さるにても如何《いか》なる化物ならん」と見たくて堪《たま》らない。主に尋ねると、「まず黙って御待ちあれ。噪《さわ》がしき夜には出《い》でず」との事ゆえ、息を詰めて待った。そのうちに、天井の上をどしどしと踏むような音がし始めたので、「驚破《すわ》や」と聞耳を立てれば、はらりはらりと小豆《あずき》を撒くような音がする。「あの音にござるか」と聞けば、主は頷いて小声になり、「あれにござる。まだ段々と芸がござれば、黙って御聞きあれ」と言う。夜着を被《かぶ》り息を詰めて聞くほどに、かの小豆の音は段々に高くなり、その後《のち》は一斗（約一八立）程の小豆を天井の上にて計るような体《てい》。間を置いて、またはらはらと聞え、暫《しばら》く止《や》み、また聞えたかと思うと、今度は庭より、からりからりと路地下駄が飛石を鳴らす音、続いて手水鉢《ちょうずばち》の水をさっさっと掛ける音が聞えた。誰かいるかと障子を開けて見れば、人も無きに龍頭《たつがしら》（龍の口。水の吐出口）の首が捻《ひね》られ、また止められた体《てい》である。ここに及んで、客人も驚き、「扨々《さてさて》、御陰にて初めて化物を見申した。ほかに恐き事はござらぬか」と問えば、「御覧の通りにて、ほかに何も恐き事はござらぬ。時々上より土や紙屑など落す事もござれど、何も怪しき事はせず」との事であった。

その後《のち》、この話が広まり、邸の主と心安くする者は皆、実際に見聞に及んだものの、聞き馴れれば、余所《よそ》の者でさえ、恐くも面白くも無かった。まして、邸の者が事も無げに思うのは理《ことわり》と申すものである。ときに、かの士は一生妻女を持たず、男所帯にて暮し、外に妾《めかけ》を一人囲い、男女打ち混ぜて三人の子を儲けていた。女などのある家ならば、色々と尾《お》鰭《ひれ》を付けて言い触らすに相違なく、されば人に知られずには済まされまい。世に怪談と申して取沙汰なす事は、臆病なる下女などが、厠《かわや》にて猫の尾などを探り当て、または鼠に額《ひたい》を撫でられなどして、言い触らす咄《はなし》が殆《ほとん》どであるが、この「小豆ばかり」だけは如何《いか》なるものの仕業《しわざ》とも知れない。

（巻之三の三）

＊『新説百物語』――高古堂主人（小幡宗左衛門）

ぬっぺりぼう

近き頃の事、京は三条の西に、丸屋何某《なにがし》と申して、薬を商う者があった。或る時、仲間の寄合とて東山辺《へん》に行き、河原にて酒など呑み、夜更けて唯一人、四条を西へと帰って来たが、河原にて偶《ふ》と下の方を見れば、折からの薄月夜（朧《おぼろ》月夜）に、乞食《こつじき》とも見えず、蠢《うごめ》く者がある。酒の機嫌にて傍に立ち寄り、篤《とく》と見れば、形は人の如くでありながら、顔と覚しき所に目・口・鼻・耳もなく、頭《かしら》は朝瓜（浅瓜。白瓜）の大きさにて、物も言わずに這い廻っている。その時、初めて怖気《おじけ》を覚え、竦《ぞっ》として足早に帰った。

明くる日、友達などに語ったところ、或る人が申すには、ぬっぺりぼうという化物なる由。その後《のち》、彼《か》の丸屋何某は黒谷《くろだに》（八瀬の青龍寺辺）へ商いに行き、また遅くなり、初夜の頃（午後八時頃）、二条河原に差しかかった。前頃《さきごろ》の事を思い出し、小気味悪く思いつつ通る折しも、河原の中ほどに、彼《か》の物が蠢いていた。足早に通り抜けんとしたが、するすると這い来《きた》って裾《すそ》に取りついた。これは溜まらぬと振り切って一散に我家へ帰り着き、初めて正気となり、着物の裾を見れば、殊のほか太き毛が十筋ばかり付いていた。誰彼《たれかれ》となく見せて問うたが、何の毛という事を知る者は無かった。

（巻之一の三・丸屋何某化物に逢ふ事）

栗の功名

さして遠からぬ世の事、周防国《すおうのくに》は山口に、沢田源四郎と申す者があった。十四歳にて小姓を勤めていたが、器量よく発明（利発）、その上に優しき美少人なれば、男女を問わず恋い焦がれる者も多かった。爰《ここ》に、同じ家中《かちゅう》の鈴木何某《なにがし》と申す者が親しく言い寄り、念友の交わり（衆道《しゅどう》の契り）を為《な》す事を得た。また、城下の一寺に、素観《そかん》と申す弟子坊主がありり、これも源四郎に想いを懸けていたが、既に鈴木何某と兄弟の契約を為したと聞き、安からず思い、その日より断食を為し、一月余にして遂に相果てた。臨終の前より、様々の恐ろしき事どもあり、絶え入る折の顔は目も当てられぬ体《てい》であった。

一両月も過ぎた頃、源四郎の寝間に怪しき事が起り始めた。数日に亙《わた》って、或る時は家《や》鳴《なり》震動し、また或る時は縁の下より大坊主の形が現れなどしたため、それより源四郎が煩い出し、両親の嘆きも大方ならず、念友の鈴木も毎日訪ね来て専《もっぱ》ら看病に力《つと》めた。「如何《いか》さま、死霊の業《わざ》ならん」とて、貴僧高僧を頼み、種々の弔《とぶら》い（追善）を為したが、露ほどの験《しるし》も無かった。化物も次第に増長して、夜《よ》更《ふけ》も待たず宵から顕《あらわ》れるので、「何さま、狐か狸の業ならん」とて、様々に妖怪退散の加《か》持《じ》を尽したが、一向に止《や》まず、源四郎は日々に痩せ衰えて行った。

後《のち》には、家内の者もくたびれ、近所の若侍が代る代る夜《よ》伽《とぎ》に訪れていたが、或る夜、一人の侍が夜更に目を覚まし、偶々《たまたま》袖に入れて

きた栗を火鉢にくべて焙《あぶ》り始めた。そのうちに再《ま》た再た家内の震動が始まり、「驚破《すわ》や、如何《いか》なるものが出《い》づるや」と思う折しも、例の変化《へんげ》が在りし日の形の儘《まま》に顕れ、さも恐ろしき顔にて、源四郎の枕頭《まくらもと》に立ち寄らんとしたが、その時、栗がぽんと爆《は》ぜて火鉢より飛び出した。傍に居合せた者も肝を潰したが、同時に化物も撥《ぱっ》と消え失せた。如何《いか》なる故か、扨《さて》また、その夜は家鳴《やなり》も止み、変化も再びは顕れなかったので、皆々心安く夜伽を為した。翌晩も誰彼《たれかれ》が訪れ夜伽を為したが、その夜より絶えて何の障《さわ》りもなく、化物の影も差さなかった。それより源四郎も快気して、無事に成人（元服。十五歳前後）を迎えた。思いもかけぬ栗の音にて、変化の跳梁《ちょうりょう》が止んだのは、不思議にも仕合《しあわ》せなる事であった。

（巻之四の一・沢田源四郎幽霊をとぶらふ事）

人形奇聞

或る廻国修行の僧が東国に至り、行き昏《く》れて、とある野外れの家に一夜の宿を借りた。主は老女にて、娘との二人暮しであったが、麦の飯など与えて僧を持て成した。夜も更けた頃、老女が娘に対《むか》い、「これ娘、人形を持っておじゃ。湯を浴《あ》みせん」と言った。「不思議なる事を言うものかな」と、旅の僧が寝たふりをして窺い見れば、娘は納戸《なんど》の内より六、七寸（約二〇糎）ばかりの裸の人形を二つ持ち出して老女に渡した。大きなる盥《たらい》に湯を取り、件《くだん》の人形を浸《ひた》せば、人形は人の如くに働き、盥の内を泳いで立居も自由と見えた。あまりに不思議に思われるゆえ、旅の僧が臥処《ふしど》を出《い》でて、「これは如何《いか》なる人形にござるや。扨々《さてさて》、面白き物にござるな」と尋ねると、老女は「これは、この婆が細工にて、二つ所持致しまする。欲しくば遣わしましょうぞ」と答えた。「これは好《よ》き土産なり」と貰い受け、明くる日、件の人形を風呂敷に包み、一礼をなして、その家を立ち出《い》でた。

扨《さて》、半里（約二粁）ばかりも来たかと思う頃、風呂敷包の内より、人形が声を出《い》だし、

「ととさま、ととさま」と呼ぶので、不思議の思いをなしつつ、「如何《いか》に」と答えると、「あの向うより来《きた》る旅の男、躓《つまず》きて転ぶべし。何にても薬を与え遣るべし。されば、金子《きんす》一分《いちぶ》の礼を致すべし」と心得難き事を言い出したが、その言葉も終らぬうちに、向うより来《きた》る旅の者は俯《うつむ》きにこけて、鼻血など流しているではないか。僧が慌てて近寄り、介抱を為《な》し、薬など与えたところ、快くなったとみえ、金子一分（一両の四半分）を取り出して呉《く》れようとする。辞退したが、「是非に」と退《ひ》かぬゆえ、受け取って懐《ふところ》に収めた。

かくして暫く行くと、馬に乗った旅人が来かかるのが見えたが、再《ま》た再た風呂敷の内より、「ととさま、ととさま。あの旅の者、馬より落つべし。薬など御遣わしなされば、銀六、七匁《もんめ》（銀一匁は金一両の六〇分の一）呉れ申すべし」と聞えた途端に、果して落馬した。兎《と》や角《かく》やと介抱を為せば、成程銀を六、七匁呉れた。ここに至り、旅僧は何やら不気味に思い、人形を風呂敷より取り出して道端に捨てたが、人形は人の如く立ち上がり、幾度《いくたび》捨てても、「最早ととさまの子なれば、離るる事はない」と追い駆けて来た。その脚の速きこと飛ぶが如くにして、忽《たちま》ち追いつき、僧の懐に入り込んでしまった。

「珍儀なる物を貰いし事よ」と思いつつ旅を続けたが、その夜、次の宿にて夜更《よふけ》にそっと起《い》き出で、宿の亭主に詳しく語り相談に及んだところ、「それには致しようがござる。明日、道々被りし笠の上に乗せ、川端に到り、裸となりて腰丈ほどの所まで行き、ずぶずぶと漬かり、水に溺れたる真似して菅笠を流しなされ」と教えて呉れた。明くる日、教えに従って、さして深からぬ河に入り、水中に膝をつき、そっと笠を脱げば、笠に乗ったまま人形は流れ行き、その後《のち》は何事も無かったという。（巻之四の十一・人形いきてはたらきし事）

＊『近代百物語』――鳥飼酔雅（吉文字屋市兵衛）

手練の狐

摂州難波《なにわ》（摂津国大坂）は我が日の本の大湊《おおみなと》にて、商いの道は数を尽し、「金銀脚下《あしもと》にころめく」とは、将《まさ》に斯様《かよう》な所を言うのであろう。昨日《きのう》まで尻からげにて人の供をしていた身が今日は忽《たちま》ち引き替えて置頭巾《おきずきん》（大黒頭巾）に黒紬《くろつむぎ》という姿となるのも、笊籬《いかき》（笊《ざる》）に盆の覆いをして豆腐を買っていた人が俄《にわか》に奥様と呼ばれるのも、実《まこと》にこの土地ならではの事である。

今は昔の事、八軒屋《はっけんや》（天満《てんま》辺）の片辺《かたほとり》に、松屋万吉と申す者があった。生得《しょうとく》商いの道に賢く、日夜東奔西走して暇《いとま》無き身なれど、月雪花《つきゆきはな》（季節の移ろい）に心を遊ばせ、慰みとしていた。この万吉が、平生《へいぜい》なおざりなく語らう友達に長岡玄安《げんあん》と申す医者があった。頃は弥生《やよい》の半ばにて、名花（名高い桜）四方《よも》に咲き乱れると聞けば、万吉も心浮かれ、誘う水も（誰か誘いに来ぬものか）と思う折しも、玄安が案内《あない》を乞うて入り来《きた》り、「野中の観音（摂津国東高津野中にあった遍明院）、桜色濃く今を盛りと聞ゆれば、いざ」と勧めた。万吉は「よくぞ御知らせ下された。我が胸中を知れる人は先生にござる」と応じて出かけて行ったが、東の方《かた》には葛城山《かつらぎやま》・二上山《ふたがみやま》（いずれも大和国の名山）の花曇りの様が微《かす》かに眺められてまたと無き風情、野辺は菜種（菜の花）の黄金《おうごん》を敷き、堤なる杉菜《すぎな》・蓮華《げんげ》の彩りは髣《さなが》ら錦を張り廻《めぐ》らしたようである。

「空に鳥の音《ね》聞ゆるも、宿（自宅）にては叶わぬ事ぞ」とて、遥かに見遣る折しも、一羽の雲雀《ひばり》が空より下り来《きた》って溜池に止まるゆえ、目をつけて見れば、風も吹かぬのに辺りの草叢《くさむら》が左右に分かれ、何物か顕《あらわ》れる様子である。「あら心得ず」と気をつけて見れば、頭《かしら》は女、身は狐という奇なる代物。二人が目を見合せ瞬きもせずに眺め入ると、人頭狐身の物は、池の藻屑を取り上げて打ち被《かず》くや、忽ちいとも艶《うるわ》しき女と化した。笑む唇《くち》より黒漆《こくしつ》の歯（鉄漿《かね》をつけた歯）が覗き、嬋娟《せんけん》たる鬢《びん》が春風に靡《なび》いている。「毛の生えた事、知った身でさえ心ときめく顔形、知らぬ人の抓《つま》まれるは尤《もっと》もなる事、無理も無し」などと囁き合い、眉に唾して行き過ぎんとすれば、彼《か》の女が後《あと》より呼びかけ、「妾《わたくし》は河内の者、道を踏み迷うて難儀致しておりまする。便り誼《よ》からん所まで案内《あない》を願いまする」と涙声にて頼んでいる。そこで、二人が傍に立ち寄り、「さきほどよりの水遊び、如何《いか》さま可笑《おか》しき事

ども」と言って、どっと笑えば、女は跳び退《の》いて、はっと驚く気色《けしき》。「あら恥しや」と、顔赧《あか》らめて逃げんとするのを引き止め、「かく顕れし上からは、暫《しばら》く姿を替え給うな。かかる業《わざ》、幼少の時より話には聞けども、未《いま》だ目前に見る事なし。とても事に、願わくは一つの不思議を見せ給え」と偏《ひと》えに望めば、女は気の毒顔にて、「しからば後より見え隠れに我が行く方《かた》へ来《きた》り給え」と先に立ったので、二人も共に従《つ》いて行った。

折から、旅帰りの体《てい》にて半合羽《はんがっぱ》を纏うた二十歳あまりの当世男（今風の風体の男）が堤の縁《へり》に腰かけていたが、女を見て「姉さま、何処《どち》へ」と声をかけてきた。女が後目《しりめ》に返り見て「何仰言《おしゃ》んす」という顔をすれば、男は見るより竦《ぞっ》として「何処《どち》へ行かんす、送ろかえ」と立ち上がり、そろそろ手など引き合い、南を指して歩き出した。道端に番小屋を見つけると、男は女の袖を控え、「少《ち》と休まん」と無理無体に中に引き入れ、戸を立ててしまった。玄安は早や退屈したか、辺りの家に頼み入り、枕を借りて夢路を辿る高鼾《たかいびき》。万吉は、至極の見物とて、番小屋の枢《くろろ》（引戸の開閉装置）の穴より目も離さず覗いていたが、誰《たれ》かは知らず後ろより「これ、あぶない」と言う声に、びっくり驚き、よくよく見れば、野《の》馬《うま》（野飼の馬）の尻の穴に目を当て、番小屋と思い込んで覗いているではないか。不審のあまり、大声をあげて玄安を呼べば、牛小屋より目を擦《こす》りながら泥まみれにてよろめき出てきた。二人は、互いに顔を見合せ、呆れて言葉も無かったという。

（巻三の一・野馬にふまれぬ仕合せ吉）

＊『古今奇談繁野《しげしげや》話《わ》』——近路行者（都賀庭鐘《つがていしょう》）

龍の窟《いわや》

醍醐帝《だいごてい》の御宇《ぎょう》（八九七〜九三〇年）の事、若狭国高懸《わかさのくにこうかけ》山に妖賊が拠り棲み、その張本《ちょうほん》は自ら眉鱗王《みりんおう》と称号し、賊徒を集め、公の命《めい》を拒んでいた。近辺人民《にんみん》の被害甚大なれば、国司は数々《しばしば》これを攻めたが、除き得なかった。朝廷より近国遠国の司に仰せつけて助力せしめたが、賊徒は強力《ごうりき》の者多く、また合戦が難儀と見れば、賊主眉鱗王が斎戒を為《な》し妖法を修《しゅ》して自ら戦いに臨み、一身忽《たちま》ち百千に変じて人を殺すゆえ、官軍は勝を取る事能《あた》わず、十分勝つべき場に至っても必ず兵を損じた。

官軍中の信濃《しなの》武士に、望月太郎清春《きよはる》、同次郎貞頼《さだより》、同三郎兼舎《かねいえ》と申す兄弟があり、三人にて一隊を結んでいたが、味方の引くにつれ、敵間《てきあい》（敵との距離）が遠くなり、退屈の体《てい》であった。三郎兼舎は、清らかにして柔和なる面体《めんてい》の持主ながら、初めより面《おもて》を黒赤《こくしゃく》に染めて軍《いくさ》に臨んだため、味方も敵も皆これを生得《しょうとく》の姿と思っていた。今、初めて素面を露《あら》わし、まず二人の兄と合図を定めおき、次に丹二《とうじ》・平六《へいろく》など五十人ばかりの家士《いえのこ》と変によって応ずべき心得を示し合せ、故《わざ》と悄《ひそ》かに敵の要害に到り、「かく申すは当国北郡《きたごり》の者どもなるが、案内に具せられて、心ならずも寄手《よせて》の陣には参りぬ。寄手、この比《ごろ》の敗軍に胆《きも》を消し、陣を払い、退きて救いを禁廷（朝廷）に乞う由なれば、引き分かれて、御味方に参りたり。御許容あらば、次の軍《いくさ》に先手《さきて》を仕《つかまつ》り粉骨すべし。御許し無くんば御勝利の後《のち》の安堵（領地の保証）を賜わって、北郡へ帰り休息すべし」と申し入れた。門卒らは、「これ、我々が計る所に非《あら》ず。此処《ここ》に待つべし」とて、厳しく執《と》り囲み、申し出の略《あらまし》を書き取って号箭《あいずのや》に結びつけ、後ろの嶽《だけ》に対《むか》って射放《いはな》った。

暫《しば》くあって向うの巌頭より掛梯《かけはし》を吊り下ろして、二、三十人の兵士《つわもの》が渡って来たが、虎の如く熊の如き荒々しさにて、兼舎らを睨みめぐらし、「爾《なんじ》らの頭《かしら》たる者一人、此処へ出《い》でて懐中を探り見させよ」と言った。されば、無刀に為《な》して中陣に伴い、軍師に対面させん。その余《よ》は爰《ここ》に留《とど》まるべし」と言った。時に兼舎は、青ざめ身を慄《ふる》わす体《てい》を装い、「後日《ごにち》は格別（例外）として、只今一人離れて御本陣へ参る事は、如何《いか》にもして心細く存ずれば、一人にては参るまじ」と答え、皆々も「遣わすまじ」と同《どう》じ、詞《ことば》を揃えて「とかく帰りて休息するに如《し》かず」と言った。一同恐懼《きょうく》の有様なれば、賊徒は「これほどの弱卒、奥へ入れたりとも何かあらん。いざ来《きた》れ」と言って、兼舎主従の前後を引き包み、梯《かけはし》を渡して、崖上なる鉄門の固めを過ぎ、軍師の陣へと伴うた。

軍師は石丸と申す者にて、虎皮《とらのかわ》の椅子に掛け、対面した。兼舎は北郡の者と名乗り、前の詞を繰り返した。石丸が窃候《しのび》の徒を呼び、兼舎らを実検させたところ、「寄手（官軍）の武士の内には見慣れませぬ。定めて実情ならんと存じまする」と答えた。爰《ここ》に於て、石丸は「契約の盃を取らせん」と、高さ一尺（約三〇糎）ばかりの鉄塊《てつかい》を運ばせ、その凹《くぼ》に酒を注《そそ》ぎ、まず軽く一献《いっこん》を挙げた後《のち》、兼舎に与え、自ら酌を取った。兼舎は頂戴せんとしたが、鉄塊を取り挙げる事能《あた》わず、二、三度落して掌《たなごころ》をさすり、見苦しくも口を寄せて吸い干し、「この盃の重さ、量り難し」と顔を赧《あか》らめて退いた。その余の者も挙げ得ず、皆々地に置いて飲んだので、軍師をはじめ賊徒どもは手を打って笑った。

主従の契約を終えると、石丸は「いざや、この者どもを上《かみ》の御所に連れ行き、明日の軍《いくさ》の手合《てあわせ》、上意を談じて帰るべし」と、小卒を添えて兼舎らを奥へ遣った。奥への道は二重の門に隔てられ、開閉厳しく夜警の者が怠《おこた》りなく護り、また夜廻りの者が「火危うし、火危うし」と拍子木を打ち合せつつ呼ばわっている。一人ならでは通り得ぬほどに狭き自然の石門《せきもん》を過ぎると、板屋（板葺の家）の下に夜直《とのい》の賊徒が数多《あまた》群れていた。軍師の使を見て、「暫くそれに待たれよ」とて奥へ行ったが、間もなく立ち帰り、「只今、大王には御《お》潜行《しのび》にて坐《いま》さず。皆々軍師の府（役宅）に行きて待つべし」と指示した。

この時、賢くも兼舎は「扨《さて》は暗道《かくしみち》ありて他行するか。ここにあらぬこそ幸いなれ」と察知し、予《かね》ての手筈に則《のっと》り暗号《あいことば》を発した。一同応じて、一度に襲いかかり、頭《かしら》と思《おぼ》しき者が帯する太刀を奪い取り、素早く両三人を切り倒し、直《す》ぐまた彼等の太刀を取り用いて切りまくった。初めの弱々しき体《てい》と大いに相違して勇猛なれば、数多《あまた》の賊徒が討たれ、その余の者は見懲《みご》りして逃れ散った。兼舎主従は一気に本陣に切り込み、処々にて「明日は朝廷の加勢来《きた》りて爾《なんじ》ら一人《いちにん》も許さじ。只今官軍に従《つ》く者は命を許し、爰《ここ》に積める財宝を銘々に分ち遣り、朝敵の罪を許し、去るとも降《くだ》るとも心の儘《まま》なるべし」と呼ばわり、降伏を勧めた。内郭《うちぐるわ》（要塞内の更なる囲壁の内）に詰める者の過半は、眉鱗王《みりんおう》の無状《わがまま》なる振舞に心を安んじる暇《いとま》も無き折なれば、「御下知に従わん」と応じ、兼舎主従とともに石門を鎖《とざ》して此《こ》処《こ》に立て籠った。

扨、兼舎は合図の法螺貝《ほらがい》を吹き、仮の方便《てだて》に「眉鱗王、討取《うちとっ》たり」と呼ばわり、奥より軍師の郭を攻めさせた。石丸は大いに呆れ、掛橋を下ろして木戸の方《かた》へ逃れ出《い》でた。然《しか》し、木戸に留《とど》まっていた数十人の望月方の者が合図の法螺貝を中継ぎしたため、麓《ふもと》に出張《でば》っていた太郎・次郎の兄弟が「驚破《すわ》や」とばかりに攻め上った。爰《ここ》に、石丸は前後に敵を受けて、詮方なく兄弟の者に降伏した。兼舎は、暗道を案内させて眉鱗王を討たんとしたが、思い返して、「この騒動にて、恐らく逃げ行きて告ぐる者あらん。されば、この道を帰り来《きた》る事はあるまい。若《も》し帰り来《きた》らば討手《うつて》を揃えて討ち取るべし」と、郎党の新藤六という者に申し含め、「猶《なお》、内郭をよく固めよ」と下知して、自らは暗道《かくしみち》の案内《あない》（様子）を聞き尽した上で、表の陣へと急行した。

そもそも賊主の眉鱗王は、出生《しゅっしょう》の時已《すで》にして眉に鱗あり、そのため襁《むつき》（産着）のまま山中に捨てられ、それより親不知人《おやしらずびと》（孤児）となり、軈《やが》て力強く胆《きも》太く生《お》い立ち、山賊の頭領となった。眉の奇怪を人の言う儘に眉鱗王と号し、衆に奨《すす》められて漫《すず》ろ（軽率）に大事（反乱）を起したものにて、深慮計策を秘め持つ訣《わけ》でもない。曾《かつ》て手下の老賊に呪術《じゅじゅつ》を行う者あり、それを伝え受けて鬼《き》（死霊）を使役する事を習い、軍《いくさ》に用いた。山や林を巧みに利用して眩術《げんじゅつ》を為《な》すと雖《いえど》も、頻《しき》りの勝軍《かちいくさ》に慢心して清浄《しょうじょう》（身を清らかに保つ事）を怠《おこた》り、背後の山村に妻を隠し置いて、折々に暗道を抜けて通《かよ》っていた。今宵も妻の許《もと》に行き、酒を飲んでいたが、側近の者が二人三人周障《あわ》て来《きた》り、「内郭に敵入りて変事出来《しゅったい》、此処《ここ》へも捜り来るかと存じられまする。御用心のほどを」と言上《ごんじょう》した。知らせに驚き、只五、六人を従え、渓《たに》を伝《つと》うて落ち逃れたものの、間道《かんどう》の歩みに難渋《なんじゅう》し、里に近づいた時には早や夜も明けていた。

時に、従者どもが「我らは寄手の加勢の様に偽装《もてな》し行かば逃れ果《おお》せんも、上《かみ》には如何《いか》にしても御姿の綺羅綺羅《きらきら》と隠れなく見え給えば、難儀かと拝しまする」と申せば、眉鱗王も「実《げ》にも隠れ兼ぬるは朕《ちん》（天皇の一人称を僭称）が身なり。潜みたる行幸《みゆき》の折なれば、早く龍《りよう》衣《い》（天皇の装束）を脱せんと思《おぼ》せども、換えて参らすべき御衣《おんぞ》無し。宸襟《しんきん》（天皇の心意）これが為に悩む」と困惑の体《てい》。折しも、水に添うた路を、鉦子《しようご》（叩き鉦）を頸《くび》に懸けて頭《ず》陀《だ》（修行の物乞）する体《てい》の穢《きたな》げなる僧が、朝方の雨を蓑《みの》にて防ぎつつ来かかった。従者がこれを捉えて大王の前に据え、「忝《かたじけな》くも、これこそ山中《さんちゆう》の君にて渡らせ給う。爾《なんじ》が衣服を召さるるゆえ、錦の御衣《ぎよい》に換えて参らせよ」と命じた。僧は大きに恐れて聞き容《い》れようとしなかったが、様々に言い賺《すか》して漸《ようや》く脱がせ、これを大王に着せ参らせる。

下に御《ぎょ》したる白綾《しらあや》の衵《あこめ》（上着と下着の間に着す）を榛染《はりそめ》（草木染）の単物《ひとえもの》に召し替え、上なる僭偽《せんぎ》の日月袍《じつげつほう》（天皇の礼服）は垢染みた白布袷《しろぬのあわせ》に替え、密金葉《しげかなもの》の着背長《きせなが》（彫金の飾りを付けた大鎧）を破れた五倍染《ふしぞめ》（草木染）の僧衣に召し替えた。装束は変ったものの未《いま》だ頭《かしら》に僭偽の金冠を高く戴いた容子は、如何《いか》にも珍妙ゆえ、側近の偽官人《ぎかんにん》らは「何と、似《つき》なき（似つかわしくない）御姿かな」と思わず笑いを吹き出した。軈《やが》て冠を雪帽子（綿帽子）に戴き替え、髪を帽子の内に束《つか》ね挙げた。次に鳥頭《とりくび》の御剣《ぎょけん》に替えて小々《ささ》やかなる鉦《かね》を取って懸けたが、大の男なれば、乳の際《きわ》に下がってぶらめく始末。更に村重籐《むらしげどう》の弓を禿《ちび》たる撞木《しゅもく》に取り替えた様は、水に映し見ても我ながら忙《せわ》しき中にも可笑《おか》しく、随《したが》う者共も腹が痛むほどに笑い転げた。眉鱗王《みりんおう》は、口調を改める事なく、「群臣必ず笑う事なかれ。創業の君は難多し。蒙塵《もうじん》（天子が変事に際して避難逃亡する事）の時に賤《しず》の服を御《ぎょ》する事、例《ためし》あり。今、僧となるは清見原《きよみはら》（浄御原天皇、天武帝）の吉例（天智天皇の死期に際して皇太弟大海人皇子《おおあまのおうじ》が出家隠遁した例）に同じなれども、此処《ここ》まで来《きた》る間に醴《ひとよざけ》（一夜にて醸す甘酒）を売る家さえも無し。昨夜《よべ》より正しく物も召さねば、いたく飢えたり。この川を渡らば岸の鼻の嫗《うば》が店にて、べたべたの餅《かちん》（汁粉・善哉の類）なりとも召して参らせよ。如何《いか》に、下素《げす》（下衆）の僧よ、その鳥頭《とりくび》の御剣《ぎょけん》は先祖大山辺《おおやまべ》の命《みこと》より伝来の家宝なり。我が治世の後《のち》に持ち来《きた》らば、この山半片《はんぺん》を賜わり、僧徒の検校《けんぎょう》たらしめん」と、空頼みの僭上大言を残し、渡頭《ととう》（渡船場）

を指して道を急いだ。

朝まだき、渡頭に到った一行は、未《いま》だ船中にて高軒《たかいびき》の舟子《しゅうし》（渡し守）を呼び起し、「船仕《つかまつ》れ」と命じた。舟子は目を摺り欠伸《あくび》しつつ船を寄せ、軍人なるを見て腰を屈《かが》めたが、一行の後より汚き僧が乗らんとするのを遮り、「次の便船にせよ、見苦し」と叱りつけた。軍人らが口々に「苦しからず、如何《いか》に早う乗れ」と言うのに力を得て乗り移れば、「艫辺《ともべ》に居れ」と射竦《いすく》めた。さて対岸に着き、五人の兵が上がると見るや、舟子《しゅうし》は竿《さお》を取って再び川へ押し出した。件《くだん》の僧が訝《いぶか》り、「なにゆえ、我を上げぬぞ」と凄じき目つきにて睨めば、「さて恐ろしき眼《まなこ》つきかな」と言いざま、舟子は棹《さお》を捨て、つと寄って双手《もろて》にて確《しか》と組みついた。僧も力を出《い》だし押し返したが、船の上なれば足の踏所も定まらず、力なくも組み伏せられ、縄にて括《くく》られてしまった。この様を見て、岸辺の兵は焦《あせ》り叫んだが、この時、辺りの農人《のうにん》らが出《い》で来《きた》って五人の兵を擒《とりこ》にした。これらの者は農人には非《あら》ず、丹二《とうじ》・丹三《とうざ》などと申す兼舎の家人《けにん》であり、舟子は即ち兼舎その人であった。

かくて、兼舎は捕虜《いけどり》を牽《ひ》かせて、兄の陣所へ赴いたが、手柄を弟に越されて安からず思う兄たちは、「かかる僧衣の者が眉鱗王とは、はて訝しや」と難癖をつけて諾《うけが》わない。そこへ、最前の衣を剝がれた頭陀《ずだ》の僧が錦袍弓剣《きんぼうきゅうけん》を持参して件の様子を語った。この僧こそ薬師堂の新発意《しんぼち》（新米僧）にて、兼舎が遣わして敵に近づけ、細作《ものみ》をなさしめたのであった。爰《ここ》に至って、遂に兼舎の手柄と極《き》まった。山寨《さんさい》の金銭重器《ちょうき》は衆《しゅ》に分ち賞となしたが、その中に例の鉄塊の盃があった。兼舎は捕虜《いけどり》の前にて、この盃に酒を注がせ、数盃《すはい》を軽々と傾けて見せた。時に、兄二人は、軍師石丸の白状する所を聞き、「賊営の傍らに古き人《ひと》穴《あな》ありて、賊首の眷属《けんぞく》隠れ居《お》る由、これを残し置くべきにあらず」と言って弟を促し、三人にて再び山に登った。賊営に到り、件の窟《いわあな》を臨み見るに、竪穴にして井戸の如く、石を投げ入れて測れば底は深いと知られた。兄たちは「人を下ろして見ん」などと言いつつ、辺りを徘徊する体《てい》を装い、不意に兼舎を穴に突き落した。土を以て穴の口を塞《ふさ》ぎ、全てを両人の功と偽り作り、眉鱗王を引かせて凱旋《がいせん》し、公には兼舎戦死と披露し、恩賞を分ち受けて領地を安堵した。

一方、兼舎は穴に落ちて一度は絶入《ぜつじゅ》したものの、暫くして正気づいた。打ち損じた腰膝に聊《いささ》かの難儀を覚えながらも、明かりの差す方《かた》を抜け穴と思うて躄《いざ》って行ったが、微《かす》かに天の色を遠望するのみにて、出《い》づべき道も無ければ、「かかる所に何とて賊徒が隠れ居《お》ろうぞ。これは両人が悪心を発して我を陥《おとしい》れたるよ」と、漸くにして悟った。「この儘にては終《つい》には飢《うえ》に及ぶべし、穴の内に食に充《あ》つべき物などあるまい」と胸の潰れる思いであったが、この時、いつ来《きた》るとも知れず仄暗《ほのぐら》き中より老人が現れ、「兼舎よ、憂《うれ》うる事なかれ。穴を出《い》づべき便りはあるぞ」と力づけた。聊かながら頼もしく思われ、その姿を拝して、

「穴を出《い》だし下さらば、実《まこと》に再生の恩人と存ずる」とて、兄たちの姦智の程を訴えたところ、老人が「世の人心、頼み難きは古《いにし》えより珍しからず。我は久しく爰《ここ》にあれども、百年二百年の間はこの穴を出《い》でず。近日この穴を出《い》づべきものあれば、必ず爾《なんじ》を送り出《い》ださん」と答えたので、兼舎は弥々《いよいよ》悦び、敬いを増した。老人が「これにて餓《うえ》を凌《しの》ぐべし」とて黒き餅《もち》を呉《く》れたので、直ぐさま食せば、それより餓を覚える事は無かった。

「さるにても、如何《いか》なる神仙にて渡らせ給うや」と問えば、「我には古えより名を付くること能《あた》わず。鱗虫《りんちゅう》（有鱗動物）の長なる龍を以て呼ぶ。能《よ》く幽《ゆう》に能く明《めい》なるは鱗属の及ぶ所ならんや」との答。「扨《さて》は千年も山に住むという、この龍穴《りゅうけつ》の主《ぬし》ならん」と察して、兼舎が「我、世に出《い》でなば一郡の主なり。翁《おきな》の嗜《たし》み好む物あらば、常にこの穴に進めん」と申せば、翁は頭を振って、「我は清虚にして沆瀣《こうがい》（露の気）を飲食とし、嗜好なく畏悪《いお》なし。かの燕血《えんけつ》を嗜《たし》み苦楝《くれん》（栴檀《せんだん》）を畏《おそ》るは、これ蛟蜃《こうしん》の類《たぐい》（虬龍《みずち》。幻獣の類）のみ」と答えた。

兼舎が更に「真龍《しんりょう》の好む所は如何《いか》に」と問えば、翁は「ただ睡《ねぶ》りを好み、長ければ千年、短ければ数《す》百年、洞穴に偃臥《えんが》す。鱗甲《りんこう》の間に沙土《しゃど》聚《あつ》まり積み、鳥が木実《このみ》を銜《ふく》み来て遺せば鱗上に双葉を生じ、軈《やが》て幹の太さは人が腕《かいな》を抱《いだ》き合す程に至り、盤《はびこ》る根が鱗甲《うろこ》を折《くじ》くに至りて方《はじめ》て睡りを覚まし、終《つい》に脩行《しゅぎょう》を励まし、その体《てい》を脱して虚無《きょぶ》に入り、その神《しん》（魂）を澄まして寂滅自然《じゃくめつじぜん》に帰《き》す。形と気と、その化する随《まま》なるを得て、胚胎《かたち》なきが如く凝《こ》り結ばざるが如く、恍惚《たちまち》に杳冥《ようめい》（不見）たり。この時や百骸《ひゃくがい》五体、芥子粒《けしつぶ》の内にも入るべく、還元返本《はんぽん》の術を得て造化《ぞうか》と功を争うなり。然《しか》し、この説は龍を有形《うぎょう》の生活（生物）にして、工《たくみ》に勢いを言う。画工の三停九似《さんていきゅうじ》の法（中国に伝わる龍を描くに際しての心得）を設《もう》くるが如し。聞く人も面白く奇にして左《さ》もありなんと思わるる。これを定形《じょうけい》なき物にして説く時は、真龍の体《たい》は雷《らい》と表裏《ひょうり》せしものにて、雷は中天頓鬱《とんうつ》の陽気、水を引きて雲雨《うんう》を醸《かも》し、その水《すい》気《き》に逼《せめ》られて団《こ》りて純火（火の塊）を生じ、雨水《うすい》の気に触れて迸《ほとばし》り射て物を撃つ。物を撃ちて消《しょう》せざれば凝含《はずみ》て子母炮《しぼほう》（軽火器の類）の勢いの如く、愈々《いよいよ》触れて愈々迸り消滅して熄《や》む。これ、陽の激して陰に戦い勝ちたるなり。陰陽相搏《あいう》ちて芒毛《ぼうもう》（稲妻）を生じ、また獣《けだもの》をも生ずべし。龍は地中積鬱の陽気、地下の陰気に和《か》せず。地外の陽の時に動かされて発し登る。水気を引きて雲烟《うんえん》を起し、雷電をも致す。半ば雲に入りて旂《はた》（昇龍と降龍を描いた赤色旗）の如く掛かり、雲端《うんたん》に伸縮《のびちぢみ》の貌《かたち》あるは、その気暢《の》びんと欲して振るうなり。既に暢びて消散する時は一気に和す。一気に和する時は本来に帰《き》して形なく、釈氏（釈迦）の寂滅の空《くう》に適《かな》えども、老子は虚無《きょぶ》を以て有《う》を養うの教えゆえ、その発揚して退蔵の徳を失うを惜しみ、かの龍の如しと譬《たと》うるは、時あってきらきら現るるにあらず。上に昇るべきもの地下に潜蔵して陰陽にも動かされず、何時《いつ》までも密蔵して発せざる所を云うなり。儒教とやらは空有《くうう》の二つに着《ぢゃく》せぬ世法《せいほう》（俗世の法）なるべし。物に滞《とどこ》る時は釈氏の空《くう》を以て消し、動きやすき時は老子の虚無を以て息《とど》む。三教併《あわ》せ用いて世道《せどう》安からん。俗説に、豊城《ほうじょう》の剣、延津《えんしん》に入りて龍となる（晋書・張華伝）という。剣は鍛煉して作るゆえ、自然の物に非《あら》ず。豈能《あによ》く龍と変ずる事を得んや。仏説（法華経）に、龍女《りゅうにょ》天龍を説きたるは教化《きょうげ》の及ぶ所広きを云うなり。また、龍城《たつのみやこ》に到り龍女に会うの説（唐代伝奇『柳毅伝』）は、文人筆を弄するの虚談にして益々これ文章なり。間々《まま》現在にその事あるも、皆水物《すいぶつ》の妖に魅せられたるにて真龍の事に与《あず》からず。易（易経）に乾《けん》の象《しょう》（形）として似げなき坤《こん》の馬に配せられしは、却《かえ》って我が真龍を知られしや知らずや覚束《おぼつか》なし。今、化生《かせい》して形を現ずる事は爾《なんじ》を助くるの造化（造作、手順）なり。我、形常に有《う》にあらず。爾、この穴の泥を身に塗りて晦冥《かいめい》の時を待たば、体を損ぜず上昇の気に乗じて穴を出《い》づべし」と、細かに告げたかと思えば、早やその形は失せていた。

数日《すじつ》の後《のち》、穴の中は、黒暗《こくあん》にして雲烟沸《わ》くが如く、その気蒸《む》すが如き体《てい》となった。山岳震動して、天折《くじ》け地崩る如く、閃電《せんでん》（稲妻）は頻《しき》りに赫《かがや》き、岩中の大石が動いて揚がらんとする体《てい》。兼舎も身の自由を失い飛揚する体なれば、「これ、出《い》づべき時至る」とて、傍らの岩を攀《よ》じて登ったものの、穴の口に出ると雖《いえど》も、冥々の裡《うち》、その勢いは凄じく、今にも大虚《おおぞら》に吹き上げられるかと、手に触れた木の枝に縋《すが》りついたが、夢現《ゆめうつつ》の境も知れなかった。俄《にわか》にして雲が晴れ、見れば、己《おの》が身は大木の梢にあった。急ぎ地上に下りて路に出ると、民居《みんきょ》がある。これ即ち賊寨《ぞくさい》の背後の山村であった。立ち寄って、「我は眉鱗王《みりんおう》を捕えたる望月三郎なり。軍中にて穴に落ち入り、今ここに出《い》でたり」と呼ばわって、民家の内にて疲れた体を息《やす》ませた。山民らは驚き敬い、「これにて眉鱗王の掠奪より免《まぬが》れましてござりまする」と悦び語り、「ここなる隠し妻も、今は跡を晦《くら》まし行方が知れませぬ」と申し上げた。

兼舎は山を出《い》でて都に上り、「無道の兄なれども、弟の身として、その罪を訴うべきにあらず。ただ我一分《われいちぶん》の（己の為の）居所《きょしょ》を賜わらん事を」と嘆き申せば、異議なく旧領に復《かえ》された。兄たちが自ら辱《は》じて身を隠し蟄居《ちっきょ》したため、その有する所もみな兼舎の手に属し、家督を相続する事となった。承平《じょうへい》（九三〇年代）の始め、将門《まさかど》退治の命《めい》に応じて軍功あり、江州《ごうしゅう》（近江国）半国を守護し、甲賀郡《こうがごおり》に館を構え、近江守《おうみのかみ》と称した。後《のち》は、伊賀と近江に跨がって大領《たいりょう》（郡司の長）を務めたという。龍穴に入《い》りたる奇談は、千年に亙《わた》って人の口に遺り、児童に至るまでこれを話の種とする。

（第四巻の二・望月三郎兼舎龍屈を脱て家を続し話）

＊『席上奇観 垣根草』――草官散人《そうかんさんじん》

古井の妖鏡

南勢《なんせい》（伊勢国南部）大河内《おおこうち》の郷《ごう》は、往昔《そのかみ》は国司の府にて、南朝の頃までは北畠氏《きたばたけし》がこの地に在《あ》って一方を領じていた。国府の西南に大河内明神の社があり、国司が宮宇《きゅうう》（社殿）も修理し、神領《じんりょう》も数多《あまた》寄進したが、次第に衰廃して、嘉吉《かきつ》・文安《ぶんあん》（一四四〇年代）の頃に至っては、社頭も雨露《うろ》に侵《おか》され給《たも》う風情であった。爰《ここ》に、祠官《しかん》（神主）の松村兵庫と申す者が、これを憂《うれ》えて都に上り、伝《つて》を求めて時の管領《かんれい》細川氏に修造の事を訴えた。然《しか》し、前《さき》の将軍義教《よしのり》公が赤松（満祐《みつすけ》）の為に弑《しい》せられ（嘉吉の変）、後嗣《こうし》（足利義勝《よしかつ》）も程なく早世、義《よし》政《まさ》公が新たに将軍職を継ぐなど、公事繁忙の折なれば、兵庫の訴えも中々顧みられる事は無かった。兵庫は、元来文才に秀《ひい》で、和歌の道なども幼《いとけな》き頃より嗜《たしな》んでいたので、この滞留の機を捉えて和歌の奥義《おうぎ》を極めんものと思い、京極今出川の北に寓居《ぐうきょ》（仮住）して公の沙汰を待つ事とした。

旅宿の東北の方《かた》に一つの古井《こせい》があり、昔より折々に人を溺れさす（引き込む）と伝えられていたが、宅眷《たくけん》（妻女）も無く従者一人のみの滞在なれば、心にも差し挟む事なく打ち過していた。その頃、畿内一円大いなる旱《ひでり》にて、洛中の水も乏しくなったが、彼《か》の古井は涸れる事なく藍《あい》の如き水を満々と湛《たた》え、近隣より汲みに来る者が跡を絶たなかった。例の伝説の故か、人々も心して汲むのであろう、溺れる人も無かったが、或る日の暮方、兵庫が古井の方を眺める折しも、隣家の婢《ひ》が常の如く汲まんとして、長いこと井中《いちゆう》を窺うているゆえ、はて訝《いぶか》しいと思ううちに、俄《にわか》に墜《お》ち入り、溺れ死んでしまった。極めて深き井戸ゆえ、数日《すじつ》を経て漸《よう》く死骸を求める事を得た。これより、兵庫は、再び過《あやま》ちの起る事を恐れて、垣を厳しく繞《めぐ》らせて人の近づく事を禁じたが、「さるにても怪しき事よ」と腑に落ちかねて、立ち寄って窃《ひそ》かに窺い見たところ、中に年の頃は二十《はたち》ばかりと見える艶《なまめ》かしき女の姿があった。たいそう麗しく粧《よそお》いを凝らし、兵庫を見て少し顔を背けて笑う風情、その艶《えん》なる事は、世に類《たぐい》を見ぬ程と思われた。魂も飛び心も浮かれ、思わず近寄らんとしたが、屹《きっ》と我に帰り、「扨《さて》は、斯様《かよう》にして人を溺らす古井の妖（主）なるべし。あな恐ろしや」と急いで立ち去り、その後《のち》は、従者にもこの由を固く戒めて近づく事を禁じた。

或る夜の事、二更《にこう》の頃（午後九〜十一時頃）より風雨甚《はなは》だ烈《はげ》しく、樹木を倒し屋瓦《おくが》を飛ばし、雨は盆の水を傾けたかの如くに降り頻《しき》り、閃電《せんでん》（稲妻）は昼を欺き、霹靂《へきれき》（雷鳴）夥《おびただ》しく震動なせば、天柱も折《くじ》け地維《ちい》（大地）も崩れるかと思われたが、明ければ一転して晴天となった。兵庫が常より早く起き、窓を開けて外面《そとも》を窺うところへ、表に女の声がして案内を乞うている。「誰《た》そ」と問えば、「弥生《やよい》」と答えた。怪しみながら、装束を整え、戸を開き、一間に請じてこれを見れば、例の井中の女である。「女郎（女性に対する軽い敬称）は井中の人にあらずや。何ぞ、濫《みだ》りに人を惑わして殺《あや》むるや」と問えば、「妾《わらわ》は人を殺むる者ではござりませぬ。この井に、毒龍ありて昔より棲むゆえ、大旱《たいかん》と雖《いえど》も水の涸るる事はありませぬ。妾《わらわ》は、中昔《なかむかし》（さして古からぬ昔）、この井に墜ちて遂に龍の為に責め使われ、止《や》

む事を得ず、色を以て人を惑わし、或いは衣裳・粧具《そうぐ》（櫛笄《こうがい》）の類を以て欺き賺《すか》し、龍の食餌《しょくじ》に供するのみ。龍は人血《にんけつ》を好み、妾《わらわ》をしてこれを調達せしむる段、その辛苦は堪え難き事にござりまする。昨夜、天帝の命《めい》ありて、ここを去り、信州（信濃国）鳥居の池に移れば、唯今、井中には主《ぬし》がござりませぬ。この際に、人をして井を脱《のが》れしめ、妾《わらわ》を拯《すく》うて下さりませ。もし脱れ得た時は、重く報い奉りまする」と述べ、忽ちの裡《うち》に姿を消した。

早速、数人《すにん》を雇って井を暴かせてみると、水は涸れて一滴も無く、ただ笄《こうがい》や簪《かんざし》の類《たぐい》があるばかり。更に渫《さら》わせると、漸く底に至って一枚の古鏡《こきょう》が現れた。よくよく洗い清めて見れば、背《うら》に「姑洗《こせん》（陰暦三月の異称。また中国十二律の一）の鏡」という四字の款識《かんしき》（銘）が読み得た。「さては弥生と名《な》告りしは、この故なり」と思い中《あた》ったので、香《こう》を以てその穢汚《えお》を清め、匣《はこ》に納め、清らかに設《しつら》えた一間に置いたところ、その夜、再《ま》た例の女が現れ、「貴方の御力により、数《す》百年の苦しみを逃れて世に出づ《い》る事が叶うてござりまする。その上、不浄を清めて穢れを祓《はら》い給いしゆえ、年月《としつき》の腥穢《せいえ》（生臭き穢れ）を脱《のが》れてござりまする。そも、この井は、昔大いなる池なりしを、遷都の時に埋め給い、漸く形ばかりを残し給う。都を遷《うつ》し給う時は、八百万《やおよろず》の神々来《きた》り援《たす》け給うゆえ、その昔より棲める毒龍も為《せ》ん術《すべ》なく、ただ井の中を占めて棲《す》うておりました。妾《わらわ》は、斉明《さいめい》天皇（第三十七代。皇極女帝の重祚《ちょうそ》）の時（七世紀中頃）、百済国《くだらこく》より渡されて、久しく宮中に秘め置かれ、その後《のち》、嵯峨天皇（第五十二代。在位は九世紀初頭）の時に皇女賀茂内親王《かものないしんのう》（宇智子）に賜わり、それより後《のち》、兼明親王《かねあきら》（醍醐帝の皇子。博学多才と伝える）の許《もと》に侍《はべ》り、遂に藤原家に伝わり、御堂殿《みどうどの》（道長）殊に秘蔵し給いしが、その後《のち》、保元《ほうげん》の乱の折に誤りてこの井に墜ちてより、長く毒龍に責め使われて今日に至りてござりまする。十二律に模《かたど》りて鋳《い》られし十二面の鏡の中《うち》、妾《わらわ》は三月三日に鋳る所の物にござりまする。妾《わらわ》を将軍家に献上なされば、大いなる祥《さいわ》いを得給うべし。また、此《この》所は長く住み給うべき所にあらねば、疾《と》く外《ほか》へ御移りなされませ」と懇《ねんご》ろに語り、掻き消す如くに失せ果てた。

兵庫は、彼《か》の女の詞《ことば》に従い、翌日他所《よそ》に移って様子を窺っていたが、次の日、今出川の寓居《ぐうきょ》は、故無くして地が陥没し家も崩れ落ちた。これも鏡の霊の報いるところと悟り、この古鏡を将軍家に奉った。その頃、義政公には古翫《こがん》（骨董）を愛する折なれば、甚だ賞《め》で喜び、殊に伝来の経緯《いきさつ》も明らかゆえ、天下第一の奇宝と珍重した。その賞として、神領として南勢に一箇の庄が寄進され、猶《なお》も社頭再建は公より沙汰すべき由の厳命を蒙《こうむ》ったので、兵庫は本意《ほい》を達して多年の愁眉を開く事を得た。その後《のち》、この鏡は、故あって大内家（中国筋の強力守護大名）に下賜されたものの、義隆《よしたか》戦死（一五五一年、家臣陶晴賢《すえはるかた》に滅ぼされる）の後《のち》は、その所在を知らずと言い伝える。

（五之巻の一・松村兵庫古井の妖鏡を得たる事）

＊『怪世談《あやしのよがたり》』――荒木田麗女

飛頭蛮《ひとうばん》

今年、新たに都より下った陸奥守《みちのくのかみ》なる人は、国事を滞りなく認《したた》め（処理し）、心延《こころばえ》めでたく情ある様なれば、民も喜び、よく靡《なび》き従うた。この守《かみ》の館《たち》に、今参り（新参）とて、一人の女が祗候《しこう》する事となった。民の娘なれど、一年《ひととせ》京にも上り宮仕えも致した由、その容子は田舎人とも見えず、雅びやかに女らしく羞《はずか》しげなる気配は、都にも並には見当らぬかと思われた。されば、守の家人《いえびと》の中にも、年若き好き者（色好み）どもは、漫《すず》ろに心を動かし、物など言いかけて悩ます者も多かったが、応答《いらえ》なども心にくく、また必ずしも打ち解けぬという体《てい》にもあらねば、誰もが心許《こころもと》なく（焦れったく）思う様子である。北の方（国司夫人）も臈《ろう》たき者（可愛《かわゆ》き者）と見て、常に御前に召して目をかけていた。守も見馴れるにつけ、唯者にあらずと思い、折々に戯言《たわぶれごと》（艶めいた冗談）など言いかけてみるが、恥じらいつつ物慎《ものつつ》み（遠慮）する様子も並々の風情ではない。田舎人にも似ぬ取成《とりなり》かなと心が動き、情《つれ》なく（知らぬ振りに）見過すのも何やら物足りなく思われ、人目を避けて、

誰《たれ》にまた結び置きてか解けやらぬ心の色の岩代《いはしろ》の松

と詠みかけ、「真《ま》葛《くず》が原に」（我が恋は松を時雨の染めかねて真葛が原に風騒ぐなり――慈円。『新古今和歌集』巻十二）と揶《から》揄《か》い気味に言い添えたところ、

露霜のかゝる折こそ岩代の松はいとゞもむすぼほれつれ

と受け応え、「葉に置く露の」（あだごとの葉に置く露の消えにしをあるものとてや人の問ふらむ――藤原長能《ながよし》。『新古今和歌集』巻十五）と羞しげに呟いた。その様子から、岩木に非《あら》ず（非情の物に非ず、即ち恋の情を解する者）と見て、頻《しき》りに心引かれ、その夜、人が寝静まるのを待ち、忍んで行った。女は庇《ひさし》（寝殿造の母屋の外周に連なる部屋）の一間に唯一人で寝ていた。守は心を時めかせて、静かに傍近く伝い寄ったが、たいそうよく寝入ったとみえて驚く様子も無い。上なる衣《きぬ》を押し遣っても、何の反応も無かった。几帳《きちよう》の透間《すきま》より漏れる便りな

き火影《ほかげ》に目を凝らして見れば、肌《はだえ》は温かにて疎《うと》ましくはないが、如何《どう》した事か頭《かしら》が見当らない。あまりの怪しさに、僻目《ひがめ》（見誤り）ではあるまいかと思ったが、心許《こころもと》なく、帷子《かたびら》を少し上げて見れば、やはり頭《かしら》が無い。俄《にわか》に気味悪さを覚え、人々を起して告げ知らせんと思うものの、痴《おこ》がましき（間の抜けた）振舞が露《あら》われるのも煩わしい。また女の様子もただならねば、謂《い》われなき濡衣《ぬれぎぬ》を着はせぬかと気にかかり、立ち帰らんとしたが、流石《さすが》に日頃の臈《ろう》たき俤《おもかげ》も忘れ難く、返り見して、

果敢《はか》なくも解くるを松の朝霜よ日影にあへぬ色を知らずて

と口遊《くちずさ》み、さりげなく庇《ひさし》の間《ま》を後にした。己《おの》が室《へや》に入って臥せったものの、睡《まどろ》む事を得ず、女の様子が猶《なお》心に懸かり、「如何《いか》なる者の仕業《しわざ》ならん、論無《の》う館《たち》の内の男どもの一人《いちにん》ならん。懸想人《けそうびと》が、情《つれ》なく心強《こわ》き女の応答《いらえ》を恨み、かかる業に及びたるか。または、異心《ことごころ》（他の男を想う心）あるを知りて、元つ人《もとびと》（昔馴染）の為《な》せる業か」などと、一方ならず思いつつ過すうちに、辛うじて夜が明けた。人々が起き出した気配であるが、とくに騒がしい様子も無い。守《かみ》も急ぎ起きて様子を窺ったが、女は常の如く何心なく（無心に）厨屋《くりや》にて立ち働いている。怪しんで凝《じっ》と見守っていたが、これと申して変った様子もなく、平《へい》

生《ぜい》の儘《まま》であった。「訝《いぶか》しや、昨夜《よべ》、如何《いか》なる夢を見しならん」と思うものの、何やら腑に落ちず、胸が打ち騒ぐ。されど、人に言うべき事にあらねば北の方にも話さず、性懲《しようこ》りもなく「今宵こそは」と心の中に夜を待ち詫びていた。

然《しか》し、その夜も女の頭《かしら》は見当らなかった。今は変化《へんげ》の者かと疑われ、𦫿《ろう》たく思うた心も失せ、恐ろしくさえ覚えて、直《す》ぐさま立ち帰った。その夜は、守の子なる児《ちご》が俄に泣き出し、乳吐《つだみ》をするとて、北の方も御達《ごたち》（女房達）も起き出《い》で、魔除《まよけ》の米を撒き散らすなど、人々が立ち騒いで実《まこと》に慌ただしき体《てい》。「かの人も起さん」と申して、年輩の女房が庇の間へ赴き、彼《か》の女の臥処《ふしど》に差し寄り、頭《かしら》の無き様を見出《みい》だして、いたく魘《おび》え惑い、人々に告げ知らせた。守も今聞いたかの如く装って検分に及んだ。

「誰《た》が仕業《しわざ》ならん。朧気《おぼろげ》（並大抵）の仇敵《あだがたき》ではあるまい。妻戸《つまど》（寝殿の四隅に設える両開きの扉）の掛金《かけがね》も堅ければ、人の忍び入るべき方《かた》もなし」などと申して、皆々腹立たしげに事に当りつつ、「急ぎ里（実家）に言い遣らん」とて使を出《い》ださんとしたが、守が「暫《しば》し待て」と止《とど》める程に、早や暁の鐘が聞えた。その時、何処《いずこ》よりともなく、彼《か》の女の頭《かしら》が、耳を翼の如くに為《な》して、鳥か何ぞと紛うばかりに飛び来《きた》った。居合せた者は、残らず恐れ惑い、物も覚えず俯《うつぶ》し臥した。守は動ずる様子もなく太刀を引き寄せて見守っていたが、軈《やが》て頭《かしら》は女の臥したる枕頭《まくらもと》に降《お》り立った。と見るうちに、女は何心なく起き上がり、人々の姿を見廻したが、場《ば》都《つ》合が悪そうに羞《はじろ》うた様は、一向に恐ろしげも無く、常と変らず臈《ろう》たけて見えた。守は人々に目《め》配《くば》せして、「何事も申すな」と言い置いて出て行ったが、女達は俄に恐れ戦《おのの》く体《てい》にて、「人にては無きような……」と打ち私語《ささめ》いていた。

守は唐《から》の文などを取り出《い》だして読み、斯様《かよう》の事も有り得ると知り果《おお》せた。そこで、その夜は男を一人二人伴い行き、窺うていたところ、前々《さきざき》の如くなれば、女の肩の辺に衣《きぬ》を掩《おお》わせて待つに、暁に帰り来《きた》った彼《か》の頭《かしら》は、術《すべ》無き様にて転びなどして、堪《こら》え難げなる様である。死にはせぬかと危ぶまれたので、静かに衣《きぬ》を取り除《の》けて遣ると、則《すなわ》ちそこに落ち着いた。これを見て、侍どもも珍しくも怪しき事と驚き合った。

北の方をはじめ女達は、一向《ひたすら》に恐れ戦《おのの》くのも何やら気の毒に思い、守も秘密を知りながらこのまま仕えさせるのも思い遣りに欠けるかと案じ、軈《やが》て里に退出させる事に一決した。女は、かかる事とは露知らず、「訝しき事ながら、都にても人に厭《いと》わるるようにて、此処《ここ》彼処《かしこ》に行きしが、久しゅう仕うる事叶わず、詮方なくて故郷《ふるさと》に帰る。また守の北の方、懇《ねんご》ろに召し給《たも》うゆえ、祗候《しこう》致せしに、程もなく罷《まか》り出《い》でて、人に笑わるる事の恥しさよ。北の方には、裏なき（腹蔵なき）御心を見せ給いしに、かくも俄に御心の変ずるは、守の戯言《たわぶれごと》など し給うを聞きつけて、心を置き給うか」などと、いたく恥しげに思い乱れていたが、退出の当日、日頃住み馴れた一間の障子に、

名もつらき籬《まがき》が島の舎《やどり》とてかくて隔つる道となりぬる

と一首の歌を記し、その傍らに「真木《まき》の柱は」（今はとて宿離れぬとも馴れきつる真木の柱は我を忘るな――『源氏物語』真木柱の巻）と書き付けた。これを見ては、北の方も流石《さすが》に哀れと思い遣られた。守も、愈々《いよいよ》去り往くのを見れば、唯ならず涙ぐましく、いたく萎《しお》れた体《てい》であったが、女は「かかる事も、唯この人の理不尽なる心ゆえ」と思えば、恨めしくて、

仇波《あだなみ》のかゝらざりせば蜑小舟《あまをぶね》浦より遠《をち》に隔てしもせじ

と仄《ほの》かに詠めば、守は「さては、北の方の怨《えん》じ妬むゆえと思い居るか」と笑止なる事と思い、

漕ぐ船のかけ離れけり浦波のよる（寄る・夜）の契りの頼みがたさに

と、頭《かしら》の離れ飛ぶ事を匂わせて端無《はしたな》く（無愛想に）応じたが、女は心もつかず、退出し

て行った。その儘《まま》に暫《しばら》くは里に留《とど》まっていたが、今度《このたび》は、前《さき》の紀伊守《きいのかみ》が出羽守《でわのかみ》として去年《こぞ》より下っている所へ祇候した。陸奥守《みちのくのかみ》がこれを聞きつけ、「其方《そなた》にては、然々《しかじか》の事はござらぬか」などと聞き合せたところ、幾程もなく失せたとの事であった。当座は、病み患うたものであろうと思っていたが、後《のち》に聞けば、彼処《かしこ》にても怪しき事が露顕した由。出羽守も珍しき事と見て、試みに銅《あかがね》の盥《たらい》を枕の上に伏せて置いたところ、頭《かしら》は帰る術《すべ》も無ければ、暫し迷い飛ぶ体《てい》と見えたが、さて明け放れるとともに、遂にそのまま緒切《こと》れたという。容貌《かたち》など際立って整い美しかっただけに、不気味な所はあったものの、失せたと聞いて、誰もが憐れがった。まして親兄弟の嘆きは如何《いか》ほどであったろう、真《まこと》に気の毒なる事ではある。

（巻之五の三）

*『春雨物語』――上田秋成

目ひとつの神

「阿嬬《あずま》（東国）の人は夷《えびす》なり、如何《いか》でか哥《うた》など詠まん」と世間では沙汰する。爰《ここ》に、相模《さがみの》国小余綾《くにこゆるぎ》（湘南の大磯以西）の浦人にて、健気《けなげ》にも床《ゆか》しく生《お》い立ち、万《よろず》につけて志を深く抱く者があった。とりわけ歌の道を学びたく思う心が強く、何とかして都に上り、高貴の辺りに師事して教えを受けるならば、「花の蔭の山賤《やまがつ》（風雅を解する田舎人）よ」と人に言われる程には成り得んものと、心は一途に西（都）を指していた。「鶯《うぐひす》は田舎の谷の巣なりとも濁《だ》みたる声は鳴かぬと聞くを」（『山家集』下）という西行法師の歌を引合に出して、親に出立の許しを乞えば、親も「この頃は文明・享禄《きょうろく》の乱（十五世紀後半から十六世紀前半、応仁以来の戦乱）の名残にて、往来《ゆきき》の路が断《き》られ、便り悪《あ》しと聞く」などと言うて一度は諫《いさ》めてみたものの、「強《し》いて思い入りたる道にござるゆえ」と申して従わなかった。母親も、乱世の人なれば、鬼々しくは（無情では）なかったが、気丈なるところを見せて、「疾《と》く行きて、疾く帰りませ」とて、遂には諌めもせず、また別離《わかれ》を悲しむ体《てい》も見せず、出立させた。

数多《あまた》ある関所の過書文《かしょぶみ》（通行手形）を調え行けば、関々の咎めも受けず、近江国《おうみのくに》に至った。明日は都と思うて心が逸《はや》るせいか、宿を取り損ない、老曽《おいそ》（老蘇。安土の近辺）の杜《もり》の木隠《こがく》れに紛れ入り、道を踏み迷うてしまった。「今宵は此処《ここ》に」と覚悟を決め、せめて松が根の枕なりとも探さんものと、深く分け入れば、風に折られたとも見えぬに、大樹が朽ち倒れている。踏み越えはしたものの、「大樹の倒るるは天狗倒し」と聞くゆえ、流石《さすが》に安からぬ心地がして、暫《しば》し立ち煩うた。落葉や枯小枝《かれえだ》が道を埋め尽し、恰《あたか》も浅沼を渡るが如くにて、着衣の裾が濡れ濡れとして侘《わび》しい。

偶《ふ》と見れば、神の祠《ほこら》（地霊を祀る小社）が立って坐《おわ》した。軒は破れ毀《こわ》れ、御階《みはし》も崩れ、昇るべくもない。草が丈高く生《お》い茂り、いったいに苔生《こけむ》している。誰か昨夜《ゆうべ》に宿った跡であろうか、少し草を掻き払うた所があったので、枕はここにと定めた。背に負うた物を下ろし、心も静まってみると、今更ながら恐ろしさを覚えた。高く繁った木群《こむら》の隙《ひま》より、綺羅《きら》綺羅《きら》しき星の光が眺められるものの、月は宵の間《ま》にて早や影もなく（宵月夜）、降《お》りる露も冷やかである。されど、「この分なれば、明日の天気も頼もしからん」と独り言《ご》ちて、物を打ち敷き、眠りに就《つ》かんとした。

怪しや、その時、こちらに来る人があった。背《せい》高く、手に矛《ほこ》（儀式用の柄付きの両刃の剣）を取って来《きた》る姿は、道分《ちわき》（天孫の道案内）をしたという猿田彦《さるたひこ》（近世に天狗と混同された鼻高の衢《ちまた》の神）の神代さえ髣髴《ほうふつ》とさせる。後《あと》には、柿染の衣を肩に結び上げた修験《しゅげん》（修験者、山伏。ここでは天狗）が付き従い、金剛杖を突き鳴らしている。そのまた後には、白小袖を着た女房（巫女）が、糊の利いた赤き袴《はかま》の裾をはらはらと蹴り踏みながら歩み来る体《てい》、翳《かざ》した檜扇《ひおうぎ》の陰の、いたく人懐しげなる面《おもて》を見れば、何と白狐《びゃっこ》である。その後に従う、聊《いささ》か立《たち》居《い》の不束《ふつつか》（不調法）に見える童女《わらわめ》も、また狐である。さて、一同が社の前に立ち並ぶと、矛を持つ神人《かんびと》（神主）が中臣《なかおみ》（神事を司る氏族）の祝詞《のりと》を高らかに唱え始めた。夜は未《いま》だ深くは無いものの、宛《さなが》ら魎《こだま》が応えるようで凄じくも恐ろしい。この時、神殿の戸を荒々しく開け放って出《い》で来《きた》る者あり、見れば、頭髪《かしらがみ》が面《おもて》を覆う如くに乱れかかり、眼《まなこ》は一つにて爛々《らんらん》と輝き、口は耳の根まで切れ、鼻は有るやら無いやら在処《ありか》も知れない。白き打着《うちき》（袿）が鈍色《にびいろ》（鼠色）に煤《すす》けたものに、藤色の無紋の袴を着しているが、これは調達したばかりと見え、羽扇《はうちわ》を右手に持って佇《たたず》む様が恐ろしく見える。

時に、神人《かんびと》が進み出《い》で、「これなる修験は昨日筑石《つくし》（筑紫国）を出《い》で、山陽道を経て、都に在《あ》りしに、何某《なにがし》殿（愛宕山《あたごさん》の大天狗太郎坊を暗示するという）の御使して此処《ここ》を過ぐるに、一度《ひとたび》御目通りを賜わらんと申して、山苞《やまづと》（山の土産）の宍肉《ししむら》を油にて煮凝《にこ》らしたるもの、また出雲の松江の鱸《すずき》二尾、これは従う輩《やから》に獲《と》らせて、今朝都に着きたりとて、持《も》て参り候。早速に鮮《あざ》らけき（新鮮な）ところを鱠《なます》（細作りの刺身）に作りて奉る」と申し上げた。続いて修験者が、「都の何某《なにがし》殿には、吾嬬《あずま》の君（関東・陸奥の大天狗）に申し合する事あり、御使に参りまする。事（戦乱の類）起りても、御近き辺りまで騒がし奉る事は致させませぬ」と申し上げると、神は「此《こ》の国は無益《むやく》の湖水（琵琶湖）に狭《せば》められて、山の物も海の物も共に乏し。賜物、急ぎ調えよ、酒酌《く》まん」と仰せられた。これを承けて、童女《わらわめ》が立ち行き、御湯《みゆ》（湯立《ゆだて》の神事）を奉った竈《かまど》の毀《こわ》れて残る跡に、木の葉・小枝・小松・松笠などを掻き集めて火を焚き始めた。

軈《やが》て、めらめらと立ち昇る焔の明かりに、辺りが隈なく照らし出された。これを見た吾《あ》嬬《ずま》の男は、恐ろしさに、笠を打ち被《かず》き寝た振りをして、「如何《いか》になるべき命ぞ」と心も空に息を潜《ひそ》めていると、神が「酒を疾《と》く温めよ」と仰せつけている。猿と兎《うさぎ》が大いなる酒瓶《さかがめ》を棒にて差し担《にな》い、苦しげに歩み来たが、「疾く」と責められると、「肩弱くて……」などと言訳して畏《かしこ》まった。童女が事どもを執《と》り行い、大いなる土器《かわらけ》を七つ重ねて御前《おんまえ》に重たげに捧げ供えると、白狐の女房が酌を参らせる。童女が正木葛《まさきのかずら》（定家葛、白花藤。上古、神事に用いたという蔓性常緑植物）の襷《たすき》をかけ、火を焚き、物を温める様は如何《いか》にも実直《まめ》やかである。盃は上の四つを除《の》けて、五つ目を参らせる。なみなみと酒を注がせ、「旨し、旨し」と重ねて飲み、「修験よ、客人《まろうど》なれば」とて盃を取らせた。

神は暫し盃を重ねていたが、軈《やが》て吾嬬《あずま》の男に目をつけ、「あの松が根に枕して空寝《そらね》入《い》りしたる若き男を呼び、相手せよと言え」と仰せられた。狐の女房が「召します」と呼ぶゆえ、生きた心地もなく這《は》い出《い》でると、四つ目の土器《かわらけ》を取らせて、「飲め」と仰せられる。これを飲まねば如何《いか》なる目に遇うかと恐ろしく思われ、さほど酒は好まぬものの、一気に飲み干した。「宍肉《ししむら》、鱠《なます》、何《いず》れなりとも好む物を与えよ」と傍らの者に命じ、猶《なお》も言葉を継いで、「汝は都に出《い》でて、物を学ばんとや。四、五百年も前なれば、師とするに足る人も在《あ》りしものを、最早手遅れじゃ。斯様《かよう》に乱れたる世には、文《ふみ》読み、物知る事は流行《はや》らぬものと思え。高貴の人も、己が封食《ふうじき》の地（所領）を掠《かす》め奪われ、乏しさのあまり、「何の芸は吾が家に秘伝あり」などと偽りて職とする有様なれど、富豪の民も、また荒々しき武士《もののふ》も、これに欺かれ、幣白《へいはく》（進物の白絹）を積み並べて習う事、実《まこと》に愚かなり。すべて芸技（詩歌管絃蹴鞠の類）は、よき人（身分ある風雅の徒）が暇《いとま》を得て玩《もてあそ》ぶものにて、秘伝あるものにてはなし。上手《じょうず》と悪者《わろもの》（下手）のけじめは自ずと定めあり、親賢しと雖《いえど》も、その子必ずしも賢からず。まして、文書き歌詠む事は、己一人にて会得すべきもの、如何《いか》に教えを受くるとて上達は覚束《おぼつか》なきものじゃ。尤《もっと》も、事の始めに師につくは、これ、その道に入る無き手段《てだて》なり。道深く辿り行くには、我がさす枝折《しおり》（自ら作る道標）のほかに、学び習う術《すべ》は無きものと思え。吾嬬人《あずまびと》は心猛く夷心《えびすごころ》（田舎者）にして、素直なる者は愚直、賢《さか》しげなる者は佞け曲り《ねじ》（奸佞）、頼もしからずと雖も、国に帰りて、隠れ住む良き師を求め、心とせよ（見習うがよい）。自ら能《よ》く思い至りてこそ、己が業《わざ》と申すものじゃ。酒飲め、夜は冷ゆるぞ」と仰せられた。

時に、祠《ほこら》の後ろより法師が一人現れ出《い》で、「酒は戒（戒律）を破り易きと雖《いえど》も、また醒め易し。今宵は、一つ飲まん」と言って、神の左の座に胡座《あぐら》を高くかいて座した。面《おもて》は丸く平たく、目鼻の輪郭鮮やかにして、携えた大きな袋を右に置き、「土器《かわらけ》を、いざ持て」と命ずれば、狐の女房が取って差し上げる。軈《やが》て、この女房が扇を取り、「唐玉《からたま》や、唐玉や」と歌い出した。女らしい艶《つや》やかな声ながら、これもまた不気味なれば、法師が「おのれ（お前）が如何《いか》に扇を翳《かざ》して歌うとも、尾太く長き儘にては、誰《たれ》が袖を引こうぞ」といって窘《たしな》めた。

女房の歌を制すると、法師は吾嬬《あずま》の男を顧みて、「若き者よ、神の教えに従うて疾《と》く帰るがよい。山にも野にも盗人《ぬすびと》が立ち、たやすくは通さぬ世に、此処《ここ》まで来《き》たる事は、これ、優曇華《うどんげ》の花（「盲亀《もうき》の浮木《ふぼく》」と共に稀有なる事の譬《たとえ》）とも申すものじゃ。これなる修験《しゅげん》には、吾嬬に下るそうな、その衣の裾に取りつき、早う帰れ。「親あるうちは遠く遊ばず」という教え（『論語』里仁篇）は、吾嬬の人も知りたるべし」と諭《さと》して、盃を差した。法師らしく、「魚は臭し」とて、袋の中より大きなる蕪根《かぶらね》を干し固めた物を取り出して噛み始めたが、その面《おもて》つきは童顔なれば、これもまた懼《おそろ》しく見えた。爰《ここ》に、吾嬬の男は「誰方《どなた》の御心も同じ教えと伺いますれば、明日は都にと志しておりましたが、最早上りませぬ。御導《おんしるべ》に従《つ》きて、文を読み歌を学ばんと存じまする。小《こ》余綾《ゆるぎ》の蜑《あま》（漁夫。自分の事）も、これにて目指す道の枝折を得てござりまする」と申して喜んだ。聴て、土器《かわらけ》が幾廻《いくめぐ》りかした頃、誰やらが「夜も明くる頃にござりまする」と申し上げた。神人《かんびと》も酔うたものか、矛《ほこ》を取り直し、物申し（神の退場を願う祝詞という）の声を挙げたが、皺ぶる老人なれば、如何《いか》にも可笑《おか》しげに聞えた。

さて、修験者《しゆげんじや》が立ち上がり、「いざ、御暇《おいとま》を賜わらん」と金剛杖を取り、吾嬬の男を顧みて、「これに取りつけよ」と言った。神は羽扇《はうちわ》を取り直し、「一目連《いちもくれん》（隻眼を自称）が此《こ》処に在《あ》りて、空しく手を束《つか》ねて居らりょうか」と仰せられて、羽扇にて若き男を空に煽《あお》り上げた。これを見て、猿と兎が手を拍《う》って笑いに笑っている。修験者は梢に待ち居て、これを受け取り、脇に挟んで飛び翔《かけ》って行った。これを見て、法師が「あの男よ、あの男よ」と言って笑った。袋を取って背負い、低き足駄《あしだ》を履いて揺らめき立った様子は、何やらの絵（布袋《ほてい》を暗示するという）にて見た覚えがある。神人とこの僧は人間である。人ながら、妖怪と交わって魅せられる（惑わされる）事なく、また人を魅する事もなく、白髪となった今日まで齢《よわい》を重ねて来た。さて、夜も残る隈なく明け放れ、居合せた者は、各々《おのおの》森蔭の棲処《すみか》へと帰って行った。白狐の女房と童女《わらわめ》とは、神人に「此処に泊れ」と誘《いざな》われ、共に姿を消した。

この夜の事は、百年を生き延びた神人が日並《ひなみ》（日課）の手習をした物の中に書き遺されていた。墨の色も黒々と、直々《すぐすぐ》しく（生真面目に野暮ったく）認《したた》められた文は、誰が見ると も読み得ぬ体《てい》にて、文字のやつしい（崩し方）も大方誤っているが、己自身は「能《よ》く書きたり」と思っていたに違いない。

（十巻本の五）

＊『反古《ほご》のうらがき』——鈴木桃野《とうや》

怪談

段成式《だんせいしき》の『酉陽雑俎《ゆうようざつそ》』（中国唐代の一大博物誌にして奇談集。九世紀成立）に、朱盤《しゅばん》という怪物の事が載っているが、極めて恐ろしき物語である。正徳頃《しょうとく》（一七一〇年代前半）の僧何某《なにがし》がこの物語を吾国《わがくに》の事に作り変えて「諏訪の朱の盤坊」となし（一六七七年刊『諸国百物語』か）、また何某の『化生物語』という書にみえる武州《ぶしゅう》浅草の堂に出る化物も朱盤を本《もと》として書いたものである。されば怪談の妄言も、人に勝《すぐ》れたる才智の持主でなければ、世の人が恐ろしいと思う程には作り難いと申すべきである。予《よ》（鈴木桃野）が少年の頃、何某が話してくれた怪は、大いに人の意表に出《い》でて、恐ろしく思われる所があった。

何時《いつ》の世の頃か、一国を領する太守《たいしゅ》（大名）があった。その奥向きに仕える者に、二八《にはち》

（十六歳）ばかりの少女が二人あった。何《いず》れも容儀（容貌）は世に勝れて美しく、太守の慈しみも深かった。一人は金弥《きんや》、一人は銀弥《ぎんや》と呼ばれていた。甚《はなは》だ仲睦まじく、坐《すわ》る時も臥せる時も常に一緒であった。或る時、金弥が病を得て、父母の家に下がった。遠方ゆえ消息もなく過ぎたが、二ヶ月ばかり経た頃に、「早や快くなりぬ」とて、再び出仕して来た。銀弥の喜びは申すまでもなく、以前に変らず睦み合った。

「かかる宮仕えの道は、人に悪《にく》まれ嫉《そね》まるる事も多きゆえ、心に苦しき事の絶えぬは常の習いなれど、吾ら二人、よき友を得て、実《まこと》の姉妹の如し。至らぬところは互いに気をつけて宮仕え致すゆえ、指さす人も無く、何につけても二人一体の如く睦み居れば、自ずと便りよく心も安く侍《はべ》るは、実《まこと》に嬉しきこと……」などと語り合い、常に挙措《きよそ》を計り合《お》うて片時《かたとき》も離れる事なく、夜も一つの衾《ふすま》（夜具）に臥し、厠《かわや》へさえも打ち連れて行くほどであった。

かくして半年ばかりが過ぎ、秋の末となった。その日も共に主の御前を退き、同じ臥処《ふしど》に入ったが、夜更《よふけ》に至り、常の如く呼び連れ、燈火《ともしび》を掲げて厠に行った。金弥がまず先に入ったが、如何《いかが》したものか、時が移っても出て来ない。いたく待ち侘び、何心なく戸の隙間より窺い見れば、これは如何《いか》に、金弥は面《おもて》を朱の色に染め、眼《まなこ》を瞠《みは》り牙を噛み合せ、左右の手に火の塊《まろかせ》を二つまで持ち、手玉を取るように投げ上げているではないか。火の玉の光が厠の内に満ち、朱の如き面《おもて》に照り映える様は、如何《いか》なる物怪《もののけ》が遊ぶのか、二目と見られぬ恐ろしさである。

銀弥はその性《さが》沈着なれば、「日頃、斯程《かほど》に親しき者が、仮令《たとい》怪物なりとも、あからさまに人に告げて、これまでの親睦《むつみ》を無にせんも如何《いかが》、ただ知らず顔にて済ますに如《し》かず」と思い、恐ろしさを耐え忍んで、元の所に立って待った。稍《やや》あって、金弥は何ら変った気色《けしき》もなく厠より出《い》で来た。にこやかなる面持《おももち》にて、「いつになく御待たせ致し、申訳もござりませぬ」などと謝り、代って燈火を持ち、外に立った。銀弥も、恐れる様は色にも出《い》ださず、後に入って用を済ませ、不本意ながらも打ち連れて臥処に戻った。「つらつら思うに、かかる怪しき人とは知らず、これまで深く睦み来《きた》れば、今更に立ち離れて別々に臥さんと申すも心なく、また怪しまれん。さりとて、かかる恐ろしき人と、これまでの如く一つ衾に臥さん事、如何《いか》でか堪《こら》え果つべき。如何《いか》なる因果の報い来て、かくも苦しく、口にも出《い》だし難く人にも諮《はか》り難き次第とは成りゆく事ぞ」と思えば涙が零《こぼ》れた。それを忍び忍びに押し隠していたが、一向に寝つかれず、快く眠った振りをするのも、また苦痛であった。折々に目を開いて窺えば、金弥は常よりも心地よげに眠っており、その様子は普段と聊《いささ》かも変らなかった。

さて一夜明ければ、また打ち連れて御前に出仕したものの、銀弥は心中に千々《ちぢ》の思いが交錯して浮き立つ事も無かった。それを悟られまいとして、立居振舞も常より楽しげにと努め、また夜には、共に厠に行きはしたものの、この度は覗き見る事もせず、臥処に戻り、寝もやらず明けるのを待った。かくして日《ひ》数《かず》を過せば、疲れ果て、顔の色また飲食《おんじき》の様も常ならぬ体《てい》とはなった。金弥は驚いた様子で、「如何《いかが》せん」と様々に心を尽し、或いは薬を与え、また神仏を祈るなど、まめやかに世話を焼く。銀弥は愈々《いよいよ》恐ろしく、「聊《いささ》かなりとも傍を離れる事を得なば、心も少しは落ち着かんものを」と思うものの、殊に心を尽して付添う体《てい》ゆえ、これも叶わず、追々思いの病を煩うに至った。時に、その様を見て金弥が、「病の困《こう》じ給《たも》う様は、物思いによるものと拝されまする。このほど、何か御覧になられたのではありませぬか」と尋ねたので、扨《さて》は気取《けど》られたかと思ったものの色には出《い》ださず、「左様の事は心に覚えもござりませぬ」と答えて、その場は事なきを得た。銀弥は「前《さき》の夜の事は、若《も》しや吾が目の迷いにては」と思い迷っていたが、今、金弥の問う様を見れば、向うも覚えある事と推され、愈々物怪《もののけ》に疑いないと思われた。少しも早く病を言い立てて父母の許《もと》へ帰るに如《し》かずと思い決めたが、この事は心に秘めて他人には洩らすまいと思い、ただ病の趣を文に認《したた》めて父母の許に言い遣った。

かくするうちに、金弥は夜も寝ずに看取《みと》りなどして、また前の如く「何か御覧では」と問うたが、前と同じように答えると、それなりに止んだ。その後《のち》は、日のうちに幾度となく問うようになり、その時ばかりは銀弥も顔色が少し変るように自覚され、最早怺《こら》え果《おお》せぬかと思われた。病が募るにつれて、問う事も愈々頻繁になり、遂には生ける心地も無く、物怪に囚われたかの如く覚えて、今は命も限りかと思われた。

父母は、娘が病の趣と聞くや、医師《くすし》を送り修験者《しゅげんじゃ》を乞うなど、様々に手を尽した。まず家にて護摩《ごま》を焚き祈禱を凝らしたところ、修験者が「これは物怪《もののけ》が憑《つ》きたるに疑いなく、甚だ危うくござる。この日の夕暮時まで命を免《まぬか》れなば、また致すべき法もあるべく存ずるが、それまでの所が心許《こころもと》のう存ぜらるる。早々に呼び取り、我が傍に置き給え」と進言した。父母は大いに驚き、まず銀弥の伯母《おば》なる人の方《かた》へ人を走らせて呼び迎え、右の趣を説き示せば、伯母も大いに驚き、「これより参るべし」とて、駕籠《かご》を急かせ《せ》て走り出《い》でた。伯母の夫は武士《もののふ》ゆえ、この人にも頼んで赴いて貰った。遠からぬ所なれば、その日の未《ひつじ》の時ばかり（午後二時頃）に行き着き、直にこの由を太守に申し上げ、駕籠に打ち乗せた。その時、金弥は傍よりまめやかに手伝い、「風に当り給うな、駕籠に揺られ給うな」などと労《いたわ》り、また別れの悲しさを語って泣き崩れるなど、恰《あたか》も実《まこと》の姉妹の如き振舞を見せた。扨《さて》、太守の館の門《かど》を出ると等しく、伯母が修験者の申した事を語り聞かせたところ、銀弥も驚き、「扨は左様にござりまするか。心に誓い他人《ひと》には洩らすまいと思うておりましたが、かく神の告《つげ》ありて、修験の言葉に明らかなれば、裏《つつ》むに由なき事、先ほどの金弥こそ物怪にござりまする。その訣《わけ》は然々《しかじか》……」と打ち明けた。かくて道を早めて急ぐ程に、早や申《さる》の刻下がり（午後四〜五時頃）となった。何やら空も曇り、時刻よりも早く薄暗くなる気配にて、人里の家居《いえい》も疎《まば》らになりゆく所に差しかかった。最早家も近しとて、付添う者の心地も少し落ち着きかけた折しも、俄《にわか》に駕籠の内より魂消《たまぎ》るばかりの声が聞えた。「此《こ》は如何《いか》に」と駕籠の垂れを引き上げて見れば、銀弥は仰《あお》のけに反《そ》り返り、面《つら》の皮が一重《ひと》剝《え》き取《む》られ、目鼻も判らぬ様にて息絶えていた。伯母夫婦は驚き、「此《こ》は口惜《くちお》し」と悔やめども甲斐なく、そのまま家に運び行き、父母にも修験者にも、途中に在《あ》りし事、物怪《もののけ》の業《わざ》なる事を語り、直に太守にもこの由を訴えた。

太守に於かれては、「不思議の事なり」とて、金弥を捜させたが、早や行方が知れなかった。母の許《もと》へ使を出して尋ねさせたところ、「里に下がりて後《のち》、二月《ふたつき》ばかりにして果敢《はか》なく世を去りしゆえ、その後《のち》に宮仕えなど致す筈もござりませぬ」との事なれば、「愈々《いよいよ》不思議の妖怪ぞ」と人々は恐れ合った。金弥の病も実《まこと》は妖怪の仕業《しわざ》であったか、または金弥の霊気が妖怪と化したものか、その事は知り難かったという。

（巻之三の六）

*〔附録〕——平秩東作《へずつとうさく》・編

夷歌百鬼夜狂《ひなうたひやつきやきよう》

百物語戯歌の式

一、歌員百首、出座の人数に分かつ。たとえ歌多く詠み得たる人ありとも、一度一首を記し、序を守りて順行すべき事。

一、北の屋の隅に燈台を設《もう》く。青紙の覆いを掛くべし。大きなる皿に燈心百筋を入れ、一首を記し、一筋を減らすべき事。

一、文台一つ、燈の左に置く。硯《すずり》、料紙、傍らに鉦鼓一つを置く。歌を記し終えて後、鉦を打つべき事。

一、居間より北の屋へ通う道に燈を置くべからず。あるいは物の陰に隠れて人を脅し怪しき形など作り置く事禁制たるべき事。

一、居間にて雑談高声すべからず。酒肴を儲《もう》くといえども、重盃すべからざる事。

一、百首に当りたる人は燈を消ち果てて後、障子襖《ふすま》を突き揺るがして、化物殿に見参《げんざう》中そうよと言うて踊るべき事。

一、妖怪は日の出《い》でて後、隠るる理《ことわり》なり。因《よ》りて卯《う》の時（午前六時頃）前に退散すべし。夜明けば披講は後日たるべき事。

右、七箇条の趣、かたく守るべし。若《も》し違背の人は、過怠として酒一升連中へ出《い》だすべきものなり。

天明五年乙巳《きのとみ》十月十四日　　　　催主　蔦唐丸《つたのからまる》

見越入道

さかさまに月も睨むと見ゆるかな野寺の松の見越《みこし》入道　　　平秩東作《へづつとうさく》

雪女

白粉《おしろい》に優りて白き雪女いづれ化《け》しやうの者とこそ見れ

紀《きの》　定丸《さだまる》

人魂

はれやらぬ妄執の雲の迷ひより憂き世に跡を曳ける人魂

唐来参和《たうらいさんな》

女の首

首ばかり出《い》だす女の髪の毛によればつめたき象の挿櫛《さしぐし》

四《よ》方赤良《ものあから》

離魂病

目の前に二ツの姿あらはすは水にも月の影のわづらひ

宿屋飯盛《やどやのめしもり》

うしろ髪

美しき顔に乱せし後ろ髪ながきためしに引かれてぞ行く

山東京伝

山男

腰抜けてたつきも知らぬ山男さては我が名を呼子鳥《よぶことり》かと

算木《さんぎ》有政《ありまさ》

切禿

振り向けば廊下に立ちし切禿《きりかむろ》ひそひそ声のしにんすといふ

今田《いまだ》部屋《へや》住《ずみ》

長髪

長髪《ながかみ》の女の姿は川柳《かはやなぎ》どろどろどろに裾や引きずる

頭《つむりの》　光《ひかる》

鬼

あばらやに生《お》ふてふ鬼の醜草《しこぐさ》はその丈五丈ばかりなりけり

馬場金埒《ばばのきんらち》

山姥

金平《きんぴら》が母とは誰《たれ》もしら雪の山また山をめぐる足から

大屋裏住《おほやのうらずみ》

逆柱

むかし誰《たれ》さかさ柱を立て置きて肝をひつくり返させにけん

鹿都部真顔《しかつべのまがほ》

毛女郎

夜更けては凄き縄手の長雨も振り向く顔の毛女郎かな

土師掻安《はじのかきやす》

楠亡霊

楠もけものの声の妄念は七ツかしらの丑三《うしみつ》のころ

問屋酒船《とんやのさかふね》

小袖の手

小袖からまたも手の出る虫干は利をうらみたる質の文売

高利刈主《かうりのかりぬし》

魔風

こがらしの吹き飛ばしたる軒瓦鬼も敵《かな》はぬ天狗風かな

東作

せうけら

せうけらは冥途におちよ半兵衛と宵庚申《よひがうしん》にゆり起すかも

定丸

殺生石　　光

ばけの皮の玉藻を狐いただいて櫛笄《くしかうがい》となすの原かも

さとり　　参和

その顔は三六さつて猿眼《さるまなこ》これや四相《しさう》をさとりなるらん

鬼女　　赤良

内心の如夜叉《によやしや》の思ひあらはれて怪しきものの外面《げめん》にぼさつ

油なめ　　飯盛

行燈の油なめてふ化物のはつと消えたるももんかはらけ

三目入道　　京伝

日月《じつげつ》のたとふ眼《まなこ》のみつあればひとつは星の入《い》りしなるべし

片輪車　　東作

遠くなきまた近くなく引汐のかたわ車もこは小夜千鳥《さよちどり》

古寺　　裏住

燈明の消えかかる夜は玉の緒の絶ゆる間もなく雨のふる寺

天井の手　　真顔

三浦屋の格天井《がうてんじやう》と名に高くとんだ手を出す怖い傾城《けいせい》

船幽霊

面色も青海原に浮かみしは船《ふな》幽霊を言ひに出でしか　有政

壁座頭

借銭は化物よりもおそろしき強《こは》催促の壁座頭《かべざとう》かな　掻安

大魔が時

物すごき大魔《おほま》が時をうつしみる障子にせいの高い夕月　部屋住

おいてけ堀

凄じき月に老女の気配して師走の霜をおいていけ堀　東作

だかれ小僧

たらちねに先立ちゆきし幼な子の罪の重さはいだきてぞ知る　定丸

むじな

丑みつに吹きくる風のおとづれは寝入り狢《むじな》の目や覚ますらん　京伝

姥が火

姥《うば》が火に恐れて年やよりにけん歯の根も合はず腰もたたぬは　真顔

牛鬼

もうもうと暗き闇路を牛鬼《うしおに》の夜毎に通ひくるまおそろし　参和

肉吸

傘《からかさ》のあばら骨のみ残りけりあらにくすひの夜の嵐や　光

龍燈

浅草の庵《いほ》かあらぬか龍燈のかげもすみだの川にぼんぼり　赤良

牡丹燈籠

通ひくる牡丹燈籠に戯《たは》れ男《を》は夜な夜なことに落つるししあひ　有政

川獺

雨の夜の案山子《かかし》と見ゆる姿には身の毛もぞつとよだつ川獺《かはうそ》　部屋住

札へがし

子おろしの女房と見えて辻門《つじかど》のこの世の札をへがしぬるかな　裏住

木だま

山々はみな落葉するその中にこだまの声はまだかれもせず　飯盛

髪切

襟元にぞつと夜風の雪隠《せつちん》は怖いと手からおとしかみ切　酒船

帯取が池

利上げせし質物《しちもつ》なるかいつまでも流れもやらぬ帯とりが池　掻安

おさかべ
おさかべは幾歳へたる香炉峰《かうろほう》すだれを上ぐる雪のふる城　東作

山鳥
山鳥のおろかな人を化かしてや独り寝《ぬ》る夜の伽《とぎ》にかもする　金埒

狒々
足にまで物をつかめる狒々《ひひ》の身は悪い手癖やいまにやまざる　定丸

死ね〳〵榎
行く人を死ねとすすむる古榎《ふるえのき》これや冥途の一里塚かも　参和

猪熊
草摺《くさずり》を咥《くは》へて空へいかのぼりいと目も凄く見ゆる猪熊《ゐのくま》　光

戸隠山
維茂《これもち》の色は鬼より紅葉《もみぢ》よりあかきや酒の戸がくしの山　飯盛

戻り橋
たをやかな柳の裏のいつつぎぬ化かさるるとも立ち戻り橋　東作

古戦場
いせ武者の思ひか宇治の古戦場血烟《ちけむり》立ちて見ゆる緋《ひ》をどし　京伝

土蜘　　真顔
ある時は女郎ともなりて土蜘《つちぐも》のいとしと人をかけにけるかな

安達原　　播安
妖怪とこれもや言はん鬼百合の安達原《あだちがはら》に立てる姿は

猫また　　酒船
猫またの姿と見しは迷ひからこちらの胸の踊るなりけり

海坊主　　赤良
湯銭とはいへども深い海坊主成仏してや浮かみいづらん

ものゝけ　　参和
物怪は葵《あふひ》の上のわざならん加茂の車の争ひの後《のち》

骸骨　　東作
しやれ顱《かうべ》鳥のほぢくる跡みれば何事置いても南無阿弥陀仏

羅生門　　定丸
井戸替へをなせるばかりに茨木《いばらき》も渡辺の綱を引いたり引いたり

一ツ目小僧　　光
雨ふりてふり出《い》だしたる一ツ目の小僧はろくろ首のうら目か

化物屋敷

維茂の身では猶更《なほさら》ころさるる化《け》しやう屋敷か大門《おほもん》の内　裏住

うぶめ

子と見せて石を抱かする産女《うぶめ》こそ誰《た》が目をかけし思ひものなる　参和

実方雀

恨めしき胸のほむらに焼く鳥は実方《さねかた》すずめ物の怪《け》を引く　京伝

大あたま

大頭これはかさごの魚《うを》なれや出《い》づればさつとなまぐさき風　飯盛

火車

逃げ足を追ひ来る火車《くわしや》にとられじと己《おのれ》とびてや股をさくらん　真顔

一寸法師

化物の一寸法師は狩人かうちしはなしの種が島かも　掻安

生霊

覚えある胸には釘を打たれしとおもふきゆゑか傷《いた》むふしぶし　酒船

死霊

いつまでもかさねが恨みきぬ川の水に浮かべる流れ灌頂《くわんちやう》　掻安

大入道　光

住む穴も大広袖《おほひろそで》の入道か名には負はざるなまぐさき風

四隅小僧　飯盛

碁に更けし月のよすみの化け小僧どう数へても合はぬ目算

元興寺　東作

童《わらべ》さへ今はかしこくなら坂やこの手でいかぬ顔の元興寺《ぐわんごうじ》

化地蔵　定丸

怪しみを見する地蔵は六道《りくだう》の能化《のうけ》の文字をあらはせしかも

枕返し　参和

しんしんと物凄き夜のともし火も消えて枕を返さるるなり

迷ひの金　赤良

みな人の迷ひの種となりいでし黄金《こがね》のつるのあなうたてさよ

光物　京伝

なまぐさき風の吹き来る闇の夜に光物すは魚《うを》の鱗《こけ》かも

轆轤首　真顔

窓の戸のすきと信ぜぬろくろ首抜け出る嘘を誰《た》が伝へけん

犬神

祭られて位つきにし犬神はいたくも人を悩ませやする　酒船

のつぺらぼう

武蔵野ののつぺらぼうは捕《つか》まへて話にさへもならぬ逃げ水　飯盛

蜃気楼

蛤《はまぐり》の柱や寄せて立てぬらん工手間《くでま》を見るもああしんき楼　東作

幽霊

年もまだ半ばに果てし幽霊か腰より下の見えぬすがたは　定丸

青女房

物すごき風吹く原の古《ふる》御所に生《お》ひ立つ草の青女房かな　擡安

青鷺

色かへぬ松にたぐへん青鷺《あをさぎ》のさも物凄く塀を見越すは　京伝

越中立山

魂《たま》返す薬の出《い》づる国なれば亡き人に会ふ越《こし》の立山《たてやま》　光

狸

冬がれて荒れたる野辺のはらつづみこれや狸の化けのかは音　参和

蛇児

長くなり短くなりて見込まれし児《ちご》を蛇ともしらで待つらん　真顔

逆幽霊

幽霊も死出《しで》の山路のさかだちは娑婆へひつくりかへりたしかや　酒船

鵺

さる程に尾はくちなはの長ばなし鵺《ぬえ》も変化《へんげ》の出るとらの時　東作

八幡しらず

このあたり所定かにしらま弓八幡《やはた》の森へ入りてなければ　参和

皿屋敷

ひと二ツ三ツ夜も更けて七ツ八ツ九ツわつと呼ぶ皿の数　光

古椿

風吹けば己《おのれ》と首をふる椿葉さへまだらに見えておそろし　定丸

雨降小僧

提げてゆく豆腐《おかべ》の雨のふり返り睨む眼《まなこ》は丸盆のごと　飯盛

なめ女

大方の恐ろしなどは甘口に消えかへらするなめ女かな　真顔

あやかし　　光

ぬいてかすそこきみ悪き柄杓《ひしやく》さへあぶなき玉か舟のあやかし

白児　　東作

幼しと思ふ間に身は化けにけりかしらの雪もわれはしら児《ちご》

天狗　　掻安

どつと笑ふ嵐の声にくらま山木《こ》の葉天狗の皆ちりにける

文福茶釜　　酒船

文福《ぶんぶく》の茶釜に化毛《ばけ》の生《は》へたるは上手の手から水のもりん寺

生贅　　真顔

これやこの臆病神の御手洗《みたらし》かいけにへよりも色の青きは

芭蕉の精　　定丸

物すごき形を見する芭蕉葉《は》も霜には消えて失せぬべらなり

大座頭　　光

身の丈も高き利息の座頭《ざとう》の坊金《かね》のたたりのおそろしきかな

釿ぼろ　　真顔

立ちよりて打てばひらりと釿《かんな》ぼろ怪しく肝を削るものかな

古井戸
筒井筒ゐづつの中にあらがねの土の羊や生《お》ひにけらしも
赤良

高砂松
狸にはあらぬふぐりの広がりて松の夫婦は化けさうな歳
酒船

金魂
化物の置土産かや金魂《かなだま》を千両つめし箱根山ほど
部屋住

寄化物祝（跋）
赫《くわつ》と開く大《だい》の眼《まなこ》にかかる世の千代の栄《さかえ》や見越入道
唐衣橘洲《からころもきつしう》

解題

須永朝彦

奇談と怪談は、どう違うのか。恐らく明確な答は誰にも出せまいと思う。この二つの語から「談」の字を切り取ってしまえば、「奇」と「怪」は「待ってました」と忽《たちま》ち結び合って「奇怪」「怪奇」の熟語に変身し、すなわち「奇」と「怪」の二字は暹羅《シャム》双生児のごときものだと思わしめる。

たゞ「怪談」の語はその誕生が江戸時代初期三代将軍の世とほゞ確定視されており、話を近世に限ると「奇談」との区別が付けやすい。「奇談」の語の誕生時はよくわからないが、「奇聞」「綺談」などと共に「怪談」よりは古そうである。

「奇談」の源流を求めれば、古来の神話・史書・軍記、また『日本霊異記《りょういき》』に始まる説話集の中にその祖型が数多《あまた》あり、その中には後世の怪談めいた話柄も見出だせるだろう。武家勢力が勃興する中世には、貴族や僧侶が担ってきた説話集の編纂が激減する。と申しても、説話＝奇談に対する興味が失われたわけでもない。足利将軍家、また有力な戦国大名が〈お伽衆《とぎしゅう》〉という者を抱えるようになり、彼らは主君の徒然《つれづれ》を慰めるため、常に興趣豊かな「雑談《ぞうだん》」を集めて提供したのである。この珍しい話題に対する関心は都市の庶民にまで拡がり、戦国末には「雑談」の集成が図られ、出版が事業として成立する近世初期には、出版物のジャンルらしきものも徐々に定められ、「奇談」と「怪談」の棲み分けも自ずと瞭然としてくる。

まず「奇談」は所謂随聞手抄《いわゆるずいもんしゅしょう》の類にて、飽くまでも見聞に基づくもの。これに対して「怪談」は、実話に取材したものもあろうが、創作意識を以て書かれたもの。つまり、「奇談」は今日言うところの「随筆・エッセー」、「怪談」は「物語・小説」と捉えて話を進めるのが最も簡明であろうと考える次第。詳しくは夫々《それぞれ》の項にて尽くしたい。

〈奇談〉

戦国末期から顕著になる「聞くに値する新たな話＝雑談」の集成は、太平の世の訪れとともに一気に加速される。戦国以来の雑談の中で特に好まれたのが笑話と怪異譚であり、やがて笑話集（『きのふはけふの物語』『醒睡笑《せいすいしょう》』など）や怪異譚集の出版が盛んになる。怪異譚は、所謂見聞談の他に中国渡来の志怪・伝奇の飜案など虚構を混じえたものも試みられて、一つの大きな流れを成すに至り、文芸としての〈怪談〉が成立する。怪談については後述する。こゝには見聞奇談と目されるものを、主に随筆書より拾うこととした。江戸時代の随筆と申すものは、研究・考証・論評・抄書のごときものから地誌・紀行文・見聞録・述懐録・諸芸指南書・趣味手引書に至るまで実に多岐に亙《わた》っている。特に寛政期（十八世紀末）以後は執筆も出版も愈々《いよいよ》盛んになったごとくで、それは、燕石《えんせき》十種（正・続・新）・温知叢書・随筆大観・日本随筆全集・随筆文学選集（正・続）・未刊随筆百種・随筆百花苑・日本随筆大成（正・続）等々、近代以降に集成された叢書の膨大さを見れば頷かれるであろう。これら全てに目を通しているわけでは無論ないが、これまで管見に入ったものの中から妙味を覚える見聞奇談の一端をこゝに撰んで訳出した。

一五九六年頃（豊臣秀吉の治世）までの成立という『**義残後覚**《ぎざんこうかく》』は戦国の世の多様な話題を集成した雑談集である。果進《かしん》（果心）居士については様々な伝説が残されているが、現存するものの中では『義残後覚』所載の一篇が最も古い。他にはこゝに載せた『**醍醐**《だいご》**随筆**』（一六七〇年）の記事をはじめ、『玉箒木《たまははき》』や『武家雑談集』などにも記事が見える。黒川道祐《どうゆう》の『遠碧軒記《えんぺきけんき》』（一六七五年）にも「くはしん居士は大和の者にて、桑山丹後守在所のものなり。幼少にて高野に住す、天性術を得たり、形を徳利の内へ入、また大塔へ縄をうちかけて上る、これより山を追出方々術をしてありく也」という短い記事があり、その記す所は書によって区々《まちまち》で、まさに幻術師の面目躍如の観がある。伝存する文献を基にして司馬遼太郎が短篇『果心居士の幻術』を書いている。

井原西鶴（一六四二～九三）には複数作者説などが付き纏《まと》うが、何と申しても大作者であり、文体の趣が格段に優れている。ただし、俳諧仕込の省略法が駆使されているから、訳出に際しては苦闘を強いられた。序文に「人はばけもの、世にない物はなし」と記す『**西鶴諸国はなし**』（『大下馬』『近年諸国咄』。貞享二年）は怪談書として扱うべきだが、こゝに載せた二篇は奇談の風が濃い。『**男色大鑑**《なんしよくおおかがみ》』（一六八七年）は好色本（浮世草子）ではあるが、一名を『本朝若風俗』と称するごとく、一応見聞に基づいている。若衆《わかしゆ》人形と申すものについては柳亭種彦の『還魂紙料《かんこんしりよう》』に図を掲げての考証がある。

三坂春編《はるよし》の『**老媼茶話**《ろうおうさわ》』（一七四二年）は写本で伝わった奇談集だが、著者が会津藩士ゆえ、会津地方の話が多数を占める。泉鏡花が愛読して創作の取材源としたことは夙《つと》に知られており、こゝに載せた「猪苗代の化物」「播州姫路城」は『天守物語』の粉本、「沼沢の怪」は『龍潭譚《りゆうたんだん》』の粉本である。

菊岡沾涼《きくおかせんりよう》の『**諸国里**《り》**人**《じん》**談**』（一七四三年）は奇聞録と名所記を兼ねたような地誌で、話題はほゞ本州全土に及ぶ。

『**新著聞集**《ちよもんじゆう》』（一七四九年）は紀州侯徳川宗将《むねのぶ》の命を受けて臣下の神谷《かみや》養勇軒《ようゆうけん》が編んだもので紀州藩の蔵版という。「怪しの若衆」は小泉八雲の『怪談』集中の「茶碗の中」の粉本である。「成瀬隼人正の念力」以下九篇は第十三・往生篇に収められた〈奇跡譚〉。

『裏見寒話』（一七五二年）は甲斐一国の見聞地誌。「柳の精」に綴られる善光寺棟木《むなぎ》の由来は、浄瑠璃『祇園女御九重錦』（現行外題は『卅三間堂棟由来』）に語られる三十三間堂の縁起に酷似する（ただし浄瑠璃の柳の精は女）。

『煙霞綺談』《えんか》（一七七三年）は無間の鐘や夜啼石など三河・遠江の巷談を集めたもの。京都の医家 橘 南谿《たちばななんけい》の**『東遊記』『西遊記』**（一七九五年）は広く読まれた紀行文で奇談の登載が多く、山東京伝《さんとうきょうでん》などは読本執筆に際してこの書や『諸国里人談』などを専ら参照している。「不食病」は、この話を齎《もたら》した百井塘雨《ももいとうう》も自著**『笈 埃随筆』**《きゆうあい》（一七九〇年頃、版本無し）に「奇病」として載せているが、南谿の筆の方に精彩がある。奇談を多く載せる**『北窓瑣談』**《ほくそうさだん》（一八二九年）は南谿没後の出版。

『異説まち〳〵』は、秀吉治世以来の大名たちの逸話、近世初期版行の書物についての論評、各地異聞の報告など、話題が多岐に亙っており、舌鋒の鋭さも窺える。写本で伝わり、昭和の初めに活字化されている。

『譚海』《たんかい》は江戸の歌人津村淙庵《そうあん》（正恭）が二十年に亙って書き留《とど》めた随聞手抄《ずいもんしゅしょう》の典型的なるものにて、話題は多岐に亙って面白いが、難を申せばや〻精緻さに欠けるところがある。寛政七年（一七九五）の跋あり、写本で伝わった。

著者不詳、写本にて伝わった**『梅翁随筆』**は寛政年間の見聞巷談が多くを占めており、狐・狸・野ぶすま・天狗など怪しき振舞をなすものの話題も目につく。

半陰陽《ふたなり》七話は国書刊行会版《書物の王国》9『両性具有』の巻に訳し下ろしたもの。異形に対する物見高さはいつの世も同じだとみえて、現代に至るも所謂「ふたなり」に関する理解は殆《ほとん》ど深まっていない。それは新井祥の自伝的コミックス『性別が、ない！』――両性具有の物語』などを読めば明らかである。

『**雲根志《うんこんし》**』（一七七三年、後編一七七九年、三編一八〇一年）中の二十篇は国書刊行会版《書物の王国》6『鉱物』の巻に訳し下ろしたもの。木内石亭は一生を奇石の蒐集《しゅうしゅう》に捧げた近江の人、その事績が秋里籬島の『東海道名所図会』などに載せられたので日本中の人の知るところとなった。『耳嚢』の著者も「石中蟄龍の事」と題して石亭の一逸話を伝えている。石亭の詳しい伝記に斎藤忠の『木内石亭』（吉川弘文館版・人物叢書97）がある。

根岸鎮衛《やすもり》の『**耳嚢《みみぶくろ》**』（十八世紀末〜十九世紀初頭の成立という）は、標題の示す通り耳に入った巷説奇談の類を片端から記し留めたもので、その数は十巻一千話に達する。著者は幕臣で執筆当時は江戸南町奉行の職に在った（講釈の「根岸政談」のモデル）。分量では後代の松浦《まつら》藩主静山《せいざん》公の『甲子夜話《かっしやわ》』に及ばぬものの、面白さでは引けを取らない。「妖怪三本《さんもと》五郎左衛門」は、平田篤胤《あつたね》が写し遺した『稲生物怪録《いのうもののけろく》』の奇談。「小はだの小平治」は当時知られた巷説ながら、どうやら京伝の読本『安積沼《あさかのぬま》』より古い文献は見当たらぬようである。山崎美成《よししげ》の『海録』巻三の四九条には、や、異なる記事が見える。

『**半日閑話**』『**一話一言**』の著者大田南畝《なんぽ》（蜀山人《しょくさんじん》）は、天明から文政にかけて江戸文壇の中枢に位置した大家で、やはり幕臣であった。

『北国《ほっこく》奇談巡杖記《じゅんじょうき》』(一八〇七年) は加賀金沢の俳人綿屋《わたや》北巠 (北茎とも) が北陸各地を遊歴して捜《たず》ね記した見聞地誌。話題は堀麦水《ばくすい》の『三州奇談』よりは穏やかなようである。

『奥州波奈志《ばなし》』(一八一八年) は当時珍しい巾幗者流《きんかくしゃりゅう》の筆に成る陸奥《みちのく》の奇談集、只野真葛《ただのまくず》(綾子) は江戸から仙台へ嫁した人。永井路子に『葛の葉抄』と題する伝記小説がある。

『兎園《とえん》小説』は一種の回覧同人誌と申すべく、大槻如電《おおつきじょでん》(文彦の兄) 曰《いわ》く「滝沢馬琴、山崎北峯 (美成) 等の発意にて、文政八年 (一八二五) 乙酉《きのととり》のとし、同好の諸子と謀《はか》り、毎月一回互《たがい》に奇事異聞を書記《かきしる》し来《きた》りて披講——」云々。会員は十二人であった。「うつろ舟の女」が今日では集中最も人気の高い話題となっている。

『中陵《ちゅうりょう》漫録』(一八二六年) の話題は広汎に亙るが、著者の佐藤成裕《しげひろ》は本草家《ほんぞうか》で全国を廻ったというだけに、流石《さすが》に観察眼が鋭い。

怪獣三題は国書刊行会版《書物の王国》17『怪物』の巻に訳し下ろしたもの。江戸の随筆には正体の定かならぬ怪しき獣の話題を採り上げたものが幾つもあるが、中でも最も見当がつけにくい〈黒眚《しい》〉について記した三篇を撰んで訳出した。

『巷街贅説《こうがいぜいせつ》』は巷説を編年体で収録したもので、その期間は幕末の六十七年間 (一七九一~一八五七) に亙る。「転生奇聞」は平田篤胤宅における対面記事である。篤胤は勝五郎の事を国学者 (身分は幕府の祐筆《ゆうひつ》) の屋代弘賢《やしろひろかた》より知らされて多大なる関心を寄せ、自宅に招いてその語る所を詳しく聞き、『勝五郎再生記聞』（一八二三年）を書いた。篤胤はまた、これに先立ち、当時江戸中の評判に上った天狗小僧寅吉にもインタヴューを試みている。寅吉は、まず旗本下田直矢の家に身を寄せた。文政三年八月三十日、下田の招きで山崎美成が寅吉に会い興味を唆《そそ》られる。その折の記録が『**海録**』所載の「天狗小僧虎吉」である。美成は寅吉を自宅に引き取るが、これをまた屋代弘賢（美成は弘賢の門人）が篤胤に知らせ、二人は美成宅に赴いて寅吉に面会（十月一日）、更に篤胤は寅吉を自宅に止宿させて質問を浴びせ、『仙境異聞』（一八二二年）を書き上げる。寅吉は篤胤宅で数年を過した後《のち》、坊主になったというが、以後の消息は不明という。

『**反古《ほご》のうらがき**』の著者鈴木桃野《とうや》（一八〇〇〜五二）は御書物奉行鈴木白藤《はくとう》（写本家としても著名。彼の書写した『東海道四谷怪談』は白藤本と呼ばれ、岩波文庫版の底本）の長子で、四十歳にして学問所教授方出役に召されている。他に『無可有郷』『酔桃庵雑筆』『桃野随筆』等の随筆書がある。

『**閑窓瑣談《かんそうさだん》**』の著者為永春水《ためながしゆんすい》は種々遍歴を重ねた人で、筆名も多く、本書は教訓亭主人貞高（本名が佐々木貞高）の名義。後に人情本で名を著すも、天保の改革で獄に繋がれ牢死している。

『**想山《しようざん》著聞奇集**』（一八五〇年）は尾張藩で祐筆を勤めた三好永孝（想山は号）が江戸や尾張で聞き込んだ奇談五十七篇を収めている。

『宮川舎漫筆《きゆうせんしや》』（一八六二年）の著者政運は諸々の事情があって宮川氏の養子となったが、実父は志賀理斎、絵師の柳川重信は弟に当たる（政運は次子、重信は第四子）。全五巻六十三条を載せるが、話題は在りきたりの見聞奇談の類が多数を占めている。

『稲生物怪録《いのうもののけろく》』は江戸期随一の奇書である。信じ難い怪異が一箇月間、十六歳の少年が当主をつとめる家（安芸国三次《みよし》の稲生家）を襲うのだが、こゝに登場する化物もその振舞も他に類例が見られぬ体のものである。これは架空の話に非ず、稲生家は今に系譜を引いて現存、伝本や絵巻の類も少なからず残されている。中でも国学者の平田篤胤が甚《いた》く惚れ込み、彼の書写したものが唯一近代に活字化され、ごく最近まで活字本といえばこの〈平田本〉しか無かったのである。明治以来、巌谷小波《いわやさざなみ》・泉鏡花・折口信夫・稲垣足穂などがこの奇談に魅せられ、再話化に挑戦している。最近は他の系統の伝本や数種の絵巻も覆刻されるほどの人気を獲《え》ている。

漢学者の石川鴻斎《こうさい》が著した『夜窓鬼談』（一八八九、一八九四年）は明治の刊本ながら内容も装幀も江戸の名残をたっぷり揺曳《ようえい》しているので、こゝに加えた。珍しい漢文体の怪奇談集ながら玉石混交の気味あり、好事家《こうずか》の撰んだ二流のアンソロジーの観が濃い。撰んだ一篇「茨城智雄」は澁澤龍彦の「ぼろんじ」（短篇集『眠り姫』所収）の粉本である。訳出に際しては特に会話の部分に腐心、ちゃんとした話し言葉になるよう努めた覚えがある。

江戸時代の随筆類では『奇異珍事録』『黒甜瑣語《こくてんさご》』『閑田耕筆』『閑田次筆』『近世奇跡考』『野乃舎《ののや》随筆』『筆のまにまに』『甲子夜話』『事々録』『世事百談』『真佐喜《まさき》のかつら』『蕉斎筆記』『提醒紀談《ていせいきだん》』『三州奇談』『北越奇談』等々からも相当数の奇談を撰び出しておいたのだが、紙数の関係で載せ得なかった。

〈怪談〉

近世の小説は、大体において、仮名草子・浮世草子・読本《よみほん》（短篇）・滑稽本《こつけいぼん》（談義本）・洒《しゃ》落本《れぼん》・読本（長篇）・人情本という順に展開し、これとは別に草双紙《くさぞうし》（赤本・黒本・青本・黄表紙・合巻《ごうかん》）と呼ばれる絵草紙が江戸の地に限って出版されていた。怪談本という名目は無いが、〈怪談〉は殆《ほとん》どの分野に散在しており（洒落本・人情本には殆ど見当たらない）、名目及びその様態の変遷と共に趣を変じて行く。

選ぶに際しては、仮名草子・浮世草子・読本と分類される短篇集を対象とした。この種の怪談書は恐らく百種を越えると思われるが、活字本として飜刻されているものは半数にも満たないであろう。私は未飜刻本すなわち版本の類《たぐい》も多少は閲読したが、江戸時代の版本などは一般の読者が手に取ることは難しい。所収の訳文が原典繙読《はんどく》の契機となることを願うところから、このたびは活字本のあるものに限って訳出し、未翻刻本からの訳出は見合せることとした。また、私が目を通し得た未翻刻の怪談書の中には、何としても紹介したいと思わしめるものも無かったのである。

配列は大体において刊行年代順としたが、一部例外もある。たとえば『伽婢子《おとぎぼうこ》』の刊行は『因果物語』や『曾呂利《そろり》物語』よりもや丶後《おく》れるが、その出来映えに照らして巻頭に据えた。また、浅井了意や井原西鶴など対象書目が複数に亙《わた》る場合は一箇所にまとめて出した。

こ丶でお断りしておきたいのは、現代の人々が〈江戸の怪談〉と言えば直ちに思い起すであろう話を殆ど収録し得なかったことである。近代以降も持て囃された江戸の怪談と申せば、累《かさね》・皿屋敷・四谷怪談・化猫騒動の類である。累やお菊の怪談は相応に古い話題なので、早くから歌舞伎や浄瑠璃に趣向として組み込まれ、随筆や考証の書にも採り上げられているが、これが小幡小平次《こはだのこへいじ》の巷説《こうせつ》などと共に怪談の代表格に伸《の》し上がるのは文化年間（十九世紀初頭）以降のことであろう。それは、歌舞伎に〈怪談狂言〉というものを創始した四世鶴屋南北の奇才に依るところが大きかった。『東海道四谷怪談』を頂点とする南北の怪談狂言は、合巻・錦絵と連動して、幕末の怪談趣味（リアルでおどろおどろしい）に決定的な影響を与えたと思われる。

また、この時期には写本《かきほん》と呼ばれる実録めかせた軍記・巷談の類（官許を得ていない手写本で、主に貸本とされた）が出廻ったが、その中にも怪談はあり、実録と謳《うた》いながら已《すで》にして南北の芝居の受売りのごときものが多かったのである。この幕末の怪談が明治大正期を生き伸び、昭和も三十年代までは人々に親しまれ、夏ともなれば四谷怪談・累・化猫騒動・牡丹燈籠《ぼたんどうろう》などの映画が繰り返し製作上映されたものである。

本来ならば、これら三大怪談とか五大怪談などと称されるものも何らかの形で収録すべきであろう。歌舞伎正本《しょうほん》や実録本（写本）は短くはないので初めから難しいと見切りをつけていたが、合巻の類ならば何とか収め得るのではあるまいかと考えて撰んでおいた山東《さんとう》京伝《きょうでん》の『安積沼後日怪談《あさかのぬまごにちのかいだん》』や花笠文京の『四家怪談後日譚《ごにちばなし》』なども、結局は紙数の不足で収録を見送らざるを得なくなり、聊《いささ》か残念ではある。

歌舞伎の台本も現在刊行されているものは非常に読み易くなっているので、南北の怪談狂言、特に『東海道四谷怪談』『阿国御前化粧鏡《おくにごぜんけしようのすがたみ》』『法懸松成田利剣《けさかけまつなりたのりけん》』などの傑作は是非お読み頂きたい。京伝も馬琴も疎《おろそ》かには出来ないが、化政度の江戸の暗闇を活写した作家は南北を措いて無いと思うからである。

＊

近世の初頭において〈怪談〉というジャンルが成立したのは、まず太平の世の到来、そして木版印刷による書物の普及に起因すると思われる。主に上方において、語り伝えられ書き継がれて来た様々な話〈雑談《ぞうだん》〉の集成が試みられ、筆写ではなく印刷によって書物に仕立てられ、曾《かつ》てない多くの読者を獲得し、それは市民階級にまで及んだ。その様々な話の中から怪異譚と笑話が特に好まれて独立したのだとされる。日常に余裕が伴えば、語られる〈笑い〉と〈恐怖〉とは慰みの対象となる。これはいつの世も同じことであろう。

近世初期の怪談書を具《つぶ》さに閲《けみ》してゆけば、そこには、諸国の話を集めたとするもの、百物語の形式を採るもの、唱導《しょうどう》仏教系の話を集めたと思われるものなど、幾つかの系統が見出だされ、これらは多かれ少なかれ中古以来の〈説話〉の系譜に連なるものと見ることが出来る。話柄において、〈奇談〉の項に収めた諸篇とさして変わらぬものも多く、こゝに採り上げて訳出したものの中にも、奇談の中に入れても一向に差閊《さしつか》えなき体《てい》のものは幾つもある。再び申せば、怪異と奇異、つまり怪談と奇談とは、容易に分断しかねる、言わば一繫がりのものと捉えるべきで、あまり厳密な定義に拘泥する必要はないかと思う。

たゞこゝに、従来の奇談とは明らかに趣を異にする怪談も出現している。中国渡来の志怪・伝奇の類を飜案したもので、在来の奇談には見られぬ小説的妙味とも申すべきものが豊かに盛られているのである。巻頭に据えた浅井了意《りょうい》（一六九一年没、八十歳前後）の『伽《おとぎ》婢子《ぼうこ》』（一六六六年）は、その嚆矢《こうし》にして然《しか》も傑作である。「遠く古《いにし》へをとるにあらず、近く聞きつたへしことを載《のせ》あつめてしるしあらはす也」として室町時代の伝聞談を装ってはいるが、十三巻六十八篇の殆《ほとん》どが実は中国小説の巧みなる飜案で、就中《なかんずく》、明《みん》代伝奇の傑作

『剪燈新話《せんとうしんわ》』（瞿佑《くゆう》）を粉本とするものは一段と傑《すぐ》れている。こゝに訳出した「牡丹灯籠」は、粉本全二十話の中でも屈指の名篇（牡丹灯記）であるが、唐臭を消し去り倭風に再生した手際は見事である。この冥婚譚《めいこんたん》は殊《こと》のほか喜ばれたものとみえ、以降、小説や演劇に様々な形で用いられ、上田秋成・山東京伝・鶴屋南北などが趣向として作品に採り入れている。江戸の巷説の如くに仕立てた三遊亭円朝の『怪談牡丹燈籠』は殊に名高く、歌舞伎にも脚色され、今日に命脈を保っている。「絵馬の妬み」は『霊鬼志』集中の「勝児」の飜案、「長鬚国《ちょうしゆこく》」「屛風の怪」「人面瘡」は『酉陽雑俎《ゆうようざつそ》』巻十四・十五「諾皐記《たくこうき》」よりの飜案である。

了意は僧籍の人ながら、著作は頗《すこぶ》る多く、仏書・名所記・噺本・教訓物・実録物など多岐に亙《わた》り、五十種に及ぶ。仮名草子の代表的作者で、晩年は著述の稿料なども得て豊かであったという。**『狗張子《いぬはりこ》』**（一六九二年）は遺稿を林文会堂が刊行したもので、四十五篇を収める。巻之五には衆道《しゆどう》の話ばかりが集められていて目を惹《ひ》くが、斯様《かよう》な傾向は当時の怪談書に共通のことで、戦国時代以来の衆道流行の反映であろう。狗張子も伽婢子も、共に幼児の無事を願う呪術的玩具の名称であり、かかる標題の採用からも察せられるように、了意の著作の根底には啓蒙ないし教訓の姿勢も窺われるが、この二書に関してはさほど気にならない。宗教的方便という点では、『伽婢子』より五年早く刊行された鈴木正三《しょうさん》の**『因果物語』**（片仮名本）の方に余程濃厚なものが認められる。片仮名本とは別に平仮名本があり、内容に異同がある。

著者不詳の『**曾呂利物語**《そろり》』（一六六三年）は諸国咄《しょこくばなし》形式を採る最初の怪談書であり、所収の話の多くが書替えられて後続の怪談書に載ることとなる。「耳切れうん市」は、小泉八雲の「耳なし芳一」の直接の粉本ではないものの、最も古い原型であろうと思われる。「夢争い」に見られる、寝ている女二人の髪が蛇が鎌首を持ち上げるかの如く空中に伸び上がって争う場面は、後《のち》に浄瑠璃や小説に用いられて類型化してゆく。一例を挙げれば、浄瑠璃『苅萱桑門筑紫 轢《かるかやどうしんつくしのいえづと》』では、筑前の太守《たいしゅ》加藤左衛門尉繁氏《さえもんのじょうしげうじ》が、普段仲のよい妻と妾が夢の中にて髪を伸び上がらせ争う様を見て発心《ほっしん》、家を捨て高野山に上ってしまう。

仮名草子・浮世草子の怪談集には、標題に百物語と冠するものが少なくない。百物語の起源（実態については『諸国新百物語』より選んで訳出した「百物語」を参照して頂きたい）は中世に発するとされ、戦国時代には一種の鍛練として武士階級に行われていたという。この肝試しの風習は、近世もごく初期の頃までは真摯《しんし》なものであったというが、次第に遊興の具と化して市民の間でも盛んに試みられるようになり、かくして百物語を謳う怪談集の登場となる。作者不詳の『**諸国百物語**』（一六七七年）は百物語怪談集の嚆矢にして、正しく百篇を収める唯一のものである。標題からも察せられるように諸国咄形式をも踏襲しており、収める話の五分の一を『曾呂利物語』に拠っている。同年に刊行された『**宿直草**《とのいぐさ》』も『曾呂利物語』に拠るところが少なくない。翌年には標題を『御伽物語』と改めた異版が出ている。

天和《てんな》・貞享《じょうきょう》の頃は仮名草子と浮世草子の交替期に中《あた》り、『**新御伽婢子**』（一六八三年）は新興の浮世草子、『**古今百物語評判**』（一六八六年）は仮名草子と分類されている（山崎麓『日本小説年表』）。刊行者の西村市郎右衛門（俳人・草子作者としての名は未達《みたつ》。一六九六年没）が自ら著したとされる『新御伽婢子』は、「新」を謳うものの了意の怪談集とは似て非なるもので、訳出の「遊女猫分食《ねこわけ》」などが最上の作であろう。

俳人・歌学者として聞こえた山岡元隣《げんりん》（一六七二年没、四十二歳）が弟子の問いに答える形式を採る『古今百物語評判』は、怪談集というよりも怪異現象の解釈批判の書と申すべきであり、「評判」と付す所以《ゆえん》もそこにあろう。編者元恕《げんじょ》は元隣の息子。

作者不詳の『**奇異雑談集**《ぞうだん》』は貞享四年（一六八七）の刊行ながら、成立は三十年ほど遡る明暦《めいれき》頃とされ、『剪燈新話』より三話を飜訳していることで早くから注目されていた。訳出の「人を馬になして売る」は泉鏡花の『高野聖』の原型の一たることを窺わせる。

『**西鶴諸国はなし**』は、同時期の怪談書が未《いま》だ残すところの因果応報の宗教的方便や教訓臭を殆ど持たず、話柄の面白さを追求している姿勢が新しい。無論、風刺も利いている。「雲中の腕押《うでおし》」に語られる、常陸坊海尊《ひたちぼうかいそん》が主君義経の死後も生き延びて神仙となったという話は、中世の義経伝説から派生したものらしいが、今日に残るものとしては古浄瑠璃の『常陸坊海尊』（一六六二年）などが最も古いものか。『狗張子』巻一第三「鳥岡弥一郎富士

垢離　附常陸坊海尊がこと」も神仙と化した常陸坊を描くが、妙味は西鶴に及ばない。他には、並木正三の歌舞伎『和布苅神事《めかりのしんじ》』がこの伝説を織り込んで巧みである。「生馬《しょうば》仙人」は六朝《りくちょう》志怪『続斉諧記《ぞくせいかいき》』（呉均《ごきん》。五世紀末頃）集中の「陽羨鵞籠記《ようせんがろうき》」の翻案である。西鶴は仙人を老人に仕立てゝいるが、原作は十七、八歳の書生。口から吹き出された美女が恋人を吹き出す所は同じながら、原作ではこの恋人がまた女を吹き出す。なお『御伽百物語』巻之四「雲浜の妖恠《ようかい》」も粉本を同じくする類話である。「紫女」は江戸時代版吸血鬼譚とも申すべき一篇、妖怪の名前が素晴らしい。二年後に刊行された『懐硯《ふところすずり》』にも怪異談が幾つか収められているが、これと申して推すべきものが見当たらないので、『**新可笑記《しんかしょうき》**』（一六八八年）と遺稿集の『**西鶴名残の友**』（北条団水・編。一六九九年）から一篇ずつ採った。「腰抜け幽霊」の「今時の人は気力に欠けるから人を恨んで幽霊となっても一念が届かない」云々という結語は当世の気質を批判して痛快である。いつの世も、老人にとって、当世とは斯《か》くのごときものであろう。

『**諸国新百物語**』（一六九二年）は、五年前刊行の『御伽比丘尼《おとぎびくに》』の改題本で、訳出の「百物語」も『宗祇《そうぎ》諸国物語』巻三「話怪異」と殆ど同巧という。怪異の趣から遠いものも打ち混じり、また衆道譚も目につく。

『**玉箒木《たまははき》**』（一六九六年）は、書肆《しょし》文会堂の主人林義端《はやしぎたん》が前年刊行の『玉櫛笥《たまくしげ》』に続いて刊行した浮世草子怪談集である。浅井了意の『狗張子』に倣《なら》うと言挙《ことあ》げするだけあって知識の誇示が認められるが、了意に比べると教訓臭がやゝ露わであり、措辞も大仰《おおぎよう》にして徒ら《いたず》に煩瑣《はんさ》な所が目立つ。「碁子の精霊」は、話柄としては他愛のないもので、おまけに『源氏物語』の柏木に関わる記述などもかなり杜撰《ずさん》だが、多少なりとも囲碁に通じている者が読むならば、黒石と白石の精が連発する発句《ほつく》（囲碁の用語が詠み込まれている）に曰《いわ》く言い難い親しみを抱くに違いない。怪異譚中の珍品と申すべきか。

辻堂兆風子《ちようふうし》（不詳）の『**多満寸太礼**《たますだれ》』（一七〇四年）は万葉仮名めいた標題の表記が何やら鬱陶《うつとう》しいが、普通に表記すれば『玉簾』で即《すなわ》ち簾の美称である。この標題からも明らかな如く、『玉櫛笥』『玉箒木』に追随する怪談集であり、木越治氏の調査（叢書江戸文庫『浮世草子怪談集』解題）に拠れば、明代伝奇『剪燈新話』『剪燈餘話』や室町期の説話集『三国伝記』（玄棟）などを粉本に仰いでいるごとくである。「柳精の霊妖」の粉本は『雲渓友議』の由ながら、寡聞にして私は読んでいない。この話は小泉八雲の『怪談』に「青柳の話」としてほゞこの通りに再生されているから、御存じの方も多いかと思う。江戸の小説は、この頃から両ルビ（漢語に二様の仮名を振る）を用い始めたと覚しく、この集では例えば「孫庇」という語の右に「そんひ」と漢音を振り、左に「まごびさし」と和訓を振っている。この両ルビは後々京伝の読本などにおいて煩瑣なほどに用いられることとなるが、木版本なればこそ為《な》し得た遊びであろう。

仮名草子・浮世草子・短篇読本と続く怪談書の刊行は、凡《およ》そ百年余に亙って、作者も書肆も上方の主導の下《もと》に運んだ。左様《さよう》な中にあって、柳糸堂《りゅうしどう》（江戸牛島に住むという他は不詳）の『**拾遺御伽婢子**《しゅういおとぎぼうこ》』（一七〇四年）は珍しく江戸出来の怪談書であったが、名作の書名を踏襲している割には内容は凡庸である。「夢中の闘很《とうこん》」は『曾呂利物語』の「夢争い」と同巧の仕立ながら、挿絵が頗《すこぶ》る面白い。歌舞伎には「夢の場」という幕の出ることがあるが、その幕の始めに「心」と大書した切出《きりだし》を吊り、夢中の場面であることを観客に知らせる（開幕と同時に吊り上げて引き取る）。件《くだん》の挿絵は「夢の場」の切出によく似ており、或いはこれを写したものかとも思うが、果して元禄時代からあったものかどうか、未調査ゆえ確かなことは申し難い。因《ちな》みに、南北の『東海道四谷怪談』に伊右衛門とお岩が若衆《わかしゅ》と娘の昔に復《かえ》る「夢の場」（亡霊に悩まされる伊右衛門の夢）があり、今日でもこの幕を上演する際は「心」の文字を吊り下げる。

同年刊行の章花堂（不詳）の『**金玉**《きんぎょく》**ねぢぶくさ**』（題簽《だいせん》は『金銀ねぢぶくさ』）は飜案臭が殆どなく衆道と動物に関わる話が多いのが特色。怪異味は薄いが細川血達磨《ちだるま》の話も収められている。標題の由来については、序文に「金玉（金と玉）は人の愛する所、ねぢぶくさ（捩袱紗。金銭などを包む）の如く常に之《これ》を懐《ふところ》にせば、初学の為に便《びん》あらんか」云々とある。

青木鷺水《ろすい》（一七三三年没、七十六歳）の『**御伽百物語**』（一七〇六年）は浮世草子の怪談集としては相応に傑《すぐ》れたものである。江戸時代の小説は諸般の事情からまず現代をそのまま描くことが難しかったが、珍しくも本書には時間を元禄期など近い過去に設定した話が多い。飜案物が多いのも特色。六朝・唐の志怪・伝奇のほか『酉陽雑俎《ゆうようざつそ》』などにも目を通していたようである。「燈火《ともしび》の女」は、『酉陽雑俎』巻十五「諾皐記《たくこうき》」下の一条（東洋文庫版の通し番号は五六九話）に拠っているが、展開はほゞ粉本通り、怪しき女の正体を粉本では飛天夜叉《ひてんやしゃ》とする。「猿畠山《さるはたやま》の仙」は続集巻二「支諾皐《したくこう》」中の一条（九〇五話）に拠りながら『十訓抄』の説話などを援用しているが、「琅玕紙《ろうかんし》十幅」「三清《さんせい》の使者」「上仙の伯」など注釈のつけようも無い訳の判らぬ箇所は、みな粉本の通りである。「画中の美女」は『輟畊《てっこう》録《ろく》』巻十一「鬼室」の飜案、同じ粉本に拠ると思われるものに『太平百物語』巻之一の八「調介姿絵《すがたえ》の女と契りし事」がある。鷺水は一七〇九年に『諸国因果物語』『新玉櫛笥』を刊行しており、本書と併《あわ》せて怪談三部作と呼ぶ。

北条団水（一七一一年没、四十九歳）の『**一夜船**《ひとよぶね》』（一七一二年）は淡味の奇談集。一説に、団水は作者ではなく補筆・編者という。「花の一字の東山」は『古今百物語評判』巻之二第二「狸の事」の書替だが、文体の興趣などは遥かに優っている。

落月堂操巵《らくげつどうそうし》（他に著作あれど、伝は不詳）の『**和漢乗合船**』（一七一三年。題簽は『怪談乗合船』）は構成に一応の妙味が認められる。まず飜案の怪異譚を綴り、その後に「朝鮮の学士李東郭《りとうかく》」なる者を登場させ、「左様な話なら然々《しかじか》のものがある」云々と言わせて粉本の粗筋を語らせるという趣向である。

『**怪醜夜光魂**《かいしゅうやこうのたま》』（一七一七年）より訳出した「一念の衣魚《しみ》」は『狗張子』の「愛執の蛔虫《けむし》」

と同工異曲ながら、三角関係に設《しつら》えて話を複雑にしている。五十篇を収める『**太平百物語**』（一七三二年）は本卦《ほんけ》帰りの志向が仄《ほの》見える怪談集で、動物の話題が目に立つ。

筆天斎の作・画に成る『**御伽《おとぎ》厚化粧**』（一七三四年）は諸国咄形式を採り、この期の怪談集としては粒が揃っている。こゝに採り得なかったものにも「藪中之千里」「千日酔眠酒」「野狐計老獺」などの佳作がある。「赤間関の幽鬼」は、『曾呂利物語』巻四「耳切れうん市」が相応の展開を見せた形だが、その間に『宿直草』巻二収録の「小宰相の局《つぼね》ゆうれいの事」があり、この時点で平家の怨霊に耳をもぎ取られる座頭《ざとう》（因みに名は団都《たんいち》）の話がほゞ形成されている（「赤間関の幽鬼」では座頭鶴都《つるいち》の耳は失われず、聊《いささ》か後退の気味もある）。なお、八雲が直接の粉本と仰いだものは一夕散人の『臥遊《がゆう》奇談』巻之二「琵琶秘曲泣幽霊」（一七八二年）であった。

摩志田好話《ましだこうわ》（静観堂。京都生れの江戸作者）の『**御伽空穂《うつぼ》猿《ざる》**』（一七四〇年）は猿に関わる話を集めたという珍しい趣向の怪談集だが、残念ながら佳作に乏しい。

『**怪談登志男《としおとこ》**』（一七五〇年）は慙雪舎素及《ざんせつしやそきゆう》の『実妖録』なる著作を静観房静話が編纂し、静観堂（静観房好阿）が序文を付したものという。その序文に「今宵は大豆《だいづ》撒く夜なれば、柊刺《ひひらぎさし》片手わざに、登志男（年男）と名付けて」云々とあり、標題の由来が知られる。収録諸篇は教訓臭が強く、怪異味皆無の孝子譚なども混っており、措辞も見劣りがして、一部解し難いような箇所も認められる。

『新著聞集《ちよもんじゆう》』（神谷《かみや》養勇軒《ようゆうけん》・編）からは既《すで》に十三篇を「奇談」の項に収めているが、「累《かさね》の怨霊」は名高い累の怪談の実録風記述としては初期に属するものゆえ、こゝに採り上げた。『新著聞集』の記事と並ぶ古い報告に『死霊解《しりようげ》脱《だつ》物語聞書《ききがき》』（一六九〇年）というものがあるが、後《のち》に曲亭馬琴はこれを参照して『新累《しんかさね》解脱物語』（一八〇七年）という陰惨な読本を書いている。累の話は早くから歌舞伎や浄瑠璃に趣向として採用されたが、南北の『法《けさ》懸松《かけまつ》成田利《なりたのり》剣《けん》』二番目序幕・浄瑠璃所作事「色彩間苅豆《いろもようちよつとかりまめ》」では、羽《は》丹生《にゆう》村《むら》の農婦は秋草模様の振袖を着た美しい御殿女中に書替えられ、これも白塗りの色悪《いろあく》と変じた与右衛門に土橋の上で嬲《なぶ》り殺される。それも、〽情容赦も夏の霜、消ゆる姿の八重撫子《なでしこ》、これや累の名なるべし……云々という嫋々《じようじよう》たる清元《きよもと》に彩られて。

『万世百物語』（一七五一年）は実は元禄期（一六九七年）刊行の『雨中の友』（現存本は零本の由）の改題本という。各篇が「あだし夢」で始まる雅文体の怪談集で、美少年を主人公とする話が殊のほか多い。「変化《へんげ》の玉章《たまずさ》」では踊を所望した変化の者が美少年の姿で現ずるが、この話が何らかの伝承に拠るものとすれば、この変化は、恐らく少年の身にて無念の死を遂げた高貴の者の御霊《ごりよう》であろう。大がかりな盆踊の類は、始源を辿れば御霊の類を鎮めるというところに行きつくからである。

『怪談老《おい》の杖』（一七六四年頃）は諸国の怪談を集める体《てい》であるが、とくに江戸の巷説のごときに精彩が認められる。平秩東作《へずつとうさく》は大田南畝《なんぽ》や平賀源内らと交遊のあった狂歌作者ながら、山師のような一面もあったらしい。

『新説百物語』（一七六七年）と**『近代百物語』**（一七七〇年）は何《いず》れも上方の作品で、百物語を謳《うた》う怪談集もこの二集を以て途絶えた。短篇怪談時代の終焉と申せようか。

既にして新たなる小説は登場していた。近路行者《きんろぎようじや》の『英草紙《はなぶさぞうし》』（一七四九年）である。近路行者とは大坂（当時は阪に非ず）の医家にして書家たる都賀庭鐘《つがていしよう》であり、唐音《とうおん》に通じていた彼は、中国白話《はくわ》小説を飜案することによって新たな伝奇小説〈読本〉を創出したのである。後に続く者があり、凡《およ》そ五十年ほどの間、上方において相当数の短篇読本が書かれるが、浮世草子などに比べれば余程の高踏文芸であるから、読者は限定されていた。上田秋成（一七三四〜一八〇九）のごとき傑れた作者が出現して神品《しんぴん》とも申すべき短篇怪談を物したものゝ、結局のところ、この上方の短篇読本から展開したものは長篇伝奇小説すなわち江戸の読本であり、怪談とは聊《いささ》か趣を異にするもののように思われる。近世後期の怪談は、むしろ劇場において開花したと申すべきであろう。

上方の読本から何を撰ぶべきか、随分と迷ったが、庭鐘の作は、まず『英草紙』と『莠句《ひつじ》冊《ぐさ》』は見合わせ、第二短篇集の『繁野《しげしげや》話《わ》』（一七六六年）から「龍の窟」を採った。これは御伽草子に綴られた甲賀三郎伝説（『諏訪の本地』『甲賀三郎物語』『諏訪縁起』）の書替再話である。地底遍歴の部分を『輟畊録《てつこうろく》』第二十四巻「誤堕龍窟」に拠って龍との問答に差し替えているが、この部分の難解な言葉の羅列が読者の慰みを奪うのではあるまいかと恐れる。庭鐘の諸作に比べれば、草官散人《そうかんさんじん》（不詳）の『**垣根草**《かきねぐさ》』（一七七〇年）は遥かに読み易く、格調なども然《さ》まで見劣りしない。「古井の妖鏡」は小泉八雲の「鏡の少女」（『天の河物語』収録）の間接的粉本である。直接の粉本は暁鐘成《あかつきのかねなり》の『当日奇観』（一八四八年）だが、これは『垣根草』の引写しに過ぎない。江戸作者の森島中良《なから》（森羅子《しんらし》）にも短篇読本集『凩草紙《こがらしぞうし》』があり、訳出を予定していたが、建部綾足の『折々草《おりおりぐさ》』共々紙数の関係で採用を見合わせた。伊丹椿園《ちんえん》の『唐錦《からにしき》』や十返舎一九の『深窓《しんそう》奇談』には採るべき作を見出だせなかった。

秋成の作は『雨月物語』からも撰びたかったが、偏《あまね》く知られていることでもあり、このたびは見合わせ、『**春雨物語**』（一八〇八年・成稿）より「目ひとつの神」を訳出した。隻眼《せきがん》の怪しき神が歌人志望の東国の若者を教え諭す言葉が眼目であろう。これを読むと、秋成という人の孤独を思わずにはいられない。学問詩歌は師につくべきものと誰もが疑いを挾まなかったであろう世に、「上手とわろもののけぢめは必ずありて、親さかしき子は習ひ得ず。まいて文書き歌よむ事の、己が心より思ひ得たらんに、いかで教へのままならんや。始《はじめ》に師とつかふる、其《そ》の道のたづき也。たどり行くには、いかで我がさす枝折《しをり》のほかに習ひやあらん」などと悟り至っては生き易かろう筈《はず》がない。隻眼の神には秋成自身（晩年左眼の視力を失う）の姿が投影されているとする説を併せて思うならば、事情はいっそう凄惨の趣を帯びる。『雨月』の完璧も捨て難いが、『春雨』の凄絶もまたこの上なく見事である。秋成ほどではないが、伊勢の巾幗者流《きんかくしやりゆう》荒木田麗女にも孤高の面影が認められる。和歌・俳諧・漢詩を嗜む傍ら、王朝物語の研究に従《つ》き、王朝風の擬古文を駆使して史書仕立の物語を幾つも書いているが、彼女の作の中で一際異彩を放っているのが『**怪世談**《あやしのよがたり》』（一七七八年）で、これは写本で伝えられた。こゝに訳出した「飛《ひ》頭蛮《とうばん》」は、澁澤龍彦が『ドラコニア綺譚集』において全容を紹介しているから、御記憶の方もあろうかと思う。六朝志怪『捜神記』十二巻に見える落頭民の話（第三〇六条）の飜案である。因みに飛頭蛮の文字は寺島良安の『和漢三才図会《さんさいずえ》』（一七一三年）や鳥山石燕《せきえん》の『画図百鬼夜行』（一七七六年）に紹介されている。何《いず》れも「ろくろくび」という和訓が付してある。

随筆ながら『**反古《ほご》のうらがき**』（一八三〇～四四年頃）より、文化初年頃（十九世紀初頭）の武家の少年が聞かされた怪談というもの、一例として「怪談」一篇を撰んだ。著者については〈奇談〉の項に記したので参照を願う。書き出しに、『酉陽雑俎《ゆうようざつそ》』に朱盤という怪物のことが載っている云々とあるので、現代唯一の校訂本たる東洋文庫版五冊を隈《くま》なく捜したが見当たらなかった。

附録として収載した『**夷歌百鬼夜狂**《ひなうたひやつきやきよう》』は、怪異に題を求めた珍しい狂歌百首。四方赤良《よものあから》（大田南畝）の序文、平秩東作の「百物語の記」、蔦唐丸《つたのからまる》（書肆・蔦屋重三郎《つたやじゆうざぶろう》）の筆に成る当日の記録、唐衣橘洲《からころもきつしゆう》（不参加）の跋《ばつ》を附すが、これらは割愛した。時は天明五年（一七八五）十月十四日、所は深川椀倉《わんぐら》河岸の畔《ほとり》の家（土師《はじ》掻安《をかきやす》の友人の別業。墓所の跡地という）。土佐派や鳥山石燕の百鬼夜行図より題を求めている。大田南畝を中心とする天明狂歌壇の快挙とも申すべき催しである。諧謔を以て化物を洒落《しゃれ》のめそうという意気込みであろうが、恐れをなして早々に退散した弱虫もあった模様である。怪談集の掉尾《ちょうび》を飾るに相応《ふさわ》しきものと考え、附録となすと申す口上左様。

＊

こゝに訳出したもの丶中に、一篇でも二篇でも御気に召すものを見出だされた方は、是非とも原典を繙《ひもと》いていたゞきたい。この拙き訳文では伝えきれぬ妙味と申すものを、必ずや享受される筈である。

原典所収書目一覧

〈奇談〉

『義残後覚』続史籍集覧第七冊
『醍醐随筆』続日本随筆大成10（吉川弘文館）
『西鶴諸国はなし』定本西鶴全集3（中央公論社）＊新日本古典文学大系76（岩波書店）＊日本古典文学全集39・井原西鶴集二（小学館）
『男色大鑑』定本西鶴全集4（中央公論社）＊日本古典文学全集39・井原西鶴集二（小学館）
『老媼茶話』叢書江戸文庫26・近世奇談集成一（国書刊行会）＊續帝國文庫47・奇談全集（博文館）
『諸国里人談』日本随筆大成第二期24（吉川弘文館）
『新著聞集』日本随筆大成第二期5（吉川弘文館）
『裏見寒話』未刊随筆百種9（中央公論社）
『煙霞綺談』日本随筆大成第一期4（吉川弘文館）
『東西遊記』東洋文庫（平凡社）＊有朋堂文庫
『笈埃随筆』日本随筆大成第二期12（吉川弘文館）

『異説まち〳〵』日本随筆大成第一期17（吉川弘文館）
『譚海』国書刊行会＊日本庶民生活史料集成8（三一書房）
『梅翁随筆』日本随筆大成第二期11（吉川弘文館）
『豊芥子日記』続日本随筆大成別巻10（吉川弘文館）＊近世風俗見聞集（国書刊行会）
『兎園小説餘録』日本随筆大成第二期5（吉川弘文館）
『雲根志』日本古典全集第三期20（日本古典全集刊行會）
『耳囊』岩波文庫
『半日閑話』日本随筆大成第一期8（吉川弘文館）
「一話一言」日本随筆大成別巻1〜6（吉川弘文館）
『北国奇談巡杖記』日本随筆大成第二期18（吉川弘文館）
『奥州波奈志』叢書江戸文庫30・只野真葛集（国書刊行会）
『兎園小説』日本随筆大成第二期1（吉川弘文館）
『中陵漫録』日本随筆大成第三期3（吉川弘文館）＊随筆大観5（國書出版協會）
『北窓瑣談』日本随筆大成第二期15（吉川弘文館）＊有朋堂文庫
『塩尻』日本随筆大成第三期15（吉川弘文館）
『斉諧俗談』日本随筆大成第一期19（吉川弘文館）
『反古のうらがき』鼠璞十種（中央公論社／名著刊行会）
『巷街贅説』続日本随筆大成別巻9・10（吉川弘文館）＊近世風俗見聞集（国書刊行会）

『閑窓瑣談』日本随筆大成第一期12・14(吉川弘文館)
『海録』國書刊行會(旧)
『想山著聞奇集』日本庶民生活資料集成16(三一書房)＊續帝國文庫47・奇談全集(博文館)
『宮川舎漫筆』日本随筆大成第一期16(吉川弘文館)
『稲生物怪録』平田篤胤全集(一致堂・平田學會等)
『夜窓鬼談』東陽堂支店

〈怪談〉

『伽婢子』新日本古典文学大系(岩波書店)＊東洋文庫(平凡社)＊古典文庫(現代思潮社)
『狗張子』徳川文芸類聚4・怪談小説(国書刊行会)＊古典文庫(現代思潮社)
『因果物語』袖珍名著文庫44(冨山房)＊江戸怪談集・中(岩波文庫)抄録
『曾呂利物語』近代日本文学大系13・怪異小説集(國民圖書)
『諸国百物語』叢書江戸文庫2・百物語怪談集成(国書刊行会)
『宿直草』叢書江戸文庫26・近世奇談集成一(国書刊行会)
『新御伽婢子』江戸怪談集・下(岩波文庫)抄録
『古今百物語評判』叢書江戸文庫27・続百物語怪談集成(国書刊行会)＊徳川文芸類聚4・怪談小説

(国書刊行会)

『奇異雑談集』近世文芸資料3・近世怪異小説(古典文庫)

『西鶴諸国はなし』定本西鶴全集3(中央公論社)*新日本古典文学大系76(岩波書店)*日本古典文学全集39・井原西鶴集二(小学館)

『新可笑記』定本西鶴全集5(中央公論社)

『西鶴名残の友』定本西鶴全集9(中央公論社)*新日本古典文学大系77(岩波書店)

『諸国新百物語』叢書江戸文庫27・続百物語怪談集成(国書刊行会)

『玉箒木』徳川文芸類聚4・怪談小説(国書刊行会)*近代日本文学大系13・怪異小説集(國民圖書)

『多満寸太礼』叢書江戸文庫34・浮世草子怪談集(国書刊行会)

『拾遺御伽婢子』徳川文芸類聚4・怪談小説(国書刊行会)*近代日本文学大系13・怪異小説集(國民圖書)

『金玉ねぢぶくさ』叢書江戸文庫34・浮世草子怪談集(国書刊行会)*近代日本文学大系13・怪異小説集(國民圖書)

『御伽百物語』叢書江戸文庫2・百物語怪談集成(国書刊行会)*昭和版帝国文庫2・珍本全集後(博文館)

『一夜船』昭和版帝国文庫1・珍本全集前(博文館)

『和漢乗合船』叢書江戸文庫34・浮世草子怪談集(国書刊行会)

『怪醜夜光魂』徳川文芸類聚4・怪談小説(国書刊行会)

『太平百物語』 叢書江戸文庫2・百物語怪談集成（国書刊行会） ＊徳川文芸類聚4・怪談小説（国書刊行会）
『御伽厚化粧』 徳川文芸類聚4・怪談小説（国書刊行会）
『御伽空穂猿』 徳川文芸類聚4・怪談小説（国書刊行会）
『新著聞集』 日本随筆大成第二期5（吉川弘文館）
『怪談登志男』 徳川文芸類聚4・怪談小説（国書刊行会）
『万世百物語』 叢書江戸文庫27・続百物語怪談集成（国書刊行会） ＊徳川文芸類聚4・怪談小説（国書刊行会）
『怪談老の杖』 新燕石十種（中央公論社／國書刊行會）
『新説百物語』 叢書江戸文庫27・続百物語怪談集成（国書刊行会）
『近代百物語』 叢書江戸文庫27・続百物語怪談集成（国書刊行会）
『繁野話』 新日本古典文学大系80（岩波書店） ＊日本名著全集10・怪談名作集
『垣根草』 日本名著全集10・怪談名作集
『怪世談』 近代文芸叢書・女流文学全集二（文藝書院） ＊麗女小説集下（冨山房）
『春雨物語』 日本古典文学大系56・上田秋成集（岩波書店） ＊日本古典文学全集48（小学館）
『反古のうらがき』 鼠璞十種（中央公論社／名著刊行会）
『夷歌百鬼夜狂』 新群書類従10・狂歌（國書刊行會） ＊狂歌百鬼夜狂（古典文庫）

本書は、国書刊行会刊の「日本古典文学幻想コレクション」Ｉ『奇談』（一九九五年一二月一五日）およびⅢ『怪談』（一九九六年四月二五日）収録の江戸時代の作品を中心に、ちくま学芸文庫のためにあらためて編集したものである。

本文中には現代の人権意識に照らして差別的ととられる表現があるが、原典の歴史的背景に鑑み、あえてそのままとした。読者諸賢のご理解を願いたい。

なお、本書掲載の挿絵は、左の二点を除き、原話所収の原典に添えられたものである。

一三八頁の挿絵出典　『稲生物怪録』

一四六頁の挿絵出典　『安積沼後日仇討』

（ちくま学芸文庫編集部）

ちくま学芸文庫

江《え》戸《ど》奇《き》談《だん》怪《かい》談《だん》集《しゅう》

二〇一二年十一月 十 日 第一刷発行
二〇二五年 二 月二十五日 第四刷発行

編訳者 須永朝彦（すなが・あさひこ）
発行者 増田健史
発行所 株式会社 筑摩書房
東京都台東区蔵前二―五―三 〒一一一―八七五五
電話番号 〇三―五六八七―二六〇一（代表）

装幀者 安野光雅
印刷所 株式会社精興社
製本所 株式会社積信堂

ISBN978-4-480-09488-9 C0193